KB074596

우아한 인생

우아한 인생

1쇄 발행 2022년 11월 14일

지은이 저우다신 **옮긴이** 홍민경

펴낸곳 책과이음
출판등록 2018년 1월 11일 제395-2018-000010호
대표전화 0505-099-0411 **팩스** 0505-099-0826
이메일 bookconnector@naver.com
Facebook · Blog /bookconnector **Instagram** @book_connector
독자교정 김보미 이영란 조은비 황숙자

ⓒ 저우다신, 2022

ISBN 979-11-90365-43-7 03820

책값은 뒤표지에 있습니다.
잘못 만들어진 책은 구입하신 서점에서 교환해드립니다.

책과이음 • 책과 사람을 잇습니다!

우아한 인생

저우다신
장편소설

홍민경
옮김

책과이음

책이 한국어로 번역되어 한국의 독자들과 만난다고 하니 기쁘기 그지없다. 이 작품은 노년의 삶을 묘사하고 있다. 내가 이 작품을 쓰게 된 것은 나도 모르는 사이에 나 자신이 시간이라는 적에게 쫓겨 어느덧 중년과 작별해야 했기 때문이다. 실제로 내 주위에는 이미 노년에 접어든 친구와 지인이 적지 않고, 또한 매일 그 수가 불어나고 있는 형편이다. 인생은 정말이지 무상하다. 물론 이따금 그들에게서 기쁜 소식이나 밝은 웃음소리가 들려오기도 하지만 그보다 더 자주 들리는 것은 그 길에서 경험하는 것들에 대한 탄식과 원망, 구슬픈 울음소리다. 노년의 길은 어째서 이다지도 걷기 힘든 걸까?

"노인은 자신의 늙음에 대해 무지한 어린아이와 같다"고 한 밀란 쿤데라의 말이 떠오른다. 많은 이가 노년을 제대로 준비하지 못하고, 단지 이전의 유년과 청년, 중년 시절과 비슷할 거라고 가볍게 짐작한다. 물론 늙음 또한 인생의 한 과정이지만, 노년은 이전에 걸어온 길과는 사뭇 다르다. 그래서 나는 이 인생 최후의 과정을 묘사하는 작품을 썼다. 만약 이 작업이 그런대로 성공하면 함께 늙어가는 친구들과 앞으로 노년을 준비할 젊은이들에게 약간의 도움이 될 거라는 믿음으로. 그리고 나 또한 노년에 대한 두려움을 덜어내는 데 도움을 좀 받고 말이다. 솔직히 말하면 나는 여전히 늙는 것이 두렵다.

내가 이 작품을 준비하면서 깨달은 것은, 유년기와 청소년기, 중년기와 비교했을 때 노년의 길은 함께하는 이가 상대적으로 적다는 사실이다. 그러니까 당신이 지금 무엇을 하고 어떤 상황에 놓여 있는지 세밀하게 관심을 기울이는 사람이 매우 적다는 뜻이다. 어렸을 때는 엄마, 아빠, 할아버지, 할머니, 유치원과 학교 선생님, 친구들, 심지어 이웃집 사람들까지 당신의 사소한 행동에 관심을 보이고 약간의 변화에도 민감하게 반응한다. 청소년기와 중년기도 마찬가지다. 대학 동창과 회사 동료, 이성 친구와 배우자, 가족 등 많은 이가 당신의 신변에 관심을 나타내고 당신이 하는 일이나 사업의 성취에 촉각을 곤두세운다. 심지어 당신을 미워하는 사람조차 당신에게 큰 관심을 내비친다.

하지만 일단 늙고 나면 사정이 달라진다. 당신의 부모는 이미 이 세상 사람이 아니고 당신의 자녀는 각자의 사정으로 바쁘다. 한때 몸 바쳐 일했던 직장도 더 이상 당신을 필요로 하지 않는다. 옛 동료나 친구들은 사방팔방 뿔뿔이 흩어진 채 자기 자신에게 닥친 일을 처리하느라 당신에게는 신경 쓸 틈이 없다. 당신에게 관심을 보이는 사람은 극히 드물고, 그나마도 날이 갈수록 점점 줄어들 것이다. 고독이란 이 시기를 지나는 인간이 맛보아야 할 쓰디쓴 술과 같을지도 모르겠다.

또한 노인이 되면 자신의 생명을 직접적으로 위협하는 것들이 상당히 많다는 사실을 알게 된다. 고혈압, 고지혈증, 당뇨, 뇌경색, 심근경색, 돌발성 난청, 위암, 폐암, 신장암 등 젊었을 때는 관심도 두지 않던 각종 기괴한 질병이 몸 이곳저곳에 들러붙는다. 다행히 어떤 위험 하나를 피했다고 해서 안심하긴 이르다. 겨우 하나의 위험을 피하자마자 또 다른 위험이 뒤를 잇는다. 잠시 가만히 앉아 숨 고를 기회조차 주지 않고, 핼쑥한 낯빛을 하고 뜻대로 움직여지지 않는 몸을 병상에 누일 때까지 당신을 괴롭힌다. 그야말로 몸이라는 기계를 구성하는 크고 작은 모든 부품에서 문제가 발생하기 시작한다. 뼈와 근육은 쉽게 손상되고, 몸 안의 혈액이 문제를 일으켜 더 이상 외부에서 오는 공격을 효과적으로 방어해낼 수 없게 된다.

게다가 이 시기에 당신에게 특별히 필요할 한 줄기 빛은 점차 원래의 밝음을 잃고 어두워진다. 이것은 물론 사랑의 빛이다. 이 빛의 근원은 일부분은 타인에게, 일부분은 자기 자신에게 뿌리를 두고 있다. 이 작품은 바로 이러한 두 가지 근원에 대해 묘사하고 있다. 둘은 서로 한데 얽히면서 비로소 아름답게 빛난다. 어쩌면 작품 속 인물 중 샤오양과 샤오청산처럼, 청춘과 노년이 서로를 비추며 만들어내는 빛이라고 이야기할 수도 있겠다.

단순히 나이를 놓고 본다면 세상에는 세 가지 유형의 인간이 있다고 간단히 말할 수 있을 것이다. 곧 늙을 사람, 지금 늙어가는 사람, 이미 늙어버린 사람이다. 노년은 모든 사람이 결코 피할 수 없는, 반드시 거쳐 가야 하는 길이다. 이 길에서 마주칠 풍경은 당신이 보고 싶지 않다고 해서 외면할 수 있는 것이 아니다. 나는 다만 이 작품이 곧 늙을, 지금 늙어가는, 이미 늙어버린 사람에게 조금이라도 도움이 되길 바란다. 물론 작품 속의 어떤 풍경은 보기에 좋고, 어떤 풍경은 조금 괴롭다고 느껴질지도 모르겠다. 그러나 어쨌든 이 모든 것이 노쇠와 죽음이라는 거대한 풍경의 일부라는 것은 부인할 수 없는 사실이다. 이 책에 그려진 풍경이 한국에 있는 독자 여러분의 마음에 온전히 가닿기를 바랄 뿐이다.

2022년 여름
베이징에서

차 례

• 장수 공원 황혼 녘 주간 행사 일정 •

월요일 황혼 녘 ✛ 간병 로봇 미스 웨이웨이 쇼케이스

신분증 지참 필수. 65세 이상 입장 가능하며,
현장 무료 배포 기념품은 1인당 1개씩 증정.

화요일 황혼 녘 ✛ 링치 장수환 판매 행사

신분증 지참 필수.
65세 이상 노인은 남녀 구분 없이 1인당 세 통 구매 가능.
한 통을 다 먹으면 수명을 37일 연장할 수 있다고 잠정 확인됨.

수요일 황혼 녘 ✛ 회춘 가상현실 체험

신분증 지참 필수. 70세 이상 입장 가능.
1인 1회 체험. 체험료 300위안.
체험을 원할 경우 본인의 20세 전후 사진 1매를 미리 준비해
체험 전에 직원에게 전달해야 함.
1회 체험으로 정신 연령이 2년 젊어질 수 있음.

목요일 황혼 녘 ✢ 인류의 미래 수명에 관한 강좌

39

뉴욕 인류수명연구원 린신한 부원장 특별 초청 강연으로
장수에 대한 최신 정보 전달. 장소 제약으로 1987년생부터 신분증 제시 후
입장 가능. 강연이 끝난 뒤 혈압, 혈당, 콜레스테롤을 측정할 수 있는
최신형 전자센서 모니터를 증정하며 세 가지 중 하나만 선택 가능.

금요일 황혼 녘 ✢ 노인 간병 경험담(1)

60

베이징 간병인 자격증을 가진 가정 간병인들만 참여 가능.
입장 시 성명과 자격증 번호를 제시해야 하며, 일반인 출입을 금함.
강연자의 요청에 따라 이름은 사전 공지하지 않지만 반드시 들어야 할
강연으로 강력 추천함. 참가자는 비밀 유지 사항을 준수해야 함.

토요일 황혼 녘 ✢ 노인 간병 경험담(2)

184

입장 시 주의 사항은 위와 같음.

일요일 황혼 녘 ✢ 노인 간병 경험담(3)

350

입장 시 주의 사항은 위와 같음.
강연이 끝난 뒤 자격증을 지참한 간병인들에게 이다 그룹에서 후원하는
880위안 상당의 가정용 구급상자 무료 증정.

✳ 위 행사는 모두 본 공원 남쪽 구역에 있는 반원형 극장에서 진행됩니다. ✳

월요일 황혼 녘

어르신들! 반갑습니다!

우선 기쁜 소식을 한 가지 알려드리자면, 오늘 이 행사장에 오신 어르신들은 정말 복 받으신 겁니다. 여기 안 오신 어르신들보다 더 장수할 기회를 얻으셨으니까요! 저희 푸른샘 실버타운은 최신 시설과 시스템도 모자라서 간호 로봇 웨이웨이의 서비스까지 받을 수 있는 곳이죠. 어디 이것뿐일까요? 세계적으로 권위 있는 양로 기관의 심사와 평가를 거친 만큼 저희 실버타운에 들어오신 분들은 집에서 힘겹게 노년을 보내는 분들보다 평균 세 살에서 다섯 살까지 더 오래 살 수 있으실 겁니다! 세상에! 무려 세 살에서 다섯 살입니다!

한 가지 더 기쁜 소식을 알려드리자면, 오늘 이곳을 찾아주신 어르신들을 위해 저희가 귀한 선물을 준비해두었으니 행사가 끝나고 2번 테이블로 가서 받아 가시면 됩니다. 남성분들을 위해서는 심근경색이 발병하기 15분 전에 미리 알려주는 경보기를 준비했고, 여성분들을 위해서는 뇌졸중이 발병하기 13분 전에 알려주는 경보기를 선물로 마련했습니다. 두 경보기 모두 저희 실버타운에서 특별히 초빙한 의학 전문가가 오랜 연구 끝에 개발했고, 시중에서 무려 800위안 이상에 팔리고 있는 제품입니다. 어떠신가요? 이것만 봐도 저희 실버타운의 기술 연구 수준과 재정 능력이 얼마나 대단한지 아시겠지요?

자, 이제 본격적으로 제가 푸른샘 실버타운의 이사회와 전체 직원을 대표해서 이곳 홍보 행사장에 오신 어르신들께 인사 올리겠습니다. 저희가 오늘 소개해드리고자 하는 것은 바로 현재 전국을 통틀어 가장 완벽한 간호 도우미 로봇 웨이웨이입니다.

자, 어르신들! 오늘을 위해 멋지게 차려입은 웨이웨이를 힘찬 박수로 맞이해볼까요?

웨이웨이의 키는 158센티미터로 성인 여성 평균 키라고 보시면 됩니다. 달걀형 얼굴에 버드나무 이파리처럼 보기 좋게 휜 눈썹, 생기 있고 반짝이는 눈과 비단결처럼 부드럽고 찰랑거리는 머리카락을 가지고 있죠. 치파오 차림이 꽤 잘 어울리지 않나요? 기계 작동을 위한 내부 장치를 흉부에 숨겨야 해서 가슴이 좀 풍만해 보이지만 일반적으로 선호하는 한도를 넘지 않도록 신경을 썼으니 별로 거부감이 들지는 않으실 겁니다. 두 발은 내부에 탑재된 장치를 지탱하도록 조금 크게 만들어져서 호불호가 갈릴 수 있는데, 이 점은 여러분이 너그러이 양해해주시길 바랍니다. 연구팀에서 다음에는 좀 더 아담하게 만들어보겠다고 약속했습니다.

여기 이 앞줄에 앉아계신 어르신들! 손을 뻗어서 웨이웨이의 피부를 한번 만져봐주시겠습니까? 촉감이 괜찮나요? 지금도 좋은 편이지만 연구팀에서 조만간 더 우수한 소재로 바꿀 거라고 하니, 그때쯤이면 좀 더 부드럽고 탱탱한 느낌일 겁니다.

지금 웨이웨이의 지능은 여덟 살 여자아이 정도 수준이라고 보시면 됩니다. 보통 여덟 살 여자아이라면 말귀를 알아듣고, 손을 움직여 하는 일은 뭐든 충분히 할 수 있습니다. 그래도 여기서 만족할 수는 없겠죠. 연구팀이 가능한 한 빨리 웨이웨이의 지능을 열여섯 살 수준으로 끌어올리기로 했고, 성공을 확신하고 있습니다. 그때쯤이면 웨이웨이는 지금보다 더 젊고 완벽한 여자로 거듭나겠죠.

웨이웨이는 저희 푸른샘 실버타운에서 태어났고, 부모는 저희가 특별히 초빙한 과학자들이라고 생각하시면 됩니다. 저희 실버타운은 베이징에서도 아름답기로 소문난 칭취엔산 아래 자리 잡고 있습니다. 실버타운은 산과 나무, 넝쿨로 둘러싸여 있고, 시설 안에도 큰 녹지와 화원이 조성되어 있습니다. 자연 그대로의 산천과 온천은 물론, 인공 계곡과 호수가 펼쳐져 있고, 주변 경치를 감상할 수 있도록 정자와 다양한 건축물이 마련되어 있어 언제라도 편안하게 이용 가능합니다. 푸른 나무가 공기를 맑게 하고, 사계절 내내 들리는 새소리와 계곡물 흐르는 소리가 귀를 즐겁게 해주죠. 게다가 지금은 웨이웨이까지 생겼으니 저희 실버타운이 어르신들의 지상낙원으로 불리기에 부족함이 없다고 봅니다.

저희 푸른샘 실버타운은 일류 의료진과 간호, 간병 인력을 확보하고 있고, 의사 선생님 중에는 노인병 대가이신 전 박사님도 계십니다. 세계 여러 나라 고령의 전직 대통령을 치료한 적이 있을 정도로 유명하신 분이죠. 간호 인력 중에는 국제간호사협회에서 나이팅게일상(賞)을 받은 린윈위안 씨도 계십니다. 아마 치료와 간호 방면에서 저희 실버타운의 수준을 따라올 곳은 없을 겁니다. 게다가 웨이웨이까지 합세해서 이제 저희 의료 품질은 한층 더 높아졌습니다. 웨이웨이는 여러분이 언제 어떤 약을 먹어야 하는지 제때 알려주고, 맥박과 소변량을 체크하고, 신체적 접촉을 통해 따뜻하게 보호받는 듯한 느낌을 전해줄 겁니다. 마치 여러분 손녀가 병문안을 온 느낌과 비슷하다고 보시면 됩니다. 웨이웨이의 지능은 여덟 살짜리에 불과하지만, 키가 크다 보니 성숙한 여자라고 착각할 수도 있겠죠. 그래서 한 가지 꼭 당부하고 싶은 말씀은 일부러라도 웨이웨이의 몸을 더듬지 않는 게 좋다는 겁니다. 그 순간 웨이웨이가 자동으로 영상을 찍어 중앙통제실로 전송하거든요. (일동 웃음)

저희 푸른샘 실버타운은 최신식 노인 건강 설비를 갖추고 있고, 웨이웨이가 가까이서 여러분을 도와줄 겁니다. 걷고 달리고 뛰고 팔을 들어 올리거나 물건을 집어 휘두르는 동작을 할 때마다 웨이웨이의 도움을 받으실 수 있죠. 수영이나 온천욕을 하고 싶을 때, 게이트볼이나 테니스, 배드민턴, 탁구, 실내 골프, 당구를 하고 싶을 때도 웨이웨이가 어르신들을 도와줄 겁니다. 시간이 흐를수록 여러분은 웨이웨이를 가족처럼 생각하시게 될 겁니다.

저희 푸른샘 실버타운 안에는 최첨단 오락설비도 갖추어져 있습니다. 웨이웨이는 여러분을 모시고 영화나 연극을 보러 가고, 편안히 기댄 채 음악을 듣게 도와주기도 하고, 함께 장을 보러 가거나, 바둑이나 장기, 체스를 같이 두기도 할 겁니다. 영화나 연극을 보고 음악을 들을 때면 마치 사랑스러운 종달새가 어깨에 내려앉아 있듯 웨이웨이가 어르신들의 어깨에 기대 따뜻한 온기를 전해드릴 겁니다. 어르신들과 장기를 둘 때 가끔 한 수 물러 달라고 떼를 쓰더라도 언짢게 생각하시면 안 됩니다. 그게 바로 웨이웨이의 애교니까요.

저희 푸른샘 실버타운에는 북카페, 전통찻집, 작은 술집과 카페 등이 들어와 있습니다. 어르신들이 책을 읽을 때면 웨이웨이가 조용히 옆에 앉아 기다려주고, 차나 커피, 술을 마실 때면 노래를 부르거나 춤을 춰 흥을 돋우고, 소소한 집안일에 관해 대화를 나눠주기도 할 겁니다. 웨이웨이는 1930년대부터 지금까지 나온 유행가를 모두 부를 줄 알죠. 만약 노래를 듣고 싶지 않으면 고개를 흔들거나 손을 내저어보세요. 그럼 웨이웨이가 바로 다른 노래로 바꿔 불러줄 겁니다. 웨이웨이의 춤 동작은 단순하지만 선이 아름다워 다들 좋아해주실 거라고 믿습니다.

웨이웨이와 대화가 통할 수 있는 집안일은 소소한 것들입니다. 예를 들어 자식이 자주 찾아오지 않는다거나, 딸이 결혼에 관심이 없다거나, 아들이 도통 선을 보려 하지 않는다는 이야기 말이죠. 어쩌면 웨이웨이의 대답이 만족스럽지 않을 수도 있습니다. 따지고 보면 웨이웨이는 젊은 여성의 모습만 하고 있을 뿐 여덟 살 지능을 가진 여자아이에 불과하니까요. 그러니 어르신들께서 이 점을 좀 이해해주셔야 합니다.

저희 푸른샘 실버타운에는 베이징, 쓰촨, 후난, 상하이, 장쑤, 산둥, 허난, 산시 등지의 요리를 맛볼 수 있는 식당이 몇십 개나 들어와 있습니다. 그래서 어르신들 입맛에 따라 뭘 드실지 선택하면 웨이웨이가 그곳 요리를 사서 방으로 가져다드리기도 할 겁니다. 웨이웨이는 문을 열거나 닫고, 계단을 오르내리고, 엘리베이터를 이용하는 데 아무 문제가 없도록 설계되어 있답니다.

저희 푸른샘 실버타운은 조소, 회화, 서예, 뜨개질, 도예, 낚시, 원예, 분재 등 다방면의 취미 클럽을 운영하고 있고, 여러분이 처음 뭔가를 배우거나 기량을 좀 더 숙련하고 싶으시면 웨이웨이가 옆에서 참을성 있게 도움을 드릴 겁니다.

이제 가장 중요한 주거 장소를 소개해드려야겠죠? 저희 푸른샘 실버타운은 어르신들을 위해 세 종류의 방을 준비해두었습니다.

먼저 이 사진에 보이는 싱글룸입니다. 어르신 혼자 사용하시기에 적합하도록 설계했고, 총 2천 실이 마련되어 있습니다. 여기 보시면 최신 의료용 침대가 제공되고, 침대 머리 쪽에 간호 설비가 있습니다. 어르신이 침대에 누우면 혈압, 심장 박동, 혈중 산소포화도 수치가 자동으로 표시되죠. 다양한 각도로 조절할 수 있고, 전자동 안마 매트리스가 깔려 있어 욕창에 걸리는 일도 절대 없습니다. 방 안에 화장실이 들어 있고, 그 안에 욕조와 좌식 샤워 시설은 물론이고 거동이 불편하신 어르신들을 위한 전용 변기도 갖춰져 있습니다. 가구와 전자제품으로 말씀드리자면 여기 사진에 보이는 것처럼 옷장, 냉장고, 텔레비전, 소파, 식탁 등 없는 것이 없죠.

또 다른 방은 이 사진에 보이는 것처럼 더블룸입니다. 배우자가 있는 어르신들이 사용하기에 적합하고, 총 2천 실이 준비되어 있습니다. 면적은 싱글룸보다 좀 더 크고, 의료용 침대가 두 개라는 것을 제외하면 싱글룸과 시설과 설비 면에서 동일합니다.

마지막으로 이 사진에 보이는 럭셔리룸이 천 실 마련되어 있습니다. 경제적으로 여유 있는 어르신들이 사용하기 적합하고, 전용 거실과 주방이 딸려 있죠. 어르신들이 입주하시면 전담 요리사가 입맛과 취향에 맞춰 음식을 준비해드립니다.

이 세 종류의 방에는 모두 안전 모니터링 시스템과 긴급경보 시스템, 적외선 감시 시스템이 설치되어 있고, 방마다 배치된 웨이웨이가 24시간 간호 서비스를 제공합니다. 물론 웨이웨이 말고도 입주자 세 명당 전담 간호사가 한 명씩 배치됩니다. 아, 로봇이 아닌 실제 사람입니다. 간호사는 자기 업무 처리 외에 자신에게 할당된 수만큼의 웨이웨이를 관리 감독하죠. 예를 들면 웨이웨이의 배터리를 충전하거나, 몸을 청결하게 유지하고, 옷을 갈아입히고, 간호 도우미 프로그램을 갱신하는 일이라고 보시면 됩니다. 웨이웨이에게는 일련번호를 부여하니까 어르신들도 쉽게 구분하실 수 있을 겁니다. 예를 들어 여러분 바로 앞에 서 있는 이 웨이웨이의 가슴에 달린 명찰을 보시면 106이라고 쓰여 있죠? 그럼 이 로봇을 106호 웨이웨이라고 부르시면 됩니다.

저희 푸른샘 실버타운은 문을 연 지 얼마 되지 않아 아직 방이 모두 미분양 상태이니 입주 신청은 언제라도 환영합니다. 각 방의 표준 요금은 이 게시판에 나와 있으니 참고하시면 될 것 같습니다. 한 가지 기쁜 소식을 전해드리자면 오늘처럼 이렇게 후텁지근한 황혼 녘 홍보 행사에 어려운 발걸음을 해주신 어르신들을 위해 저희 회장님께서 특별히 현장 신청하시는 분들에 한해 1퍼센트 할인 혜택을 드린다고 하십니다.

웨이웨이를 구매해 집으로 데려가고 싶으신 분의 상담도 적극 환영하니 부담 없이 찾아와주세요. 웨이웨이가 입고 있는 옷의 옷감과 디자인에 따라 가격이 살짝 달라진다는 점을 감안해주시고, 가격표는 3번 테이블 앞 게시판에 붙어 있으니 참고 바랍니다. 이것 역시 오늘 구매하시면 1퍼센트 할인 혜택이 적용됩니다.

웨이웨이를 집으로 데려가신 후에는 저희 쪽 고객 서비스센터에서 정기적으로 방문해 웨이웨이의 정상적인 서비스를 위한 신체검사와 보수관리 케어를 제공해드릴 겁니다. 제가 이 자리에서 자신 있게 약속드립니다. 웨이웨이는 고객에게 결코 해가 되는 행동을 하지 않습니다. 저희 설계팀이 삼중 안전장치를 해놓았기 때문에 이 점은 안심하셔도 됩니다. 웨이웨이가 서비스 대상에게 저지를 수 있는 가장 심각한 문제 행동은 고작해야 파업에 불과하죠. 웨이웨이는 파업할 때 표정과 행동으로 의사를 표시합니다. 화가 난 표정으로 입술을 삐쭉 내밀며 어르신들을 쳐다보고, 한 손을 허리에 얹은 채 꼼짝도 하지 않거든요. (일동 웃음) 이런 모습으로 파업을 한다니 정말 귀엽지 않나요? 어쨌든 이런 상황에 맞닥뜨린다면 주저하지 마시고 저희 서비스센터에 전화만 걸어주시면 됩니다.

저쪽에서 어르신 한 분이 손을 들고 계시네요? 혹시 궁금하신 점이라도 있으신가요? 아, 웨이웨이가 어르신들의 화장실 용변 문제를 처리하는 데 도움을 줄 수 있냐고요? 유감스럽게도 아직 그런 일을 처리할 만한 시스템은 완성되지 못했습니다. 문질러 닦을 때 힘 조절을 제대로 할 수 없어 배변 처리에 필요한 서비스를 정확하게 제공하기가 힘듭니다. 하지만 조만간 기술이 업그레이드되면 이런 능력도 갖추게 되지 않을까요? 그때 가서 저희가 어르신께 연락을 드릴까요? 네, 어르신 성함과 연락처를 알려주세요. 성함이 푸샤오 씨라고요? 네, 전화번호는 17799999089번이고요. 근데 옆에 있는 아이는 어르신 손자인가요? 네? 아들이요?! 세상에! 어르신 연세가 여든은 넘어 보이시는데, 이렇게 어린 아들이 있다고요? 우와! 정말 복 받으신 분이세요! 축하도 축하지만 존경스럽기까지 합니다!

자, 그러면 이제 관심 있으신 분들은 1번 테이블로 가셔서 줄을 서시면 됩니다. 저희 전문 서비스 상담원이 여러분의 궁금증을 다 풀어드릴 테니 주저하지 마시고, 무엇이든 물어보세요.

화요일 황혼 녘

어르신들 안녕하세요! 저는 어르신들께 저희 연구소의 이름처럼 영험한 기운을 드리고자 찾아온 링치(靈氣) 연구소 수석연구원 장징앙이라고 합니다. 저희가 만든 장수환을 판매하기 전에 우선 이 약이 어떻게 만들어지게 되었는지 소개해드리겠습니다.

다들 아시겠지만 오래 살고 싶은 마음은 인간이라면 누구나 다 똑같지 않을까요? 물론 예외도 극소수 존재하기는 합니다. 인류의 성장 과정과 발전 역사를 돌이켜봤을 때 삶의 질이 높아지고, 특히 좋은 약이 속속 등장하면서 평균 수명이 계속해서 연장되어왔다는 사실을 알 수 있습니다. 청동기 시대만 해도 유럽인의 평균 수명이 고작 18세 정도였는데, 고대 로마 시대로 넘어가면 29세, 르네상스 시대에는 35세까지 늘어납니다. 푸시킨의 시를 보면 '서른 살 먹은 노인이 집 안으로 걸어 들어간다'

라는 구절이 나오기도 하죠. 이것만 봐도 당시 사람들의 수명이 대략 짐작되실 겁니다. 푸시킨의 《예브게니 오네긴》이라는 소설을 보면 여자 주인공의 어머니가 36세인데도 '할머니'로 불렸고, 도스토옙스키의 소설 《죄와 벌》에서도 남자 주인공이 살해한 할머니의 나이가 고작 42세에 불과했습니다. 19세기 말까지만 해도 유럽인의 평균 수명이 45세 정도였다니 정말 놀랍지 않나요? 그러다 1950년대에 들어선 뒤부터 물질적으로 풍요로운 삶을 살게 되고 수명을 연장할 수 있는 신약들이 등장하면서 유럽인의 평균 수명도 덩달아 늘어나 무려 68세까지 올라가게 됩니다. 지금은 78세 정도로 훨씬 더 올랐죠.

이제부터는 우리 중국인의 평균 수명을 한번 짚어볼까요? 하나라 때는 18세, 진과 서한 시대에는 20세, 동한 시대에는 22세, 당나라 때는 27세, 송나라 때는 30세, 청나라 때는 35세로 추정되고, 민국 시기에는 의외로 제자리걸음을 하며 35세를 넘어서지 못했습니다. 그러다 중화인민공화국 건국 이후로 생활 수준이 높아진 데다, 의료 기술이 발전하고 생명 연장에 도움을 주는 신약이 계속해서 등장하면서 평균 수명이 76세 정도까지 올라갔고, 일부 대도시와 장수촌의 평균 수명은 이미 78세를 넘어서 이제는 80세까지 바라볼 정도입니다. 지난 역사 속에서 장수에 도움을 주는 약물의 힘은 아주 막강했습니다. 그에 상응해서 인간의 수명 역시 생명 연장의 잠재력을 충분히 가지고 있다는 것을 역사가 증명해준 셈이지요.

그렇다면 인간의 수명은 어느 정도까지 늘어날 수 있을까요?

현재 수명의 한계를 추정할 수 있는 방법은 네 가지 정도 있습니다. 하나는 성장기에 따라 추정하는 겁니다. 세계적으로 뷔퐁의 생명계수라는 것이 쓰이는데, 아! 뷔퐁은 프랑스 생물학자 이름입니다. 뷔퐁은 인간의 성장 주기를 20~25년으로 봤고, 포유동물의 수명이 성장 주기의 5~7배 정도 된다고 가정해서 인간이 무려 100~150살까지도 살 수 있다는 결론을 내렸습니다.

두 번째는 성 성숙이 일어나는 시기를 기준으로 추정하는 거죠. 인간의 성 성숙기는 14~15세 정도에 찾아오는데 남자와 여자를 막론하고 이 시기가 되면 성적으로 성숙해진다고 볼 수 있습니다. 일반적으로 포유동물의 수명은 성 성숙기의 8~10배 정도 되니, 이걸 기준으로 계산해보면 인간은 자그마치 110~150살까지도 살 수 있게 되는 거죠. 정말 대단하지 않습니까?

세 번째는 세포의 체외분열 횟수를 기준으로 추정하는 겁니다. 미국의 한 실험실에서 헤이플릭 박사의 주도로 인체 세포 실험이 진행된 적이 있었는데, 그때 섬유아세포의 분열이 체외에서 50번 정도 진행된 후 중단되었죠. 이 때문에 50번은 배양 세포의 '대물림 횟수'로 간주되었고, 이것을 '헤이플릭 한계'라고 부르게 됩니다. 이 실험에서 세포의 분열 주기는 약 2.4년이었고, 이것을 기준으로 인간의 수명을 계산해보면 약 120살 정도라는 결과가 나옵니다.

네 번째는 생애 주기를 이용한 계산법입니다. 러시아 과학자 모르스와 쿠츠민은 인간의 첫 번째 생애 주기를 정상적인 임신 일수에 해당하는 266일로 잡았고, 두 번째 생애 주기는 266일의 15.15배인 11년으로 계산했죠. 그렇다면 11년에 15.15를 곱한 값인 167세가 인간 수명의 한계치가 되는 겁니다.

지금까지 말씀드린 방법 중 어느 것을 쓰든 인간이 이 지구상에서 살 수 있는 시간은 실제 평균 수명보다 훨씬 깁니다. 그래서 저희 같은 사람들이 계속해서 장수에 도움을 주는 약을 만들어낼 수밖에 없는 거죠. 인간 수명의 잠재력이 이렇게나 큰데 어떻게든 이것을 현실화시켜 행복하고 건강한 삶을 오래도록 누려야 하지 않을까요? 현재 세계 각지에서 장수 약물에 대한 연구가 진행되고 있고, 혁신적인 연구 결과가 속속 만들어지고 있습니다.

2006년, 러시아의 타블로이드지 〈콤소몰스카야 프라우다〉에 기사가 하나 실렸는데, 모스크바 주립대 연구팀이 발명한 강력한 항산화제가 인체에 지속적으로 작용하면 150살 넘게 살 수 있다는 내용이었죠. 2010년에는 영국 과학자가 빙하에서 채취한 미생물로 약물을 만들어 복용하면 140살까지 수명을 연장할 수 있다는 놀라운 소식을 전했습니다. 문제는 이 미생물을 약물로 만들 방법을 아직 찾지 못했다는 겁니다. 2010년 미국 뉴욕에 있는 알베르트 아인슈타인 의과대학 연구팀은 노인 질환을 막을 수 있는 세 가지 유전자를 찾아내는 데 성공했습니다. 이것을 활용해 약물을 만들 수 있다면 100세 시대도 머지않은 이야기가 되는 겁니다. 우리나라에서도 수많은 과학자가 지금도 밤낮없이 장수 약물 개발에 매달리고 있습니다. 그러나 저희 연구팀이 오늘 가져온 장수환은 정부 기관에 속한 과학자들의 틀에 박힌 연구 성과가 아니라는 점에 주목하셔야 합니다. 이 약은 민간 기업에서 직접 약재 업계에 종사하는 고수들을 초빙해 조상 대대로 내려오는 영험한 약재와 약방문을 참고해 만들었거든요. 그야말로 전통과 과학이 만나 어디에도 없는 새로운 약이 탄생한 겁니다.

이 자리에 계신 분들은 모두 저보다 인생 선배님들이시니 한나라 시대의 역사를 잘 알고 계실 겁니다. 그 옛날 한무제 유철이 장수에 얼마나 관심이 많았는지 다들 알고 계시죠? 평범한 백성들도 오래 살고 싶어 하는데, 하물며 끼니마다 산해진미가 넘쳐나고, 매일 화려한 옷을 걸치고, 밤마다 미녀들을 품에 안고 사는 황제라면 불로장생하고 싶은 마음이 당연히 더 클 수밖에요.

유철은 장건을 사신에 봉해 서역의 여러 나라와 동맹을 맺어 흉노에 대처하는 길을 찾는 임무를 맡겼죠. 이 모든 것이 서역으로 통하는 비단과 찻잎의 판로를 넓히기 위해서였지만, 사실 장건에게는 또 하나의 비밀스러운 특별 지시가 내려집니다. 바로 서역에 가서 불로장생약을 구해 오라는 것이었죠. 이를 위해 장건은 어의 요명성을 사신단 행렬에 넣어 황제의 임무를 수행하도록 했습니다.

장건이 무역로를 개척한 이야기는 역사학자들의 몫으로 남겨두고, 오늘 이 자리에서는 어르신들께 어의 요명성이 서역으로 향하는 길을 따라가며 어떤 일을 했는지 들려드리겠습니다. 요명성은 서역에 있는 나라를 방문할 때마다 비단과 찻잎이 든 짐 보따리를 짊어지고 한나라 말을 할 줄 아는 현지인을 고용해 함께 골목 구석구석을 돌아다녔죠. 그곳에서 알음알음 찾아낸 명의를 몰래 방문해 불로장생의 비법을 알아내려고 한 겁니다. 요명성은 누란국에서 만난 한 백발노인으로부터 재미있는 이야기를 듣습니다. 그 나라 의원들이 나포마(羅布麻)라는 식물과 다른 전통 약재를 섞어 만든 환을 얻어서 왕에게 바쳤는데, 왕이 그 약을 먹고 기력이 좋아졌다는 거였죠. 수명을 늘리는 데 확실히 효과를 봤다는 겁니다.

그런데 문제는 이 약을 만드는 데 쓰이는 원료가 희귀하다 보니 한 달에 고작 세 알 정도밖에 만들어낼 수 없고, 그것마저 왕에게 모두 바쳐 한나라로 가져갈 수가 없었다는 겁니다. 요명성에게서 이 소식을 전해 들은 장건은 곧바로 그를 데리고 누란국의 왕을 알현하러 갑니다. 장건은 그 자리에서 최상급 비단과 누란국 왕이 가지고 있는 나포마환을 교환하자고 직접적으로 제안하죠. 누란국 왕은 고심 끝에 막강한 국력을 지닌 한나라 황제의 미움을 사지 않기 위해 그 자리에서 요명성에게 나포마환 열두 개를 건네주고 한 달에 한 개씩만 복용하게 하라고 알려줍니다.

그 후로도 불로장생약을 찾는 일은 계속되었습니다. 서쪽으로 이동하는 동안 요명성은 사막에 자라는 호양(胡楊)의 뿌리가 수명 연장에 효험이 있고, 한혈마의 말갈기를 끓인 물에 우린 후 마시면 역시 같은 작용을 한다는 사실을 알게 되었죠. 그리고 결정적으로 구자국에서 더 놀라운 정보를 얻습니다. 나포마와 한혈마의 말갈기, 그리고 호양의 뿌리와 현지에서 나는 약초를 일정 비율로 혼합해 끓인 물에 우리고, 현지에서만 나는 무명과 달인 즙을 넣어 자정에 달 아래 두 시진을 두었다가 세 숟가락을 복용하면 수명이 반년 늘어난다는 놀라운 정보였죠. 당연히 요명성은 비밀리에 비단과 찻잎을 주고 이 몇 가지 약재를 확보하는 데 성공했습니다. 아쉽게도 종류별로 양이 많지는 않았지만 어쨌든 빠짐없이 재료를 모아 귀국하죠. 하지만 막상 돌아오고 보니 약방문의 진위를 명확히 가릴 수 없어 감히 황제 유철에게 그 약재에 대해 알리지 못합니다. 어쩔 수 없이 누란국 왕이 준 열두 환의 공물만 바치고 말죠.

유철은 장수환을 얻고 매우 기뻐하며 바로 복용하기 시작했고, 계속 먹고 싶은 욕심에 누란국으로 여러 차례 선물을 보내 장수환과 맞바꿔

오는 과정을 반복하게 됩니다. 바로 이 장수환 덕에 유철은 71세까지 살았고, 중국 역사상 70세를 넘겨 장수한 첫 번째 황제가 됩니다. 지금으로 치면 71세가 별거 아니라고 생각되지만 평균 수명이 고작 20세였던 시기에 이 정도 나이면 굉장히 장수한 거라고 볼 수 있죠.

그런데 우리는 이 모든 과정의 핵심 인물인 요명성에 주목해야 합니다. 그는 한나라에 돌아온 후 서역에서 몰래 가져온 나포마, 한혈마의 말갈기, 무명과와 몇 종류의 약초 및 호양의 뿌리를 배합해 만든 불로장생약의 진위를 실험하기 시작하죠. 지금이야 실험용 쥐나 인체 실험 지원자를 대상으로 약의 효과를 검증할 수 있지만 그 당시에는 의원이 자신이 만든 약을 직접 복용해 효험을 확인하는 수밖에 없었을 겁니다. 약재를 만들어 직접 먹어본 요명성은 차츰 정신이 점점 맑아지는 느낌을 받게 됩니다. 그때 요명성은 이미 60세 정도라 몇십 근짜리 물건만 들어도 힘에 부쳤죠. 그런데 차츰 백여 근에 달하는 물건도 거뜬히 들 만큼 힘이 붙고, 빠진 치아가 다시 나기 시작하고, 거칠어진 피부에 윤기가 흐르는 것도 모자라 음경마저 서기 시작한 겁니다. 그는 이 기이한 변화를 직접 몸으로 느끼며 자신이 만든 약이 확실히 효과가 있다는 확신을 갖게 됩니다. 이제 황제에게 약을 바치기만 하면 되는 거였죠.

하지만 불현듯 이런 생각이 그의 뇌리를 스치고 지나갑니다. 어차피 이 일에 대해 아무도 모르는데 굳이 황제에게 불로장생약을 바칠 필요가 있을까? 요명성은 자칫 잘못해서 괜한 화를 자초하느니 차라리 자신만 알고 있기로 마음먹게 되고, 그 약 덕분에 99세까지 장수합니다. 요명성의 장수는 당시 모든 이를 놀라게 했고, 그 비결을 알고 싶어 하는 이들이 그의 집 앞에 줄을 섰지만 모두 허탕을 치고 돌아갑니다. 요명성은 죽기 전에 자신이 만든 약의 제조법을 죽간에 써서 아들에게 물려주었고, 비밀이 새어나가는 것을 막기 위해 마치 암호문을 만들 듯 글자들을 중간중간 섞어 쉽게 해독할 수 없도록 해놓았죠.

그런데 궁에서 어의로 지내던 요명성의 아들은 궁을 나와 백성들을 대상으로 의술을 행했을 뿐 장수환을 만드는 일에 그다지 열의를 보이지 않습니다. 그도 그럴 것이 약재에 들어가는 재료가 워낙 희귀해 만들 엄두를 낼 수 없었던 거죠. 그러다 보니 장수 비법이 적힌 죽간은 오랫동안 궤짝 안에 방치된 채 빛을 보지 못했고, 이후 집안의 자손들이 몇 대째 바뀌면서 아무도 내용을 해독할 줄 모르는 지경에 이르게 된 겁니다.

훗날 서한이 망하고 동진이 들어서자 요명성의 후손들은 식솔들을 데리고 동쪽에 있는 낙양성으로 이주했고, 예전처럼 민간의술을 행하며 지냈다고 합니다. 물론 가문의 의술과 명성은 예전 같지 않았죠. 후손들은 옛 명성을 이어가고자 새로운 의술을 배우기 위해 다양한 의서를 읽던 중에 《상한론(傷寒論)》이라는 책을 접하게 되는데, 그 책을 쓴 장중경의 거처가 남양군에 있다는 것을 알고 그를 스승으로 모시기 위해 찾아갑니다. 그런데 안타깝게도 장중경은 이미 중병에 걸려 제자를 받아들일 형편이 아니었죠. 요 씨 가문의 후손은 장중경과 헤어지기 전에 조상 대대로 내려오던 죽간을 꺼내 혹시 그 의미를 아는지 물어보게 됩니다. 의술이 뛰어났던 장중경은 죽간에 쓰인 내용을 단박에 알아보죠. 그리고 곧바로 붓을 들어 그 안에 쓰인 희귀한 약재를 대신해 내륙에서 쉽게 구할 수 있는 약재의 이름을 써 내려갑니다. 이렇게 해서 장수환의 약방문이 중국 땅 안에서 계속 전해질 길이 열리게 된 겁니다.

요 씨의 후손은 크게 기뻐하며 낙양으로 돌아가 장중경이 알려준 대로 약재를 만들었고, 그것을 얼마 동안 직접 먹어보며 효험을 검증하기로 합니다. 그런데 정말 놀라운 일이 벌어지기 시작한 거죠. 약을 먹은 뒤부터 하얀 머리카락이 검어지고, 주름이 옅어지고, 기력이 배로 늘어나는 등 젊어지는 징후가 나타난 겁니다. 처음에는 가족을 상대로 이 약을 먹게 해 효험을 다시 확인해본 뒤 치료를 받으러 온 노인들에게도 약을 만들어주었고, 약을 먹고 장수하는 노인들이 눈에 띄게 늘어나면서 요 씨 가문의 명성은 다시 하늘로 치솟기 시작합니다. 그 덕에 대대손손 낙양에서 자리를 잡고 당나라 시대에 안사의 난이 일어날 때까지 명성을 이어가게 되었답니다.

아시다시피 안사의 난이 일어났을 때 안녹산은 낙양을 함락한 후 천보 15년(756) 정월에 황제에 등극해 자신을 대연 황제라고 부르게 됩니다. 그는 황제로 등극한 지 사흘째 되는 날에 요 씨 가문에서 불로장생약을 만든다는 정보를 입수하고 곧바로 그들을 잡아들여 약을 바치게 합니다. 요 씨의 자손들은 그 말을 거역하지 못한 채 황제를 위해 약을 만들었죠. 하지만 안타깝게도 안녹산은 불로장생약의 효험을 볼 새도 없이 얼마 안 가 아들 안경서의 손에 죽고 맙니다. 그 후 사사명의 부대가 범양에서 반란을 일으키며 귀환하자 요 씨 후손들은 그의 집안사람들을 치료하는 일을 하며 계속 명성을 이어갑니다. 어쨌든 그 후로도 요 씨 가문의 후손들은 여러 번 이주를 하며 의술을 행했고, 불로장생을 돕는 약방문은 대대손손 이어져 내려갔습니다.

명나라에 이르러 명성조 주예는 1421년 베이징으로 도읍을 옮긴 후 궁인으로부터 요 씨 성을 가진 이가 의술이 뛰어나고, 가문에서 대대로 이어져 내려오는 불로장생의 약방문을 가지고 있는데, 그 약을 먹으면 장수할 수 있다는 말을 듣게 되죠. 그래서 사방으로 수소문한 끝에 마침내 요 씨의 후손을 궁으로 불러들여 어의직을 맡깁니다. 오랜 기간 전쟁터에서 지내며 심신이 많이 상해 있던 주예는 요 씨 가문의 불로장생약 덕에 가까스로 65세까지 살 수 있었죠. 고작 65세라고 생각할 수도 있겠지만 당시 명나라 황제 중 그가 가장 고령에 속했다면 약의 효험이 얼마나 뛰어났는지 짐작이 가실 겁니다.

그 후 청나라가 명나라를 멸하자 궁에 있던 어의들은 난을 피해 뿔뿔이 흩어졌고, 요 씨 가문의 자손도 다시 집으로 돌아가 민간에서 의술을 행하며 살게 됩니다. 그러나 청나라 말기에 자희태후가 장수에 유난히 집착하면서 전국 각지의 명의들을 수소문해 장수의 비법을 알아내려고 했죠. 결국 요 씨 가문에 대한 소문이 그녀의 귀에 들어갔고, 그 후손은 다시 자금성으로 불려 들어가 자희태후를 모시게 됩니다. 요 씨 가문의 불로장생약 덕에 지병을 앓고 있던 자희태후는 73세까지 장수하죠.

청나라가 멸망하자 요 씨 가문의 후손은 다시 민간의술을 행하며 살았고, 그 후 위안스카이와 장쮀린 등이 사람을 보내 그들을 다시 불러들이려 합니다. 하지만 그들은 황제와 고위 관리들을 치료하는 것에 얼마나 큰 위험 부담이 따르는지 너무나 잘 알고 있었기에 깊은 산속에 있는 이름 모를 마을로 숨어 들어가 산골 농부들의 병을 돌보고 약초를 캐며 살아가게 됩니다.

최근 들어 저희 회사가 장수환을 연구하는 과정에서 우연히 요 씨 가문의 후손이 사는 곳을 알게 되어 그분들을 직접 찾아뵌 적이 있습니다. 그리고 1천만 위안이라는 거금을 들여 그 집안의 가보인 약방문을 사들였죠. 그 후 저희는 현대 의학의 연구 성과를 기반으로 약방문을 더 발전

시켰고, 이렇게 해서 오늘 제가 가져온 이 장수환이 만들어질 수 있었던 겁니다.

현대 의학에서는 사람이 늙고 쇠약해지는 원인을 주로 다음의 일곱 가지로 보고 있습니다. 하나는 유전자 노화인데, 나이가 들수록 인체 세포의 처리 능력이 떨어지면서 유전자의 노화와 변이가 일어나는 겁니다. 둘째, 나이가 들수록 인체 조직기관이 각종 감염에 취약해지면서 염증이 생기는 곳이 많아집니다. 셋째, 프리라디칼이 인체에 미치는 산화 스트레스 반응이 늘어나면서 생리 과정의 정상적인 흐름을 방해하죠. 넷째, 세포 에너지가 고갈되어 심장, 뇌, 근육 등의 조직세포 기능이 쇠퇴합니다. 다섯째, 인체 내의 불포화지방산과 기타 지방산 비율이 갈수록 불균형을 이루게 됩니다. 여섯째, 소화효소 분비가 부족해져 소화 시스템에 만성적인 문제가 생기게 됩니다. 일곱째, 칼슘화 작용이 조절 능력을 상실하면서 혈관벽, 심장판막, 뇌세포 안에 과다한 인이 축적되죠. 그래서 저희는 장수환을 연구 개발할 때 이런 문제를 해결하는 데 초점을 맞췄습니다.

저희 장수환은 현재까지 65세 이상 노인 155만 5,688명이 복용하고 있고, 약을 복용한 분들은 지금까지 모두 살아계십니다. 그중 최고령자는 101세 5개월, 최저 연령은 82세로, 백 퍼센트 효험이 있다고 증명되고 있습니다. 저희가 통계를 내본 결과 한 통을 먹을 때마다 약 한 달하고도 7일의 수명을 늘릴 수 있더군요. 사실 원재료가 부족한 탓에 제품을 많이 생산할 수는 없습니다. 오늘 저희가 가져온 장수환도 수량이 많지 않아 신분증을 지참하신 분들에 한해 1인당 세 통씩 구매하실 수 있도록 도와드리겠습니다. 한 통당 가격은 999위안입니다. 계산하기 번거로우면 1천 위안으로 보시면 됩니다. 사실 가격을 999위안이라고 정한 건 9가 오래 산다는 의미를 지닌 길한 숫자이기 때문이기도 하죠. 오래 사시라는 의미로 999위안에 파는 겁니다.

자, 그럼 다들 줄을 서세요. 먼저 1번 테이블에 가서 돈을 내면 그곳에서 영수증을 드릴 거고, 그 영수증을 가지고 2번 테이블로 가서 약을 받으시면 됩니다. 약은 오늘 밤부터 바로 복용하세요. 장수를 위해 드시는 약인데 하루라도 빨리 시작하셔야죠. 자, 다들 밀지 말고 차례대로 줄을 서세요. 저기 계신 어르신은 다른 분들 발 밟지 않게 휠체어 조심하시고요. 네? 네 통 사고 싶으시다고요? 아까도 말씀드렸듯이 1인당 세 통밖에 못 팝니다. 거동이 불편하셔서 한 통을 더 사고 싶으시다고요? 죄송합니다. 어르신 마음은 잘 알겠지만 회사 방침이라 제가 어떻게 할 수가 없네요. 또 다른 질문이 있으시면 얼마든지 물어보시고…….

수요일 황혼 녘

어르신들! 오늘, 젊음을 되찾는 회춘 체험에 오신 것을 열렬히 환영합니다.

그럼 이제부터 회춘에 얽힌 옛날이야기를 하나 들려드리겠습니다. 다들 아시겠지만 회남왕 유안은 도술을 아주 좋아했죠. 그래서 전국 각지에 사람을 보내 늙지 않는 법술을 알아보기 시작합니다. 그러던 어느 날 백발노인 여덟 명이 찾아와 그 법술을 안다고 말하며 불로장생약을 바치겠다고 하는 겁니다. 당연히 유안의 눈이 번쩍 뜨였겠죠? 너무 기쁜 나머지 서둘러 문을 열어 그들을 맞이하러 나간 유안은 눈앞의 노인들을 보는 순간 실소를 금치 못하죠. 자기 자신조차 젊게 만들지 못하는 방술이 무슨 의미가 있을까 싶었던 겁니다. 당연히 노인들이 사기꾼처럼 보이지 않았을까요? 그래서 당장 노인들을 내쫓으라고 명을 내립니다.

그런데 그 순간 노인들이 돌연 껄껄 웃으며 이렇게 말합니다. "우리가 늙은이라서 싫으신 겁니까? 그럼 원하시는 모습을 보여드려야지요." 그러더니 노인들이 순식간에 아이로 모습을 바꿉니다.

2008년 미국의 데이비드 핀치 감독이 연출하고, 브래드 피트와 케이트 블란쳇이 주인공으로 나오는 영화가 한 편 개봉되었죠. 여기 계신 어르신 중에서도 〈벤저민 버튼의 시간은 거꾸로 간다〉라는 영화를 보신 분이 계실 겁니다. 1999년 미국 볼티모어에서 일어난 기묘한 사건을 배경으로 하는데, 주인공 벤저민 버튼이 자연의 섭리를 거스르며 노인의 모습으로 태어나더니 점점 젊어진다는 내용이죠.

늙음을 되돌려 젊어진다는 '반로환동(返老還童)'이라는 고사성어나 이 영화는 결국 모든 사람의 바람을 반영한 게 아니겠습니까? 사람은 누구나 늙고, 그래서 다시 어린 시절로 돌아가 새로운 인생을 살아보고 싶은 꿈을 한 번쯤은 꾸게 마련입니다. 하지만 현실적으로 이런 바람이 가능한가요? 절대 불가능합니다.

그런데 한 가지 희망적인 소식은 과학기술이 갈수록 발전하고 있다는 겁니다. 영상 기술과 스마트 웨어러블 기술 덕에 새로운 가상공간이 만들어졌고, 노인들이 그 공간으로 들어가면 금세 젊은 시절로 돌아가 잠깐이나마 행복한 경험을 할 수 있게 되었죠. 저희도 지금 그런 일을 하고 있습니다. 어제까지 노인 12만 8,903명이 이런 체험을 하셨고, 다들 그 기적 같은 시간 속에서 행복해하셨답니다. 체험을 끝내고 설문조사를 해서 통계를 내보니 체험을 마친 뒤 심리적 나이가 두 살은 더 젊어졌다는 결과가 나왔습니다.

여러분도 알고 계시겠지만 사람의 나이는 세 종류로 나뉩니다. 첫 번째는 자연 연령입니다. 그러니까 이건 생년월일에 따라서 계산되는 연령을 가리킵니다. 두 번째는 생리적 연령입니다. 인체 조직기관의 기능에 따라 정해지는 나이죠. 이것은 건강검진 데이터를 통해서 알 수 있습니다. 또 하나는 심리적 연령입니다. 심리 상태와 지능의 변화에 따라 달라지는 연령이죠. 저희가 만들어낸 회춘 체험은 바로 이 심리적 나이를 바꿔주는 겁니다. 심리적 나이가 젊어지면 기대되는 생리적 연령도 따라서 높아지고, 자연 연령 역시 길어지게 됩니다.

전 세계적으로 노인 인구가 점점 증가하는 추세라는 건 다들 아실 거예요. 미국만 봐도 전체 인구 중 65세 이상이 차지하는 비율이 1900년에 4.1퍼센트, 1940년에는 6.8퍼센트, 1975년에는 8.9퍼센트, 2000년에는 약 11.7퍼센트로 집계된 바 있으니까요. 우리나라는 어떨까요? 통계를 보면 앞으로 전국의 60세 이상 인구가 매년 천만 명씩 증가할 것으로 전망되고 있죠. 이 추세대로라면 얼마 안 가 전국적으로 세 명 중 한 명은 60세 이상 노인이 될 겁니다. 이런 이유로 노인들을 위한 서비스가 확대되어야 하고, 노인들의 심리적 나이를 젊게 만들어 생리적, 자연적 나이까지 늘어나게 하는 것이 젊은 세대가 해야 할 일이 되어가고 있죠.

저희가 오늘 여기 온 목적은 여러분의 심리적 나이를 바꾸는 데 있습니다. 지금 저희에게 체험관을 열어달라고 연락해오는 곳이 한두 군데가 아닌데 장수 공원 관리소장님이 몇 번이나 부탁하셔서 특별히 이곳에 먼저 오게 된 거랍니다.

그럼 이제부터 여러분께 체험 방법과 과정을 설명해드릴게요. 1번 테이블에 가서서 여러분이 스무 살 무렵 찍은 사진을 제출하고, 2번 테이블에서 체험비를 낸 뒤 저희가 마련한 A구역으로 가시면 됩니다. 그곳에서 저희가 준비한 장비를 입고 다시 B구역으로 들어가시면 대형 초고화질 스크린으로 둘러싸인 공간이 나옵니다. 그곳에 계시면 흰 머리칼과 수염이 점차 검은색으로 변하고, 헤어라인이 스무 살 때로 돌아가고, 얼굴 주름이 줄어들면서 완전히 사라지고, 처진 눈이 올라가고, 피부가 하얗고 매끄럽게 변하고, 눈동자가 반짝거리며 생기발랄해지고, 빠진 치아가 다시 생겨 가지런해지고, 스무 살 때의 키로 다시 돌아가는 것을 보시게 될 겁니다. 그런 과정을 다 거치고 나면 여러분은 사진 속 스무 살 무렵의 모습으로 변해 있을 겁니다.

이런 외적인 변화와 더불어 몸에 에너지가 넘쳐나면서 뛰고 싶고 웃고 싶은 충동이 일어나죠. 그때쯤 직원들의 안내에 따라 C구역으로 가시면 됩니다. 그곳에서 사방 벽에 걸린 초고화질 스크린을 통해 완전히 젊은 시절 모습으로 돌아간 자신을 마주하시게 될 겁니다. 진짜 살아 숨 쉬는 사람처럼 놀랄 만큼 입체적인 모습으로 팔다리를 움직일 수 있죠. 여러분처럼 젊은 청년과 아가씨들이 젊은이들만의 관심사를 서로 이야기하며 농담도 나눌 거고, 여러분에게 이성적 관심을 보이는 젊은 남녀가 윙크하며 사인을 보낼지도 모르니 마음의 준비도 단단히 하셔야 할 걸요?

어르신이 젊은 사내로 변해 있다면 예쁜 아가씨가 다가와 근처 숲으로 산책하러 가자고 데이트 신청을 할 거고, 만약 아가씨로 변해 있다면 멋진 젊은이가 다가와 강가를 거닐자고 할 겁니다. 그렇다고 너무 긴장하거나 어색해하지 마시고 과감하게 상대방의 손을 잡아보세요. 그렇게 한다고 해서 걷잡을 수 없는 지경까지 치닫는 민망한 사태는 벌어지지 않으니 안심하셔도 됩니다.

상대방 손을 잡아끌고 숲이나 강으로 데이트하러 갈 땐 키스를 하는 것까지는 괜찮지만 그 이상의 친밀한 행동은 피하시는 게 가장 좋습니다. 물론 정 하고 싶으시다면 말리지는 않습니다. 포옹을 하든 쓰다듬든 키스를 나누든, 뭐든 하고 싶은 대로 하셔도 됩니다. 그렇게 시간을 보낸 후 숲속 깊은 곳으로 들어가거나 강기슭에 있는 은밀한 곳을 찾아가 혼자 계시면 바로 D구역에 도착하실 수 있어요. 이때가 되면 여러분은 다시 현재의 모습으로 돌아와 있을 겁니다. 어떻게 생각하면 좀 잔인하게 느껴질 수 있지만 이것이 바로 현대 과학의 한계인 셈이죠.

하지만 앞으로 과학이 더 발전하면 E구역에서 사랑하는 연인과 결혼을 하고, 다시 청춘을 누릴 날도 곧 오지 않을까요? 제 말에 고개를 가로저으시는 어르신들이 꽤 많아 보이는데요? 설마 제가 거짓말을 한다고 생각하는 건 아니시죠? 물론 제가 과학자는 아니니까 당연히 그런 의심도 드실 겁니다. 그래서 제가 최근 SNS에 올라온 한 물리학자의 글을 어르신들에게 들려드리려고 이렇게 가져와봤습니다. 그럼 한번 읽어보겠습니다.

과학계의 최신 동향과 발견은 인류의 생존에 중대한 영향을 가져다줄 것이다. 현재 과학계에서 주목할 만한 두 가지는 바로 암흑물질과 양자 얽힘이다. 우선 암흑물질이 무엇인지부터 알아보자. 우리는 우주의 형태가 만유인력의 법칙에 따라 유지된다고 여겨왔다. 별과 별은 만유인력을 통해 서로를 끌어당기고, 모든 별이 서로의 주위를 질서정연하게 맴돈다. 하지만 과학자들은 별 사이의 만유인력을 자세히 계산하는 과정에서 별 자체가 가지고 있는 중력이 하나의 완전한 은하를 유지하기에 턱없이 부족하다는 사실을 발견했다. 기존 질량의 만유

인력만 작용한다면 우주는 지금의 모습이 아니라 사막의 모래알처럼 흩어져 있을지 모른다. 즉 지금의 우주 질서를 유지하는 데 또 다른 물질이 작용하고 있다는 뜻이다. 지금까지 우리 인류는 이 물질을 찾아내지 못했기에 이를 암흑물질이라고 부르게 되었다. 더 나아가서 과학자들은 우주의 운행 질서를 유지하려면 암흑물질의 질량이 지금 우리가 볼 수 있는 것보다 다섯 배 더 많아야 한다는 사실을 알아냈다.

앞서 언급한 두 가지 발견 중 나머지 하나는 양자 얽힘이다. 과학자들은 물질을 연구하는 과정에서 신기한 현상 하나를 발견했다. 바로 양자 얽힘이다. 이는 아무런 관련이 없는 양자 두 개가 거리와 무관하게 공동의 통일된 양자 상태로 연결되는 현상이다. 예를 들어 서로 멀리 떨어져 있는 두 개의 양자 사이에는 원래 통상적인 연계가 전혀 없다. 하지만 그중 하나에 상태 변화가 일어나면 나머지 하나에도 거의 같은 시간에 동일한 상태 변화가 나타난다. 이것은 우연의 일치가 아니라 실험을 통해 반복적으로 검증된 일종의 법칙이기도 하다.

이 두 가지 과학적 발견은 기존의 물리학 이론을 뒤집는 데 결정적인 역할을 했다. 우리가 알고 있는 기존의 물리학 이론은 모두 빛의 속도를 뛰어넘을 수 없다는 기초 위에 세워졌다. 하지만 양자 얽힘의 전도 속도는 빛의 속도보다 적어도 네 배 이상 빠른 것으로 산출되었다. 이것은 우리가 가지고 있던 기존 인식에 정면으로 도전하는 것이기도 하다. 우리가 원래 알고 있는 물질이 단지 이 우주에서 고작 5퍼센트 정도를 차지할 만큼 아주 작은 부분에 불과하기 때문이다. 우주를 구성하는 대부분의 물질을 알 수 없는 상황에서 이것이 인류의 생존에 영향을 미치지 않을 거라고 누가 감히 장담할 수 있겠는가? 이 물질이 수명 연장에 도움을 주고 젊음을 되돌리는 비밀의 열쇠가 되어줄지 아닐지 역시 누구도 확언할 수 없다. 두 개의 양자가 얽히며 상상도 못 할 일이 일어나는 것처럼 생명 연장의 꿈이 이루어지고 늙음과 젊음이 서로 전환되는 신비한 기적도 일어날 수 있지 않을까?

이 과학자의 말은 사실을 근거로 하고 있고, 그렇다면 모든 가능성이 열려 있다는 뜻 아니겠습니까? 머지않았습니다. 조금만 더 기다리면 머지않아 과학자들이 저 광활한 우주에서 어르신들의 젊음을 되돌려줄 물질을 찾아내고, 여기 계신 모든 분이 다시 한 번 아름다운 청춘으로 돌아갈 수 있도록 어르신들의 젊은 시절이 존재했던 공간으로 보내드릴 겁니다!

그러니 절대 비관하면 안 된다는 거 아시죠? 생각해보십시오. 천 년 전에 이 지구에 살던 인류가 자신들의 후손이 시속 300킬로미터가 넘는 고속전철은 물론이고 시속 천 킬로미터가 넘는 비행기를 타고 다닐 거라고 상상이나 했겠습니까? 자, 이 얘기는 여기까지 하고 다시 오늘의 체험 이야기로 돌아가볼까요?

어르신들! 오늘 이 체험이 여기 계신 모든 분에게 잊지 못할 놀라운 경험이 되고, 몸과 마음에 활기를 줄 것이라고 전 확신합니다. 그럼 이제부터 본격적으로 체험을 시작해보도록 하겠습니다! 한 번에 다섯 분씩 들어가셔서 다섯 분이 동시에 A, B, C, D구역에서 신비한 체험을 하시게 될 겁니다. 자, 이제 음악을 틀어주세요!

저쪽에 지팡이를 짚고 계신 할아버님께서 손을 드셨는데, 뭐가 궁금하신가요? 오늘 체험을 연속으로 두 번 할 수 있냐고요? 죄송합니다만 그건 안 됩니다. 다들 보셔서 아시겠지만 이렇게 많은 분이 줄을 선 상황이라 체험은 한 분당 한 번씩밖에 안 됩니다. 이러면 어떨까요? 저희가 내일 황혼 녘에 연꽃 공원에서도 체험 부스를 운영하는데 그곳으로 오시면 한 번 더 젊어질 기회를 드리죠. 자, 제가 어르신 얼굴을 기억하고 있으니 내일 찾아오시면 제가 책임지고 한 번 더 하게 해드리겠습니다. 자, 맨 앞에 계신 다섯 분 먼저 A구역으로 들어가시면 됩니다.

목요일 황혼 녘

여러분, 안녕하세요! 장수 공원까지 와주신 여러분께 인류의 미래 수명이 과연 어느 정도까지 연장될 수 있을지 말씀드릴 기회를 얻어 무척 기쁘게 생각합니다. 우선 오늘 저희를 이 자리에 불러주시고 이렇게 아름다운 황혼 무렵에 멋진 공원에서 강연을 할 수 있게 허락해주신 공원 관계자 여러분께 감사 인사를 드립니다.

인류의 미래는 과연 어떤 모습으로 변해 있을까요? 인류의 미래 수명은 얼마나 길어질 수 있을까요? 이런 문제에 대해 많은 사람이 나름의 예측을 하고 있죠. 히브리대의 유발 하라리 교수는 《호모 데우스》에서 인류의 미래를 이렇게 예측합니다. 지구상에 기근과 전염병, 전쟁이 줄어들면 21세기에 인류는 자신을 위한 새로운 투쟁 목표를 세울 테고, 그 목표는 노화를 극복하고 죽음과 맞서 싸워 영원한 삶과 행복을 얻는 것이 될 가능성이 크다고요.

무척 흥미로운 예측 아닌가요? 제가 봐도 어느 정도 일리 있는 말이란 생각이 듭니다. 인류학의 한 갈래인 인간 수명을 연구하는 입장에서 저 역시 현재 과학의 발전 상황과 미래의 발전 가능성을 종합해 인류의 미래 중에서도 특히 인간 수명의 한계에 대해 나름의 예측을 해보았습니다. 물론 제 예측이 모두 정확하다고는 할 수 없겠죠. 그래도 여러분께서 다가올 미래에 인류의 생명 현상이 어떻게 변할지 엿볼 새로운 창구역할은 할 수 있지 않을까 싶습니다. 다만 한 가지 미리 양해의 말씀을 드리자면 오늘은 이 문제에 대해 제가 자세히 설명해드릴 수 없다는 겁니다. 그러려면 시간이 더 필요하고, 특수 장비도 있어야 하죠.

어쨌든 제 예측을 종합해보면 앞으로 인류는 모든 과학적 기술과 수단을 총동원해 수명 연장에 집중할 겁니다. 이것은 인간의 생존 본능과 연관되어 있습니다. 인간이 단지 높은 수준의 평균 수명에 만족한 채 영생을 향한 발걸음을 멈출 리는 없거든요. 이런 문제 앞에서 인간의 탐욕적 본성은 더욱 두드러질 거고, 수명 연장을 향해 걸어가는 길에는 종착역이란 것이 존재하지 않을 겁니다. 한마디로 마치 우주 공간처럼 끝이 없는 길을 무한정 걸어가는 셈이죠.

미래 수명의 평균치는 네 가지 관문을 종합해보면 어림잡아 나오지 않을까 싶습니다. 첫 번째 관문은 120살입니다. 아직 이 단계에 오를 수 있는 사람은 극히 일부에 지나지 않습니다. 중국의 하이난, 광시, 허난, 신장의 일부 지역에서 이 단계까지 간 사람이 있기는 합니다. 2013년에 광시의 뤄메이전 할머님이 무려 127살까지 살다 돌아가셨죠. 지금까지 건강하게 살고 계신 분들도 물론 계십니다. 신장에 거주 중인 아리미한

서이티 노인은 이미 130살이 되었고, 쓰촨 청두시 솽류구에 사는 주정 할머니는 117살 생일이 지나 첫 번째 단계에 가까워지고 계시죠. 물론 지금으로서는 이 관문을 통과하는 사람 수가 너무 적기는 합니다. 하지만 앞으로 인류의 평균 수명은 첫 번째 관문을 훌쩍 뛰어넘을 거라고 봅니다.

두 번째 관문은 150살입니다. 저희 연구소에서 조사한 전 세계 통계를 보면 현재까지 이 단계를 넘어선 생존자는 나오지 않고 있습니다. 세 번째 관문은 180살입니다. 이 관문을 뛰어넘은 사람은 아직까지 문헌상으로만 존재합니다. 네 번째 관문은 230살입니다. 항간에 떠도는 소문에 따르면 이 단계를 넘어선 사람이 딱 한 명 있다고 하죠. 하지만 그저 소문일 뿐 확인된 바는 없습니다.

120, 150, 180, 230! 다른 데서는 아무런 의미도 없는 숫자에 불과하지만, 인류의 수명을 계산한다고 치면 이것은 엄청나게 놀랍고 심지어 경이롭기까지 한 숫자일 겁니다. 지난 세대가 감히 상상조차 하지 못한 숫자라고 할 수 있습니다. 물론 지금도 이 숫자를 믿지 못하는 사람이 대다수일 테죠. 여러분 중에도 저의 예측에 코웃음을 치는 분이 분명히 계실 겁니다. 한마디로 미친놈이 헛소리를 지껄인다고 생각하실 수도 있겠죠. 그렇다고 해서 지금 당장 반박하고 싶지는 않습니다. 지금 이 자리를 빌려 제가 드리고 싶은 말씀은 딱 하나뿐입니다. 현재 모든 사람이 공감하고 있는 관념이기도 하죠. 바로 인간의 생명은 더할 나위 없이 신성하다는 것입니다. 인간의 생명을 가능한 한 오래도록 연장하는 것은 우리 인류의 공통된 가치관에 부합하는 것이기도 합니다.

그래서 저는 인류의 평균 수명이 앞으로 이 네 개의 관문을 향해 나아갈 거라고 예측하고 있습니다. 인류의 생명이 생명체의 자생자멸 혹은 노화와 죽음에 대한 개인적 저항을 뛰어넘어 과학기술에 의존해 연장과 유지의 과정을 거치게 될 거라고 보기 때문이죠. 아울러 전 세계 과학자들의 지식이 응집된 생명공학은 부단한 노력을 거쳐 점점 향상되고 더 완벽해질 겁니다.

그럼 이제 인류 미래의 출산 문제를 이야기해보겠습니다. 출생은 인간 생명의 시작점이고, 이 시작점이 생명의 길이에 막대한 영향을 미치게 됩니다. 앞으로 나올 새로운 과학기술은 인류의 번영을 위해 획기적인 변화를 가져올 거라고 감히 말씀드릴 수 있습니다. 예나 지금이나 인류가 생식하는 기본 방식은 똑같습니다. 이성 간 교배를 통해 세대가 이어지죠. 수컷의 생식기관이 암컷의 생식기관에 들어가서 정자를 암컷의 자궁 속으로 보냅니다. 자궁에서 알이 수정되고, 이 수정란이 점점 자라 배아가 되면서 아이가 태어나는 거죠. 그런데 나중에는 굳이 이성 간 교배가 필요 없을 수도 있습니다. 인공수정과 시험관 아기를 통해 임신하는 기술이 발전하고 있고, 특히 줄기세포 연구가 빠르게 진척되면서 더 이상 정자와 난자를 이용할 필요가 없어지기 때문입니다. 일본 교토 대학의 한 교수는 이미 사람의 피부 세포를 배아 줄기세포로 바꾸는 데 성공했습니다. 이제 부부가 아이를 갖고 싶으면 병원에 찾아가 두 사람의 피부 샘플을 소량 채취해 제공하기만 하면 되는 시대가 열린 겁니다. 그럼 병원에서는 두 사람의 피부 세포를 생식 세포로 전환한 뒤 인공 정자와 인공 난자를 성장시키고, 성장한 정자와 난자를 수정해 배아를 만들어냅니다. 그런 다음에 이 배아를 다시 인공 자궁에 넣는 거죠.

얼마 전 독일에서 놀라운 일이 벌어졌죠. 베를린 마운트다겐 8번지에 있는 신인류회사가 드레스덴의 호프만 부부에게 인큐베이터를 이용해 1남 1녀의 건강한 아이를 출산할 수 있도록 도움을 준 겁니다. 그것도 고작 6개월 만에 말입니다. 물론 이번에는 실제 난자와 정자가 사용되었죠. 그런데 여기서 우리가 주목할 점은 따로 있습니다. 바로 수정한 배아에 유전자 조작을 진행해 유전 질환을 일으킬지 모를 유전자를 걸러낼 수 있는 기술이 생겼다는 겁니다. 이 말은 앞으로 자신의 취향에 맞춰 아이를 만들 수 있게 됐다는 뜻이죠. 세 사람 혹은 여러 사람의 DNA를 하나로 섞을 수 있는 출산 보조 기술이 성과를 거두기 시작했고, 2016년에 멕시코에서 이미 세 명의 DNA가 섞인 아기가 태어나기도 했습니다. 얼마 전 우크라이나의 한 병원에서도 불임 여성 두 명이 이 기술을 통해 임신했다고 발표했더군요. 이 아이들의 부모는 전통적인 통념상의 남녀가 아닌 겁니다. 인류의 생식 방법이 이미 천지개벽할 수준으로 변하기 시작한 거죠.

이제 남녀의 성교는 순수한 오락 행위로 바뀌고, 여성이 출산의 고통에 시달리는 일도 없어질 겁니다. 임신과 출산으로 인한 체형 변화도 없고, 임신 기간에 입덧, 변비, 부종, 비만 스트레스에 시달리지 않아도 되고, 출산의 극심한 고통에서도 해방되는 거죠. 그리고 이렇게 달라진 임신과 출산 방식은 앞으로 인류의 생명 연장을 위한 든든한 토대가 되어 줄 겁니다.

인류의 미래 먹거리 역시 지금과 비교해서 많이 달라질 겁니다. 여기 계신 어르신들도 다 아시겠지만 인체는 먹는 것을 통해 에너지를 얻고 활력을 유지하지 않습니까? 그러니 잘 먹어야 장수도 할 수 있는 것이죠. 미래 먹거리는 세 가지 변화를 겪게 될 텐데, 우선 품종이 늘어날 겁니다. 과학기술이 빠르게 발전하면서 지금은 우리가 먹을 수 없다고 생각하는 것들의 식용 가치를 발견하게 되는 거죠. 예를 들어 식용 곤충이 시장에 등장할 겁니다. 해조류나 야생초, 나뭇잎 속에도 인체에 유익한 영양분이 풍부하게 저장되어 있어 가공만 잘 하면 식용 가치가 충분한 식품이 될 수 있죠. 그다음으로 인공 식품이 많아질 겁니다. 지금도 배양기에서 송아지 고기가 만들어지고 있고, 영양 성분 역시 흠잡을 데가 없습니다. 비농업 경로를 통해 생산된 단세포 단백질, 쉽게 말해 인공육은 미생물 식품의 일종이라고 할 수 있습니다. 발효법을 사용해 만들어진 이런 단세포 미생물은 아주 풍부한 단세포 단백질 공급원이 되어줍니다. 의학적으로 육류 소비 증가가 음식 섭취로 일어나는 각종 질병의 한 원인이라고 밝혀지기도 했죠. 고혈압, 고지혈증, 고혈당증 등이 대부분 육류 섭취와 관련이 있습니다. 그런데 인공육을 먹으면 이런 질병으로부터 자유로워질 수 있는 거죠.

마지막으로 식품 가공 기술과 저장 방법에도 새로운 변화가 나타날 겁니다. 전통적인 가공 방식 중에서도 특히 튀김이나 구이 같은 가공법은 점점 사라지고, 찌거나 삶고 생으로 무쳐 먹을 수 있는 식품 종류가 눈에 띄게 늘어날 겁니다. 음식을 진공으로 저장하는 법이 보편화될 테고, 그러면 가정용 냉장고 옆에 진공 포장용 기계가 나란히 놓이는 날이 오겠죠. 맛있고 품질 좋은 먹거리를 잘 먹고 영양분을 충분히 섭취한다면 자연스럽게 인간 수명도 길어지지 않겠습니까?

자, 그럼 이제부터 인류의 미래에 달라질 성과 사랑에 대해서도 특별히 이야기를 드려볼까 합니다. 이 문제는 인간에게 먹는 것만큼이나 중요하고 수명과도 밀접하게 연관되어 있습니다. 여기 계신 분들은 다 서른 살이 넘었으니 이런 문제를 거론한다고 해서 딱히 꺼리거나 불편해 하지 않으실 거라고 봅니다. 예전에는 이런 문제를 제대로 해결하지 않아 개인의 수명이 크게 줄어들었고, 그 결과 인류 전체 수명의 평균치까지 하락하는 결과로 이어졌죠. 앞으로 인류의 성생활과 관련된 수요를 최대한 충족하기 위해 남녀 모두에게 과학기술을 기반으로 도움을 주는 날이 올 겁니다. 이런 도움은 크게 두 가지 방면으로 이루어질 텐데요, 하나는 서로 다른 공간에 있는 남녀의 성 문제를 해결하는 겁니다.

지금까지는 남녀가 반드시 한 공간 안에 함께 있어야 사랑을 나눌 수 있었습니다. 그러니 다른 공간에 따로 떨어져 지내는 연인들은 사랑을 나누고 싶을 때 할 수 없는 고통이 따를 거고, 자연히 이것이 수명에도 미묘한 영향을 미치게 됩니다. 하지만 미래에는 이런 조건이 전혀 필요 없는 시대가 온다는 거죠. 가상현실 기술과 인간의 성적 욕구를 풀어줄 첨단 로봇이 한 층 발전하면서 천 리, 만 리 밖에 떨어져 지내면서도 원거리 섹스가 가능해질 수 있습니다. 다시 말해 가상 기술을 이용해 멀리 떨어져 지내는 연인의 체형, 표정, 행동에 관한 정보를 가상현실 기기에 전달하는 겁니다. 그러면 순식간에 다른 공간에서 지내는 연인을 바로 눈앞에서 실제로 존재하는 것처럼 볼 수 있게 됩니다. 그야말로 상대방의 머리카락 한 올부터 솜털까지 느껴지고, 눈동자의 움직임과 표정 하나하나까지 볼 수 있게 되는 거죠. 후각적으로 연인의 독특한 살 내음과 머리카락에서 나는 향을 맡을 수 있고, 청각적으로 상대의 숨결과 신음소리를 들을 수 있으며, 사랑하는 사람의 감촉을 촉각으로도 느낄 수 있습니다. 가상의 상대와 포옹하고 키스하는 것도 마치 실제 사람하고 하는 것과 똑같다고 보면 됩니다. 연인을 향한 강렬한 욕망이 세차게 밀려오면 가상현실에서 사랑을 나누며 아주 강렬하고 만족스러운 쾌감을 느낄 수 있는 거지요.

두 번째, 사람처럼 만든 리얼 섹스 로봇이 등장해 남녀 성비 불균형과 비정상적인 결혼 생활에서 오는 문제를 해결할 수 있게 될 겁니다. 결혼을 안 했거나, 결혼을 하고도 배우자와의 갈등 혹은 별거로 인해 성생활이 전혀 불가능한 상황이 생겼을 때 리얼 섹스 로봇을 사거나 대여해서 욕구를 해소할 수 있죠. 이 로봇은 실제 사람과 사랑을 나눌 때와 거의 차이가 없기 때문에 성적 욕구를 최대한 충족해줄 것으로 보입니다. 물론 이 로봇이 공장에서 출고될 때는 몸에 '저와 감정을 나누지 마세요. 전 인간이 아닙니다'라는 문구가 인쇄되어 나오지 않을까 싶네요.

그렇다면 이 로봇은 어느 정도까지 실제와 똑같을까요? 궁금하지 않으신가요? 이 방면으로 연구와 설계를 담당했던 미국의 한 과학자는 메스를 들고 일부러 로봇의 머리를 열고 그 안에 내장된 칩을 보지 않는 이상 실제 사람과 구분되지 않을 거라고 말하더군요. 로봇의 체액과 피는 모두 진짜 사람과 똑같습니다. 키스할 때 혀에 묻은 타액이 주는 느낌도 실제와 다르지 않을 겁니다. 가령 피부에 상처가 나서 찢어져도 사람과 똑같이 붉은 피가 흐르죠. 몸에 표시된 주의 문구를 벗겨내고 군중 속에 둔다면 로봇을 판별하는 특수한 기계가 없는 이상 아마 찾아내기 힘들 겁니다.

우리나라에도 이 방면으로 연구하는 과학자들이 있습니다. 바로 어제 그분들 중 한 명을 만났는데 앞으로는 리얼 섹스 로봇이 다양한 심리적 요구를 만족시키기 위해 훨씬 세분화될 거라고 하더군요. 키와 몸무게는 물론, 얼굴 생김새와 표정까지도 고를 수 있게 되는 거죠. 시대마다 인기 있는 남녀의 외양이 달라지듯 로봇도 개인 취향을 고려해 선택할 수 있어야 하니까요. 지금 시대의 남성과 여성에게 요구되는 모든 장점이 로봇의 소프트웨어에 탑재될 겁니다.

이처럼 앞으로 상점에서 대여하거나 구매하는 남녀 리얼 섹스 로봇은 구매자의 구미와 취향에 더할 나위 없이 딱 맞을 뿐 아니라, 어떤 요구든 들어주기 위해 존재하는 대상이 될 겁니다. 다시 말해서 사람과 로봇 사이에는 서로 비난하고, 화내고, 욕하고, 울고불고 싸우고, 냉전 상태로 지내다가 헤어지는 일 따위는 절대 일어나지 않는다는 거죠. 그러니 이런 로봇과 함께라면 언제나 심리적인 평온과 더불어 좋은 기분을 유지할 수 있고, 이런 상태는 수명 연장에도 긍정적인 영향을 미칠 수밖에 없습니다.

하지만 인간의 신체가 점차 가상현실로 변하고 기계화될수록 앞으로 사람들의 성생활에서 감정이 차지하는 영역은 조금씩 줄어들 겁니다. 두 사람이 사랑을 할 때 더 이상 밀어를 나누지 않을 거고, 성적인 본능에만 지배당하게 되는 거죠. 우리가 직시해야 할 문제는 바로 이런 것들입니다.

또한 미래가 되면 인류의 질병 대처 능력이 지금과는 많이 달라져 있을 겁니다. 예나 지금이나 신체 기관에 병변이 생겨 약을 먹고도 효과가 없거나 종양이 생겨 암에 걸렸다면 외과적인 수술을 진행합니다. 약을 복용해 치료하든 수술을 받든 모두 고통이 따를 수밖에 없습니다. 약을 복용하면 다른 장기가 손상을 받고, 수술을 하면 실패하거나 후유증이 남을 가능성이 늘 존재하죠. 그런데 미래에는 병을 치료하는 방법에도 근본적인 변화가 생길 겁니다. 줄기세포를 이용하면 신체 기관을 생성하는 방법이 훨씬 간단해지죠. 게다가 각종 장기나 신체 각 부위의 교체 수술 프로그램이 체계화되고, 모두 컴퓨터로 제어 가능해질 거고요. 그렇게 되면 로봇이 마취, 지혈, 봉합을 정확하고 안전하게 처리할 테고, 회복 속도 역시 놀라울 정도로 빨라질 겁니다.

자, 한번 상상해보십시오. 신체의 어떤 부분에 병변이 생기면 의료기상점에 들러 자기 줄기세포를 이용해 똑같은 걸 하나 더 만드는 겁니다. 그런 다음에 그걸 지역 병원 처치실로 가져가 직원의 도움을 받거나 로봇을 직접 작동해 문제가 생긴 부분을 새 신체 기관으로 바꾸기만 하면 되는 거죠. 이 과정에서 통증은 거의 없다고 보면 됩니다.

제가 오늘 들은 따끈따끈한 소식 하나 알려드릴까요? 호주 시드니 대학과 미국 하버드 대학, 노스이스트 대학이 손을 잡고 천연 엘라스틴 젤을 만들었는데, 이 젤을 상처 부위에 바르면 짧은 시간 안에 상처가 아문다고 하더군요. 이미 인체 실험 단계를 준비 중이니 상용화될 날도 머지않아 보입니다. 이런 젤만 있다면 앞으로 신체 기관을 수술해 교체할 때 통증을 느낄 겨를도 없겠죠?

물론 뇌는 교체할 수 없을 겁니다. 뇌를 바꾸는 순간 한 사람이 전혀 다른 사람이 되고, 기존의 나를 잃어버리는 격이 되니까요. 하지만 언젠가는 나노 로봇이 여러분 뇌 속으로 들어가 대뇌의 기능을 회복시켜주고 종양을 제거하는 데 도움을 주는 날이 올 거라고 봅니다.

저쪽에 휠체어를 타고 계신 어르신이 손을 드셨는데 궁금한 거라도 있으신가요? 뇌를 반만 바꿀 수는 없냐고요? 음, 그 질문에 대해서는 제가 아직 명확하게 답변을 드릴 입장이 아닙니다. 뇌는 인간의 자아 인식과 연관된 부분이라 절반만 바꿨을 때 어떤 문제가 생길지 지금으로서는 알 수 없습니다. 일단 그 문제는 뇌를 전문적으로 연구하는 병리학자의 의견을 한번 들어보고 다시 알려드리도록 하겠습니다. 성함이 어떻게 되시나요? 엔 자, 성 자, 룽 자시라고요? 전화번호를 알려주시겠어요? 12001131918……, 네, 제가 일주일 안에 이 번호로 연락드리겠습니다.

자, 이제 다시 본론으로 돌아가죠. 인간을 질병으로부터 해방할 기술의 빠른 발전은 인간의 수명을 연장하는 비밀의 문을 열 열쇠가 되어줄 거라고 확신합니다.

앞으로 동면과 인체 냉동 기술을 이용해 수명을 연장하는 사람들도 나타날 겁니다. 현재 일부 내과의사들이 저체온 요법을 치료에 활용하고 있죠. 이 치료법은 외상성 뇌손상이나 뇌전증 같은 질병을 치료할 때 환자의 체온을 며칠 동안 떨어뜨리거나 몇 주 동안 동면과 비슷한 상태로 유지해 부작용 없이 치료를 마치는 방식입니다. 환자 입장에서 보면 잠 한숨 자고 일어나니 모든 치료가 끝나 있는 셈이죠. 또한 어떤 의학자들은 현재의 의료 기술로 치료할 수 없는 불치병 환자들에게 이 방법을 쓰기도 합니다. 일단 환자의 동의를 구한 상황에서 병의 치료법이 나올 때까지 냉동 보존을 진행하는 거죠. 이런 식의 실험적인 동면과 인체 냉동 기술이 먼 미래에는 더 획기적인 발전을 이룰 거라고 봅니다. 어쩌면 몇십 년, 늦어도 백 년 안에 가능해지지 않을까요? 그때가 되면 날씨가 안 좋거나 기분이 우울할 때 가족이나 친구에게 지금 동면하고 싶으니까 내년 봄에 꼭 깨워달라고 부탁한 뒤 알약을 한 알 먹고 금세 깊은 잠에 빠져들어 몇 개월 혹은 반년 동안 깨어나지 않게 되겠죠.

미래 도시에는 지역마다 전문적인 인체 냉동고가 설치될 수도 있습니다. 기존 의학으로 도저히 치료할 수 없는 병에 걸렸을 때 가까운 지역에 있는 인체 냉동고로 가는 거죠. 거기 가서 컴퓨터에 입력된 프로그램 신청서에 병명과 필요한 정보를 기입한 뒤에 자신의 병을 치료할 수 있을 때 깨워달라고 명시하는 겁니다. 그런 다음에 냉동 침대에 누우면 직원이 기계를 작동시켜 냉동 상태로 들어가는 거죠. 물론 이런 기술을 이용해 생명을 연장하려면 금전적인 뒷받침이 되어야 합니다. 한마디로 부유한 사람들이 생명과 돈을 맞바꾸는 시스템이 될 거고, 그들이 이런 선택을 많이 할수록 시간의 가치에 대한 전면적인 재평가를 이끌어내게 될 겁니다.

다가올 미래에는 인간의 삶에서 기쁘고 즐거운 일이 더 많아질 거고, 이런 변화가 자연히 장수에도 좋은 영향을 줄 겁니다. 첫 번째 기쁜 소식은 지구의 어느 곳으로 여행을 가든 이동 시간이 지금보다 훨씬 빨라진다는 겁니다. 시속 1,100킬로미터의 초고속 전철이 100년 안에 개통될 거고, 그로부터 10년이 지나면 무려 시속 6,500킬로미터까지 속도가 올라가 저압터널을 통해 고속으로 이동 가능해집니다. 뉴욕에서 베이징까지 고작 두 시간이면 도착하고, 네 시간이면 세계 일주도 가능해지죠. 가정용 수소연료차가 곧 개발돼 육로에서도 비행이 가능해질 겁니다. 또 앞으로 120년 뒤에는 공중 항공모함이 만들어지고, 그러면 수상 항모는 역사의 무대 뒤로 사라지게 되겠죠.

두 번째 희소식은 대략 220년 뒤쯤이면 인류가 수면 메커니즘에서 벗어날 수 있게 된다는 겁니다. 사람들 모두 하루 24시간 맑은 정신 상태를 유지하고, 매달 한 번씩만 휴식을 취하며, 몇 시간만 자도 에너지를 충분히 보충할 수 있게 될 겁니다. 과학기술의 획기적인 발전과 함께 인간이 지닌 잠재 능력의 한계선이 사라지고 육체가 업그레이드되는 거조. 탐지기와 컴퓨터칩이 장착된 콘택트렌즈와 보청기를 인체 안에 영구 삽입해 어둠 속에서도 사물을 식별하는 능력과 벽 너머의 소리를 듣는 청각 능력을 얻을 수도 있게 됩니다. 대뇌와 연결된 의족과 피부, 골격이 장애인들에게 이동의 자유를 줘 산속을 평지처럼 걷게 해줄 수도 있습니다.

세 번째 희소식은 머리를 좋아지게 만드는 약이 인간의 지능지수를 더 높일 수 있다는 겁니다. 지금은 아이큐 140 이상이면 영재나 천재 소리를 듣지만 앞으로는 아이큐가 150이 넘는 사람이 많아질 겁니다. 우리 주변에 천재가 넘쳐날 거라는 얘기죠. 고작 250년만 지나면 지식이 바이오칩 형태로 뇌에 삽입될 거고, 무조건 외워야 하는 학습 방식도 더는 필요가 없어질 겁니다. 10년이 넘는 교육 과정도 단 몇 주로 단축될 거고, 학교는 존재 이유가 없어지겠죠. 무언가를 배우고 싶을 때 그 내용을 감지하는 센서만 가지고 있으면 한 번에 모든 지식이 뇌에 삽입된 칩 속으로 들어갈 겁니다. 이런 식으로 생활 속에서 느끼는 즐거움이 많아지면 인간의 수명을 늘리는 데 당연히 도움이 될 수밖에 없습니다.

앞으로 교통이 편리해지고 인적 교류가 빈번해지면 세계는 그야말로 하나의 마을처럼 변할 거고, 다양한 인종 간의 통혼 현상도 보편화되면서 인종마다 달랐던 체질도 점차 비슷하게 변해갈 겁니다. 이런 변화는 장수 기술 보급에 추진력을 보태줄 거고, 인간의 수명을 연장하는 데도 당연히 도움이 됩니다. 얼마 전 영국의 한 과학 연구팀은 천 년 뒤 인류가 새로운 모습으로 진화할 거라고 예측했습니다. 그들의 예측과 제 연구 성과를 결합해보면 미래의 지구인은 단일 인종이 될 텐데, 미래인과 지금의 우리를 비교해봤을 때 다른 점은 여섯 가지 정도뿐입니다.

첫째, 미래인은 몸에 털이 훨씬 적거나 심지어 아예 없을 겁니다. 이 것은 중앙난방 시스템과 보온용 복장이 끊임없이 개선되면서 인간의 신체가 자체적으로 몸을 따뜻하게 만들 필요가 줄어들기 때문이죠. 인간의 머리카락, 겨드랑이털, 솜털과 음모는 점점 사라질 겁니다. 둘째, 배가 작아지고 오목하게 들어간 모양으로 변할 겁니다. 다이어트 식품이 많아지고 비만에 대한 두려움이 커지면서 인간의 내장이 너무 많은 지방과 당분 흡수를 거부하기 위해 점점 짧아지는 과정을 거치기 때문이죠. 셋째, 손가락과 팔이 더 길어질 겁니다. 터치스크린으로 작동하는 전자제품이 더 광범위하게 사용되면서 인간의 신체도 더 복잡해진 눈과 손의 협응 기능을 제공해야 하기 때문이죠. 넷째, 머리 모양이 작고 뾰족하게 변할 겁니다. 기억과 사고에 의존하는 많은 일을 컴퓨터 같은 전자기기가 대신 처리하므로 인류의 뇌는 이런 변화에 적응할 수밖에 없습니다. 다섯째, 입이 더 작아질 겁니다. 미래의 먹거리는 더 가늘고 부드럽게 가공될 거고, 필수 영양분을 액체와 알약을 통해 섭취할 수 있기 때문이죠. 그러다 보면 이의 개수도 줄어들고, 아래턱이 오목하게 오그라들면서 그야말로 앵두같이 작은 입술이 일반적인 현상이 될 겁니다. 여섯째, 영양이 끊임없이 개선되면서 체격이 더 커질 겁니다. 지금 미국인의 평균 키가 1960년대와 비교해서 2.54센티미터 더 크니, 이 속도를 기준으로 유추해보자면 천 년 후에는 1미터 82센티미터에서 2미터 13센티미터 사이가 되지 않을까 싶습니다.

저기 전시 패널에 걸려 있는 그림 보이시죠? 저게 바로 인간의 미래 모습이라고 생각하시면 됩니다. 어르신들 눈에 미래의 인간이 지금보다 더 잘생겨지기는커녕 도리어 못생기고 이상하지 않은가요? 지금의 미적 잣대로 본다면 그렇게 보이는 게 당연합니다. 하지만 심미적 기준은 인간 사회가 발전하는 과정에서 계속해서 바뀌어왔고, 그림 속 미래 시대의 기준 역시 지금과 많이 다르다는 걸 염두에 두셔야 합니다.

미래에는 노인의 모습이 지금과 완전히 달라지고 심리적 나이도 훨씬 젊어질 겁니다. 통계자료를 보면 지금 우리나라 전체 나이의 중간값이 36.7세로 나와 있죠. 다시 말해서 인구의 50퍼센트가 36.7세보다 많다는 것이고, 이것은 우리가 이미 중고령 사회에 진입했다는 걸 의미합니다. 지난 수천 년 역사에 한 번도 없었던 현상이죠. 사람의 나이가 중년과 고령으로 들어섰을 때 가장 두드러진 특징 중 하나가 바로 늘어나는 주름입니다. 나이가 열 살씩 늘어날 때마다 주름의 수와 깊이가 두 배 증가하죠. 우리 사회에 절반 가까운 사람이 주름진 얼굴로 살고 있다는 사실이 썩 기분 좋게 들리지는 않습니다. 사람이 나이가 들수록 주름이 생기는 이유는 뭘까요? 피부 속 지방 세포가 나이가 들면서 지속적으로 소멸하고, 지방 세포 감소와 부족이 주름을 만들기 때문입니다. 그런데 현재 미국 펜실베이니아 대학교 조지 코살러리스 교수가 이끄는 연구팀이 지방 세포를 재생하는 데 성공했죠. 아마 머지않아 이 기술이 상용화될 날이 올 겁니다. 그럼 지방 세포가 노인의 주름진 얼굴을 재생하고, 얼굴과 몸의 피부를 팽팽하게 만들어주겠죠? 상상만 해도 기대가 되지 않으시나요? 여러분이 70살 80살이 된 뒤에도 젊은이처럼 얼굴과 몸이 주름 하나 없이 팽팽하고 매끈하다고 한번 상상해보십시오. 정말 기분이 날아갈 듯하지 않겠습니까?

이것만이 아닙니다. 인간의 뇌는 물론 미래에도 대체될 수 없겠지만, 눈과 치아, 고막은 얼마든지 바꿀 수 있습니다. 여러분이 자기 유전자를 이용해 새로 만든 안구나 치아, 각막을 바꿔 사용하게 되면 젊었을 때처럼 보고 듣고 음식을 씹는 즐거움을 되찾으실 겁니다. 그런 미래가 온다면 나이가 많다는 것을 과연 신경이나 쓸까요? 이런 기술이 결국 노인의 심리적 장애마저 없앨 굉장한 변화를 가져다줄 겁니다. 예나 지금이나 노인들은 우리 사회에 은연중에 뿌리 내린 노인 혐오 심리와 차별을 느낄 때마다 "너희가 항상 젊을 것 같지? 나도 젊은 시절이 있었고, 너희 역시 결국에는 다 늙게 돼 있어"라고 말하며 심리적 위안을 구했습니다. 하지만 미래에는 아마 젊은이들에게 이렇게 말하게 될 겁니다. "나도 자네 같은 나이일 때가 있었지. 근데 이젠 나이가 숫자에 불과해진 세상이 되었군. 난 그때나 지금이나, 그리고 앞으로도 계속 젊은 모습 그대로 살 수 있거든. 그러니 고작 젊은 거 가지고 유세 떨 생각 말게." 이렇게 심리적으로 늙어갈 이유가 없어지면 당연히 기대 수명도 연장될 수 있겠죠.

앞으로 인간은 지능형 로봇과 함께 지구촌의 삶을 공유하게 될 겁니다. 제가 방금 이야기할 때 지능형 로봇에 대해 여러 번 말씀드린 거 기억하시나요? 그런데 여기서 제가 강조하고 싶은 점은 미래의 지능형 로봇 시장이 아주 커질 거라는 사실입니다. 그러니까 로봇의 수량이 어마어마하게 많아지면서 로봇이 인간 사회의 구석구석을 누비고 다니는 날이 오는 거죠. 그럼 인간은 사무실, 병원, 쇼핑몰, 공장, 식당뿐 아니라 농촌, 바다, 하늘, 전쟁터에 이르기까지 거의 모든 영역에서 자신들이 하던 많은 일을 로봇에게 빼앗길 겁니다. 먼 나라 얘기가 아닙니다. 최근 우리나라에서도 로봇이 배송을 하기 시작했으니까요.

앞으로는 육체노동의 백 퍼센트를 로봇이 전담하게 될 겁니다. 인간은 지능 면에서 자신보다 못할 것이 없는 로봇과 공존하며 살아가야 하죠. 그렇다면 앞으로 로봇의 에너지 보충, 휴식, 거주 및 매장 문제를 해결하고, 인간과 빚을 갈등과 분쟁을 어떻게 해결할지도 고려해야 합니다. 제가 이번에 귀국해서 어떤 물류 회사를 찾아간 적이 있는데, 그곳에서 로봇 '오렌지맨'이 물류 창고에서 일하는 모습을 보고 신선한 충격을 받았죠. 로봇 330대가 창고에서 자유자재로 움직이며 5킬로그램 이하의 작은 택배 상자를 시간당 1만 8천 개 분류하는데도 오차율이 낮고 효율이 높아 인간 노동력을 70퍼센트 정도 줄일 수 있더군요. 이것은 로봇이 물류 분야에서 일하는 시나리오 중 하나일 뿐이며, 앞으로 로봇에 의존해 일을 처리하는 다양한 시나리오가 더 많은 분야에서 등장할 거라고 봅니다. 그런 날이 오면 인간은 더럽고 힘들고 위험한 3D 업종에서 더는 일하지 않아도 되고, 더 편하고 행복한 삶을 살게 될 겁니다. 이것 역시 인간이 장수할 수 있는 중요 요인이 되겠죠.

앞으로 인류는 다른 행성으로 이주해 살 것이고, 그들의 수명이 큰 폭으로 늘어날 것으로 예상됩니다. 인류가 다른 행성으로 이주하는 시나리오는 오래전부터 나온 얘기지만 최근 몇 년 동안 신뢰할 만한 수준의 성과를 거두며 전망이 더 밝아지고 있죠. 2015년 미국 워싱턴에서 열린 공개 토론에서 나사(NASA)의 과학자는 우주에는 인간만 있는 것이 아니라며 인류의 이주 가능성을 확신하기도 했습니다. 우리 은하계에 상상을 초월할 정도로 많은 바다가 존재하기에 태양계에서 유기적 생명체가 분명히 발견될 거라고 믿는 거죠. 그러니까 이제는 생명체를 발견할 수 있느냐 없느냐의 문제가 아니라 발견 시점에 초점이 맞춰진 겁니다. 최근 인류는 지구 근처의 수많은 천체에 숨겨진 물을 발견했죠. 목성의 위성 유로파의 얼음 아래쪽에 큰 바다가 존재할 가능성이 커졌고, 토성의 엔셀라두스에도 온천이 있는 것으로 추정되며, 목성의 가장 큰 위성인 가니메데에는 지하에 바다가 숨겨져 있다고 밝혀졌습니다. 이것 말고도 셀 수 없이 많은 위성과 외행성에 생명을 유지하는 데 꼭 필요한 액체 형태의 물이 존재할 거라고 보고 있죠. 바꿔 말해 태양계는 습한 곳이고, 행성 주변과 거대 행성 주변이 모두 생명체가 살기에 적합한 곳이라고 볼 수 있는 거죠.

어쩌면 앞으로 10년 안에 지구 밖 외계 생명체의 흔적을 확인할 수 있을 거고, 20년 안에 확실한 증거를 찾아낼 것으로 보입니다. 2016년 몬트리올 맥길 대학 연구팀이 웨스트버지니아에 있는 그린 뱅크 망원경을 이용해 별자리 중 하나인 마차부자리에서 5개의 라디오 파열음을 감지했는데요, 이것은 우주 공간 전체에서 복사된 전파 가운데 밀리초 단위로 관측되는 원인 불명의 전파로, 주파수가 2기가헤르츠에 해당합니다. 아레시보 천문대에서도 주파수 1.4기가헤르츠의 인공 시그널이 감지되었죠. 이 발원지에서 연이어 총 17개의 무선 파열음이 감지되었는데, 이건 우연한 일회성 현상이 아니라 어떤 중성자별에서 보낸 신호일 가능성이 아주 큽니다. 제 개인적인 생각을 말씀드리자면 그곳에 사는 지적 생명체가 지구인과 접촉을 시도하는 게 아닐까 싶습니다.

우리가 생명 활동에 적합한 행성을 찾기만 한다면 인간은 주거지 이동 프로젝트를 실현할 수 있을 거고, 그사이 사전 조사와 이주 계획 수립, 이동 수단 마련 등이 이루어지겠죠. 물론 아주 오랜 시간이 걸릴 겁니다. 또 다른 소식통에 따르면 60년 정도 후에 과학자들이 달에 최초의 인간 도시를 건설할 텐데, 대규모 이주가 가능해지려면 수백 년이 걸릴 거라고 합니다. 테슬라 최고경영자 일론 머스크는 인간을 화성에 보내 그곳에 완전하고 지속 가능한 문명을 건설하는 화성 식민지 프로젝트를 계획하고 있다더군요. 만약 인류의 일부가 정말 다른 행성으로 이주한다면 가장 먼저 그곳의 외부 환경을 보호하는 데 주의를 기울여야 하고, 그러면 이주자의 생명도 자연스럽게 연장되지 않겠습니까? 영화 같은 것을 봐도 우주에서의 하루가 지구의 1년에 맞먹는다는 설정이 등장하죠. 그때 가서 이주민의 수명이 연장되면 결국 인류의 평균 수명도 크게 증가할 것으로 보입니다.

자, 그럼 이제부터 구글의 엔지니어링 이사 레이 커즈와일의 미래 예측을 여러분과 함께 공유해보겠습니다. 커즈와일이 어떤 예언을 했을까요? 궁금하시죠? 커즈와일은 인류가 기술의 도움을 받아 불로장생의 가능성을 찾아내고, 또 그것을 현실로 만들 거라고 예언했습니다.

중국에서도 이 예언이 이미 SNS를 통해 퍼지고 있다고 들었습니다. 레이 커즈와일은 제가 매우 존경하는 인물이고, 그가 주최한 콘퍼런스에도 참석한 적이 있는데요, 시각장애인을 위해 문서를 음성으로 읽어주는 음성변환기, 음악합성기와 음성 인식 시스템을 발명해 에디슨 이후 최고의 발명가라고 불리기도 하죠. 매사추세츠 공과대학에서 '올해의 발명가'로 선정되었고, 지금은 싱귤래리티 대학의 총장을 맡고 있습니다.

레이 커즈와일은 그야말로 신들린 예언 능력을 보여주었죠. 일례로 1990년에 컴퓨터가 세계 체스 챔피언을 물리칠 거라고 예언했는데, 실제로 1997년에 IBM 딥블루가 세계 체스 챔피언 카스파로프를 이겼죠. 1999년에는 10년 뒤에 컴퓨터에 음성으로 명령을 내릴 수 있다고 했는데, 10년도 채 되지 않아 이것도 현실이 되었죠. 2005년에는 5년 뒤에 가상 솔루션이 언어 번역을 제공해 외국어 번역이 실시간으로 자막과 함께 안경에 영상으로 뜨도록 만들 수 있다고 예언했고, 이것 역시 실현 가능한 기술이 되었습니다. 그중 가장 유명한 업적은 바로 수확 가속의 법칙이라고 할 수 있습니다. 기술의 진화 과정이 가속적이며 그 산물 또한 기하급수적으로 증가하는 현상을 일컫는 기술 진화 이론입니다. 실제로 기술의 힘이 기하급수적으로 외부를 향해 빠르게 팽창하고 있고, 인류는 그 변화의 중심에 서 있습니다. 이제 앞으로 우리의 상상을 초월하는 극단적 변화가 더 많이 나타날 겁니다.

레이 커즈와일은 곧 인류에게 영생의 길이 열릴 거라고 단언했습니다. 지금 인간의 뇌는 컴퓨터보다 적어도 100만 배 정도 느릴 만큼 용량과 능력의 한계를 갖고 있기 때문이죠. 나노 로봇이 모세혈관을 통해 외상 없이 대뇌로 들어가 신피질은 물론 클라우드와 연결되면 인간의 아이큐는 기하급수적으로 높아질 겁니다. 그렇게 되면 의학 방면으로 혁명적인 변화가 일어날 거고, 생명과 연관된 구식 소프트웨어를 새로 프로그래밍하고, 우리 몸속에 있는 2만 3천 개의 유전자를 조작해 질병과 노화로부터 해방될 길이 열리게 됩니다. 의학과 과학기술 덕에 모든 질병이 사라지고, 인체 조직과 장기의 생명 활성을 영원히 유지할 수 있게 되면서 인류가 수천 년 동안 꿈꿔오던 영생이 실현될 겁니다.

레이 커즈와일의 이 예언이 적중한다면…… 제가 아까 말씀드렸던 예측은 철회해야겠죠. 인간은 누구나 영생을 원하니까요! 전 레이 커즈와일의 이 예언이 꼭 적중하기를 누구보다 간절히 원합니다! 저 역시 그 수혜자가 되어 불로장생하고 싶거든요.

영생 이후의 사회 관리와 글로벌 차원의 관리는 물론, 생활 속의 수많은 난제와 윤리적 문제는 자연스럽게 정치인과 사회학자, 경제학자와 윤리학자의 몫이 될 겁니다. 여기 계신 여러분도 오래오래 살아남으시길 바랍니다. 그래야 새로운 세상을 볼 수 있을 테니까요! 또 설사 예언이 적중하지 않는다고 하더라도 절망하실 필요는 없습니다. 사실 적중하지 않을 가능성이 훨씬 큰 것도 사실이기는 합니다. 너무나도 많은 과학 법칙과 인간의 순리를 위배하는 일이다 보니 더 그렇겠죠. 하지만 제가 좀 전에 말씀드렸던 그런 세상만큼은 보실 수 있으실 겁니다. 그 세상역시 충분히 매력적이고 아름다울 테니까 우리의 미래를 기대해봐도 좋을 것 같습니다!

그때까지 여러분은 자동차 사고, 비행기 사고, 총격이나 압사 사고 혹은 테러 공격을 당하지 않도록 각별히 주의하셔야 합니다. 지금 세계 각지에서 매년 자동차 사고로 수많은 사람이 목숨을 잃고 있죠. 자동차 사고로 죽는 것은 참 허무한 일 아닙니까. 살아남는 것도 전문 분야이고, 우리가 사회라는 대학에서 배워야 하는 전공이라고 보시면 됩니다. 매일 집을 나서는 순간 목숨을 위협하는 일이 도처에 깔려 있죠. 그러니 여러분도 집 밖이 무덤이라는 생각으로 늘 조심하면서 집을 나서기 전에 심리적 대비를 하시라고 꼭 말씀드리고 싶습니다. 요컨대 살아남기 위해 특화된 사람이 되어야만 자기 수명을 연장할 가능성도 커지게 되어 있는 겁니다.

기적은 언제 어떤 식으로 나타날지 아무도 알 수 없으니 끝까지 살아남고 봐야 합니다! 여러분의 앞날에 기적이 일어나길 바라며 이만 마치겠습니다!

금요일 황혼 녘

여러분, 반갑습니다!

어르신들에게 돌봄 서비스를 제공하는 일을 하는 같은 동료로서 제가 이 자리를 빌려 여러분에게 솔직하게 말씀드리고 싶은 건, 이 일에 무슨 특별한 기술이나 능력이 필요하지 않다는 거예요. 제가 이런 강연을 할 만큼 대단한 사람도 아니라서 여러분에게 뭘 가르쳐야 할지 걱정이 참 많았어요. 그래도 장수 공원의 한 씨 아주머니께서 저를 찾아오셔서 강연을 꼭 좀 해달라고 부탁하시는 바람에 부족하지만 이렇게 여러분 앞에 서게 되었답니다. 여러분에게 어떤 얘기를 해줄 수 있을까 고민하다 제 경험을 들려드리는 것이 가장 도움이 될 거 같았어요. 제 얘기가 조금이라도 도움이 되고 재미있겠다 싶으면 앉아서 들어주시고, 지루하면 괜히 힘들게 앉아계실 필요 없이 언제라도 일어나서 가셔도 돼요. 자,

그럼 제 경험담을 이야기해볼까요.

" "

허난성 난양의 시골 마을에서 나고 자란 내가 베이징까지 와서 일하게 된 건 정말 우연이었다.

나는 고등학교 시절에 공부를 그리 잘하는 학생이 아니었던 탓에 어쩔 수 없이 대학입시에서 1지망으로 난양 전문대학 간호학과를 선택했고, 그렇게 간호학을 전공해 3년제 과정을 마치고 졸업했다. 그리고 졸업을 하던 해에 취직을 위해 바로 베이징으로 향했다. 사실 전문대 졸업생이 베이징에서 일자리를 찾는 건 정말이지 낙타가 바늘구멍에 들어가는 것만큼 어려운 일이었다. 베이징에는 좋은 대학 출신이 넘쳐났고, 취업 기회가 많다고는 해도 경쟁이 너무 치열했다. 당시 나는 고등학교 같은 반 친구이자 이웃 마을에 살던 뤼이웨이와 연애하는 중이었다. 뤼이웨이는 베이징 항공항천대학에 입학했고, 내가 3년제 과정을 마치고 졸업했을 때 4학년에 올라갔다. 졸업 후에 대학원 공부를 이어가고 싶어 했지만, 부모님이 농사일을 하며 가족을 부양하는 탓에 집안 형편이 그리 넉넉지 않았다. 그에 비하면 우리 집은 그나마 나은 편이었다. 아버지가 미장일을 했고 어머니도 돗자리를 짜서 돈을 벌었기 때문이다. 다행히 내가 베이징에 가자마자 운 좋게 취직이 되면서 뤼이웨이를 경제적으로 도와줄 수 있는 여력이 생겼다. 남들이 들으면 비웃을지 몰라도 당시 난 사랑에 목숨 건 청춘이었다.

나중에야 내가 얼마나 어리석은 짓을 했는지 깨달았지만 그때는 사랑한다면 당연히 그래야 한다고 생각했다. 하지만 세상에 영원한 것은 없었고, 그렇게 믿었던 사랑조차 결국 나를 배신하고 말았다. 사랑은 그저 청춘을 유혹하는 달콤한 사탕과 같았고, 입에 넣는 순간 순식간에 다 녹아 없어지고 말았다. 수정처럼 맑고 영롱해 보이지만 바람이 불고 햇볕이 내리쬐는 순간 어느새 사라지는 이슬처럼 한없이 덧없는 것이 바로 사랑이라는 사실을 나이가 들고 나서야 깨달았다.

전문대를 갓 졸업한 내가 베이징에 오자마자 괜찮은 직장을 찾는다는 것은 그야말로 하늘의 별 따기였다. 그때는 정말이지 사방이 벽처럼 느껴졌고, 누구도 날 원하지 않는다는 절망감에 빠져들었다. 그러던 어느 날 간신히 한 개인 병원 간호사로 취직하는 데 성공했다. 월급은 고작 2,600위안이었다. 일단 살 곳이 필요하니 지하 단칸방을 얻었는데, 그때 월세가 600위안이었다. 식비로만 대충 600위안이 들었고, 필요한 옷이나 속옷을 사는 데 들어가는 약간의 돈을 뺀 나머지는 모두 남자 친구와 부모님께 보냈다. 정말이지 허리띠를 졸라매는 수준의 생활이었다. 월급으로 지내기가 너무 빠듯하다 보니 직장에 온전히 전념하며 열정을 다할 여력이 없었고, 월급을 좀 더 많이 받을 수 있는 곳이 없는지 늘 신경을 곤두세우고 살았다. 그러다 어느 날 가사도우미 지원 서비스를 제공하는 웹사이트에서 가정 돌봄 겸 가사도우미를 구한다는 광고를 보게 되었다. 구인란을 클릭해보니 지원 조건이 20~45세 여성이었고, 간호대를 나온 전문 인력을 우선 채용한다고 나와 있었다. 73세 남성을 돌보며 집 안 청소와 식사까지 책임지는 일인데, 1년 동안 매달 4,500위안을 주며, 점진적인 월급 인상은 추후 논의 가능하다고 쓰여 있었다.

이 광고를 보는 순간 바로 이거다 싶으면서 심장이 뛰기 시작했다. 이 기회를 꽉 잡아야 한다고 확신했고, 그럴 가치가 있어 보였다. 월급 4,500위안과 숙식비까지 합하면 6천 위안이 넘었다. 그 정도 수입이면 남자 친구가 졸업할 때까지 학비를 댈 수 있고, 부모님은 물론 동생들 한테도 경제적으로 도움을 줄 수 있었다. 주저할 이유가 전혀 없었다. 나는 곧바로 그곳에 나온 연락처로 전화했다.

채용 공지를 낸 사람을 만나러 가는 길에 이런저런 걱정이 생겨나 나를 괴롭혔다. 그때 나를 불안하게 만든 고민거리는 세 가지였다. 하나는 내가 돌봐야 할 노인이 거동이 불가능해 아무것도 하지 못하는 상태가 아닐까 하는 걱정이었다. 채용 공지에 환자의 상태에 관해서는 상세히 나오지 않았고, 만약 그런 상황이 닥치면 일의 강도가 세지니 내 몸이 과연 버텨낼 수 있을지 자신이 없었다. 두 번째는 가사도우미 서비스 업체를 끼지 않고 개인적으로 구인 광고를 낸 경우 중개인이 없으니 고용주가 임금을 체불해도 받기가 쉽지 않다는 거였다. 세 번째는 아무래도 내가 여자다 보니 고용인이나 식구들이 행여 막 대하거나 안 좋은 일이 일어나는 것은 아닐까 하는 걱정이었다. 하지만 고용인을 만나고 나자 이런 고민은 흔적도 없이 사라졌다. 내가 왜 이런 고민을 했나 싶을 정도였다.

원래 그 집에는 아버지와 딸, 사위까지 총 세 식구가 살고 있었다. 그날 면접에서 나와 얘기를 나눴던 사람은 샤오신신이라는 30대 중반의 딸이었다. 신신 언니는 내가 돌볼 어르신이 혈압, 혈당, 고지혈증 수치가 좀 높고, 치질 증세가 있는 것 말고는 큰 병 없이 규칙적인 일상을 보낸다고 알려주었다. 다만 나이가 73세이다 보니 이런 지병의 수치가 높아지면 위험할 수 있어서 예방 차원에서 24시간 돌봄을 해줄 사람이 필요하다는 거였다. 신신 언니의 어머니는 3년 전에 돌아가셨고, 평소 그녀와 남편이 출근하고 나면 집에 노인 혼자 지내게 되니, 누군가 아버지 식사라도 챙겨드리면 좋겠다는 이유도 있는 듯했다. 집도 방 세 개에 거실이 두 개 있는 40평대라서 내 방도 따로 가질 수 있고, 사는 데 크게 불편할 거 같지 않았다.

이만하면 정말 괜찮은 조건이었다. 그날 그녀가 준비해 온 고용 계약서에 흔쾌히 사인했다. 나중에야 안 사실이지만 베이징에서는 가족 돌봄 서비스를 제공할 때 고용주와 피고용인 사이에 규격화된 계약서 양식이 있고, 경제적으로 여유 있는 사람들은 종종 노인을 위해 간병이나 돌봄 서비스를 이용하고 있었다.

다음 날은 토요일이었고, 나는 약속대로 간단한 짐만 챙겨서 그 집으로 들어갔다. 집 안으로 들어서니 생활 수준도 높고 분위기도 꽤 괜찮아 보였다. 하얀 벽, 나무 바닥, 멋진 가죽 소파와 대형 TV, 짙은 붉은색 가구, 그리고 벽에 걸린 서화 작품까지 무척 격조 있어 보였다. 신신 언니가 안내해준 내 방에 짐을 내려놓자마자 슬리퍼를 신은 남자의 발걸음 소리가 들리는가 싶더니, 내가 미처 뒤를 돌아보기도 전에 화가 난 듯 딱딱하고 카랑카랑한 목소리가 들려왔다.

"이게 뭐 하는 짓이냐?"

신신 언니가 나를 그에게 소개했다.

"아빠, 이제부터 아빠를 도와줄 사람을 구했어요. 이름은 중샤오양이고, 간호학과를 졸업했어요."

그 순간 나는 그 사람이 바로 내가 앞으로 돌봐야 할 샤오청산 어르신이라는 걸 직감하고 얼른 인사를 드렸다. 막상 보니 그리 크지 않은 키에 살집이 조금 있고, 머리를 까맣게 염색한 노인이었다.

"난 아직 멀쩡해! 누구한테 도움을 받을 정도로 늙지 않았으니 얼른 돌려보내라!"

나야 고용된 입장이다 보니 어찌할 바를 모른 채 멀뚱히 서 있을 수밖에 없었다. 딱 봐도 딸이 아버지와 미리 상의도 하지 않은 채 혼자 일을 벌인 게 분명했다.

"자, 날 보라고!"

그때 노인이 두 팔을 벌리고 제자리에서 한 바퀴 돌더니 멈춰 서며 내게 물었다.

"내가 늙어 보이나?"

그의 몸은 전혀 굼뜨지 않았고, 솔직히 우리 고향 마을에 사는 73세 할아버지보다도 훨씬 젊어 보였다.

"아빠, 이리 좀 와보세요!"

신신 언니는 내게 별말을 하지 않은 채 자기 아버지의 한쪽 팔을 잡아끌며 다른 방으로 들어갔다. 부녀가 그 방에서 한참 동안 얘기를 나눴는데, 가끔 언성이 높아질 때면 문밖으로 대화 소리가 새어 나왔다.

"우리 부부가 둥쓰환 밖으로 출근하면 여기서 너무 멀잖아요. 만에 하나 아빠한테 무슨 응급 상황이라도 생기면 자동차를 타고 와도 교통 체증 때문에 빨리 올 수 없어요. 게다가 우린 둘 다 출장도 잦고……."

노인이 버럭 화를 냈다.

"일을 가든 출장을 가든 누가 뭐라든? 너네 하고 싶은 대로 하고 살어! 이 아빠 아직 안 늙었어. 혼자서도 다 잘하고 사는데 왜 쓸데없는

데 돈을 써! 4,500위안이면 나가서 술을 실컷 마셔도 몇 번을 마실 돈인데……."

한바탕 고성이 오간 뒤 결국 어찌어찌 아버지를 설득했는지 신신 언니가 환하게 웃으며 다가와 넌지시 말했다.

"이제 다 해결됐으니 걱정하지 마. 아빠는 자기가 늙었다는 걸 인정하고 싶지 않은 거야. 아직 젊다고 생각하시는 거지. 옛말에 나이 일흔셋이면 염라대왕이 안 불러도 저승에 찾아간다잖아. 어머, 내가 무슨 말을 하는 거지? 이 입을 조심해야 하는데……."

신신 언니는 아버지와 타협하고 나자 본격적으로 주의 사항을 알려주기 시작했다. 휴식 습관이나 식습관, 늘 먹는 혈압약과 당뇨약, 자주 쓰는 치질약, 혈압계, 혈당계는 물론, 즐겨 입는 속옷과 겉옷을 넣어둔 곳, 인근 병원, 마트, 시장과 백화점 등의 위치, 주방에 있는 각종 식재료와 조미료를 넣어둔 곳까지 꼼꼼히 알려주었다. 그리고 컴퓨터를 켜서 아버지가 늘 산책을 가고 운동하는 장수 공원의 모습을 보여주었다. 마지막으로 아버지가 술을 너무 좋아하니 항상 신경을 써야 하고, 하루에 포도주 한 잔 정도는 괜찮지만 다른 술은 절대 못 마시게 해야 한다고 신신당부했다. 의사가 술을 끊지 않으면 큰일 난다고 경고한 상태라고 했다. 신신 언니는 아버지가 술을 절대 사지 못하게 하고, 샀다 해도 가지고 있지 못하게 해달라고 했다. 설사 자기 아버지가 화를 내도 신경 쓰지 말고, 자기가 돌아와 직접 처리할 테니 그때까지만 술을 가지고 있어달라면서.

신신 언니 내외는 주말에만 집에 있고, 주중에는 둘 다 아침 일찍 출근하기 때문에 집안일은 온전히 내 몫이었다. 서로에 대한 신뢰가 없다면 참 힘든 일이 될 거라는 생각이 들었다. 신신 언니도 그런 걱정이 들었는지 어찌 보면 껄끄러울 수 있는 얘기를 꺼내며 선을 그었다.

"그래도 이 문제는 처음부터 짚고 넘어가는 게 좋을 거 같아. 만약 네가 책임을 다하지 않거나 도우미 신분에 어울리지 않는 일을 한다면 계약서대로 처리할 거니까 너무 섭섭해하지 말아. 나한테 네 신분증 복사본이 있으니 필요하다 싶으면 본가에 찾아가 책임을 추궁할 수도 있어! 한 가지 똑바로 알아둬야 할 건 우리 아버지가 판사로 계시다 은퇴하셨고, 우리 남편은 변호사라는 거야. 난 건축과 조경 디자인을 공부하지만, 혼자 나름대로 법을 공부해서 이 방면으로는 이 집 식구들이 모두 전문가라고 보면 될 거야. 그래서 말인데 우리 관계가 법까지 동원할 지경까지 가지는 않았으면 좋겠어."

그때 내가 미소를 지으며 이렇게 말했던 기억이 지금도 생생하다.

"안심하세요. 제가 좋은 대학을 나온 것도 아니고 이 집 분들처럼 많이 아는 것도 아니지만 사람에 대한 예의를 지키며 정직하고 성실하게 살아야 한다고 배웠거든요. 앞으로 제가 어떤 사람인지 차츰 아시게 될 거예요."

그날 오후에 신신 언니는 자기가 프로젝트 디자인 때문에 야근을 해야 하고 남편은 사건을 처리하러 출장을 가야 하니 귀가가 늦을 거라고 이야기하며 서둘러 회사로 향했다. 그녀가 문을 나서기 전에 나에게 민망한 듯 아주 작은 목소리로 한 가지 부탁을 하고 갔다. 아버지의 치질이 심한 편이라 피가 자주 나니까 화장실 휴지통에 피 묻은 휴지가 보이면 아버지가 속옷을 갈아입도록 말을 잘해달라는 것이었다. 난 고개를 끄덕이며 아버지를 생각하는 딸의 세심한 마음 씀씀이가 나보다 낫다는 생각을 했다. 사실 난 엄마가 있으니 아버지의 몸 상태에 별반 관심이 없었다.

그날 오후부터 일이 본격적으로 시작되었다.

...

처음에는 샤오 할아버지와 지내는 일이 아주 불쾌하고 불편했다. 그는 자기 딸이 나에게 4,500위안의 거금을 쓰는 게 영 탐탁지 않아서인지 나를 못 믿겠다는 식으로 굉장히 무례하게 굴었다. 내가 혈압을 재고 나서 수치를 알려주면 인상을 찡그리고 혈압을 재본 적은 있느냐며 의심했고, 혈당을 측정한 뒤에도 믿을 수 없다는 듯 제대로 잰 게 맞냐고 되물었다. 약을 챙겨서 드리면 약을 잘못 먹으면 큰일인데 제대로 준 거냐며 타박했고, 손에 긁힌 상처에 연고를 발라주면 왜 자꾸 아픈 거냐며 약을 잘못 발라서 그런 거 아니냐는 식으로 트집을 잡았다. 그럴 때마다 웃어야 할지 울어야 할지 모를 만큼 당황했지만 애써 웃음을 지으며 기분을 맞춰줘야 했다.

"이런 건 간호학과 학생들이라면 누구나 하는 일인걸요. 저도 간호학과 출신이고, 시골에서 갓 올라와 아무것도 모르고 이 일을 하는 게 아니니 안심하세요."

그러자 그는 내 말이 귀에 거슬렸는지 얼른 손을 내저으며 자신이 할 테니 그냥 두라며 역정을 냈다.

날 못마땅해하는 것도 모자라 엄청 경계하기까지 했다. 침실을 청소할 때면 행여 다른 물건을 건드리기라도 할까 봐 딱 지키고 서 있고, 옷을 개서 정리할 때는 다른 옷을 훔쳐 갈까 봐 옷장 앞에 서 있고, 서재에 있는 금고를 닦으려고 하면 그건 닦을 필요 없다며 단호하게 제지했다. 내가 마트에서 장을 보고 오면 혹시 일부러 변질된 식재료를 사 오는 건 아닌지 의심하며 유통기한을 일일이 확인하기도 했다. 정말이지 불쾌한 경험의 연속이었다.

샤오 할아버지가 산책이나 운동을 하러 공원에 갈 때면 신신 언니가 시킨 대로 꼭 따라 나가 모시고 다니는 게 내 일이었다. 하지만 처음에는 본인 혼자 하루에 20킬로미터 정도는 너끈히 걸을 수 있다며 한사코 거부했다. 자기 생활 반경에 지나치게 간섭하고 따라붙는 게 불편한 듯했다. 그렇다고 그게 내 일인데 안 따라갈 수는 없는 노릇이었다. 그래서 난 그게 계약서에 포함된 내용이고, 내가 그 일을 하지 않으면 월급이 깎일 수밖에 없고, 혈압이 높아져 사고라도 나면 내가 전부 책임지고 배상해야 한다고 어떻게든 설득하며 밀어붙였다. 그제야 그도 어쩔 수 없다는 듯 멀리 떨어져서 따라오는 것까지만 허락했다. 가끔 내가 조금이라도 가까워진다고 느껴지면 바로 눈을 부릅뜨고 눈빛으로 경고를 보냈다. 이건 마치 내가 그를 좋아해서 쫓아다니는 모양새였다.

샤오 할아버지는 매일 오전이면 장수 공원에 가서 흔히들 하는 체조 동작이 아니라 마치 실제 싸움처럼 다소 격해 보이는 동작의 권법을 연습했다. 나는 그런 방면으로 문외한이라 그게 뭔지 알지 못했는데, 나중에야 동네 사람들을 통해 무슨 격투기의 일종이라는 것을 알게 되었다. 할아버지 집안의 조상 중에 황궁에서 시위를 지낸 분이 있어서 대대로 무술 권법이 전해 내려온 듯했다. 그도 어릴 때부터 무술을 좀 배웠고, 어른이 된 뒤에도 취미로 계속하다 보니 실력이 상당했다. 어디가서 해코지당할 일은 없어 보였다.

70이 넘은 노인의 성격이 그렇게까지 괴팍할 수 있다는 걸 나는 그때 처음 알았다. 그날도 샤오 할아버지와 함께 마트에 갔는데 마트 앞 광장에서 탭댄스 공연이 있었다. 여자 셋, 남자 셋이 멋지게 춤을 추는 모습에 다들 홀린 듯 모여들어 구경했다. 샤오 할아버지와 다른 노인 몇 명도 멈춰 서서 구경하는데, 갑자기 한 남자가 여자 몇 명을 데리고 샤오 할아버지 곁으로 다가가며 소리쳤다.

"저기요! 노인들은 좀 비켜주세요! 이 아가씨들이 앞에 가서 좀 보고 배우게 자리 좀 양보하세요!"

샤오 할아버지는 기분이 상한 듯 굳은 목소리로 물었다.

"우리가 왜 양보해야 하지?"

그 남자가 짜증 섞인 목소리로 대꾸했다.

"보면 모르세요? 이런 탭댄스는 젊은 사람이나 추는 춤이라고요. 할아버지같이 나이 드신 분이 추실 수나 있겠어요?"

샤오 할아버지의 반박이 이어졌다.

"탭댄스를 젊은 사람만 추라고 법이 정해놓기라도 했나? 자네에겐 지금 공연을 보고 있는 우리한테 자리를 비켜달라고 요구할 권리가 없을 텐데? 춤을 못 추면 구경하지도 말아야 한다는 건가?"

그러자 젊은 사내가 화를 내며 소리쳤다.

"와, 이 늙은이가 지금 뭐라는 거야? 늙은 게 무슨 자랑이라고 유세라도 떨고 싶은가 보지? 이러는 거 창피하지도 않아? 말로 좋게 상대하려고 했더니 안 되겠네!"

그 말과 동시에 젊은이가 팔을 뻗어 샤오 할아버지를 잡아당겼다. 그 순간 샤오 할아버지는 돌연 주먹을 뻗어 젊은이의 어깨를 쳤다. 젊은이의 몸이 휘청거렸다. 그는 순간적으로 너무 놀라 멍한 표정을 짓다가 이내 분을 삭이지 못한 채 주먹을 날리며 할아버지에게 달려들었다. 나는 그 상황을 보자마자 주변을 향해 도와달라고 소리를 질렀다. 젊은이가 할아버지를 치는 순간 벌어질 일이 내 머릿속에서 빠른 속도로 스쳐 지나갔다. 고혈압이 있는 노인이 쓰러지기라도 하면 정말 큰일이 생길 수 있었다. 그런데 정작 바닥에 쓰러진 사람은 샤오 할아버지가 아니라 기세 좋게 덤벼들던 젊은이였다. 그는 바닥을 떼굴떼굴 구르며 소리를 질러댔다. 그러자 흥겹던 쇼가 멈추고, 방금 전까지 탭댄스를 추던 남자 세 명이 달려와 집단 폭행이라도 할 기세로 샤오 할아버지를 에워쌌다. 다들 한 패거리가 분명했다. 다행히 근처에 있던 경찰 두 명이 내가 지른 비명을 듣고 달려왔기에 망정이지 정말 큰 사고로 이어질 뻔했다. 나중에 할아버지와 함께 집으로 가는 길에 다시는 그러지 말라고 신신당부했다.

"요즘 젊은 사람들은 예전과 달라요. 괜히 저런 사람들 건드렸다가 정말 큰일 나요."

그러자 샤오 할아버지는 여전히 분이 가라앉지 않는 듯 화를 냈다.

"저런 놈들은 따끔한 맛을 보여줘야 해. 늙은이는 춤추는 거 구경도 하면 안 된다는 거야? 난 정당방위야. 저놈이 먼저 주먹을 날렸으니까 법적으로 책임도 없고……."

그런데 이 일이 일어난 지 며칠 안 돼서 할아버지와 함께 장수 공원으로 산책하러 갔을 때 또 한 번 말다툼이 벌어졌고, 결국 몸싸움으로까지 이어지고 말았다. 장수 공원 동문으로 들어서면 계단이 10여 개 정도 있는데, 두 사람 정도 겨우 지나다닐 정도라 폭이 별로 넓지 않았다. 그날 같은 시간대에 공원을 찾은 사람이 많기도 했지만, 공원에서 기악합주 공연이 열려서인지 계단을 오르는 사람들이 평소보다 더 많아 보였다. 샤오 할아버지가 계단을 오르려 하자 한 젊은이가 그를 가리키며 옆에 있는 사람들에게 큰 소리로 외쳤다.

"죄송하지만 어르신이 지나가니까 다들 옆으로 좀 비켜주세요!"

누가 들어도 배려에서 나온 말이었다. 하지만 샤오 할아버지는 곧장 그 젊은이를 노려보며 버럭 화를 냈다.

"지금 누구더러 어르신이라는 거지?"

젊은이가 황당한 표정으로 웃으며 반문했다.

"네? 그렇다고 젊은이는 아니시잖아요? 그렇게 말하면 사기죠!"

농담처럼 건넨 이 말이 도리어 샤오 할아버지의 심기를 더욱 건드리고 말았다.

"젊은 사람이 입이 좀 거치네! 사기? 어디다 대고 감히 사기라는 말을 쓰는 거지?"

샤오 할아버지의 과한 반응은 나쁜 아니라 당시 계단을 오르던 사람들조차 당황하게 했다. 노인을 배려하는 마음으로 호의를 베풀었던 젊은이도 기분이 상한 듯 혼잣말처럼 한마디를 툭 내뱉고 다시 계단을 오르려 했다.

"늙은이 주제에 도와줘도 난리네."

그 순간 기함할 만한 일이 벌어졌다. 샤오 할아버지가 젊은이에게 달려들어 멱살을 움켜쥔 것이다.

"네놈이 감히 날 욕해?"

젊은이 역시 더는 분을 참지 못하고 소리치며 할아버지를 손으로 툭

쳤다.

"이 늙은이가 노망이 들었나!"

샤오 할아버지의 눈에 불꽃이 튀는가 싶더니 어느 순간 주먹이 날아가고 젊은이가 순식간에 바닥으로 쓰러졌다. 젊은이는 예상치 못한 공격에 결국 이성을 잃은 듯 벌떡 일어나 할아버지를 밀어 쓰러뜨리고 잽싸게 몸 위에 올라타 주먹을 휘두르려 했다. 다행히 남자 몇 명이 달려들어 말렸기에 망정이지 뉴스에 나올 법한 일이 벌어지기 일보 직전이었다. 이 정도 상황이면 내가 나서서 그 젊은이를 따끔하게 혼내고 경찰에 신고도 해야 마땅했지만 난 아무것도 하지 않은 채 그저 말없이 할아버지를 부축해 일으켜 세웠다. 솔직히 이번 일만큼은 할아버지 편이 아니었다. 더 솔직히 말해서 그때 내 심정은 젊은이 편이었다. 나이 드신 분을 배려하기 위해 선의로 한 말과 행동이었는데, 할아버지가 상식에 어긋나는 반응을 보이더니 결과적으로 이 지경까지 되어버린 것이다. 이날 할아버지의 상식에 맞지 않는 행동은 나를 당혹스럽게 만들기에 충분했다.

그날 밤, 샤오 할아버지의 화가 완전히 풀리고 난 뒤에 약을 주면서 조심스럽게 물었다.

"오전에 공원 입구에서 왜 그렇게 화를 내신 거예요? 그 사람이 나쁜 뜻으로 말한 건 아니었잖아요?"

그가 순간 멈칫하는가 싶더니 이내 대답했다.

"날 늙은이 취급하는 놈들이 제일 꼴 같지 않아. 그놈이 거기서 날 늙은이 취급하며 심기를 건드렸잖니? 얼굴에 있는 이 주름 때문인가? 그래도 이 정도면 많은 것도 아니지! 난 애초에 그놈이 먼저 시비를 걸어서 정당방위를 한 거뿐이야."

그 말을 듣는 순간 웃어야 할지 울어야 할지 기가 막혔다. 세상에! 늙은 사람한테 어르신이라고 말한 것도 문제가 되는 거야?

나는 그제야 계단에 오르는 그를 부축해주려고 할 때 그가 왜 내 손을 뿌리쳤는지 깨달을 수 있었다. 생각해보니 그는 사람들이 자신을 노인으로 보는 데 심한 거부감을 가지고 있는 게 분명했다. 그러자 그의 심리가 조금은 이해가 되었다.

그때부터 샤오 할아버지가 자기 몸에 드러나는 '노인'의 흔적을 없애기 위해 노력하는 모습이 하나둘 눈에 들어오기 시작했다. 일단 흰머리가 눈에 띌 정도가 되면 부지런히 검은색으로 염색했다. 그 간격이 대충 2주에 한 번 정도는 되는 듯했다. 사실 염색제에는 안 좋은 성분이 들어 있어서 너무 자주 염색하면 부작용이 생길 위험이 있었다. 그러나 내가 이런 말을 할 때마다 그는 들은 체도 하지 않았고, 나중에는 듣기 싫은지 눈을 흘기며 화를 내기까지 했다.

"듣기 좋은 소리도 한두 번이지! 나이도 어린 애가 뭘 안다고 잔소리를 입에 달고 살아!"

머리카락뿐 아니라 눈썹도 점점 하얗게 변해갔는데, 그러면 버리려고 놔둔 칫솔에다 염색약을 살짝 묻혀 눈썹에 칠한 다음 물로 깨끗이 씻어냈다. 나는 염색약이 흘러내려 눈에 들어가진 않을까 걱정되었지만 또 한 소리 듣게 될까 봐 아무 말도 하지 못했다.

나중에는 샤오 할아버지의 목에 난 털도 하얗게 세었다. 그는 하얀 털을 보자마자 버럭 짜증을 내더니 거울을 보며 전기면도기로 반복해서 밀어냈다. 그러다 목뒤에 난 털이 잘 보이지 않자 어쩔 수 없이 대신

밀어달라며 내게 전기면도기를 건넸다. 그가 온몸에 난 털을 극도로 혐오하며 없애려는 모습을 보며 난 속으로 코웃음을 쳤다. 굳이 저렇게까지 해야 해?

샤오 할아버지의 또 다른 고질병을 알아차리는 데는 그리 오랜 시간이 걸리지 않았다. 그것은 바로 술에 대한 집착이었다. 물론 이 집에 처음 왔을 때 신신 언니는 아버지가 절대 술을 사거나 마시지 못하도록 감시해야 한다고 신신당부했지만, 솔직히 그때까지만 해도 문제의 심각성을 그리 크게 깨닫지 못했다.

어느 날 샤오 할아버지와 함께 식당 앞을 지나갈 때 직원이 쓰레기 수거차에 쓰레기 봉지를 버리고 있었다. 그때 싸구려 얼궈터우 술병이 쓰레기봉투에서 빠져나와 떼구루루 굴러갔다. 술병 안에는 아직 술이 절반쯤 남아 있었다. 직원이 병을 주우려는데 어느 순간 할아버지가 잽싸게 낚아채 뚜껑을 열면서 물었다.

"아직 술이 남아 있는데 버리면 아깝지 않소?"

그러자 직원이 웃으며 대답했다.

"손님이 마시다 남은 건데 누가 먹겠어요? 그런 건 위생상 그냥 버리는 게 나아요."

"아까운 술을 그렇게 낭비하면 안 되지. 내가 대신 다 마셔주리다!"

다음 순간 놀랍게도 샤오 할아버지는 목을 젖힌 채 남은 술을 몽땅 마셔버렸다. 옆에서 그 모습을 지켜보던 내 눈은 휘둥그레졌다. 맙소사, 남들이 다 보는 대낮에 창피하게 이게 무슨 짓이람! 지금 은퇴한 전직 판사가 식당에서 버리려고 가지고 나온 술을 거리에서 들이켠 거야? 소문이라도 퍼지면 어쩌려고? 나는 얼른 그의 팔을 잡아끌며 잰걸음으로 갈 길을 재촉했다. 가는 길에 신신 언니가 내게 했던 말이 떠올랐다. 그제야 나는 술에 대한 할아버지의 집착증이 어느 정도인지 알게 되었다. 식당에서 한참 떨어진 곳까지 오고 나서야 나는 애써 화를 억누르며 할아버지에게 잔소리를 했다.

"건강도 안 좋은데 술을 마시면 안 된다는 거 모르세요? 게다가 남이 먹고 남은 싸구려 술이었잖아요."

그러자 난처한 표정을 짓던 그는 화가 난 듯 나를 성큼 앞질러 가버렸다. 그날 이후 나는 할아버지 눈앞에 술이 안 보이게 조심하는 것도 모자라 요리에 쓰는 술조차 자물쇠로 잠가놓는 곳에 보관했다.

어느 날 아침, 할아버지의 혈압을 재는데 이상하게 어딘가에서 술 냄새가 풍겨왔다. 이른 아침인데 어디서 술 냄새가 풍기는 거지? 나는 코를 킁킁대며 냄새가 나는 곳을 찾았고, 진원지가 그의 입속이라는 사실을 알고 경악했다.

"할아버지, 설마 술 드셨어요?"

할아버지는 고개를 저으며 완강히 부인했지만 내가 그의 이불 밑에서 술병을 찾아내자 어쩔 수 없이 시인하며 날 저지했다.

"어제 사다놓은 거니까 그냥 놔둬!"

그 순간 나도 모르게 화가 나서 소리를 질렀다.

"마시면 안 되는 거 아시잖아요. 그런데 아침부터 드시면 어떡해요! 아침에 술 마시고 저녁에 차 마시는 게 노인들한테 독이라는 거 잘 아시잖아요!"

내 목소리가 얼마나 컸던지 신신 언니가 놀라 방으로 뛰어 들어와 자기 아버지 손에 들린 술병을 빼앗았다. 샤오 할아버지는 기분이 상한 듯 나를 노려보았다.

"너란 아이는 정말 피곤하구나! 이렇게까지 문제를 크게 만들어야 겠니? 네 돈 주고 산 것도 아닌데 좀 못 본 체해주면 되잖아! 돈을 많이 받는 것도 아니면서 뭘 그렇게 남의 일에 사사건건 끼어들어 귀찮게 해?!"

난 못 들은 척 방을 나와 더는 상관하지 않았다.

샤오 할아버지가 내게 유일하게 만족하는 게 있다면 바로 요리 솜씨였다. 그의 고향은 산시 웨이난이라 면 요리를 즐겨 먹는데, 그중에서도 국수 종류를 좋아했다. 이 점이 내가 살던 난양의 식습관과 아주 비슷했다. 나는 어릴 때부터 엄마에게 국수를 뽑고 요리하는 것을 배웠다. 손으로 밀가루를 찰지게 반죽해 면을 뽑아내는 일이라면 누구보다 잘할 자신이 있었다. 할아버지는 내가 만든 국수 요리를 한 번 먹어보고는 처음으로 고개를 끄덕이며 칭찬해주었다.

"음, 국수 만드는 실력은 그럭저럭 괜찮네……."

...

샤오 할아버지의 일상은 상당히 규칙적이었다. 매일 아침 식사를 하고 나면 보통 두 시간 정도 책상 앞에 앉아 책을 읽거나 글을 쓰고, 그런 다음 산책이나 운동을 나갔다. 내가 보기에 그 나이대에 그리 도움이 되지 않는 생활 리듬이었다. 그래서 어느 날 아침 그가 책상 앞에 앉으려고 할 때 한 가지 제안을 했다.

"할아버지, 식사 후에 20분 정도 앉아서 쉬다가 산책이나 운동을 나가고, 그런 다음에 책을 읽거나 글을 쓰시는 게 좋겠어요."

그러자 할아버지는 불쾌한 표정을 지었다.

"내가 하는 일에 일일이 상관하지 마라! 내가 뭘 하는지 알기나 하니? 책을 쓸 준비를 하고 있지! 난 판사를 지내다 퇴직했으니 이제 법학자로 살 생각이거든. 법학자가 뭔지는 알지? 법학자가 되려면 우선 책을 내야 해. 적어도 세 권 정도는 써야 세상 사람들이 법학자라고 인정하는 수준이 될 수 있지. 알겠니? 보아하니 이해를 잘 못 하는 모양이구나! 그러니까 나한테는 이 시간이 아주 중요하다는 걸 말하는 거란다!"

"왜 법학자가 되려고 하시는데요?"

나는 정말 이해가 되지 않아 물었다.

"하하." 그가 웃으며 대답했다.

"그걸 말하자면 아주 길어지지만 간단하게 설명해주마. 판사라는 직함은 내가 퇴직하는 순간 아주 빨리 나를 떠나갔지. 하지만 법학자라는 직함은 평생을 따라다닐 거거든. 심지어 내가 죽은 뒤에도 사람들의 뇌리에 오래도록 기억될 수 있어."

나는 이해했다는 듯 고개를 끄덕였다. 법학자가 되면 사람들이 오래도록 이름을 기억해주는구나. 그러니까 이것은 인생의 가치에 대한 증명이었다. 내가 어떤 내용의 책을 내고 싶은지 묻자 그는 갑자기 들뜬 표정으로 손동작까지 곁들이며 신나게 이야기하기 시작했다.

"일단 세 권 정도 쓸 생각인데, 모두 법률 분야에 관한 방대한 내용을 담을 생각이야. 첫 번째 책은《남성 범죄의 동기》, 두 번째 책은《여성 범죄의 동기》, 세 번째 책은《인류 범죄의 역사》지. 책마다 80만 자에서 100만 자 정도 쓸 거니까, 다 합치면 240만 자에서 300만 자 정도쯤 되겠군. 아마 출판되기만 하면 곧장 법학계를 뒤흔들걸? 그때부터 난 사람들 입에 오르내리는 인물이 될 거고, 법률 담당 기자들이 앞다투어 나를 인터뷰하러 찾아오겠지."

"300만 자를 쓰려면 얼마나 걸리는데요?"

"길게 잡아서 15년? 정 안 되면 20년까지 늘어날 수도 있겠지."

"세상에! 그렇게나 오래 걸려요?"

"말 그대로 예상일뿐이야. 이런 일은 막상 착수하면 시간이 훨씬 줄어들 수도 있어."

"법학자를 꼭 해야 하나요?"

나는 추궁하듯 물었다.

"사람은 목표가 있어야 해. 왜? 내가 이 목표를 달성하지 못할 거 같아? 그렇다면 그건 네가 날 잘 몰라서 그런 거야. 지금까지 살면서 난 내가 세운 목표 중에서 이루지 못한 것이 없었어! 사법 경찰이 되고, 대학을 나왔고, 판사가 되었고, 아름다운 아내와 예쁜 딸도 얻었지!"

나는 샤오 할아버지의 넘치는 자신감과 결단력에 놀라며 그를 다시 보게 되었다.

그날 우리 두 사람은 사위인 창성 아저씨가 집에 돌아오기 전까지 전에 없이 이야기꽃을 피웠다. 사위가 자기 방에 들어갔다가 잠시 후 장인의 방에 들어와 물었다.

"아버님, 혹시 제 방에서 형법 판례집 가져가셨어요? 제가 지금 찾아볼 게 있거든요."

샤오 할아버지가 굳은 표정으로 대답했다.

"내가 어제 가져가서 좀 봤네. 여기 있군. 필요하면 가져가게."

할아버지가 탐탁지 않은 듯 책 한 권을 책상 가장자리로 밀었다. 사위가 다가와 책만 가지고 바로 나가자, 할아버지는 불만스러운 표정으로 입술을 꽉 다문 채 그의 뒷모습을 노려보았다. 불쾌하다는 무언의 표시였다.

나는 이 집에 온 이후 오래지 않아 한 가지 문제점을 발견했다. 장인과 사위 사이에 껄끄러운 무언가가 있었다. 내가 느끼기에도 두 사람의 갈등이 결코 가벼운 문제가 아니라는 생각이 들 정도였다. 사위가 집에서 식사할 때면 할아버지는 식탁에서 단 한 마디도 하지 않았고, 사위가 집에 없을 때만 딸과 웃으며 이야기를 나누었다. 할아버지는 사위가 어떤 문제에 대해 의견을 내놓을 때마다 늘 들을 가치도 없다는 듯 입을 꾹 다물었고 반박조차 하지 않았다. 심지어 사위가 집에 들어오면 늘 자기도 모르게 눈살을 찌푸리고는 했다. 두 사람 사이에 대화는 거의 오가지 않았고, 사위 역시 장인을 '아버님'이라고 부르는 경우가 드물었다. 어떤 일 때문에 어쩔 수 없이 의견을 물어야 할 때면 신신 언니가 중간에서 조율했다. 그들 두 사람은 절대 한 공간에 오래 있지 않고, 설사 있다고 해도 시선을 맞추지 않았다.

사실 창성 아저씨는 키가 1미터 80센티미터나 되는 호남형이었다. 늘 양복을 입고 다녀서 잘나가는 로펌의 변호사 같은 근사한 이미지를 풍겼다. 여자들한테 꽤 인기가 많을 스타일이었다. 나는 아내인 신신 언니가 그를 더 사랑한다는 느낌을 강하게 받았다. 매일 남편이 출근할 때마다 꼭 껴안고 뽀뽀했고, 퇴근하고 나서도 가장 먼저 물어보는 말이 '아저씨 집에 오셨니?'였다. 남편이 집에 먼저 와 있으면 그녀의 얼굴에 미소가 번졌고, 그가 없을 때면 세상을 다 잃은 듯 시무룩해졌다.

이 집의 장인과 사위 관계에 왜 이런 벽이 생겼는지 정말 미스터리였다. 누가 봐도 신신 언니는 아버지뿐 아니라 남편을 너무나 사랑했지만 그들 두 사람 사이의 갈등만큼은 그녀의 사랑으로도 극복할 수 없는 문제 같았다.

어느 날 밤, 9시가 가까워오는 시간에 샤오 할아버지는 침실로 들어가고 나와 신신 언니 내외는 거실에 앉아 TV를 보고 있었다. 신신 언니는 드라마를 보고 싶어 하고 창성 아저씨는 시사 프로그램을 보고 싶어 해 두 사람 사이에 한 치의 양보도 없는 신경전이 벌어졌다. 하지만 이 정도는 젊은 부부 사이에 흔히 일어나는 가벼운 신경전이었고, 신신 언니도 상황을 즐기며 남편에게 애교 섞인 투정을 부리는 중이었다. 나는 별생각 없이 두 사람의 리모컨 쟁탈전을 웃으며 바라보았다. 결국 리모컨은 남편 차지가 되었다. 그가 채널을 돌리자 신신 언니가 짐짓 화난 척하며 투정을 부렸다. 부부 사이에 흔히 볼 수 있는 일이라 별 신경을 쓰지 않고 있었는데, 갑자기 샤오 할아버지가 방문을 벌컥 열고 나와 사위를 호되게 꾸짖기 시작했다.

"자네 지금 뭐 하자는 건가? 남자가 그런 것도 양보 못 해서 부부 싸움을 해? 신신이 남인가?!"

사위는 그 말에 일언반구 대꾸도 없이 리모컨을 내려놓고 방으로 들어갔다. 혼자 남겨진 신신 언니는 멍하니 그 장면을 지켜보다 아버지를 향해 목소리를 높였다.

"아빠, 제발 저희 일에 상관하지 좀 마세요!"

어느 날 아침 식사를 마친 뒤 창성 아저씨가 신신 언니에게 말했다.

"여보, 오늘은 범죄 용의자와 면담이 있는 날이라 시간이 별로 없어.

오늘은 회사까지 데려다줄 수 없을 거 같으니까 버스 타고 가면 안 될까?"

신신 언니는 흔쾌히 수락하며 먼저 가서 일을 보라고 남편을 안심시켰다. 그런데 이때 샤오 할아버지가 갑자기 끼어들어 사위에게 면박을 줬다.

"신신을 회사까지 데려다주고 나서 용의자를 보러 가면 안 되는 건가? 용의자 만나는 게 무슨 촌각을 다투는 일이라도 되는 건가? 신신 혼자 버스를 타고 가는데 안심이 돼?!"

할아버지가 이렇게 말하자 창성 아저씨의 표정이 점점 굳어갔다. 다행히 신신 언니가 서둘러 상황을 무마했다.

"아빠, 걱정 마세요. 버스가 얼마나 안전한데요. 오히려 이 사람 차 타고 갔다가 마음이 급해져서 과속하면 더 위험해지잖아요."

신신 언니는 그렇게 말하면서 얼른 남편을 문밖으로 밀어냈다.

언젠가는 퇴근 시간이 되었을 때 신신 언니가 일하는 건축사무소에서 쌀 한 포대와 땅콩기름 한 통을 나눠 주었다. 신신 언니는 택시를 타고 집 앞까지 와서 나한테 도와달라고 전화를 걸었다. 물건을 가지고 집으로 올라왔을 때 때마침 할아버지가 그 모습을 보게 되었다. 할아버지는 신신 언니가 땅콩기름 한 통을 들고 숨이 턱까지 차서 올라오자 마음이 불편한 듯 물었다.

"창성은 어디 있니? 왜 네 남편한테 차로 실어다달라고 하지 않았어?"

"저녁에 회식이 있다고 해서 그냥 택시 잡아타고 왔어요."

샤오 할아버지의 표정이 어둡게 가라앉았다. 그날 밤 사위가 문을 열고 들어오자 샤오 할아버지가 기다렸다는 듯 매섭게 쏘아붙였다.

"자네는 그깟 회식만 중요하고 신신은 안중에도 없는 건가? 쟤가 그 무거운 걸 들고 혼자 여기까지 오게 만들면 어떡하나!"

창성 아저씨는 당황한 듯 깜짝 놀라며 불쾌한 기색을 숨기지 못했다. 신신 언니 역시 그 소리에 놀라 얼른 달려와 아버지를 말렸다.

"아빠, 그 정도 물건 좀 들고 온 게 뭐가 대수라고 이러세요. 게다가 사회생활하는 사람한테 회식이 업무의 연장이라는 거 아빠도 잘 아시잖아요?"

신신 언니는 남편을 잡아끌며 침실로 데리고 들어갔다.

난 샤오 할아버지가 자기 딸을 끔찍이 사랑한다는 것을 알고 있었다. 하지만 그 방법에는 분명히 문제가 있어 보였다. 딸을 보호한다는 명목으로 하는 말이지만 사위의 기분을 전혀 배려하지 않았다. 어느 날 할아버지와 함께 장수 공원을 산책할 때 넌지시 이 문제를 꺼냈다.

"할아버지, 남의 집안일에 함부로 끼어들면 안 되는 거 알지만 좀 걱정이 되긴 해요. 제가 살던 고향에서는 이런 문제가 생겼을 때 어떻게 하는지 아세요? 한 가지 원칙이 있어요. 혹시 알고 싶으세요?"

"원칙?"

"거기서는 장인 장모가 되었을 때 딸을 사랑하는 가장 좋은 방법이 사위를 먼저 아끼는 거라고 생각해요. 장인 장모가 사위한테 잘해야 사위도 딸한테 잘하게 되거든요."

할아버지는 곧장 코웃음을 쳤다. 내 의도를 알아챈 것이 분명했다.

"내 사위 놈은 영 적응이 안 돼. 속도 알 수 없고. 신신을 어르고 달래서 이용해 먹을 줄이나 알지. 믿음이 안 가!"

나는 더는 아무 말도 하지 않았다. 더 말했다가는 내가 들어서는 안될 더 심한 말이 나올 것만 같았다. 이 집에 들어온 이상 그 이상 간여하는 것은 옳지 않아 보였다.

다음 주말에 주방에서 만두를 만들고 있을 때 신신 언니가 들어와 나를 도와주었다. 나는 같이 만두를 싸면서 그녀에게 넌지시 말했다.

"아버님께 사위한테 잘하라고 말씀 좀 하세요. 안 그러면 두 사람 사이가 점점 더 나빠질 거 같아요. 언니도 중간에서 힘들 테고요."

신신 언니가 한숨을 쉬며 말했다.

"휴, 아빠가 저러는 건 딱 세 가지 이유에서야. 첫째는 남편이 결혼 허락을 받으러 왔을 때 자기 가족이 쉬저우시에 산다고 했거든. 그래서 아빠는 남편이 쉬저우시에서 몇 킬로미터 떨어진 어딘가에 산다고 생각하신 거지. 근데 사실 쉬저우시 관할이기는 했지만 쉬저우의 정식 시민은 아니었어. 그 사실을 알게 된 뒤부터 아빠는 그이가 거짓말을 했다고 생각하셔. 한마디로 신뢰를 잃은 거지. 두 번째는 음……. 내가 남편의 청혼을 받아들이기는 했지만 결혼식을 올리기 전 실수로 임신을 해서 두 번이나 유산했어. 그때 아빠가 엄청 화를 내셨지. 결혼하고 나서 두 달 만에 또 임신했는데, 그때 남편이 술을 마시고 잠자리를 가진 것 때문에 태아 건강에 문제가 있을까 봐 걱정이 됐어. 그래서 한 번 더 낙태하자고 했지. 그런데 결국 그 사실이 아빠 귀에 들어가서 한바탕 난리가 났어. 아빠는 내 몸이 또 상한 게 너무 속상하셨고, 그이의 무책임한 태도에 더 화가 나셨을 거야. 세 번째는 남편이 아빠의 충고를 듣지 않고 뇌물을 받은 정치인의 변호를 해서야. 남편이 물론 변호는 잘했지만 결국 그 정치인은 중형을 선고받고 말았지. 당연히 아빠의 실망도 클 수밖에 없었어. 지금 두 사람은 서로를 전혀 이해하지 못하고 있고, 나만 중간에 껴서 죽을 맛인 거지. 두 사람을 다 사랑하는데 누구 편을 들기도 그렇고……."

나는 그제야 일의 전말을 이해할 수 있었다. 그리고 그 순간 집안의 어른이 나서서 갈등을 풀지 않으면 결국 큰 문제가 생길지도 모른다는 생각이 들었다.

역시나 내 예상은 빗나가지 않았다. 얼마 지나지 않아 사위가 장인을 상대로 하극상을 일으켰고, 결국 집을 얻어 나가 살겠다고 선전포고했다.

일의 발단은 신신 언니의 임신이었다. 어느 날 새벽, 신신 언니가 일어나 양치질하다가 갑자기 헛구역질을 하기 시작했다. 처음에는 속이 안 좋아서 그러려니 했지만, 밥을 먹자마자 먹은 것을 다 토해냈다. 샤오 할아버지가 걱정스러운 듯 위에 탈이 난 것 같으니 병원에 가보라고 다그쳤다. 식사 후 창성 아저씨가 차를 몰고 신신 언니와 함께 병원에 갔다. 검사 결과 임신이 확실했다.

그런데 그로부터 두 달 만에 신신 언니가 또 유산을 하고 말았다. 그날 저녁 12시쯤 되었을 때 잠결에 신신 언니의 비명 섞인 울음소리가 들려왔다. 나는 벌떡 일어나 거실로 달려 나갔다. 샤오 할아버지도 잠옷 차림으로 그곳에 서 있었다. 우리는 무슨 일이 일어났는지도 모른 채 잔뜩 긴장한 눈빛으로 두 사람의 침실을 바라보았다. 얼마 뒤 창성 아저씨가 핏기 하나 없이 창백한 신신 언니를 안고 나오더니 다급한 목소리로 유산이라고 말하며 문 쪽으로 달려갔다. 샤오 할아버지도 따라가려는 듯 문을 나섰고, 나 역시 그들을 따라 함께 아래층으로 내려가 병원으로 향했다.

다행히 유산한 것 외에 다른 큰 문제는 없었다. 그날 밤 병원에서 의료적인 처치를 하고 몇 시간 동안 경과를 관찰한 뒤, 날이 밝고 나서 다시 집으로 돌아왔다. 집에 도착해서 샤오 할아버지의 표정을 보니 그야말로 폭풍전야가 따로 없었다. 그 순간 나는 이 일이 아직 끝나지 않았다는 사실을 직감했다.

그날 저녁 식탁에 음식을 차리자 할아버지가 먼저 자리에 앉았다. 잠시 후 오후 근무를 마치고 돌아온 창성 아저씨가 자리에 앉자마자 귀청이 떨어질 듯한 호통 소리가 집 안에 쩌렁쩌렁 울려 퍼졌다.

"자네! 내 딸을 저런 식으로 괴롭혀서 죽일 생각인가?!"

막 젓가락을 들던 창성 아저씨가 멈칫하는가 싶더니 이내 자리에서 일어나 침실로 성큼성큼 걸어갔다. 그때 신신 언니는 침대 머리에 기대 앉아 내가 가져다준 밥을 먹고 있었다. 나는 상황이 심상치 않다는 것을 눈치채고 할아버지를 진정시키기 위해 어서 식사부터 하시라고 말렸다. 하지만 할아버지는 화를 삭이지 못한 채 손에 든 젓가락을 식탁 위로 내동댕이치며 소리쳤다.

"이 세상에 어떤 남자가 자기 여자를 이렇게 몇 번이나 유산하게 만든다던가? 자네는 저 아이가 그렇게 피를 흘리는 걸 보고도 아무렇지도 않아? 자네한테 동정심이나 측은지심 같은 게 있기는 한 건가?!"

침실에서 신신 언니의 울부짖는 소리가 들려왔다.

"아빠, 저 사람 탓이 아니잖아요! 제발 저희 일에 상관하지 좀 마세요!"

샤오 할아버지는 딸의 질책에 더 부아가 치밀어 오르는 듯 화를 억

누르지 못했다.

"네 남편을 원망 안 하면 누구를 탓하란 거냐?"

창성 아저씨도 이때만큼은 제정신이 아니었다. 그가 침실에서 걸어 나와 장인에게 따져 물었다.

"제가 일부러 유산이라도 시켰다는 겁니까? 저도 아이를 간절히 원하는 사람입니다! 왜 저를 못 잡아먹어서 안달이신 겁니까?"

"자네를 탓하지 않으면 누굴 탓하겠나? 신신의 엄마가 떠나고 나서 이 세상에 남은 혈육은 저 아이뿐이야. 내게는 세상 누구보다도 귀한 딸이네. 그런데 자네는 저 아이를 아끼는 마음이 전혀 없어 보이는군. 심지어 임신했는데도 못살게 군 건가?!"

샤오 할아버지가 벌떡 일어나 사위를 향해 삿대질을 해댔다.

창성 아저씨는 하얗게 질린 얼굴로 반박했다.

"제가 저 사람을 괴롭히는 걸 장인어른이 보셨어요? 제가 어떻게 괴롭히던가요?"

샤오 할아버지 역시 분에 못 이겨 입술을 바들바들 떨며 소리쳤다.

"그렇게 듣고 싶다면 어쩔 수 없군. 신신의 엄마도 없으니 나라도 나서서 말해줄 수밖에. 이번에 자네가 신신과 잠자리만 안 했어도 유산이 됐겠나?"

이 말에 창성 아저씨의 얼굴이 파랗게 질려갔다. 나조차 당혹스러웠다. 곧이어 창성 아저씨의 고함이 터져 나왔다.

"말조심하십시오, 장인어른! 아무리 아버님이라도 해서는 안 될 말이 있는 겁니다!"

창성 아저씨는 분을 삭이지 못한 채 침실로 들어가더니 외투를 집어

들고 곧장 문을 쾅 닫고 나가버렸다.

침실에서 신신 언니가 흐느껴 울며 소리를 질렀다.

"제발! 저희 일에 상관하지 좀 마세요……."

한바탕 회오리바람이 지나갔다. 식탁 위에 잘 차려진 저녁 식사만 덩그러니 놓여 있었다. 게다가 할아버지는 혈압이 오른 듯 손으로 이마를 짚으며 연신 두통을 호소했다. 누가 봐도 위험한 상황이었다. 나는 얼른 할아버지를 부축해 침대에 눕히고, 머리에 있는 혈자리를 눌러가며 안정을 도와주었다.

사실 난 창성 아저씨가 집을 나가서 화를 좀 삭인 뒤 한밤중이면 다시 들어올 거라고 생각했다. 하지만 그는 그날 밤새 집에 오지 않았다. 다음 날은 물론 그다음 날도 마찬가지였다. 나흘째 되던 날 아침에 신신 언니가 나를 불러 남편의 옷과 간단한 가재도구를 가져가야 하니 함께 챙겨달라고 부탁했다. 나는 그제야 창성 아저씨가 회사 근처 어디쯤에 방 두 칸에 거실 하나가 딸린 월셋집을 구했다는 사실을 알게 되었다. 아마 이 집에 돌아오지 않기로 결심한 듯했다. 신신 언니는 남편의 물건을 챙기며 눈물을 흘렸다.

"두 사람 다 워낙 강한 성격이라 도저히 어울릴 수가 없어……."

신신 언니가 남편의 트렁크를 들고 아래층으로 내려가는 모습을 바라보며 나는 샤오 할아버지에게 나지막이 상황을 알려주었다.

"사위분이 이제 여기서 안 살기로 했대요. 지금 따님이 사위분 짐을 싸서 그리 보내려고 하네요."

샤오 할아버지는 아직도 화가 안 풀린 듯 소리쳤다.

"나가 살 능력이 되니 나가 살겠지. 한번 나가면 다시는 돌아올 생각 말아야지. 어차피 여기는 내 집이야. 사람 하나 빠져나가니 속이 다 후련하네!"

나는 할아버지의 마음을 돌리려 나름 애를 써보았다.

"두 사람도 이제 성인이잖아요. 그러니 두 사람 사생활에 너무 개입하는 건 좋지 않아요."

아니나 다를까 할아버지는 눈을 부릅뜨며 정색했다.

"같이 사는 가족한테 무슨 사생활을 따져? 내 나이 마흔이 넘어서 겨우 얻은 귀한 딸이라 바람 불면 날아갈까 애지중지 키워왔는데 그만 놈이 사위랍시고 들어와서 내 딸을 불행하게 만드는 걸 어떻게 상관하지 않아? 이제 쟤 엄마도 곁에 없으니 나라도 나서서 챙겨주지 않으면 누가 하겠어?!"

할아버지의 입술이 파들파들 떨리는 것을 보고 있자니 더는 아무 말도 할 수 없었다. 자칫 잘못해서 혈압이 다시 오르면 심장 쪽에 문제가 생길 수 있었다.

나는 할아버지의 기분을 풀어주기 위해 흥미를 끌 만한 다른 이야기를 꺼냈다.

"그건 그렇고 그때 계획하신 첫 번째 책은 쓰기 시작하셨어요?"

이 질문을 받고 나자 과연 그의 얼굴에 드리워져 있던 그림자가 조금씩 걷히기 시작했다.

"자료 준비는 거의 끝냈어. 내가 일한 법원에서 처리했던 남성 범죄 사례를 분석해보니 범죄 동기가 세 가지로 좁혀지더군. 첫째, 사람이 욕망을 통제하지 못할 때 범죄로 이어져. 성욕을 통제하지 못하면 강간 사건이 일어나고, 물질적 욕망을 제어하지 못하면 부정부패를 저지르고, 권력에 대한 욕구를 통제하지 못하면 뇌물수수를 하게 되는 것처럼 말이야. 두 번째 동기는 심리적 통제 불능 상태라고 할 수 있어. 의사에게 돈 봉투를 건넸는데도 제대로 치료를 안 해줘서 홧김에 의사를 공격한다거나, 살던 집이 재개발 구역에 포함돼서 팔고 나와야 하는데 제대로 된 보상을 못 받아서 반사회적 범죄를 저지르게 되는 거거든. 다른 사람은 돈을 물 쓰듯 하는데 자기는 찢어지게 가난한 현실이 억울해서 도둑질이나 절도를 하는 것도 심리적 통제 불능 상태에서 벌어진 일이라고 할 수 있지. 세 번째 동기는 존엄성 파괴야. 자신의 존엄성을 훼손한 대상이 개인이라면 무차별 공격을 하거나, 심하면 살인을 저지르고, 그 대상이 단체나 정부라면 테러 같은 일이 벌어질 거고……."

이런 식으로 화제를 돌려 이야기하다 보니 할아버지의 기분도 차츰 좋아졌다.

창성 아저씨가 방을 얻어 나가고 딱 일주일이 되던 날 아침에 신신 언니는 나를 침실로 불러 조용히 부탁을 하나 했다.

"샤오양, 너도 알다시피 남편이 요리를 못 하잖아. 지금이야 바깥 음식을 사다 먹거나 시켜 먹는다지만 그것도 하루 이틀이고 몸에도 해로울 거야. 그래서 말인데 오늘부터 나도 그 집에 가서 살려고 해. 사실 아빠와 잠시 떨어져 있는 것도 이 문제를 푸는 방법이 아닐까 싶기도 하고. 괜히 붙어 지내봤자 서로 얼굴 붉힐 일만 생기잖아. 이쪽 집안일은 너한테 맡기고 가니까 아빠를 잘 좀 돌봐드려. 나도 시간 날 때마다 들를 거고, 월급도 시간당 계산해서 더 올려줄게."

통보 아닌 통보 앞에 나는 아무 반박도 못 한 채 고개만 끄덕였다.

"네, 걱정하지 마세요."

신신 언니는 나에게 신신당부를 한 뒤 거실로 나가 샤오 할아버지와 애기를 나눴다.

"아빠, 요 며칠 고민해봤는데 남편이 집을 얻어 나가 살고 있으니 저도 그곳에서 같이 사는 게 나을 거 같아요. 지금은 세 식구가 붙어 있어 봐야 힘들기만 하니까 일단 잠시 떨어져 지내는 것도 도움이 될 거예요. 여기 일은 샤오양이 다 맡아서 해줄 거고, 저도 시간 나는 대로 뵈러 올게요. 저희가 없어도 건강 잘 챙기시고, 무슨 일 생기면 바로 전화하세요!"

샤오 할아버지의 눈빛이 살짝 흔들리고 있었다. 하지만 그는 이내 손을 내저으며 딸의 결정에 별다른 반박을 하지 않았다.

"가고 싶으면 가야겠지. 그 대신 회사에 말해서 이틀만 더 쉬도록 해. 네 엄마가 살아 있을 때 그러더구나. 유산을 해도 출산한 것과 똑같으니 산후조리하는 것처럼 몸을 아껴야 병이 안 생긴다고."

신신 언니가 고개를 끄덕이며 대답했다.

"걱정 마세요. 제가 알아서 조심할게요……."

신신 언니 내외가 이사를 나가자 집이 갑자기 텅 빈 것처럼 느껴졌다. 샤오 할아버지는 집 안을 둘러보며 혼잣말처럼 중얼거렸다.

"그래, 다들 이 집이 싫다고 나갔단 말이지? 내가 너희 없다고 못 살 거 같아? 아주 보란 듯이 잘 살아주마!"

그때까지만 해도 난 할아버지의 말이 무슨 뜻인지 알지 못했고, 그저 불평 섞인 넋두리라고만 생각했다. 그러다 얼마 후 할아버지의 행동을 보고 나서야 그 말에 담긴 뜻을 이해할 수 있었다.

．．．

신신 언니 내외가 이사를 나간 지 보름 정도 지났을 때 샤오 할아버지의 행동이 살짝 이상해 보이기 시작했다. 며칠간 산책이나 운동을 나갈 때면 나를 떼어놓고 다녔다. 나는 걱정되는 마음에 고용 계약서까지 들먹이며 같이 나가야 하는 이유를 거듭 강조했다. 그럴 때마다 할아버지는 눈을 부릅뜨며 화를 냈다.

"어디 가서 안 죽을 거니까 넌 그냥 집에 있어!"

샤오 할아버지가 워낙 강경하게 나오니 반박하기도 쉽지 않았다. 하지만 할아버지가 혼자 외출한 지 이틀째 되던 날, 나는 도저히 걱정이 돼서 가만히 집에만 있을 수 없었다. 아무리 그래도 나이 든 어르신인데 만에 하나 밖에서 무슨 일이라도 생기면 신신 언니가 나에게 책임을 물을 게 뻔했다. 일단 신신 언니에게 전화를 걸어 상황을 알렸다. 신신 언니도 나와 똑같은 걱정을 하며 한숨을 내쉬었다. 어쨌든 샤오 할아버지는 고지혈증, 당뇨, 고혈압 같은 지병을 앓고 있고, 누군가의 도움이 필요한 노인이었다.

"아무래도 아빠가 외출할 때 네가 몰래 뒤따라가는 게 좋겠어. 진짜 위험한 상황이 생기기 전에는 절대 나서지 말고. 아빠 입장에서는 기분 나쁠 수도 있으니까."

나는 어쩔 수 없이 그러기로 하고 전화를 끊었다.

그날 이후부터 난 샤오 할아버지가 외출할 때마다 마치 첩보 영화라도 찍듯 그의 뒤를 멀찍이서 따라붙었다. 이렇게 며칠을 쫓아다니다 나는 뜻밖의 일을 목격하게 되었다. 놀랍게도 할아버지가 매일 찾아가는 곳은 다름 아닌 결혼중개소였다. 그것도 한 곳이 아니라 여러 군데를 들렀고, 매번 한참이 지나서야 나왔다. 나는 그제야 할아버지가 재혼 상대자를 찾고 있다는 사실을 눈치챘다. 얼마 전에 할아버지가 '보란 듯이 잘 살아주겠다'고 한 말이 무슨 뜻인지도 알게 되었다. 보아하니 할아버지는 사위에게 크게 한 방 먹일 생각인 듯했다. 아마 이런 심리가 아닐까? 네까짓 게 집을 나간다고 내가 눈 하나 깜짝할 거 같아? 네가 이 집에서 대단한 존재라도 된다고 착각하나 본데, 너 같은 놈이 나가든 말든 내 알 바 아냐! 너네가 가족관계를 깼으니 이제 내가 새로운 가족을 만들면 그만이지!

그날 샤오 할아버지는 결혼중개소를 무려 대여섯 군데나 들렀다. 마치 어느 중개소가 가장 믿을 만한지 알아보며 마음에 드는 상대를 찾기 위해 신중을 기하는 듯 보였다. 그러다 '인연'이라는 간판이 걸린 결혼중개소에서 머무는 시간이 갈수록 길어졌다. 마음에 드는 상대라도 찾은 것처럼 말이다. 할아버지가 이곳에 들어갔을 때 나는 맞은편 백화점에서 유리창 너머로 건물 입구의 동정을 살폈다. 건물 안팎으로 이상한 움직임만 없으면 무슨 변고가 생긴 것은 아닐 테니 나는 백화점 안에서 계속 건물을 주시하며 할아버지가 나오기를 기다렸다. 누군가를 보호하고 돌보는 일은 꽤 인내심을 필요로 했다.

이런 상황이 10여 일 지속되더니 할아버지는 더 이상 외출하지 않았고, 집에서 유선전화로 누군가와 자주 통화를 했다. 내 짐작이 맞는다면 마음에 둔 여자와 전화를 주고받으며 서로를 알아가는 중인 게 분명했다. 할아버지가 외출을 안 하니 일도 훨씬 수월해졌다. 나는 집에서 전화 통화 소리를 들으며 남자 친구에게 선물할 스웨터를 떴다.

전화 목소리는 간헐적으로 들렸지만 돌아가는 상황을 짐작하기에는 충분했다. 할아버지는 세 명의 여자와 전화 통화를 했다. 그중 한 명은 이혼한 적이 있고, 나머지 두 명은 배우자를 잃고 혼자 사는 중이었다. 보아하니 할아버지는 아직 간을 보는 중이고, 누구를 결혼 상대로 할지 결정한 상태는 아니었다.

그러다 또 며칠이 지나자 할아버지가 마음의 결정을 내린 듯 통화가 거의 한 사람에게 집중되었다. 아직까지 그 여자의 나이며 생김새는 전혀 알 길이 없었다. 그저 상대방과 통화하는 할아버지의 말투만으로 그보다 젊다고 나름 추측해볼 뿐이었다. 평소 강한 어투로 말하던 할아버지가 전화 통화를 할 때면 다소 조심스러워 보이고, 심지어 약간 기분을 맞춰주려는 듯한 느낌마저 들었다. 딱 봐도 할아버지는 상대방이 마음에 들어 호감을 얻으려 애쓰는 전형적인 남자의 모습이었다.

샤오 할아버지는 행여 내가 듣기라도 할까 봐 늘 목소리를 낮춰서 얘기를 나누었지만, 가끔 대화에 집중하다가 무심결에 목소리를 높이기도 했다. 그동안 잘 알 수 없었던 할아버지의 성장 과정도 조금은 엿들을 수 있었다.

할아버지는 여덟 살에 초등학교에 입학해서 무술을 잘하는 체육 선생님을 만났고, 그때부터 무술의 재미에 빠져 선생님에게 다양한 무술을 배웠다. 고향에서 무술 시합이 있을 때면 매번 우승할 정도로 실력도 뛰어났다. 성인이 되자 시안에 있는 법원에서 사법 경찰을 모집한다는 소식을 듣고 바로 응시해 무술 실력을 인정받아 순조롭게 합격했다. 언젠가 법원에서 어느 살인범에 대한 재판이 열리던 날, 죄수는 자신이 사형을 선고받을 거라는 두려움에 압송 도중에 도망을 치기로 결심했다. 사전에 치밀하게 준비하고 직접 만든 열쇠를 이용해 압송 도중에 수갑과 족쇄를 몰래 풀고 자신을 호송하던 사법 경찰 셋을 공격해 쓰러뜨렸다. 샤오 할아버지도 그중 한 명이었다. 할아버지는 기습을 당해 바닥으로 쓰러지자마자 몸을 일으키며 반사적으로 호송차에서 뛰어내려 길옆 숲속으로 도망친 죄수를 죽을힘을 다해 추격했다. 그렇게 10여 킬로미터를 뒤쫓아가서 마침내 지칠 대로 지친 죄수를 땅에 쓰러뜨리고 다시 수갑을 채워 길가까지 끌고 왔고, 뒤따라온 다른 동료들의 도움을 받아 무사히 법정까지 이송할 수 있었다.

이 일을 계기로 할아버지에 대한 소문이 시안의 정계와 법조계에 두루 퍼지기 시작했고, 법원의 추천을 받아 베이징 정치법률대학에 진학해 더 전문적인 공부를 할 수 있었다. 졸업 후에는 베이징에 있는 법원에 취직했다. 베이징 소재의 한 법정에서 근무하는 동안 그는 조직 폭력배와 연관된 정치인이나 거물급 인사들을 심문하게 되었는데, 그 과정에서 협박을 수도 없이 받았다. 심지어 누군가는 총알과 칼이 든 상자를 보내기도 했다. 하지만 그는 한 치의 흔들림도 없이 철저하게 수사를 진행했고, 그 공을 인정받아 표창장까지 받았다.

나는 수화기 너머의 여자가 할아버지의 이야기를 들으며 어떤 느낌이었을지 궁금해졌다. 어쨌든 내 기준으로 말하자면 할아버지는 조금 거만하게 느껴졌다. 물론 할아버지가 여자에게 잘 보이기 위해 살짝 자기 자랑을 하며 과장한다는 느낌도 지울 수 없었다. 그런 거라면 충분히 이해가 갔다. 남자가 마음에 둔 여자에게 환심을 사고 싶으면 가끔은 허풍도 필요한 법이니까. 예전에 뤼이웨이가 나를 꼬실 때도 딱 이런 모습이었다.

한동안 전화가 오간 뒤 여자가 할아버지를 만나보기로 결심했는지 약속 장소와 시간을 정하는 목소리가 방문 너머로 들려왔다. 신신 언니가 무슨 일이 생기면 꼭 전화하라고 했는데, 지금이 바로 딱 그럴 때였다. 나는 서둘러 새로운 소식을 보고했다. 신신 언니는 자기 아버지의 속내를 이미 읽고 있었던 듯 쓴웃음을 지으며 말했다.

"아빠가 원하는 일이면 그렇게 하시게 둬야겠지. 정말 마음에 드는 여자를 찾았다면 나도 마음의 짐을 조금이나마 덜 수 있을 거고. 어쨌든 우리가 아빠랑 함께 사는 게 아니니까, 재혼하면 곁에서 돌봐줄 사람도 생기고 나쁠 건 없을 거 같아. 아마 하늘에 있는 엄마도 이해해줄 거야……."

할아버지가 여자와 만나기 위해 외출하던 날에도 나는 어김없이 멀찍이서 뒤를 따라붙었다. 두 사람의 약속 장소는 위옌탄 공원에 있는 숲이었다. 할아버지한테 무슨 일이 생기지 않는다면 내가 두 사람 앞에 나타날 일은 절대 없었다. 하지만 너무 멀리 떨어져 있다 보니 여자의 나이와 생김새가 제대로 확인되지 않았다. 체형조차 확인하기 어려울 만큼 어렴풋한 형체만 보였다.

그 후 얼마 되지 않아 할아버지가 전화로 여자를 집으로 초대했다. 하지만 무슨 이유에서인지 여자는 초대에 응하지 않았고, 어느 날 할아버지가 결혼중개소에 전화를 걸어 한바탕 따져 묻는 소리가 들려왔다.

"나한테 소개해준 그 여자가 믿을 만한 사람이기는 한 거요? 그렇게 오랫동안 얘기를 나눴는데도 가타부타 답변조차 없고 뭐 하자는 건지 말이야. 그쪽에서 나서서 도대체 무슨 생각을 하고 있는지 좀 알아보고, 내가 아니다 싶으면 아니라고 딱 잘라 말을 하라고 좀 해요. 이렇게 미적지근하게 시간 끌지 좀 말고! 그리고 이 말은 꼭 전해요! 내가 그 여자한테만 목숨 건 것도 아니니 사람 가지고 놀 생각 말라고!"

할아버지의 초조함이 내게도 느껴졌다. 아무래도 상대방이 쉽사리 결정을 못 하는 듯했다.

중개소가 나서서 설득이나 재촉을 한 건지 모르겠지만 며칠 뒤 밤에 샤오 할아버지가 내게 한 가지 부탁을 해왔다.

"내일 마트에 가서 과일이랑 채소, 고기를 좀 사 오렴. 내일 중요한 손님이 오기로 했으니 점심상도 좀 잘 차려주고."

할아버지가 마음에 둔 여사님이 드디어 집을 방문하기로 결정한 모양이었다. 이 정도면 할아버지의 재혼도 머지않은 듯 보였다.

나는 서둘러 손님맞이 준비에 돌입했다. 일단 저녁 식사를 마친 뒤 집 안을 대청소하고, 다음 날 아침 식사를 마치자마자 마트로 가서 장을 보고 오전 10시부터 주방에 들어가 본격적으로 음식 장만을 시작했다. 물론 신신 언니에게 이 중대사를 보고하는 것도 잊지 않았다. 신신 언니는 소식을 전해 듣자 담담하게 웃었다.

"그럼 내가 한번 가봐야겠네. 새엄마 되실 분이 어떤 사람인지는 봐야 하니까……."

샤오 할아버지는 아침 식사를 마치자마자 동네 이발소에 가서 수염을 깎고 새로 염색을 하고 와서는 옷장에서 가장 최근에 산 양복을 꺼내 입고 빨간색 넥타이를 맸다. 방에서 나온 할아버지는 신발장에서 구두를 꺼내 신고는 소파로 가서 꼿꼿한 자세로 앉아 신문을 펼쳐 들었다. 귀한 손님을 기다리는 느낌이 고스란히 전해졌다.

잠시 뒤 벨 소리가 들리자 할아버지는 넥타이를 매만지며 나에게 문을 열라고 눈짓을 보냈다. 얼른 현관으로 나가 문을 여니 문 너머로 신신 언니가 보였다. 샤오 할아버지는 딸이 뜻밖에 방문하자 다소 놀라고 당황한 기색이었다.

"주말도 아닌데 네가 이 시간에 어쩐 일이냐?"

신신 언니가 장난스럽게 미소를 지으며 대답했다.

"왜요? 제가 온 게 반갑지 않으세요? 요새 집 분위기가 좀 바뀌었다고 해서 궁금해서 와봤어요."

샤오 할아버지도 마주 웃었다.

"마침 잘 왔다. 너한테 할 말도 있었고."

할아버지는 그렇게 말하며 자기 침실 쪽을 가리키며 그쪽에 가서 이야기를 나누자고 눈짓을 보냈다. 나는 두 사람이 침실로 향하는 것을 보며 서둘러 다시 주방으로 돌아가 식사를 준비했다.

두 번째 벨이 울리자 이번에는 신신 언니가 나가서 문을 열었다. 주방 너머에서 신신 언니의 친절한 목소리가 들려왔다.

"어서 오세요! 이렇게 집까지 와주셔서 감사해요!"

나도 얼른 현관으로 달려 나갔다. 꽤 신경 써서 차려입은 듯 우아한 분위기를 풍기는 예순 살 남짓의 여인이 서 있었다. 딱 봐도 엘리트 여성이었다. 신신 언니가 나를 보자마자 그분을 미시즈 지라고 소개하며 인사시켜주었다.

"이쪽은 아버지를 돌봐주는 샤오양이에요."

미시즈 지가 나를 보며 예의를 갖춰 가볍게 목례했다.

그런데 늘 집에서 왕처럼 편하게 지내던 샤오 할아버지가 미시즈 지를 보고 나자 당황하며 부자연스럽게 행동하는 모습이 눈에 띄었다. 차를 마실 때 찻잔을 바닥에 떨어뜨려 와장창 깨뜨리기까지 했다. 나는 깨진 찻잔을 정리하며 미시즈 지가 어떤 사람인지 나름 추측해보았다. 대학을 나온 공무원 출신일까? 아니면 연구원 출신이나 대기업을 다니던 직장인이었을까?

점심 식사 시간이 되자 신신 언니가 식탁에 그릇을 세팅했고, 나는 서둘러 음식을 담았다.

식사 중간에 신신 언니가 주방으로 와서 내게 나지막이 속삭였다.

"이름이 지잉메이래. 사범대학 부교수를 지냈고, 올해 예순두 살이야. 남편과는 사별했고, 아들이 하나 있는데 고등학교 교사인가 봐."

"와! 조건이 너무 좋아요!"

"응. 우리 아빠가 보는 눈이 좀 있으시네. 날 실망시키지 않으셨어."

신신 언니도 흡족한 듯 고개를 끄덕였다.

"마음에 드세요?"

"내가 마음에 들고 안 들고가 무슨 소용이겠어. 중요한 건 아빠 마음이지. 아빠가 얼마나 정중하게 대하는지 좀 봐봐! 두 사람이 잘되면 우리도 안심할 수 있겠지. 우리 남편이 미국으로 박사학위를 따러 갈 마음이 있다니까 여차하면 나도 따라가야 할 거 같아. 그때 가서 저분이 아빠 곁에 있어주면 더 바랄 게 없지."

"정말요? 정말 미국으로 가시는 거예요?"

나로서는 처음 듣는 말이라 살짝 당혹스러웠다.

"넌 걱정할 거 없어. 우리가 어디로 가든 계속 아빠를 돌봐드릴 수 있게 해줄 거니까. 지금까지 지켜보니 일도 잘하고. 우리 입장에서는 네가 앞으로도 계속 해줬으면 해!"

신신 언니가 내 어깨를 토닥이며 안심시켜주었다.

그날 점심 식사 자리는 꽤 성공적이었다. 내가 주방에서 분주하게 움직이는 동안 세 사람은 식탁에 둘러앉아 웃으며 이야기를 나눴다. 분위기가 꽤 좋았다.

...

이날 이후 샤오 할아버지는 미시즈 지와 또 통화를 했다. 그런데 이전과 달리 목소리에 거리감이 느껴지지 않았다. 꽤 편하고 다정한 분위기였다. 나는 그날 미시즈 지가 샤오 할아버지와 가족을 보고 나서 마음의 빗장을 풀었고, 두 사람의 관계도 한 발자국 앞으로 나아간 것이 아닌가 나름 추측해보았다.

며칠 뒤 오전, 평소라면 전화를 해야 할 시간이 되었는데도 할아버지는 여전히 거실에서 서성이기만 할 뿐이었다. 그런데 얼마 지나지 않아 뜻밖에도 미시즈 지가 찾아와 문을 두드렸다. 나는 서둘러 차를 준비해 내간 다음 방으로 들어가 방문에 귀를 바싹 가져다 대고 분위기를 살폈다. 솔직히 말해서 그전까지만 해도 젊은 사람들의 연애에만 관심이 있었지, 노인들의 연애와 결혼에는 관심을 둔 적이 한 번도 없었다. 우리 고향 마을 노인들은 남녀를 막론하고 오십이 넘어 배우자가 죽으면 거의 재혼을 생각하지 않았다. 누구라도 그런 생각을 꺼내기라도 하면 마을 사람 전체가 매장이라도 할 것처럼 손가락질했고, 결국 부정하고 음탕한 늙은이로 내몰리는 것도 모자라 자녀들까지 등을 돌렸다.

나는 두 사람이 과연 무슨 이야기를 나눌지 너무 궁금했다.

그날 미시즈 지가 처음 꺼낸 말이 지금도 기억난다.

"우리 너무 조급하게 결정하지 말고 서로 알아가는 시간을 좀 가져요. 서로 성격이 잘 맞는지도 봐야죠. 어쨌든 우리가 짊어진 인생의 짐이 이미 가볍지 않고 살아온 시간이 다른 만큼 각자의 틀을 깨기 쉽지 않을 거예요. 젊은 사람들처럼 그렇게 쉽게 서로에게 적응하기가 아마 어려울 거라는 거죠."

과연 부교수를 지낸 사람답게 자기 의견을 점잖고 차분하게 전한다는 생각이 들었다.

샤오 할아버지도 신중하게 받아들였다.

"그럴 수 있죠. 사실 저 역시 제 딸 때문에 즉흥적으로 이 일을 추진한 터라⋯⋯."

미시즈 지는 그 말에 불쾌한 반응을 보이며 반문했다.

"그럼 저와 관계를 이어갈 마음이 전혀 없다는 말씀인가요?"

샤오 할아버지가 당황하며 손사래를 쳤다.

"아뇨, 아닙니다! 그럴 리가요! 저도 미시즈 지의 말을 충분히 이해합니다. 당연히 그렇지요. 우리가 젊은 나이도 아니고, 몸도 이제 성치 않을⋯⋯."

미시즈 지가 할아버지의 말을 끊었다.

"무슨 말씀이세요. 전 아직 건강에 아무 이상이 없어요. 얼마 전 받은 건강검진에서도 모든 수치가 다 정상이었는걸요! 만약 건강에 문제가 있다면 미리 말씀해주시겠어요?"

샤오 할아버지는 방금 자신이 말실수했다는 생각에 얼른 그녀를 안심시켰다.

"저도 별문제는 없죠. 치질이 살짝 있기는 하지만 다른 이상은 없으니 걱정 말아요."

미시즈 지도 안심이 되는 눈치였다.

"네, 치질 정도야 무슨 큰 병이라고 할 수도 없죠. 열에 아홉은 경중만 다를 뿐 다들 같은 문제로 고생하니까 너무 걱정하지 마세요. 제가 이런 말씀까지 드리는 건 재혼에 대한 제 생각 때문이에요. 전 삶의 질을 높이고 말년을 행복하게 보내고 싶어서 재혼을 결심했어요. 환자를 간병하려고 재혼을 생각한 게 아니란 거죠. 그러니 이 점은 좀 이해해 주셨으면 해요."

샤오 할아버지도 지체 없이 미시즈 지의 말에 동의했다.

"이해합니다. 당연히 그래야지요!"

미시즈 지가 계속해서 이야기했다.

"또 한 가지 원칙이 있어요. 설사 우리가 나중에 함께 살기로 결정해도 결혼 전 가지고 있던 부동산 같은 재산은 각자 알아서 관리하기로 해요. 피차 자식들 때문에 나중에 문제가 생길 수 있으니까요. 우리가 결혼한 뒤에 공유하는 공동의 재산은 각자 받는 퇴직금뿐이었으면 해요. 만약 우리 둘 다 결혼에 동의하면 이런 내용을 계약서에 넣으면 좋겠어요."

샤오 할아버지는 생각지도 못한 말에 살짝 당황한 듯 그녀를 쳐다보다 이내 고개를 끄덕였다.

"그럽시다. 당신 말대로……."

나는 두 사람의 대화를 들으며 신선한 충격을 받았다. 노인들의 재혼은 젊은 사람들과 참 많이 다르다는 생각이 문득 들었다. 두 사람은 인생의 중대한 결정 앞에서 참 이성적이고 냉정하게 조건과 원칙을 내걸었다. 사실 나와 남자 친구는 만날 때마다 불이 붙는 바람에 키스를 나누고 껴안기 바빠서 감정을 상하게 할 만한 말을 나눌 짬조차 없었다. 언젠가 뤼이웨이가 나중에 결혼해서 가정을 꾸리면 어떨 거 같으냐고 물은 적이 있었다. 그때 난 조금도 주저하지 않고 말했다.

"내 몸도 네 거고, 내가 지금 가진 것은 물론 앞으로 버는 돈도 모두 다 네 거야……."

미시즈 지가 돌아가고 나서 샤오 할아버지는 짐짓 아무렇지도 않은 척 당부했다.

"샤오양, 내 몸 상태에 관해선 우리 둘만 알고 다른 사람은 모르게 하자꾸나."

나는 그 말 속의 '다른 사람'이 누구인지 알아채고 얼른 고개를 끄덕였다.

"네, 걱정 마세요."

이 순간 나는 샤오 할아버지가 미시즈 지에게 정말로 마음이 있다는 것을 눈치챌 수 있었다. 아니, 마음만 있는 게 아니라 이미 좋아하는 단계로 진입한 듯했다.

하루가 지난 뒤 미시즈 지가 또 집을 찾아왔다. 두 사람의 감정은 첫 만남 이후 급속도로 달아오른 듯 보였다. 이번에는 미시즈 지가 소독약을 두 병 가지고 와 오자마자 내게 건네며 말했다.

"화장실을 깨끗하게 청소하고 변기를 닦은 뒤에 이걸로 두 번 정도 소독해줘요. 안 그러면 내가 화장실을 못 쓸 거 같아서 그래요."

나는 살짝 기분이 불쾌해졌다. 물론 할아버지를 돌봐드리기 위해 이 집에 왔으니 화장실을 깨끗이 청소하고 소독하는 것도 당연했다. 하지만 이 집에 들른 지 한두 번밖에 안 되는 사람이 내 일에 참견하고 지적을 한다는 게 썩 유쾌하지만은 않았다. 그렇다고 해서 내가 뭐라고 할 입장도 아니다 보니 어쩔 수 없이 고개를 끄덕이며 대답했다.

"네, 걱정 마세요!"

나 역시 샤오 할아버지가 마음에 둔 여성을 상대로 함부로 화를 내고 싶지 않았다.

미시즈 지는 저번처럼 거실에 앉아 할아버지와 대화를 나눴고, 나는 화장실을 열심히 청소하는 척하며 두 사람의 대화를 엿들었다.

미시즈 지가 할아버지에게 무언가 묻는 소리가 들려왔다.

"혹시 선생님 부친의 할아버지, 그러니까 선생님 증조할아버지께서 몇 살 때 돌아가셨는지 기억나세요?"

샤오 할아버지가 잠시 기억을 떠올려보더니 대답했다.

"내가 워낙 어릴 때 돌아가셔서 기억이 가물가물하네요. 아버지께 듣기로는 예순이 넘어서 돌아가셨던 걸로 기억해요."

"증조모께서는요?"

샤오 할아버지의 대답이 들리기까지 좀 더 긴 시간이 걸렸다.

"아마 쉰 살이 넘어서 병으로 돌아가셨을 겁니다."

미시즈 지가 한숨을 내쉬었다.

"흐음, 증조부모님이 그리 오래 살지는 못하셨네요. 무슨 유전적 요인이라도 있었을까요? 그럼 선생님의 할아버지 할머니께서는 몇 살 때 돌아가셨나요?"

샤오 할아버지가 기억을 떠올리며 대답했다.

"할아버지는 예순다섯, 할머니는 예순여덟에 돌아가셨죠. 그건 정확히 기억해요. 두 분과 아주 가깝게 지냈거든요."

미시즈 지가 그 말을 들으며 또 한숨을 내쉬었다.

"흐음, 조부모님 대에도 그리 장수하지 못하셨네요. 유전적 요인이 있을 가능성이 크네요. 그럼 부모님은 몇 살 때 돌아가셨나요?"

이번만큼은 대답 속도가 빨랐다.

"아버지는 일흔하나, 어머니는 일흔넷에 돌아가셨답니다. 두 분의 장례를 직접 치렀으니 그때 기억만큼은 정확합니다. 심지어 마지막 숨을 거두실 때도 기억이 나네요. 아버지는 오후 3시 46분, 어머니는 밤 11시 21분이었죠. 두 분 다 살아서 고생을 참 많이 하셨는데……."

미시즈 지의 한숨 소리가 더 커졌다.

"이런! 부모님께서도 명이 길지 않으셨네요. 그렇다면 선생님 가족의 유전자가 아주 좋은 건 아니니 건강에 특히 조심하셔야 해요!"

"그게 무슨 말입니까?"

샤오 할아버지의 심기가 살짝 불편해진 듯했다.

"저희 둘이 결혼이라는 목표를 향해 가기로 한 이상 서로에 대해 정확하게 알고 있어야죠. 그중 하나가 유전자라고 생각해요. 인간의 유전자는 많은 정보를 담고 있으니까요. 좋은 유전자를 가진 가족 구성원은 중병이나 불치병에 걸릴 확률이 훨씬 낮고, 그럼 수명도 길어지겠죠. 그러니까 제 말은 사람의 수명은 유전적 요인에 크게 좌우되는데, 선생님 가족력을 보면 유전자가 그리 좋은 편은 아니라는 거예요."

"그런가요?"

샤오 할아버지는 처음 들어보는 말에 깜짝 놀라는 반응을 보였다.

"저희 집안은 삼대가 모두 여든 살 이상까지 사셨어요. 유전자가 좋은 편이죠!"

그 순간 나는 미시즈 지의 말이 왠지 듣기 거북해 속이 답답해졌다. 마치 자신의 입장을 더 우위에 두며 잘난 척하는 느낌이었다. 문제는 그 말을 듣고 있는 샤오 할아버지의 심리적 부담감이었다. 나이가 들수록 심리적 부담감을 가장 두려워하기 마련인데 미시즈 지의 말이 그런 부분을 콕 집어 자극하고 있는 건 아닌지 걱정이 앞섰다. 내 느낌은 역시나 틀리지 않았다. 그 후 이어지는 대화에서 나는 샤오 할아버지의 심리적 변화를 감지할 수 있었다. 가족의 유전적 내력이 계속 마음에 걸리는 듯 대답을 할 때도 마음이 다른 데 가 있는 사람처럼 보였다. 나는 할아버지를 돌보는 입장에서 어떻게 해서든 할아버지의 심리적 부담을 덜어드려야 한다는 책임감을 느꼈다. 대학에 다닐 때 교수님은 환자를 간호하려면 신체를 보살피는 것뿐 아니라 심리적 상태를 살피는 일에도 신경을 써야 한다고 가르쳐주셨다. 그래서 그날 미시즈 지가 돌아가자마자 얼른 할아버지에게 말을 걸었다.

"할아버지, 유전자는 사람의 수명을 결정하는 여러 요인 중 하나일 뿐이고 후천적인 생활환경이나 습관이 가장 중요하대요. 제가 간호학과에 다닐 때 교수님도 그러셨어요. 인간의 수명은 선천적 요인 40퍼센트와 후천적 요인 60퍼센트에 따라 결정된다고요. 그러니까 가족력 같은 이야기는 너무 마음에 담아두지 마세요."

샤오 할아버지는 그 말에 기분이 조금 나아졌는지 나를 향해 웃으며 말했다.

"좀 전에 내가 솔직히 좀 놀라고 당황스럽기는 했지……."

다음 날 아침 8시가 막 지났을 때 미시즈 지가 또 벨을 눌렀다. 이 정도면 두 사람의 오전 티타임이 이미 일상으로 자리 잡았다고 볼 수 있었다. 나는 문을 열어드리고 거실로 차를 내간 뒤 방으로 들어갔다. 평소 칭찬에 인색한 샤오 할아버지가 오늘따라 미시즈 지의 옷차림을 칭찬했다.

"옷이 참 예쁘네요!"

그러자 미시즈 지가 기분이 상한 듯 정색했다.

"그럼 어제 입은 옷은 안 어울렸다는 말씀인가요?"

샤오 할아버지는 살짝 당황해서 얼른 말을 바꿨다.

"아뇨! 아뇨! 그럴 리가요. 어제 입은 옷도 정말 예뻤지요!"

그녀는 그제야 웃음을 터트렸다.

"그렇게 말씀하셔야죠. 저희는 이제 마지막 쾌락 추구 단계에 접어들었으니 매일 자신을 위해 최선의 즐거움을 찾으며 살아야 해요. 옷을 잘 입는 것도 그중 하나죠. 그래서 전 매일 그날 기분에 맞춰 가장 마음에 드는 옷을 골라 입죠."

샤오 할아버지가 궁금한 듯 물었다.

"마지막 쾌락 추구 단계요?"

그녀가 교실에서 학생들을 가르치기라도 하듯 설명을 시작했다.

"영국의 한 의사가 쓴 책에 나오는 말이에요. 은퇴 후의 여생을 세 가지 단계로 나눌 수 있는데, 바로 마지막 쾌락 추구 단계, 죽음을 준비하는 단계, 그리고 죽음을 시작하는 단계죠. 마지막 쾌락 추구 단계는 은퇴 이후 두 다리가 아직 멀쩡해서 자기 의지대로 어디든 갈 수 있는 시기를 가리켜요. 남은 인생 여정 중 가장 화려한 단계, 다시 말해서 인생에서 가장 아름다운 단계 중 하나라고 할 수 있죠. 이 단계에는 외부에서 주어지는 속박이 크게 줄고, 인생의 즐거움을 찾아 즐기려는 욕구가 강해져요. 죽음을 준비하는 단계는 행동 능력이 사라진 뒤부터 시작되죠. 이 단계가 되면 정신은 또렷해도 행동 범위가 실내로 제한되기 때문에, 죽음에 대한 준비를 진지하게 고려해야 해요. 유언장을 써놓는다든가, 자신이 죽은 뒤 분쟁의 소지가 될 만한 재산을 처리하고, 꼭 보고 싶은 사람을 만나고, 가족이나 친구에게 그동안 비밀로 해왔던 문제를 알려주는 식이 되겠죠. 이 과정이 지나면 죽음을 시작하는 단계로 들어가요. 이건 인생의 마지막 단계라고 보면 돼요. 사람마다 다르지만 어떤 사람은 10분 만에 끝나버리고, 또 어떤 사람은 몇 년 혹은 10년까지 길게 이어질 수 있어요……."

그날 들은 미시즈 지의 말은 무척 신선하게 다가왔고, 대학 부교수를 지낸 사람답게 아는 것이 참 많다는 생각이 들었다. 샤오 할아버지도 한참 동안 이어진 그녀의 대답을 듣고 나서 나와 비슷한 생각을 한 듯했다.

"그런 것도 다 아시고. 저보다 책을 더 많이 읽으시는 거 같습니다……."

그다음 방문일에는 그녀가 찻잔을 내려놓고 돌아서는 나를 불러 세웠다.

"샤오양도 이리 앉아봐요. 선생님을 간병하고 또 돌봐드린다죠? 그래서 말인데 오늘 같이 식사 문제에 관해 이야기를 나눠볼까 해요."

나는 살짝 당황하며 샤오 할아버지에게 눈빛으로 물었다. 두 분이 결혼 얘기를 나누는 자리에 제가 굳이 앉아 있어야 해요?

할아버지는 어색하게 미소를 지으며 결국 미시즈 지의 편을 들어주었다.

"미시즈 지가 할 애기가 있는 듯하니 너도 앉아보려무나."

나는 어쩔 수 없이 자리에 앉아 식사에 관한 장황한 이야기를 들어야 했다.

그날 미시즈 지는 노인들에게 어떤 음식이 좋은지 알려줄 테니 노트를 가져와서 적는 게 좋겠다며 무언의 압박을 가했다. 나는 어쩔 수 없이 노트를 가져와 이야기를 적어 내려갔다.

"우선 고구마가 좋아요. 고구마는 식이섬유를 8퍼센트나 함유하고 있고, 대부분 가용성 식이섬유라 배변 활동에 아주 좋죠. 전문가들도 고구마를 먹으면 장수에 도움이 되고 면역력이 좋아진다고 했어요."

나는 그 말을 노트에 하나하나 받아 적었다.

"두 번째로 좋은 음식은 감자라고 할 수 있어요. 감자는 탄수화물 함량이 15~25퍼센트 정도고, 비타민 C랑 나트륨, 칼륨, 철 같은 영양소가 풍부할 뿐 아니라 100그램당 칼륨 함량이 502밀리그램이나 될 정도라 노인들의 심장에 특히 좋아요."

당시 나는 그 이야기를 받아 적으면서 그녀의 기억력에 또 한 번 깜짝 놀랐다. 과연 부교수 출신다웠다.

"세 번째 좋은 음식은 마늘이에요. 마늘은 지구상에서 가장 건강한 식재료 중 하나라고 하죠. 고혈압을 조절하는 데 도움을 줄 뿐 아니라 저혈압, 고지혈증, 동맥경화증에도 좋아요. 마늘을 먹고 두 시간에서 네 시간 정도 지나면 몸에 좋은 성분이 암세포를 죽이고, 여덟 시간에서 열 시간 정도 지나면 몸 안의 세포가 산화되는 것을 막아주죠. 콜레스테롤 수치며 혈압을 조절하고, 몸 안의 중금속까지 제거해주니 정말 대단하지 않나요? 네 번째로 좋은 음식은 밤이랍니다. 밤을 먹으면 허리와 다리에 힘이 생기고, 신장에도 좋을 뿐 아니라 위장 벽을 두껍게 만들어주고……. 다섯 번째는 양파인데…….”

그날 미시즈 지는 노인에게 좋은 20여 가지 음식에 대해 알려주며, 잘 기억해두면 장을 보거나 요리할 때 도움이 될 거라고 말했다. 나는 그녀의 말을 꼼꼼하게 적으면서 한편으로는 이런 생각이 들었다. 미시즈 지가 이 집에 들어와 살면 내가 맞추고 살기 너무 피곤할 거 같아. 그 전에 그만두는 게 낫겠어. 다른 일자리를 찾으면 되지 뭐…….

그 후 미시즈 지는 거의 매일 할아버지 집에 들렀다.

어느 날 아침부터 비가 꽤 내리기 시작하자 할아버지는 아쉬운 듯 말을 꺼냈다.

“오늘은 미시즈 지가 못 올 거 같으니 우산 쓰고 공원이나 산책하는 게 좋겠구나.”

그 말이 떨어지기 무섭게 벨 소리가 들려왔다. 비를 뚫고 온 미시즈 지는 차를 한 모금 마시며 숨을 돌리고 나서 할아버지에게 물었다.

“선생님은 노화에 대해 어떻게 생각하세요?”

샤오 할아버지는 갑작스러운 질문에 당황해서 대충 얼버무리며 대답했다.

“사실 그 방면으로 진지하게 생각해본 적이 없네요.”

샤오 할아버지의 이 말은 진심이었다. 자신이 노인이라는 사실조차 인정하려 들지 않는 사람이 노화 문제를 고민할 리 없었다.

미시즈 지가 또다시 이야기보따리를 풀기 시작했다.

“노화에 대한 정의부터 시작해야겠어요. 노화는 신체의 모든 장기가 점점 기능을 잃어가는 과정이에요. 신경계 쪽으로는 기억력과 시력, 청력이 저하되고, 운동 계통으로는 근육 위축과 골다공증이 나타나죠. 소화기 계통으로는 위장 운동이 둔해지고, 호흡기 계통으로는 폐 용량이 줄어들면서 잔기침이 생기고, 피부 쪽으로는 탈모가 생기거나 피부가 얇아져요. 심혈관 계통으로 노화가 오면 동맥경화가 생겨 혈액 공급이 원활해지지 않고, 내분비 쪽은 호르몬 분비가 줄어들고, 비뇨생식기 계통으로는 성욕이 줄며 배변 활동이 힘들어지죠. 또 혈액 계통에 노화가 오면 당뇨나 이상지질증이 생겨요.

예전에는 노화가 나이 든 사람들에게나 찾아오는 현상이라고 알고 있었는데, 사실 지금은 젊은이들한테서 노화가 나타나기도 해요. 미국 하버드 대학의 생물학 박사가 말하길, 우리가 태어날 때 뇌세포의 수가 140억 개인데, 이 세포가 분열하지 못하기 때문에 더는 수가 늘어나지 않고, 18세가 넘어서면서부터 나이가 들수록 점점 줄어들다가, 25세부터 매일 수만 개의 뇌세포가 죽어가고, 동시에 뇌의 무게도 감소한다고 해요. 사람에 따라서 뇌세포가 죽는 속도도 달라요. 뇌세포가 죽는 속도가 너무 빠른 사람은 예순 살에 치매에 걸리기도 하니까요.

일본의 노인병 전문가 오오타 쿠니오 박사는 남녀가 십 대에 성적으로 성숙해지는 시기가 되면 몸에서 면역기능을 담당하는 흉선 호르몬 분비량이 줄어들어 이때부터 노화가 시작된다고 했어요. 여성은 19세부터 첫 번째 주름이 생기고, 20세 이후에는 폐활량이 서서히 떨어지고, 머리카락에도 노화의 흔적이 나타나기 시작해 자라는 속도가 느려지죠. 25세가 되면 근육량이 줄어들고, 서른이 되면 피부 탄력이 떨어지고 옅은 주름이 생기기 시작해요. 척추뼈 사이의 간격이 좁아지고, 성욕도 정점을 지나 하향 곡선을 그리게 되죠. 40세가 넘으면 본격적으로 노화 현상이 나타나면서 흰 머리카락이 눈에 띄고, 여성은 임신이 불가능해져요. 56세에서 60세 정도가 되면 노화에 가속도가 붙어 뇌세포 기능이 저하하고, 근육 조직이 퇴화하며, 남성은 정액량이 감소하죠. 61세에서 71세에는 노화 속도가 상대적으로 느려지지만, 키가 줄고, 미각이 둔해지고, 폐활량이 청년기의 절반 정도로 줄어들어요. 73세가 넘어서면 노화 속도가 빨라지고……."

나는 방 안에서 이런 이야기를 들으며 살짝 걱정이 되었다. 왜 저런 말을 자꾸 하는 거지? 샤오 할아버지를 겁주려는 건가? 과연 얼마 지나지 않아 샤오 할아버지의 목소리가 들려왔다.

"제가 올해 73세가 되었으니 노화가 빨라지겠군요?"

미시즈 지의 대답이 바로 이어졌다.

"지금 73세니까 아직은 노화 속도가 상대적으로 느린 시기예요. 그러니 너무 걱정 마세요. 게다가 73세가 넘어도 이성이 곁에 있으면 노화 속도가 느려진다는 연구 결과까지 있는걸요."

이 말을 듣고 나서야 나는 미시즈 지가 이런 말을 하는 이유를 어느 정도 짐작할 수 있었다. 그녀는 샤오 할아버지에게 말년을 함께 보내자는 말을 돌려서 표현하고 있었던 것이다. 미시즈 지가 집을 방문해 함께 있는 시간이 길어지면서 어느덧 샤오 할아버지의 마음 또한 그녀에게 많이 기울었다. 둘은 점점 서로에게 익숙해져갔다.

•••

미시즈 지가 부지런히 집에 들러 넌지시 마음을 전하고, 샤오 할아버지도 그녀에게 마음이 갔지만, 민망해서인지 아니면 다른 이유 때문인지 두 사람은 줄곧 육체적 접촉을 단 한 번도 하지 않았다. 그저 거실에 앉아 대화만 나눌 뿐 스킨십도 전혀 없었다. 오죽하면 보는 내가 다 답답해질 정도였다. 연애 방식이 아무리 젊은 사람들과 다르다 해도 연애하면서 대화만 나눈다는 게 말이 될까? 나는 이런 일이야말로 샤오 할아버지가 먼저 적극적으로 나서야 한다고 생각했다. 어느 날 밤에 미시즈 지가 돌아가고 나서 나는 할아버지의 혈압을 재는 틈을 타서 넌지시 말을 꺼냈다.

"할아버지, 어떤 책에서 봤는데 산책이 건강에 아주 좋대요. 다음에 그분이 오면 같이 산책이라도 가세요. 걸으면서 얘기를 나누면 기분이 훨씬 상쾌해지고 감정적으로 서로 더 가까워질 수 있대요."

샤오 할아버지는 살짝 의외라는 듯 나를 힐끗 쳐다보았다.

"걱정해줘서 고맙기는 한데 여긴 동네가 너무 좁아. 대문만 나서면 다들 아는 사람들인데, 내가 갑자기 여자랑 같이 다니면 다들 뒤에서 수군거리고 온 동네에 소문이 파다하게 날 거야……."

평소 근엄했던 그의 얼굴에 살짝 수줍어하는 표정이 스쳐 지나갔다.

아, 재혼을 생각하면서도 다른 사람의 이목이 신경 쓰이는구나.

신신 언니가 전화를 걸어와 상황을 물었다.

"일은 어느 정도나 진척됐어?"

나는 웃으며 지난 상황을 보고했다.

"여전히 그냥 거실에서 대화만 나누세요. 사실 대화라고 하기에는 그렇고, 그냥 미시즈 지가 할아버지를 상대로 강의한다고 보면 될 것 같아요."

수화기 너머로 신신 언니의 웃음소리가 들려왔다.

"샤오양, 내가 임무를 하나 줄게. 두 분을 가능한 한 빨리 결혼시킬 방법을 생각해봐. 우리 남편이 미국 유학을 결심했고, 나도 같이 가게 될 거야. 아빠가 재혼하기로 한 이상 가능하면 내가 떠나기 전에 결혼식을 올려드리고 싶어. 그래야 내가 여기 없어도 조금은 안심이 될 거 같아."

나는 일단 노력해보겠다고 말했지만 임무가 너무 어렵다 보니 어디서부터 착수해야 할지 난감해졌다.

나는 밤새 뒤척이며 이런저런 궁리를 해보다가 나와 남자 친구가 함께 살기로 결심했던 과정을 떠올렸다. 일단 두 사람 사이에 친밀한 육체적 관계만 이루어진다면 결혼 얘기는 자연스레 뒤따라오게 되어 있었다. 가장 먼저 두 사람이 친밀한 관계로 넘어갈 수밖에 없는 조건과 환경이 필요했다. 그래서 다음 날 거실을 청소한다는 핑계를 대고 두 사람의 대화 장소를 침실로 바꿨고, 중간에 물건을 사러 가야 한다고 거짓말을 하고 둘만의 시간과 공간을 마련해주었다.

하지만 외출에서 돌아왔을 때 내 예상을 깨고 샤오 할아버지는 여전히 양복 차림 그대로 침실에 앉아 미시즈 지와 노년의 문제에 관한 이런저런 이야기를 나누고 있었다. 침대 이불 역시 아침에 정리해둔 모양 그대로였다.

그 뒤로도 상황은 똑같았다. 원래 집에서 걸핏하면 화를 내던 할아버지는 어느 순간부터 점잖고 신중하고 조심스러운 사람이 되어갔다. 그는 매일 짙은 색 양복과 화사한 넥타이 차림에 광이 나도록 닦은 검은색 가죽구두를 신었으며, 그 모습으로 점잖게 거실에 앉아 미시즈 지의 수업을 기다렸다.

열흘이 또 지나갔다.

어느 날 밤에 신신 언니가 찾아왔다. 그녀는 나를 방으로 불러 조심스럽게 물었다.

"어때? 진전이 있었어?"

나는 그 말속에 담긴 의미를 알고 있었기에 사실대로 알려주었다.

"두 분이 매일 대화만 나누세요. 일상적인 얘기는 간간이 들리고, 대부분 미시즈 지의 강의를 듣는 식이에요. 이론 공부만 열심히 하세요."

"한 번도 안 주무시고 갔어?"

나는 신신 언니가 이렇게까지 대놓고 물어볼 줄은 몰랐다. 괜스레 내 얼굴이 다 빨개지는 가운데 얼른 고개를 가로저었다.

"네, 늘 저녁 식사만 하고 바로 가셨어요."

신신 언니는 한숨을 내쉬며 초조한 발걸음으로 방 안을 한 바퀴 돌다 갑자기 걸음을 멈췄다.

"이대로는 안 되겠어. 다른 방법을 생각해보자!"

하지만 이 문제는 다급하다고 해서 뜻대로 우길 일이 아니었다.

"너무 서두르다간 도리어 일을 그르치지 않을까요?"

신신 언니의 가라앉은 목소리에서 걱정이 배어 나왔다.

"우리가 미국에 갈 날짜가 정해졌어. 두 분이 저렇게 대화만 나누고 진전이 없으면 내가 어떻게 안심하고 미국에 가겠어? 내가 불안해서 그렇게는 못 해!"

그녀의 조급해진 마음이 조금은 이해되는 순간, 갑자기 머릿속에 좋은 생각이 떠올랐다.

"그럼 두 분이 여행을 가면 어떨까요? 연애 소설을 보면 여행이 사랑을 확인하는 데 도움이 되잖아요. 게다가 여행까지 가서 방을 두 개나 잡지는 않겠죠."

신신 언니는 내 말을 듣자마자 손뼉을 치며 환한 미소를 지었다.

"바로 그거야! 여행을 추진하자! 하지만 두 분 다 나이가 있는데 괜찮을까? 아빠는 혈압이랑 혈당이 높고 고지혈증도 있잖니. 만에 하나여행지에서 무슨 일이라도 생기면 어쩌지?"

그녀는 잠시 고민에 빠지는가 싶더니 기막힌 생각이라도 떠오른 듯이내 다시 손뼉을 쳤다.

"좋은 생각이 있어. 네가 같이 따라가는 거야. 비용은 내가 다 낼게.
그냥 출장 간다고 생각해."

나는 갑작스러운 제안에 선뜻 대답하지 못하다가 어쩔 수 없이 고개를 끄덕였다.

"그럴게요. 어디로 가면 좋을까요?"

그녀가 고개를 숙이고 잠시 고민하며 혼잣말처럼 중얼거렸다.

"황산? 아니, 거긴 아냐. 노인들에게 등산은 무리지. 칭다오? 거기도 안 돼. 바다도 노인들이 갈 만한 곳이 못 돼. 그럼 라싸? 안 돼. 거긴고원이라 노인들한테 어울리지 않아. 그럼 리장? 거기도 아냐. 비행시간이 너무 길어……."

신신 언니의 고민이 길어지자 결국 내가 나서서 여행지를 추천했다.

"그럼 제 고향인 난양은 어떨까요? 거기는 동한 시대에 임시 수도였고, 그 당시 전국 6대 도시 중 하나였을 만큼 명승고적도 많고 풍경도멋지니 구경하기 좋을 거예요. 게다가 베이징에서 가까워 비행기나 기차를 타도 금방이니까 건강에 무리가 가지도 않고요."

신신 언니가 환한 미소를 지으며 내 어깨를 토닥였다.

"좋았어! 가장 마음에 드는 건 네가 거기를 잘 안다는 거지. 가이드도 해줄 수 있고, 무슨 일이 생기면 도움을 받을 수도 있으니 거기가 딱이네. 그럼 장소는 거기로 정하자. 이제 두 분을 설득할 일만 남았네."

다시 이틀이 지난 뒤 신신 언니는 휴대전화로 두 분이 난양 여행을 가기로 했다고 알려주었다. 그녀는 오늘 당장 비행기 표를 끊을 작정이니 여행에 앞서 이런저런 준비를 해달라고 부탁했다. 그날부터 여행 전날까지 나는 할아버지를 데리고 병원에 가서 평소에 먹던 약을 더 타오고 비상약도 준비하며 바쁘게 보내야 했다.

그때까지만 해도 나 역시 즐거운 마음으로 여행을 준비했다. 베이징에 온 지 꽤 시간이 흐른 탓에 고향집에 가보고 싶은 마음이 굴뚝같았지만 그러기 쉽지 않았다. 그런데 갑자기 공짜로 갈 수 있는 기회가 생긴 데다 비행기까지 타고 가니 그야말로 행운이 넝쿨째 굴러들어온 셈이었다. 그날 약을 먹는 시간에 할아버지가 내게 넌지시 물었다.

"우리랑 난양에 가면 노인들 시중드느라 힘들 텐데 괜찮겠니?"

"당연히 괜찮죠! 할아버지는 모처럼 가는 여행인데 기분이 어떠세요?"

그의 입가에 미소가 번졌다.

"당연히 좋지. 너랑 미시즈 지가 같이 가고, 그곳을 잘 아는 네가 가이드까지 해주니, 벌써부터 기대가 되는구나."

모두가 즐거운 기분으로 떠나는 여행이었기에 마음이 더 편해졌다.

사흘 후 우리 세 사람은 오전에 공항으로 출발했다.

샤오 할아버지와 미시즈 지는 둘 다 난양이라는 작은 도시에 가본 적이 없었기 때문에 비행기에서 내려 택시를 타고 시내로 향하는 내내 호기심 가득한 눈으로 주변을 둘러보았다. 두 사람은 이것저것 궁금한 것을 계속해서 물어봤고, 나는 익숙한 고향의 거리를 지나갈 때마다 보이는 길 양옆의 멋진 건축물, 도시를 가로지르는 강과 다리, 다양한 조형물을 하나하나 소개했다.

호텔에 도착한 뒤 나는 신신 언니가 당부한 대로 나란히 붙어 있는 일반 객실 두 개를 골라 잡았다. 여행을 떠나기 전에 신신 언니는 객실이 있는 층으로 올라가면 먼저 그녀의 아버지를 방으로 들여보내고 나서 나는 그 옆방으로 들어가고, 미시즈 지가 어느 방으로 들어갈지는 절대 물어보지 말라고 당부했다. 나는 그 말을 그대로 따랐다. 과연 미시즈 지는 복도 한가운데 서서 나와 샤오 할아버지의 방을 번갈아 바라보며 선뜻 내 방으로 따라 들어오지 않았다. 비록 돌아보지는 않았지만 찰나의 순간 주저하는 마음이 내게도 그대로 전해졌다. 하지만 이내 내 방 쪽으로 성큼 발을 내딛는가 싶더니 곧바로 방향을 바꿔 할아버지의 방으로 들어갔다. 그쪽 방문이 닫히는 소리를 듣고 나서 나는 문을 닫고 안도의 한숨을 내쉬었다. 신신 언니의 작전이 완벽하게 성공한 순간이었다.

점심시간이 되자 나는 두 사람에게 오늘은 그만 쉬고 내일 관광을 하는 게 어떻겠냐고 물어봤다. 할아버지는 아무래도 괜찮다며 미시즈 지에게 의견을 물었다.

"비행기를 타고 와서 그리 힘들지 않으니 밥을 먹고 오후에 관광을 좀 하는 편이 좋겠어요."

그래서 나는 점심 식사를 마치고 택시를 대절해 제갈량을 모신 사당으로 향했다. 두 사람은 제갈량에 대해 잘 알고 있었기 때문에 제갈량이 10년 동안 은둔 생활을 한 곳과 위진 시대에 처음 세워진 뒤 여러 차례 수리를 거친 기념 사당에 관심을 보였다. 나는 두 사람을 데리고 관광명소를 따라 걸어 내려갔고, 두 사람은 그곳을 둘러보며 도란도란 이야기를 나누었다. 사이가 너무 좋아서 누가 봐도 영락없는 노부부였다. 나는 그 모습을 흡족하게 지켜보며 휴대전화 문자메시지로 기쁜 소식을 알렸다.

'아주 성공적!'

신신 언니의 답장이 바로 날아왔다.

'큰 공을 세웠으니 포상 약속!'

저녁 식사 뒤 나는 미시즈 지가 호텔 정원에서 산책하는 틈을 타 샤오 할아버지에게 약을 먹이고 혈압과 혈당을 체크했다. 다행히 모든 수치가 정상을 유지하는 중이어서 안심이 되었다. 오늘 밤은 두 사람의 첫날밤이었고, 내 임무는 할아버지가 건강하게 신혼 방으로 들어가도록 만드는 것이었다. 그 당시 난 아직 결혼 전이었지만 남자 친구와 이미 금단의 열매를 맛보았고 남녀의 첫날밤이 어떤 풍경인지 모를 만큼 어수룩하지 않았다. 그래서 주도면밀하게 상황을 고려하고 조율했다.

미시즈 지까지 방으로 들어가는 것을 본 나는 안심하고 방문을 닫은 뒤 가족들에게 연락했다. 난양은 현급 시여서 호텔에서 난양 교외로 거는 전화요금이 무료였다. 그래서 요금 걱정 없이 편한 마음으로 전화를 걸어 아버지에게 도착 소식을 알렸고, 며칠 안에 시간을 내서 집에 잠깐 들르겠다고 말했다. 어머니는 내 소식을 듣자마자 너무 기쁜 나머지 눈물을 흘렸고, 동생들도 서로 통화하겠다며 수화기 너머로 정신없이 안부를 전하고 물었다. 그러다 보니 어느새 30분이라는 시간이 훌쩍 지나버렸다. 통화를 끝내고 샤워까지 마치고 나니 이미 10시가 되어 있었다. 샤오 할아버지의 평소 습관대로라면 9시 반에 잠자리에 드니까 10시면 이미 주무실 시간이었다. 하지만 오늘 밤의 상황은 평소와 다르니까……. 나는 더는 상상하지 못한 채 회심의 미소를 지으며 잠자리에 들었다.

이틀 전부터 여행 준비를 하고 당일 정신없이 두 사람을 신경 쓰느라 많이 지쳐서 그런지 금세 잠에 빠져들었다. 그런데 잠결에 누군가 방문을 두드리는 소리가 계속 들려왔다. 그 소리에 잠에서 깨는 순간 두려움이 엄습해왔다. 누구지? 누가 이 시간에 방문을 두드리지? 설마 여기 이상한 사람이라도 묵고 있나? 이 방에 여자 혼자 있는 걸 알고 문을 열려고 저러는 걸까? 아니면 경찰서에서 불법 성매매 신고를 받고 기습 단속이라도 나온 걸까? 나는 두근거리는 심장을 다잡으며 황급히 겉옷을 걸치고 문 쪽으로 다가가 물었다.

"누구세요? 누굴 찾으시는데요?"

"샤오양! 나야! 빨리 문 열어!"

미시즈 지의 목소리였다. 그 순간 떨리던 마음이 가라앉았지만, 문을 열려는 순간 무언가 이상하다는 생각이 문득 스치고 지나갔다. 지금쯤이면 샤오 할아버지 품에 안겨 있어야 할 사람이 왜 내 방문을 두드리지? 설마 무슨 일이라도 생긴 건가? 아무리 첫날밤이라지만 둘 다 결혼도 하고 아이도 낳아봤으니 이런 문제로 크게 무슨 일이 터질 리도 없을 텐데?

갑자기 마음이 조급해지면서 안전 걸쇠를 푸는 것조차 뜻대로 되지 않았다. 간신히 문을 열자 외투 차림에 잔뜩 화가 난 듯한 미시즈 지의 모습이 눈에 들어왔다. 마침 다시 두드리려는 찰나에 문이 열린 듯, 그녀는 내가 상황을 파악할 틈도 없이 바로 문을 밀며 방 안으로 성큼성큼 걸어 들어왔다. 그러더니 곧장 옆 침대로 가서 이불을 들추고 옷을 벗기 시작했다.

왜 저러지? 나는 얼른 문을 닫고 다가가서 물었고, 곧 상상을 초월하는 대답을 들을 수 있었다. 나는 할아버지에게 그런 습관이 있을 거라고 정말 생각지도 못했다. 미시즈 지는 불쾌한 감정을 감추지 못하며 화를 냈다.

"어떻게 샤워도 안 하고 잠자리에 들 수 있어? 더럽게! 진짜 문제는 저이의 발 냄새야. 따로 잠을 자도 냄새가 진동하는데 어떻게 잠을 자겠어."

나는 그제야 상황이 이해가 갔다. 샤오 할아버지는 북방 출신이라 잠자기 전에 샤워하는 습관이 없고, 보통 목욕할 때가 되면 주기적으로 한 번씩 하는 게 전부였다. 반면에 미시즈 지는 남방 출신이라 어릴 때부터 매일 샤워를 하며 자랐을 테고, 그런 그녀가 특히나 오늘처럼 특별한 날조차 씻지 않고 잠자리에 드는 할아버지에게 받았을 충격은 짐작이 가고도 남았다. 내가 생각이 짧은 탓이었다. 이런 문제를 할아버지에게 미리 귀띔해야 했는데, 그렇게 철저하게 준비했는데도 결국 이런 작은 이유로 모든 일이 어그러지고 말았다. 그날 밤 나는 내 실수를 뼈저리게 후회했지만, 한편으로는 미시즈 지가 너무 유난스럽다는 생각도 지울 수 없었다. 할아버지를 정말 좋아한다면 서로 부둥켜안고 정신없이 키스를 나누다 침대에서 굴러떨어져도 모자랄 판에 그깟 샤워

따위가 신경 쓰인다고?

다음 날 나는 아침 일찍 일어나 할아버지의 혈압을 재러 가서 넌지시 물었다.

"어젯밤에 왜 샤워 안 하셨어요?"

샤오 할아버지는 어리둥절한 표정으로 나를 보며 말했다.

"전날 밤에 샤워했고, 어제 오전에 한 시간 남짓 비행기 타고 와서 제갈량 사당에 들른 게 전부잖니. 몸에 땀이 난 것도 아니고 먼지를 뒤집어쓴 것도 아닌데 무슨 샤워를 또 해?"

그 말에 피식 웃음이 나왔다.

"할아버지가 샤워를 안 하신 것 때문에 기회를 한 번 놓쳤다는 건 아시죠?"

샤오 할아버지는 민망한지 살짝 얼굴을 붉히고는 이내 한숨을 내쉬었다.

"아무리 그래도 이건 좀 심한 거 아니냐?"

다음 날 낮에 나는 두 사람과 함께 시사에 있는 공룡 유적 공원을 찾아갔다. 백악기에 형성된 단층 속 공룡 유적지로, 두 사람 모두 재밌게 구경했다. 이곳에 있는 총 8과 11속 15종의 공룡알 화석은 감탄이 절로 나올 정도였다. 화석이 원시 상태 그대로 매장되어 있는 터널을 지날 때는 두 사람 모두 아이처럼 환호하기도 했다. 여기서 출토한 공룡알 화석은 수량이 많고 종류가 다양하며 광범위하게 분포되어 있을 뿐 아니라 보존 상태가 좋아서 관광객들의 이목을 끌기 충분했다. 두 사람 역시 놀라움과 호기심으로 가득한 눈빛을 반짝이며 즐거워했다.

"샤오양 덕에 내 평생 이렇게 신기한 곳도 다 와보네!"

당시 그런 말을 들으며 나는 속으로 여기에 두 분을 모시고 온 목적은 공룡이 아니라고 소리치고 싶었다. 내 목적은 둘을 가능한 한 빨리 결혼으로 골인하게 만드는 것이었다.

황혼 무렵이 되었을 때 두 사람은 한껏 들뜬 표정으로 나를 따라 호텔 입구로 들어섰다. 그때까지만 해도 그날 밤만큼은 두 사람이 무슨 일이 있어도 거사를 치를 거라고 믿고 싶었다. 샤오 할아버지는 어젯밤의 실수를 만회하고 싶은 듯 혈압을 재고 약을 챙겨드리러 방에 갔을 때 말끔하게 샤워하고 잠옷 차림으로 침대에 앉아 있었다. 나는 내심 회심의 미소를 지으며 얼른 일을 보고 방으로 돌아갔다. 내가 묵는 방으로 들어서자 미시즈 지도 외출복을 벗고 샤워를 준비하고 있었다. 나는 그녀가 샤워실로 들어가기 전에 얼른 이야기했다.

"할아버지는 벌써 샤워를 마치셨던걸요. 미시즈 지가 저쪽 방 샤워실을 쓰시고 여기는 제가 쓰면 안 될까요?"

미시즈 지는 살짝 당황한 눈빛을 보이다 이내 별다른 말 없이 옷을 챙겨 방을 나섰다.

그녀가 나가자마자 나는 잔뜩 기대에 차서 얼른 신신 언니에게 문자 메시지를 보냈다.

'오늘의 임무 완료!'

나는 문을 잠그고 느긋하게 샤워한 뒤 옷을 두 벌 빨고 나서 잠자리에 들었다. 오늘 밤은 아무 문제 없이 푹 잘 수 있을 것 같았다. 하지만 잠든 지 얼마 되지 않아 문을 두드리는 소리에 또 잠이 깨고 말았다. 누가 문을 두드리는지 짐작이 가고도 남았다. 나는 착잡한 마음으로 문을 열었다. 과연 문밖에 또 미시즈 지가 서 있었다. 그녀는 무표정하게 문을 열고 들어오더니 어젯밤 잤던 침대로 곧장 걸어갔다.

"어쩐 일이세요?"

나는 아주 조심스럽게 물어볼 수밖에 없었다.

그녀가 옷을 벗으며 말했다.

"방귀를 뀌었어."

나는 순간 내 귀를 의심했다. 내가 지금 무슨 말을 들은 거지? 방귀? 나는 이게 무슨 상황인가 싶어 얼른 되물었다.

"네? 방귀라뇨?"

그녀가 옆방과 연결된 벽을 향해 입술을 삐쭉 내밀며 투덜거렸다.

"너무 오랫동안 연거푸 방귀를 뀌는데 참을 수가 없었어!"

아! 나는 그 말을 듣는 순간 하마터면 웃음을 터트릴 뻔했다. 이런 생리적인 문제 때문에 화가 나서 함께 잘 수 없다고? 그것도 결혼 얘기가 오가는 사람들끼리? 이게 무슨 애들 소꿉놀이도 아니고!

문득 예전에 신신 언니가 내게 당부했던 말이 생각났다. 샤오 할아버지는 장에 문제가 있어서 가스가 잘 차기 때문에 평소 식사를 준비할 때 장 활동에 도움이 되는 음식으로 신경을 써달라고 했었다. 베이징 집에서 식사 준비를 할 때는 계속 신경을 써왔는데, 요 며칠 밖에서 식사하는 바람에 음식에 신경을 제대로 못 써서 결국 고질병이 도진 모양이었다. 만약 젊은 사내였다면 여자 친구 앞에서 그런 실례를 저지르지 않았을 거고, 설사 방귀가 나온다 해도 참았을 터였다. 하지만 샤오 할아버지처럼 연세가 있는 분들은 생리적 욕구를 참지 못하는 경향이 있고, 그런 면에서 가리는 것이 없다 보니 방귀가 뀌고 싶으면 거리낌이 없었다. 당연히 미시즈 지 입장에서는 자신을 무시하는 것처럼 보였을 것이다. 설사 미시즈 지의 나이가 많다 해도 그녀 역시 젊은 아가씨들처럼 남녀 사이의 환상을 품고 있는 여자였다.

이를 어쩐다……. 이런 문제를 할아버지에게 직접적으로 말하면 자존심을 상하게 할 수도 있어. 그렇다고 모르는 체하면 미시즈 지가 할아버지를 못 받아들일 게 분명해. 바로 그 순간 나는 젊은 시절의 사랑과 노년의 사랑이 같을 수 없다는 것을 깨달았다. 만약 젊은 여자가 누군가를 좋아한다면 아마도 그 남자의 단점마저 모두 받아들이는 사랑을 하겠지만, 노년의 사랑은 서로에게 유난히 까다롭고, 단점을 포용하기도 쉽지 않았다.

다음 날 아침 혈당을 재고 약을 챙겨드리러 갔을 때만 해도 샤오 할아버지 역시 어젯밤 일로 기분이 별로 안 좋아 잠도 제대로 못 잤을 줄 알았다. 하지만 할아버지는 여느 때와 다름없이 활력이 넘쳤고, 어젯밤 미시즈 지가 내 방에 와서 잔 문제는 크게 신경 쓰지 않는 듯 보였다.

"어젯밤에 미시즈 지가 무슨 일로 기분이 언짢아진 건지 혹시 아니?"

웬일로 할아버지가 먼저 내게 어제 일을 물어왔다. 그렇다고 너무 솔직하게 말할 수 없어 짐짓 농담하듯 대답했다.

"너무 사랑 표현에 인색하셨던 거 아니에요?"

샤오 할아버지도 더는 체면을 차리지 않고 한숨을 내쉬었다.

"그게 말처럼 쉽나. 만에 하나 또 거부하면 내 체면이 말이 아니잖니!"

나는 진짜 속내를 차마 입 밖으로 꺼내지 못한 채 애써 핑계를 대며 방을 나왔다.

조식을 먹을 때 신신 언니가 어젯밤 보낸 문자메시지에 대한 답장을
보내왔다.

'특별 보너스로 치마 한 벌 샀어. 오면 입어봐.'

나는 서둘러 답장을 보냈다.

'작전 실패! 보너스는 마음만 받을게요.'

신신 언니는 자세한 이유를 묻지 않은 채 그저 차분하게 상황을 주
시할 뿐이었다.

'인내심을 가지고 기다렸다가 기회를 노려보자.'

이어지는 며칠 동안 우리는 원래 계획했던 관광 일정에 맞춰 정저우
로 가서 범중엄이 세운 백화주서원을 구경하고, 시촨으로 이동해 베이
징의 수위를 조절하는 아시아 최대 저수량의 단강 댐을 거쳐, 퉁바이로
이동해 수이렌 동굴과 수이렌 선사를 보러 갔다. 두 사람은 범중엄이
백화주서원에서 〈악양루기(岳陽樓記)〉를 썼다는 이야기를 들으며 신기
해하고, 베이징 사람들이 앞으로 단강 저수지의 맑은 물을 마시게 될
거라는 말에 기뻐하고, 수이렌 선사가 중국 4대 사원 중 하나라는 말에
고개를 끄떡이며 놀라워했다. 하지만 이렇게 여행을 재밌게 즐기는 두
사람의 남녀 관계는 더는 진전이 없었고, 매일 밤 각자의 방에서 잠을
잤다.

베이징으로 돌아가야 할 시간이 다가오는 가운데, 나는 부모님을 뵈
러 가는 그날 밤에 모든 희망을 걸 수밖에 없었다. 이날은 내가 옆방에
없으니 둘 다 심리적 부담 없이 동침할 가능성이 높았다. 이날 오후에
나는 관광 일정을 잡지 않았고, 두 사람에게도 부모님을 뵈러 집에 가
서 자고 오겠다고 미리 말해놓았다. 두 사람도 자신들은 걱정하지 말고

어서 갔다 오라고 배려해주었다. 미시즈 지는 어머니께 드리라며 마스크팩 한 박스를 건넸다. 주름을 옅게 하는 데 아주 효과가 좋다는 말도 잊지 않았다. 나는 선물을 고맙게 받으며 쓴웃음을 애써 감췄다. 우리 엄마한테 이런 선물이 다 무슨 소용이람! 먹고살기 바빠서 주름 걱정할 시간이나 있을까?

오후에 호텔을 나서기 전에 나는 샤오 할아버지에게 오늘 밤과 다음 날 아침에 먹어야 할 약을 잘 구분해 건넸다. 그러면서 당부의 말도 잊지 않았다.

"오늘 밤에는 제가 여기 없으니까 미시즈 지를 잘 챙겨주셔야 해요. 밤에 방에서 혼자 주무시는 걸 싫어하는 눈치예요."

샤오 할아버지는 내 말뜻을 알아차린 듯 불쾌감을 드러냈다.

"별소릴 다 듣겠구나. 그건 어린 네가 참견할 일이 아니야……."

나는 저녁 식사 전에 본가로 돌아가 그동안 모아둔 돈을 부모님께 좀 드리고, 자전거를 타고 이웃 마을에 사는 남자 친구 집까지 일부러 찾아가 그쪽 부모님께도 용돈을 좀 드렸다. 그러고 나서 집에 다시 돌아가 부모님은 물론 동생들과 한자리에 모여 그동안 못다 한 이야기를 나누며 회포를 풀었다. 식구들은 모두 내가 하는 일을 궁금해했고, 이런저런 질문에 대답해주느라 어느새 시간이 훌쩍 지나 밤 11시가 다 되어갔다. 이 시간쯤이면 두 사람이 이미 잠자리에 들 시각이었다. 나는 미시즈 지가 할아버지 방에 가서 자는지 확인해보기 위해 휴대전화로 내 호텔방에 전화를 걸었다. 전화벨이 세 번 울릴 동안 아무도 안 받는 걸로 봐서 두 사람이 옆방에서 함께 잘 확률이 높았다. 안도의 한숨을 쉬며 전화를 끊으려는 찰나, 아뿔싸! 통화가 연결되었다. 전화기 너머로 잠에서 막 깬 듯한 미시즈 지의 목소리가 들려왔다.

"여보세요?"

나는 차마 아무 대답도 못 한 채 얼른 전화를 끊어버렸다.

신신 언니와 내가 치밀하게 준비했던 난양 여행은 이렇게 실패로 끝났고, 우리는 다시 베이징으로 돌아가야 했다.

···

베이징에 돌아와 신신 언니를 보는 순간 양심의 가책이 물밀듯 올라왔다. 이번 난양 여행을 위해 많은 돈을 썼는데도 그녀가 기대했던 일은 전혀 일어나지 않았다. 특히 나한테 쓴 돈마저 아무런 성과 없이 허공에 날린 셈이었다. 나는 그녀에게 그동안의 경과를 빠짐없이 보고했고, 한바탕 자책하며 미안한 마음을 전했다. 신신 언니는 웃으며 내 어깨를 토닥여주었다.

"그게 왜 네 잘못이야? 그냥 두 분의 감정이 아직 끓어오르지 않아서 그런 거지. 이제부터 시작이야. 앞으로 감정이 불붙을 수 있도록 우리가 무슨 수를 써서라도 지원 사격을 해야지."

신신 언니는 나를 위해 특별 보너스로 산 치마를 보여주며 한사코 입어보라고 했다. 나는 제대로 한 일도 없이 차마 선물을 받을 수는 없어서 이런저런 핑계를 대며 재차 거절했다. 그러자 신신 언니가 손가락으로 내 이마를 톡 치며 장난스럽게 웃었다.

"순진하기는! 보너스라는 말은 그냥 핑계 삼아 한 말이야. 쇼핑 갔다가 너한테 어울릴 거 같아서 하나 산 거니까 부담 가질 필요 없어. 네가 우리 집에 와서 아빠를 돌봐드리느라 고생하는 거 잘 알아. 사실 아빠를 곁에서 딸처럼 잘 챙겨주는 네 모습을 보면서 동생 같다는 생각이 들 때도 있거든. 이건 고마워서 주는 내 성의 표시니까 받아도 돼!"

말속에서 그녀의 진심이 느껴져 더는 거절할 수 없었다. 나는 어쩔 수 없이 치마를 입어보았고, 그 순간 마음속에 감동이 밀려왔다. 지금까지 가난한 집안의 장녀로 살아오며 엄마가 옷을 챙겨준 적은 있어도, 다른 사람이 옷을 선물로 준 적은 한 번도 없었다. 뤼이웨이도 나에게 옷을 사 주고 싶다고 말만 할 뿐이지 사실 그럴 돈도 없었다. 게다가 신신 언니는 베이징에서 자라고 안목이 있어서인지 치마 하나를 골라도 무척 세련되고 고급스러웠다. 거울을 통해 보이는 내 모습이 젊고 세련된 도시 여성처럼 너무 예뻐 보였다. 일요일에 이 치마를 입고 항공항천대학에서 뤼이웨이를 만났을 때 그는 마치 전혀 모르는 사람이라도 본 듯 나에게서 한참 동안 눈을 떼지 못했다. 내가 왜 그러냐고 묻자 그가 사악한 미소를 지으며 대답했다.

"못 본 사이에 더 예뻐진 거 같은데? 한입에 꿀꺽 삼키고 싶을 만큼!"

그러더니 캠퍼스를 오가는 그 많은 사람을 아랑곳하지 않고 나를 품 안에 끌어당기며 키스하는 것도 모자라 나쁜 손으로 내 몸을 더듬었다…….

베이징에 돌아온 뒤 나는 샤오 할아버지의 혈압과 혈당을 체크하고, 정맥에서 피를 뽑아 병원에 가서 검사를 한 차례 했다. 다행히 난양에 가기 전과 비교해 수치에 커다란 변화가 없었다. 내가 검사 결과를 신신 언니에게 알려주고 나자 그녀가 또 다른 작전을 지시했다.

"모든 수치가 정상이라니 이제 다시 작전을 시작해봐야지. 미시즈 지에게 전화해서 내일 점심에 만두 대접을 하겠다고 해. 나도 시간 맞춰서 갈게."

미시즈 지는 전화를 받고는 한순간 침묵하더니 이내 초대에 응했다.

"그러죠."

목소리의 뉘앙스와 온기가 예전과 살짝 다르다는 느낌이 들었다.

나는 왠지 모를 걱정이 앞서 긴장한 채 식사를 준비했다. 신신 언니는 마트에 가서 냉동 만두를 사다가 끓이라고 했지만 왠지 손님에 대한 예의가 아닌 듯했다. 이쪽에서 먼저 미시즈 지를 초대했으니 집에서 직접 빚은 만두를 대접해야 옳았다. 그래서 부추와 돼지고기, 대파를 사서 만두소와 피를 만들고 손으로 직접 만두 100개를 빚었다. 신신 언니까지 총 네 사람 분량으로 한 사람당 25개 정도면 충분할 듯했다.

이날 미시즈 지는 예전보다 좀 늦은 오전 시간에 방문했고, 집에 들어와서도 잘 웃지 않았을 뿐 아니라 할아버지와 거실에 앉아 있을 때도 먼저 말을 꺼내지 않았다. 다소 달라진 분위기에 내 마음이 다 조마조마해졌다. 샤오 할아버지는 여전히 평소처럼 양복을 입고 점잖은 표정으로 그녀를 대접했다.

정오에 집에 들른 신신 언니는 오자마자 거실로 가서 미시즈 지와 편하게 인사를 나눴다.

"어머! 얼굴이 아주 좋아지셨어요! 듣던 대로 난양의 물과 공기가 좋긴 한가 봐요. 피부에 윤기가 도는 게 여행 전보다 확실히 안색이 밝고 젊어 보이세요!"

그야말로 여자의 기분을 좋게 만드는 말이었다. 미시즈 지도 이 말에 기분이 한결 풀린 듯 환하게 웃으며 자신의 볼을 만져보았다.

"그런가? 정말 그렇게 좋아 보여요? 내가 느끼기에도 피부가 좀 촉촉해진 것 같긴 한데……."

집안 분위기가 순식간에 화기애애해졌다.

신신 언니가 주방으로 들어와 직접 빚은 만두 한 쟁반을 보며 칭찬했다.

"와우! 만두를 아주 예술로 빚어놨네! 맛도 기가 막힐 거 같은걸!"

신신 언니는 밖에서 들으라는 듯 큰 소리로 칭찬한 뒤 내 귀에 대고 귓속말을 했다.

"요리를 몇 개 더 만들고 마실 것도 좀 준비해야겠어. 일단 분위기를 좋게 만들어서 두 분을 즐겁게 해드리자!"

나는 고개를 끄덕인 후 서둘러 각종 재료를 튀기고 볶고 찌고 삶았다. 상을 다 차리자 신신 언니가 웃으며 말했다.

"두 분이 난양 여행을 잘 마치고 돌아오신 걸 축하하기 위해 만두와 요구르트를 준비했어요!"

샤오 할아버지가 담담하게 되받았다.

"요구르트는 당이 들어가서 안 돼."

신신 언니가 자기 이마를 치며 말했다.

"아차! 아버지는 단걸 드시면 안 되죠? 그럼 뭐 드시고 싶으세요?"

샤오 할아버지가 조심스럽게 의중을 떠봤다.

"나한테 선택권을 준다면야 당연히 술이지. 딱 한 잔만 마시면 좋을 거 같구나."

신신 언니가 순간 주저하다 미시즈 지를 향해 돌아서며 물었다.

"저희 아버지가 오늘 술을 마셔도 되는지 안 되는지는 아주머니 결정에 따를게요!"

그러자 미시즈 지가 웃으며 물었다.

"나더러 결정을?"

"오늘만큼은 이 집안의 결정권을 아주머니에게 드릴게요. 아주머니
가 마시라고 하면 제가 술을 따라드릴 거고, 안 된다고 하면 아버지도
더는 술 얘기 하시면 안 돼요!"

미시즈 지가 샤오 할아버지를 힐끗 보며 말했다.

"그럼 딱 한 잔만 하는 걸로 해요. 술 한 잔 때문에 무슨 큰 문제가
생기는 건 아니니까……."

이번 식사 자리는 신신 언니 덕분에 분위기가 줄곧 좋았고, 원래 샤
오 할아버지와 미시즈 지를 에워싸고 있던 어색하고 무거웠던 공기가
웃음소리에 흔적도 없이 흩어지며 사라졌다. 식사를 마친 미시즈 지가
또 안주인이라도 되는 듯한 말투로 내게 잔소리를 했다.

"샤오양, 화장실 변기 쓰고 나서 물 여러 번 내리는 거 잊지 마!"

나는 고개를 끄덕이면서 한편으로는 두 사람이 여전히 내외하며 거
리를 두고 있다는 생각이 들었다.

그 후의 생활은 난양에 가기 전으로 다시 돌아갔다. 미시즈 지는 하
루나 이틀에 한 번 아침 식사 시간이 지난 뒤에 찾아왔고, 할아버지는
보통 입구에서 그녀를 맞이해 거실로 가서 함께 이야기를 나눴다. 나의
임무는 여전히 차를 내간 뒤 방으로 들어가는 것으로 마무리되었다. 두
사람은 노년을 건강하게 사는 법이나 식이요법에 좋은 음식, 골절을 방
지하는 법 따위에 대해 얘기를 나눴다. 보통 미시즈 지가 말하면 할아
버지가 조용히 듣다가 가끔 몇 마디 의견을 더하거나 추임새를 넣는 식

이었다. 어쨌든 두 사람의 대화는 끊어졌다 이어지기를 반복하며 꽤 긴 시간 계속되었고, 시간이 흐를수록 나는 그들의 대화에 서서히 흥미를 잃어갔다. 가끔은 마트에 간다는 핑계를 대고 밖에 나가 산책을 하다 들어오기도 했다.

어느 날 아침 식사 시간이 지나고 나서 어김없이 등장한 미시즈 지는 커다란 플라스틱 상자를 품에 안고 들어오더니 나를 보자마자 얼른 떠안겼다. 그녀는 가쁜 숨을 내쉬며 조심스럽게 내려놓아야 한다고 주의를 줬다. 샤오 할아버지가 상자를 보고 놀라며 물었다.

"이게 뭔가요?"

"한번 맞혀보세요."

그녀의 말에 할아버지가 손가락으로 상자를 톡톡 치며 고개를 가로 저었다.

"글쎄요. 전혀 모르겠네요."

미시즈 지가 웃으며 말했다.

"악기에 대해 전혀 모르시는군요. 이건 고쟁이라고 전통 악기예요. 전국시대에 만들어졌죠."

샤오 할아버지는 다소 의외라는 눈빛으로 물었다.

"이걸 연주할 줄 알아요?"

"젊었을 때 배운 적이 있는데, 결혼한 뒤에는 아이들 키우고 일하느라 바빠서 할 시간이 없었어요. 오늘 아들이 창고 정리를 하다가 발견한 모양이에요. 그래서 한번 연주해보고 버릴지 말지 결정하려고 가져와봤어요."

나 역시 덩달아 흥분이 되었다. 사실 악기에 대해 아는 바가 전혀 없지만 온라인으로 음악 듣는 것을 좋아하는 편이라 라이브로 듣는 연주가 너무 궁금했다. 샤오 할아버지도 기대가 되는 듯 그녀를 도와 악기 세팅을 도왔다.

미시즈 지가 현을 조율하며 악보의 한 소절을 연주하자 나와 할아버지의 시선이 허공에서 부딪혔다. 입에서 감탄사가 절로 새어 나왔다.

"와, 정말 멋져요."

미시즈 지는 민망한 듯 헛기침을 했다.

"너무 오랜만에 하는 거라 손이 굳어서 제대로 할 수 있을지 모르겠어요. 연주가 형편없어도 너무 흉보면 안 돼요? 이제 들려줄 곡은 처녀 시절에 연주했던 〈어주창만(漁舟唱晚)〉이라고 해요."

연주가 시작되고, 그녀의 양손이 현을 뜯고 튕기고 누르며 자유자재로 움직이자 강약과 떨림이 멋지게 조화를 이루며 아름다운 선율을 만들어냈다. 나와 샤오 할아버지는 악기 위로 현란하게 움직이는 손에서 시선을 떼지 못했다.

"어때요? 괜찮았나요?"

한 곡을 완주하고 난 미시즈 지가 샤오 할아버지를 보며 물었다. 할아버지는 민망한지 눈을 들어 나를 돌아봤다.

"네가 한번 말해보렴."

나는 살짝 당황하며 얼른 대답했다.

"네, 아주 듣기 좋았어요."

미시즈 지가 흐뭇한 미소를 지으며 곡에 대해 설명했다.

"〈어주창만〉은 어부의 삶을 이야기한 곡이에요. 당나라 시인 왕발이 지은 〈등왕각서(滕王閣序)〉의 시구 중에서 제목을 따왔죠. 저녁노을이

드넓은 호수를 비추는 가운데 물결 따라 흔들리는 배 안에서 어부가 고기잡이를 마치고 유유자적 노래를 부르며 돌아오는 모습을 간결한 음악적 언어로 표현했다고 할 수 있죠. 방금 연주를 들어서 알겠지만 이 곡은 세 부분으로 나뉘어 있어요. 첫 번째 부분의 선율은 느릿하면서 서정적이고, 두 번째 부분은 좀 더 빠르고 경쾌하죠. 세 번째 부분은 기복이 많고 열정적이에요……."

내가 듣기에도 이해가 될 듯 안 될 듯 아리송한데 샤오 할아버지는 어떨지 문득 궁금해졌다. 아니나 다를까 할아버지는 영혼 없는 눈빛으로 그녀의 말을 듣고 있었고, 그 모습만 봐도 내 느낌과 크게 다르지 않다는 것을 미루어 짐작하고도 남았다.

이날 오전 시간은 이렇게 흘러갔다. 나는 미시즈 지가 거저 부교수가 된 것이 아니라는 생각이 들었다. 그동안 내가 그녀를 깍듯이 대한 이유가 순전히 할아버지 때문이었다면, 이날을 기점으로 정말이지 그녀를 다른 눈으로 바라보게 되었다. 물론 때로 어떤 행동이 거슬리거나 마음에 안 드는 건 전과 다름없었지만, 어쨌든 나는 어릴 때부터 특별한 재능을 가진 사람이 존경스러웠다.

이날 이후 미시즈 지는 할아버지 집에 들를 때마다 거실에서 할아버지와 나를 위해 고쟁 연주를 해주었다. 그때 들은 부드러운 선율의 〈출수련(出水蓮)〉, 장중한 분위기의 〈고산유수(高山流水)〉, 서글픔과 원망이 담긴 〈한궁추월(漢宮秋月)〉, 눈가가 촉촉해질 만큼 아련한 감동을 주는 〈한아희수(寒鴉戲水)〉, 공허함이 전해지는 〈향산사고(香山射鼓)〉가 지금까지도 기억에 남아 있다. 비록 샤오 할아버지가 음악에 문외한이기는 했지만 고쟁을 연주하는 미시즈 지를 바라보는 눈빛은 한없이 부드럽고 따뜻했다. 그가 이전에 그녀를 보는 눈빛이 여자를 보는 남자의 그것이었다면, 이제는 거기에 하나 더해서 경외심이 느껴졌다.

어느 날 오후에 미시즈 지가 일이 생겨 일찍 돌아가고 나자 샤오 할아버지가 백화점에 같이 가자며 나갈 채비를 했다. 나는 그 말에 살짝 신이 났다. 비록 돈은 없지만 쇼핑을 좋아하는 터라 얼른 할아버지를 따라나섰다. 나는 신이 나서 택시를 불러 타고 백화점으로 향하면서도 마음 한편으로 의구심이 들기 시작했다. 평소 쇼핑하는 걸 제일 싫어하시던 분이 오늘은 웬일이지? 백화점에 들어서고 나서야 나는 그 답을 찾을 수 있었다. 샤오 할아버지는 목걸이를 사고 싶었는지 곧장 보석 매장으로 향했고, 진열대를 쭉 훑어본 뒤 세 돈 정도 되는 금목걸이를 가리키며 직원에게 꺼내서 보여달라고 했다. 직원이 목걸이를 꺼내 할아버지에게 건네자, 할아버지가 나에게 물었다.

"어때? 예뻐 보이니?"

나는 얼른 고개를 가로저었다.

"저도 금목걸이에 대해선 아는 게 없어서 뭐가 좋은 건지 모르겠는걸요."

사실 나는 지금까지 살면서 금목걸이를 가져본 적이 없었다. 부모님은 물론 남자 친구조차 날 위해 금목걸이를 사 줄 능력이 안 되었고, 나 또한 그렇게 비싼 액세서리를 나 자신을 위해 살 만큼 대범하지 않았다. 이때 직원이 끼어들었다.

"어르신, 이 아가씨가 할 만한 목걸이를 찾으시면 다른 걸로 더 보시겠어요? 지금 그 목걸이는 너무 점잖아서 젊은 아가씨한테는 어울리지 않거든요."

그 말을 듣는 순간 나는 얼른 상황을 정리했다.

"제가 할 목걸이를 찾는 게 아니라 나이가 좀 드신 분께 드릴 선물을 고르는 중이에요."

그제야 직원은 상황 파악이 된 듯 고개를 끄덕였다.

다음 날 미시즈 지가 다시 왔을 때 샤오 할아버지는 보석함을 꺼내 그녀에게 조심스럽게 건넸다.

"선물이니 받아줘요!"

미시즈 지는 생각지도 못한 선물을 보고 잠시 당황하다 이내 상자를 열어보며 말했다.

"왜 이렇게 큰돈을 쓰셨어요?"

그녀가 목걸이를 꺼내 목에 걸며 거울을 보러 갔다.

"너무 잘 어울려요!"

나는 얼른 거울 앞으로 따라가 샤오 할아버지를 위해 일부러 분위기를 띄웠다.

미시즈 지는 나의 그런 마음을 읽은 듯 웃으며 말했다.

"샤오 선생님이 사람 하나는 잘 두신 거 같아요. 선생님을 대신해서 제 기분을 이렇게 잘 맞춰주는 거 보면요."

고쟁과 목걸이의 효과 덕인지 두 사람의 관계에 확실한 변화의 조짐이 보였다. 지난번 여행에서 생긴 작은 갈등도 거의 사라지고, 두 사람을 볼 때마다 계속 관계를 잘 이어가고 싶어 한다는 바람이 느껴졌다. 내가 이런 관찰 결과를 신신 언니에게 전화상으로 보고하자, 그녀 역시 기뻐하며 물었다.

"네가 보기에 두 분의 결혼을 확실하게 추진해보면 어떨 거 같아?"

나는 섣불리 나설 때가 아니라며 조심스러운 입장을 전했다. 지금 열쇠를 쥐고 있는 사람은 미시즈 지였고, 지금까지 봐온 바로 그녀는 이번 결혼에 무척이나 신중하게 접근하고 있었다. 이 상태에서 함부로 결혼 얘기를 꺼냈다가는 도리어 거부반응을 일으키기 십상이었다. 신신 언니가 한참을 고심하다 입을 열었다.

"일리 있는 말이네. 하지만 결혼 얘기는 시기상조라고 해도 두 분이 하루라도 빨리 만리장성을 쌓도록 뭔가 조치가 필요하지 않을까? 일단 관계가 만들어지면 자연스럽게 결혼으로 이어지겠지."

하지만 미시즈 지는 할아버지 집에서 밤을 보내고 갈 마음이 전혀 없어 보였다. 나는 두 사람의 분위기를 유심히 관찰하며 조금의 기미라도 보이면 순식간에 밀어붙일 만반의 준비를 하고 있었다. 미시즈 지는 방문할 때마다 저녁을 먹고 양치질을 한 뒤 곧바로 핸드백을 들고 집을 나설 채비를 했다.

"전 그만 가볼게요. 안녕히 주무세요!"

아무래도 그녀는 이 노년의 연애를 서두르지 않고 느긋하면서도 신중하게 즐기고 싶은 듯 보였다.

어느 날 신신 언니가 집에 와서 초조한 기색을 드러냈다. 미국으로 출국할 날짜까지 이미 잡혔는데 아버지의 결혼 문제가 해결되지 않으니 어쩌면 좋을지 모르겠다고 불안해했다. 나는 그녀를 위로하며 한 가지 방법을 제시했다.

"정 그렇게 걱정이 되면 창성 아저씨를 먼저 보내고, 언니는 이 집에서 좀 더 지내다 가는 건 어때요? 아무리 늦어도 반년 안에는 두 분 문제가 결정이 나지 않을까요?"

신신 언니가 한숨을 내쉬었다.

"흠, 네가 아직 결혼을 안 해봐서 그런 말을 할 수 있는 거야. 젊고 잘생긴 남편을 혼자 미국으로 보낸다고? 거기가 얼마나 자유분방한 곳인지 너도 들어서 알 거야. 게다가 그이도 객지에서 외롭고 힘들면 자연스럽게 다른 여자에게 눈이 가게 되어 있어. 그게 남자거든! 더구나 같이 유학을 떠나는 여자 동기들까지 있으니 더욱 마음을 놓으면 안 돼. 남녀가 눈이 맞는 건 정말 한순간이거든! 그 여자들이 들이대면 안 넘어가고 배기겠어? 그런 꼴 안 보려면 남편 간수 잘해야 해. 틈을 주면 안 된다는 거지! 내가 따라가지 않으면 안심이 안 될 것 같아!"

나는 신신 언니의 말에 충격을 받았다. 이렇게 많이 배우고 잘나가는 도시 여성도 남편이 바람날까 봐 전전긍긍하는 거야? 결혼했는데도 안심이 안 될 만큼? 이런 면은 내가 살던 농촌의 여자들과 확실히 달랐다. 그곳에서는 남녀가 일단 결혼하면 무슨 일이 있어도 평생을 함께 살아야 했다. 물론 이혼하는 사람도 간혹 있지만, 결혼이 주는 안정감만큼은 신신 언니와 비교가 되지 않았다. 사실 나는 그녀의 삶을 무척 부러워하고 있었다. 그런데 지금 이 순간만큼은 처음으로 약간의 우월감이 느껴졌다. 난 나중에 뤼이웨이와 결혼해도 저렇게 살지는 않을 테니 얼마나 다행이야!

그러나 같은 여자로서 신신 언니를 이해하지 못하는 것도 아니었기에 다시 한 번 두 사람을 하루빨리 결혼시킬 방법을 찾고 싶은 마음이 굴뚝같았다. 그런데 아무리 고민해도 여행 말고는 뾰족한 방법을 찾을 수 없었다. 어쨌든 여행을 가야 마음이 들뜨는 틈을 타 그런 기회도 생길 테니까 말이다. 나는 내 생각을 신신 언니에게 전했고, 그녀 역시 적극 찬성했다.

"뭐라도 해봐야지! 네 말대로 다시 한 번 여행을 추진해보자. 어디가 좋겠니?"

그녀가 손으로 이마를 짚은 채 집 안을 한 바퀴 돌며 고민하더니 별안간 걸음을 멈추고 나를 불렀다.

"지난으로 하자! 지난이면 베이징에서 가까우니까 그리 힘들지 않을 거야. 교통도 편리하니까 시간도 오래 걸리지 않아. 다만 이번에도 너 혼자 두 분을 모시고 관광을 다니려면 고생 좀 하겠지만. 물론 관광이 목적이 아니니까 비행기 푯값이랑 숙식비는 지난번에 난양에 갔을 때처럼 모두 내가 댈게."

나는 손해 볼 게 전혀 없으니 당연히 기쁜 마음으로 얼른 고개를 끄덕였다. 지난에 가본 적도 없는데 공짜로 여행을 시켜준다고 하니 이보다 더 좋은 기회가 없었다.

여행을 결정한 우리 두 사람은 역할 분담에 들어갔다. 신신 언니는 샤오 할아버지와 미시즈 지의 동의를 얻은 뒤 비행기 표를 사고, 나는 여행에 필요한 준비물을 꼼꼼히 챙기기로 했다.

이틀 후 신신 언니는 두 분의 동의를 얻었고 비행기 표도 샀다고 알려왔다. 나는 그 얘기를 듣자마자 서둘러 여행에 필요한 약과 용품을 준비했다. 지난번에 한 번 경험을 해봐서인지 이번에는 모든 준비가 좀 더 수월했고, 짐을 싸는 데 하루도 걸리지 않았다.

•••

지난에 대해 처음 알게 된 것은 고등학교 때였다. 역사 시간에 선생님이 난양의 유명 인사로 철현을 소개한 적이 있었다. 철현은 난양 정 저우에서 태어나 주원장의 총애를 받으며 정석(鼎石)이라는 자(字)를 하사받았다. 훗날 산둥의 참정을 지내며 지난을 사수했고, 연왕의 군대를 격파해 병부상서까지 올라갔다. 그가 지난을 사수한 덕에 연왕은 오래도록 그곳을 함락할 수 없었고, 어쩔 수 없이 우회해 남쪽으로 진군한 뒤 다시 군대를 돌려 지난을 공격했으나 그래도 철현의 항복을 받아내지 못했다. 철현은 전쟁에서 패해 잡혀간 뒤에도 무릎을 꿇지 않았고, 심지어 귀와 코가 잘려나가면서도 뜻을 굽히지 않아 결국 능지처참당했다. 후세 사람들은 철현이 보여주었던 불굴의 정신을 본받기 위해 지난 다밍 호수 기슭에 사당을 지어 보답했다. 당시 역사 선생님의 이야기를 들으며 나는 철현이라는 인물에 푹 빠져들었고, 나중에 돈이 생기면 꼭 지난에 있는 그의 사당에 가서 경의를 표하겠노라며 나 자신과 약속했다. 그런데 그 약속을 지킬 수 있는 기회가 이렇게 우연찮게 찾아올 줄은 몰랐다.

내가 두 사람과 함께 지난에 도착한 시간은 정오쯤이었다. 우리는 첸푸산 호텔로 향했고, 방 두 개를 체크인했다. 당연히 저번과 똑같이 할아버지가 먼저 방으로 들어가면 뒤이어 나도 옆방으로 들어간 뒤 미시즈 지에게 어느 방으로 들어갈지 선택권을 주었다. 과연 예상대로 그녀는 지난번처럼 두 개의 방문 사이에서 잠시 고민하다 이내 할아버지의 방으로 들어갔다. 여기까지는 나와 신신 언니의 작전대로 흘러갔지만 문제는 밤이었다. 살짝 음모의 냄새가 날 수도 있겠지만 신신 언니에게 돈을 받고 하는 일이다 보니 최선을 다해야 했다. 게다가 샤오 할아버지도 그녀를 놓치고 싶지 않은 듯 보였고, 나 역시 할아버지의 결혼을 성사시키고 싶은 바람이 간절했다. 그래서 나는 그때 내가 옳은 일을 하고 있다고 믿었다.

그날 오후 나는 두 사람과 함께 다밍 호수로 갔다. 내가 철현을 모신 사당을 보고 싶기도 했지만, 인터넷에서 찾아보니 호수의 명소 대부분이 평지에 있어서 체력 소모도 적어 관광지로 더할 나위 없이 좋은 선택이었다. 사실 샤오 할아버지를 위해서라도 체력적으로 힘든 관광은 피해야 했다. 그날 밤이 오기 전까지 할아버지의 체력을 비축해둬야 했기 때문이다.

호수 공원에 도착하자, 미시즈 지는 그제야 자신이 예전에 여기 와 본 적 있다고 말하며 들뜬 표정으로 우리를 위해 가이드 역할을 자처했다. 그녀는 푸른빛이 아름다운 호수를 가리키며 이 물이 전부 성에 있는 수많은 샘으로부터 왔고, 호수면만 58헥타르에 달한다고 설명해주었다. 그러고는 우리를 데리고 붉은색 기둥과 파란 기와, 팔각 겹처마로 장식된 역하정(歷下亭)으로 가서, 시인 두보가 이곳에 유람 와서 지은 시를 읊어주었다.

"바다 오른편에 있는 정자는 예스럽고, 지난에는 이름난 선비들이 많구나."

그녀는 다시 우리를 데리고 북극각(北極閣)으로 가서 정전 양옆에 그려진 벽화를 가리키며 말했다. 전설 속 신선인 진무대제가 마지막으로 수행을 거쳐 득도하며 신선이 되는 모습을 담아낸 그림이었다.

"저 벽화는 예술적 가치가 어마어마해요."

그 뒤로도 그녀는 소창랑정(小滄浪亭)과 연꽃 연못을 보여주며, 청나라 시대 사람들이 지난의 풍광을 묘사한 유명한 대련(對聯)을 읽고

뜻을 풀이해주기도 했다.

"사면에 연꽃이 피고 삼면에 버드나무가 흐느적거리는 푸른 산과 넓은 호수라니, 정말 딱 들어맞지 않나요?"

마지막으로 그녀가 우리를 데리고 간 곳은 철현을 모신 철공사(鐵公祠) 안에 있는 휴식 공간이었다. 두 사람이 물을 마시며 쉬는 동안 나는 철현의 동상 앞으로 가서 허리를 깊이 숙여 절을 올리며 마음속으로 그를 기렸다.

저녁 식사 시간이 되자 미시즈 지가 호수 옆에 있는 음식점에 가자고 제안했고, 할아버지도 흔쾌히 동의했다. 그날 저녁 메뉴는 모두 미시즈 지가 선택했는데, 내가 기억하기로는 닭고기와 탕 요리였다. 닭고기는 다밍 호수에서 나는 호채를 곁들여 만들었고, 탕은 부들나물에 태나물, 동고버섯, 젖국을 넣어 요리한 것이었다. 멥쌀과 말린 연꽃가루를 끓여 만든 연꽃죽도 곁들였다. 후식으로 샤오빙을 먹고, 술은 벽통주(碧筒酒)를 마셨는데 연잎으로 만든 술잔에 담겨 나왔다. 미시즈 지는 이것이 위진시대에 시작해서 당송시대에 유명해진 음용 방식이라고 알려주었다. 나는 평소 술을 전혀 마시지 않았지만 그날만큼은 그녀가 권하는 대로 못 이기는 척 한 잔을 마셨다. 과연 술맛이 매력적이고 향긋했다. 샤오 할아버지는 눈을 반짝이며 연신 좋은 술이라고 칭찬을 아끼지 않았다. 미시즈 지가 한 잔 따라주자 그는 조금도 주저하는 기색 없이 단숨에 술을 들이켰다. 하지만 미시즈 지는 더는 술잔을 채우지 않았고, 그 역시 불만을 드러내지 않았다.

호텔로 돌아가는 길에 두 사람은 기분이 좋은지 택시 안에서 웃음꽃을 피우며 이야기를 나눴다. 나는 앞자리에서 회심의 미소를 지었다.

보아하니 모든 것이 계획대로 순조롭게 흘러가는 중이었다.

나는 방문을 잠근 뒤 두 손 모아 기도를 올렸다. 하느님, 부처님, 천지신명님! 제발! 오늘 밤만은 부디 성공하게 도와주세요! 신신 언니가 안심하고 미국에 갈 수 있게 꼭 좀 도와주세요! 나는 샤워를 대충 마치고 나서 침대에 앉아 간호학 책을 보며 옆방 쪽을 향해 촉각을 곤두세웠다. 다행히 조용한 상태가 지속되는 가운데 시곗바늘이 11시 30분을 가리켰다. 나는 그제야 안심하며 잠자리에 들 준비를 하고 불을 껐다. 그날 밤 나는 깊은 잠에 빠져들었다. 피곤해서라기보다 순전히 젊은 나이 탓이었다.

쾅! 쾅! 쾅! 쾅! 그런 나를 잠에서 깨어나게 만든 건 계속해서 다급하게 문을 두드리는 소리였다. 잠에서 깨어나는 찰나의 순간, 정신이 혼미해서 이게 무엇을 의미하는지 금방 알아차릴 수 없었다. 그런데 이 긴박한 소리가 문도 아닌 벽에서 나고 있다는 사실을 깨닫는 순간 나는 벼락이라도 맞은 듯 정신이 번쩍 들었다. 이것은 두 사람 중 한 명이 벽을 치는 소리였고, 그렇다면 굉장히 위급한 상황이 벌어진 게 분명했다. 그게 아니라면 이런 식으로 나에게 알릴 리가 없었다. 나는 벌떡 일어나 슬리퍼를 챙겨 신을 겨를도 없이 구급상자를 들고 옆방으로 달려갔다. 내가 두드리기 무섭게 문이 벌컥 열렸다. 맙소사! 늘 격식을 차리던 미시즈 지가 잠옷 하나만 걸치고 있었고, 심지어 아랫도리는 벗은 채였다. 그녀는 공포에 질려 알몸으로 침대에 엎드려 있는 할아버지를 보고 말까지 더듬었다.

"빠…… 빨리…… 어서……."

그 순간 나는 너무 놀라 머릿속이 하얘지고 손이 벌벌 떨렸다. 그나마 졸업 전에 병원 실습을 나갔을 때 응급 환자를 여러 번 경험해본 덕에 금세 마음을 다잡을 수 있었다. 나는 얼른 침대로 달려가 할아버지의 손목을 잡고 맥박을 확인해보았다. 다행히 맥박은 정상이고 심장도 뛰고 있었다. 그 순간 나는 할아버지가 일시적으로 기절했다고 판단했고, 내가 배운 지식을 총동원해 신속하게 일련의 조치를 취했다. 다행히 하늘이 도왔는지 할아버지가 천천히 숨을 내쉬며 실눈을 뜨고 멍하니 우리를 쳐다봤다. 나는 그제야 이불을 집어 할아버지의 알몸을 덮으며 상황을 수습했다. 잔뜩 긴장한 상태로 공포에 질려 있던 미시즈 지도 그제야 정신이 돌아온 듯 아랫도리가 알몸인 것을 깨닫고 얼른 잠옷 바지를 찾아 입었다. 옷을 다 갖춰 입고 나자 그녀는 비로소 안도의 한숨을 내쉬었다.

더 물어볼 것도 없었다. 설사 남녀상열지사에 대해 경험이 부족한 나라고 해도 현장을 보니 이런 위급 상황이 벌어진 이유를 짐작할 수 있었다. 사랑을 나누는 과정에서 샤오 할아버지가 너무 흥분하는 바람에 혈압이 갑자기 상승해 생긴 일이 분명했다. 나는 미시즈 지가 민망해할까 봐 차마 눈을 마주칠 수 없었다.

샤오 할아버지는 휴대용 산소 호흡기에서 나오는 산소를 마시며 눈을 깜빡거렸다. 아마도 기억의 파편이 하나하나 연결되면서 서서히 지금 이 상황이 어떻게 된 것인지 알아차린 게 분명했다. 할아버지의 두 볼에서 부끄러움이 짙게 배어 나온 순간을 내 눈으로 분명히 포착했으니 추측이 틀릴 리 없었다. 할아버지는 얼른 눈을 감고 다시는 우리 두 사람 쪽을 쳐다보지 않았다.

나는 심박수와 혈압을 다시 한 번 체크했고, 모든 수치가 정상 범주 안에 있는 것을 확인하고 나서 산소 호흡기를 뗐다. 그러고는 잠옷을 찾아서 침대밑에 놓고 간호 용품을 챙긴 뒤 다른 침대 끝부분에 말없이 걸터앉아 있는 미시즈 지를 힐끗 쳐다보고는 조용히 방을 빠져나왔다.

문을 닫고 나온 나는 텅 빈 복도에 서서 길고 긴 안도의 한숨을 내쉬었다. 어찌 됐든 위급 상황이 무사히 지나간 셈이었다. 손목시계를 보니 아직 새벽 2시였다. 나는 방으로 돌아가 침대에 누웠지만 한참 동안 잠을 이루지 못했다. 방금 본 장면이 내 마음속에 일으킨 파문과 충격이 너무 컸던 탓이다. 흠, 남녀가 사랑을 나눌 때 이런 상황이 벌어질 수도 있구나. 그야말로 내 인생 경험과 남녀 간의 사랑에 얽힌 아름다운 상상을 훌쩍 뛰어넘는 일대 사건이었다.

샤오 할아버지에게 지금 같은 일이 벌어진 건 나이가 들고 몸이 쇠약해진 탓이었다. 사람이 늙으면 이런 상황을 겪을 수도 있다는 생각이 들자, 나는 처음으로 늙는다는 것에 두려움을 느꼈다. 설마 뤼이웨이도 언젠가는 저렇게 될까? 그런 생각이 들자 나도 모르게 온몸에 소름이 쫙 돋았다. 그러다 문득 또 다른 걱정이 물밀듯 밀려왔다. 이런 일이 일어났으니 두 사람의 관계가 계속 이어지기는 힘들지 않을까? 신신 언니한테 어떻게 말해야 하지? 그동안 돈과 시간을 써가며 어떻게든 두 사람을 결혼시키려고 했는데, 결국 이렇게 끝나버렸으니 얼마나 실망이 클까…….

한창 이런 생각에 빠져 있을 때 누군가 방문을 두드리는 소리가 들려왔다. 나는 샤오 할아버지의 상태가 또 나빠진 거라고 생각해 벌떡 일어나 문으로 달려갔다. 문을 열자 미시즈 지가 옷을 품에 안고 문밖에 서 있었다. 내가 뭐라고 말을 꺼내기도 전에 그녀의 나지막한 목소리가 들려왔다.

"선생님은 아주 잘 주무시고 계셔. 문제는 코 고는 소리가 너무 커서 내가 잠을 잘 수 없다는 거지."

나는 그 말을 듣는 순간 그녀가 들어올 수 있도록 얼른 옆으로 비켜섰다. 그러고는 그녀가 손에 들고 있던 방 열쇠를 받아들고 옆방으로 향했다. 방문을 열어보니 좀 전의 일로 기력이 많이 떨어지고 지친 탓인지 할아버지는 방 안이 떠나가라 코까지 골 정도로 곯아떨어져 있었다. 심지어 내가 손목을 잡고 맥박을 체크하는 동안에도 코 고는 소리가 멈추지 않았다. 방금 전 미시즈 지가 잠을 이룰 수 없다고 한 말은 거짓이 아니었다. 침대 옆에 잠시 서 있는 동안에도 그 소리에 귀청이 떨어져나갈 것 같았다. 어쨌든 건강상의 다른 문제 없이 단지 단잠에 빠진 것뿐이었기에 나는 안심하고 방으로 돌아갔다.

"샤오양, 지금 바로 잘 거니? 아니면 나랑 얘기 좀 할래?"

막 침대에 눕는데 미시즈 지가 말을 걸어왔다.

"아뇨, 졸리지 않으니 말씀하세요."

"선생님이랑은 안 되겠어!"

그녀가 뜬금없이 이렇게 말하며 서두를 열었고, 나는 아무 말도 하지 못했다. 사실 미시즈 지가 무슨 말을 하려는 건지 감이 잡히지 않았다. 샤오 할아버지와 더는 같이 지낼 수 없다는 말인가?

"선생님은 10시 반부터 서두르기 시작했어!"

서둘러? 뭘? 그 말이 나를 더 헷갈리게 했다.

"나랑 그걸 하려고."

그녀는 고개를 돌려 내 눈을 피한 채 천장만 바라봤다.

마치 안개가 걷힌 것처럼 그녀가 무슨 말을 하는지 정확히 이해되었고, 그 순간 내 얼굴이 후끈 달아오르는 것이 느껴졌다. 다행히 나의 상반신과 얼굴 부위는 전등 그림자에 가려져 있었다.

"근데 아무리 해도 안 되는 거야."

나는 무슨 말을 해야 할지 몰라 그저 묵묵히 듣기만 했다.

"지나치게 흥분하면 안 될 수도 있지. 그래서 처음에는 괜찮으니까 잠시 멈췄다가 다시 해보자고 했어. 그런데 그 뒤로도 상황이 달라지지 않았어. 결국 내가 나서서 한참을 어르고 달랬는데도 서지를 않았고……."

머릿속에서 그 광경이 상상되면서 나도 모르게 두 볼이 후끈 달아올랐다.

"그러다 선생님이 마지막으로 내 몸을 돌려서 뒤에서 시도했는데, 사실 그렇게 편한 체위가 아니라서 별로 마음에는 안 들었지만 너무 애쓰는 게 보이니까 그냥 따랐지. 근데 갑자기 숨소리가 거칠어지더니 호흡이 멈추고 내 몸 위로 미끄러지듯 쓰러지는 거야. 너무 놀라서 소리를 지르며 불렀는데도 반응이 없고, 코에 손을 가져다 댔는데 호흡이 느껴지지 않았어. 그때는 정말 손이 너무 떨려서 전화기 버튼조차 제대로 누를 수 없더라고. 그래서 어쩔 수 없이 네 방과 연결된 벽을 다급하게 두드린 거야……."

보아하니 미시즈 지는 좀 전에 일어난 사건의 전후 상황을 설명하며 그 일의 책임이 자신에게 없다는 것을 알려주고 싶은 듯했다.

"네, 이제 안심하세요……."

나는 가볍게 한마디만 하고 더는 아무것도 묻지 않았다.

···

다음 날 아침, 두 사람의 혈압과 심장 박동을 체크해보니 둘 다 혈압이 약간 높고, 심장 박동수도 평소보다 좀 더 빠르게 나타났다. 게다가 어제 일 때문인지 두 사람 모두 조식을 먹으러 갈 생각이 없다고 했다. 나는 두 사람이 서로의 얼굴을 보기 민망해하는 것 같아 어쩔 수 없이 각자의 방으로 조식을 따로 주문해 넣어주었다.

이런 상황에서 여행을 계속 하는 것도 서로에게 고역일 것 같아 각자 식사하는 틈을 타서 아래층으로 내려가 신신 언니에게 전화를 했다. 어제 일어난 사건을 그대로 전하면 신신 언니의 입장도 난처해질 게 뻔했다. 그래서 어쩔 수 없이 두 분이 체력적으로 너무 힘들어하시고 혈압도 불안정하니 일정을 당겨 베이징으로 돌아가는 게 낫겠다고 운을 떼었다. 신신 언니 역시 두 사람의 건강이 우선이라고 생각한 듯 더는 욕심을 부리지 않았다. 나는 두 사람에게 이런 결정을 전했고, 두 사람 모두 흔쾌히 동의하면서 이번 여행은 그렇게 마무리되고 말았다. 보아하니 두 사람 역시 더는 여행을 계속할 마음이 없었던 듯했다.

짐을 챙겨 기차역으로 가려면 어차피 서로 얼굴을 다시 봐야 했다. 미시즈 지가 할아버지 방으로 들어가 자신의 옷과 소지품을 챙길 때 할아버지는 차마 눈을 마주치지 못한 채 말없이 그녀를 도와주었다. 하지만 그녀는 그저 짐만 챙길 뿐 한순간도 할아버지에게 시선을 주지 않았다. 방 안에 미묘한 공기가 흘렀지만 다시 예상치 못한 문제가 생길까 두려워 차마 끼어들 엄두도 나지 않았다. 하늘이 도왔는지 열차에는 빈자리가 많지 않아 세 명의 자리가 3열에 걸쳐 각각 따로 떨어져 있었다. 두 사람이 나란히 앉아 아무 말 없이 가는 민망한 상황은 간신히 모면한 셈이었다. 가는 동안 두 사람을 따로 챙기는 수고를 해야 했지만 아무 탈 없이 베이징에 도착한 것만으로도 감사할 노릇이었다.

기차역을 나서자 미시즈 지가 택시를 잡으며 먼저 가겠다고 인사했다. 나 역시 지난번처럼 할아버지 집에 가서 저녁 식사라도 하고 가시라고 붙잡지 못한 채 그녀가 차에 타는 모습을 지켜봐야 했다. 샤오 할아버지가 얼른 택시 창문 앞까지 다가가서 손을 흔들며 그녀를 보냈다. 얼굴에 미안한 마음이 고스란히 드러나 있었다.

또 다른 택시를 기다릴 때 샤오 할아버지가 나에게 다가와 갑자기 나지막한 목소리로 부탁을 해왔다.

"신신한테는 지난에서 잘 지내다 왔다고 말하렴. 알겠지?"

고개를 끄덕이며 돌아본 그의 무표정한 얼굴 위로 낯부끄러워하는 기색이 스쳐 지나갔다.

그날 집에 도착한 뒤 얼마 지나지 않아 신신 언니가 찾아왔다. 평소 샤오 할아버지는 딸이 오면 방 안에 점잖게 앉아 인사를 하러 들어올 때까지 기다렸다. 그런데 이번만큼은 평소와 달리 벨이 울리자마자 먼저 나가서 문을 열고는 묻지도 않은 말을 먼저 들려주었다.

"이번 지난 여행은 아주 잘 다녀왔단다. 미시즈 지가 예전에 거길 가본 적도 있고 해서 일정을 좀 당겨 돌아온 거지!"

신신 언니가 웃으며 대답했다.

"잘 다녀오셨으면 됐어요. 샤오양이 두 분 혈압이 좀 높았다고 해서 걱정했는데 괜찮아 보여서 다행이에요."

샤오 할아버지가 의미심장한 눈빛으로 나를 힐끗 쳐다보았다.

"이제 안정이 돼서 아무 문제 없단다."

이번 여행 일정을 앞당겨 돌아온 이유가 여전히 석연치 않은지 식사를 마친 뒤 신신 언니가 내 방을 찾아와 조용히 물었다.

"샤오양, 다른 일은 없었던 거 맞지?"

나는 딸을 생각하는 샤오 할아버지의 마음을 모르지 않았다. 할아버지는 지난밤에 있었던 일로 딸이 걱정하길 원하지 않았다. 그래서 나역시 할아버지의 부탁대로 아무 일 없었다고 웃으며 말해주었다.

"그럼요. 아무 문제 없었어요."

"두 분이 함께 주무시기는 했어?"

신신 언니가 가장 궁금한 부분을 직접적으로 물어보았다.

나는 다시 고개를 끄덕였다.

"물론이죠."

"그럼 됐네!"

신신 언니가 그제야 안심이 되는 듯 기뻐하며 손뼉을 쳤다.

"드디어 성공했어! 샤오양, 네가 일등공신이야."

나는 행여나 불안한 마음을 들키기라도 할까 봐 두려워 얼른 돌아서며 탁자 위에 있는 물건을 정리하는 척했다.

"잠깐만 기다려봐!"

그녀가 들뜬 기분으로 방을 나서더니 얼마 후 숄을 들고 뛰어 들어왔다.

"그저께 남편이 사 준 숄인데 받아! 큰 공을 세웠으니 답례를 해야지. 내가 주는 상이라고 생각해."

나는 당황하며 얼른 그녀의 손을 밀어냈다.

"이걸 제가 어떻게 받아요? 아저씨가 언니한테 선물로 사준 건데……. 받을 수 없어요."

"바보 같은 소리. 그 사람이 나한테 줬으니 이젠 내 거잖아. 내가 내물건을 너한테 주는데 무슨 그런 소리를 해? 봐봐, 진짜 실크야. 어깨에 걸치면 엄청 예쁘고 고급스러워 보일걸? 자, 어떻게 하는 건지 내가가르쳐줄게."

그녀는 숄을 다짜고짜 내 어깨에 걸쳤다. 그 순간 양심의 가책이 느껴졌다. 샤오 할아버지와 함께 딸을 속이는 마당에 이런 선물까지 받는다는 건…….

...

그날 기차역 앞에서 헤어진 미시즈 지는 더 이상 집에 찾아오지 않았고, 전화조차 없었다. 샤오 할아버지는 아침 식사가 끝나도 예전처럼 그녀를 기다리지 않았고, 공원으로 산책을 나가던 일상으로 다시 돌아왔다. 아무래도 샤오 할아버지는 지난에서의 일을 겪은 뒤 결혼 얘기가 물 건너갔다고 느끼는 듯 보였다. 사실 샤오 할아버지는 가정을 다시 꾸리고 싶은 마음이 간절했고, 자신이 딸 내외 없이도 재혼해서 잘 살고 있다는 것을 보여주고 싶어 했다. 자식들을 걱정시키고 짐스러운 존재가 되고 싶지 않은 부모의 마음이었다. 하지만 그런 바람은 이번 여행을 끝으로 물거품이 되고 말았다. 할아버지는 이 일로 충격을 받았을 테고, 심리적 좌절감이 몸 구석구석에 흔적을 남길 가능성도 컸다. 하지만 이미 엎질러진 물을 다시 주워 담을 수 없는 노릇이었다. 내가 할 수 있는 일은 할아버지의 기분이 좋아지도록 좀 더 세심하게 보살펴드리고, 입맛을 잃지 않도록 식사에 더 신경 쓰고, 공원으로 산책하러 갈 때 말동무가 되어드리고, 할아버지가 좋아하는 얼후(二胡) 독주곡을 틀어드리는 것뿐이었다.

그사이 신신 언니의 출국 날짜가 점점 다가왔다. 신신 언니는 출국 준비를 하느라 정신없이 바쁜 와중에도 아버지와 미시즈 지의 일을 잊지 않고 신경 썼다. 어느 날 저녁 식사 시간이 지난 뒤 그녀가 집에 와서 나를 보자마자 물었다.

"샤오양, 아주머니가 요 며칠 여기서 지내셨니?"

당시 나는 무슨 말인지 의아해하다 이내 그녀에게 했던 거짓말이 떠올랐다. 그제야 나는 정신을 차리고 얼른 적당히 둘러댔다.

"요 며칠 집에 중요한 일이 생겨서 못 온다고 하셨어요. 아마 며칠 뒤에나 오실 거 같아요."

거실에 앉아 있는 샤오 할아버지 쪽을 힐끗 돌아보니 나만 눈치챌 수 있을 정도로 아주 살짝 고개를 끄덕이는 게 보였다.

신신 언니가 아쉬운 표정을 감추지 못하며 샤오 할아버지를 불렀다.

"아빠, 아주머니와 언약식 같은 거라도 하는 게 좋지 않을까요? 미국으로 가기 전에 언약식이라도 보고 가야 제가 안심이 될 것 같아서 그래요, 네?"

샤오 할아버지는 전혀 예상치 못한 제안에 잠시 멈칫하다 짐짓 아무렇지 않은 듯 대답했다.

"이 나이에 주책없게 언약식은 해서 뭐 하게? 나이 들어 재혼하는 게 무슨 자랑거리도 아니고. 이 좁은 동네에서 괜히 사람들 입에 오르내리고 싶지 않구나."

신신 언니가 계속해서 설득했다.

"간소하게 하면 되죠. 최소한 아주머니 쪽 자식들과 식사 자리는 한 번 마련해야 하지 않겠어요? 그래야 두 분의 새로운 출발을 축복하고, 두 집안이 한 가족이 되는 시간을 가질 수 있잖아요. 떠나는 제 마음도 조금은 안심이 되고요."

"그럼…… 한번 생각해보마……."

누가 들어도 일리 있는 말이었기에 계속 강하게 거부하면 의심을 살 가능성이 컸다. 내 짐작에 샤오 할아버지도 이 점을 모르지 않았기에 일단 수긍하는 반응을 보인 듯했다.

"그럼 결정 나면 알려주세요. 하실 생각이 있으시면 나머지는 제가 다 알아서 처리할게요."

신신 언니는 그 말을 한 뒤 흡족한 표정으로 자기 집으로 돌아갔다.

신신 언니가 가고 나자 샤오 할아버지는 거실에서 꼼짝도 하지 않은 채 타들어가는 속을 차로 달랬다. 이 난국을 어떻게 헤쳐나가야 할지 불안하고 초조한 건 나 역시 마찬가지였다. 게다가 할아버지의 건강도 걱정이었다. 저렇게 스트레스를 받으면 건강에도 안 좋은데, 어쩌지? 신신 언니에게 사실대로 다 말할까? 그럼 할아버지 체면이 말이 아니게 되고, 신신 언니도 마음의 짐을 안은 채 출국해야 하잖아? 게다가 사위가 할아버지를 또 어떻게 생각하겠어? 부녀의 애틋한 마음을 모르지 않으니 도와주고는 싶은데, 내가 할 수 있는 게 하나도 없네. 샤오 할아버지는 한 시간이 넘도록 소파에 앉아 있다가 갑자기 나를 불렀다.

"샤오양, 이리 좀 와보렴."

나는 얼른 곁으로 가서 다음 말을 기다렸다. 그가 침을 꿀꺽 삼키며 살짝 난처한 표정으로 어렵게 입을 열었다.

"샤오양, 네가 미시즈 지한테 한번 갔다 와야겠다."

나는 그를 빤히 바라보며 다음 말을 기다렸다. 아주머니를 만나서 어떻게 하라는 거지?

"가서 날 좀 도와주셔야 할 것 같다고 전하렴. 신신이 안심하고 미국에 가려면 그 사람과 연극을 좀 해야 할 듯싶어."

"아, 어떻게 도와달라고 말해야 할까요?"

"아들과 함께 우리 집에 와서 식사를 한번 해달라고 부탁하렴. 그저 식사 한 끼일 뿐이고, 자식들이 그 자리를 어떻게 받아들이든 그건 나중 문제겠지. 일단 그렇게라도 연극을 해달라고 부탁해보자꾸나."

사실 내 생각에 이 의외의 작전은 성공 가능성이 그다지 커 보이지 않았다. 미시즈 지가 과연 이런 부탁을 들어줄까?

"샤오양, 네가 우리 집에 온 지도 꽤 됐으니 이 집안 상황을 잘 알고 있을 거다. 나는 창성이 썩 마음에 들지 않고, 창성도 나에게 늘 불만이 있단다. 좀 더 심하게 말하면 증오라고도 표현할 수 있겠지. 사실 내가 두 사람의 결혼을 반대했고, 이후에도 계속 못마땅해하며 사사건건 부딪혔으니 나를 멀리하고 싶은 마음이 컸을 거다. 이번에 유학을 결심하게 된 것도 나에 대한 불만이 한몫했을 테지. 신신이 남편을 따라가는 걸 탓할 수 없고, 나 역시 그래야 한다고 생각하고 있단다. 그 아이가 남편을 사랑하고 둘이 함께 가정을 이루며 사는 이상 같이 가는 게 결혼 생활에 도움이 될 테지. 그래서 말인데 나는 그 아이들한테 더는 마음의 짐을 얹어주고 싶지 않아. 그렇게 해주지 않으면 미국에 가서도 창성은 내 그늘에서 벗어나지 못한 채 날 원망할 거고, 그럼 신신도 행복할 수 없겠지. 그러니 신신과 창성의 결혼 생활이 행복할 수 있도록 도와주고 싶구나. 내 마음을 이해할 수 있겠니?"

나는 고개를 끄덕였다. 나의 부모님 역시 나와 뤼이웨이의 교제를 반대했기 때문에 나 또한 그 마음을 충분히 이해할 수 있었다. 부모님은 뤼이웨이의 이기적인 면 때문에 딸이 고생만 하며 살까 봐 그를 탐탁지 않게 여겼다. 뤼이웨이도 그런 마음을 모르지 않기에 가끔 부모님에 대한 불만을 드러냈지만 내가 눈을 부릅뜨면 눈치를 보느라 더는 선을 넘지 못했다. 이 점이 바로 신신 언니와 나의 차이였다. 신신 언니는 남편의 말과 행동을 제지할 수 있을 만큼 주도권을 쥐고 있지 못했다.

이튿날 아침 식사를 마친 뒤 미시즈 지에게 전화를 걸어 일간 찾아뵙고 싶다고 말했고, 그녀는 당황한 듯 살짝 주저했지만 그동안 도움을 받았던 정을 생각해 차마 거절하지 못했다.

오전 10시경에 나는 그녀가 알려준 주소로 찾아갔다. 그녀의 집은 샤오 할아버지의 집과 거의 비슷한 평수였다. 다만 한 가지 차이점이 있다면 가구며 물건들이 있어야 할 자리에 딱딱 있고, 먼지 한 톨 허락하지 않을 것처럼 광이 날 정도로 반들거린다는 것이었다. 미시즈 지가 차를 따라주며 물었다.

"샤오양도 알 거야. 나와 선생님은 같이 살기 힘들다는 걸. 근데 오늘 무슨 일로 날 찾아왔을까?"

나는 샤오 할아버지가 부탁한 일에 관해 어렵게 말을 꺼냈다. 미시즈 지는 이 황당한 부탁에 주저하며 한동안 아무 말도 하지 못했다. 역시 너무 무리한 부탁이었어. 내가 속으로 이런 생각을 하고 있을 때 미시즈 지가 말문을 열었다.

156

"아들까지 데려가서 그런 연극을 하는 건 말도 안 되는 일이야. 내 아들을 그런 불편한 상황에 끼워 넣고 싶지 않고, 아들도 싫다고 할 게 뻔하거든. 그리고 그런 식사 자리는 특히나 진실이 잘 드러나기 마련이 야. 나는 가족들 앞에서 자연스럽게 거짓말을 할 만큼 뻔뻔하지 못하거든. 하지만 선생님 마음을 이해 못 하는 것도 아니니 모르는 체할 수야 없지. 그래서 생각해봤는데, 그렇게 들통 날 뻔한 연극을 하느니 차라리 우리 세 사람이 뤄양으로 다시 여행을 가는 건 어떻겠니? 지금 거기서 모란문화제가 열리고 있다니까 나도 겸사겸사 구경도 하고 좋지 뭐. 대신 이번 여행비는 각자 내는 걸로 하고, 그 집 딸한테는 우리가 동거 기념으로 여행을 가기로 했다고 전해. 어차피 동거나 결혼이나 그게 그 거고, 이미 두 번이나 함께 여행도 갔다 왔으니 한 번 더 간다고 해서 대수로울 것도 없겠지. 다른 사람들이 뭐라고 쑤군거리든 지금 그게 중요한 게 아니잖아? 선생님 딸이 안심하고 미국으로 떠나 잘 살면 되는 거지."

나 역시 그편이 훨씬 낫다고 생각했고, 집으로 돌아가 할아버지에게 그대로 전했다. 할아버지도 마음에 들었는지 고개를 끄덕였다.

"그러는 게 낫겠구나. 그렇게 하면 거짓말이 들통날 일도 없겠지. 미시즈 지가 정말 큰 결심을 해주었어."

그 후 나는 할아버지가 시키는 대로 신신 언니에게 전화를 걸어 집에서 언약식을 하는 대신에 뤄양으로 결혼 여행을 떠나기로 했다고 전했다. 신신 언니는 전화를 끊자마자 차를 몰고 집에 들러 그 소식을 직접 확인까지 하며 기뻐했다.

"돈 걱정은 마시고 두 분 하고 싶은 대로 하세요. 제가 샤오양한테 부족함 없이 준비하도록 잘 부탁해놓을게요."

신신 언니는 나를 불러 여행에 앞서 준비할 것들을 알려주었다.

"샤오양, 필요한 약 잘 챙기고, 교통편이랑 호텔, 음식 모두 최고급으로 준비해서 두 분이 평생 잊지 못할 시간을 보낼 수 있도록 네가 잘 보살펴드려."

신신 언니가 안심하고 출국할 수 있도록 우리 세 사람은 그녀가 미국으로 떠나기 전날에 맞춰 여행 일정을 잡았다. 이미 두 번이나 여행을 다녔던 경험 덕에 나는 일사천리로 기차표와 호텔을 예약하고 짐을 쌌다. 떠나기 전날 밤에 신신 언니 내외가 식사를 하러 왔다.

그날 창성 아저씨는 이사를 한 뒤 처음으로 이 집 문턱을 밟았다. 물론 이번에도 억지로 끌려온 티가 역력했다. 장인에게 가볍게 목인사만 하고 준비해 온 선물을 건넨 뒤 소파 옆에 있는 잡지와 신문을 뒤적거리며 아무 말 없이 앉아 있었다. 신신 언니는 집 안에 흐르는 어색한 기류를 어떻게든 없애보려고 마늘 두 개를 남편 손에 밀어 넣었다.

"이거나 까요."

신신 언니가 남편을 바라보는 눈빛 속에는 사랑이 가득했다. 이날 캐주얼한 옷차림을 한 창성 아저씨는 키가 크고 체격이 좋아서인지 평소보다 훨씬 멋져 보였다. 하지만 솔직히 말해서 난 그의 눈이 마음에 들지 않았다. 늘 실눈을 뜨고 염탐하는 눈빛으로 상대방을 불편하게 만들었다. 문득 이런 생각이 들었다. 이것도 일종의 직업병인가? 변호사 일을 오래 하다 보니 범죄 용의자를 만나 죄를 추궁하는 일이 비일비재했을 테고, 그래서 저런 눈빛으로 사람을 보는 습관이 생긴 건가?

나는 신신 언니가 미리 일러둔 대로 몇 가지 요리와 드라이 와인을 한 병 준비했다. 이날 두 사람이 작별 인사를 하러 왔다는 것을 배려해 나는 식사 준비를 마친 뒤 주방에서 나와 있었다. 분위기를 띄우기 위해서인지 신신 언니의 목소리가 유난히 크고 들떠 있었다.

"아빠, 오늘 제가 얼마나 기쁜지 아세요? 이제 아빠를 챙겨줄 분이 옆에 계시고, 남편도 그렇게 가고 싶어 했던 미국 유학을 가게 됐잖아요. 제가 가장 사랑하는 두 사람이 원하는 바를 다 이뤘으니 날아갈 것처럼 기분이 좋아요! 자, 제가 따라드리는 술 한잔 받으세요……."

그날 저녁 식사를 하는 내내 창성 아저씨는 침묵을 지켰다. 내가 기억하기로는 샤오 할아버지에게 술을 한 잔 따르며 "장인어른, 결혼 축하드립니다"라고 했던 말이 전부였다. 평소에 샤오 할아버지는 사위와 식탁에 마주 앉아 있을 때면 말을 거의 하지 않았다. 그런데 이번만큼은 예전과 달랐다.

"이번에 뉴욕에 가면 새로운 환경에 적응하느라 많이 힘들 텐데 걱정이구나. 좋은 일만 생각하며 사는 것도 좋겠지만 매일이 화창한 날씨일 수는 없겠지. 타지에서 살다 보면 힘들고 억울한 일도 생길 수 있으니 마음 단단히 먹어야 한다. 특히 언어도 안 통하니 신신이 걱정이구나. 자네야 문제없다지만 신신은 간단하게 의사소통이나 하는 수준이라 가서도 인내심을 가지고 공부를 많이 해야 할 거야. 신신 너는 평소에도 인내심이 부족해 아비가 걱정이 많았어. 이제 둘만 떨어져 타지에서 사는 거니까 너 스스로 그런 단점을 극복하려고 노력해야 할 거야.

그리고 안전 문제에도 신경 쓰고! 미국은 총기 소지가 허용되는 나라라 거의 모든 집에 총이 있다고 하더구나. 가끔 뉴스에 보면 학교나 도시에서 총격전이 벌어져서 사람이 죽기도 하던데. 너희도 밤에는 나

다니지 말고, 총기 사고가 자주 나는 곳에는 될수록 가지 않도록 하렴.

한 가지만 더 당부하자면, 서로에게 힘이 되어줘야 해. 무슨 문제가 생기면 항상 서로 의논해서 결정하고, 여기서 도울 일이 있으면 꼭 전화하고. 신신은 일할 때 조바심치는 버릇 좀 고치고, 거기서는 다른 사람과 말할 때 목소리를 낮추고 부드럽게 소통하는 법을 배우도록 해. 넌 남편 유학을 도와주기 위해 가는 거니까 창성이 집안일에 신경 안 쓰고 공부에 전념할 수 있도록 내조 잘하고⋯⋯."

나는 주방 밖에서 이런 이야기를 들으며 마음이 짠해졌다. 사실 이런 건 엄마가 딸에게 해줘야 하는 말이었으니까.

•••

다음 날 오후에 나는 샤오 할아버지와 미시즈 지와 함께 뤄양에 도착했다. 사실 이번 여행은 목적이 확실하고 서로의 관계도 어느 정도 선이 그어져 있다 보니 예전보다 임무를 수행하기가 훨씬 수월했다. 우리는 방을 세 개 예약했고, 다들 신경전을 벌이느라 고민하거나 서로 맞지 않는 부분 때문에 힘들어할 필요조차 없었다. 미시즈 지는 이번 여행에 드는 돈을 각자 부담하자고 했지만, 부탁하는 입장에서 볼 때 그건 말도 안 되었다. 나는 신신 언니가 이미 인터넷으로 예약하면서 모든 여행 경비를 지불했다고 속여 이 문제를 은근슬쩍 넘겼다.

우리는 호텔에 도착해 잠시 휴식을 취하고 미시즈 지가 얘기했던 모란꽃을 보러 가기로 했다.

나는 태어나서 처음 뤄양에 온 터라 모란을 보러 어디로 가야 할지 안내데스크에 물어봐야 했다. 그런데 그때 샤오 할아버지가 뜻밖의 구세주가 되어주었다.

"예전에 한 번 와본 적이 있으니 오늘은 내가 가이드를 하지."

그는 택시 기사에게 왕청 공원으로 곧장 가달라고 했다. 공원에 들어서는 순간 나는 내 눈을 의심할 수밖에 없었다. 세상에! 이건 그야말로 모란꽃 바다잖아! 붉은색, 하얀색, 분홍색, 노란색, 초록색, 보라색, 파란색, 자주색, 하늘색, 주황색 꽃이 사방에 가득하고, 크고 탐스러운 다양한 품종이 저마다 화려함과 아름다움을 뽐내며 시선을 빼앗았다. 이렇게 아름답고 많은 모란꽃은 정말이지 태어나서 처음이었다. 흥분되는 마음에 나도 모르게 어린아이처럼 소리를 지르며 발을 동동 구를 뻔했지만 다행히 남아 있는 이성이 내 본분을 일깨워주었다. 나에게는 두 사람의 표정과 안색을 계속해서 살피며 이번 여행을 무사히 마쳐야 할 책임이 있었다. 간호학과 수업 시간에 교수님께서 노인들은 아름다운 경치를 보면 너무 기분이 좋아져 자칫 심장에 무리가 갈 수 있다고 하신 말씀도 나의 불안증을 키우는 데 한몫했다. 다행히 두 사람은 별문제가 없어 보였다. 샤오 할아버지는 별말 없이 꽃을 감상했고, 미시즈 지는 휴대전화를 들고 모란꽃을 카메라에 담기도 하고, 간혹 맘에 드는 꽃이 보이면 그 앞에 서서 나에게 사진을 찍어달라고 부탁했다. 미시즈 지의 기분이 무척 좋아 보이자 할아버지도 조금은 용기를 내 그녀에게 다가가 모란에 대한 이야기를 해주었다. 사실 할아버지는 자신을 도와준 미시즈 지에게 고마운 마음이 컸다. 그래서 그녀가 좋은 시간을 보내도록 배려해주고 싶었던 것이다.

"뤄양은 모란이 자라기에 가장 좋은 풍토를 가지고 있어 세계적으로 이곳의 모란을 따라올 곳이 없다고 하더군요. 게다가 모란꽃은 다른 꽃에 비해 화려하고 탐스러워서 부귀영화를 상징하는 꽃으로 불리기도 하죠."

미시즈 지는 이곳에 오기 전까지 할아버지와 내외하며 말도 별로 하지 않고 거리를 두었다. 그랬던 그녀가 할아버지가 먼저 말을 걸자 미소를 지으며 조금은 편하게 대하기 시작했다.

"그래서 당나라 시인 유우석도 이런 시를 남겼다죠. '정원에 핀 작약 꽃은 아름답지만 격조가 없고, 물 위에 핀 연꽃은 단아하나 열정이 없고, 오로지 모란꽃만이 진정한 경국지색의 아름다움을 뽐내니, 꽃이 피면 경성이 그 아름다움에 온통 빠져들겠구나.' 이번 생에 뤄양의 모란 꽃을 보러 오지 않았다면 정말 죽을 때까지 후회했을 거 같아요."

그 순간 두 사람 사이가 꽤 자연스럽고 다정해 보였다. 문득 남들이 보면 부부 사이로 착각하지 않을까 싶기도 했다. 샤오 할아버지는 미시즈 지와 재혼해 가정을 꾸리고 싶은 마음을 정말로 품고 있었다. 물론 미시즈 지도 처음에는 그럴 마음이 있었다. 하지만 그들의 사이를 가로막은 결정적인 사건이 지난에서 일어나고 말았다. 사실 따지고 보면 그때 그 일은 어쩌다 일어난 사고였고, 다음번에 성공할 가능성이 아예 없는 것도 아니었다. 내가 다시 한 번 노력해서 두 사람을 위해 기회를 만들어봐야 할까? 만약 두 사람이 그 일에 성공만 하면 나머지는 그냥 해피엔딩 아니겠어? 두 사람이 서로를 아끼고 보살피며 말년을 보낼 테니 신신 언니도 안심이 될 거고, 나 역시 거짓말을 했다는 죄책감에서 벗어나 이번 여행을 진짜 신혼여행으로 만들어버릴 수 있을 거야. 근데 어떻게 일을 꾸며야 하지?

이런저런 아이디어를 떠올려봤지만 마땅한 게 없었다. 살아온 경험이 풍부한 노인을 상대로 어설프게 시도했다가 들통이 나면 안 하느니만 못한 결과를 낳을 수 있었다.

그러다가 우리 세 사람이 왕청 공원 입구를 나서려 할 때 우연히 마주친 수상한 남자를 보며 기발한 생각이 하나 떠올랐다.

그때는 황혼 무렵이라 꽃구경을 하던 관람객들이 끊임없이 공원 문을 나서고 있었다. 나도 두 사람을 따라 공원을 나서는데 구부정한 모습의 중년 남자가 나를 가로막고 섰다. 내가 얼른 피해서 길을 가려 하자 뜻밖에도 그가 들릴 듯 말 듯한 목소리로 말을 걸었다.

"아가씨, 내가 아가씨 부모님을 오래 살게 해줄까?"

그가 이 말을 하며 손가락으로 샤오 할아버지와 미시즈 지의 뒷모습을 가리켰다. 보아하니 나를 두 사람의 딸로 착각한 듯했다.

나는 굳이 부정하지 않은 채 태연하게 물었다.

"어떻게요?"

"나한테 조상 대대로 내려오는 비방이 하나 있거든. 그 비방을 쓰기만 하면 수명을 10년은 더 연장할 수 있어. 물론 이 비방은 사람마다 딱 한 번밖에 쓸 수 없어. 다시 한 번 쓰는 순간 독약으로 변하지."

"그래요? 그게 뭔데요?"

나는 그가 사기꾼이라는 사실을 다 알면서도 속는 척 물었다.

"바로 이거야!"

그가 마술이라도 부리듯 등에 짊어진 가방에서 유리병 두 개를 눈 깜짝할 사이에 꺼내 들었다. 힐끗 보니 한 병에는 검은색 모란꽃 잎이 들어 있고, 다른 한 병에는 불투명한 액체가 담겨 있었다.

"봤지? 이 병에 담긴 건 내가 태양이 뜨기 전에 10년생 검은 모란에서 딴 잎이고, 이건 보라색 모란 뿌리의 껍질, 그러니까 한의학에서 말하는 단피(單皮)를 달여서 만든 황주야. 이 검은 모란의 꽃잎을 으깨서 단피 황주 안에 넣고 세 시간 안에 그걸 온몸에 발라 마사지해주면 한 번 사용으로 10년을 더 살 수 있게 되는 거지!"

"그래요? 굉장하네요."

나는 코웃음을 쳤다. 이미 길을 건너간 할아버지와 미시즈 지는 내가 모르는 남자와 얘기를 나누고 있자 의아한 표정으로 내 쪽을 바라보고 있었다.

"아가씨가 내 말을 못 믿나 보네. 그럼 이렇게 하지! 이 약을 먹었을 때 일어나는 신체적 변화는 지금 당장 쉽게 알려줄 수 없으니, 일단 확실한 증거를 알려주지. 1972년에 간쑤성 우웨이 바이수에서 동한 초기에 만들어진 무덤을 발견했는데 거기서 의학적 지식이 쓰인 죽간이 하나 나왔어. 바로 그 안에 모란을 이용해 어혈증을 치료하는 처방이 나와. 자, 여기! 이게 바로 당시 신문에 난 기사야."

그가 한 손으로 병을 품에 끌어안으며 다른 한 손으로 배낭에서 옛날 신문을 꺼내 보여주었다. 나는 그의 허풍을 더 듣고 싶지 않아 두 사람이 있는 곳으로 발길을 돌렸다. 그런데 바로 그 순간 내 머릿속에서 두 사람을 다시 가깝게 만들 수 있는 기막힌 방법이 전광석화처럼 스치고 지나갔다.

"그래서 이 두 병을 얼마에 파는데요?"

"못 줘도 200위안!"

그가 흥정의 여지를 주지 않으며 단호하게 대답했다.

"그 아래로는 못 팔아! 이것도 부모님을 생각하는 아가씨 효심을 봐서 특별히 싸게 주는 거야."

나는 더는 상대하고 싶지 않아 신신 언니가 이번 여행에 쓰라고 준 돈에서 200위안을 눈 딱 감고 꺼내 그의 손에 쥐여주고 병 두 개를 얼른 받아들었다. 유리병을 들고 길을 건너가자 두 사람이 궁금한 표정으로 물었다.

"무슨 좋은 물건이라도 샀어?"

"신비의 묘약이요!"

나는 짐짓 비밀스러운 표정을 지으며 호텔에 가서 자세히 말해주겠다고만 했다.

호텔에서 저녁 식사를 하는 자리에 앉고 나서야 나는 양념을 좀 더 쳐서 아까 만났던 사기꾼의 말을 그럴싸하게 포장해 두 사람을 현혹했다. 두 사람은 병에 든 약을 온몸에 바르고 마사지하는 것만으로 10년을 더 살 수 있다는 말에 흥미를 느끼며 호기심을 드러냈다.

"세상에, 정말 그런 게 있다고?"

하지만 그것도 잠시일 뿐, 샤오 할아버지가 말도 안 되는 이야기라면서 타박을 놓았다.

"그걸 믿어? 그런 약이 정말 있으면 노벨상을 타고도 남았지."

나는 내 계획이 허무하게 물거품이 될까 봐 얼른 반박했다.

"우리 주변에는 강호의 숨은 고수들이 있기 마련인걸요. 믿지 않아도 상관없지만 너무 세상의 잣대로 의심만 하다 좋은 기회를 놓칠 수도 있잖아요."

"맞아! 현대 의학이 해내지 못한 일을 전통 의학이 해내기도 했는걸!"

미시즈 지가 내 말에 힘을 실어주었다.

"그 사람이 그러는데 이 약을 하나로 섞어서 세 시간 안에 사용하면 된대요. 그리고 약을 몸에 바를 때 꼭 남녀가 서로의 몸을 마사지해야 효과가 나타난다고 했어요."

물론 뒤에 덧붙인 말은 두 사람을 좀 더 가깝게 만들기 위해 내가 지어낸 말이었다. 하지만 이것이야말로 이번 작전의 핵심이자, 내가 이 작전을 생각해낸 이유이기도 했다.

이 말이 끝난 뒤 우리 세 사람 사이에 묘한 침묵이 흘렀다. 당시만 해도 나는 이 작전이 반드시 성공할 거라고 확신했다.

저녁 식사를 마치고 방으로 돌아가는 길에 나는 아예 더 직접적으로 말을 꺼냈다.

"두 분이서 샤워하고 나서 약을 한데 섞어 상대방 몸에 바르고 마사지를 해주세요. 한번 해본다고 큰일 나는 것도 아니잖아요. 그 사람 말대로 가만히 앉아서 10년을 버는 셈인데 안 할 이유가 없죠!"

누구도 동의나 반박을 하지 않은 채 침묵만이 흘렀다. 그렇다면 이것은 암묵적 동의였다.

나는 샤오 할아버지가 샤워를 마치자마자 혈압과 심박수를 체크한 뒤 미리 만들어둔 신비의 묘약을 탁자 위에 올려놨다. 그러자 그가 아무 말 없이 그걸 들고 미시즈 지의 방으로 향했다. 미시즈 지는 노크 소리가 들리자 문을 열었고, 할아버지가 안으로 들어올 수 있도록 비켜섰다. 그 모습을 지켜보며 나는 이런 꼼수를 생각해낸 나 자신이 대견하고 뿌듯한 기분이 들었다.

나는 방으로 돌아가 손목시계의 바늘이 움직이는 것을 바라보며 옆방의 움직임에 촉각을 곤두세웠다. 세 시간이 지나갔는데도 샤오 할아버지는 미시즈 지의 방에서 나오지 않았다. 나는 쾌재를 부르면서도 방심은 금물이라는 생각으로 여전히 옷을 입은 채 침대에 누워 혹시나 모를 응급 상황에 대비했다. 그러다 밤이 깊어질수록 자꾸 감기는 눈꺼풀의 무게를 이기지 못한 채 어느새 깊은 잠에 빠져들고 말았다. 다시 눈을 떴을 때는 이미 날이 밝은 뒤였다. 나는 정신이 번쩍 들자마자 침대에서 총알처럼 튀어나가 문밖으로 나갔다. 일단 샤오 할아버지의 상태가 어떤지부터 확인해야 했다.

할아버지의 방문을 노크했지만 아무런 반응이 없자 내 심장이 덜컥하고 내려앉았다. 설마 무슨 일이 생긴 건 아니겠지? 문 앞에서 잔뜩 긴장한 채 서 있을 때 미시즈 지의 방문이 열리면서 잠옷 차림의 할아버지가 느긋하게 걸어 나오는 모습이 눈에 들어왔다.

"할아버지, 아침 혈압이랑 혈당 체크하려고 기다리고 있었어요."

나는 민망한 분위기를 무마해보려고 애써 설명했다.

"그래, 우선 세수부터 하고 하자꾸나."

할아버지는 하품을 하며 자기 방문을 열었다.

야호! 나는 너무 기쁜 나머지 하마터면 그 자리에서 소리를 지르며 팔짝팔짝 뛸 뻔했다. 남녀가 한 방에서 밤을 보냈다면 내 작전이 성공한 거 맞겠지? 이제야 날 믿어준 신신 언니에게 떳떳할 수 있게 됐어! 신신 언니도 그동안 쓴 돈이 아깝지 않을 거고. 나도 월급 주는 사람을 속이는 거 같아 마음이 편치 않았는데, 이제 속이 다 후련하네!

그날 아침 식사는 유난히 맛이 좋았다. 두 사람도 평소와 다름없이 식사를 했다. 아침 식사를 마친 뒤 미시즈 지가 내 방으로 찾아왔다. 나는 어젯밤 일로 고맙다는 말을 하러 온 거라고 내심 기대하고 있었다. 하지만 끝내 듣고 싶지 않았던 말이 들려왔다.

"샤오양, 네 마음은 고맙게 생각해! 하지만 우리는 확실히 서로 맞지 않아. 이건 너만 알고 있어. 선생님은 그게 안 돼. 어제도 많이 노력했는데 결국 실패했어. 사실 남녀 사이에는 성생활도 중요한 부분이고, 난 아직 그걸 포기하고 살 생각이 없거든. 어젯밤에 선생님이 백방으로 노력하고도 끝내 안 되니까 주머니에서 뭘 꺼내서 입에 넣더라고. 그렇다고 크게 신경 쓰지는 않았어. 그때만 해도 진정제 같은 거라고 생각했거든. 그런데 좀 지나서 갑자기 몸을 잘 못 움직이면서 하늘이 빙글빙글 돈다고 하는 거야. 저번 일도 있고 해서 얼른 너를 부르려고 하는데, 선생님이 내 손을 잡아당기며 방금 비아그라를 한 알 먹어서 혈압이 떨어진 것뿐이니 걱정 말라고 하는 거야.

세상에! 그런 약까지 먹을 줄은 정말 몰랐지. 그렇게 누워 있다가 어지럼증이 가라앉기는 했지만 무슨 일이 생길까 봐 얼마나 걱정했는지 몰라. 우리가 정말 결혼했다면 매번 비아그라를 먹고 관계를 가질 수는 없지 않겠어? 그랬다가는 선생님 몸만 망가지고 말 거야. 우리 두 사람은 친구로 남을 수밖에 없을 거 같아. 그러니 앞으로는 그 문제로 너무 마음 쓰지 말았으면 해."

그 말을 듣는 내내 머릿속이 멍해져서 아무 말도 떠오르지 않았다.

• • •

그날 오전 시간은 원래 계획대로 택시를 타고 룽먼 석굴로 향했다. 차를 타고 가는 동안 나는 샤오 할아버지의 눈을 차마 쳐다볼 수 없었지만 할아버지는 평소와 다르지 않게 모든 것이 정상으로 보였다. 우리 세 사람이 차에서 내려 석굴 입구로 향할 때 내 휴대전화가 울리며 신신 언니의 이름이 떴다. 나는 얼른 전화를 받아 오늘 관광 일정에 대해 먼저 알려주었다.

"여행 일정은 네가 알아서 잘 준비했을 테니 걱정하지 않아. 우리는 지금 뉴욕행 비행기에 탔고, 좀 있으면 이륙할 거야. 샤오양, 우리가 중국에 없어도 두 분을 네가 잘 좀 챙겨드려. 두 분 다 연로하시니 작은 부분도 놓치지 말고 살펴야 해. 무슨 일 있으면 연락하고. 그 부탁을 하려고 전화한 거야. 네 월급은 지금처럼 매월 말에 통장으로 보낼 테니 걱정 말고. 내가 돌아올 때까지 잘 좀 부탁할게."

나는 그 마음을 알기에 얼른 그녀를 안심시켰다.

"여기 걱정은 마세요!"

"아주머니 좀 바꿔줄래? 내가 할 말이 좀 있거든."

나는 전화기의 송화부 부분을 막고 옆에 있는 미시즈 지에게 자그마한 소리로 말했다.

"신신 언니가 전화 좀 바꿔달라고 하는데요."

그녀의 얼굴에서 살짝 주저하는 기색이 얼핏 드러났지만 이내 손을 내밀어 전화기를 받아 들었다.

"여보세요? 잘 지냈어요?"

샤오 할아버지는 신신 언니와 미시즈 지의 통화를 엿들으며 긴장된 표정을 감추지 못했다. 아마도 미시즈 지가 전화로 말실수라도 할까 봐 조마조마한 것 같았다. 하지만 다행히 그런 상황은 일어나지 않았고, 미시즈 지는 자연스럽게 통화를 이어갔다. 나와 미시즈 지의 거리가 워낙 가깝다 보니 신신 언니의 목소리가 또렷하게 들렸다.

"두 분이서 행복하게 사시길 기도할게요!"

"고마워요. 미국까지 무사히 잘 가고, 거기서도 모든 일이 잘 풀리길 바랄게요! 잠시만요, 선생님 바꿔줄게요."

이제 전화기가 샤오 할아버지에게 넘어갔다.

"이제 여기 걱정은 하지 말고 잘 살아!"

전화기 너머로 신신 언니의 목소리가 들려왔다.

"아빠, 비행기가 곧 이륙해서 이만 끊어야 할 거 같아요. 무슨 일 생기면 언제라도 전화 주세요⋯⋯."

샤오 할아버지는 휴대전화를 나에게 건네며 긴 한숨을 내쉬었다. 드디어 이 연극을 끝냈다는 안도의 한숨이었다.

상황은 종료되었고, 우리는 그제야 협곡으로 들어가 강을 사이에 끼고 둘러쳐져 있는 룽먼산과 샹산 위로 빼곡하게 자리 잡은 석불상을 구경하러 갔다. 이곳은 북위 효문제 연간부터 시작해서 400여 년에 걸쳐 조성된 곳으로, 수많은 동굴과 불상이 자아내는 경이로운 광경은 놀라움 그 자체였다. 석조 예술에 문외한인 나조차 봉선사(奉先寺)에 들어서는 순간 그 아름다움에 말이 나오지 않을 정도로 충격을 받았다. 석굴 정중앙에 있는 대불좌상은 엄청난 크기로 우리를 압도했다. 귀의 크기만 해도 무려 1미터 9센티미터였으니까⋯⋯.

우리 세 사람은 뤄양에서 사흘 동안 머물며 관림(關林)과 백마사(白馬寺)를 구경하고, 백거이의 옛집을 둘러봤다. 나흘째 되는 날 베이징으로 돌아가는 중에 신신 언니에게 문자메시지가 왔다.

'우리는 뉴욕에 도착해서 짐 정리까지 잘 마쳤으니 걱정하지 마시라

고 전해줘. 즐거운 여행이 되길!'

나는 두 사람에게 차례로 문자메시지를 보여주었다. 두 사람 다 별말이 없었다. 어색한 침묵 속에서 나는 바로 답장을 보냈다.

'두 분 다 즐겁게 지내다 지금 돌아가는 길이에요. 미국에서 잘 지내시길 바랄게요!'

답장을 보내고 고개를 들었을 때 샤오 할아버지의 왼쪽 눈가를 타고 흘러내리는 눈물 한 방이 내 눈에 들어왔다…….

베이징으로 돌아왔을 때 미시즈 지는 내게 고쟁을 집으로 보내달라고 부탁했고, 그날 이후 그녀가 다시 할아버지 집을 찾는 일은 없었다. 재혼을 통해 새로운 가정을 꾸리려 했던 샤오 할아버지의 바람은 이렇게 일단락되었다. 할아버지를 도와드리고 싶은 마음은 간절했지만, 나 역시 어쩔 도리가 없었다. 이 안타까운 상황 앞에서 나는 그저 조용히 한숨만 내쉴 뿐이었다.

...

시간이 쏜살같이 흘러가며 눈 깜짝할 사이에 여름이 찾아왔다. 베이징의 여름은 사우나에 들어가 찜질을 하는 듯한 무더위의 연속이었고, 미세먼지까지 기승을 부려서 그야말로 숨이 턱턱 막혔다. 바람 한 점 없어 흔들림조차 없는 나무와 사방에서 울어대는 매미 소리를 듣고 있노라면 기분이 더 울적해졌다.

샤오 할아버지의 기분은 더 엉망이었다. 딸은 멀리 타국에 살고 있고 미시즈 지도 떠나갔으니 남은 것은 텅 빈 집과 외로움뿐이었다. 기분이 우울해지니 생활 리듬도 결국 무너져 내렸다. 매일 밤 소파에서 멍하니 TV를 보다 늦게 잠들었고, 아침에 깨워도 침대에서 꼼짝을 하지 않았다. 낮에는 공원에 산책하러 가는 것도 귀찮다며 그저 집에 앉아 창밖을 멍하니 바라보기만 했다. 옆에서 그 모습을 지켜보며 내 속은 점점 타들어갔다. 기분이 우울해지고 스트레스가 쌓이면 몸의 면역 기능이 떨어지고 결국 건강에 문제가 생길 수밖에 없기 때문이다. 나는 그의 기분을 좋게 만들 방법을 찾아내기 위해 고심했고, 문득 법학자가 되기 위해 관련 분야의 책을 쓰겠다고 했던 말이 떠올랐다.

"할아버지, 전에 책 쓰시겠다고 했던 말 기억하세요? 요즘 글을 통 안 쓰시는 것 같던데 그런 일은 계획했을 때 빨리 시작하는 게 좋지 않을까요? 지난번에 첫 번째 책 내용은 들려주셨는데, 두 번째 책은 어떤 내용으로 쓸지 생각해두셨어요? 언제 시작하실 거예요?"

내가 책 얘기를 꺼내자 샤오 할아버지도 잊고 있던 일이 그제야 떠오른 듯 자세를 고쳐 잡고 잠시 생각에 빠져들었다.

"두 번째 책 제목은 《여성 범죄의 동기》라고 지었어. 최근 몇 년 사이 여성 범죄자가 증가하고 있거든. 여성 범죄의 심리를 분석해 범죄율을 낮추도록 도움을 주는 데 초점을 맞출 생각이야. 예전에 접했던 여성 범죄 사례를 보면 여성 역시 돈과 권력 때문에 범죄를 저지르지만, 사실 이것보다 더 큰 비중을 차지하는 동기는 따로 있어. 대략 크게 세 가지로 나뉘는데, 첫 번째는 남자가 여자를 감정적으로 속였기 때문이야. 이럴 때 여자들은 극도의 분노에 휩싸이고 남자를 상대로 신체적 가해까지 불사하는 복수를 하는 거지. 두 번째는 가정 폭력이나 다른 방식의 유린이나 학대를 당했을 때 일어나. 여자는 목숨처럼 여기는 존엄성이 파괴되는 순간 그런 짓을 저지른 남자를 상대로 저항하거나 심지어 죽이기까지 하거든. 세 번째는 타인이 고의로 명예를 훼손했을 때야. 어떤 여성은 극도의 분노를 느끼며 복수를 결심하고, 심지어 어떤 여자는 황산을 뿌려 남자의 얼굴을 망가뜨리기도 해. 난 이 책을 상, 중, 하 세 장으로 나눠서 여성 범죄의 심리적 원인을 심층적으로 분석할 생각이야."

"글 쓸 준비는 하고 계세요?"

나는 어떻게든 이 화제 속으로 그를 끌어들일 작정이었다.

"너도 알다시피 요즘은 자료를 찾거나 글 쓸 시간을 내기 힘들었지. 미시즈 지한테 온통 정신이 팔려서 말이야. 괜히 헛짓거리하느라 책 쓸 시간만 빼앗겼구나."

화제가 다시 미시즈 지와 보낸 시간으로 돌아가자 침울한 공기가 내려앉기 시작했다.

나는 얼른 화제를 돌렸다.

"첫 번째 책은 집필 준비 다 마치셨어요?"

"그럼. 시작만 안 했을 뿐이지 준비 작업은 다 끝내놨어. 이제부터 슬슬 쓰기 시작해야지. 여자 때문에 괜히 시간과 정력을 낭비하는 일은 이제 없을 거야. 지나고 보니 참 쓸데없는 짓이었어."

그는 책에 관한 이야기를 하며 조금씩 활력을 찾아가기 시작했다.

"집필을 시작하면 하루에 보통 몇 자나 쓸 수 있을 것 같으세요?"

나는 계속해서 그쪽으로 화제를 몰고 갔다.

"적어도 하루에 3천 자는 써야겠지. 예전에 법원에서 사건 종결 보고를 할 때면 하루에 1만 자 넘게 쓸 때도 있었거든. 그때는 컴퓨터도 없어서 다들 손으로 직접 써야 하는 시절이었어."

"그 정도면 젊을 때 법원에서 달필이셨을 것 같아요."

나는 일부러 그를 추켜세우며 기분을 띄워주기 위해 애썼다. 과연 할아버지의 눈빛이 다시 살아나며 반짝이기 시작했다.

"그렇기는 했지. 법원 연말 총회나 중요한 회의가 있을 때면 법원장이 특별히 나한테 보고 자료를 정리해서 올리라고 할 정도였지. 법원 안에서 나만큼 격식에 맞춰 논리적으로 글을 쓸 수 있는 사람이 없었거든. 공식 석상에 필요한 문서는 거의 내 손을 거쳐 갔지!"

"법원 직원들이 할아버지를 부러워했을 거 같아요."

나는 그의 기억을 좀 더 그 시간에 머물게 해주고 싶었다.

"그때는 그랬지! 당시 법원 사무실 주임이 직원들을 대상으로 공문서 작성법을 강의해달라면서 금요일 오후에 특별히 시간을 마련할 정도였거든. 그때 예쁜 여자 직원들도 내 강의를 들으려고 많이 왔어."

"법원에 예쁜 여자 직원도 있었어요?"

나는 괜히 궁금한 척하며 화제를 이어갔다.

"왜? 법원에 남자 직원만 있을 리 없잖아. 그 당시 법원에도 여성 판사는 있었어. 물론 예쁘게 생긴 미혼 여성 판사도 있었지. 다들 법학과를 나온 인재들이었어."

"그분들이 아무리 예뻐도 신신 언니의 어머니만큼은 아니었나 보네요?"

나는 미시즈 지가 이 집에 오지 않기 시작하면서 다시 벽에 걸어둔 예전 가족사진을 가리키며 물었다.

"그럼. 비교가 안 될 정도였지."

그의 얼굴에 미소가 번졌다. 이 순간만큼은 미시즈 지와의 아픈 기억에서 벗어난 게 분명했다.

"강의 듣던 여자 중에서 할아버지 매력에 흠뻑 빠져서 추파를 던지거나 쫓아다닌 사람은 없었어요?"

나는 일부러 그를 웃게 하려고 이런 말을 꺼냈고, 과연 그의 웃음소리가 처음으로 집 안에 퍼져나갔다.

"에끼! 별걸 다 궁금해하는구나! 당연히 없었다고는 말 못 하지."

"그럼 있었다는 거네요?"

"지금 젊은 사람들은 이해 못 하겠지만, 그 시대에는 성에 대해 굉장히 보수적이라 일단 문제가 생기면 엄청난 대가를 치러야 했지. 그러다 보니 직장 안에서 서로 간에 선을 넘거나 규정을 어기는 경우는 거의 없었어."

"그런 거 말고 정말 할아버지를 따라다닌 여자 없었어요?"

"하하. 정 내 대답을 듣고 싶다면 있었다고 치자꾸나."

샤오 할아버지는 모처럼 호탕하게 웃었다. 그의 기분을 풀어주고자 시작된 작전은 성공리에 마무리되었다.

그때만 해도 나는 할아버지가 미시즈 지와의 관계를 완전히 끊어내고 예전으로 다시 돌아갈 거라고 생각했다. 하지만 며칠 지나지 않아 생각지도 못한 새로운 상황이 벌어졌다.

• • •

어느 금요일에 할아버지는 아침 식사를 마친 뒤 내게 그날 창핑으로 친구를 보러 갈 생각이라고 말했다. 친구를 만나는 것도 기분 전환에 도움이 되니 할아버지의 외출을 막을 이유가 전혀 없었다. 그런데 내가 택시를 불러서 함께 가겠다고 하자 할아버지가 고개를 저었다.

"택시만 좀 불러주면 되고 너는 따라나설 필요 없다. 그 친구 집에 가서 얘기 좀 나누려고 하는데 너까지 따라가면 그 집 사람들도 불편해 할 거다. 혹시 저녁 식사까지 하고 올지 모르니까 그렇게 알고 있어. 핸드폰도 있으니 무슨 일 생기면 연락하마. 창핑에도 병원이 있으니 아프면 그리로 가면 되겠지. 게다가 지금 컨디션도 좋으니까 너무 걱정할 거 없다."

일리가 있는 말이었기에 나 역시 더는 고집을 부리지 않았고, 그날 먹어야 할 약을 챙겨 드린 후 택시를 불러 배웅했다.

그날 하루는 평온하게 흘러갔다. 나는 혼자 집을 지키며 오전과 오후로 나눠 할아버지에게 두 차례 전화를 걸었다. 첫 번째 전화를 했을 때 할아버지는 친구 집에 앉아 얘기를 나누고 있다고 했고, 두 번째 전화를 했을 때는 친구가 저녁을 먹고 가라고 붙잡아서 좀 늦을 거 같다고 했다. 일단 전화로 안부를 확인했으니 마음이 놓이기는 했다. 나는 안심하고 바람을 쐬러 밖에 나가 내친김에 남자 친구에게 줄 옷을 샀다. 집에 돌아와 저녁 식사를 하고 주방 정리까지 다 마치고 나서 할아버지가 돌아올 시간을 가늠해보는데 별안간 전화벨이 울렸다. 액정에 뜬 샤오 할아버지의 전화번호를 본 순간 나는 얼른 전화를 받았다. 그런데 내가 '여보세요'라고 말하는 순간 전화기 너머로 잔뜩 성난 여자 목소리가 들려왔다.

"당신이 중샤오양이야?"

나는 너무 놀라 여자에게 되물었다.

"누구시죠?"

전화기 너머로 기세등등한 목소리가 들려왔다.

"내가 누군지는 상관할 거 없고, 당장 창핑으로 배상금 2천 위안을 가져와서 이 노인네나 데려가!"

그 순간 나는 머리를 망치로 얻어맞은 듯한 충격에 휩싸였다.

"네? 무슨 일인데요?"

"배상금을 낼 정도면 좋은 일이겠어?"

여자의 목소리가 더 험악해졌다.

"일단 할아버지 좀 바꿔주세요!"

나는 샤오 할아버지의 안전을 먼저 확인해야 했다. 설마 나쁜 놈들한테 잡혀간 건 아니겠지? 그 순간 아침에 따라가지 않은 나 자신에 대한 후회와 책망이 물밀듯이 밀려왔다. 전화기 너머로 할아버지 목소리가 들려왔다.

"나다."

뒤이어 재촉하는 여자의 목소리가 또 들려왔다.

"빨리 가져와! 안 그러면 경찰서에 넘길 거니까!"

이 한마디에 납치가 아니라는 확신이 들었다. 하지만 이게 어떻게 된 일인지 계속 듣고만 있을 상황이 아니었다. 현관문 걸쇠조차 제대로 못 열 만큼 손이 부들부들 떨리고 있었다.

"도대체 무슨 일인데 경찰서에 넘긴다는 건데요? 거기가 어디죠?"

나는 지갑을 찾아 2천 위안이 들어 있는지 확인한 뒤 허둥지둥 밖으로 뛰쳐나가 아무 택시나 잡아타고 창핑으로 향했다.

가는 내내 내 머릿속은 도대체 어떻게 된 상황인지 파악하기 위해 분주하게 움직였다. 배상금을 내지 않으면 경찰서에 잡혀갈 정도의 사고를 쳤다는 건데? 상가에서 귀중품을 잘못 건드려 망가뜨리기라도 했나? 아니면 가서는 안 될 곳에 간 건가? 샤오 할아버지는 법에 대해 잘 알고, 또 법 없이도 사실 분인데? 그런 분이 엉뚱한 곳에 갈 리 없어!

나는 택시 기사를 재촉해가며 여자가 알려준 장소로 찾아갔다. 택시에서 내리자마자 간판을 자세히 보니 '정 언니 족욕숍'이라고 쓰여 있었다. 그걸 보는 순간 심장이 철렁 내려앉았다. 이런 곳에 들어가본 적은 없지만, 인터넷에서 남자들이 자주 찾는 곳이라는 말을 본 적이 있었다. 안에 들어서자 샤오 할아버지가 구석에 앉아 있고, 중년 여성이 기세등등하게 문을 지키고 있는 게 보였다. 여자가 나를 보자마자 눈을 치켜뜨며 물었다.

"당신이 중샤오양이야? 돈은?"

나는 고개를 까딱거리며 조용히 따져 물었다.

"왜 배상금이 필요하죠?"

그러자 여자가 참았던 화를 터트리며 소리쳤다.

"이 가게는 직원 한 명만 두고 일하는 곳이고, 지금까지 손님들을 상대로 합법적으로 족욕을 하며 장사하던 곳이었어. 그런데 해 질 무렵에 내가 없는 틈을 타서 일이 벌어졌어. 저 노인네가 우리 직원을 꼬셔서 한 번 해주는 조건으로 200위안을 주겠다고 했거든. 그러고는 이 가게에서 그 짓을 한 거야! 한 번도 모자라서 연속으로 두 번이나! 저 노인네가 얼마나 능력이 좋은지 우리 직원 애가 교성을 질러대고 난리도 아니었다고! 다행히 내가 제때 왔으니 망정이지 손님들이 가게에 들어왔다가 그 소리를 듣고 신고라도 했으면 어쩔 뻔했어? 가게 문 닫고 장사 말아먹을 뻔했다고! 알아?"

너무 놀라 머릿속이 하애지고 입이 다물어지지 않았다. 설마 싶어 뒤돌아 샤오 할아버지를 보는 순간 한 가닥 희망도 사라져버렸다. 그는 반박이나 변명조차 하지 않았고, 억울하다며 화를 내지도 않았다. 내 시선을 피한 채 벽 쪽을 바라보며 겸연쩍은 목소리로 한마디만 했다.

"그냥 돈이나 주고 끝내렴."

이 말 한마디로 할아버지는 모든 일을 시인한 셈이었고, 동시에 내 입까지 막아버렸다. 이 상황에서 내가 무슨 말을 더 할 수 있을까? 나는 결국 주머니에서 돈을 꺼내 가게 주인에게 건넬 수밖에 없었다. 여자는 재빨리 돈을 센 뒤 나를 향해 손을 내저었다.

"빨리 데리고 가! 앞으로 노인네 감시 좀 잘하고! 사내들은 늙을수록 더 색을 밝히고 물불 안 가리니 다시는 사고 치지 못하게 해! 오늘은 나같이 좋은 사람을 만났으니 이 정도로 끝나는 줄 알아! 안 그랬으면 그 나이에 망신살이 뻗쳤을 테니까!"

사실 샤오 할아버지가 나쁜 인간들을 만나 이용당한 것은 아닌지 의심이 들기는 했지만 지금 당장은 확인할 방도가 없었다. 일전에 미시즈 지의 입을 통해 할아버지와의 밤일에 대해 전해 들은 바가 있는데, 오늘 같은 일이 일어난다는 게 과연 가능할까? 나는 할아버지를 데리고 나와 걸으며 이런 의심이 자꾸 들었고, 모퉁이를 돌아 어두컴컴한 곳에 이르렀을 때 조용히 의중을 떠봤다.

"집으로 갈까요? 아니면 경찰서에 가서 신고라도 할까요?"

그는 여전히 내 눈을 피한 채 집으로 가자고만 했다.

택시를 타고 돌아오는 동안 택시 기사 때문에 더는 그 문제에 대해 물어볼 수 없었고, 할아버지 역시 입을 꾹 다문 채 한마디도 하지 않았다. 집에 도착해 시계를 보니 이미 밤 11시를 훌쩍 넘긴 시간이었다. 그는 집에 들어가자마자 곧장 침실로 들어가더니 돈을 가지고 나와 나에게 건넸다. 그제야 나는 내내 참아왔던 말을 꺼냈다.

"도대체 무슨 일인데요?"

"그 여자가 다 말하지 않았니!"

그가 담담하게 대답했다.

"그 여자가 한 말이 다 사실이에요?"

나는 부릅뜬 눈으로 그를 똑바로 쳐다보며 다시 물었다.

그가 고개를 끄덕였다. 놀랍게도 주저하는 기색조차 보이지 않았다.

"네?"

그 순간 내 눈이 휘둥그레졌다.

"이게 무슨 놀랄 만한 일이라고 그러지? 난 아직 늙지 않았어!"

"하지만 할아버지는……."

아무렇지도 않은 것처럼 말하는 그 모습에 더 화가 나 하마터면 하지 말아야 할 말을 내뱉을 뻔했다.

"하지만 할아버지는 퇴직한 판사시잖아요! 그런 분이 어떻게 돈을 주고 여자를 사는 곳에 갈 수 있어요? 부끄럽지도 않으세요? 잘못했다가 정말 경찰에 잡혀가기라도 하면 세상 사람들이 다 알게 될지도 모르는데, 그러면 어떻게 얼굴 들고 다니시려고요?"

"그렇게 소란 피울 거 없다! 네가 이 일을 다른 사람들에게 말하든 말든 난 상관 안 해! 특히 미시즈 지한테 가서 사실대로 실컷 고자질하려무나. 그래야 자기가 큰 실수를 했다는 걸 깨닫게 되겠지! 내일 당장 전화해!"

그 말만 남기고 그는 방으로 들어갔고, 나는 한바탕 폭풍이 휩쓸고 지나간 듯한 거실에 우두커니 서서 멍하니 생각에 잠겼다.

휴, 내가 이런 일까지 겪어야 한다니! 이 일이 이 집 사위 귀에 들어가기라도 하면 샤오 할아버지를 우습게 생각하며 속으로 무시할 거고, 신신 언니가 알게 되면 화가 나는 게 아니라 민망해 죽으려고 할걸?!

...

당연히 나는 이런 민망한 일을 미시즈 지에게 알리지 않았다. 하지만 그날 이후로 내 눈에 샤오 할아버지가 마냥 좋은 사람으로 보이지 않았고, 그를 괜찮은 어르신으로 생각했던 마음 또한 사라져버렸다. 그도 그럴 것이 그날의 일은 말 그대로 매춘이었다! 은퇴한 판사가 이런 일을 했다는 것 자체가 용서되지 않았다. 만약 정말 경찰서에 잡혀갔다면 그야말로 뉴스에 나올 만한 사건이었다.

그로부터 보름 정도가 지난 어느 날 오전에 낯선 전화번호로 날아온 문자메시지 하나를 받았다.

'창핑에 있는 정 언니 족욕숍이에요. 주변에 아무도 없을 때 전화 좀 주세요.'

메시지를 확인하는 순간 그 막돼먹은 여자가 떠올랐다. 무슨 할 말이 더 남았다고 이러지? 설마 계속 협박이라도 할 생각이야? 원래는 문자를 무시해버릴까 하는 생각도 했지만 혹시나 하는 마음에 아래층으로 내려가 전화를 걸었다. 그런데 뜻밖에도 여자는 전화를 받자마자 사과부터 했다.

"저번 일은 정말 미안해요. 그날 밤 제가 너무 무례하게 굴었죠? 사과할게요. 그날 2천 위안을 받고 나서 계속 양심에 걸려 일이 다 손에 안 잡히더군요. 그래서 말인데 돈을 돌려드리고 싶어 전화했어요."

그 순간 내 심장이 철렁 내려앉았다. 나는 여자가 또 무슨 수작을 부리는 거라고 생각해 경계를 늦추지 않고 반문했다.

"왜 갑자기 태도를 바꾸는 거죠?"

여자가 겸연쩍게 웃으며 상황을 설명했다.

"사실 그날 가게에서 아무 일도 일어나지 않았어요. 그분이 가게에 들어왔을 때 저 혼자 있었는데, 2천 위안을 줄 테니 연극을 좀 해달라는 거예요. 어떤 연극인지는 그날 밤 본 그대로예요. 그날따라 장사가 잘 안되기도 했지만, 결국 돈에 눈이 멀어서 그러겠다고 했죠. 근데 그분이 그렇게까지 한 이유가 뭘까 하는 생각이 들더군요. 아마도 아가씨나 다른 여자한테 자신이 건재하다는 걸 보란 듯이 증명하고 싶었던 거 같아요. 나는 안 늙었고, 여전히 남자구실을 할 수 있다는 걸 보여주고 싶었던 거죠. 그 생각이 드니까 노인분의 심리까지 이용해 돈을 벌고 싶지 않아졌어요. 그래서 이렇게 전화를……."

"네?"

나는 그 자리에 그대로 얼어붙어버렸다.

나는 그제야 그날 밤 샤오 할아버지가 왜 굳이 미시즈 지에게 전화를 걸어 이 사건을 그대로 알리라고 했는지 이해가 되기 시작했다. 다시 말해서 할아버지는 자신이 다른 여자와는 잘 되는데 미시즈 지하고 할 때만 안 되는 것뿐이니 자신을 탓하지 말라고 자존심을 세우고 싶었던 거다.

맙소사! 그때 일을 계속 마음에 두고 있으셨던 거네! 그런 식으로 돈을 써서라도 나와 미시즈 지 앞에서 구겨진 자존심을 펴고 싶었던 거였어. 그날 미시즈 지가 모든 사실을 내게 다 털어놨다는 걸 눈치채고, 그 일로 자신을 우습게 볼까 봐 겁이 났던 거야.

나는 사건의 전후 사정을 듣자마자 족욕숍 사장을 안심시켰다.

"사장님이 불편해하실 거 없어요. 그 돈은 받아두셔도 돼요. 그날 할아버지는 그렇게라도 해서 마음의 위안을 받고 싶으셨고, 사장님은 그걸 받기로 약속하고 도와주신 거니까요. 그 덕에 할아버지도 심리적으로 도움을 받으셨을 거예요. 그냥 좋은 일 했다고 생각하세요……."

나는 통화를 끝낸 후 그동안 샤오 할아버지에게 실망했던 마음을 풀수 있었다. 그리고 할아버지 부탁대로 미시즈 지에게 전화를 걸어 이 사건을 전해야겠다는 의무감마저 들었다. 안 그러면 2천 위안을 헛되이 쓴 꼴이 되지 않을까? 게다가 미시즈 지가 샤오 할아버지를 대할 때 보여준 고고한 태도가 늘 마음에 걸렸는데, 이참에 그런 기분도 확 날려버릴 수 있을 것 같았다. 그래서 오전에 그녀에게 전화를 걸어 안부 인사를 한 다음 창핑에서 일어난 사건을 있는 그대로 전하며 그녀의 콧대를 좀 눌러주려고 했다. 하지만 내 말을 다 듣고 난 그녀의 반응은 나를 너무나 허무하게 만들어버렸다.

" "

아, 여러분, 지금 시간이 벌써 이렇게 되었네요. 오늘은 여기까지 하죠. 그럼 내일 해 질 무렵에 다시 이어서 이야기할게요…….

토요일 황혼 녘

이모님과 언니들! 안녕하세요? 오늘도 이렇게 제 경험담을 계속 들으러 와주셔서 감사드립니다.

오늘 이야기 역시 어제 황혼 무렵에 들려드렸던 이야기의 연장선이에요. 이야기를 하기에 앞서 여러분에게 간곡히 부탁드릴 말씀이 있습니다. 사실 제가 여러분께 들려드리는 내용은 개인 프라이버시에 해당하는 거라 간병이나 돌봄 서비스를 할 때 참고만 하시고 절대 여기저기 퍼트리고 다니시면 안 돼요. 아셨죠?

지난번에 제가 미시즈 지에게 전화를 걸었던 것까지 들려드렸죠? 자, 그럼 그녀가 과연 뭐라고 했을지 다들 한번 맞혀보실래요?

“ ”

"선생님께서 비아그라를 드신 게지. 다행히 저번처럼 혈압이 떨어지지는 않았나 보네. 선생님께 비아그라를 너무 자주 복용하면 안 좋다고 잘 좀 말씀드려. 그러다 눈이 멀 수도 있어. 이건 겁주려고 하는 말이 아니라 통계로 확인된 거고, 미국 남자들은 다 알고 있는 사실이야. 그러니 드시지 못하게 하는 게 가장 좋아!"

맙소사! 그녀는 정말 내 머리 꼭대기에 앉아 있었다.

어쨌든 그날 이후부터 샤오 할아버지는 비로소 미시즈 지를 마음속에서 완전히 내려놓을 수 있었다. 말과 행동에도 변화가 생겼다. 우선 길거리에서 아이들이 할아버지라고 부르면 대답을 해주기 시작했다. 예전 같으면 똑같은 상황에서 돌아보기는커녕 못 들은 척 걸음조차 멈추지 않았을 터였다. 공원에 놀러 나온 노인들에게 다가가 그들이 흥얼거리는 노랫소리를 듣기도 하고, 장기나 카드놀이 하는 모습을 구경하기도 하고, 때로는 그들이 수다 떠는 틈에 끼어 이야기를 나누기도 했다. 예전의 그는 자신이 그런 노인들과 다르다고 생각하며 함께 어울리는 것을 극도로 꺼렸다. 또 하나의 변화는 버스를 탈 때 내가 노약자석으로 데리고 가도 거부반응을 보이지 않는다는 거였다.

어느 날 점심 식사를 할 때는 뜬금없이 이런 말을 했다.

"몇 번을 결혼하든 배우자가 먼저 가면 결국 혼자 살 수밖에 없어. 고독은 인생을 더 깊이 있게 만드는 조력자 같은 거지. 고독을 즐기면 행복이 되고 괴로워하면 불행이 된다고도 하잖니."

나는 갑자기 이런 말을 왜 하는지 언뜻 이해가 되지 않았지만 얼마

안 가 그 말에 담긴 의미를 깨달을 수 있었다. 아마도 미시즈 지와의 일을 더는 마음에 담아두지 않고, 재혼해서 새 가정을 꾸릴 마음도 이제는 없다고 말하고 싶었던 것 같았다.

이 사건이 완전히 마무리되고 나자 나는 이제 샤오 할아버지가 별 탈 없이 잘 살 수 있을 거라고 생각했다. 그런데 이런 예상을 깨고 샤오 할아버지는 딸 내외의 관계를 걱정하기 시작했다. 어느 날 점심 식사를 하는데 그가 갑자기 젓가락질을 멈추며 물었다.

"신신 내외가 미국에 가서 어떻게 지내는지 알고 있니?"

나는 웃으며 그를 안심시켰다.

"두 분이 연애하다가 서로 사랑해서 결혼한걸요. 신신 언니가 떠나기 전에 미국에 가면 바로 피임을 중단하고 임신 준비를 할 거라고 했어요. 그곳에서 아이를 낳아 키우면서 영어 공부도 할 생각인 거 같았어요."

샤오 할아버지는 내 말을 잠자코 듣고 있다가 사위에 관한 이야기를 꺼냈다.

"그래야겠지. 다만 내가 예전에 창성을 잘 챙기지 못했어. 언젠가 창성이 사건을 하나 맡았는데, 내가 일하던 법원에서 재판을 하게 됐지. 그때 재판장이 내 후배였어. 그래서 창성이 나한테 그 재판장을 좀 소개해달라고 부탁해왔지. 사건 증거 자료에 관해 의견을 좀 들어보고 싶었을 테니까. 장인이 사위를 위해 그 정도쯤이야 당연히 해줘야 했지만, 그 당시 나는 창성이 마음에 들지 않았고, 귀찮다는 이유로 거절했어. 이런 내가 어떻게 원망스럽지 않겠니. 남보다도 못하다고 생각했을 거야, 안 그래?"

나는 그의 마음을 눈치채고 얼른 웃으며 고개를 저었다.

"그럴 리가요? 가족끼리 그만한 일로 등을 돌려요? 사위분이 그 정도로 속 좁은 사람은 아닐 거예요. 너무 마음에 담아두지 마세요."

그는 그제야 다시 젓가락을 들고 식사를 이어갔다.

그날 이후 샤오 할아버지는 신신 언니와 국제전화를 할 때마다 항상 먼저 사위의 안부를 물었다. 그것만 봐도 그가 사위에게 미안한 마음을 품고 관계 회복을 위해 노력하고 있다는 것을 알 수 있었다. 그동안 집에서 왕처럼 군림했던 샤오 할아버지에게 불어온 이런 변화의 바람은 누구도 예상하지 못한 것이었다.

또 한참의 시간이 흘러간 뒤 샤오 할아버지는 국립도서관에서 책을 빌려와 집에서 읽거나 인터넷 서핑을 하며 보내는 시간이 많아졌다. 그는 본격적으로 책을 집필할 준비를 하고 있었다. 이때부터는 가능한 한 빨리 책을 출간하기 위해 운동과 집필에만 모든 시간과 정신을 쏟아부었다. 출판기념회 전까지 마음을 빼앗길 만한 그 어떤 일도 하지 않겠다는 강한 집념이 엿보일 정도였다.

그의 결심을 지켜보며 나는 《남성 범죄의 동기》와 《여성 범죄의 동기》 중에서 어느 책을 먼저 쓸 것인지 물어보았다. 그러자 그는 세 번째 책 《인류 범죄의 역사》에 쓸 자료까지 모두 준비해놓고 《남성 범죄의 동기》부터 쓰기 시작할 거라고 말했다. 사전 자료 조사를 다 마쳐놓으면 집필에만 전념하면 되니 시간을 절약할 수 있다면서.

필요한 자료를 준비하기 위해 나는 샤오 할아버지와 함께 국립도서관을 여러 차례 방문했다. 사실 나는 법률이나 책을 쓰는 일에 문외한이라 할아버지를 그곳까지 데리고 가는 것 외에 딱히 도울 수 있는 일이 없었다. 매번 도서관에 갈 때면 할아버지는 안으로 들어가 자료를 찾고, 나는 문밖에서 뜨개질을 하며 시간을 보냈다. 한번은 그가 자료를 찾아 나오는데 표정이 어느 때보다 밝아 보였다.

"오늘은 수확이 있으셨어요?"

그가 고개를 끄덕였다.

"우연히 한 젊은 법학박사가 쓴 책을 발견했는데 인류 범죄사를 아주 흥미롭게 썼더구나. 그 사람은 인류의 범죄사와 인류의 발전사가 서로 분리될 수 없고 한데 얽혀 있다고 보더라고. 재산에 얽힌 범죄는 생산력이 일정 수준에 도달하고 사유제가 출현하면서 등장했고, 성에 얽힌 범죄는 집단 혼인이 사라지고 일부일처제가 생기면서 발생했고, 권력에 얽힌 범죄는 권력과 이익이 결탁하면서 시작되었고……."

대략 3개월의 준비 과정을 거친 샤오 할아버지는 본격적으로 글을 쓰기 시작했다.

매일 아침 식사 후 8시에서 11시까지, 그리고 오후 2시 반부터 5시 반까지를 글 쓰는 시간으로 정해놓고, 그 시간에는 방해받고 싶지 않으니 침실이나 서재에 들어오지 말라고 내게 말해놓았다. 사실 걱정이 앞서는 것도 사실이었다. 일흔이 넘은 노인이 매일 다섯 시간 반씩이나 글을 쓰다가는 건강을 해치기 십상이었다. 하지만 그는 나의 이런 걱정을 전혀 아랑곳하지 않았다.

"사람이 사지육신 멀쩡하면 일을 해야지. 더구나 내가 하고 싶어서 하는 일이니 일단 끝을 내야 마음이 편할 것 같아서 그래!"

그가 고집을 꺾지 않으니 나로서도 더는 아무 말도 할 수 없었다. 내가 할 수 있는 일은 그저 식사를 잘 챙기고 집필에만 전념할 수 있도록 도와드리는 것뿐이었다.

그 후 샤오 할아버지는 스스로 만든 계획표에 따라 움직였다. 친구나 친지를 방문하거나 여행을 가는 법도 없었다. 운동과 산책하는 시간까지 줄여가며 책을 집필하는 데만 몰두했다.

한 달여의 시간이 지난 어느 날 오전 10시경, 방에서 남자 친구에게 문자를 보내고 있는데 갑자기 샤오 할아버지의 침실 쪽에서 책이 떨어지는 듯한 소리가 들려왔다. 깜짝 놀라 시계를 보니 오전 집필 시간이 끝나려면 아직 40분 정도가 남아 있었다. 나는 침실 문을 살짝 열어보고 싶었지만 방해했다고 또 한 소리 들을까 봐 망설여졌다. 내가 갈등하고 있을 때 또다시 무언가 떨어지는 소리가 들려왔다. 이번에는 물컵이 바닥에 떨어지는 소리 같았다. 그제야 나는 무언가 잘못되었다는 느낌을 받았고, 그 즉시 침실 앞으로 달려가 소리쳤다.

"할아버지!"

안에서는 아무런 대꾸도 들리지 않았다.

불길한 예감과 함께 침실 겸 서재 문을 벌컥 여는 순간 나는 너무 놀라 혼비백산이 되어 방 안으로 뛰어 들어갔다. 내 눈 앞에 펼쳐진 광경은 그야말로 처참했다. 샤오 할아버지는 바닥에 쓰러진 채 한 손으로 가슴을 움켜쥐고 있었다. 얼굴은 창백하다 못해 핏기 하나 없고, 온통 땀으로 뒤범벅이 되었으며, 이마에는 피까지 흐르고 있었다. 심근경색! 그 모습을 보는 순간 내 머릿속에 떠오르는 단어는 딱 이것 하나뿐이었다. 나는 얼른 달려가 예전에 배웠던 지식을 총동원해 응급처치를 시작했다. 평평한 곳에 몸을 눕히고, 먼저 주머니에서 늘 가지고 다니던 나이트로글리세린 정제를 몇 알 꺼내 입에 넣어 잘게 쪼갠 뒤 혀 아래 집어넣었다. 그런 다음 베개를 가져다 무릎 아래 넣고, 집에 상비하고 있던 산소병을 열어 산소를 공급한 뒤 아스피린 300밀리그램을 입에 부어넣었다. 그렇게 응급조치가 끝나고 나서야 전화를 걸어 구급차를 불렀다.

하늘이 도왔는지 구급차가 도착했을 때 샤오 할아버지는 의식이 돌아온 듯 눈을 살짝 떴고, 혈색도 돌아왔을 뿐 아니라 통증까지 많이 가라앉은 상태였다. 구급대원이 할아버지를 병원으로 옮겼다. 검사 결과 심근경색이 상당히 진행된 상태였다. 심장 전문의는 전문적인 응급처치가 빠르게 이루어져서 다행이라며, 안 그랬으면 살기 힘드셨을 거라고 했다. 그제야 막혀 있던 숨통이 트인 듯 숨이 쉬어졌다.

병원에서는 관상동맥 우회술을 권했다. 나는 의식이 완전히 돌아온 상태로 병상에 누워 있는 할아버지에게 의견을 물었다. 할아버지는 죽을 고비를 넘기고 너무 놀라서인지 예전처럼 고집을 피우지 않고 연신 고개를 끄덕였다.

"해야지. 의사한테 말해서 그렇게 하려무나."

이제 남은 문제는 하나뿐이었다.

"그럼 신신 언니한테 한 번 왔다 가라고 할게요. 이런 큰 수술을 언니도 없이 받을 수는 없잖아요."

그 당시 나는 만에 하나 수술 중에 문제가 생겨 나 혼자 책임져야 할 상황이 올까 봐 덜컥 겁이 났다. 샤오 할아버지는 대답을 피한 채 벨을 눌러 의사를 부르더니 이 수술이 얼마나 위험한지 물었다.

"관상동맥 우회술은 심장내과에서 자주 하고, 수술 중 문제가 생길 확률이 아주 낮습니다. 물론 그렇다고 해서 위험 요소가 전혀 없다고는 할 수 없죠."

샤오 할아버지는 의사가 나가자 내게 말했다.

"그리 위험한 수술이 아니라고 하니 신신까지 불러들일 필요는 없어 보이는구나. 돈도 돈이지만 걔들도 미국에서 아직 제대로 자리를 잡지 못했을 거다. 사느라 정신없이 바쁜데 여기 한 번 왔다 가면 적어도 한 달은 다시 적응할 기간이 필요할 테지. 이렇게 하자꾸나. 수술 전에 내 딸 대신 네가 수술 동의서에 사인할 거라고 위임장을 써놓으마. 그러니 무슨 일이 생겨도 네가 책임질 일은 없을 거야."

할아버지가 이렇게까지 말하는데 더는 내 생각을 고집할 수 없었다. 하지만 수술 당일 오전이 되었을 때 나는 결국 신신 언니에게 전화를 걸기 위해 휴대전화를 꺼내 들었다. 아버지가 수술을 받는데 딸이 그 사실을 모르는 것도 안 될 말이었고, 만에 하나 문제가 생기면 먼 타국에서 오지도 못한 채 모든 탓을 내게 돌릴지도 모를 일이었다. 하지만 내 손가락은 그녀의 전화번호 위에서 멈칫했다. 수술이 곧 시작되는데 지금 이 사실을 알려봤자 괜히 마음에 부담만 주지 무슨 의미가 있겠어? 그냥 운에 맡겨보자!

샤오 할아버지가 수술실로 들어가고 나자 너무 떨려 심장이 튀어나올 것만 같았다. 이러다 의료사고라도 나면 어쩌지? 위임장 덕에 내가 책임질 일은 없겠지만, 신신 언니가 왜 전화로 알리지 않았냐고 한바탕 난리를 칠 텐데. 내가 미쳤지. 아까 신신 언니한테 전화를 걸어야 했어!

다행히 하늘이 도왔는지 수술은 무사히 끝났다. 수술 후에도 특별히 이상 증상이 나타나지 않아 안도의 한숨이 절로 새어 나왔다. 그러고 보면 샤오 할아버지의 건강 상태가 꽤 괜찮았던 모양이었다.

수술 후 샤오 할아버지는 한동안 병원 신세를 졌고, 그사이 건강도 발병 전으로 돌아갈 만큼 회복되었다. 퇴원 이후 나는 샤오 할아버지에게 당분간 글을 쓰지 말고 쉬라고 말씀드릴 생각이었다. 그런데 내가 입을 열기도 전에 할아버지가 먼저 책상 위에 펼쳐져 있던 자료를 전부 정리해 상자 안에 넣기 시작했다.

"지금 내가 할 일은 이 노화라는 놈을 상대하는 거야. 이놈이 날뛰는 한 언제 또 날 잡아먹을지 모르고, 글도 쓸 수 없을 테니 말이다. 오래 살아야 책도 쓸 수 있는 거고!"

이번 일을 겪으면서 샤오 할아버지는 자신의 몸과 병에 두려움을 느끼기 시작한 게 분명했다. 그는 건강을 챙기는 것 외에 다른 모든 일을 중단하고 오로지 늙음을 상대로 싸우는 일에 몰두하기 시작했다.

...

샤오 할아버지는 건강을 최우선으로 두며 생활했다. 아침 식사가 끝나 내가 주방을 다 치우고 나면 같이 공원을 산책하거나 운동을 했고, 점심 식사를 마친 뒤에는 공원에 가서 다른 노인들과 함께 체조를 즐겼다. 낮에 남는 시간에는 컴퓨터 앞에 앉아 노화를 막고 장수에 도움이 되는 자료를 검색했다.

어느 날 해 질 무렵, 주방에서 식사 준비를 하는데 샤오 할아버지가 한껏 들뜬 표정으로 침실에서 나오며 나를 불렀다.

"샤오양, 인터넷을 검색해보니 중국에 256살까지 산 사람이 있다는구나!"

"네? 정말요?"

생각해보니 너무 황당한 얘기라 이내 웃으며 물었다.

"그 말을 정말 믿으세요?"

놀랍게도 그는 아주 진지한 표정으로 고개를 끄덕였다.

"물론! 벌써 책도 찾아봤단다. 1933년에 죽은 쓰촨 카이현 출신의 리칭윈이라는 남자가 청나라 강희 16년, 그러니까 1677년에 태어났는데 100살이 되던 1777년에 중의학 방면으로 공을 인정받아 청나라 정부로부터 상을 받았어. 그리고 민국 16년인 1927년에는 쓰촨 군벌 양선이 그를 완현으로 초빙해 양생의 도에 관해 가르침을 받았지. 그때 그 사람 나이가 250살이었어. 당시 완현에 있던 사진관에 그가 청나라 복식을 입고 찍은 사진이 전시되어 있었으니 거짓말이라고 할 순 없지. 그 후로도 6년을 더 살았고, 1933년에 256세의 나이로 죽었다고 해."

"기록이 잘못된 건 아닐까요? 그 당시 의료 기술로 어떻게 그 나이까지 살 수 있어요?"

내가 웃으며 반문했다.

"그 사람만 아는 장수 비결이 있었겠지. 내가 인터넷을 검색해보니 역사상 많은 사람이 장수의 비결을 찾고 있었더군. 1942년에는 인노첸시오 교황이 젊은이의 피에서 젊음을 흡수해 영생을 이룰 수 있다고 생각했지만 결국 건강한 세 젊은이의 피를 수혈받다가 죽고 말지. 1868년에는 미국 켄터키주에 살던 네드 존스가 대통령으로 출마했을 때 기도와 금식으로 불멸의 삶을 얻었다고 말했고, 죽음에서 벗어날 수 있는 비법을 공개하겠다고 약속했지만 그해 말에 폐렴으로 죽고 말아.

1956년에는 미국 코넬 대학의 클리브 맥케이라는 노인의학 전문의가 건강하고 젊은 생쥐와 나이 들고 건강하지 않은 생쥐의 복부 측면을 연결해 혈류를 융합하는 실험을 했지. 일정 정도 시간이 지나자 늙은 쥐는 회춘을 하며 젊고 건강해졌고, 젊은 쥐는 노화가 급속도로 진행되었어. 이 실험 결과는 당시 센세이션을 불러일으켰지. 하지만 안타깝게도 이후 연구 방향을 변경하며 실험을 중단했다더구나.

2004년에는 하버드 대학에서 줄기세포와 재생생물학을 전공하던 에미 웨저스라는 여성이 클리브 맥케이의 실험을 재연했고, 똑같은 결과를 얻었지. 그 후에는 생쥐 혈액 속의 단백질을 분리해 어떤 물질이 역성장에 도움을 주었는지 찾아내는 실험을 시작했고, GDF11이라 불리는 단백질이 바로 그 역할을 한다는 사실을 알아냈단다. 이 단백질이 줄기세포를 활성 상태로 유지해주거든. 인간이 나이가 들수록 GDF11 수치가 떨어지고, 줄기세포 기능도 따라서 떨어지면서 손상된 세포의 회복 속도가 느려지고 노화가 시작되는 거지. 하지만 극도로 몸이 노쇠하거나 GDF11 수치가 아무리 낮아도 그 줄기세포는 세포 사멸이 일어나지 않아. 단지 GDF11 지수의 하락이 휴면 상태로 진입할 뿐이지. 실험에서도 늙은 쥐에게 GDF11을 다량 함유한 젊은 피를 공급해 휴면 상태의 줄기세포를 다시 깨어나게 만들었고, 그 결과 건강하고 활력이 넘치는 조직이 만들어지면서 젊어질 수 있었던 거야.

만약 어느 날 우리 같은 노인의 몸에 그런 단백질을 함유한 젊은 피를 주입하면 몸 안에서 휴면 상태에 있던 줄기세포가 다시 활동하게 될 거고, 노화한 몸속 조직과 기관이 서서히 재생 과정을 거치면서 다시 젊어지는 거지."

"그런 거였군요?"

그 당시에는 하나하나 다 사리에 맞아떨어지는 듯한 말이 그저 놀라울 뿐이었다.

"우리는 장수에도 비결이 있다는 사실을 믿어야 해!"

그는 그렇게 결론 내렸다.

또 며칠이 지나 이번에는 한 장수 사이트에서 사람들의 수명을 연장해준다는 페이 대사를 알아냈다고 말했다.

"이 사람은 열일곱 살에 동굴에 잘못 들어갔다가 거대한 검은 그림자와 마주쳤는데, 그때부터 수명을 연장하는 신비한 능력을 얻게 됐어. 지금은 베이징 근교에 있는 쉰이에서 장수 회관을 만들어 전문적으로 장수와 관련된 자선활동을 하고 있다더구나. 지금까지 2천 명이 넘는 사람이 그 사람 덕에 생명을 연장했고, 대기업 회장과 영화배우들도 비법을 배우러 찾아간다니 정말 대단하지 않니?"

샤오 할아버지는 온라인을 통해 이미 그와의 만남을 신청했고, 그가 수락했으니 조만간 그를 보러 갈 거라고 알려주었다.

나는 그 말에 당혹감을 감추지 못하며 물었다.

"설마 돈을 받고 만나는 건가요?"

"페이 대사는 복을 쌓아 선을 행하는 사람이라 돈을 바라지는 않아. 돈을 주고 안 주고는 신청자가 결정할 몫이지. 주고 싶으면 주는 거지만, 얼마를 주든 전혀 상관하지 않는대."

"그럼 할아버지는 돈을 주고 싶으세요?"

"만약 그 사람이 정말 내 수명을 연장해줄 수 있다면 당연히 내야지. 그래서 일단 1만 위안을 가지고 갔다가 상황을 봐서 결정할 생각이야."

샤오 할아버지가 페이 대사를 보러 가겠다고 고집을 피우니 나 역시 그곳에 갈 준비를 해야 했다. 지난번에 심장 발작이 한 번 일어났던 터라 할아버지가 어디를 가든 내가 따라붙어야 했고, 이번에도 예외는 아니었다.

우리는 날씨가 화창한 어느 날 오전에 택시를 잡아타고 쉰이에 있는 페이 대사의 장수 회관으로 향했다. 샤오 할아버지는 택시 기사에게 직접 적어온 주소를 보여주었다. 그 주소까지 찾아가는 데 무려 두 시간이나 걸렸다. 울창한 숲속에 지어진 아름다운 건물이 보였다. 본관 건물을 중심으로 부속건물이 두 동 있는데, 모두 서양식 2층 건물이었다. 건물에 둘러싸인 정중앙에는 화단과 분수가 있었다.

놀랍게도 페이 대사를 찾아온 사람은 한둘이 아니었다. 왼쪽 부속건물 1층 대기실에만 족히 스무 명이 기다리고 있을 정도였다. 샤오 할아버지가 접수 담당 여직원에게 다가가 예약한 전화번호를 알려주자 그녀가 친절하게 우리를 한쪽에 있는 소파로 안내해주었다. 대기실 환경도 꽤 괜찮았고, 대기하는 사람들이 언제든 편하게 먹을 수 있도록 차와 음료, 간식, 과일이 준비되어 있었다. 나는 샤오 할아버지와 함께 안내해준 자리에 앉아 차례를 기다렸다. 그제야 벽에 잔뜩 걸려 있는 액자 속 사진들이 눈에 들어왔다. 모두 페이 대사가 그의 도움으로 생명을 연장한 산증인들과 함께 찍은 사진이었다. 그들 중에 이름만 대면 다 아는 정치인과 재벌, 드라마 여주인공으로 출연한 유명 여배우의 얼굴이 보였다. 그런 걸 보면 이 대사가 정말 신비한 능력을 지니고 있기는 한 듯했다. 샤오 할아버지가 여기에 오기로 결정을 내린 것이 옳은 선택일 수도 있겠다 싶었다.

오전 시간에는 우리 차례가 오지 않았다. 12시가 되자 안내해주었던 여직원이 우리를 왼쪽 건물 1층의 뷔페식당으로 데리고 갔다. 식당에는 뷔페 음식이 먹음직스럽게 차려져 있었다. 다양한 종류의 채소와 고기 요리를 포함해서 주식 대여섯 가지와 탕 서너 가지가 놓여 있고, 식기에도 꽤 신경을 쓴 듯 하나같이 금테를 두른 그릇과 접시, 컵이 통일감을 주었다. 원목 식탁과 흰색 테이블보, 새하얀 냅킨, 생화로 장식한 꽃병에 이르기까지 나무랄 데가 없었다. 자신을 찾아와주었다는 것만으로 일면식도 없는 사람들에게 이렇게까지 훌륭한 대접을 하는 것을 보니 페이 대사에 대한 신뢰가 더 커졌다.

오후 3시가 되어서야 분위기 있는 젊은 여성이 샤오 할아버지의 이름을 불렀고, 우리를 본관 2층 홀로 데리고 들어갔다. 홀 안의 창문에 하늘하늘한 얇은 커튼이 드리워 있어 실내에 은은한 빛이 감돌았다. 앞을 보니 중앙에 놓인 마호가니 테이블 앞에 사진 속에서 본 페이 대사가 단정하게 앉아 있었다. 젊은 여성이 나를 문 옆에 있는 의자로 안내했다. 페이 대사는 네모난 테이블 맞은편에 있는 둥근 의자를 가리키며 샤오 할아버지에게 앉으라고 손짓했다. 그런 다음 그가 테이블 위의 스위치를 누르자마자 할아버지가 앉은 의자의 앞뒤, 좌우, 위아래로 돌연 여섯 개의 스포트라이트가 켜졌고, 그 여섯 개의 빛줄기가 할아버지를 순식간에 에워쌌다. 이와 동시에 창문 위로 검은색 암막 커튼이 좌라락 떨어지더니 홀 안이 어둠에 잠겼다. 샤오 할아버지 말고는 아무것도 보이지 않았다. 할아버지의 얼굴에는 당황한 기색이 역력히 드러났고, 나 역시 너무 놀라 순간적으로 잔뜩 긴장했다. 예전에 간호 실습을 하러 여러 병원과 요양원에 가보았지만 이런 건 단 한 번도 본 적이 없었다. 10분가량 지나자 사방이 고요해지고 오로지 전기가 흐르는 듯 윙윙거리는 소리만 희미하게 들릴 뿐이었다. 페이 대사의 눈은 마치 의료기

구로 몸 구석구석을 검사하는 것처럼 할아버지를 자세히 관찰하는 듯 보였다. 오랜 정적이 불편하다고 느껴질 무렵 돌연 페이 대사의 묵직한 목소리가 들려왔다.

"샤오청산 선생님께서는 얼마 전에 생사를 오가는 큰일을 겪지 않으셨습니까?"

가뜩이나 경직되어 있던 할아버지는 그 말에 놀란 눈을 치켜뜨며 내 쪽을 힐끗 쳐다봤다. 마치 지금의 놀라운 느낌을 이 모든 상황을 아는 가까운 사람과 교감하고 싶은 행동처럼 보였다. 여기에 오는 길에 할아버지는 페이 대사에게 이름과 나이 외에 자신에 대한 어떤 정보도 주지 않았다고 말했다. 그런데 저 대사가 어떻게 할아버지가 죽다 살아난 사실을 알고 있는 거지? 좀 전에 할아버지를 살피는 것 같더니 그것만으로 그걸 알아냈다고?

"그랬죠."

샤오 할아버지는 심장마비를 겪었다고 알려주었다.

"그런 액운에서 이제 멀리 떨어져 나왔다고 느끼시나요?"

"요즘에는 그리 불편함을 못 느낍니다."

"그럼 제가 방금 선생님 몸을 들여다본 결과를 말씀드리겠습니다."

대사가 그 말을 하며 테이블 위에 있는 스위치를 눌렀다. 그러자 좀 전까지 할아버지를 비추던 여섯 개의 스포트라이트가 일시에 꺼지고, 창문을 가린 암막 커튼도 촤르륵 올라가며 홀 안에 다시 은은한 빛이 감돌았다.

"검은 독사 한 마리가 여전히 선생님의 몸을 휘감고 있더군요. 아마도 그놈이 앞으로 3개월 안에 다시 한 번 선생님을 물어 사지로 몰아넣을 겁니다!"

"뭐요?!"

샤오 할아버지는 너무 놀라 자리에서 벌떡 일어섰다.

"정말입니까?"

그 말에 놀라 벌떡 일어서기는 나도 마찬가지였다.

페이 대사가 샤오 할아버지에게 앉으라는 손짓을 하고는 자리에서 일어나 할아버지 곁으로 다가갔다.

"믿고 안 믿고는 잠시 접어두세요. 그럼 제가 지금부터 선생님 몸을 휘감고 있는 검은 독사를 잡아 직접 보여드리겠습니다."

샤오 할아버지와 나의 놀란 눈빛이 허공에서 마주쳤다. 그 눈빛 속에서 둘 다 이런 말을 하고 있었다. 어떻게 사람의 몸에서 보이지도 않는 독사를 잡는다는 거지?

페이 대사는 할아버지 주변을 몇 바퀴 돌며 그의 몸을 살폈다. 이윽고 그의 걸음이 점점 빨라지더니 돌연 할아버지의 품 안에서 무언가를 확 끄집어냈다. 그러자 진짜 검은색 독사 한 마리가 페이 대사의 손안에서 고개를 내밀고 꿈틀거리는 모습이 눈앞에 펼쳐졌다. 그 순간 나와 샤오 할아버지의 입에서 동시에 비명이 터져 나왔다.

"아악!"

"보이시나요?"

페이 대사가 손에 쥔 검은 뱀을 할아버지 앞으로 내밀었고, 놀란 할아버지는 몸을 얼른 뒤로 뺐다.

"제가 지금 이 뱀을 떼어내면 그 순간부터 선생님의 액운이 사라지면서 적어도 28년은 더 사실 겁니다. 지금 선생님 연세가 75세면 28년을 더해서 103세까지는 사시겠군요. 선생님을 위해 지금 제가 해드릴 수 있는 일은 이것뿐입니다. 연장된 수명이 그리 길지 않지만 최선을 다한 이 결과에 동의하십니까?"

샤오 할아버지는 두말없이 얼른 고개를 끄덕이며 대답했다.

"동의합니다."

페이 대사는 할아버지의 대답을 들으며 창문 쪽으로 천천히 걸음을 옮겼다. 그가 팔꿈치로 창문을 밀쳐 열며 중얼거리듯 말했다.

"가거라. 내가 널 놓아줄 테니 너도 저 사람을 놓아주거라. 전생과 내세에 대한 후회나 원망도 말고 저 사람에게 28년을 준다면 너는 승천할 것이고, 나 또한 마음이 편해질 것이니……."

어느 순간 그가 손아귀의 힘을 풀자 검은 뱀이 순식간에 창틀을 기어 넘어갔다.

샤오 할아버지와 나는 그 광경을 보고도 믿기지 않아 한동안 입조차 벙긋하지 못한 채 창문만 뚫어지게 바라보았다. 페이 대사는 그런 우리를 보고 손을 흔들며 나지막이 말했다.

"이제 가셔도 됩니다, 샤오 선생님. 검은 독사는 선생님을 휘감고 있던 질병을 상징했고, 저는 잠깐이나마 선생님 앞에 놈이 모습을 드러내게 했을 뿐입니다. 선생님을 위해 재앙을 없애고 수명을 연장하는 의식이 이미 끝났으니 안심하고 100세를 넘겨 사시길 바랍니다."

나는 얼른 앞으로 가서 할아버지를 부축해 나갈 준비를 했다. 그때 할아버지가 흥분한 목소리로 대사에게 물었다.

"대사님, 어디로 가서 돈을 내야 합니까?"

"그러실 필요까지 있을까요? 그래도 정 원하신다면 미시즈 루에게 안내해달라고 하시면 됩니다."

대사가 우리를 데리고 온 여자를 향해 고갯짓을 하자, 그녀가 우리에게 따라오라고 손짓하더니 1층의 기부사무소라고 적힌 문 앞으로 데리고 갔다.

"기부금은 이곳에서 내도록 하세요."

나와 할아버지가 안으로 들어가니 중년의 남자가 '기부'와 '최저 1만 위안'이라고 적힌 상자를 우리 쪽으로 내밀며 말했다.

"여기에 넣으시면 됩니다!"

솔직히 최저 금액을 보는 순간 당혹스럽기는 했다. 나는 할아버지를 힐끗 쳐다보고 나지막하게 항의했다.

"세상에! 최저 1만 위안이래요!"

하지만 샤오 할아버지는 대수롭지 않은 듯 웃어 보였다.

"내라는 대로 내야지. 무려 28년이나 더 살게 되었는데 그 정도쯤이야 충분히 낼 가치가 있고말고!"

그가 가지고 온 돈 1만 위안을 전부 꺼내 상자 안에 집어넣었다.

이날 집으로 돌아온 샤오 할아버지의 기분은 유난히 좋아 보였다.

"샤오양, 너도 날 따라가서 직접 보지 않았다면 아마 믿기 힘들었을 거다. 1만 위안으로 28년을 더 살게 됐으니 정말 놀랍지 않니? 이런 좋은 일이 나에게 일어나다니 정말이지 하늘이 도운 게 틀림없어! 28년이면 법학 책도 쓸 수 있고, 장수할 수 있는 다른 방법을 찾아 더 오래 살 수도 있겠지. 인간의 수명은 결국 자신의 육체가 이 세상에 존재하는 시간이고, 그 시간을 연장하는 것은 바로 육체가 존재하는 시간을 늘리는 것과 같지. 수명을 연장하는 데 꼭 페이 대사의 방법만 쓸모 있는 건 아닐 테니 우리가 그걸 찾아낸다면……."

나 역시 샤오 할아버지만큼 기분이 좋아졌다. 할아버지 말대로 내
두 눈으로 직접 보지 않았다면 그 일을 믿지 못했을 터였다.

•••

이 일이 있고 나서 얼마 지나지 않아 샤오 할아버지의 휴대전화에
낯선 번호와 문자메시지가 떴다.

'존경하는 샤오청산 선생님, 고령의 어르신들을 위한 맞춤형 장수
체조를 추천해드립니다. 이 체조를 배워서 100세까지 장수하고 싶다면
언제든지 연락해주십시오.'

샤오 할아버지는 문자메시지를 내게 보여주며 의아해했다.

"누가 보낸 걸까? 내 이름이랑 나이대까지 아는 게 이상해!"

"요즘에는 개인 정보를 알아내는 게 어렵지 않은걸요. 모르는 번호
로 온 거면 그냥 무시하는 게 나아요."

하지만 샤오 할아버지는 혹시라도 지인이 보냈을지 모를 문자를 무
시하는 것도 예의가 아니라며 끝내 그 번호로 전화를 걸었다. 알고 보
니 톈청이라는 노인 의료 서비스 업체에서 건 영업 전화였다. 직접 집
으로 방문해 장수 체조를 가르쳐주는 곳이었다.

"이 장수 체조는 과학적 검증을 거쳤기 때문에 안심하고 하셔도 됩
니다. 이 운동법을 배우고 매일 한 번씩 1년 동안 꾸준히 하시면 수명
을 4개월이나 연장할 수 있어요. 게다가 저희 직원이 집으로 직접 방문
해 운동법을 가르쳐드리니 따로 나가서 배울 필요가 없죠. 비용도 크게
부담되지 않아서 500위안밖에 안 됩니다."

샤오 할아버지는 단돈 500위안으로 장수할 수 있다는 말에 귀가 솔깃해진 듯 그 자리에서 바로 방문 강습을 신청하고 주소를 알려주었다. 오래 기다릴 필요도 없었다. 업체 측은 다음 날 오전에 방문할 수 있다며 바로 약속을 잡았다.

그 당시 나는 큰돈 들이지 않고 집에서 장수 체조를 배우는 데다 샤오 할아버지도 원하는 일이니, 설사 효과가 없다고 해도 크게 문제 될 일은 없다고 생각했다.

다음 날 오전 9시, 약속한 방문 시간이 되자 초인종이 울렸다. 문을 열자 40대로 보이는 단정한 차림새의 여자가 노트북 가방을 들고 서 있었다. 여자는 자신을 톈청에 소속된 장수 체조 강사 팡런아이라고 소개했다. 샤오 할아버지는 얼른 들어오라고 하며 반갑게 그녀를 맞이했다. 강사는 먼저 노트북을 꺼내 전원을 켜고 차분한 음악을 틀며 말했다.

"자, 그럼 지금부터 두드림 장수 체조가 어떻게 만들어졌는지부터 말씀드리겠습니다. 이 체조는 쿠앙시우화 여사가 처음 만들었답니다. 1902년 쿠앙 여사는 한단성의 부유한 상인 집안에서 태어났어요. 열두 살이 되던 해 가을, 그러니까 1914년 가을에 부모님이 여사의 남동생 두 명을 데리고 사업차 톈진웨이로 갔고, 여사는 할머니와 함께 고향 집에 남았죠. 그러던 어느 날 점심 식사를 하는데 여사의 할머니가 의자에서 미끄러지듯 바닥으로 풀썩 쓰러지셨어요. 심지어 입까지 돌아간 상태였죠. 쿠앙시우화 여사는 어떻게 해야 할지 몰라 발만 동동 굴렀죠. 그때만 해도 응급구조센터나 구급차 같은 게 없었으니까요. 집에 있던 일꾼 몇 명이 달려 나와 할머니를 둘러쌌지만 다들 속수무책으로 열두 살 소녀만 쳐다보고 있었죠. 그 순간 쿠앙시우화 여사는 할머니를 구할 수 있는 사람이 자신밖에 없다는 사실을 깨달았어요. 하지만 여사가 평소 배운 거라고는 그림과 바느질 같은 게 다였고 의학이나 응급처치에 관한 지식은 아는 게 하나도 없었죠. 분초를 다투는 상황에서 여사는 평소 자신이 아플 때 할머니가 손으로 몸을 두드려주던 기억을 떠올렸어요. 할머니가 그렇게 한참을 두드려주면 몸이 한결 나아지고는 했으니까요.

그래서 여사는 바닥에 쓰러져 있는 할머니의 어깨를 두 손으로 두드리기 시작했어요. 그렇게 한참을 두드리자 할머니가 숨을 내뱉으며 서서히 눈을 뜨기 시작했고, 좀 더 세게 속도를 내서 두드리자 이번에는 비뚤어진 입이 원래대로 돌아왔죠. 자신감을 얻은 여사는 계속해서 가슴, 허리, 다리, 발, 손에 이르기까지 온몸을 반복해서 두드렸죠. 할머니는 마침내 자리에서 일어나 앉을 정도까지 회복이 되었어요. 쿠앙시우화 여사는 기쁨의 눈물을 흘리며 할머니를 안고 천지신명님께 연신 감사 인사를 올렸어요.

그 후 왕진을 온 의원을 통해 할머니의 증세가 뇌졸중이었다는 사실을 알게 되었죠. 의원은 할머니에게 손녀딸이 몸을 계속 두드려주지 않았다면 지금쯤 자리보전하고 눕거나 돌아가셨을지 모른다며, 손녀딸이 할머니를 살렸다고 칭찬을 아끼지 않았다고 해요. 바로 이 일을 계기로 쿠앙시우화 여사는 몸을 두드리는 게 얼마나 건강에 좋은지 알게 되었답니다. 그래서 그 안에 담긴 약리작용을 공부하기로 결심하고 한의학 책을 파고들었고, 민간 명의들을 찾아 전국을 돌며 가르침을 청하기도 했어요. 그러다 국립 옌징 의과대학에 입학해 정식으로 의학 공부를 하며 지금의 두드림 장수 체조를 만들게 되었답니다."

장수 체조에 대한 본격적인 설명이 이어졌다.

"이 장수 체조는 신체의 열여섯 부위를 두드려주는 운동이에요. 첫 번째로 두 귀를 두드려주세요. 두 손바닥으로 양쪽 귀를 가볍게 두드리는 거죠. 두 번째는 이마예요. 왼손과 오른손을 번갈아 이마를 가볍게 두드리면 돼요. 세 번째로 두 뺨을 두 손으로 가볍게 두드리고, 네 번째로 양어깨를 두 손으로 번갈아 두드리세요. 다섯 번째로 팔뚝을 두드리는데 왼손으로 오른쪽 팔뚝을 두드리고, 그다음에 오른손으로 왼쪽 팔뚝을 두드리세요. 여섯 번째로 팔꿈치 아래를 두드리는데, 이때도 왼손으로 오른쪽 팔꿈치를 두드리고 나서 오른손으로 왼쪽 팔꿈치를 두드리세요. 일곱 번째로 갈비뼈 아래를 두드리세요. 먼저 왼손으로 오른쪽을 두드리고, 오른손으로 왼쪽을 번갈아 두드리면 돼요. 여덟 번째로 양손을 번갈아 배를 가볍게 두드리세요. 아홉 번째는 등이에요. 왼손으로 오른쪽 등을 두드리고, 또 오른손으로 왼쪽 등을 두드리면 돼요. 열 번째로 엉덩이를 양손으로 동시에 두드리세요. 열한 번째로 허리를 굽혀 허벅지 주변을 두 손으로 번갈아 두드리면 돼요. 열두 번째는 종아리를 두드리는 거예요. 이때는 앉아서 종아리 주변을 골고루 두드려주셔야 해요. 열세 번째는 발등이에요. 이것도 의자에 앉아 두 손으로 동시에 두드리면 돼요. 열네 번째는 발바닥입니다. 양말을 벗고 의자에 앉아 먼저 오른발을 왼 다리 위에 올려놓고 왼손으로 발바닥을 세게 두드려주세요. 왼쪽 발바닥도 똑같이 하시면 돼요. 열다섯 번째는 손등이에요. 먼저 왼손으로 오른손 손등을 두드리고, 다시 오른손으로 왼손 손등을 두드려주세요. 열여섯 번째는 손바닥이에요. 박수 치듯 두 손바닥을 두드리는데, 소리가 클수록 좋답니다. 이 열여섯 단계는 순서에 상관없이 아무거나 해도 되지만, 한 부위마다 적어도 30번씩은 해주셔야 해요. 그러니까 약간 열감이 날 정도라고 생각하시면 돼요. 자, 이제부터 쿠앙시우화 여사에게 먼저 시범을 보여달라고 청해볼까요?"

강사가 여기까지 소개한 후 노트북 자판을 두드리자 나이 든 여성 한 명이 두드림 장수 체조를 하는 모습이 화면에 나타났다. 그러자 강사가 화면을 가리키며 말했다.

"샤오 선생님, 보셨나요? 106세나 되신 쿠앙시우화 어르신이 자유자재로 자기 몸을 두드리는 게 보이시죠? 심지어 동작 하나하나가 정확하고 힘이 있잖아요. 이분은 평소 일상도 특별할 게 없고, 밥도 집밥을 먹고, 특별한 기구도 사용하지 않죠. 심지어 따로 복용하는 건강보조제도 없어요. 오직 매일 한 번씩 두드림 체조를 하며 100세까지 거뜬히 살아남으셨죠. 게다가 더 놀라운 건 지금도 눈과 귀가 밝고, 치아가 튼튼할 뿐 아니라 머리카락은 반 정도밖에 세지 않았다는 거예요. 두드림 장수 체조의 효과가 어느 정도인지 이제 아시겠죠?"

나 역시 컴퓨터 모니터에 나오는 노인의 활기찬 모습에 나이를 의심할 정도였다.

"샤오 선생님께 한 가지 더 놀라운 소식을 알려드릴게요. 산시성 시안시에 사는 80세 할머니는 두드림 체조 열여섯 단계를 한 세트 하신 후 몸이 땅에서 30센티미터 정도 위로 서서히 떠오르고, 그 주위로 안개가 자욱이 깔리는 놀라운 경험을 하셨어요. 당시 주변에 있던 사람들 모두 할머니의 몸이 안개 속에서 서서히 회전하는 것을 보았죠. 안개가 걷히고 할머니가 땅에 내려와 섰을 때 사람들은 할머니의 처진 가슴이 마치 스무 살 아가씨처럼 풍만하게 부풀어 오른 것을 발견하고 놀라움을 금치 못했어요. 할머니도 충격에 빠지기는 마찬가지였죠. 당시 함께 있던 동료 두 명은 할머니가 이상한 병에 걸렸다고 생각해 얼른 다가가 옷깃을 풀어헤쳤는데, 그 순간 둘 다 자기 눈을 의심할 수밖에 없었답니다. 할머니의 가슴이 탐스럽게 변해 있었던 거죠. 동료들이 어떠냐고 물어보자 할머니는 불편한 느낌이 전혀 없다고 대답했어요. 이 일은 그 지역에서 한동안 엄청나게 화제가 되었답니다.

나중에 어떤 학자는 이 신비한 현상을 설명할 때 우리가 사는 지구를 포함한 우주 안에 존재하는 암흑 에너지를 언급했어요. 과학자들은 지금의 우주가 멈추지 않고 계속 팽창하고 있다는 사실을 발견했죠. 이건 새로운 에너지가 계속해서 주입되고 있다는 방증이기도 해요. 그게 아니라면 팽창이 일어날 리 없으니까요. 하지만 이 에너지가 무엇인지에 대해선 과학자들도 아직까지 명확한 답을 내놓지 못하고 있답니다. 그래서 이 에너지를 암흑 에너지라고 이름 붙이게 된 거죠.

우리는 평소에 이런 암흑 에너지의 존재를 느낄 수 없어요. 방금 말씀드린 할머니의 경우 몸의 특정 부위와 혈자리를 두드리는 과정에서 자신도 모르게 우리를 에워싼 암흑 에너지의 어떤 스위치를 건드렸던 거죠. 그 결과 암흑 에너지의 신비한 효능이 순간적으로 가슴 부위에 나타난 거고요. 물론 이런 해석이 일리가 있는지 묻는다면 지금의 과학 수준으로는 검증할 방도가 없어요. 하지만 우리가 알아야 할 건 이런 가능성이 우리에게 예상치 못한 기적을 가져다줄 수 있다는 거겠죠. 아무튼 두드림 장수 체조는 건강 면에서 눈에 보이는 효과를 줄 뿐 아니라 말로 설명할 수 없는 기능 또한 가지고 있을 가능성이 크답니다."

샤오 할아버지는 강사의 장황한 설명을 들으며 무척 흡족해했다.

뒤이어 강사는 친절하게 직접 시범을 보이며 할아버지에게 동작을 가르쳐주었다. 나 역시 옆에서 공짜로 따라 배우며 나중에 부모님에게 이 장수 체조를 가르쳐드려야겠다고 생각했다.

그날 나와 샤오 할아버지는 잔잔한 음악에 맞춰 11시경까지 계속해서 동작을 배웠다. 체조는 배우기가 쉬워서 두 시간도 지나지 않아 모든 과정을 마스터할 수 있었다. 운동을 마친 할아버지는 원래 약속했던 대로 500위안을 강사에게 건넸다. 강사는 집을 나서며 한 가지 부탁을 했다.

"사실 이 체조를 가르쳐드리는 건 제 업무이기도 하지만, 어르신들을 위해 좋은 일을 한다는 생각에 더 즐겁게 하고 있답니다. 어르신들이 100세 넘게 살 수 있도록 돕는 거야말로 진정한 의미의 선행이라고 보거든요. 주변에 이 체조를 배우고 싶어 하는 분이 계시면 제 전화번호를 알려주고 연락하라고 해주세요."

샤오 할아버지는 연신 고개를 끄덕이며 대답했다.

"당연히 그래야죠."

사흘이 지난 뒤 할아버지는 강사에게 판사 친구 세 명을 소개해주는 열의를 보였다. 나 역시 장수 공원에서 알게 된 노인 두 명을 소개해주었다.

두드림 장수 체조를 배우고 난 샤오 할아버지는 이상하리만치 신이 나 있었다.

"이 체조를 30년 동안 매일 꾸준히 하면 120개월, 그러니까 10년을 더 살 수 있는 셈이지. 게다가 페이 대사가 내 수명을 28년 연장해줬으니 합치면 무려 38년이야. 지금 내가 75살이니까, 여기에 38년을 더하면 자그마치 113살이나 되는 거지. 그사이 나는 아무 문제 없이 280만 자에 달하는 법학 책을 출간해 법학자가 될 수 있으니 생각만 해도 살 맛이 나는구나! 어디 이것뿐이겠니? 그 38년 동안 장수 비법을 더 찾는다면……."

그날부터 그는 매일 장수 체조를 하고, 또다시 새로운 장수 방법을 찾기 위해 시내 대형 서점에 자주 들러 세포학, 분자학, DNA 분석, 유전공학, 신경학 방면의 신간을 사서 읽었다. 내가 보면 하나같이 무슨 내용인지 이해도 안 가는 책이었다. 어쨌든 할아버지가 서점에 갈 때면 나도 함께 가서 책 찾는 것을 도와주었다.

또한 그는 틈만 나면 인터넷에 접속해 장수와 영생에 관한 새로운 자료를 찾았다. 생명, 생물, 인공지능, 의학과 관련된 웹사이트를 자주 방문하며 인간의 장수와 수명 연장에 관한 정보를 하나라도 더 얻으려고 애썼다. 이렇게 빠져들다 보니 어떨 때는 밤에 컴퓨터 앞에서 몇 시간씩 앉아 있기도 했다.

미국에 있는 신신 언니에게 전화가 왔을 때 나는 그동안 페이 대사를 찾아가고 두드림 장수 체조를 배운 이야기와 더불어 최근 할아버지의 일상에 생긴 변화에 대해 들려주었다. 사실 이런 얘기를 하기 전까지만 해도 왜 말리지 않았냐며 화를 낼 거라고 생각했지만, 그녀는 뜻밖에도 화를 내기는커녕 도리어 한숨을 내쉬며 아버지의 건강을 더 걱정했다.

"늙으셔서 그래. 아빠가 하자는 대로 그냥 다 들어드려. 아빠가 좋아하면 그걸로 된 거야. 근데 미국에서도 신문이나 인터넷 기사를 보면 생명 연장에 관한 연구 성과들이 종종 나오는데, 그게 사실인지 아닌지에 관해선 아직 알려진 게 없어."

시차 때문에 그럴 수도 있지만 그녀의 목소리는 예전과 달리 약간 메마른 느낌을 주었다. 물론 그때까지만 해도 나는 신신 언니의 삶에 중대한 변화가 생겼다는 사실을 전혀 모르고 있었다.

미국에 도착했을 때만 해도 신신 언니의 기분은 아주 좋아 보였다. 매주 한 번씩 전화했고, 그때마다 밝은 목소리와 웃음소리가 수화기 너머로 들려와 적막했던 집에 활기가 도는 듯했다. 그녀는 늘 아버지에게 식사는 어땠는지, 잠은 잘 자는지, 뭘 하며 놀았는지, 대소변은 잘 보는지, 몸 상태는 어떤지, 기분은 괜찮은지, 미시즈 지와의 관계는 어떤지 등을 꼬치꼬치 물어보며 챙겼다. 그리고 통화 끝에 늘 나를 다시 바꿔 달라고 해서 혈압, 심장 박동수, 콜레스테롤, 혈당 수치와 복용하는 약, 체중 변화 등에 대해서 물어보았다. 이뿐만이 아니었다. 나와 남자 친구 사이는 어떤지, 통장으로 월급이 잘 들어갔는지, 따로 하고 싶은 말은 없는지 물어볼 만큼 이곳에서 지내는 우리 두 사람에 대한 그녀의 애정과 관심은 정말이지 차고 넘칠 정도였다.

당시 샤오 할아버지와 내가 가장 대답하기 힘들었던 질문은 미시즈 지에 관한 것이었다. 이 문제를 오랫동안 비밀로 유지하는 것은 거의 불가능에 가까웠다. 신신 언니가 미시즈 지를 바꿔달라고 할 때마다 전화를 받지 못하는 이유를 계속 대는 데도 한계가 있었다. 결국 샤오 할아버지가 먼저 말을 꺼냈다.

"나와 미시즈 지는 서로 잘 맞지 않아서 헤어지기로 했단다. 이 일은 이미 서로 잘 얘기해서 마무리했으니 너무 걱정 말고, 그 사람한테도 연락할 필요 없다. 같이 지내보니 나는 재혼에 어울리는 사람이 아니더구나. 지금은 샤오양이 옆에서 돌봐주고 있고 별 탈 없이 잘 지내고 있으니까. 여기 걱정은 하지 말고 미국에서 네 남편이랑 잘 살아……."

수화기 너머로 잠시 침묵이 흐르는가 싶더니 신신 언니의 탄식 소리가 들려왔다.

"그럴 수도 있죠. 아빠가 원하는 대로 하세요."

뒤이어 신신 언니는 나를 다시 바꿔달라고 하고는 걱정이 잔뜩 담긴 목소리로 부탁했다.

"샤오양, 지금은 믿을 사람이 너밖에 없어. 내가 갈 때까지 네가 딸처럼 아빠를 잘 좀 돌봐드렸으면 해. 이번 달부터 월급도 5,500위안으로 올려줄 테니 조금만 더 신경 써드려."

나는 갑작스러운 제안에 당황하며 얼른 그녀를 안심시켰다.

"여기 일은 너무 걱정 마세요. 할아버지는 제가 잘 돌봐드릴 테니 월급까지 올려주실 필요는 없어요. 언니도 부담되실 테고……."

하지만 신신 언니는 계산이 정확한 사람답게 한 번 뱉은 말에 책임을 졌고, 그날 이후로 내 월급은 5,500위안이 되었다.

월급이 인상되면서 뤼이웨이에게 들어가는 식비와 용돈을 더 챙겨줄 수 있게 되었다. 그 당시 뤼이웨이는 이미 대학원에 입학했기 때문에 공부에 전념할 수 있도록 건강에 더 신경 써줘야 했다.

그날 이후 신신 언니는 아버지에 대한 걱정 때문인지 거의 일주일에 두 번씩 전화를 걸어왔다. 그럴 때마다 샤오 할아버지는 너무 자주 전화하지 말라고 타박을 주고는 했다.

"국제전화인데 너무 자주 전화할 필요 없어. 전화비도 아껴야지. 네아빠 아직 건재해. 건강에 큰 문제도 없고 샤오양도 잘 돌봐주고 있으니 너무 걱정할 거 없어."

그런 말 때문인지 아니면 영어를 배우러 다니느라 바빠서인지 모르겠지만, 그날 이후 신신 언니가 전화를 거는 횟수가 점점 줄어들기 시작했다. 미국으로 간 지 1년이 지나자 전화를 거는 횟수가 확연히 줄어 어떨 때는 3주 동안 한 통도 오지 않았다. 다행히 그 시기에 샤오 할아버지는 모든 관심이 장수 연구에 집중되어 있어 신신 언니의 전화 횟수가 줄어들었다는 사실조차 알아채지 못했다. 나 역시 할아버지를 잘 돌봐드리고, 매달 월급만 제때 들어오면 그만이었다. 하물며 그 당시 뤼이웨이의 석사과정이 순조롭게 진행 중이었고, 졸업하고 나와 결혼한 뒤에 박사과정을 밟겠다고 약속까지 받아놓은 상태라 마음이 붕 떠 있었다. 머지않아 박사 부인이 될 생각에 매일 꽃밭을 걷는 기분이었다.

내가 샤오 할아버지 집에서 맞이하는 두 번째 설날을 앞둔 전날에 신신 언니에게 문자메시지가 왔다.

'샤오양, 잘 지내지? 안타깝지만 이번 설에도 갈 수 없게 됐어. 이유를 말하자면 복잡하니까 나중에 직접 보고 다 얘기해줄게. 그래서 말인데 이번 설 연휴에 베이징에 남아서 아빠를 좀 돌봐줬으면 해. 외롭게 혼자 설을 보내시게 할 수도 없고, 또 연휴 기간에 무슨 일이라도 생기면 큰일이잖아. 네가 이번에 도와주면 보너스로 2천 위안을 더 보내줄게. 명절에 고향에 가지 못하는 네 마음이 이 돈으로 위로가 될 리 없겠지만 이렇게 부탁할 수밖에 없는 내 마음을 이해해줬으면 해. 회신 부탁해.'

솔직히 말해서 이 문자를 받았을 때 기분이 썩 좋지 않았다. 예정대로라면 신신 언니는 설날에 맞춰 열흘 전에 돌아와야 하고, 나는 연휴 기간에 고향에 내려가 가족들과 설을 보내고 돌아올 계획이었다. 1년 중에서 가장 중요한 명절이니만큼 가족도 만나고, 모처럼 일에서 벗어나 쉬고 싶은 마음이 컸다. 게다가 틈틈이 시간 날 때마다 가족에게 줄 선물도 사놓았고, 뤼이웨이와 함께 가기 위해 기차표까지 예매해둔 상태였다. 이제 와서 나더러 어쩌라는 거야? 그렇게는 못 한다고 말하고 샤오 할아버지 혼자 설을 보내시라고 할까? 아냐, 노인 혼자 외로운 것은 둘째 치고 혼자 지내다 무슨 일이라도 생기면 어떡해? 모처럼 가족과 함께 시간을 보내고 싶은 바람을 2천 위안과 맞바꿔야 하나?

나는 한참을 망설이다 마지못해 '어쩔 수 없죠'라고 짧게 답장을 보냈다. 나는 그녀가 이 짧은 문자 안에 숨겨진 나의 불쾌한 기분과 내키지 않는 마음을 알아채주기를 바랐다. 원하는 답을 기다리고 있었던 듯 곧바로 답장이 날아왔다.

'정말 고마워! 나중에 선물 하나 보내줄게.'

나는 더 이상 답장을 보내지 않았다. 그렇게라도 해서 가족과 함께 보낼 시간과 기회를 돈과 물질을 이용해 맞바꾸려 한 그녀에게 불쾌감이 전해지기를 바랐다.

어쨌든 신신 언니는 나에게 확답을 받아낸 뒤 샤오 할아버지에게 전화를 걸어 사정이 생겨 설 연휴에 베이징에 갈 수 없게 되었고, 대신 내가 돌봐줄 거라고 알렸다. 샤오 할아버지는 전화를 끊자마자 내게 고향에 가는 기차표를 끊으라고 재촉했다.

"여기 일은 걱정하지 말고 고향으로 내려가서 설 쇠고 와. 물만두 같은 거야 마트 가면 얼마든지 있으니 사다가 끓여 먹으면 되지."

사실 좀 전의 일로 기분이 몹시 안 좋아 아무 말도 하고 싶지 않았지만, 할아버지를 안심시키려면 설에 고향에 못 내려가는 이유를 뭐라도 대야 했다.

"남자 친구가 요번에 집에 못 내려간다고 저더러 여기서 설을 같이 보내자고 했거든요."

할아버지는 그제야 고개를 끄덕였다. 그 후 나는 남자 친구에게도 집에 내려가지 말라고 했고, 그동안 가족에게 주려고 사둔 선물은 택배로 부쳤다. 당연히 뤼이웨이는 내켜 하지 않았지만, 내 고집을 못 이기는 척 받아주었다. 물론 그 이면에는 연휴 기간에 나를 상대로 실컷 즐겨도 상관없다는 암묵적인 거래가 깔려 있었다.

그해 섣달 그믐날 오전이 되자 샤오 할아버지는 자꾸 남자 친구를 부르라고 재촉했다.

"당장 전화해서 함께 식사하자고 해. 섣달 그믐날 학교 식당에서 혼자 밥 먹게 하지 말고."

나는 더는 거절할 수 없어 뤼이웨이에게 전화를 걸었고, 오는 길에 꽃다발을 사 오라는 말도 잊지 않았다.

뤼이웨이가 초인종을 눌렀을 때 나는 주방에서 음식을 준비하느라 바빠 나가지 못하고, 대신 샤오 할아버지가 문을 열어주었다. 문이 열리자 뤼이웨이는 준비해 온 꽃다발을 할아버지에게 건넸다. 모처럼 받은 꽃 선물에 기분이 좋았는지 할아버지의 웃음소리가 주방까지 들려왔다.

"요즘 보기 드문 젊은이네. 늙은이를 위해 꽃을 다 준비해주고! 고맙네!"

평소 웃을 일이 거의 없는 할아버지가 모처럼 환하게 웃는 걸 보니 꽃을 사 오라고 하길 정말 잘했다는 생각이 들었다.

저녁 식사 분위기는 아주 화기애애했다. 나는 뤼이웨이에게 술을 마실 수 없는 이유를 미리 언질했고, 무가당 요구르트로 술을 대신했다. 샤오 할아버지 역시 요즘 들어 장수에 관심이 많다 보니 아쉬움을 드러내지는 않았다. 첫 번째 건배사에서 할아버지는 머릿속에 지식은 늘어나고 이마에 주름은 늘지 않게 해달라고 했고, 두 번째 건배사에서는 나노 로봇이 혈관을 청소하고 DNA를 복구해주는 날이 하루라도 빨리 와서 젊음을 되찾게 해달라고 했고, 세 번째 건배사에서는 200년 뒤에도 우리가 샤오 할아버지와 함께 설날을 보낼 수 있게 해달라고 기원했다. 이 건배사를 하고 난 샤오 할아버지의 표정은 무척이나 밝고 편안해 보였다. 식사를 마치자 그는 한숨을 쉬며 고마움을 전했다.

"두 사람 덕에 모처럼 아주 즐거웠어. 내 딸과 사위는 같이 있어도 늘 근심 걱정만 안겨주었는데……."

그날 샤오 할아버지는 이례적으로 뤼이웨이에게 신신 언니 부부의 침실에서 자고 가라고 배려했다.

밤이 깊어지자 뤼이웨이는 내 방으로 몰래 들어왔다. 내가 절대 소리를 내면 안 된다고 경고했는데도 흥분한 나머지 그런 경고 따위는 안중에도 없었다. 게다가 빌어먹을 침대까지 쉴 새 없이 삐걱거리며 소리를 내는 통에 그 소리가 할아버지 귀에 안 들어갈 리 없었다.

다음 날 아침이 되자 나는 너무 민망해서 할아버지와 눈을 마주칠 용기가 나지 않았다.

...

그해 설날 연휴가 끝난 뒤 샤오 할아버지가 신이 난 표정으로 신문을 들고 와 기사 하나를 내게 보여주었다. 나는 그 내용을 소리 내어 읽기 시작했다.

"세계에서 가장 광범위하게 쓰이는 항당뇨병 치료 약물인 메트포르민은 노화 방지와 생명 연장에 효과가 있다. 이 약물은 세포 속에 있는 산소 분자의 방출을 촉진해 세포를 견고하게 하고, 궁극적으로 신체의 노화 속도를 늦추고 수명을 연장하는 데 도움을 준다. 영국 카디프 대학의 연구 결과 발표에 따르면 메트포르민을 주사한 당뇨병 환자가 다른 당뇨병 환자보다 더 오래 사는 것으로 나타났다. 현재 미국 식품의약국이 추가 실험을 승인했으며, 과학자들은 새로운 실험에 참여할 지원자를 모집……."

여기까지 읽었을 때 할아버지가 말을 꺼냈다.

"샤오양, 지금 내가 매일 복용하는 약이 메트포르민이잖아. 이제부터 그 약 복용량을 두 배로 늘리자꾸나!"

나는 깜짝 놀라며 할아버지를 말렸다.

"전 간병인에 불과해요. 복용량을 조절하려면 의사의 동의가 있어야 해요. 할아버지 마음대로 증량하시면 안 돼요. 약에는 독성이 있어서 함부로 양을 늘리면 신장이나 간에 손상을 줄 수 있어요. 이 신문 기사만 봐도 메트포르민이 노화 방지와 수명 연장에 확실히 효과가 있다고 결론이 난 게 아니라서 실험을 더 하려고 참가 희망자를 모집하는 거잖아요. 신중하게 생각하셔야 해요."

샤오 할아버지는 내 말에 기분이 약간 언짢아진 듯했다.

"너는 어째 젊은 애가 나이 든 나보다 더 꽉 막혔어. 나는 그딴 거 하나도 겁나지 않아! 영국 대학에서 이미 결론을 내렸다고 기사에도 나와 있지 않니?"

할아버지의 화난 모습을 보니 더는 말이 통할 것 같지 않았다.

"그럼 병원에 가서 주치의 선생님 의견을 들어보고 결정하는 게 좋겠어요."

샤오 할아버지는 어쩔 수 없이 고개를 끄덕였고, 나와 함께 병원으로 향했다. 하지만 의사는 내 예상대로 단호하게 증량을 반대했다.

"증량은 안 됩니다! 지금 복용하는 양도 적은 양이 아니에요. 여기서 더 증량하면 아주 위험해요."

그날 이후 얼마 지나지 않은 어느 날, 할아버지는 잔뜩 흥분한 목소리로 나를 불러 인터넷에 뜬 장수 수련회 공지를 손으로 가리켰다.

"구이링궁(龜齡功)은 판쉰 대사가 거북이의 장수 비결을 10년 동안 연구해 만든 장수 프로그램이야. 배우기도 쉽고, 1년간 꾸준히 하면 수명을 반년이나 늘릴 수 있다는구나. 장소는 이화원(頤和園) 북궁문 옆이야."

샤오 할아버지는 손뼉까지 치며 자신이 찾아낸 정보에 흥분을 감추지 못했다.

"가서 배워야겠어. 페이 대사 덕분에 28년을 연명했고, 장수 체조를 1년간 해서 4개월을 연명할 거고, 여기에 구이링궁까지 배우면 자그마치 몇 년인지 아니?"

나는 인터넷에 올라온 정보를 전부 믿으면 안 된다고 말하고 싶었지만, 할아버지가 기뻐하는 모습을 보니 차마 그 말을 입 밖으로 꺼낼 수 없었다. 모집 공고에 나온 전화번호로 전화를 걸어보니, 참가비용이 9,998위안이고 매일 오전에 수업료를 내면 바로 수련할 수 있다고 했다. 샤오 할아버지는 이번에도 9,998위안이 기꺼이 투자할 가치가 있는 돈이라고 여겼다. 그는 이튿날 아침 식사를 한 후 택시를 타고 바로 가자고 말했다.

우리가 이화원 북궁문 앞에 도착하자 저 멀리 큰 나무 아래로 '구이링궁'이라고 쓰인 간판이 보였다. 가까이 걸어가니 중년 남자와 젊은 남자가 그 앞에 앉아 있었다.

"여기가 구이링궁 수련원인가요?"

그러자 젊은이가 일어서며 대답했다.

"네, 배우시게요? 먼저 수련비를 내면 바로 배우실 수 있어요."

나는 왠지 석연치 않은 기분이 들어 다시 물었다.

"왜 배우러 온 사람이 한 명도 보이지 않죠?"

그러자 젊은이가 고개를 끄덕이며 말했다.

"저희는 누구나 편한 시간에 와서 수련하고 끝나면 바로 가는 시스템이거든요. 그래야 수강생들이 기다릴 필요 없이 바로 배울 수 있으니까요. 장수는 분초를 다투는 일이고, 한 시간이 지연되는 동안 어떤 병에 걸릴지 아무도 알 수 없죠. 오늘 아침부터 지금까지 벌써 네 명이 배우고 갔어요."

나와 샤오 할아버지는 서로 눈빛을 교환하며 그의 말이 일리가 있다고 느꼈다.

"그럼 수련을 담당하시는 분은 누군가요?"

그가 두 눈을 살짝 내리깔고 나무 아래 앉아 있는 중년 남성을 가리키며 말했다.

"판 대사께서 직접 가르쳐주실 겁니다."

샤오 할아버지는 상황 파악이 된 듯 얼른 그에게 다가가 물었다.

"어떻게 하면 됩니까?"

하지만 판 대사는 아무 말도 하지 않은 채 여전히 두 눈을 살짝 내리깔고 그대로 앉아 있었다. 그러자 젊은이가 다시 입을 열었다.

"우선 수업료를 내면 그때부터 수업이 진행됩니다."

샤오 할아버지가 나를 향해 손짓하자, 나는 얼른 9,998위안을 꺼내 젊은이에게 건넸다. 돈을 다 센 젊은이는 샤오 할아버지에게 중년 남자 맞은편에 있는 둥근 의자에 앉으라고 했다. 그리고 나서 비닐 돗자리로 만든 병풍 같은 걸 가져와 두 사람 주위에 둘러쳤다. 비닐 돗자리 위에는 거북이 그림이 잔뜩 그려져 있었다. 나는 그들의 수련 방법을 모르다 보니 혹시라도 수련 과정에서 다치기라도 할까 봐 걱정이 되었다.

"나도 들어가야겠어요. 할아버지 심장이 안 좋아서 무슨 일이 생기면 안 되거든요."

젊은이가 잠시 고민하는가 싶더니 이내 고개를 끄덕였다.

"그렇게 하세요. 하지만 보고 듣기만 하고 소리를 내거나 방해해서는 안 돼요!"

안에 들어가니 중년 남자가 눈을 뜨고 샤오 할아버지를 마주 보며 말하고 있었다.

"수련을 담당한 사람으로서 먼저 제 소개를 드리지요. 제 이름은 판 쉰이고, 퉁팅호 인근에서 태어나 올해 95세가 되었습니다. 어릴 때부터 아버지를 따라 퉁팅호의 작은 섬에서 물고기, 자라, 새우, 게를 잡아먹고 살았고, 늘 거북이와 친구처럼 지냈죠."

샤오 할아버지는 그의 나이를 듣는 순간 엄청난 충격을 받은 듯 반문했다.

"95세라고요?"

판쉰은 대답 대신 자신의 신분증을 꺼내 할아버지에게 건넸다.

"직접 보십시오!"

나는 호기심을 참지 못하고 얼른 몸을 쭉 내밀어 신분증을 확인했다. 과연 신분증에 적힌 출생연도와 날짜가 그가 95세라는 사실을 정확히 알려주고 있었다. 맙소사! 95세나 먹은 사람이 어떻게 저렇게 젊어 보일 수 있지? 아무리 많이 쳐도 45세 정도로밖에 안 보이는데?

"거짓말처럼 생각되시나요? 95세나 먹은 사람이 이렇게 젊은 몸과 얼굴을 가질 수 있다는 게 이상한가요? 그렇다면 그 비밀을 알려드리지요. 그건 바로 오랫동안 구이링궁을 수련해왔기 때문입니다. 선생님도 젊어지고 싶고 더 오래 살고 싶어 저를 찾아오신 것 같은데, 그렇다면 아주 잘 찾아오신 겁니다.

거북이와 오랜 세월을 함께 지내며 그 동물의 습성을 자세히 관찰해보니 파충류인데도 다른 파충류와 다른 뚜렷한 특징을 가지고 있더군요. 그건 바로 단단한 등껍질이었지요. 거북이는 위험한 상황에 직면하면 오장육부, 머리, 사지와 꼬리를 껍질 속으로 숨겨 적의 공격을 피하고 자신을 보호합니다. 굳이 도망칠 필요도 없죠. 그러니 다칠 가능성이 크게 줄어들고 수명도 따라서 길어지는 겁니다.

더 중요한 특징은 바로 거북이가 아주 '게으른' 동물이라는 겁니다. 운동량이 매우 적어서 신체 에너지 소비가 현저히 떨어지고, 신진대사

역시 느려질 수밖에 없습니다. 게다가 잠을 많이 잡니다. 겨울잠과 여름잠을 자고, 하루에 열다섯 시간 이상 잠을 자죠. 1년 중 10개월 정도를 자면서 추위를 견디고 더위를 막아내는데, 그사이 몇 개월 동안 먹지 않아도 살 만큼 배고픔을 견디는 능력도 뛰어납니다. 그래서 거북이들이 별문제 없이 몇백 살을 살 수 있는 거죠.

거북이에 관한 이런 관찰과 연구를 바탕으로 제가 만들어낸 수련법이 바로 구이링궁이죠. 이 수련법의 기본 동작은 딱 세 가지, 즉 앉고 기고 눕는 겁니다. 이때 가장 필요한 게 바로 느림, 고요, 안정이라고 보면 됩니다. 이것과 더불어 일상생활에서도 적게 먹고, 적게 마시고, 적게 보고, 적게 듣는 노력을 하셔야 합니다. 현재 제가 만든 이 방법으로 꾸준히 수련을 하는 분이 5,556명이고, 평균 나이는 88,996세 정도 됩니다. 자, 이건 저희 통계자료이니 한번 확인해보세요. 거기 보면 그분들 나이가 자세히 나와 있지요. 무려 102세까지 생존해 있는 분도 계십니다."

샤오 할아버지가 자료를 몇 장 들춰보는데 판 대사가 그것을 얼른 다시 집어가며 말했다.

"자, 그럼 지금부터 이 수련법을 배워보도록 하겠습니다. 첫 번째 동작으로, 눈을 살짝 감고 자신과 바깥세상을 차단하세요. 두 번째 동작으로, 고무마개 두 개로 귀를 막고 세상의 모든 소리를 차단하세요. 세 번째 동작으로, 의자에 앉아 평온을 유지하며 아주 천천히 숨을 들이마셨다가 뱉으세요. 네 번째 동작으로, 화장실에 가고 싶으면 두 손으로 바닥을 짚어 천천히 기어가고, 대변이나 소변을 보고 나서도 천천히 기어서 원래 자리로 가서 앉으세요. 다섯 번째 동작은 침대에 똑바로 누위 잠을 청하고, 잠이 오면 잠을 자면서 하루 열다섯 시간을 누워 있는 겁니다. 이때 배고픔이나 목마름을 참아내고, 하루에 식사는 한 번만 하고, 물도 한 번만 마시고, 어떤 약도 드시면 안 됩니다. 거북이가 약 먹는 거 보셨나요……."

샤오 할아버지는 그의 말을 흥미진진하게 듣고 있었지만, 나는 무언가 이상하다는 느낌이 자꾸 들었다.

그날 집으로 돌아오고 나서 나는 샤오 할아버지에게 물었다.

"정말 구이링궁을 수련하실 거예요?"

샤오 할아버지가 고개를 끄덕였다.

"이왕 배웠으니 해봐야지. 동작도 어렵지 않고, 돈까지 냈는데 어떻게 안 해? 게다가 이걸 수련한 사람들이 평균 88.996세까지 살고 있다잖니. 그걸 알고도 안 하는 게 더 멍청한 짓 아니냐?"

"그건 그 사람이 그렇게 말한 거고 객관적으로 증명된 건 아니잖아요. 제 인생 경험과 지금까지 배운 의학 지식이 아무리 적어도 구이링궁은 그리 신뢰할 만한 게 못 된다는 걸 알겠어요. 첫째, 사람은 운동을 하지 않으면 신진대사가 느려지고, 사지의 운동 기능이 퇴화될 수 있어요. 둘째, 사람이 매일 열다섯 시간씩 누워 있으면 욕창에 걸리기 쉬워요. 셋째, 간헐적 단식 정도는 괜찮지만 아무리 그래도 할아버지는 지병이 있어서 피가 걸쭉해지고 혈전이 생길 수 있어요."

샤오 할아버지는 그 말에 크게 개의치 않았다.

"사람들은 늘 새로운 것에 두려움을 느끼고 의심부터 하지. 너처럼 젊은 사람도 그럴 줄은 몰랐구나. 한 가지 확실한 건 거북이가 동물이듯 인간 역시 동물이라는 거란다. 모두가 동물인 이상 사람이 거북이에게 배운다고 문제 될 것이 없겠지. 하물며 구이링궁은 사람이 거북이를 통해 깨닫고 배운 방법이니 분명 효과가 있을 거다. 물론 거북이처럼 800살까지 살지는 못하겠지만 20년이나 30년 정도 늘리는 건 가능할 거고."

나는 너무나 단호한 할아버지의 태도를 보며 문득 '아빠가 하고 싶다면 다 들어드려'라고 했던 신신 언니의 말을 떠올렸다. 그 생각이 떠오른 순간 나는 구이링궁을 수련하고 싶어 하는 할아버지를 더는 방해하지 않았다.

샤오 할아버지가 구이링궁을 수련하는 최대 장점은 생활비 절약이었다. 장을 봐도 소량이다 보니 식비가 많이 줄었다. 삼시 세끼 식사 준비를 다 할 필요가 없으니 나에게도 여유 시간이 많아졌다. 하지만 사흘이 지나자 샤오 할아버지의 안색이 별로 안 좋다는 느낌이 왔고, 닷새째가 되자 혈압과 혈당 수치가 올라가고 대변을 제대로 보지 못했다. 더 심각한 문제는 불규칙한 심장 박동수였다. 나는 문제의 심각성을 느끼고 당장 수련을 멈추라고 충고했지만 그는 고집을 피우며 고개를 가로저었다.

"무슨 일이든 대가가 있기 마련이란다. 장수하려면 이 정도 대가는 감수해야지. 지금 내 상황은 그 대가를 지불하는 과정이고, 이 시기만 지나면 좋아질 거니까……."

할아버지의 몸 상태가 너무 걱정됐지만 말을 해도 통하지 않으니 이제 남은 방법은 하나뿐이었다. 나는 어쩔 수 없이 미국에 전화를 걸어 신신 언니에게 설득을 해달라고 부탁해야만 했다. 어느 날 저녁 식사를 마친 뒤 신신 언니에게 전화를 걸었지만 받지 않았다. 그 시간이면 미국은 이른 아침이었기 때문에 나는 그녀가 자고 있다고 생각해 계속 통화를 시도했다. 그렇게 세 번을 건 끝에 마침내 전화가 연결되었다. 목소리가 분명 신신 언니였다. 그런데 신신 언니는 내가 누구인지 단번에 알아채지 못하는 듯했다. 계속해서 세 번이나 내 이름을 말했는데도 여전히 누구냐고 되물을 뿐이었다. 그 순간 뭔가 이상하다는 느낌이 들었다. 신신 언니가 왜 나를 모르는 거지? 설마 잠결에 전화를 받아서 그런 건가? 내가 다시 내 이름을 말하려는데 갑자기 침실 쪽에서 쿵 소리가 들려왔다. 통화를 멈추고 정신없이 달려가 보니 샤오 할아버지가 침대에서 내려오다 혼절하는 바람에 바닥에 쓰러져 있었다. 서둘러 맥박을 짚는 순간 심장이 철렁 내려앉으며 머릿속이 하얘졌다. 맥박이 거의 잡히지 않았다. 나는 서둘러 응급구조센터에 전화를 걸어 구급차를 타고 병원으로 향했다. 응급실에 도착하자마자 응급조치가 시작되었다.

얼마의 시간이 흐른 뒤 할아버지는 다행히 큰 문제 없이 안정을 되찾았다. 그런데 더 끔찍한 일은 그 뒤에 일어났다. 의사는 내가 간병인이라는 사실을 알고 나자 정황상 할아버지를 학대한 것은 아닌지 의심했다.

"하마터면 탈진해 돌아가실 뻔했습니다. 영양 상태가 어떻게 이 정도로 악화된 거죠? 도대체 간병을 어떻게 한 겁니까? 제때 음식을 드린 건 맞나요? 혹시 할아버지 혼자 사십니까? 자녀분들은 이 상황을 아세요? 이건 직무 유기입니다! 만약 또다시 이런 상황이 생기면 경찰에 신고가 들어갈 테니 그리 아세요!"

이런 상황에서 나는 입이 열 개라도 할 말이 없었다.

신신 언니는 다음 날 오전이 되어서야 내게 전화를 걸어 자기에게 전화를 한 게 맞는지 물었다. 나는 분명히 전화를 받은 게 맞는데 어떻게 내가 누구인지도 모를 수 있냐고 따져 물었다. 그러자 그녀가 한숨을 내쉬며 사정을 이야기해주었다.

"정말 미안해. 그때 진정제를 너무 많이 먹은 상태라 침대에 쓰러져 정신을 차릴 수가 없었어. 전화벨이 울리는 것 같아서 간신히 받긴 했는데 아무 말도 알아들을 수 없는 거야. 일부러 그런 게 아니니까 이해해줘."

나는 그 말에 내심 놀라며 물었다.

"아직 나이도 젊은데 무슨 진정제를 그렇게 많이 먹어요?"

그녀가 한숨을 푹 내쉬었다.

"샤오양, 여기에 문제가 좀 생겼어. 자세한 얘기는 나중에 다시 해줄게. 그건 그렇고 무슨 일로 전화한 거야? 월급이 제대로 안 들어갔어? 아니면 아빠가 어디 아프셔?"

나는 전화기 너머로 들려오는 목소리를 들으며 신신 언니가 정신적으로 많이 힘들어한다는 느낌을 받았다. 그런 그녀에게 이런 상황을 얘기하는 것이 과연 잘하는 것인지 순간 갈등이 생겼다. 어차피 이역만리 떨어져 지내는 데다, 심리적 부담만 더 줄 것 같았다. 결국 나는 사실대로 말하지 못한 채 그저 보고 싶어서 걸었고, 여기는 별일 없이 잘 지낸다고 둘러댔다. 전화기 너머로 쓸쓸한 웃음소리가 들려왔다.

"나도 보고 싶지. 아빠도 보고 싶고……. 조만간 시간 내서 꼭 보러 갈게……."

병원에서 돌아온 샤오 할아버지는 더는 구이링궁을 입에 올리지 않았다. 응급실에 누워 있을 때 의사가 내게 한 말을 들은 게 분명했다.

그날 이후 나는 할아버지 식사를 철저하게 챙기며 신경 썼고, 대엿새가 지나자 그의 몸은 어느 정도 정상으로 돌아왔다. 이번 일을 겪고 난 샤오 할아버지는 장수에 관한 광고에 더는 현혹되지 않았고, 다시 나와 함께 공원 산책을 하다가도 그런 광고나 홍보 활동을 보면 멀찍이 피해 다녔다.

샤오 할아버지는 구이링궁을 더는 입에 담지 않았지만 나는 그 수련원에서 본 두 남자가 자꾸 마음에 걸렸다. 지금도 여전히 노인들을 상대로 사기를 치고 있을 게 뻔했다. 어느 날 샤오 할아버지와 함께 법원에서 일했던 친구가 찾아왔다. 나는 두 사람이 이야기를 나누는 틈을 타서 시산 병원에서 간호사로 일하는 친구를 찾아갔다. 버스를 타고 이화원 북궁문을 지날 때 과연 그곳에 있는 구이링궁 수련원 간판이 눈에 들어왔다. 게다가 노인 몇 명이 그곳에서 줄을 서서 돈을 주는 모습도 보였다. 나는 당장 차에서 내려 그 노인들을 막고 싶었지만 아무런 증거도 없이 그들을 설득할 방도가 없었다. 게다가 두 사기꾼은 이런 일에 대비해 이미 빠져나갈 구멍을 다 마련해놨을 터였다. 결국 나는 차에서 내리지 못한 채 그곳을 그냥 스쳐 지나가고 말았다.

...

신신 언니는 미국에 간 지 3년째 되던 봄이 되어서야 아빠를 보러 오겠다고 했다. 이렇게 긴 시간 동안 나는 맡은 바 임무를 다하며 할아버지를 돌보고 간호했다고 자부할 수 있었다. 물론 신신 언니도 약속을 지키며 매달 28일이면 어김없이 월급을 보냈다. 그리고 결코 적지 않은 이 월급 덕분에 나는 베이징에서 걱정 없이 살며 동생들의 학비를 댈 수 있었다. 그리고 무엇보다도 뤼이웨이가 대학원에서 마음 놓고 공부할 수 있도록 내조할 수 있어서 너무 행복했다. 어느 날 오전에 신신 언니가 보낸 문자메시지 내용을 아직도 기억하고 있다.

'샤오양, 잘 지내지? 이제야 두 사람을 보러 가게 됐어. 근데 내가 간다는 얘기를 아빠한테는 아직 하지 말아줘. 서프라이즈를 하고 싶거든. 23일 정오에 남자 친구를 보러 외출한다는 핑계를 대고 서우두 국제공항 3번 터미널로 나와줘. 항공편은 뉴욕에서 베이징으로 가는 CA2138이고, 13시 25분에 도착할 거야.'

내가 이 문자 내용을 기억하는 이유는 이 문자를 기점으로 내 삶에 커다란 변화가 일어났기 때문이다.

나는 신신 언니의 문자메시지에 적힌 당부대로 23일 정오에 샤오 할아버지에게 거짓말을 한 뒤 택시를 타고 곧장 서우두 공항 3번 터미널로 갔다. 내가 국제선 입국 게이트에 도착했을 때 전광판에 CA2138편 여객기가 이미 착륙했다는 표시가 떠 있었다. 나는 입국 게이트의 문이 열릴 때마다 설레는 마음으로 신신 언니가 나오는지 둘러보았다. 그런데 문득 이런 생각이 들었다. 사실 신신 언니는 고용주일 뿐이고, 공항으로 마중 나온 것도 일일 뿐인데, 이렇게까지 설레는 이유가 뭘까? 아마도 그녀가 나를 고용주 입장에서 고압적으로 대한 적이 별로 없었기 때문일 거라는 생각이 들었다. 그녀는 나를 늘 동생처럼 생각하며 믿어주었고, 계산도 정확하고 자신이 내뱉은 말에 책임을 지는 성격이라 한 번도 월급을 체불한 적이 없었다.

그런데 아무리 기다려도 신신 언니의 모습이 보이지 않았다. 처음에는 수속이 늦어져서 늦게 나오는 거라고 생각했다. 하지만 2138편을 타고 온 승객들이 거의 다 나왔는데도 감감무소식이자 괜히 마음이 조급해져 그녀에게 전화를 걸었다. 통화가 연결되어 어디냐고 물으니 이미 나와서 지금 승무원과 함께 입국 게이트 왼편에 있다고 했다. 나는 그 말을 듣는 순간 당황할 수밖에 없었다. 계속 게이트를 뚫어져라 쳐다보고 있었는데 신신 언니를 발견하지 못하고 놓쳤다는 사실이 기가 막혔다. 말도 안 돼! 얼른 고개를 돌려보니 입구 왼쪽에 서 있는 승무원이 눈에 들어왔다. 어? 근데 신신 언니는?! 승무원에게 다가가 막 물어보려는데 누군가 내 바짓가랑이를 잡아당기는 느낌이 들었다. 시선을 아래로 내리니 병든 기색이 완연한 낯선 여자가 카트에 앉아 내 바짓가랑이를 당기고 있었다. 당황한 나는 몸을 굽혀 물었다.

"무슨 도움이라도 필요하세요?"

그러자 그 여자가 쓴웃음을 지으며 말했다.

"샤오양, 나야. 날 못 알아보겠니?"

그 순간 엄청난 충격이 나를 강타했다. 분명 신신 언니의 목소리였다. 하지만 내 앞에 있는 여자는 전혀 다른 사람이었다. 너무 말라 살집이 거의 없을 만큼 앙상했고, 얼굴 역시 해골처럼 헬쑥해서 예전의 통통하고 생기 넘치던 모습을 찾아볼 수 없었다. 머리는 오랫동안 손질하지 않은 듯 부스스하게 헝클어져 있고, 등은 새우처럼 구부정했으며, 풍만하고 탐스럽던 가슴은 바싹 말라붙은 가지처럼 축 늘어져 있었다. 이렇게 바로 코앞에서 보는데도 알아볼 수 없는데 그 많은 입국 인파 속에서 그녀를 못 알아보는 것도 전혀 이상한 일이 아니었다.

나는 멍하니 그녀를 바라보며 한참 동안 아무 말도 할 수 없었다. 결국 그녀가 먼저 말을 꺼냈다.

"샤오양, 날 좀 일으켜 세워줄래?"

내가 얼른 부축해 일으키자 그녀가 자신을 도와준 승무원을 향해 감사 인사를 전했다.

"오는 내내 신경 써주시고 여기까지 데려다주셔서 정말 감사해요. 이제 가족이 데리러 왔으니 그만 가셔도 돼요!"

승무원은 여전히 마음이 안 놓이는 듯 나에게 신신 언니의 상태에 대해 알려주었다.

"가능한 한 빨리 병원에 가보시는 게 좋을 거 같아요. 비행기 안에서도 음료수만 조금 마셨을 뿐이지 아무것도 드시지 않았어요. 몸이 굉장히 허약한 상태예요."

나는 얼른 승무원을 안심시키며 허리를 굽혀 감사 인사를 전했다. 승무원과 헤어진 나는 신신 언니를 부축해 택시를 타러 갔다. 그녀의 몸은 종잇장처럼 가벼웠다. 두 다리로 걷는 모습이 바람에 이리저리 흔들리는 풍선 인형 같았다. 나는 행여 그녀가 바람에 날아가기라도 할 것처럼 그녀의 앙상한 어깨를 꽉 붙잡았다. 도대체 무슨 병에 걸리면 사람이 이 정도로 피폐해지지? 그녀가 가져온 짐가방은 작은 것 하나뿐이었다. 사실 더 많은 짐을 가져오는 것도 불가능해 보였다. 그런데 언니 남편은 부인의 상태가 이 정도로 심각한데 어떻게 혼자 여행을 보낼 수 있어? 걱정도 안 돼?

택시에 탄 뒤 운전기사가 목적지를 물었을 때 집 주소를 알려주려고 하자 신신 언니가 내 어깨를 톡 치며 예전에 창성 아저씨와 살던 주소를 알려주었다.

"왜요? 집으로 먼저 가는 게 좋지 않아요?"

그녀가 고개를 가로저으며 쓴웃음을 지었다.

"이런 모습으로 어떻게 가? 충격이 크실 거야. 아빠 나이도 있는데 괜히 걱정 끼쳐드리고 싶지 않아. 일단 원래 살던 곳으로 가서 몸 좀 추스르고 적당한 때를 봐서 만나러 갈게."

그 말에 절로 한숨이 새어 나왔다. 지금 상황을 봐서는 일리가 있는 말이었다. 나조차 이렇게 충격을 받고 가슴이 찢어지는데 딸에 대한 걱정을 늘 달고 살던 할아버지라면 하늘이 무너지는 충격일 거야. 금지옥엽처럼 키운 딸이 저렇게 변한 모습을 보면 그 충격으로 심장에 또 이상이 생길지도 몰라.

신신 언니가 귀국하기 전에 집주인에게 미리 전화해놓은 덕에 집은 깨끗이 정리되어 있었다. 나는 그녀를 침대에 앉히고, 당장 병원에 가서 검사를 받는 게 어떻겠냐고 물었다.

"아니, 필요 없어. 이 병은 내가 잘 알아. 우울증이거든. 미국에서 이미 치료를 받았고, 지금은 제시간에 약을 먹고 컨디션을 잘 유지하기만 하면 돼. 나한테 궁금한 게 많다는 것도 알아. 일단 지금은 먼저 마트에 가서 먹을거리 좀 사다 줘. 그러고 나서 듣고 싶은 얘기를 해줄게."

그녀가 지갑에서 100위안짜리 지폐 한 묶음을 꺼내 내게 건넸다.

나는 서둘러 마트에 가 당장 필요한 생필품을 사서 돌아왔고, 그제야 그녀가 병에 걸리게 된 그간의 사정을 들을 수 있었다.

신신 언니는 남편을 따라 미국에 갔을 때만 해도 영어 공부를 하며 임신할 계획이었고, 아이를 낳을 때쯤이면 영어도 어느 정도 수준에 오를 거라고 생각했다. 창성 아저씨 역시 이 계획에 전적으로 찬성했다. 이윽고 임신을 했고, 그녀는 아이가 잘못될까 봐 항상 조심하며 행복한 시간을 보냈다. 하지만 임신 3개월 만에 다시 유산을 하고 말았다. 그녀는 그 충격에서 쉽게 벗어나지 못한 채 정신적으로 힘들어하다 결국 남편과 한바탕 크게 부부 싸움을 했다. 그때 그녀는 습관성 유산을 남편의 부주의 탓으로 돌렸고, 남편은 그에 분개하며 모진 말로 신신 언니에게 상처를 주었다.

"당신 아버지는 알도 못 낳는 암탉이 뭐가 예쁘다고 그리 애지중지하셨나 모르겠네!"

이 말이 신신 언니의 자존심을 건드렸고 심각한 마음의 상처를 입히고 말았다. 결국 그녀 역시 남편에게 여자를 쪼아 망가뜨릴 줄만 아는 수탉 주제에 누구 탓을 하냐며 분노를 퍼부었다. 이 싸움에서 두 사람은 서로에게 비수가 되는 말을 쏟아내며 마음에 상처를 입혔다. 감정의 골이 너무 깊은 상태라 그날 이후 그녀는 한동안 남편이 자기 몸에 손을 대는 것조차 거부했다. 처음에는 남편도 잘 지내보려고 여러 차례 화해를 시도했다. 하지만 매번 거절당하다 보니 어느 순간부터는 핑계를 대고 집에 들어가지 않는 날이 많아지기 시작했다.

그 후 신신 언니는 남편이 같은 시기에 미국 유학을 온 여자와 자주 연락하며 지낸다는 사실을 알게 되었고, 둘 사이를 의심하기 시작했다. 그 순간부터 부부 사이에 말다툼이 끊이지 않았다. 상대 여자는 그곳에서 변호사로 활동하고 있었다. 영어를 잘하는 두 명의 변호사가 중국의 건축과 정원 설계밖에 모르는 영어 무식자를 상대하기는 아주 쉬웠을 것이다. 신신 언니의 원래 계획은 불륜 증거를 찾아 남편의 외도를 막으려는 것이었다. 그만큼 그녀는 그를 사랑했고 잃고 싶지 않았다. 하지만 그녀에게 영어를 가르쳐줄 수 있는 사람은 남편뿐이었고, 그는 그녀의 영어 실력을 향상시키는 데 별로 관심이 없었다. 그러다 보니 그녀의 듣기 실력은 전혀 나아지지 않았고, 심지어 남편이 바로 앞에서 불륜녀와 약속 장소를 정하는데도 전혀 알아듣지 못할 정도였다. 그 시절 그녀는 아무 소득 없는 미행과 의심, 상처와 절망을 오가는 생활을 해야 했다.

그녀의 정신 상태는 그때부터 피폐해지기 시작했다. 가장 먼저 드러난 증상은 밤새 잠을 못 이루는 불면증이었다. 그 후 감정 제어를 못 하며 툭하면 화를 내고 물건을 집어 던졌다. 식욕이 사라지면서 위장 기능도 손상되었다. 두 사람이 미국에 간 지 2년쯤 지났을 때 남편은 그녀에게 정식으로 이혼을 요구했다.

"결혼한 뒤로도 너희 아버지는 날 계속 무시하며 내 자존심에 심각한 상처를 입혔지. 네 아버지 때문에 난 결혼 생활이 전혀 행복하지 않았어. 그런데 그것도 모자라서 넌 지금 의부증 환자처럼 날 마치 바람난 파렴치한으로 몰아가고 있어. 이런 식이라면 우리가 결혼 생활을 더는 지속할 이유가 없겠지. 그래서 나는 너를 다시 너희 아버지한테 돌려드리기로 했어. 너희 아버지라면 계속 너를 떠받들며 살겠지……."

신신 언니는 이미 정신적, 육체적으로 모두 극도로 지친 상태였기에 남편이 이혼을 요구하는데도 그저 듣기만 할 뿐 붙잡거나 싸우고 욕할 기력조차 낼 수 없었다. 그녀가 내뱉은 말은 이 한마디뿐이었다.

"그래, 당신이 변호사니까 알아서 처리해."

남편은 변호사답게 일사천리로 일을 진행했다. 그는 미국에 그대로 머문 채 국내에 잘 아는 동료 변호사에게 사건을 위임해 이혼 수속을 밟았다. 신신 언니가 귀국해서 향한 집도 1년 치 임대료를 주고 빌린 거였다.

당시 나는 충격에서 쉽사리 헤어 나오지 못했다. 지금까지 살아오면서 한 사람의 인생이 이렇게 짧은 시간에 천지개벽할 정도의 변화를 겪는 모습을 처음 목격했다.

신신 언니는 이혼 후 정신적으로 점점 힘들어했고, 늘 의욕 없이 축 처진 채 정신이 멍한 상태가 지속되었다고 했다. 영어를 배우거나 일자리를 찾는 것도 무의미하게 느껴졌고, 심지어 밥 먹고 잠자는 일조차 귀찮아서 하루 스물네 시간 꼬박 누워서만 지낼 때도 있었다. 그러다 주변 지인들이 보다 못해 그녀를 병원으로 데려갔고, 그곳에서 약물 치료가 필요한 중증 우울증이라는 진단을 받았다. 그녀는 계속 뉴욕에 남아 있을 생각이었지만 재혼한 전남편이 행복하게 사는 모습을 보면서 결국 지인들의 충고를 받아들여 베이징으로 돌아오기로 결심했다.

"돌아오길 잘했어."

그녀가 애써 웃으며 말했다.

"이제 시간이 날 때마다 아빠를 옆에서 보살필 수 있잖아. 하지만 지금 당장은 아빠한테 내 얘기는 하지 말아줘. 몸이 좀 회복되면 그때 찾아뵐게. 걱정 끼쳐드리고 싶지 않거든……."

그날 돌아오는 길에 나는 너무 혼란스럽고 마음이 아팠다. 샤오 할아버지가 이 사실을 알면 어떻게 될까? 미국에 가서 잘 지내는 줄 알았던 딸이 저렇게 엄청난 시련을 겪고 혼자 돌아올 거라고는 꿈에도 생각 못 했을 텐데. 이 사실을 아는 순간 뒷목을 잡고 쓰러지거나 심장병이 다시 재발할지 몰라.

샤오 할아버지가 충격으로 건강을 해치지 않도록 나는 어쩔 수 없이 신신 언니의 부탁대로 거짓말을 이어갔다. 그날 밤 나는 샤오 할아버지가 잠이 들 때까지 기다렸다가 방으로 들어갔다. 그리고 불도 켜지 않은 채 창문 앞에 앉아 밤의 불빛 아래 흔들리는 나뭇가지와 그 끝에 앉아 있는 까마귀 몇 마리의 흐릿한 모습, 저 멀리 하늘에 어른거리는 별을 아무 생각 없이 멍하니 바라보았다. 아니, 아무 생각도 하고 싶지 않았다. 생각하는 순간 신신 언니가 불쌍하고, 샤오 할아버지가 걱정되고, 이 집에 몰아닥친 시련이 두려웠다. 그날 밤 나는 창문 앞에 하염없이 앉아 있었다. 그러다 나뭇가지 위에 내려앉은 까마귀들이 무언가에 놀라 푸드덕 소리를 내며 날아가고 나서야 문득 정신을 차리고 침대로 가서 누웠다.

샤오 할아버지는 신신 언니가 베이징에 돌아온 사실을 전혀 몰랐는데도 뭔가 이상한 느낌이 들었는지 이튿날 아침에 돌연 신신 언니 이야기를 꺼냈다.

"어젯밤 꿈에 신신이 나오더구나."

나는 씁쓸한 미소를 지으며 아무것도 모르는 척 대답했다.

"조만간 보러 오는 거 아닐까요? 신신 언니도 아빠가 보고 싶어서 꿈에 나타난 게 분명해요."

그 후로도 며칠 동안 그는 시도 때도 없이 혼잣말처럼 신신 언니를 궁금해하며 이런저런 추측을 했다.

"뉴욕에서 직장에 다니느라 너무 바쁜 건가? 그게 아니면 요즘 들어 왜 전화가 뜸한 거지?"

그럴 때마다 나는 별일 없는 것처럼 안심시키기 위해 애쓸 수밖에 없었다.

234

"아마 그럴 거예요. 그곳은 생활 리듬이 빠르니 더 그럴지도 몰라요. 게다가 영어만 쓰는 환경이라서 적응하느라 더 정신이 없을 거고요."

며칠 후 저녁 무렵이 되었을 때 나는 신신 언니의 상태가 많이 좋아졌을 거라고 나름 추측하며 먼저 전화를 걸어 샤오 할아버지에게 안부를 좀 전하라고 할 생각이었다. 휴대전화로 걸면 그녀가 베이징에 있다는 사실을 알 리 없고, 딸을 그리워하고 걱정하는 할아버지의 마음도 조금은 위안받을 수 있을 것 같았다. 하지만 벨이 한참 동안 울리도록 신신 언니는 전화를 받지 않았다. 간신히 통화가 되었지만 여전히 목소리에 기운이 하나도 없었다. 내가 할아버지에게 안부 전화를 해달라고 부탁하자 그녀는 한숨을 내쉬며 무기력하게 대답했다.

"이 상태로 전화를 걸면 아빠가 내 목소리를 듣는 순간 알아채실 거야. 괜한 걱정 끼쳐드리고 싶지 않아. 지금 전화하는 건 아닌 것 같아. 며칠 후에 다시 통화하자. 그리고 한 가지 부탁이 있는데 내일 마트에 들러서 철사 좀 사다 줘. 1미터 정도면 될 거 같아. 아, 집게도 부탁해. 아빠한테는 다른 데 간다고 핑계 대고 오는 거 잊지 말고. 한 번만 더 수고해줘. 그리고 이번 달부터 월급을 6천 위안으로 인상해줄게."

지금 상황이 어떤지 뻔히 아는데 차마 그 제안을 받아들일 수 없어 얼른 거절했다.

"아뇨, 그러지 않으셔도 돼요."

다음 날 오전에 샤오 할아버지를 챙겨드린 후 나는 뤼이웨이를 잠깐 만날 일이 있다고 핑계를 대며 외출을 허락받았다. 그녀의 집까지 가려면 지하철을 타고 가다 버스로 다시 갈아타야 했다. 버스에서 내린 나는 마트에 들러 그녀가 부탁한 철사와 집게를 샀다. 초인종을 누르고 들어가 보니 신신 언니의 모습은 며칠 전과 비교해서 전혀 나아진 것이 없었다. 게다가 안색은 더 나빠졌고, 눈은 퀭해 보였으며, 머리카락은 부스스하게 헝클어져 있었다. 나는 걱정스러운 마음에 아침 식사를 했냐고 물었지만, 그녀는 식욕이 전혀 없다고 대답할 뿐이었다. 나는 얼른 주방으로 가서 국수를 삶고 그 안에 달걀 두 개를 풀어 넣었다. 그때 나는 샤오 할아버지를 만날 수 있을 정도로 그녀의 기력을 회복시키고 싶은 마음이 간절했다. 할아버지가 딸을 얼마나 보고 싶어 하는지 누구보다 잘 알기 때문이었다. 하지만 그녀는 국수 그릇을 앞에 놓고 젓가락으로 한 가닥 집어 억지로 입에 넣는 시늉만 할 뿐 제대로 먹지도 못한 채 한숨을 내쉬었다.

"우울증이라는 게 이래. 몸 안에서 욕망이라는 것을 다 앗아가지. 성욕, 식욕, 물욕, 명예욕 같은 거 말이야. 사람이라면 누구나 가지고 있는 기본적인 욕망이 희한하게도 다 사라져버려. 그리고 세상에서 나라는 존재가 완전히 무의미하고 가치 없게 느껴지지. 이런 느낌이 지속되다 보면 죽음에 대한 생각만 떠올라. 그렇게 죽고 싶은 마음이 들면 당장이라도 뛰어내려 죽고 싶어지지. 오늘 너한테 철사를 사다 달라고 한 건 이 집에 있는 모든 창문을 묶어서 열리지 않게 만들고 싶어서야. 안 그러면 나도 모르게 창문으로 뛰어내려 죽고 싶어지거든. 매일 누군가 내 귓가에 대고 이런 말을 해. 죽어! 넌 죽어야 해! 너 같은 게 살아서 뭐 할 건데? 특히 저녁이 되면 그런 생각이 더 강하게 나를 괴롭혀 미쳐버릴 거 같아."

나는 너무 놀라 그녀의 손을 꼭 잡았다.

"그런 생각 하면 안 돼요. 샤오 할아버지가 매일 얼마나 보고 싶어

하시는데요. 나중에 할아버지가 받을 충격을 생각하셔야죠!"

신신 언니는 내 말에 쓴웃음을 지었다.

"알아. 내가 지금 유일하게 붙잡고 있는 끈이 바로 우리 아빠야. 내가 죽어서는 안 될 유일한 이유 역시 아빠지. 딸이 아빠보다 먼저 가면 안 되니까. 우리 아빠가 인생의 마지막 시간을 가족도 없이 혼자 쓸쓸하게 살다 가면 안 되니까. 샤오양, 베이징에 돌아오고 나서 매일 저녁이 되면 나는 수도 없이 창문으로 걸어가. 그리고 창문을 열고 의자를 가져다놓지. 어떤 날에는 의자에 올라가 뛰어내릴 준비까지 다 하고 어떤 자세로 뛰어내릴지 생각하다가 불현듯 아빠가 떠오르는 거야. 내가 뛰어내리면 우리 아빠는 어떡하지? 그 생각이 드는 순간 의자에서 내려와 황급히 창문을 닫아걸었어. 그리고 침대로 뛰어 들어가 이불을 덮고 다시는 창문 쪽을 바라보지 못했지. 창문을 다시 보는 순간 내가 그 유혹을 못 견딜까 봐 너무 겁이 났거든……."

맙소사! 그녀의 말에 온몸의 털이 쭈뼛거렸다. 나는 더는 아무 말도 하지 않은 채 그 자리에서 일어나 집 안의 모든 창문 손잡이를 철사로 칭칭 감아 묶어버렸다. 내가 철사를 감고 있을 때 그녀가 재차 부탁을 해왔다.

"아주아주 단단히 감아줘. 내가 손으로 풀 수 없을 만큼 아주 단단히……."

그녀가 이렇게 말할수록 두려움이 더욱 차올랐다. 나는 죽을힘을 다해 철사를 감았다.

그날 그 집을 나설 때 나는 짐짓 정색하고 그녀에게 말했다.

"고향 집에 일이 생겨서 한 번 갔다 와야 해요. 그때까지 일주일 정도는 기다려줄 수 있어요. 그 후에는 언니가 샤오 할아버지 곁에 있어주지 못해도 어쩔 수 없어요. 이번에 가게 되면 열흘 정도는 걸릴 거예요. 지금 할아버지 몸 상태가 그리 좋지 않아요. 누군가 옆에서 보살펴드리지 않으면 무슨 일이 생길지 장담 못 한다고 보면 돼요."

당시 나는 그렇게 엄포를 놓으면 혹시나 그녀가 아버지에 대한 책임감 때문에 밥도 먹고 기운을 좀 차리지 않을까 싶었다. 과연 그녀는 내 말에 조급한 마음을 드러내며 제발 고향 집에 가지 말라고 사정했다. 하지만 내 태도가 단호한 것을 느꼈는지 이내 고개를 끄덕였다.

"그래, 일주일만 시간을 줘. 내가 그때쯤 집으로 갈게."

엿새째가 되는 날 내가 신신 언니에게 집으로 오라고 전화했을 때 그녀가 한숨을 내쉬며 말했다.

"알았어. 근데 아빠한테 내가 이혼하고 돌아왔다는 말은 절대 하지 마. 아빠한테는 그 일이 굉장한 충격일 거고, 창성한테 전화를 걸어 한바탕 난리를 치실 거야. 어쩌면 당장 찾아가 끝장을 보고 오겠다고 하실지도 모르지. 그러니까 내가 뉴욕에서 아빠를 보러 막 돌아왔고, 얼마 전에 병이 나 몸이 허약해졌다고만 말해놔."

나는 무조건 그녀가 하라는 대로 할 거고, 방금 만난 것처럼 행동하겠다고 약속했다.

그녀는 집에서 나와 택시를 탄 뒤 내게 전화를 걸어 공항에서 집으로 가고 있으니 집 밖으로 나와서 기다려달라고 말했다. 나는 뛸 듯이 기뻐하는 척하며 샤오 할아버지에게 이 사실을 알렸다. 그 순간 늘 무표정하던 그가 무엇을 해야 할지 몰라 허둥대며 집 안을 빙빙 돌았다.

"당장 나가서 걔가 좋아하는 걸 좀 사 와야겠어."

나는 먼저 그를 안심시킨 뒤 뭘 사야 할지 알려주면 신신 언니를 집에 들여보내고 내가 마트에 가서 사 오겠다고 말했다.

택시가 도착할 시간에 맞춰 나는 집 앞 길가로 나가 기다렸다. 차에서 내리는 신신 언니의 얼굴을 보니 안색이 약간 좋아진 듯했고, 그녀가 공항에 도착했던 날보다 정신도 훨씬 맑아 보였다. 물론 겉보기에만 그럴 뿐 그녀의 얼굴에는 여전히 그늘진 표정과 억지 미소가 드리워져 있었다. 나는 그녀가 가져온 트렁크 두 개를 끌고 집으로 향했다. 그중 하나는 내가 그녀의 집 근처 상가에서 샀고, 안에는 상가에서 고른 외국산 물건이 들어 있었다. 그녀는 핸드백을 들고 내 뒤를 따라왔다.

샤오 할아버지는 어느새 문밖까지 나와 그녀를 기다리고 있었다. 하지만 딸을 보는 순간 그의 동공이 당혹감과 충격으로 흔들렸다. 그의 눈에 비친 딸의 마르고 허약한 모습은 그가 기다리던 딸의 모습과 너무나 달랐다. 그러자 신신 언니가 재빨리 다가가 그를 꼭 껴안으며 울음을 터트렸다. 그 울음은 기쁨의 눈물이 아니라 서러움과 서글픔, 미안함이 뒤섞인 눈물이었다. 그녀는 그렇게 한 번쯤 소리 내어 울고, 오래도록 쌓인 나쁜 감정들을 흘려보내야 했다. 그러지 않으면 그 감정과 분노가 그녀를 잡아먹어버릴지도 모를 일이었다. 샤오 할아버지의 메마른 눈가에도 눈물이 차올랐다. 그의 눈물 속에 담겨 있는 기쁨과 애잔함을 나 역시 모르지 않았다.

집에 들어가자 샤오 할아버지는 기다렸다는 듯 딸에게 물었다.

"어디가 아픈 거니?"

"네, 미국 날씨에 적응도 잘 안되고, 영어 공부하랴 일하랴 바쁘게 지내다 보니까 잔병치레가 좀 심했어요. 그래서 온다고 해놓고 자꾸 미루게 된 거고요. 아빠는 안색이 아주 좋아 보여요."

"나는 그럭저럭 잘 지냈다. 창성은?"

샤오 할아버지가 신신 언니의 표정을 살피며 물었다.

"그 사람은 잘 지내요. 미국 변호사 시험에 합격해서 정식 변호사로 취직도 한걸요. 아빠, 제가 선물을 좀 사 왔어요."

신신 언니는 이런 화제를 이어가고 싶지 않은지 자리에서 일어나 가지고 온 트렁크를 열었다. 그리고 그 안에서 아빠를 위해 산 선물을 하나하나 꺼냈다. 그 안에서 옷과 주전부리, 장수에 좋은 건강식품과 보조제가 하나하나 밖으로 나왔다. 샤오 할아버지는 딸이 가져온 선물을 받으며 좋아했고, 그 순간은 부녀가 모처럼 환한 웃음을 지으며 행복한 미소를 지었다. 옆에서 그 모습을 지켜보며 나는 그들의 행복이 오래도록 지속되었으면 좋겠다고 생각했다. 그리고 신신 언니가 따뜻한 가족의 품 안에서 병을 치유하고 예전의 모습으로 돌아가기를 바랐다.

신신 언니에게 고향 집에 급한 일이 생겨 내려가야 한다고 말해둔 탓에 나는 신신 언니가 집에 오고 어느 정도 안정이 되었을 즈음에 할아버지에게 고향 집에 다녀오겠다고 말했다.

"그래, 가볼 때도 됐지. 신신도 와 있으니 여기 일은 걱정하지 말고 다녀오렴."

나는 그날 오후에 뤼이웨이를 만나러 가서 집에 가져갈 선물을 좀 사고, 저녁에 기차를 타고 난양으로 향했다.

너무 오랫동안 집에 와보지 못해서 오랜만에 만나는 부모님과 동생들, 집이 주는 행복하고 편안한 느낌에 시간 가는 줄을 몰랐다. 특히 내가 가져온 선물을 들고 좋아하는 가족의 모습을 보고 있으면 괜히 뿌듯

하고 나 자신이 자랑스러워지기까지 했다. 가족을 위해 무언가 해줄 수 있고 장녀로서 가족을 책임질 능력이 있다는 것만으로도 너무나 감사한 마음이 들었다. 하지만 이런 생각을 하는 순간 그것을 가능하게 만들어준 신신 언니의 모습이 떠오르며 마음 한구석이 아려왔다. 그녀가 나에게 안정적인 수입과 편한 일자리를 보장해주지 않았다면 이게 과연 가능한 일이었을까? 생각해보니 신신 언니가 나한테는 은인이었다.

나는 열흘간의 휴가를 허투루 보내지 않기 위해 꼼꼼하게 계획을 세우고 왔다. 사흘 동안은 엄마를 도와 옷과 이불을 빨고 집 안 구석의 묵은 때를 벗겨내고, 이틀은 남동생과 여동생의 숙제와 공부를 도와주고, 또 이틀은 아빠를 도와 밭일을 좀 하고, 그리고 이틀은 뤼이웨이의 집에 가서 그곳 어른들의 일을 도울 생각이었다. 마지막 남은 하루는 베이징으로 돌아갈 준비를 하는 데 써야 했다.

그런데 사흘이 채 지나기도 전에 신신 언니가 베이징으로 빨리 와달라는 재촉 전화를 해왔다. 고향에 돌아간 지 사흘째 되는 날에 저녁 식사를 마치고 마당에서 다 마른 빨래를 거두고 있는데 방에서 휴대전화가 울리기 시작했다. 처음에는 뤼이웨이일 거라고 생각해 빨래를 다 걷고 전화할 생각으로 받지 않았다. 그런데 전화벨이 그칠 줄 모르고 계속 울려대자 엄마가 휴대전화를 방에서 가지고 나와 내게 건네주었다. 액정을 보니 신신 언니의 이름이 떠 있었다. 나는 이상하다고 생각하며 얼른 전화를 받았다. 전화기 너머로 다급한 외침이 들려왔다.

"샤오양, 당장 베이징으로 돌아와줘. 내가 월급을 500위안 더 인상해줄게!"

나는 웃으며 그 이유를 물었다.

"월급 인상은 나중에 천천히 이야기해요. 일단 도대체 무슨 일 때문에 그러는지나 말해보세요."

그러자 그녀가 기다렸다는 듯 울기 일보 직전의 목소리로 하소연을 늘어놓았다.

"지금 내 상태로는 아빠를 돌볼 재간이 없어. 머릿속이 뒤죽박죽이고, 뭘 해도 마음이 안정되지 않아. 밥을 지으면 죽이 되고, 요리를 하면 조미료를 깜박하고, 빨래할 때는 세제를 안 넣은 채 세탁기를 돌리기 일쑤야. 집안일을 조금만 해도 머리가 어지럽고 토할 것만 같아. 아빠도 더는 못 보겠는지 어제부터 나한테 가만히 있으라고 하면서 대신 나를 보살피고 계셔. 그게 힘드셨는지 아빠도 방금 머리가 어지럽다고 누우셨어. 혈압을 재보니까 글쎄 140에 190이 나왔어."

나는 수치를 듣자마자 깜짝 놀라 할아버지의 혈압 강화제를 약간 조절해달라고 부탁하고는 내일 바로 올라가겠다고 말하며 안심시켰다.

베이징으로 돌아가는 기차 안에서 창밖으로 시시각각 바뀌며 스쳐 지나가는 풍경을 바라보며 문득 세상사 역시 덧없이 변해간다는 생각이 들었다. 3년 전에 내가 처음 신신 언니를 보았을 때만 해도 그녀는 너무나 예쁘고 자신감 넘치는 전형적인 도시의 직장 여성이자 내가 닮고 싶은 모습이었다. 그런데 고작 3년 만에 자기 몸은 물론 부친조차 돌볼 수 없을 정도로 전혀 다른 사람이 되어버렸다.

내가 샤오 할아버지 집에 도착했을 때는 이미 저녁 무렵이었다. 집에 들어가니 할아버지가 주방에서 구부정한 모습으로 칼을 들고 채소를 썰고 있었다. 신신 언니는 창문 앞에 우두커니 앉아 멍하니 밖을 내다보는 중이었다. 나는 속상한 마음을 뒤로한 채 슬리퍼로 갈아 신을 새도 없이 주방으로 뛰어 들어가 얼른 손을 씻으며 할아버지에게 인사했다.

"저 왔어요……."

그 며칠 사이 샤오 할아버지는 신신 언니의 병세가 심각하다는 사실을 알아차린 듯했다. 내가 집에 온 다음 날, 아침 식사를 마치자마자 할아버지가 내게 부탁을 해왔다.

"샤오양, 어제 도착했으니 하루쯤 쉬어야 하는데 이런 부탁을 해서 미안하구나. 사실 신신의 병이 영 마음에 걸려. 네가 신신을 데리고 병원에 가서 검사를 좀 받아보렴. 어떤 병인지 알아야 빨리 치료도 할 수 있지. 나는 집에서 꼼짝도 않고 있을 테니 내 걱정은 하지 말고."

나는 고개를 끄덕여 대답을 대신했다. 하지만 신신 언니는 병원에 가지 않겠다고 고집을 부렸다. 미국에서 이미 진단을 받았고, 신경쇠약이 좀 심한 것뿐이니 잘 쉬면 될 거라고 말하며 가기를 꺼렸다. 이쯤 되자 샤오 할아버지는 말이 없어졌고 안색도 급격히 어두워졌다. 이것은 시한폭탄이 터지기 일보 직전의 상태를 의미했다. 신신 언니는 상황이 더 심각해지기 전에 마지못해 일어나 나갈 채비를 했다.

하지만 집을 나서자 신신 언니는 병원에 갈 필요 없으니 카페에서 점심때까지 대충 시간을 때우다가 집에 가서 둘러대자고 나를 설득했다. 하지만 나는 끝까지 병원에 가야 한다고 우겼다. 나로서는 샤오 할아버지의 신뢰를 저버릴 수 없었고, 나 역시 그녀의 정확한 현재 상태를 알고 싶었다. 샤오 할아버지를 돌보기 위해 나에게 전적으로 의존해야 하는 상황에서 나와 얼굴을 붉히고 싶지는 않았는지 그녀도 계속 고집을 피우지는 못했다.

"그래, 알았어. 어쨌든 괜한 데 헛돈 쓰는 줄 알아. 어차피 미국 의사하고 똑같이 말할 거거든."

병원에 도착한 뒤 정신과 전문의와 상담이 진행되었다. 의사는 신신 언니의 증상에 대해 구체적으로 물어보고는 일련의 전문적인 검사 과정을 거쳐 결과를 알려주었다. 예상대로 중증 우울증이었다. 신신 언니는 진찰실을 나오기 전에 의사에게 한 가지 부탁을 했다.

"선생님, 저희 아빠가 걱정하시지 않게 진단명은 영문으로 부탁드릴게요. 그리고 중국어로는 간단하게 신경쇠약증이라고만 써주세요."

의사는 잠시 주저하는가 싶더니 결국 그녀의 부탁대로 해주겠다고 말했다. 우리가 진찰실을 나온 뒤 의사는 다시 나를 안으로 불러들이더니 사태의 심각성을 알려주었다.

"제가 보기에 환자분 동생 같으신데, 맞죠? 지금 환자분 병이 아주 심각한 상태입니다. 약을 거르지 않도록 각별히 주의시키고 늘 옆에서 지켜보셔야 합니다. 안 그러면 극단적인 행동을 할 수도 있어요!"

나는 고개를 끄덕이며 그 상황을 묵묵히 받아들일 수밖에 없었다.

그날 집으로 돌아가자 샤오 할아버지는 우리에게 물어보기 전에 진단서부터 내놓으라고 말했다. 모든 것이 신신 언니의 예상대로였다. 할아버지는 온통 영어로 쓰여 있는 진단서의 내용을 이해할 수 없었다. 알아볼 수 있는 글자라고는 중국어로 쓰인 '심각한 신경쇠약증'뿐이었다. 그는 그 몇 글자를 한참 동안 뚫어지게 쳐다보다 마침내 가라앉은 목소리로 물었다.

"창성은 알고 있니?"

신신 언니는 짐짓 대수롭지 않은 척 대답했다.

"그럼요. 그이랑 같이 병원에도 여러 번 갔는걸요. 근데 이 병이 치료받고 회복하는 과정이 아주 느려요. 낫기까지 아주 긴 시간이 필요하다고 들었어요."

샤오 할아버지가 또 물었다.

"그럼 여기서 치료를 받고 미국에 갈 생각이니? 아니면 미국에 돌아가 치료를 받을 생각이니?"

신신 언니의 결심은 확고했다.

"당연히 미국에서 치료를 받아야죠. 그곳 의료 여건이 여기보다 나으니까요!"

나는 그 말을 듣는 순간 속으로 비명을 내질렀다.

'신신 언니는 이제 다시 미국으로 못 돌아가요! 언니는 미국으로 돌아가 치료를 받는 게 아니라 예전 집에서 치료를 받을 거라고요! 그렇게 되면 누가 언니를 돌봐요! 할아버지를 돌봐야 하는 제가 어떻게 신신 언니를 보살피러 그곳까지 가겠어요?'

샤오 할아버지는 그녀의 대답을 들으며 단호하게 말했다.

"미국으로 돌아가 치료를 받기로 한 이상 여기 너무 오래 머물 필요 없다. 지금은 네 병을 치료하는 게 더 중요하니 사나흘만 더 있다가 가도록 해라. 여기는 샤오양이 있으니 너무 걱정하지 말고……."

그날 밤 샤오 할아버지가 잠자리에 든 뒤 나는 신신 언니의 침실로 가 한바탕 원망을 쏟아냈다.

"왜 자꾸 거짓말을 하려고 해요? 미국으로 안 돌아갈 거잖아요! 그냥 여기 살면서 치료도 받고 약도 먹으면 좋잖아요! 그러면 제가 챙겨줄 수도 있고, 집세도 절약할 수 있어요."

그녀가 내 손을 꼭 쥐며 힘없이 말했다.

"샤오양, 마음 써줘서 고마워! 하지만 이 병은 쉽게 치료할 수 있는 게 아니야. 내가 이 집에 있으면 아빠는 내가 빨리 좋아지기를 바라며 하루하루 애를 태우시겠지. 그러다 점점 지쳐가실 거야. 아빠의 마음속에서 내가 차지하는 무게가 어느 정도인지 내가 어떻게 모르겠니? 마흔두 살에 힘들게 얻은 외동딸을 금지옥엽처럼 키우셨고, 자기 목숨보다도 더 귀하게 여기며 살아오셨어. 내가 이 집에서 병을 치료하는 건 우리 아빠를 피 말려 죽이는 것과 같아. 내가 왜 거짓말을 할 수밖에 없는지 모르겠니?"

나는 그녀의 말에 그저 한숨만 쉴 뿐 더는 아무 말도 할 수 없었다. 나는 이 집에 고용된 일개 간병인이었고, 이런 중대한 집안일에 왈가왈부할 권리가 없었다.

닷새째가 되는 날 아침, 나는 짐짓 기분 좋은 척을 하며 신신 언니를 서우두 공항까지 바래다주러 갔다. 하지만 사실 우리가 향한 곳은 신신 언니가 세 들어 사는 집이었다. 창문을 모두 꼭꼭 걸어 잠가 환기가 전혀 안 되는 집은 먼지와 퀴퀴한 냄새로 가득했다. 나는 그녀를 쉬게 한 뒤 한바탕 청소를 시작했다. 그리고 그녀에게 돈을 받아 장을 보러 가서 먹을거리와 생필품을 잔뜩 사다놓았다. 떠나기 전에 나는 그녀의 손을 붙잡고 신신당부했다.

"언니, 의사가 시킨 대로 꼭 제시간에 약을 드세요. 그래야 하루라도 빨리 나아서 할아버지랑 함께 살 수 있어요. 할아버지가 언니를 얼마나 사랑하고 의지하는지 언니도 알죠? 제가 매주 한 번씩은 들를게요. 무슨 일 있으면 언제라도 전화하거나 문자 주세요."

그녀도 내 손을 꼭 쥐며 말했다.

"정말 고마워. 내가 무슨 복으로 너 같은 애를 만났는지 모르겠어. 네 덕에 아빠를 보살피는 무거운 짐을 잠시나마 내려놓을 수 있어서 얼마나 다행인지 몰라. 이 은혜는 나중에 꼭 갚을게……."

다음 날 나는 할아버지에게 신신 언니가 뉴욕에 무사히 도착했고 본격적으로 치료를 받기 시작했다고 전했다. 할아버지는 그제야 걱정을 내려놓은 듯 보였다.

"미국은 의료 선진국이니 크게 걱정할 게 없을 거다. 더구나 신경쇠약 같은 병은 베이징에서도 치료가 되니, 미국에서야 더 잘 치료해줄 거고……."

그 말을 들으며 나는 그저 마음속으로 신신 언니의 행복을 간절히 빌 뿐이었다.

···

신신 언니가 떠나자 샤오 할아버지는 딸 걱정을 접고 다시 장수 연구에 몰두했다. 어느 날 이른 아침에 그가 잔뜩 흥분한 목소리로 나를 불렀다.

"샤오양, 방금 인터넷에서 75세 먹은 노인이 천세고(千歲膏)를 먹은 얘기를 하지 뭐니. 이걸 좀 봐! 저 사람이 열흘 동안 천세고를 먹고 났더니 안경을 안 써도 신문에 있는 글씨가 보이고, 보름을 먹었더니 무릎 통증이 사라지고, 한 달을 먹으니 당기고 쥐가 나던 종아리가 멀쩡해지고, 한 달 반을 먹으니 하얗게 변했던 눈썹이 검어지고, 두 달을 먹고 나니 고질병이었던 불면증이 사라지면서 눕기만 하면 잠이 들어 아침까지 숙면을 했고, 석 달을 먹으니 하루에 6킬로미터를 걸어도 전혀 힘든 줄 모르고, 넉 달을 먹고 나니 치아가 빠진 자리의 뿌리 부분에서 다시 새로운 치아가 나기 시작했다는구나."

할아버지의 말 속에 그 노인에 대한 부러움이 묻어나는 것을 보니 이미 천세고에 마음을 빼앗긴 게 분명했다.

"한번 사서 드셔보실래요?"

과연 할아버지가 바로 고개를 끄덕였다.

"이런 광고를 모두 믿으면 안 되겠지만 그렇다고 아예 무시하는 것도 좋지 않아. 만에 하나 정말 실력 있는 전문가가 만들어낸 획기적인 명약이라면 장수에 도움이 될 수도 있지 않겠니? 혹시 모를 좋은 기회를 놓치면 우리 손해지 누구 손해겠어? 안 그러니?"

"네, 제가 좀 더 알아보고 다시 말씀드릴게요."

나는 샤오 할아버지가 알려준 웹페이지의 하단에 나온 전화번호를 메모했다. 천세고? 이름 한번 끝내주게 지었네. 오래 살고 싶은 노인들을 유혹하기 쉽게 잘 지었어. 천 살까지 살고 싶지 않은 사람이 누가 있겠어?

전화번호를 누르자 어떤 여자가 전화를 받았다. 내가 천세고에 대해 문의하자 그녀는 너무나 친절하게 안내해주었다.

"저희 회사에서는 고객님 댁에 직접 방문해 제품에 대해 자세한 설명을 해드리고 있으니 구매 여부는 그때 결정하셔도 됩니다."

할아버지는 옆에 서서 통화 내용을 듣다 마음이 급해졌는지 입을 수화기 가까이에 대고 큰 소리로 말했다.

"그럼 내일 오전에 사람을 보내줘요……."

다음 날 오전에 과연 남녀 한 쌍이 가방을 들고 찾아와 자신들을 천세제약회사의 방문 서비스 직원이라고 소개했다. 샤오 할아버지는 친절하게 그들을 맞이했다. 여자 직원의 발이 문지방을 넘기도 전에 그녀의 목소리가 거실 전체를 가득 채웠다.

"아버님, 안녕하세요! 저희 아버지와 너무 많이 닮으셔서 보자마자 깜짝 놀랐어요. 넓은 이마하며 높은 콧대, 살집 있는 볼에 적당히 긴 귀까지, 불상 이미지와 흡사한 게 딱 봐도 장수할 상이세요. 여기다가 저희 회사의 천세고까지 꾸준히 드신다면 천 살은 장담 못 해도, 150살까지는 너끈히 장수하실 거예요. 제 말이 거짓말이라면 제가 책임지고 전액 환불해드릴게요!"

나는 이 황당한 허풍에 당장이라도 반박하고 싶었지만 할아버지 체면을 생각해서 그저 묵묵히 옆에 서서 지켜볼 수밖에 없었다. 잠시 후 그들이 제품을 꺼내 보여주었다.

"하얀색 진액은 낮에 드시는 거예요. 식사 전에 한 숟가락 떠서 드시면 돼요. 검은색 진액은 저녁에 주무시기 전에 한 숟가락씩 드세요. 잠자리에 들기 30분 전에 드시는 게 가장 좋아요. 저희 회사의 천세고는 30대에 걸쳐 조상 대대로 전해져 내려오는 비법으로 만들어서 효과가 백 퍼센트라고 보시면 되고요. 오늘 가져온 이 흰색과 검은색 진액은 일단 시용해보시고 비용은 당장 지불하지 않으셔도 돼요. 일주일 정도 드신 다음 효과가 있다고 생각하시면 제가 다음에 다시 방문했을 때 비용을 주시면 돼요. 만약 효과를 별로 못 느꼈다거나 전혀 효과를 못 봤다면 한 푼도 안 내셔도 되고요!"

의외의 말에 나 역시 귀가 솔깃해졌다. 이 약에 정말 자신이 있나 보네? 그러지 않고서야 저런 말을 할 리 없잖아! 그들이 간 뒤 샤오 할아버지가 흡족해하며 말했다.

"영업 방식이 아주 마음에 들어! 일단 써보다가 효과가 없으면 안 사도 된다고 하는 걸 보면 돈만 보고 장사하는 파렴치한 장사꾼들은 아닌 게지. 그러고 보면 내 판단이 옳았어. 이런 제품은 광고를 무턱대고 믿으면 안 되지만 그렇다고 무작정 외면했다가는 자칫 나만 손해지."

그날부터 샤오 할아버지는 천세고를 먹기 시작했다. 놀랍게도 약을 먹기 시작한 날 바로 효과가 나타났다. 평소 할아버지는 약간의 불면증이 있어서 잠들기까지 꽤 오랜 시간을 뒤척이고는 했다. 그런데 진액을 먹고 침대에 누운 지 얼마 되지 않아, 심지어 내가 혈압을 다 재기도 전에 바로 코까지 골며 숙면에 들어갔다. 나는 깜짝 놀랄 수밖에 없었다. 이렇게까지 효과가 빠르다고? 와! 진짜 신기하네!

다음 날 아침이 되자 할아버지는 하얀색 진액을 복용했다. 하루 세 번 식전에 맞춰 한 번도 빼먹지 않았다. 약을 복용하고 사흘째 되는 날부터 효과가 또 나타났다. 샤오 할아버지는 매일 오전에 산책을 갔다 오면 무척 피곤해하며 소파에 앉아 신문을 보거나 TV를 보면서 줄곧 하품을 했다. 그때만 해도 나는 그것이 정상적인 현상이라고 생각했다. 젊은 사람도 운동을 하고 나면 쉬고 싶어지는데 칠십이 넘은 노인은 더 말할 나위가 없었다. 하지만 천세고를 먹은 지 사흘째 되는 날부터 할아버지의 기력이 눈에 띄게 좋아지는 게 느껴졌다. 산책하고 와도 소파에 앉아 하품을 하지 않았을 뿐 아니라 집에서도 쉴 새 없이 걸어 다니며 계속해서 나에게 말을 걸었다. 심지어 점심 식사를 하고 나서 낮잠을 자던 습관도 사라졌다. 그리고 그 시간 동안 책상 앞에 앉아 인터넷과 책에서 찾은 장수 관련 자료를 즐겁게 정리했다. 나는 내심 놀라움을 느끼며 천세고가 가져온 변화를 지켜봤다. 와! 할아버지가 이번에는 사기를 당하지 않고 진짜 장수에 도움이 되는 약을 찾으셨나 보네. 할아버지가 인터넷에서 이 약을 발견했으니 망정이지 안 그랬으면 좋은 약을 놓칠 뻔했어.

샤오 할아버지도 자기 몸에 나타난 긍정적 변화를 느끼며 기쁨을 감추지 못했다.

"이번에는 내 판단이 옳은 것 같구나."

그렇게 일주일이 지났고 주말이 되자 천세제약회사의 직원 두 명이 다시 방문했다. 지난번에 왔던 남녀 직원이었다. 여자 직원은 집으로 들어오자마자 할아버지의 손을 잡으며 바로 본론으로 들어갔다.

"할아버지, 저희 회사 제품 어떠셨어요? 몸에 변화가 있던가요? 잠은 잘 주무셨고요? 기분은 어떠셨어요?"

샤오 할아버지는 당연히 연신 좋았다고 맞장구를 쳤다. 그러자 여자가 또 물었다.

"그럼 몇 개 더 사서 계속 드시겠어요? 이 약은 소량 생산만 해서 사고 싶다고 다 살 수 있는 게 아니에요. 한 번에 살 수 있는 수량이 10병으로 제한되어 있어요. 가격은 한 병당 1,500위안이에요. 물론 예약도 가능해요. 하지만 예약도 30병 이상은 안 된답니다."

샤오 할아버지는 약을 한정 생산한다는 말에 마음이 조급해졌다.

"이 늙은이 나이를 생각해서 한 번에 40병만 팔게."

여자가 난처한 표정으로 양해를 구했다.

"이건 제가 함부로 결정할 수 있는 문제가 아니라서요. 저희 사장님한테 여쭤보고 나서 알려드릴 테니 잠시만 기다려주세요."

여자는 그렇게 양해를 구하고는 전화를 걸기 위해 밖으로 나갔다. 잠시 후 통화를 마치고 돌아온 여자는 할아버지가 흡족해할 만한 소식을 전했다.

"저희 사장님한테 사정을 잘 말씀드렸어요. 어르신이 젊은 시절에 법조계 쪽에서 일하면서 공익을 위해 힘쓰셨으니 이번 한 번만 예외적으로 우대 혜택을 드리자고요. 그랬더니 사장님이 흔쾌히 그렇게 하라고 해주셨어요. 하지만 할부는 안 되고 일시불로 구매하셔야 해요."

샤오 할아버지는 어린아이처럼 좋아하며 얼른 대답했다.

"당연히 일시불로 내야지."

할아버지는 그 즉시 침실로 가서 카드를 가지고 나왔다. 직원이 단말기로 카드를 읽는 동안 나는 혹시나 해서 물어보았다.

"지금 약을 바로 받을 수 있나요?"

"그럼요."

여자가 그 말과 동시에 같이 온 남자 직원을 시켜 차에 있는 약을 가져오라고 했다. 6천 위안을 카드로 결제하는 동안 아래층에 내려갔던 남자 직원이 종이 상자 하나를 들고 왔다.

"자, 약은 여기 있으니 확인해보세요. 40병을 드시면 적어도 3년은 더 사실 거예요. 다 드시고 나서 또 필요하면 언제든지 저희에게 연락 주세요."

샤오 할아버지는 어느 때보다 환하게 웃으며 연신 고개를 끄덕였다.

"고마워요. 다 먹고 또 연락하리다. 조심해서 돌아가고……."

그들이 떠나자 할아버지는 손가락을 꼽아가며 계산에 집중했다.

"페이 대사가 내 수명을 28년 연장해줬고, 두드림 장수 체조로 10년을 벌었고, 이 천세고 40병으로 또 3년을 늘렸으니, 다 합치면 41년이로구나. 그럼 거의 117살까지는 살 수 있겠어⋯⋯."

샤오 할아버지가 천세고를 복용한 뒤 잠도 잘 자고 컨디션도 좋아지는 것을 보고 있자니 고향에 계시는 부모님이 떠올랐다. 물론 부모님 나이가 샤오 할아버지만큼 많지는 않지만 노년기로 가고 있는 것만은 사실이었다. 아무래도 부모님에게 천세고를 좀 사드려야겠어. 신신 언니에게 매월 받는 6,500위안에서 내 생활비와 남자 친구 공부시키는 데 드는 돈을 뺀 나머지는 거의 다 저축했다. 나는 그 돈을 좀 빼서 천세고를 사기로 결심하고 아까 온 영업 사원에게 전화를 걸었다.

그런데 그때 뜻밖의 일이 벌어졌다. 샤오 할아버지가 검은색 천세고를 먹으려고 병을 열다가 그만 실수로 병을 바닥에 떨어뜨리고 말았다. 쨍그랑 소리와 함께 유리 파편이 사방으로 튀고 병에서 흘러나온 진액이 바닥에 흥건히 고였다. 나와 할아버지는 그 광경을 보며 가슴이 찢어지는 듯했다. 1,500위안이 눈앞에서 쓰레기로 변하는 순간이었다. 나는 그릇을 가져와 어떻게든 쓸어 담아보려 했지만 건질 수 있는 양은 아주 적었다. 바닥에 남아 있는 진액은 너무 아까워 이웃집에서 키우는 강아지를 데려다가 핥아 먹게 했다. 그런데 놀랍게도 약을 핥아 먹던 강아지가 갑자기 바닥에 누워 잠이 드는 게 아닌가.

샤오 할아버지는 그 광경에 크게 개의치 않으며 그저 웃어넘겼지만, 나는 속으로 너무 놀라 웃을 기분이 전혀 아니었다. 천세고가 개한테도 효과가 있다고? 사람이 먹는 건강보조식품이 개한테 즉각적인 효과가 나타나면 안 좋다고 들었는데? 이 대목에서 나는 천세고의 성분에 대해 살짝 의심이 들기 시작했다. 내가 잠든 강아지를 안아 이웃집에 데려다주었을 때 그들도 깜짝 놀라며 자기네 강아지가 이 시간에 이렇게까지 깊이 잠든 모습은 처음 본다며 당황했다. 이웃집은 도대체 어떤 건강보조식품을 먹인 거냐고 물었고, 내가 자초지종을 이야기하자 걱정스러운 듯 할아버지에게 그걸 먹이지 않는 게 좋겠다고 충고했다.

그런 말까지 듣고 나자 나는 천세고의 성분을 분석해보고 싶은 마음이 들었다. 동네 인근에 약품검사소가 있었는데, 평소 그 앞을 자주 지나쳐 다니다 보니 오가다 알게 된 직원이 한 명 있었다. 쇠뿔도 단김에 빼라고 나는 다음 날 바로 바닥에서 쓸어 담은 진액 찌꺼기를 가지고 그곳에서 일하는 직원을 찾아갔다.

"제가 돌봐드리는 할아버지가 드시는 건강보조제인데 사람과 강아지한테 똑같은 효과가 나타났거든요. 아무래도 성분을 좀 알아야 할아버지가 드셔도 마음이 놓일 거 같아서요."

평소 알고 지내던 동네 사람이라서 그런지 직원은 흔쾌히 내 부탁을 들어주었다. 그가 약물을 가지고 들어간 지 얼마 되지 않아 결과를 내게 알려주었다.

"이 진액은 흑설탕을 졸여 만든 거고, 안에 수면제인 졸피뎀이 다량 함유되어 있어요. 이 약의 성분은 이 두 가지가 다예요."

그 말을 듣는 순간 머릿속이 하얘지고 등줄기가 오싹해졌다. 맙소사! 어떻게 이런 걸로 사기를 칠 수 있어? 수면제를 건강보조제로 속여서 노인들 몸을 망가뜨린 거잖아? 만약 이 사실을 모른 채 할아버지가 매일 저녁 대용량의 수면제를 복용했다면 나중에 어떤 일이 벌어졌을지 생각만 해도 끔찍했다. 나는 당장 집으로 돌아가 낮에 복용하는 하얀색 진액을 다시 약품검사소로 가져가 분석을 부탁했다. 예상대로 결과는 충격적이었다.

"이 진액은 백설탕을 졸여 만든 거고, 안에는 고용량 카페인이 들어있어요."

나는 치밀어 오르는 분노에 휩싸인 채 정신없이 집으로 달려가 샤오할아버지에게 천세고의 검사 결과를 알려주었다. 할아버지는 믿을 수 없다는 눈빛으로 나만 바라보다 이내 정신이 번쩍 든 듯 불같이 화를 내며 천세제약회사의 여자 직원에게 전화를 걸었다. 하지만 그녀는 할아버지의 한마디에 바로 전화를 끊어버렸다. 다시 걸어도 전화기가 꺼져 있다는 안내 음성만 흘러나올 뿐이었다. 할아버지는 분을 참지 못하고 집 안을 몇 바퀴 돌다 그 여자가 남긴 명함을 꺼내 들었다.

"지금 당장 회사로 찾아가야겠어!"

나는 당연히 할아버지 혼자 보낼 수 없었다. 서로 말다툼을 하다 노인네를 밀치기라도 하면 자칫 큰 사고로 이어질지도 몰랐다.

우리는 택시를 타고 명함에 찍힌 생산 공장으로 향했다. 그런데 막상 도착한 곳은 베이징 외곽에 있는 한 시골집이었다. 문에는 커다란 자물쇠가 채워져 있었다. 이웃집에 알아보니 집주인이 도시에 집을 사서 나간 뒤 시골집을 누군가에게 임대했는데, 그들이 그곳에 천세제약회사를 세웠다고 했다. 보름 전에 이미 판매 금지와 압류 딱지가 붙었는데도 온라인에서 광고를 내리지 않아 결국 샤오 할아버지 같은 피해자가 또 생기고 만 것이다.

"자그마치 6만 위안이야!"

샤오 할아버지의 분노에 찬 절규가 허공에 울려 퍼졌다. 지금 내가 할 수 있는 일은 할아버지를 택시에 태우고 진정시키는 것뿐이었다.

"이미 끝난 일인걸요. 그냥 수업료였다고 생각하세요."

"이렇게 비싼 수업료 봤니? 6만 위안짜리 수업료라고?"

할아버지의 분노에 찬 화살이 나에게 꽂혔고, 나는 쓴웃음을 지으며 그 화가 풀릴 때까지 침묵을 지켰다.

다음 날 나는 신고를 하기 위해 경찰서로 향했다. 6만 위안이 적은 돈도 아니라 어떻게든 사기꾼들을 잡아 돈을 돌려받고 싶은 마음이 간절했다. 담당 경찰은 사건 경위를 듣고 난 뒤 종이 다발을 들고 와 보란 듯이 내 앞에 내려놓았다.

"이거 보이시죠? 노인을 상대로 사기를 친 유사한 사건이 이렇게나 많습니다. 사건 접수는 되었고, 사기범들을 잡게 되면 연락드리겠습니다. 물론 저희도 사건 해결을 위해 노력하겠지만, 이건 저희만 노력한다고 될 문제가 아니에요. 돌아가셔서 어르신한테 장수와 관련된 어떤 광고든 절대 함부로 믿으시면 안 된다고 말씀드리세요. 판사까지 지내신 분이 이렇게 쉽게 사기를 당한다는 게 말이 됩니까? 이번 일도 겪었으니 다들 경각심을 가지셔야 합니다. 안 그러면 또 당하세요!"

샤오 할아버지는 이 일로 몸져누웠고, 자기 이마를 치며 끊임없이 자책과 후회를 했다. 그런 모습을 지켜보며 나는 속으로 안도의 한숨을 내쉬었다. 나 역시 옆집 강아지가 아니었다면 그동안 힘들게 모은 돈을 사기꾼들 손에 넘겨줄 뻔했기 때문이다.

그런데 불행이 엎친 데 덮친 격으로 찾아왔다. 간신히 샤오 할아버지를 설득해 식사를 하시도록 만들었는데, 뜻밖에 들려온 두 가지 나쁜 소식에 할아버지는 또 뒤통수를 잡고 말았다.

경찰서에서 주민 게시판에 붙인 안내문을 보는 순간 나는 내 두 눈을 의심했다.

'지역 주민 여러분께 알려드립니다! 최근 팡런아이라는 이름의 여성이 톈청회사에서 보낸 직원이라고 사칭하며 노인들 집에 방문해 두드림 장수 체조를 가르치는 일이 빈번히 일어나고 있습니다. 이런 여자가 집에 찾아오면 절대 문을 열어주지 마십시오. 실제로는 강도 조직의 우두머리로, 두드림 장수 체조를 가르쳐준다고 거짓말을 하고 노인이 혼자 사는 집에 들어가 도둑질을 일삼고 있습니다. 또한 여자가 말하는 두드림 장수 체조의 창시자인 쿠앙시우화는 존재하지 않는 인물이며, 이 체조 역시 자기 혼자 만들어낸 단순한 동작에 불과합니다. 건강에 도움이 된다고 검증된 바가 없으니 절대 믿으시면 안 됩니다. 만약 주변에서 범인을 발견하면 바로 경찰서에 연락해주시기 바랍니다.'

샤오 할아버지와 나는 안내문을 보는 순간 너무 충격을 받아 한참 동안 아무 말도 할 수 없었다. 할아버지한테 그렇게 살갑고 친절하게 굴던 여자도 사기꾼이었다고? 그 여자가 할아버지 집에서 도둑질을 못 했던 게 설마 내가 할아버지 곁에 있어서였어?!

또 다른 소식은 저녁 신문에 실려 있었다.

'쉰이에서 재난을 없애고 수명을 늘려주는 것으로 유명했던 페이원이 어제 사기 혐의로 경찰에 체포되었다. 원래 마술사였던 페이원은 마술만 해서는 생계를 이어가기 힘들어지자 본격적으로 사기를 치기 시작했다. 페이원은 액막이와 장수에 신통한 능력을 지닌 대사처럼 행세하며 오래 살고 싶어 하는 노인들을 상대로 사기를 치고, 그들이 평생 힘들게 모은 돈을 기부 명목으로 받아낸 것으로 드러났다.'

나는 이 기사를 보는 순간 어안이 벙벙해졌다. 세상에! 내 눈으로 직접 본 것들이 전부 거짓이었던 거야? 그게 마술이었어? 자신을 믿고 찾아간 사람한테 어떻게 그럴 수 있어?! 나는 이 일을 할아버지에게 말해야 할지 고민이 되었다. 말하지 않으면 계속 자기 수명이 28년이나 연장되었다고 착각할 텐데, 그렇다고 사실대로 말하면 그 충격을 과연 감당할 수 있을까?

내가 고민하고 있을 때 진실은 결국 밝혀지고 말았다. 할아버지가 페이 대사를 찾아간 일을 알고 있는 동네 노인이 바로 전화를 걸어 기사 내용을 알려준 것이다. 물론 그분은 할아버지를 돕고 싶은 마음이었지만, 결과적으로 할아버지는 전화를 끊자마자 졸도하고 말았다. 다행히 전화를 받을 때 침대 가장자리에 앉아 있었으니 망정이지 하마터면 큰일을 치를 뻔했다. 곧바로 응급처치가 이루어졌고, 숨이 가빠지면서 순간적으로 기절한 것뿐이라 큰 문제가 생기지는 않았다. 샤오 할아버지는 정신이 돌아오자 잔뜩 쉰 목소리로 물었다.

"내가 누구를 믿고 살아야 하니? 누구를 믿을 수 있겠어? 이제 누구를 믿어야 해?"

이 상황에서 내가 무슨 말을 할 수 있을까? 그저 이제 인터넷에 뜨는 광고를 함부로 믿어서는 안 된다고 말하는 것 외에는 위로할 말이 하나도 떠오르지 않았다.

...

며칠이 또 지나고 나서야 샤오 할아버지는 가까스로 침대에서 일어나며 한숨을 내쉬었다.

"신신이 미국에 있어서 그나마 다행이구나. 그 애가 여기 있을 때 이 사실을 알았다면 불같이 화를 냈을 거다. 나를 엄청 원망했겠지? 내가 지금도 현직에서 일하고 있다면 얼마나 좋았을까. 그럼 그 사기꾼들을 직접 전부 감옥에 처넣었을 텐데……."

몇 건의 사기 사건을 연이어 겪자 샤오 할아버지는 미래에 대한 낙관과 자신감을 잃어갔고 혼잣말처럼 중얼거리는 일이 잦아졌다.

"내가 얼마나 더 살 수 있을까? 내게 남은 시간이 얼마나 될까? 사는 동안 지금 쓰고 있는 책을 다 마무리할 수 있을까?"

그의 정신 상태는 확실히 예전 같지 않았다.

나는 할아버지가 이미 수명 연장이라는 미로에 갇혀 혼자서 빠져나오기 힘들다는 것을 알고 있었고, 서둘러 미로에서 벗어날 수 있는 방법을 찾아내야 했다. 그러지 않으면 출구를 찾지 못한 채 몸과 마음을 망가뜨릴 수밖에 없었다. 샤오 할아버지의 가장 큰 바람은 장수였다. 그렇다면 진짜 장수하는 방법을 알려주어야만 비로소 실질적인 위안을 받고 미로에서 빠져나올 수 있을지 몰랐다.

하지만 누가 그 방법을 알려줄 수 있을까? 세상에 진짜 장수할 수 있는 방법이 있기는 할까? 이런저런 궁리를 하다 보니 머리가 다 지끈거릴 지경이었다. 그때 문득 우리 할머니에게 들은 적 있는 푸뉴산의 장수촌이 떠올랐다.

내가 아주 어릴 적 집에 있으면 할머니의 한숨 소리가 자주 들렸다.

"깊은 산속에 있는 장수촌을 벗어나 사는 게 아니었어. 거기서 그냥 있었으면 100살은 너끈히 살 수 있었을 텐데."

그때 내가 엄마에게 이렇게 물었던 기억이 지금도 생생하다.

"할머니가 하는 말이 정말이야? 푸뉴산에 정말 장수촌이 있어?"

엄마는 고개를 끄덕이며 이렇게 말해주었다.

"사실이란다. 근데 여기서 너무 멀기는 하지. 푸뉴산 깊숙이 들어가면 작은 마을이 하나 있는데, 거기 사는 사람들은 대부분 100살을 넘겨 살고, 제일 나이 많은 사람은 120살까지도 살았다는구나. 하지만 가는 길이 너무 험해서 실제로 가본 사람이 별로 없고⋯⋯."

샤오 할아버지와 함께 그 마을에 가서 장수 비법을 배울 수 있다면 마음의 병을 치유할 수 있지 않을까? 나는 즉시 엄마에게 전화를 걸어 그 마을 사람들이 지금도 장수를 하며 사는지 묻고 그곳으로 들어가는 길도 좀 알아봐달라고 부탁했다. 엄마는 나와 통화한 뒤 친척들을 통해 사방으로 수소문했고, 얼마 지나지 않아 바로 답을 알려주었다.

"그 마을이 지금도 장수촌으로 유명하대. 주민 중에 90살을 넘긴 노인이 70여 명이고, 100살을 넘긴 사람은 20명이 넘는다더라. 여기 가려면 푸뉴산의 야커우 마을로 해서 들어가면 되는데, 워낙 길이 멀고 험해서⋯⋯."

나는 전화를 끊자마자 샤오 할아버지에게 푸뉴산에 있는 장수촌에 대해 알려주며 진지하게 물었다.

"그곳에 가서 장수 비법을 알아보고 싶으세요? 만약 가고 싶으시면 제가 모시고 갈게요! 여기 베이징에서 또 괜히 다른 사람 말에 현혹되지 마시고요."

샤오 할아버지는 내 이야기를 듣자 귀가 솔깃해진 듯 보였다. 하지만 여러 번 사기를 당한 경험 때문인지 선뜻 믿지 못하는 눈치였다.

"광시에 있는 장수촌은 들어봤다만 푸뉴산에도 장수촌이 있다는 소리는 금시초문이구나?! 누가 또 거짓말을 하는 거 아니니?"

"저희 엄마한테 부탁해서 알아본 정보예요. 저희 엄마가 할아버지를 속일 이유가 없잖아요. 어쨌든 가고 싶으시면 제가 여행 준비를 바로 할게요. 정 안 내키면 그냥 못 들은 셈 치세요."

그는 잠시 고민하다 이내 결정을 내렸다.

"가마. 그냥 여행하는 셈 치고 가서 사실인지 확인해보자꾸나."

나는 길이 무척 험해서 가기 전에 고생할 각오를 하셔야 한다고 미리 말해두었다.

"산전수전 다 겪으며 살았는데 그 정도 산길이 뭐 그리 대수겠니?"

어쨌든 할아버지의 마음은 확고해졌고, 나 역시 그를 위한 일이었기에 더는 미룰 이유가 없었다. 나는 곧바로 신신 언니에게 전화를 걸어 이 일에 대해 알려주었고, 그녀 역시 응원해주었다.

"갔다 와. 아빠도 원하는 일이고, 여행 겸 가는 거니까 기분 전환에도 도움이 될 거야. 경비는 내가 보낼 테니까 넌 여행 준비에 신경 쓰고, 아빠가 힘들지 않게 옆에서 잘 보살펴드려."

그날 이후 나는 본격적인 여행 준비에 돌입했다. 샤오 할아버지가 평소에 복용하는 약 외에도 벌레나 뱀에 물렸을 때 바르는 약과 구급약은 물론, 휴대하기 편한 음식과 우비도 챙겼다.

떠나기 전날에는 다시 한 번 신신 언니에게 전화를 걸어 필요한 생필품을 사다 주었다. 그렇게 모든 준비를 마치고 한숨을 돌리다 보니 문득 이들 부녀가 모두 마음의 병을 앓고 있다는 생각이 들었다.

나와 샤오 할아버지는 먼저 비행기를 타고 난양시로 간 뒤 택시를 타고 야커우로 곧장 들어갔다. 야커우 주민 중 장수촌을 아는 사람은 많았지만 가본 적이 있다는 사람은 별로 없었다. 한참을 물어보고 나서야 장수촌까지의 직선 거리가 그리 멀지 않다는 것을 알 수 있었다. 하지만 산길이 워낙 구불구불하고 경사가 심한 데다 거의 100리를 걸어가야 도달할 수 있는 곳이었다. 게다가 이 산길은 차가 지나다닐 수 없고 도보로만 이동할 수 있었다.

나는 샤오 할아버지를 마을에 있는 숙소로 데리고 가서 쉬게 한 뒤 혼자 마을 북쪽 입구로 가서 앞으로 우리가 가야 할 길을 확인해보았다. 과연 산을 끼고 구불구불하게 이어진 좁은 길을 보는 순간 샤오 할아버지가 걸어서 그 길로 100리를 가는 것 자체가 불가능하다는 사실을 깨달았다.

나는 마을로 다시 돌아가 가게 주인에게 장수촌까지 사람을 실어다 줄 가마꾼이 있는지 물어보았다. 다행히 있기는 하지만 길이 워낙 험해 비용이 많이 든다는 말이 돌아왔다. 가격을 알아봐달라고 하자 가게 주인은 휴대전화로 전화를 걸어 20대 중후반 정도 되는 젊은이 두 명을 불러주었다. 일단 신체 조건만 보면 팔다리가 튼튼해 보이는 것이 산길을 너끈히 가고도 남아 보였다. 그들에게 장수촌에 가본 적이 있느냐고 묻자 그중 한 명이 재작년에 성에서 시찰단이 왔을 때 데리고 가본 적이 있지만 길이 너무 험한 데다 어떤 곳은 수풀이 너무 울창해서 칼로 수풀을 베어가며 가야만 했다고 혀를 내둘렀다.

"혹시 대나무 의자로 만든 가마에 노인 한 분을 싣고 가줄 수 있나요?"

그러자 두 사람이 웃으며 대답했다.

"저희한테 한 사람당 1천 위안씩 주면 가능합니다."

나는 그 정도면 괜찮겠다 싶어 바로 수락했다.

"할아버지를 안전하게 모셔다주면 끝나고 나서 1,100위안씩 드릴게요. 가는 동안 먹고 마실 거리는 제가 준비할 테니 걱정 마세요."

두 사람은 이 조건을 듣자마자 흔쾌히 받아들였다.

"아가씨가 아주 통이 크네요. 그럼 그렇게 정한 걸로 알고 내일 5시 반에 마을 북쪽 입구에서 출발합시다. 그래야 날이 저물기 전에 도착할 수 있어요."

"두 분 신분증 좀 보여주세요. 사진을 찍어서 베이징에 있는 식구들과 마을 파출소에도 보내야 하거든요. 일단 할아버지와 제가 거기까지 가는 도중에 사고라도 나면 두 분이 책임을 져야 할 거예요."

두 젊은이는 웃으며 신분증을 건넸다.

"우리가 무슨 강도도 아니고. 고작 몸뚱이 하나에 의지해서 돈 버는 것뿐인데 뭐 굳이……. 그래도 필요하다면 신분증이야 얼마든지 드리죠……."

그날 밤 우리는 야커우에서 머물렀다. 샤오 할아버지는 내가 가마꾼을 구해놨다고 하자 탐탁지 않게 생각하는 듯 보였다. 하지만 다음 날 아침 북쪽 입구에서 산길을 보는 순간 아무 불평도 하지 않고 얌전히 가마 위에 올라탔다. 나는 트렁크를 숙소에 맡겨놓고, 아침 일찍 출발하기 전에 마을 파출소에 찾아가 두 젊은이의 신상 정보를 알려주고 만일의 사태에 대비했다. 그리고 약품, 빵, 삶은 달걀, 소시지, 오이, 생수, 호신용 가위를 넣은 배낭만 짊어지고 길을 떠났다. 가마꾼 중 한 명은 늑대의 공격에 대비해 사냥용 총을 어깨에 멨고, 다른 한 명은 나뭇가지를 자를 수 있는 큰 칼을 차고 있었다. 우리 네 사람은 아침 햇살이 비추는 숲길을 따라 장수 비법을 구하기 위한 여정에 나섰다.

내 고향도 산간에 있어서 늘 산길을 걸어 다녔지만, 그곳은 낮은 산지여서 산이 높지 않고 길도 평탄한 편이었다. 그에 비해서 이곳은 걸핏하면 50, 60도의 비탈길이 나타나고, 오르막길과 내리막길이 끊임없이 이어졌다. 이렇게 가파른 길이 쉼 없이 이어지는 산길은 처음이다 보니 얼마 가지 못해 숨이 가빠지기 시작했다. 젊은 가마꾼들 역시 샤오 할아버지까지 짊어지고 가파른 산길을 가다 보니 얼마 가지 않았는데도 땀을 비 오듯 흘렸다. 샤오 할아버지는 세 사람의 가쁜 숨소리를 들으며 미안한 마음을 감추지 못했다.

"이렇게 고생할 줄은 몰랐어. 너무 힘들면 그만 가도 괜찮네."

그러자 한 젊은이가 웃으며 농담을 했다.

"할아버지, 이제 빼도 박도 못하세요. 저희가 그곳에 도착해야 2,200위안을 벌 수 있거든요! 떠나기 전에 아내한테 그 돈을 벌어올 거라고 액수까지 알려줬는데 빈손으로 돌아가면 저희 매 맞아 죽습니다!"

"그래, 그럼 가야지. 내가 자네들한테 100위안씩 더 얹어주겠네!"

가마꾼들의 기분 좋은 웃음소리가 들려왔고, 그중 한 명이 말했다.

"부녀가 일 처리 하나는 기가 막히게 시원시원하시네요. 두 분이 이렇게까지 신경 써주시니 안전하게 모시고 갔다 오겠습니다!"

기나긴 산길을 걸었다 쉬기를 반복하고 나자 어느 순간 푸뉴산 깊은 곳의 신비한 경관이 눈앞에 펼쳐졌다. 울창한 숲, 높은 절벽 위에서 쏟아져 내리는 폭포, 아름다운 깃털이 달린 새, 숲속을 자유롭게 오가는 원숭이, 사람 키만 한 풀, 오솔길을 한가로이 기어가는 뱀, 무리 지어 달리는 멧돼지, 맑은 계곡물, 기이한 모양의 버섯⋯⋯. 우리는 총 서른

두 번을 멈춰서 쉬고 나서야 마침내 날이 어두워지기 전에 소문으로만 듣던 바로 그 장수촌에 도착할 수 있었다.

마을의 원래 이름은 위안양(元陽)이었다. 이 글자가 마을 입구의 거대한 바위에 대충 새겨져 있었다. 딱 봐도 전문가의 솜씨가 아니라는 것을 알 수 있을 만큼 삐뚤빼뚤한 글씨체였다. 마을은 볕이 잘 드는 산비탈에 자리 잡았고, 작은 평지마다 목조 주택이 여기저기 흩어져 있었다. 마을의 왼쪽과 오른쪽, 뒤쪽은 모두 울창한 숲이었고, 마을 앞으로 넓은 하천을 따라 맑은 계곡물이 흘렀다.

평소 외부인이 거의 오지 않는 곳이다 보니 마을 아이들이 순식간에 우리를 둘러싸며 신기한 눈으로 쳐다보았다. 그리고 자연스럽게 안내자 역할을 하며 우리를 마을 어귀의 어느 집 마당으로 데리고 가 소리를 질렀다.

"우 할아버지! 우 할아버지! 산 밖에서 사람들이 왔어요!"

그 소리를 듣고 하얀 수염을 길게 늘어뜨린 노인이 걸어 나와 잠시 우리를 바라보더니 고개를 숙여 인사하며 물었다.

"여기서 잠시 머물 곳을 찾소?"

나는 얼른 앞으로 나가 우리가 온 이유를 설명했고, 노인은 장수 비결을 알고 싶어 왔다는 말에 껄껄 웃으며 대답했다.

"이런 외진 마을에 무슨 장수 비결이랄 게 있나? 하지만 이리 힘들게 찾아왔고 날도 곧 저물 것 같으니 안에 들어가 하루 묵고 가시오. 자, 안으로 들어가십시다."

우리가 노인을 따라 들어가 네모난 목재 테이블에 앉을 때 그가 뒷마당을 향해 누군가를 불렀다.

"어머니, 손님이 오셨어요!"

나는 그 말에 깜짝 놀랐다. 이분도 할아버지인데 어머니가 계신다고?! 그가 부르는 소리가 들리자마자 마당에서 쩌렁쩌렁한 대답이 들려왔다.

"아가한테 먼저 좋은 차를 좀 내다 드리라고 하렴."

그 말이 끝나기도 전에 혈색 좋은 백발의 노부인이 뒷마당에서 걸어 나와 우리를 보고 웃으며 말했다.

"며칠 전부터 까치 두 마리가 나뭇가지 위에서 짖는 소리가 들리기에 좋은 일이 있을 거라고 짐작은 했는데 정말 귀인들이 찾아오셨네!"

노부인이 우리와 인사를 나눌 때 머리가 반쯤 센 할머니가 찻잔이 든 쟁반을 들고 옆문에서 나왔다. 그녀는 우리 앞으로 다가와 검은빛이 도는 차를 한 잔씩 내려놓았다.

이때 혈색 좋은 노부인이 말을 걸었다.

"우리 아들은 이미 봤으니 내 손자며느리를 소개해드리리다."

노부인이 찻잔을 내려놓고 있던 할머니를 가리키며 말했다.

"애가 올해 고작 일흔하나라오. 아주 좋은 나이지!"

나와 샤오 할아버지의 놀란 시선이 허공에서 부딪혔다. 맙소사! 일흔한 살인 사람을 아직도 아가라고 한 거야?! 그럼 나처럼 스물몇 살짜리는 도대체 뭐라고 부르지?

"왕할머니, 올해 연세가 어떻게 되세요?"

나는 궁금증을 참지 못하고 얼른 물었다.

"날 왕할머니라고 부르지 말아줘. 그렇게 부르면 내 마음이 늙는 것 같거든. 그냥 할머니라고 불러! 내 나이가 올해 고작 백여덟인걸. 열여덟에 남편과 결혼하고 그해에 우를 낳았지. 저 애를 낳을 때 안개가 짙게 내려서 온 산이 뿌연 안개에 뒤덮였어. 그래서 아들 이름을 안개를 뜻하는 우(霧)라고 지은 거야. 우야, 우선 손님들을 집으로 모시고 가서 좀 씻고 쉬시게 하려무나. 아가는 밥을 준비하고. 손님들이 하루 내내 산길을 걸어오느라 허기가 졌을 테니 한 끼 잘 대접해야지!"

"할머니, 번거롭게 해드려서 죄송한데 저희는 방 세 개가 필요해요. 샤오 할아버지 방이랑 가마를 지고 온 저 두 분 방 하나, 그리고 제가 묵을 방 하나요. 방값은 여기서 정한 대로 낼게요. 나중에 방값 때문에 문제 생기기 전에 미리 말씀드려야 할 것 같아서요."

"방값이라니? 어린 아가씨가 별말을 다 하네! 이런 깊은 산에 모처럼 찾아온 손님한테 무슨 돈을 받아? 산에 살면서 이웃 마을 한 번 안 찾아가는 사람 있나? 산에 사는 사람들은 어느 마을을 가든 거기가 다 내 집이려니 생각하며 살아. 그게 이곳 사람들이 사는 법이지. 자, 우야, 이분들을 잘 안내해드리렴."

와, 나는 노부인의 배포에 혀를 내둘렀다. 어쨌든 그 덕에 돈을 절약했으니 나로서는 마다할 이유가 전혀 없었다.

우리는 우 할아버지를 따라 인접해 있는 작은 마당으로 갔다. 마당 안에 지어진 집의 벽도 통나무로 되어 있고, 지붕은 널빤지와 산초로 덮여 있었다. 방 안 침대와 의자 역시 목재로 만들어져 있어 나무와 산초 향기가 물씬 풍겼다. 우리가 묵을 방은 세 개가 나란히 연결되어 있고, 원래 아무도 살지 않던 곳처럼 보였다.

"할아버지, 이곳은 원래 이렇게 손님방으로 만들어놓은 곳인가요?"

내가 묻자 우 할아버지가 고개를 끄덕였다.

"깊은 산중에 있는 마을이다 보니 여기까지 찾아온 사람들이 묵을 곳이 필요할 때가 생겨. 그래서 마을마다 그런 사람들을 위해 이렇게 방 몇 개는 준비해놓고 있지."

"근데 저 아이들은 왜 우리를 굳이 할아버지 집으로 데리고 온 거예요?"

그가 웃으며 답을 알려주었다.

"우리 집 항렬이 이 마을에서 가장 높거든. 마을 사람들이 나를 촌장으로 뽑았고, 나랑 내 아들이 모두 목수 일을 하다 보니 나무만 있으면 집 하나는 뚝딱 만들어내. 그래서 이렇게 손님용으로 따로 집을 더 지어놓은 거지."

나는 문득 아까 노부인이 했던 말이 떠올랐다. 열여덟에 결혼해 아들을 낳았다고 했으니 우 할아버지 나이가 어림잡아 아흔은 되었을 텐데, 그럼 이 할아버지는 중국에서 최고령 촌장이겠네?

깊은 산속에 들어와 본 적 없는 샤오 할아버지는 흔들리는 가마에 앉아 오느라 힘들었을 텐데도 이 신비로운 장수촌에 대해 속속들이 알아보고 싶은 마음이 간절한 듯 보였다. 그래서인지 방에 들어간 지 얼마 되지 않아 나를 부르더니 나가서 마을을 둘러보고 싶다고 말했다.

날이 이미 저물어 하늘이 캄캄했다. 마을 전체가 어둠에 잠긴 가운데 집마다 켜놓은 불빛만이 창문과 문틈을 통해 새어 나오고 있었다. 해발고도가 높아서인지 하늘에 손만 뻗으면 별을 딸 수 있을 것 같았다. 사방이 고요한 가운데 간혹 개 짖는 소리와 개울물 흐르는 소리만이 들려왔다. 마을에 나 있는 길은 모두 돌로 포장되어 있고, 사람들이 많이 오간 듯 걸을 때마다 표면이 반질반질한 느낌이 들었다. 지금이 저녁 식사 시간이다 보니 길을 오가는 사람은 거의 없었다. 샤오 할아버지는 그곳을 걸으며 산 공기를 코로 깊숙이 들이마셨다. 할아버지는 산속 공기가 너무 시원하고 깨끗하다며 흡족해했다.

저녁 식사는 우 할아버지 집에 모여 같이 먹었다. 집 안에 나무 탁자 두 개를 펴놓고, 한 탁자에는 노부인, 우 할아버지와 부인, 우 할아버지의 아들과 며느리 그리고 우리 네 사람이 앉고, 다른 한 탁자에는 며느리의 두 아들과 그들의 부인 그리고 손자 네 명과 손녀 세 명이 앉았다. 그야말로 5대가 한자리에 모인 대가족이었다. 밥과 반찬은 71세 며느리가 그의 두 며느리를 시켜가며 준비했는데, 탁자별로 커다란 냄비 두 개가 올라가 있었다. 하나는 산토끼 무조림이고, 다른 하나는 버섯을 넣고 조린 암탉 요리였다. 밥은 찐 고구마와 삶은 옥수수였다. 포슬포슬 잘 익은 고구마는 반으로 쪼갰는데도 크기가 꽤 컸다. 옥수수는 껍질째 통째로 삶아서 향이 잘 배어 있었다. 옥수숫가루로 쑨 죽도 향이 고소하고 진했다. 어른들 자리 앞에는 과실주가 담긴 작은 그릇이 하나씩 놓여 있었다. 우 할아버지는 키위로 만든 과실주라 취하지도 않고 몸에도 좋다고 말했다.

음식과 술이 상 위에 다 차려지자 우 할아버지의 어머니가 젓가락을 들어 자기 그릇을 한 번 쳤다. 그러자 다른 식구들이 식사를 시작했다. 아이들과 남자들은 모두 게 눈 감추듯 빠른 속도로 음식을 먹었다. 샤오 할아버지만이 뭘 어떻게 먹어야 할지 몰라 망설이고 있었다. 나는 어쩔 수 없이 옥수수를 하나 집어 뜯어 먹는 시늉을 해가며 이렇게 드시라고 알려주었다.

이제껏 술을 마시지 않던 나도 오늘만큼은 이곳 과실주를 한번 마셔보았다. 새콤달콤한 맛이 목구멍을 타고 흘러 들어가자 속이 아주 편안해졌다. 술 욕심이 많은 샤오 할아버지는 옆에서 내가 굳이 막지 않자 자기 앞에 놓인 술잔을 들어 한 잔 들이켠 뒤 손자며느리에게 잔을 다시 건네며 물었다.

"한 잔 더 주시겠소?"

손자며느리가 웃으며 또 한 잔을 따라주었다.

그런데 이렇게 식사를 하는 내내 집 안의 전등이 밝아졌다가 흐려지기를 반복했다. 나는 우 할아버지에게 전압이 불안정해서 그런 거냐고 물어보았다.

"이곳에 전기를 끌어다 쓰려면 너무 비싸서 마을 자체적으로 발전기를 하나 들여놨지. 그런데 발전기를 관리하는 놈이 글을 잘 모르다 보니 마을 전등이 모두 이 모양이야."

식사를 마치고 방으로 돌아가자 눈이 저절로 감겼다. 지금까지 살면서 이렇게 험한 산행을 한 것도 처음이라 샤오 할아버지한테 약을 챙겨드려야 한다는 것도 잊고 침대에 등을 대자마자 잠이 들었다. 새소리에 눈을 떴을 때는 이미 날이 환하게 밝은 뒤였다. 나는 그제야 어제 샤오 할아버지의 약을 못 챙겼다는 사실을 떠올리며 황급히 그의 방으로 달려갔다. 그런데 문을 열기 전부터 벌써 천둥이 치듯 코 고는 소리가 커다랗게 들려왔다. 나는 얼른 들어가 혈압과 혈당을 쟀다. 다행히 모든 수치가 평소와 다름없이 정상이었다. 그사이 할아버지도 잠에서 깨어나 웃으며 말을 건네왔다.

"어젯밤에는 너무 피곤해서 그랬는지 푹 잘 잤어."

우리가 같이 밖으로 나가 개울 옆에서 양치질할 때 지게를 짊어진

우 할아버지가 웃으며 다가왔다.

"다들 잘 잤나?"

"네, 밤새 화장실 가는 것도 잊을 만큼 아주 푹 잤습니다."

샤오 할아버지의 말에 그제야 나 역시 자느라 화장실에 한 번도 가지 않았다는 사실을 깨달았다.

"하하. 보통 과실주를 한 잔만 마셔도 누가 업어 가도 모를 정도로 자는데, 그걸 두 잔이나 마셨으니 당연하지!"

샤오 할아버지와 나는 숙면이 술 때문이었다는 사실에 깜짝 놀랐다.

"우리 어머니가 담그신 그 술이 잠을 잘 자도록 돕거든. 누구나 나이가 들면 잠을 잘 못 자기 마련인데 우리 마을 사람들은 나이가 아무리 많아도 그 술 덕에 잠을 아주 잘 자지."

아?! 샤오 할아버지와 나의 시선이 마주쳤다. 잠이야말로 건강을 위해 가장 중요한 부분이었기 때문이다.

"그런데 그 통에 든 건 뭐예요?"

나는 우 할아버지가 짊어진 통에 든 검은 무언가를 보며 물었다.

"거름이지, 거름. 닭똥, 소똥, 돼지똥이랑 낙엽을 한데 섞어 만드는데, 화학비료보다 훨씬 효과가 좋고 오래가. 작물을 재배할 때 이만한 게 없어요. 이 비료로 키운 농작물과 채소는 특히 더 맛이 좋고."

"아, 이걸 어디로 가져가십니까?"

샤오 할아버지가 관심을 보였다.

"채소밭에 가져가지. 나랑 같이 가서 밭 구경 좀 하겠나? 아침 식사 전까지 시간이 좀 있으니 같이 가도 되네만."

우 할아버지는 거름통을 지고 돌다리를 건너 계곡 맞은편 기슭에 만들어놓은 논밭으로 향했다. 한창 곡식이 무르익는 가을이 되어서인지 밭에 심은 무, 당근, 배추며 다양한 잎채소가 잘 자라 있었다. 여기저기 둘러보니 몇몇 마을 주민이 아침 일찍 나와 논밭에서 일하고 있었다. 그중 두 사람은 옛날식 수차를 발로 밟아가며 계곡에서 나오는 깨끗한 물을 끌어올려 밭에 물을 댔다. 그 모습을 둘러보며 샤오 할아버지가 탄식을 내뱉었다.

"저렇게 맑고 깨끗한 물로 농사를 지어 자급자족하니 다들 건강할 수밖에. 대도시 근교만 해도 재생수를 사용해 농사를 짓고 있으니 맛과 영양 성분이 이곳을 따라올 리 있나……."

아침 식사를 한 샤오 할아버지가 내게 한 가지 제안을 했다.

"힘들게 여기까지 왔는데 바로 돌아가면 너무 억울하니 아예 여기서 이틀 묵고 사흘째 되는 날에 돌아가자꾸나. 가마꾼들한테 여기서 이틀을 기다려주면 각자 100위안씩 더 챙겨주겠다고 말해보렴."

가마꾼들은 할아버지가 내건 조건을 흔쾌히 받아들였다.

"우리는 상관 말고 여기서 맘 놓고 지내세요. 우리도 이틀 동안 쉬는 셈 치면 됩니다."

첫날, 나와 샤오 할아버지는 우 할아버지의 안내를 받아 이곳 마을 사람들이 무엇을 먹고 마시고 입고 사는지 살펴볼 수 있었다. 우리는 먼저 화천(和川)과 안천(安川)이라고 불리는 두 개의 샘을 구경하러 갔다. 이 두 샘은 마을 서쪽에서 3리 정도 떨어진 곳에 있는 절벽 아래 자리 잡고 있었다. 둘 사이의 거리는 약 10미터쯤 되었고, 출수량은 1분에 커다란 통을 하나 채울 정도였다. 두 샘이 하나로 합쳐져서 마을 앞으로 흐르는 개울의 주요 수원이 되고 있었다. 우 할아버지는 우리에게 두 개의 샘물을 맛보게 해주었다. 화천의 물은 약간 달고 안천의 물은 약간 썼다.

"화천의 물만 마시면 열이 올라오고 종기가 생기고 피부가 검게 변해. 안천의 물만 마시면 설사를 하고 피부가 노랗게 되지. 이 두 개의 샘물을 같이 마셔야 몸이 건강해지고 병이 안 생길 뿐 아니라 피부가 하얗고 부드러워져. 우리 마을 젊은 아가씨들을 보면 알겠지만 하나같이 연못에서 갓 뽑아낸 연뿌리처럼 피부가 하얗지. 인근 마을 청년들이 유독 이곳 아가씨들을 신부로 맞고 싶어 앞다퉈 매파를 보낸다니까."

샤오 할아버지가 그 말에 웃으며 고개를 끄덕였다.

"그래서 어제저녁 이 마을에 온 뒤부터 지금까지 피부가 검은 아가씨들이 한 명도 안 보인 거군요."

그다음으로 우 할아버지가 우리를 데려간 곳은 마을 뒤편에 있는 오래된 숲이었다. 위허 평야에서 나고 자란 샤오 할아버지와 야트막한 산간 지역에서 자란 나는 원시림에 들어서자 눈에 보이는 모든 것이 신비로울 뿐이었다. 모든 나무가 몇십 장이나 될 만큼 키가 크고 굵기 또한 몇 아름씩 되었고, 나무 머리가 하늘을 거의 가릴 정도였다.

"이곳의 나무는 모두 영험한 기운을 가지고 있기 때문에 함부로 기어오르거나 베어서는 안 되지. 원시림으로 깊숙이 들어가는 것도 조심해야 해. 잘못하면 길을 잃거나 뱀에 물릴 수 있거든. 게다가 숲에는 늑대와 원숭이, 멧돼지가 살고 있고, 때로 호랑이가 나타나기도 해."

그 후 우 할아버지는 마을에 있는 베 짜는 집으로 우리를 데리고 갔다. 베 짜는 집은 마을 동쪽 계곡 아래 마주 보고 서 있는 목조 건물이었다. 안으로 들어가보니 옛날식 베틀이 여러 개 놓여 있고, 베틀마다 중년 여자들이 앉아 베를 짜고 있었다. 가까이 가서 그들이 짠 삼베를 만져보니 얇고 가벼워 통기성이 좋았다.

"이곳에서 만든 삼베로 옷을 만들어 입으면 모기나 파리, 벼룩, 벌레에 물리지 않아. 피부가 가렵지도 않아서 남녀노소 누구나 즐겨 입을 수 있지. 여기서 쓰는 원료는 마을 양옆에 있는 산에서 나오는 산마야. 산마 껍질을 물에 담가 표백하면 천으로 짜서 옷을 해 입을 수 있다는 것을 알게 되면서 대대로 그 기술이 이어져 내려왔고, 집집마다 삼베 짜는 기계를 놓은 적도 있었지. 그때만 해도 아낙들이 농한기만 되면 집에서 베틀질을 하는 모습이 아주 흔했지. 하지만 이젠 기계로 짠 옷감이 나오는 세상이 되었고 마을 젊은이들도 산 밖으로 나가 옷을 사 입는 걸 좋아하게 되면서 삼베를 직접 짜는 집은 점점 줄어들었어.

그러다 최근 이곳 삼베가 피부에 좋다는 소문이 퍼지면서 대도시 사람들이 알음알음 사러 왔어. 그러면서 마을에 이렇게 베 짜는 공장도 만들고, 베틀 스무 개를 사다 놓게 되었지. 마을에서 뽑은 손재주 좋은 여자들이 베를 짜. 여기서 만들어진 삼베는 주로 외지로 팔려나가고."

샤오 할아버지가 삼베를 자세히 들여다보며 말했다.

"이곳 분들이 장수하는 이유를 이제 어느 정도 알 것 같군요. 이곳의 흙, 공기와 물 중 어느 것도 오염되지 않았고, 마을 사람들은 그해 수확한 농작물과 산해진미를 먹고, 도시에서 파는 생수보다 더 좋은 물을 마시고, 직접 짠 친환경 삼베옷을 입고, 나무로 만든 친환경 집에서 살고 있죠. 이 모든 것이 자연에서 온 것이니 당연히 장수할 수밖에요!"

우 할아버지가 웃었다.

"일리 있는 말이네. 이 마을 사람 중에 병으로 죽은 사람이 없고, 다들 나이가 들어 밥 먹을 기력조차 사라져 죽거나 산에 들어갔다가 사고를 당해 죽는 경우가 대부분이지. 하늘도 아시는 게 아닐까? 이곳이 워낙 외지다 보니 병이 나도 멀리 떨어진 병원까지 갈 수 없다는 걸 말이야. 물론 두통이 생기거나 열이 나는 등의 가벼운 병이 예고 없이 찾아오기도 하지. 그런데 이런 잔병은 자연히 치유될 때까지 놔두거나, 약초를 구해 와서 민간요법으로 며칠 달여 먹이면 좋아지지."

다음 날에는 우 할아버지가 우리에게 마을 최고령자 몇 분을 소개해주었다. 제일 먼저 만난 분은 구월 할아버지였다.

"올해 107세로 우리 마을에서 두 번째 고령자고, 우리 어머니보다는 딱 한 살 더 적지."

샤오 할아버지와 나는 이 정도로 나이가 많으면 집에 앉아서 쉬고 있을 거라고 예상했다. 그런데 우리 예상과 달리 그는 집에 없었다. 우리가 집을 방문했을 때는 그의 부인인 102살 할머니가 나와서 화를 내며 말했다.

"그 빌어먹을 계집의 밭농사를 도와주러 갔어!"

나는 순간 눈이 휘둥그레져 우 할아버지에게 넌지시 물었다.

"누구를 말씀하시는 거예요?"

우 할아버지는 별말 없이 우리에게 따라 나오라고 손짓했고, 그 집에서 멀어진 뒤에야 나의 궁금증을 풀어주었다.

"구월 할머니가 말씀하시는 분은 마을 서쪽에 사시는데, 이제 막 백살을 넘긴 시월 할머니야. 저 할머니가 구월 할아버지와 시월 할머니의 관계를 계속 의심해왔거든."

샤오 할아버지가 호탕한 웃음을 터트렸다.

"사람은 백 살을 살아도 질투를 하나 봅니다?"

그 말에 우 할아버지도 따라 웃었다.

"그러게 말이야. 구월 할머니만 봐도 여전히 질투를 하시니……."

우 할아버지는 우리를 계곡 쪽에 있는 밭으로 데려갔고, 그곳에 쭈그리고 앉아 바쁘게 일하는 노인을 향해 소리쳤다.

"구월 할아버지, 베이징에서 오신 손님이 뵙고 싶어 하세요!"

노인은 귀도 밝은지 한 번 부르자 곧장 자리에서 일어나며 물었다.

"왜? 날 베이징으로 데리고 가서 무슨 주석이라도 시켜주러 왔대?"

우 할아버지가 웃으며 농을 던졌다.

"꿈도 야무지십니다!"

구월 할아버지도 지지 않았다.

"사람이 그런 꿈이라도 안 꾸면 무슨 재미로 살아?"

"또 무슨 꿈을 꾸시는데요?"

구월 할아버지는 농을 좋아하는 사람이 분명했다.

"나야 젊고 예쁜 아가씨와 다시 결혼하는 꿈을 꾸며 살지!"

샤오 할아버지마저 웃음보가 터지고 말았다. 그의 웃음소리가 멈추기도 전에 계곡 기슭에 있는 수풀에서 지팡이를 짚은 할머니가 튀어나와 구월 할아버지를 향해 소리쳤다.

"그 주둥이 좀 닥쳐요! 다 늙어서 젊은 여자만 보면 좋아서 아주 사족을 못 써! 예전에 그렇게 놀아놓고 지겹지도 않나? 젊은 여자들이 다 늙어빠진 할아버지를 쳐다보기나 한다우? 일찌감치 꿈 깨고 밭일에나 신경 써요!"

우 할아버지가 그 할머니를 향해 얼른 인사를 드렸다.

"할머니도 밭일 나오셨어요?"

우리는 그제야 저 노인이 시월 할머니라는 것을 눈치챘다. 구월 할아버지는 시월 할머니를 보자 입꼬리를 씰룩거리며 우리를 향해 익살스러운 표정을 지었다.

"예! 예! 내가 얼른 마음 접고 살아야지. 안 그러면 저 구박을 평생 받고 살아야 하잖아."

"어르신, 무슨 채소를 키우십니까?"

샤오 할아버지가 웃으며 물었다.

"파! 베이징 사람도 파가 좋다는 건 알지? 파는 혈액순환을 돕고 정력제로도 쓰여. 남자가 파를 하루에 두 번씩 먹으면 여자랑 잘 때 더 흥분되고 힘이 생기지. 알아들었어, 이놈아?"

놈?! 지금 샤오 할아버지에게 '이놈'이라고 한 거야? 구월 할아버지의 말에 내가 다 민망해서 얼굴이 빨개지고 있는데 저쪽에서 시월 할머니가 또 욕을 퍼부었다.

"저 늙은이가 입만 벌렸다 하면 꼭 저딴 소리를 지껄이지! 저 아가씨 앞에서 그런 말을 하고도 부끄럽지 않나? 체통 좀 지켜요!"

"아니, 이게 뭐가 부끄러운 일이라고 그래? 남자가 이런 즐거움도 없으면 무슨 낙으로 살아?"

구월 할아버지가 웃으며 변명했다. 이쯤 되자 우 할아버지가 정색하며 구월 할아버지에게 본론을 꺼냈다.

"이 사람들은 장수 경험을 알고 싶어 찾아왔으니 그런 농담은 그만하시는 게 좋겠어요. 여기 말고 다른 곳도 가야 해서요."

"그거였어?"

구월 할아버지가 웃으며 고개를 끄덕였다.

"그게 뭐 그리 어려운가? 좋은 일만 생각하고, 귀찮고 짜증 나는 일은 신경 쓰지 마. 그리고 늘 재밌게 웃으며 살아. 염라대왕도 찾아올 수 없을 만큼! 염라대왕이 누구를 찾아다니는 줄 아나? 바로 늘 찡그리며 수심에 가득 찬 얼굴로 사는 인간들이야……."

이날 우리가 두 번째로 찾아간 노인은 지 할머니였다. 지 할머니는 이제 막 104세 생일을 넘긴 분으로, 우리가 찾아갔을 때 거울 앞에서 커다란 장미꽃이 그려진 겉옷을 입어보고 있었다. 우 할아버지는 할머니가 옷을 다 입어볼 때까지 기다리자며 아무 소리도 내지 말라고 손짓했다. 지 할머니는 거울 앞에서 이리저리 옷태를 살피며 혼잣말을 했다.

"음, 좋은데. 꽃송이도 크고 색도 밝아서 좋네. 사려면 이런 걸 사야지. 입어서 기분 좋고 남 보기에도 좋고 말이야. 개가 효자기는 하지. 엄마 마음을 알아서 이런 꽃무늬 옷도 사다 주고……."

지 할머니가 거울 앞을 떠날 즈음 우 할아버지가 칭찬을 겸해 인사를 했다.

"아이고! 어디서 그런 예쁜 옷이 생겼어요?"

"아? 네가 어쩐 일이니?! 네가 보기에도 예뻐 보여?"

지 할머니가 기뻐하며 물었다.

"물론이죠! 여기 베이징에서 온 손님들도 예쁘다고 했는걸요."

우 할아버지가 우리를 보며 눈짓을 보내자 샤오 할아버지가 얼른 맞장구를 쳤다.

"아주 예쁘고 잘 어울리십니다!"

"고마워요. 다들 예쁘다고 하니 오늘부터 입고 다녀야겠어! 자, 어서들 앉아요. 베이징에서 무슨 바람이 불어 여기까지 오셨나?"

"어르신이 백 살을 넘기셨다는 얘기를 듣고 비법을 알고 싶어서 왔대요."

우 할아버지가 웃으며 우리가 찾아온 이유를 설명했다.

"비법은 무슨? 돌이켜보면 그냥저냥 잘 살아오기는 한 것 같아. 늘 주어진 것에 만족하고, 다른 사람과 비교하지 않았거든. 사실 내가 태어나서 백 살까지 살아보니 다른 건 모르겠고 딱 한 가지는 알겠어. 남과 비교하며 살면 안 된다는 거야. 사람마다 다 자기에게 주어진 몫이 있거든. 자기가 가질 수 없는 걸 부러워하며 살다 보면 마음이 불행해져. 이렇게 깊은 산속에서 농사를 지으며 사는 사람도 얼마든지 즐겁게 살 수 있지 않겠어? 다른 사람이 매일 고기를 먹는다면 그건 그 사람 복이고, 우리가 매일 고구마를 먹고 산다면 이것 역시 나름대로 복 아니겠어?"

샤오 할아버지와 지 할머니가 얘기를 나눌 때 나는 할머니 방을 유심히 살폈다. 방 안에는 가구며 물건이 그다지 많지 않았다. 손님용으로 쓰는 방에는 나무 탁자와 의자, 그리고 벽 거울이 있을 뿐이었다. 동쪽 방에는 나무 침대와 옷을 넣어두는 나무 궤짝이 있고, 서쪽 방에는 나무 침대와 쌀을 담아놓은 나무통이 있었다.

"할머니, 귀중품은 어디다 두고 사세요?"

그러자 할머니가 손을 내저었다.

"이 방 세 칸에 있는 게 전부야. 잠잘 때 쓰는 침대, 옷 넣어두는 궤짝, 쌀 담아두는 나무통이면 충분하지. 사는 데 먹고 입고 자는 거 말고 더 중요한 게 뭐가 있겠어? 가진 게 아무리 많아봐야 죽을 때 싸가지고 가는 것도 아니야!"

나와 샤오 할아버지의 시선이 허공에서 마주쳤다. 할아버지 역시 의외의 대답에 조금 놀란 듯 보였다.

이날 우리는 마을에서 100세를 넘겨 살고 있는 노인들을 거의 다 만나볼 수 있었다. 날이 저물었을 때 샤오 할아버지가 흡족한 듯 말했다.

"잘 왔어. 괜히 온 것 같지는 않구나. 장수하려면 어떤 마음가짐으로 살아야 하는지, 어떤 환경이 필요한지 알게 됐으니 값진 경험을 했어. 세상사가 다 마음가짐에 달려 있다는 걸 몰랐던 것도 아닌데 말이야……."

우리는 나흘째 되는 날 아침밥을 먹은 뒤 장수촌을 떠났다. 떠나기 전에 샤오 할아버지는 내게 플라스틱병에 화천과 안천의 물을 한데 섞어 담아 오라고 시켰다. 우리는 우 할아버지가 준 나물과 느타리버섯, 목이버섯 그리고 돈을 주고 구매한 삼베와 과실주가 담긴 가방에 물병까지 넣어서 짊어지고 떠날 채비를 마쳤다. 마지막으로 샤오 할아버지는 우 할아버지에게 1천 위안을 감사의 표시로 드리라고 했다. 당연히 우 할아버지는 받지 않으려 했고, 그 문제로 한참 실랑이가 벌어졌다. 결국 샤오 할아버지가 나서고 나서야 일이 마무리될 수 있었다.

"받으셔야 합니다. 제가 여길 또 올지도 모르는데 이 돈을 안 받으시면 다시 오지 말라는 뜻으로 알겠습니다."

우 할아버지는 그 말에 어쩔 수 없이 돈을 받았다.

"정 그렇다면 받아는 두겠네. 다음에 꼭 또 들러주게."

우리 일행 네 명이 우 할아버지와 손을 흔들어 작별 인사를 할 때 샤오 할아버지의 탄식 소리가 들려왔다.

"이곳에서 태어났다면 얼마나 좋았을까."

그러자 가마꾼 중 한 명이 웃으며 농을 던졌다.

"저희는 베이징에 사는 사람들이 더 부러운걸요. 여기서 오랫동안 살면 아마 그런 말이 쏙 들어갈 겁니다. 유선전화는 물론이고 휴대전화와 인터넷도 사용할 수 없고, TV 신호도 잘 안 잡히고, 갑자기 정전되는 일도 다반사죠. 게다가 식당, 술집, 찻집, 기차역도 없고, 공연이나 경기 같은 건 구경조차 할 수 없어요. 아마 답답해서 못 사실 거예요!"

생각해보니 맞는 말이었다. 비록 이곳에 살면 장수를 한다 해도 나에게 선택권을 준다면 나 역시 베이징으로 돌아가고 싶은 마음이 더 컸다. 베이징처럼 번화하고 북적거려야 사람 사는 맛이 나지, 이곳은 너무 조용하고 무료하고 적막했다. 그렇게 생각해보니 인간은 참으로 이상한 동물이 아닐 수 없었다.

•••

베이징으로 돌아온 샤오 할아버지는 전보다 훨씬 활기가 넘치고 사기를 당했던 충격에서 어느 정도 벗어난 듯 보였다. 평소처럼 오전이면 공원에 가서 운동을 하고 오후에는 가볍게 산책하는 일상을 이어갔다.

"장수촌 노인들을 배워야 해. 골치 아프고 괴로운 일은 가능한 한 빨리 잊고 늘 긍정적으로 생각하고 즐겁게 살아야지."

마음가짐이 변하면서 일상도 평온을 되찾았다. 이런 평온이 지속되는 가운데 시간은 흘러 겨울로 접어들었다. 두툼한 패딩 탓인지 모르겠지만 샤오 할아버지는 내가 3년 전에 처음 봤을 때보다 확실히 많이 늙었고, 행동거지는 장수촌의 우 할아버지보다 크게 나아 보이지 않았다.

무술 동작을 연습할 때도 팔다리의 움직임이 눈에 띄게 느려지고 자연스럽지 않았다. 길을 걸을 때 약간씩 다리가 떨렸고, 가끔은 몸이 살짝 흔들리기도 했다. 결국 걱정되는 마음에 산책할 때 쓰시라고 상점에 가서 지팡이를 하나 사 왔다. 하지만 할아버지는 지팡이를 보자마자 언짢은 표정으로 살짝 화를 내며 물었다.

"내가 지팡이를 들고 다닐 만큼 늙었다고 말하고 싶은가 보구나? 장수촌의 90세 노인도 지팡이 없이 다니는데, 지금 나더러 빨리 늙으라고 떠미는 거냐?"

나는 애써 웃으며 할아버지를 설득해야 했다.

"미리 준비하기 위해 샀을 뿐인걸요. 혹시라도 지팡이를 쓰고 싶어질 때가 오면 언제라도 꺼내서 쓰실 수 있게요."

그 말에도 할아버지의 반응은 냉랭했다.

"내 눈에 안 보이는 곳에 갖다둬라. 보기만 해도 심란해지니까."

할아버지의 심기가 불편한 것을 보며 나는 얼른 지팡이를 숨기고 다시는 얘기조차 꺼내지 않았다.

샤오 할아버지는 장수촌에서 보고 들은 것을 신신 언니에게 말해달라고 특별히 부탁해왔다. 중국에 좋은 곳이 있으니 언젠가 미국 생활을 접고 들어왔을 때 한 번쯤 꼭 가보라고 딸에게 추천하고 싶은 아버지의 마음이었다.

나는 곧바로 휴대전화를 들고 신신 언니에게 전화를 걸어 그곳에서 지낸 이야기를 자세히 들려주었다. 샤오 할아버지는 통화 시간이 길어지자 서둘러 내 말을 끊었다.

"국제전화를 너무 오래 하면 못써. 전화요금이 얼만데?"

휴, 할아버지는 꿈에도 생각하지 못하실 거야. 자기 딸이 이 집에서 아주 가까운 곳에 살고 있다는 걸 알면 어떻게 될까? 나는 전화를 끊고 이런 생각을 하며 괜스레 양심의 가책을 느꼈다.

그날 이후 나는 샤오 할아버지에게 거짓말을 하고 신신 언니가 사는 곳을 여러 차례 찾아갔다. 손잡이를 철사로 칭칭 감아 단단히 묶어둔 창문을 볼 때마다 내 마음은 천근만근 무거워졌다. 그녀의 정신 상태는 좋았다가 나빠지기를 반복했지만, 몸은 조금 나아져서 처음 공항에서 봤을 때처럼 말라 보이지는 않았다. 나는 그녀에게 약을 제때 먹고 밖에 나가서 할 일을 찾는 게 건강을 회복하는 데 도움이 될 거라고 설득했다. 그럴 때마다 그녀는 한숨을 쉬며 두려움을 드러냈다.

"지금 일자리를 찾아도 괜히 민폐만 끼칠 거고, 그럼 내가 더 힘들어질 거야. 그러다 아는 사람이라도 만나면 내 얘기가 아빠 귀에 들어갈 수도 있어. 일은 병이 다 나은 다음에 찾아보는 게 나을 거 같아."

이렇게까지 말하니 더는 강요할 수도 없는 노릇이었다. 언젠가 찾아갔을 때는 그녀가 공용 계단 통로에 있는 창문도 철사로 묶어달라고 부탁했다. 하지만 그건 공용 공간에 있는 창문이라 철사로 잠가놓으면 이웃 주민들이 민원을 넣을 게 분명했다. 내가 주저하자 그녀는 한숨을 내쉬었다.

"밤에 깨어날 때면 그 창문을 열고 뛰어내리고 싶은 충동이 자꾸 들어. 물론 아직까지는 간신히 억누르고 있지만 만에 하나 충동이 너무 강해지면 그걸 제어할 수 없는 순간이 찾아오겠지……."

나는 그 말을 듣는 순간 앞뒤 잴 거 없이 철사를 들고 나가 창문 고리를 칭칭 감아 묶어버렸다. 그런데 공교롭게도 한창 철사를 감고 있을 때 같은 층에 사는 남자가 문을 열고 나왔다. 남자는 내 행동이 이상했는지 지나가다 멈춰 서서 물었다.

"지금 뭐 하는 거예요?"

나는 내심 당황하며 머뭇머뭇 대답했다.

"제 언니가 맞은편 집에 사는데 밤마다 창문이 바람에 열린다고 해서 아예 고리를 묶어두려고요."

남자가 웃으며 말했다.

"그 창문에는 잠금장치가 있으니까 바람 때문에 열리는 게 싫으면 그걸 잠가요."

이렇게까지 말하는데 철사를 계속 감을 수도 없는 노릇이었다. 그렇다고 신신 언니의 상황을 얘기하고 양해를 구하기도 애매했다. 신신 언니 역시 자기 신상이 알려지는 걸 원하지 않을 터였다. 나는 어쩔 수 없이 고개를 끄덕이고 일단 한발 물러섰다.

"그러네요? 잠금장치만 하면 되네요."

다시 집으로 들어갔을 때 신신 언니가 물었다.

"단단히 감아놨어?"

나는 그 창문에 신경을 쓰는 그녀의 집착을 덜어주기 위해 일단 대충 얼버무렸다. 직접 나가서 확인할 것도 아닌 이상 창문에 철사를 감아놨다고 여기게 만드는 것으로 충분하다고 생각했다.

"네, 단단히 감아놨어요."

이때만 해도 나는 이것이 얼마나 치명적인 실수였는지 깨닫지 못했다. 우울증에 관해 아는 바가 거의 없었던 나는 환자가 관심을 둔 곳이 있고, 특히 그곳이 자살하기 딱 좋은 장소라면 반복적으로 그곳을 관찰

한다는 사실을 전혀 몰랐다. 나는 나의 이 어리석은 행동이 그녀에게 죽을 기회를 주는 것과 같다는 사실을 알아채지 못했다.

그날 집으로 돌아온 뒤 샤오 할아버지는 딸의 안부가 궁금한지 내게 또 말을 걸어왔다.

"요즘 신신에게서 왜 전화가 안 오는지 모르겠구나?"

나는 그 말을 듣자마자 얼른 둘러댔다.

"할아버지가 오전에 공원에 가셨을 때 전화가 왔었어요. 전화로 할아버지 안부도 묻고, 요즘 잘 지내고 있으니 너무 걱정 말라고 전해달라고 했는걸요."

샤오 할아버지는 그제야 안심이 되는 듯 보였다.

"음, 신경쇠약증이 좋아지기만 하면 된 거지. 다음에 또 전화가 오면 병이 다 낫기 전까지 절대 방심하면 안 된다고 꼭 말해주렴. 그리고 나도 잘 지내니 걱정 말라고 하고."

나는 얼른 고개를 끄덕였다.

일주일이 지난 저녁 무렵, 생리 주간이 된 데다 양이 좀 많아서인지 몸이 찌뿌둥하고 피곤했다. 나는 샤오 할아버지가 잠자리에 들자 다음 날 아침에 먹을 음식을 좀 준비해놓고는 바로 잠자리에 들었다. 잠결에 전화벨이 계속 울려댔다. 그 소리에 놀라 잠에서 깬 순간까지만 해도 고향 집에 무슨 일이라도 생긴 줄 알고 황급히 휴대전화를 집어 발신자를 확인했다. 그러다 휴대전화 액정에 표시된 낯선 번호를 보는 순간 스팸일지 모른다는 생각에 살짝 화가 나 퉁명스럽게 전화를 받았다.

"한밤중에 무슨 일이시죠?"

전화기 너머로 남자의 사무적인 목소리가 들려왔다.

"샤오신신 씨 동생 되십니까?"

그 말을 듣는 순간 정신이 번쩍 들었다.

"그런데요. 무슨 일이시죠?"

"경찰서입니다. 샤오신신 씨 집으로 당장 와주셔야겠습니다!"

말투가 사뭇 명령조였다. 내가 무슨 일인지 물어보려는 순간 이미 전화가 끊겨버렸다. 상대방의 말투가 당황스럽기는 했지만 경찰서라고 하니 서둘러 옷을 입고 외출 준비를 했다. 그리고 나가기 전에 샤오 할아버지의 방문 앞에서 나지막한 목소리로 거짓 양해를 구했다.

"할아버지, 남자 친구가 병이 나서 지금 병원에 데리고 가야 할 거 같아요."

샤오 할아버지 역시 내 전화벨 소리에 놀라 깼는지 문 너머로 바로 대답 소리가 들려왔다.

"가봐라. 젊은 사람이 아플 때도 있는 거니까 너무 걱정 말고."

나는 택시를 타고 신신 언니의 집으로 향했다. 건물에 다다를 무렵 어둠 속에서 사이렌 불빛이 반짝이고 경찰차 몇 대가 건물 밖에 서 있는 것이 눈에 들어왔다. 그 순간 본능적으로 안 좋은 일이 벌어졌다는 것을 직감하며 심장이 덜컥 내려앉았다. 하지만 그 이상은 차마 생각하고 싶지 않았다. 내가 건물 앞까지 가서 택시에서 내리자마자 경찰 한 명이 뛰어와 차 문을 열어주며 물었다.

"중샤오양 씨 되시나요?"

내가 고개를 끄덕이자 그의 목소리가 다급해졌다.

"샤오신신 씨가 건물에서 뛰어내려 사망하셨습니다!"

그 말에 내 두 다리가 후들거리며 휘청이더니 하마터면 땅에 그대로 주저앉을 뻔했다. 말도 안 돼! 경찰이 쓰러지기 일보 직전의 나를 부축하며 다른 경찰 몇 명이 에워싸고 있는 현장으로 데려갔다. 가까이 다가가기도 전에 내 눈에 이미 신신 언니의 바지와 옷이 보이기 시작했다. 평소에 신신 언니가 즐겨 입던 옷이었다. 그 순간 내 입에서 비명이 터져 나왔다.

"안 돼!"

내가 무작정 달려가려 하자 경찰이 나를 잡아끌며 나지막이 말했다.

"너무 가까이 가시면 안 됩니다. 현장이 너무 끔찍해서 웬만하면……."

건물 위로 시선이 향하는 순간 나는 경악을 금치 못했다. 신신 언니가 누워 있는 곳은 그녀가 사는 층에 있는 바로 그 공용 창문 아래였다. 말도 안 돼! 그때 저 창문을 철사로 묶어놨어야 해! 혼잣말처럼 그 말이 입 밖으로 새어 나오려는 순간 눈앞이 깜깜해지며 아무것도 보이지 않았다.

다시 눈을 떴을 때 나는 신신 언니의 침대에 누워 있고, 여자 경찰관 두 명이 침대 옆에서 나를 내려다보고 있었다. 그중 한 명이 내가 깨어난 것을 보며 말을 걸었다.

"좀 더 누워 계세요. 이미 벌어진 일이고 동생분 탓이 아니에요. 이제 이 일을 잘 수습할 수 있도록 동생분이 협조를 잘해주셔야 합니다. 우선 이걸 좀 확인해주세요."

경찰이 종이 한 장을 내 손에 건넸다. 나는 내 눈앞에 있는 종이 속 글자가 하나도 눈에 들어오지 않았다. 신신 언니의 자살 때문에 받은 충격 때문인지 일시적으로 시력이 제 기능을 못 하는 듯했다. 신신 언니가 건물에서 투신할 위험이 있다는 것은 알았지만, 그것은 단지 걱정 섞인 추측일 뿐이지 정말 이런 일이 발생할 거라고는 생각지도 못했다. 신신 언니의 시체를 눈으로 확인한 순간 나는 이것이 현실이 아니라 꿈이었으면 좋겠다고 생각했다. 나는 깊은 잠에 빠져들어 악몽을 꾸었고, 그 속에서 빠져나오지 못한 채 하염없이 눈물만 흘렸다.

내가 얼마나 오랫동안 울었는지 기억도 나지 않는다. 어쩌면 나는 이 울음소리가 나를 어서 이 끔찍한 꿈에서 벗어나게 해주기를 간절히 바랐는지도 모른다. 여자 경찰 두 명이 줄곧 내 곁을 지켰고, 그중 한 명이 현실을 상기시켜주었다.

"울고만 있으면 안 돼요. 이런 일이 일어나면 누구나 감당하기 힘들죠. 하지만 정신을 바짝 차리고 강해져야 해요. 이 사건을 마무리 지으려면 동생분이 결정해줘야 할 일이 몇 가지 있어요."

그녀의 말을 들으며 내게 닥친 이 끔찍한 상황이 꿈이 아니라 현실이라는 것을 다시금 깨달았다. 지금 나서서 이 일을 처리할 수 있는 사람은 나밖에 없었고, 경찰 역시 언제까지나 여기 있어줄 수 없었다. 현실을 깨닫고 나자 어떻게든 일어나야 한다는 생각이 들었다. 나는 힘겹게 자리에서 일어나 손에 쥔 종이를 다시 들여다보았다. 그것은 신신 언니가 내게 남긴 편지였다.

샤오양에게.

솔직히 네가 이 편지를 볼 일이 없었으면 좋겠어. 하지만 네가 보게 된다면 내가 결국 나를 괴롭히던 그 괴물에게 잡아먹히고 만 거겠지. 우선 너에게 너무 미안하다는 말과 함께 용서를 구하고 싶어. 우리 가족과 아무 상관도 없는 너를 이런 고통 속에 끌어들여서 미안해. 이렇게 할 수밖에 없는 날 부디 용서해줘. 이래야 하늘나라에 가서도 안심이 될 것 같아.

샤오양, 넌 어떻게 생각할지 모르지만 난 널 동생처럼 생각해왔어. 솔직히 말해서 내가 살아야 하고, 죽을 권리가 없다는 것도 알아. 난 연로하신 아빠를 보살펴야 하는 외동딸이니까. 근데 나한테는 사는 게 죽는 것보다 힘들 만큼 끔찍한 일이야! 의사가 우울증 진단을 내렸을 때만 해도 크게 신경 쓰지 않았어. 나는 지금까지 건강하게 잘 살아왔고, 그 정도 시련을 이겨낼 만큼 강한 의지를 가지고 있다고 믿었으니까. 나라면 이 병을 충분히 이겨낼 거라고 생각했어. 근데 이렇게 오랜 기간 치료를 받고 나서야 이 병이 얼마나 끔찍한 악마 같은지 깨닫게 되더라고. 그 악마가 나를 휘감은 순간부터 영원히 그 손아귀에서 벗어날 수 없었어. 그렇게 많은 약물 치료를 받았는데도 잠시 괜찮아질 뿐 악마는 내 곁에서 호시탐탐 나를 노렸고, 약물의 효과가 사라지는 순간 순식간에 날 집어삼키려고 덤벼들더라. 약물이 효과를 보일 때는 보통 오전과 오후 단 몇 시간뿐이었고, 그때만큼은 멀쩡한 정신으로 예전의 정상적인 나로 살 수 있었어. 내가 누구인지, 내가 져야 할 책임이 무엇인지, 내가 무엇을 해야 하는지……. 그런 것들을 정상적으로 사고할 유일한 시간이었지. 내가 이 편지를 쓰고 있는 지금이 바로 그 시간이야.

하지만 그 나머지 시간, 특히 해가 지기 시작하면서부터는 악마가 날 붙잡고 괴롭히기 시작해. 내게 끊임없이 과거를 떠올리게 하고, 그 기억 속에서 화를 내고, 후회하고, 원망하게 하지. 사춘기 시절의 무모했던 나, 맹목적으로 사랑에 빠져들고 몸을 허락할 만큼 경솔했던 나, 결혼해서도 무조건 양보하고 결국 배신까지 당했던 나……. 이런 것들이 떠오르면서 남자에 대한 불신과 함께 망가진 내 인생이 너무 억울하고, 화가 나고……, 인생이 지옥 같고, 살아가는 모든 것이

다 의미 없게 느껴져.

이 병은 내 인생이 무의미하다는 것을 계속해서 내게 상기시켜줘. 몇십 년에 이르는 이 시간의 강에서 어떤 흔적도 남길 수 없고, 1만 년이 지나면 아무도 내가 여기 살았다는 사실을 모를 거라고 말하지. 지구조차 결국 인류의 모든 역사를 흔적도 없이 무로 되돌릴 거라고 악마가 말하는 순간 모든 것은 가치와 의미를 잃고 말아. 악마가 내게 자꾸 창가로 가서 문을 열고 뛰어내리라고 속삭여. 내가 뛰어내리기만 하면 모든 고통이 끝날 거라고 유혹해. 그럴 때마다 나는 몇 번이고 뛰어내리고 싶어 창가로 걸어가. 하지만 네가 집게를 가지고 갔기 때문에 단단히 동여맨 철사를 맨손으로 도저히 풀 수가 없었고, 몇 번 시도하다 결국 포기하고 말았지.

그러다 오늘 오후에 계단 통로에 있는 창문이 철사로 감겨 있지 않은 걸 보게 됐어. 그 순간 난 걱정이 됐지만 한편으로는 기뻤어. 언젠가 해가 지고 나면 다시 그 창가로 가서 뛰어내리게 될까 봐 걱정이 되었고, 그 악마를 내 몸에서 떼어낼 기회를 얻은 것에 너무 기뻤지. 지금 나는 너무나 모순된 감정 속에서 너에게 이 편지를 쓰고 있는 거란다. 만에 하나 더는 너와 마주하고 얘기할 기회가 없을 때를 대비해서 너에게 몇 가지 마지막 부탁을 하고 싶어서 이 편지를 쓰고 있어.

샤오양, 앞으로 네 월급을 매달 7천 위안으로 올려줄 생각이야. 1년이면 8만 4천 위안이 되겠지. 편지 봉투 안에 중국 공상은행 카드를 넣어둘게. 통장 안에 160만 위안이 들어 있을 거야. 내가 이혼할 때 위자료로 받은 재산인데 앞으로 20년 동안 네 월급을 지불하는 데는 큰 문제가 없어. 물론 더는 월급 인상을 해줄 수 없겠지만 말이야. 은행 카드의 비밀번호는 860921이니까 ATM 기계에서 매달 빼서 쓰도록 해. 하루에 2만 위안을 넘지 않는 선에서 인출이 가능하도록 되어 있어. 내가 너에게 아빠를 20년 동안이나 더 돌봐달라고 부탁하는 게 말도 안 된다는 거 알아. 우리의 원래 계약 기간은 5년이었으니까. 근데 지금 이런 부탁을 할 수 있는 사람이 너밖에 없어. 나 역시 아빠를 돌보고 부양해야 하는 의무를 저버리고 싶지 않아. 하지만 이 병이 결국 나를 잡아먹을 거라는 걸 난 알아. 그런데 아무리 고민해봐도 너 말고 내 주변에 부탁할 친지조차 없더라.

너에게 돌봐야 할 부모님이 있다는 것도 알고, 네가 꿈꾸는 인생이 있다는 것도 알아. 지금 나의 이런 부탁이 너에게 큰 짐이 될 거고, 널 곤란하게 만들 수도 있겠지. 네가 이 부탁을 거절해도 괜찮아. 만약 그렇게 된다면 베이징 근처에 좋은 양로원을 좀 알아봐줘. 그곳에 아빠를 모시고 비용은 카드에서 빼서 쓰도록 해. 만약 네가 내 부탁을 들어준다면 다음 생에 태어나서라도 너에게 꼭 보답할게. 그게 안 된다면 천국에 가서라도 너의 행복을 위해 기도할게! 만약 네가 내 부탁을 들어주고, 아빠가 20년을 더 넘게 사신다면 은행에 넣어둔 돈도 더는 남아 있지 않을 거야. 그때는 아빠의 퇴직금에서 월급을 찾아 쓰도록 해. 아마도 아빠가 90을 넘겨 사신다면 그때쯤엔 퇴직금을 혼자 관리할 능력이 안 되실 거야. 그때는 아빠가 돌아가실 때까지 그 돈을 네가 관리해줘. 아빠의 남은 인생을 행복하게 마무리할 수 있도록 네가 옆에서 잘 도와줄 거라고 믿어.

만약 내가 정말 떠나게 되면 누구에게도 알리지 말아줘. 내 휴대전화에 입력된 동료나 동창의 전화번호로도 연락할 필요 없어. 아빠에게도 알리지 말아줘. 내가 떠났다는 걸 아는 순간 그 충격을 감당할 수 있는 분이 절대 아니시거든. 아빠에게는 미국에서 잘 살고 있다고만 전해 줘. 내 휴대전화에 아빠에게 보낼 다섯 개의 안부 전화를 녹음해뒀어. 아빠가 내 안부를 궁금해할 때마다 그 녹음 파일을 하나씩 틀어서 들려드려. 이게 내가 아빠에게 줄 수 있는 마지막 선물인 거 같아. 책상 중간 서랍을 열어보면 봉투에 3만 위안이 들어 있을 거야. 내 뒤처리를 위해 남겨둔 돈이야. 일 처리가 다 끝나면 영구차를 불러서 바로 화장하고,

유골은 유골함에 넣어서 창핑 톈서우 공원에 있는 엄마 곁에 묻어줘. 우리 엄마 묘는 안시위안 3열 열다섯 번째야. 이름은 진스위. 그럼 잘 부탁할게! 아직 젊은 너한테 이렇게 힘든 일을 부탁해서 너무 미안해. 제발 날 이해해주길.

내가 살던 집의 월세는 이미 다 지불했으니 16층 1609호에 사는 집주인에게 열쇠만 넘기면 돼. 집주인에게도 일이 이렇게 돼서 죄송하다고 꼭 전하고. 다들 놀랐겠지만 그나마 집 안에서 일이 벌어진 게 아니니 방을 다시 세놓는 데는 크게 문제가 없을 거야. 만약 문제가 된다면 네가 날 대신해서 다시 한 번 죄송하다고 말씀드려줘.

내 트렁크 두 개를 열어보면 옷과 장신구와 화장품이 들어 있을 거야. 그건 너한테 남겨주고 갈게. 물론 죽은 사람의 물건이라서 쓰기 찜찜하면 전부 버려도 돼.

샤오양, 네가 우리 집에 온 지 그리 오래되지 않았고 서로 함께한 시간도 별로 많지 않지만 난 네가 참 믿을 만하고 좋은 사람이라는 생각이 늘 들었어. 내가 인터넷에 구인 광고를 올린 덕에 혈연관계는 아니더라도 너같이 좋은 동생을 만날 수 있어서 얼마나 하느님께 감사한지 몰라. 샤오양, 네가 이 편지를 보게 된다면 우리는 천국 아니면 다음 생에서나 다시 만나게 되겠지! 정말 고마워…….

편지를 읽은 나는 가슴이 찢어지는 고통에 숨통이 턱 막히는 것 같았다. 비록 친언니는 아니지만 며칠 전에도 만났던 그녀가 이런 끔찍한 방식으로 세상을 떠났다는 사실에 가슴이 미어졌다. 나는 안간힘을 써서 일어나 앉아 경찰들과 의논하며 신신 언니가 원하는 방향대로 일을 처리해나갔다. 나는 경찰들에게 이 사실이 알려지면 망자의 아버지가 충격을 받을 수 있으니 절대 언론사에 알려서는 안 되며, 만약 알려진다 해도 망자의 이름만은 언급하지 말아달라고 신신당부했다.

날이 밝자 나는 샤오 할아버지가 자리에서 일어날 때를 어림잡아 화장터에서 전화를 걸어 거짓말을 했다.

"남자 친구 병세가 너무 안 좋아서 하루 휴가를 내야 할 거 같아요. 같은 동네 사는 다른 간병인에게 부탁해놨으니 근처 식당에서 아침이랑 점심 식사 거리를 사서 집에 들를 거예요. 오늘 하루는 산책하지 말고 집에서 쉬시는 게 좋겠어요."

"그래, 어서 끊고 병간호나 잘하렴. 여기 일은 신경 쓰지 말고. 하루 이틀 정도는 혼자 잘 지낼 수 있으니 걱정 말아라."

오전에 화장을 마친 후 나는 바로 택시를 잡아타고 그녀가 알려준 톈서우 공원으로 향했다. 나는 그녀의 장신구를 전부 가져가 묫자리에 함께 넣었고, 그녀를 추억하기 위해 그녀가 오랫동안 차고 다니던 손목시계만 남겨두었다. 손목시계의 초침 소리가 내게는 마치 그녀의 심장 소리처럼 들렸다. 그리고 그녀의 휴대전화도 남겨두었다. 그 안에 남겨진 녹음 파일을 필요할 때마다 샤오 할아버지에게 들려드려야 했기 때문이다.

서둘러 장례를 마치고 집으로 돌아갔을 때는 이미 저녁 식사를 할 시간이었다. 집에 들어서서 샤오 할아버지를 보는 순간 하마터면 대성통곡을 할 뻔했다. 나는 간신히 눈물을 삼킨 채 화장실로 급히 뛰어 들어가 수도꼭지를 틀고 숨죽여 눈물을 흘렸고, 마음이 어느 정도 진정되고 나서야 밖으로 나와서 저녁 식사를 준비했다. 내가 식사 준비를 할 때 샤오 할아버지가 주방에 들어와 내 안색을 살피더니 눈시울이 붉어진 걸 본 듯 걱정스레 물었다.

"뤼이웨이의 병세는 어떠니?"

"많이 좋아졌어요."

그가 안심이 된 듯 고개를 끄덕였다.

"다행이구나. 너무 걱정하지 마라. 젊은 사람은 면역력이 강해서 금방 툭툭 털고 일어날 거야."

그날 밤 할아버지의 혈압을 재보니 평소보다 높았고, 심장 박동수 역시 빠르게 나타났다. 나는 걱정이 되어 그날 외출을 했는지, 어떤 일이 있었는지 조심스럽게 물었다.

"네 말대로 하루 종일 집에만 있었다. 집에서 책도 보고, TV도 보고, 무술 동작도 좀 연습해보고 그랬지. 근데 오늘따라 이상하게 아무 이유도 없이 마음이 영 불안하고 안 좋아."

그 말을 듣는 순간 멀리 떠난 신신 언니의 영혼이 아버지를 찾아와 작별 인사를 한 것은 아닌지 생각하며 또다시 마음이 아파왔다. 신신 언니, 샤오 할아버지도 뭔가 느낌이 오셨나 봐. 이제 아빠도 봤을 테니 안심하고 가⋯⋯.

다음 날 나는 샤오 할아버지가 낮잠 자는 틈을 타서 밖으로 나가 남자 친구에게 전화를 걸었다. 그리고 샤오 할아버지 집에 일어난 일을 알려주고, 내가 어떻게 하는 게 좋을지 물었다. 우리 두 사람은 원래 이듬해 5월 1일이 지나 결혼할 계획이었다. 만약 내가 샤오 할아버지 집에 계속 머문다면 원래 우리가 짜둔 결혼 이후의 계획에 수정이 필요했다. 두 사람의 삶에 큰 변화가 생기는 중대사였기에 함께 상의할 필요가 있었다. 뤼이웨이도 신신 언니가 그런 일을 벌일 줄은 생각지도 못했다며 무척 놀라는 눈치였다. 하지만 이듬해에 결혼한 뒤에도 샤오 할아버지 집에서 계속 간병을 하는 문제에 대해서는 별다른 말이 없었다.

"그건 네 일이니까 네가 결정할 문제라고 봐."

나는 그의 태도가 살짝 불만스러웠다.

"물론 내 일이기는 하지. 하지만 우리 수입과도 직결된 문제잖아. 넌 곧 내 남편이 될 사람인데 내 문제니까 나더러 결정하라고만 말하면 어떡해?"

하지만 얼마 안 가 뤼이웨이의 입장이 이해되었다. 아마도 그는 나와 신신 언니의 감정적인 연결고리를 무시할 수 없었을 것이다. 이 문제를 단순히 공적인 일로 바라볼 수 없으니 자칫 잘못 말했다가 내 마음을 더 힘들게 할 수도 있었기 때문이다.

다행히 신신 언니의 자살 사건은 어떤 언론에도 보도되지 않았다. 나는 샤오 할아버지의 삶이 그로 인해 영향을 받지 않을 수 있다는 것만으로도 무거운 짐을 내려놓은 듯 안도의 한숨을 내쉬었다.

이제 남은 문제는 내가 샤오 할아버지 집에 계속 머물지 말지 결정하는 것뿐이었다.

이 집에 남아 계속 일을 하게 되면 신신 언니가 남긴 돈의 대부분을 1년, 2년, 3년, 5년짜리 정기예금으로 나눠 넣어두어야 했다. 그래야 통화의 지속적인 평가절하를 상쇄하며 계속 이자가 붙게 할 수 있기 때문이다. 나는 앞으로 할아버지 집 근처에 방을 마련하거나 전세를 구할 마음의 준비도 해야 했다. 뤼이웨이와 결혼한 뒤에도 할아버지 집에 사는 것은 불가능했다. 샤오 할아버지가 딸 사위와 살 때도 갈등을 빚었는데 하물며 남남이라면 갈등이 더 심해질 가능성이 컸다. 또한 앞으로 내 월급이 영원히 7천 위안에 머물러 있다고 해도 절대 후회해서는 안 되었다. 이것은 망자와의 약속이기 때문에 일단 이 집에 남기로 결정하면 앞으로 더 많은 돈을 벌 기회가 생겨도 절대 옮겨 갈 수 없었다.

이런저런 생각을 하다 보니 샤오 할아버지가 돌아가실 때까지 계속 보살피는 게 너무나도 막중한 책임을 떠안는 것처럼 느껴졌다. 특히 할아버지의 나이가 들어갈수록 간병 일이 더 많아질 테고, 그로 인해 많은 자유를 잃을 수밖에 없었다. 결혼 후에 뤼이웨이와 여행을 갈 자유도, 앞으로 생길 내 아이와 시간을 보내고 놀러 갈 자유도, 고향 집에 가서 부모님을 보살펴드릴 자유도 보장받기 힘들어질 게 뻔했다. 나는 신신 언니가 단기로 구한 상주 돌보미에 불과한데, 아무리 우리 둘 사이에 가족 같은 정이 생겼다 한들 나 자신의 자유를 저당 잡히면서까지 남을 위해 살아야 하는 걸까? 샤오 할아버지의 노후가 안쓰럽고 가련한 것도 사실이지만 그렇게 긴 세월 간병하고 보살필 책임이 나에게 있을까?

며칠 밤낮을 고민한 끝에 나는 마지막 결정을 내렸다. 우선 신신 언니의 사십구재만 끝나면 이 집을 떠날 준비를 하고, 다른 일자리를 찾아보기로 했다. 물론 그 전에 신신 언니의 부탁대로 샤오 할아버지가 지낼 양로원을 알아봐야 했다. 그리고 약속대로 신신 언니가 남긴 돈은 할아버지 은행 통장에 넣어두면 될 터였다.

...

나는 우선 노인복지과에 전화를 걸어 베이징 주변에 어떤 요양원이 있는지 알아봤다. 일단 그중에서 평소에 샤오 할아버지와 지내며 알게 된 개인적인 취향을 고려해 몇 개를 추려냈다. 그리고 마지막으로 몇

곳을 직접 방문해 결정해야 했다. 문제는 샤오 할아버지였다. 할아버지가 지낼 양로원인 만큼 본인의 마음에 들어야 했기 때문에 나는 어쩔수 없이 어렵게 이야기를 꺼냈다.

"저희 고향 난양시에 잘 사는 퇴직 공무원이 있는데요, 베이징에 와서 지낼 양로원을 찾고 있다면서 저에게 도와달라고 부탁했어요. 할아버지는 아는 게 많고, 저보다 노인들의 마음을 잘 이해하시잖아요. 그래서 말인데 제가 찾아본 곳 좀 같이 가서 봐주시겠어요?"

역시나 할아버지는 그리 탐탁지 않은 듯 보였다.

"그런 일은 그 사람이 직접 골라야지. 사람마다 취향과 조건이 다른데 우리가 대신 결정하는 게 말이 되겠니?"

나는 얼른 그를 설득했다.

"이분도 예전에 검사를 지내셨거든요. 할아버지와 직장이며 취향이며 비슷한 면이 많아요. 할아버지가 선택한 곳이면 그분도 분명 좋아할걸요? 그러지 말고 잠깐만 봐주세요. 전 양로원을 가본 적이 없어서 정말 하나도 모르겠거든요."

할아버지는 이렇게까지 부탁하는 내 체면을 생각해서인지 억지로 수락해주었다.

"그럼 내가 도와주마."

우리 두 사람이 처음 가볼 양로원은 순이의 원위 강가에 있었고, 인터넷상으로 봤을 때는 꽤 괜찮은 곳이었다. 나는 택시를 불러 양로원 입구까지 타고 갔다. 양로원 관리인은 우리를 친절하게 맞아주며 시설 곳곳을 안내해주었다. 노인들이 머무는 방, 간병인 사무소, 공동 오락 공간, 식당과 화원을 쭉 둘러보니 주변 환경과 내부 조건이 그럭저럭 괜찮았다. 하지만 샤오 할아버지는 그곳을 나온 뒤 고개를 절레절레 흔들었다.

"여긴 아냐. 여긴 모든 시스템이 노인을 병자 취급해. 여기 들어가면 없던 병도 생기겠어."

나는 얼른 다른 양로원 이야기를 꺼냈다.

"여기가 별로인 거 같으면 나온 김에 다른 데로 가봐요. 다음 장소는 창핑이에요."

창핑에 있는 양로원은 몇몇 중년 자선 사업가들이 자금을 모아 지은 곳이었다. 자금이 넉넉하지 않다 보니 건물과 설비가 낙후되어 있고, 주거 공간은 그럭저럭 괜찮았지만 오락실이나 휴게실 같은 부속 시설이 열악했다. 샤오 할아버지는 들어간 지 채 몇 분 되지 않아 불만스러운 표정을 감추지 못했다.

"누가 이런 빈민굴에 들어와서 살아."

나는 그 말을 듣자마자 얼른 할아버지를 데리고 그곳을 나섰다.

우리가 간 세 번째 양로원은 텅저우에 있었다. 대문으로 들어서자마자 고급스러움이 물씬 풍겼다. 모든 건축물은 2층으로 지어졌고, 한 동에 네 명의 노인이 1층과 2층으로 두 명씩 나뉘어 거주했다. 각층에는 침실, 거실, 주방, 욕실, 헬스장 및 오락실을 갖춘 총 다섯 칸의 방이 있었다. 건물마다 앞에 화원이 꾸며져 있고, 건물 뒤편은 온통 녹지 공간이었다. 단지 내에 인공 호수도 있었다. 노인 한 사람당 배치되는 간병인도 두 명이었다. 샤오 할아버지는 그곳을 보자마자 연신 만족감을 드러냈다.

"좋구나. 이래야 진정한 양로원이라고 할 수 있지. 여기 살면 장수도 걱정 없겠어."

나는 그의 태도를 살핀 후 얼른 직원에게 비용을 물어보았다. 맙소
사! 한 달에 3만 8천 위안이라고? 그럼 1년이면 45만 6천 위안? 샤오
할아버지를 여기 모시려면 신신 언니가 남긴 돈으로 고작 3년밖에 댈
수가 없어. 여긴 안 되겠어.

샤오 할아버지는 직원으로부터 비용 얘기를 듣자 언성을 높였다.

"여긴 부자들만 오라고 만든 곳이었군. 너희 고향에 산다는 그 사람
은 올 수 있는 곳이 아니네. 그만 가자……."

우리가 네 번째로 찾아간 곳은 시산에 있는 양로원이었다. 그곳을
둘러본 샤오 할아버지는 꽤 흡족해했다. 비용을 알아보니 1인실의 경
우 우대 혜택이 적용되면 1년에 8만 1,600위안이었다. 만약 샤오 할아
버지가 여기서 지내면 신신 언니가 남긴 160만 위안으로 16, 17년을
지낼 수 있었다. 게다가 할아버지가 양로원에서 살기로 결정하면 지금
사는 집은 세를 줘야 하니, 집세와 퇴직금까지 합칠 경우 20년은 넘게
사는 데 아무 문제가 되지 않았다. 내 생각에 샤오 할아버지도 마음에
들어 하고 비용도 감당할 수 있을 정도라면 여기만 한 곳이 없었다. 나
는 그날 바로 내 이름으로 신청서를 내고 보증금 1천 위안을 냈다.

이제 남은 일은 샤오 할아버지를 설득해 양로원으로 들어가게 하는
것뿐이었다. 아마도 시산의 양로원에서 돌아온 지 사흘째 되는 날 오전
쯤 되었을 때였다. 나는 짐짓 속상한 표정으로 할아버지에게 사정을 이
야기했다.

"저번에 말씀드린 난양의 그분 기억나시죠? 그분 자식들이 양로원
이 너무 비싸다고 반대해서 들어가지 못하게 되었대요. 그럼 제가 낸

보증금 1천 위안을 돌려받지 못하거든요. 생돈이 날아가게 생겼어요!"

샤오 할아버지가 한숨을 내쉬었다.

"저런! 그렇다고 본인이 가기 싫다는데 억지로 보낼 수야 없는 노릇이지. 되지도 않을 일에 괜히 돈만 쓰고 너만 맘고생을 하는구나. 앞으로는 남 일에 함부로 나서지 말 거라. 나서더라도 돈을 받고 하든지."

나는 이때다 싶어 얼른 의중을 떠보았다.

"할아버지는 그 양로원 어떠셨어요? 만약 할아버지가 가실 의향이 있다면 보증금을 그냥 날려버리지 않아도 되니 덜 속상할 거 같아요."

그 순간 할아버지는 눈을 치켜뜨며 불같이 화를 냈다.

"어째서 그런 말을 하는 거지? 내가 벌써 양로원에 갈 지경이라는 거냐? 양로원에 갈 정도면 대부분 자식이 없거나 버림받은 사람들이지. 나한테는 효심 지극한 딸과 사위도 있고 둘 다 미국에서 돈도 잘 버는데 설마 집에서 날 돌봐줄 사람이 없을까 봐? 내 딸은 간병인을 두 명이나 불러줄 능력이 충분히 되는 아이야. 그런 딸자식이 있는데 내가 왜 양로원에 가겠니? 하물며 양로원이 아무리 좋다 한들 집보다 편하겠어? 흥, 그러고 보니 네가 여기 일을 그만두고 싶은 게로구나? 그만두고 싶으면 언제든지 그만둬도 된다. 신신한테 전화해서 다른 사람을 구해달라고 하면 그만이지!"

나는 그 말에 마음이 아파 한참 동안 아무 말도 할 수 없었다. 그는 자신의 처지가 다른 노인들보다 나을 게 없다는 것을 깨닫지 못하고 있었다. 하지만 나는 아직 진실을 말할 용기가 없었다. 할아버지는 그 충격을 감당할 수 없을 거고, 나 또한 그의 자신감과 건강을 무너뜨리고 싶지 않았다.

양로원에 대한 샤오 할아버지의 생각은 너무나 단호했고, 그렇다면 그를 설득해 양로원에 들어가게 하는 것은 불가능에 가까웠다. 이제 남은 문제는 단 하나뿐이었다. 내가 이 집에 계속 남아 간병을 할 것인지, 아니면 그만두고 떠날지. 계속하자니 너무 무거운 짐을 짊어져야 하고, 그만두자니 절대 월급이 오를 리 없는 일자리를 원할 사람이 누가 있을까 싶었다. 일할 사람을 구하지 못하면 설사 내가 이 일을 그만둔다고 해도 신신 언니의 믿음을 저버리는 것 같아 평생 양심의 가책을 느낄 수밖에 없었다. 그야말로 이도 저도 못 하는 상황이었다.

나는 나를 대신해 샤오 할아버지를 간병할 사람을 찾을 수 있을지 시도라도 해보기로 했다. 먼저 구인구직 사이트를 통해 익명으로 구인 광고를 냈다. 구인란에는 77세 노인을 돌보는 상주 간병인을 구하며, 월급은 7천 위안이라고 적었다. 물론 이 정도 월급이면 지금 시세로 따졌을 때 꽤 만족스러운 액수였다. 하지만 노인에게 가족과 친지가 없고, 딸이 죽은 사실을 알게 해서도 안 되며, 앞으로 월급 인상이 불가능하다는 조건을 내거는 순간 누구도 이 일자리를 원하지 않았다. 즉 나는 이 일에서 벗어날 방도가 없었다.

...

벗어날 수 없다면 계속 하는 수밖에 없었다. 솔직히 나는 샤오 할아버지에게서 비정하게 등을 돌리거나 신신 언니와의 약속을 매정하게 저버릴 수 없었다.

그사이 샤오 할아버지의 몸에 이상이 생겼다. 이 일은 설날 전날에 일어났다.

설날을 앞두고 며칠 전에 샤오 할아버지가 일한 법원에서 신년 맞이 다과회 행사에 와달라고 초대장을 보내왔다. 샤오 할아버지는 초대장을 보고 흐뭇해했다.

"요즘 사람들은 일을 잘한다니까. 우리 같은 늙은이들을 다 기억해 주고 말이야."

"그날 가실 거예요?"

"당연히 가야지! 겸사겸사 옛날 친구들도 좀 보고!"

그날 나는 일찌감치 아침 식사를 챙기고 택시를 불러 할아버지와 법원 입구까지 갔다. 입구에 도착해 안까지 함께 들어가려 했지만 할아버지가 원하지 않았다.

"나 혼자 들어갈 테니 넌 근처 백화점에서 좀 놀고 있어. 내가 끝나고 나면 전화하마."

나는 그가 들어가는 모습을 지켜본 뒤 백화점에서 구경하며 시간을 보냈다. 평소 시간이 되면 이런 백화점을 구경하고 싶은 마음이 늘 있었다. 딱히 뭐가 사고 싶다거나 내 주머니 사정이 허락하는 것도 아니었지만, 그냥 이런 곳에서 파는 물건은 어떤지, 걸핏하면 몇천 위안씩 하는 비싼 옷은 얼마나 예쁜지, 수입 핸드백을 손에 들면 어떤 기분이 드는지, 화장품이나 향수는 어떤 것들이 있는지 등등 모든 것이 궁금했다. 이날 오전에는 별다른 일이 없는 진정한 자유 시간이었기에 나는 매장을 천천히 둘러보며 맘에 드는 옷이 있으면 입어보기도 했다. 물론 그중 내가 살 수 있는 물건은 단 하나도 없었지만 입어보는 것만으로 기분이 좋아졌다.

이렇게 눈요기하며 즐겁게 시간을 보내다 문득 시계를 보니 12시가

다 되어 있었다. 맙소사! 벌써 12시라니! 샤오 할아버지가 친구분들하고 점심을 드시나? 왜 아직도 전화가 안 오지? 초대장에는 분명히 점심 식사 제공이라는 말이 없었는데? 나는 얼른 샤오 할아버지에게 전화를 걸어봤지만 통화가 되지 않았다. 그 순간부터 갑자기 마음이 조급해지기 시작했다. 무슨 일이 생긴 건 아니겠지? 나는 법원으로 황급히 달려가 안내데스크로 가서 다과회가 언제 끝나는지 물어봤다. 알아보니 신년 맞이 다과회는 일찌감치 끝났고, 샤오 할아버지는 모임이 다 끝나기도 전에 갔다고 했다. 나는 택시를 잡아타고 정신없이 집으로 향했다. 집에 도착해 문을 열고 들어가니 샤오 할아버지가 잔뜩 화난 얼굴로 거실을 서성이고 있었다. 그때까지만 해도 나는 할아버지가 나 때문에 화가 난 거라고 생각해 얼른 다가가 조심스럽게 말을 걸었다.

"왜 전화 안 하셨어요?"

그러자 샤오 할아버지가 갑자기 욕설을 내뱉었다.

"나쁜 새끼들!"

나는 그 한마디를 듣고 나서야 비로소 내게 화가 난 게 아니라는 걸 알아챘다.

"무슨 일 있으셨어요?"

"글쎄 내 자리를 처장 뒤에다 만들어놓았더구나. 내가 처장급 대우를 받을 때 그 자식은 고작 말단 직원이었어! 그런 놈이 사무실에서 법원장들 수발 좀 잘 들었다고 뭐라도 된다고 생각한 거야?"

그제야 나는 무슨 일인지 조금은 감이 잡혔다. 오늘 신년 맞이 다과회에서 샤오 할아버지의 자리가 잘못 배치된 게 분명했다.

"날 완전히 무시한 처사야! 날 어떻게 보고!"

샤오 할아버지는 불같이 화를 내며 여전히 거실을 빠른 속도로 빙빙 돌았다.

"설마요? 일하는 사람이 실수한 걸 거예요."

나는 어떻게든 화를 풀어주려 애를 썼다.

"실수? 바보가 아닌 이상 그런 걸 모를 리 없어! 사무실에서 일하는 놈들이 밥 먹듯이 하는 게 자리 배치거든. 누가 앞이고, 누가 뒤인지, 전후좌우로 정확하게 꿰뚫고 있지. 오늘도 경력이랑 직무만 놓고 봐도 나보다 서열이 낮은 놈들을 내 앞에다 앉혀놨어. 날 대놓고 모욕한 거지! 그런 모임 따위는 개나 주라고 해! 그래서 뒤도 안 돌아보고 보란 듯이 먼저 나와버렸다!"

"그런 거 아닐 거예요. 그냥 신년 맞이 다과회잖아요? 그런 행사에서는 직급이나 이런 걸로 자리 배치를 하지 않을 거예요."

"네가 뭘 안다고 그래?!"

샤오 할아버지는 마치 내가 그의 자리를 뒤쪽에 배치하기라도 한 것처럼 두 눈을 부릅뜨고 나를 노려봤다.

"이건 공적인 모임이야, 알겠니? 그 사람들이 오늘 이렇게 자리 배치를 하는 바람에 그 모임에 참석한 다른 사람들이 모두 날 무시하고, 샤오청산 꼴좋다면서 비웃었겠지. 이건 내 얼굴에 똥칠을 한 거나 마찬가지야! 내 꼴을 이렇게 만들어놨으니 이제 어쩔 거야!"

"어쨌든 이미 지나간 일이니 그만 화 푸세요. 다음번에 또 이런 모임이 생기면 그때는 미리 그 사람들에게 알려주는 게 좋겠어요."

나는 그의 화를 풀어주기 위해 한 말이었지만 샤오 할아버지는 그 말을 듣자마자 거실 탁자를 '쾅' 소리가 나게 손으로 세게 내리쳤다.

"이미 늦었어! 내 기필코 그놈들의 사과를 받아내고야 말겠어! 내가 직접 법원장한테……."

그러면서 말과 동시에 전화기를 향해 성큼성큼 걸어갔다. 그런데 샤오 할아버지가 수화기를 드는 순간 그의 몸이 갑자기 휘청하며 쓰러지려 했다. 나는 쏜살같이 앞으로 달려가 몸이 바닥에 쓰러지지 않도록 얼른 붙잡았다.

"할아버지, 얼른 앉으세요."

나는 그의 몸이 균형을 잃고 휘청거린 거라고만 생각했다. 하지만 얼굴을 보는 순간 너무 놀라 순간 머릿속이 하얘졌다. 할아버지는 이미 두 눈을 감고 혼절한 상태였다. 내 직감이 맞는다면 극도의 분노와 흥분 때문에 혈압이 순간적으로 높아지면서 일시적으로 혼수 상태에 빠진 게 분명했다. 혈압과 심장 박동수를 재보니 혈압은 120에 240이고 심박수는 140이었다. 맙소사! 나는 서둘러 그를 소파에 기대어놓고 응급조치를 하면서 응급구조센터에 전화를 걸었다. 다행히 구급차가 도착했을 때 할아버지는 서서히 눈을 떴다. 하지만 아직 안심할 단계가 아니었기에 어서 병원에 입원시켜 상태를 지켜볼 필요가 있었다.

병원에서 이틀을 입원한 뒤에야 할아버지는 완전히 정상 컨디션으로 돌아올 수 있었다. 그제야 나는 걱정을 잠시 접고 할아버지에게 경과를 알려주었다.

"이번에 자칫 잘못했으면 뇌출혈이 일어날 뻔했어요. 이렇게까지 혈압이 높아지면 뇌출혈이 생길 확률이 아주 높아요. 뇌출혈이 얼마나 무서운지 아시죠? 전신 마비가 와서 평생 장애가 남을 수도 있다고요."

하지만 샤오 할아버지는 내 말을 크게 신경 쓰지 않는 눈치였다. 나는 혼자 속이 타들어가 결국 의사를 찾아가 병의 위험성에 대해 이야기를 잘 좀 해달라고 부탁까지 해야 했다. 그러고 나서야 할아버지는 심각성을 인식한 듯 한숨을 내쉬었다.

"이제는 화도 내면 안 되겠구나!"

나는 그 틈을 타 얼른 설득했다.

"앞으로는 그런 모임엔 가지 않는 게 좋겠어요. 할아버지처럼 자리 위치에 민감하신 분이라면 오늘 같은 일이 또 안 일어난다고 보장할 수 없잖아요. 저한테는 할아버지 건강이 가장 중요해요."

그가 수긍하며 고개를 끄덕였다.

"그게 좋겠구나. 가지 않고 보지 않으면 화낼 일도 안 생기겠지. 일단 뭐든 보고 알게 되는 순간 화낼 일이 많아지지. 내가 직장에 다닐 때만 해도 국장급 간부 중에 전용차가 있는 사람이 없었어. 하, 근데 지금 법원에 가보면 전용차가 없는 인간들이 없거든. 그런 걸 보고만 있어도 화가 나서······."

"이제 그만 잊고 마음을 편히 가지셔야 해요."

나는 그가 또 화를 낼까 봐 두려워 얼른 말을 막았다.

퇴원해서 집으로 온 날 밤까지도 샤오 할아버지의 기분은 여전히 좋지 않았다. 밤에 잠을 잘 이루지 못했고, 11시에는 쥐가 들어와 침대에서 무언가를 뒤적거리는 바람에 소리가 나서 잠을 못 자겠다고 말하기도 했다. 사실 나는 그 말을 곧이곧대로 믿지 않았다.

"설마 쥐가 계단을 통해 3층까지 올라왔을까요?"

하지만 그의 생각은 단호했다.

"화장실 배관을 통해 기어 올라온 게 분명해. 예전에도 그런 적이 있

306

거든. 당장 수위실에 가서 쥐 잡는 약을 좀 달라고 해. 거기 가면 쥐약이 있을 거야. 쥐약을 놓을 때는 항상 거기서 받아다 썼어!"

아무리 봐도 내가 수위실에 갔다 오기 전까지는 샤오 할아버지의 고집이 꺾일 것 같지 않았다. 수위실에 내려가니 수위 아저씨는 이미 잠들어 있었다. 그러다가 문틈으로 내가 쥐약 찾는 소리를 듣자 잠에서 깨 창문으로 약 두 봉지를 건넸다.

"다른 쥐약은 없고, 지금 가진 건 독성이 아주 강한 것뿐이에요. 지금은 이런 독한 약을 잘 안 쓴다고 하더군요. 이 쥐약은 사람을 죽일 수도 있으니 조심해서 써야 합니다."

나는 연거푸 대답하고 집으로 돌아가 쥐약 봉투 하나를 열어 할아버지 침실에 두었다. 샤오 할아버지는 그제야 안심이 되는 듯 서서히 잠이 들었다.

이 일이 일어난 뒤부터 나는 샤오 할아버지의 외부 활동에 민감해졌다. 천성적으로 자존심이 강한 샤오 할아버지가 어떤 모임에 나갔다가 또 자극을 받을지도 모른다는 두려움이 생겨버린 탓이었다. 이런 정신적인 보호에 치중하는 사이에 전혀 예상하지 못한 일이 또 벌어졌다. 이번에는 샤오 할아버지가 바지를 입다가 넘어지는 사건이 발생했다.

내가 샤오 할아버지의 간병을 시작할 때부터 그에게 누누이 했던 말이 있었다.

"자기 전에 바지를 벗든, 아침에 자고 일어나서 바지를 입을 때든, 꼭 앉아서 하셔야 해요. 안 그러면 다리가 바지에 걸려 넘어질 수 있거든요. 나이가 들면 유연성이 떨어져서 다리를 바지통에 넣고 뺄 때 바로 되지 않아서 균형을 잃고 넘어지기 쉬워요. 어르신들은 넘어질 확률이 높고, 일단 넘어지면 골절이 일어나서 움직일 수 없게 되죠. 그러면 삶의 질이 떨어지고 다른 장기에도 문제가 생길 수 있어요."

내가 이렇게까지 주의를 줬는데도 그는 대수롭지 않게 받아들였다. 입으로만 알겠다고 대답했을 뿐 실제로는 평소 습관대로 서서 바지를 벗고 입었다. 그는 매일 밤 벗어둔 외투와 바지를 침실 문 뒤에 달린 옷걸이에 걸어두는데, 옷걸이가 침대에서 멀어서인지 수고로움을 덜기 위해 계속 서서 옷을 갈아입는 것을 더 편하게 생각했다. 가끔 그런 행동이 눈에 띄어서 주의를 주면 샤오 할아버지는 기분이 언짢은 듯 나를 꾸짖었다.

"젊은 사람이 시어머니처럼 왜 이렇게 잔소리가 많아."

그럴 때마다 나는 행여 할아버지 기분을 더 상하게 할까 봐 더는 아무 말도 하지 못하고 한발 물러서야 했다.

하지만 결국 문제가 일어나고 말았다. 그날 밤에도 나는 할아버지의 약을 챙겨드리고 혈압을 쟀다. 그리고 평소 하던 대로 잠자리를 봐드린 뒤 침대맡의 스탠드 등을 켜고 침실 문을 닫고 나와 내 볼일을 봤다. 할아버지는 보통 침대에 반쯤 기대앉아 신문이나 책을 좀 읽다가 등을 끄고 잠자리에 들었다. 그런데 그날따라 화장실에서 양치질을 하고 있는데 갑자기 무거운 물건이 땅에 떨어지는 것처럼 쿵 소리가 들려왔다. 나는 놀란 마음에 양치하던 손을 멈추고 얼른 소리의 출처를 찾아 나섰다. 그때 샤오 할아버지의 침실에서 신음 소리가 들려왔다.

나는 너무 놀란 나머지 손에 든 칫솔을 내팽개치고 치약 거품을 입에 잔뜩 문 채 할아버지 침실로 뛰어 들어갔다. 세상에! 문을 여는 순간 한쪽 다리를 바지에 넣다 만 모습으로 바닥에 쓰러져 있는 할아버지가 눈에 들어왔다. 딱 봐도 서서 바지를 갈아입다가 균형을 잃고 넘어진 게 분명했다. 나는 재빨리 다가가 그를 부축해 일으켰다. 그때만 해도 넘어지기만 했을 뿐 크게 다치지는 않았을 거라고 생각했다. 하지만 할아버지는 일어서는 순간 간담이 서늘해질 만큼 고통스러운 비명을 질러댔다. 나는 그를 부축해 의자에 앉히고 일단 어떻게 된 상황인지 살펴보았다. 왼쪽 종아리 쪽은 만질 수조차 없을 만큼 조금만 건드려도 비명이 터져 나왔다. 나는 골절을 확신하며 또 응급구조센터에 전화를 걸어 구급차를 불렀다. 그동안 단골손님이 된 덕에 콜센터에서는 대충 상황을 전해 들은 뒤 주소도 묻지 않고 바로 구급차를 보내주었다.

병원에서 엑스레이를 찍어보니 예상대로 종아리 골절 소견이 나왔고, 그날 바로 입원했다. 주치의가 골절이 된 과정을 묻자 할아버지는 민망한 표정을 감추지 못했다.

"자기 전에 서서 바지를 벗다가 순간적으로 중심을 잃고 그만 넘어졌소."

의사가 그 말을 듣자마자 고개를 돌려 나를 쳐다봤다.

"따님이 평소에 앉아서 옷을 갈아입어야 한다고 알려드리지 않았나 봐요?"

나는 그저 쓴웃음을 지으며 잘못을 인정할 뿐이었다.

"네, 제가 신경을 더 써야 했는데 그만……."

이때 샤오 할아버지가 고통을 참으며 억울함을 호소했다.

"지난 몇십 년 동안 이렇게 입고 벗어도 아무 문제가 없었소. 바지를 벗다가 뼈가 부러질 줄 누가 알았나? 정말 재수가 없으면 엎어져도 코가 깨진다더니 딱 그 짝이지 뭐요!"

의사가 다리에 처치를 하면서 대답했다.

"이건 재수가 없어서가 아니라 어르신의 반응 속도가 느려져서 그런 거예요. 젊을 때는 바지를 벗을 때 한쪽 다리가 걸려도 다른 다리로 재빨리 균형을 잡든 손으로 짚든 하는데, 지금은 그게 안 돼서 그냥 속수무책으로 넘어지다 보니 이렇게 골절이 생기는 겁니다."

그 말에 샤오 할아버지의 말문이 막혀버렸다.

근육과 뼈를 다친 지 100일이 되었다. 할아버지는 한 달 가까이 병원 침대 신세를 져야 했고, 퇴원한 뒤에도 마음대로 움직일 수 없었다. 이쯤 되자 예전에 내가 사둔 지팡이가 드디어 빛을 보기 시작했다. 게다가 이걸로도 부족해 더 크고 튼튼한 지팡이를 하나 더 사야 했다. 할아버지는 지팡이 두 개를 짚고서야 집 안에서 간신히 걷는 연습을 할 수 있었다.

솔직히 말해서 당시 내 마음은 점점 초조해졌다. 할아버지 몸에 계속 문제가 생기면서 나를 대신할 간병인을 구하는 일도 쉽지 않았다. 나는 할아버지의 다리가 회복되는 동안 정형외과를 들락거리며 병동에서 일하는 한 아가씨를 알게 되었다. 그러다 그녀의 부지런하고 우직한 면이 무척 마음에 들어 할아버지의 간병 일을 해줄 수 있는지 의중을 떠보았다. 그녀 역시 다른 사람들처럼 월급이 7천 위안이라는 말에 관심을 보였지만 고민해보겠다고만 할 뿐 선뜻 하겠다고 나서지 않았다. 그런데 그녀를 계속 설득하는 사이에 내 개인 신상에 중대한 변화가 찾아오고 말았다. 이것은 꿈에서도 생각지 못했던 위기였다.

내가 직면한 이 중차대한 위기는 샤오 할아버지를 다른 사람에게 맡기려던 원래 계획을 바꿀 수밖에 없게 만들어버렸다. 나는 어쩔 수 없이 샤오 할아버지 집에 남아 계속해서 간병 일을 할 마음의 준비를 해야 했다.

...

우리는 누구나 자신의 미래를 계획할 때 모든 것이 순조롭게 진행될 거라고 가정할 뿐, 위기까지 계산에 넣는 경우는 드물다. 나 역시 그랬다. 원래 꿈꿨던 나의 미래는 따뜻하고 행복한 느낌으로 가득했다. 계획대로라면 나는 남자 친구 뤼이웨이가 석사과정을 마치면 좋은 날을 잡아 결혼식을 올리고, 그가 다시 박사과정을 밟는 동안 병원의 정규직 간호사로 취직할 생각이었다. 처음 신혼 생활은 셋방에서 하다가 몇 년 뒤 계약금을 마련하면 작은 집을 구입해 베이징에 완전히 정착하고, 남편이 박사학위를 따고 베이징 호적을 받으면 아이를 낳고 정식으로 베이징 시민으로 살아가려 했다. 바로 이런 꿈이 있었기에 아무리 힘든 일이 닥쳐도 견뎌낼 수 있었고, 이런 이유로 뤼이웨이가 원하는 거라면 가능한 한 다 들어주었다.

뤼이웨이가 허난 길거리에서 팔던 닭구이가 먹고 싶다고 하면 허난 출신의 유명한 요리사가 운영하는 진스린 호텔 식당에 가서 사다 주었고, 진리라이 넥타이를 하고 싶다고 말하면 추이웨이 쇼핑몰에 가서 몇 백 위안을 주고 사다 주기도 했고, 애플 휴대전화를 쓰고 싶다고 하면 나조차 비싸서 차마 사지 못했던 휴대전화를 사기 위해 줄까지 서가며 사다 주었다. 그가 내 몸을 원하면 주저 없이 내 모든 것을 내주었다. 이 모든 것은 그가 조만간 나의 것이 될 사람이기에 가능한 일이었다.

나는 그와 사귀는 동안 단 한 번도 그를 거부한 적이 없었다. 한번은 그가 나를 찾아와 샤오 할아버지가 공원에 간 사이 갑자기 나를 덮치며 침대로 데려갔다. 다급히 서두르는 모습에 나 역시 그저 그가 하는 대로 몸을 맡겼다. 그런데 그가 내 옷을 다 벗긴 뒤 갑자기 주머니에 손을 넣어 더듬거리더니 나지막이 욕설을 내뱉었다.

"젠장, 콘돔을 안 가져왔어."

나는 그 말을 듣는 순간 얼른 일어나 옷을 입었다. 이 상태에서 했다가 만에 하나 임신이라도 되면 모든 계획이 틀어질 수 있었다. 뤼이웨이는 아직 대학원을 졸업하지 못했고, 나 또한 잠시 샤오 할아버지 집에서 지내는 마당에 결혼까지 미뤄지면 큰일이었다. 하지만 그는 그 순간을 참지 못해 나를 안고 연신 애원했다.

"그만둘 수가 없어. 제발 이번 한 번만 봐줘라, 응? 이렇게 억지로 참으면 몸이 상해서 나중에 발기부전 환자가 될 수도 있어. 게다가 지금 당장 나가서 콘돔을 사 올 수는 있지만 그사이 샤오 할아버지가 돌아오면 그게 다 무슨 소용이야."

그가 침대 앞에서 무릎까지 꿇고 애원하자 내 마음도 약해지고 말았다. 설마 딱 한 번인데 임신이 되겠어? 어차피 이렇게 된 거 그냥 해주고 빨리 끝내는 게 낫겠어. 결국 나는 입었던 옷을 다시 벗고 그에게 내 몸을 맡겼다. 그가 내 몸 위에서 미쳐가는 것을 보며 나의 경각심도 어느새 연기처럼 흩어져 사라지고, 나 역시 그 순간을 즐기기 시작했다. 하지만 이 딱 한 번의 일탈이 정말 임신으로 이어질 줄 누가 알았겠는가. 한 달 후 생리가 안 나오자 살짝 불안해진 나는 임신 테스트기를 사서 검사를 했고, 결국 의심이 현실이 되는 순간을 마주하고야 말았다. 당시 나는 머릿속이 하얘질 정도로 놀란 가슴을 부여잡고 뤼이웨이에게 전화를 걸었다.

"어떡해? 아이가 생겼어."

잠시 침묵이 흐른 뒤 그가 물었다.

"정말이야? 그게 말이 돼?"

그 말과 함께 그는 너무나도 단호한 목소리로 말했다.

"병원에 가서 지워!"

나는 그 말에 살짝 기분이 상했다. 이런 상황에서 위로는 못 해줄망정 다짜고짜 명령하듯 말하는 모습은 사랑하는 연인 사이에 나올 법한 반응이 아니었다.

"첫 아이를 유산하면 나중에 습관성 유산이 될 위험이 있다고 들었어. 신신 언니도 이런 케이스였고. 이제 곧 대학원을 졸업하면 결혼도 할 거고, 아이도 갖게 되겠지. 그 시간이 좀 빨리 왔다고 생각하면 돼. 어쨌든 요즘 베이징에서도 아이부터 낳고 결혼하는 사람이 많잖아."

하지만 뒤이어 돌아온 건 그의 매몰찬 말뿐이었다.

"그게 무슨 소리야? 난 당분간 결혼할 생각도, 결혼 후에 박사과정을 밟을 생각도 없어!"

졸업하자마자 결혼하기로 약속해놓고 이제 와서 결혼을 못 하겠다고? 그 말에 나는 짜증을 넘어서 너무 화가 치밀어 올라 더는 그의 말을 듣지 않고 전화를 끊어버렸다.

예전엔 내가 화를 내면 그가 바로 달려와 위로해주었다. 나는 그것이 사랑이라고 믿었고, 그의 생활비와 학비를 모두 내가 대주고 있으니 당연한 권리라고 생각하기도 했다. 그런데 이번만큼은 달랐다. 그날 이후 그는 사과는커녕 전화 한 통 하지 않았다. 내 마음은 지옥이었지만 애써 무시하며 그가 굽히고 들어오기를 기다렸다.

이런 식으로 한 달이 넘는 시간이 지나갔다. 시간이 흐를수록 혹시 뤼이웨이가 아프거나 사고라도 당한 건 아닌지 걱정이 되고 불안한 쪽은 오히려 나였다. 화를 풀고 먼저 그를 찾아가봐야 할지 고민하고 있을 때 린타오홍 언니로부터 전화가 왔다. 타오홍 언니는 뤼이웨이가 사는 남자 기숙사 청소부로 마흔이 넘은 두 아이의 엄마고, 허베이 시골 출신이었다. 뤼이웨이를 만나러 갈 때 오다가다 보는 얼굴이기도 했다. 우리 둘 다 농촌 출신이고 다른 사람의 뒤치다꺼리를 하며 힘든 일을 해서인지 모르겠지만 나는 그녀에게 왠지 모를 동질감과 친근감을 느꼈다. 그래서 그녀와 서로 알고 지낸 뒤부터 장을 봐서 뤼이웨이를 만나러 갈 때면 그녀에게 사과나 라면, 생수 등을 챙겨주었고, 그때부터 그녀도 나를 각별하게 생각하고 진심 어린 조언을 아끼지 않았다.

"이런 명문 대학에 다니는 대학원생이 결혼 상대자라니 참 복도 많지. 앞으로 행복할 일만 남았네. 그렇다고 방심하면 안 돼. 행여 다른 여자가 채 가지 않게 애인 간수 잘해. 요즘에는 학교에서 남녀 학생이 함께 동거하는 경우도 있어. 주말이면 호텔에 가는 사람도 아주 많지. 그러니 정신 바짝 차려!"

그 당시 나는 웃으며 그 말을 대수롭지 않게 받아넘겼다.

"걱정해줘서 고마워요. 하지만 뤼이웨이는 절대 날 배신할 남자가 아닌걸요!"

타오홍 언니는 시원시원한 성격답게 더는 가타부타 말하지 않았다.

"그럼 됐고! 나도 동생 생각해서 뤼이웨이를 잘 챙겨줄게……."

타오홍 언니는 그날 전화로 내게 이런저런 소식을 전해주었다.

"샤오양, 요즘 학교에 통 오지 않아서 이렇게 전화했어. 너한테 이 말을 해야 할지 말아야 할지 며칠 동안 고민하다가 이건 아니다 싶어서 전화한 거야. 자기만 바보같이 아무것도 모른 채 힘들게 돈 벌어서 남 좋은 일만 시킨 꼴이 되면 너무 억울하잖아."

순간적으로 내 심장이 덜컥 내려앉았다. 본능적으로 뤼이웨이에게 문제가 생겼다는 것을 직감할 수 있었다.

"무슨 일인데요? 어서 말해봐요!"

"뤼이웨이랑 뒤쪽 여자 기숙사에 사는 어떤 여자가 서로 사귄 지 이미 꽤 됐어. 처음에는 스터디 때문에 만나는 줄로만 알았지. 근데 나중에 보니까 둘이서 학교 정문 밖에 있는 모텔로 들어가더라고. 좀 전에도 둘이 어깨동무를 하고 나가지 뭐야. 그동안 자기가 나한테 얼마나 잘해줬어. 그걸 생각하니까 내 마음이 너무 아픈 거야. 이렇게 가만히 있으면 안 되겠다 싶어서 몰래 뒤를 밟았지. 지금 둘이 완장 모텔 215호실에 있는 걸 확인했어. 내가 지금 모텔 입구에 있으니까 애인을 지키고 싶으면 지금 당장 와서 그 여자와 담판을 짓는 게 좋지 않겠어? 물론 몸싸움은 안 돼! 자칫 잘못하면 경찰이 와서 일이 더 커질 거고, 그럼 뤼이웨이한테도 안 좋을 테니까……."

이 말을 듣는 순간 난 이성을 잃은 채 방문을 뛰쳐나갔다. 당시 샤오 할아버지는 집 안에서 천천히 걸어 다니는 연습을 하고 있었다. 이제 다리가 부러진 지 80일이 넘었고, 겨우 지팡이를 짚고 천천히 걸을 수 있을 정도가 되었다. 나는 할아버지에게 양해를 구하고는 서둘러 집 밖으로 달려 나갔다.

"급한 일이 생겨서 잠깐 나갔다 올게요!"

택시를 타고 완장 모텔 앞에 도착했을 때 타오훙 언니가 문밖에서 기다리고 있었다. 나는 무작정 안으로 뛰어 들어갔고, 그녀가 뒤에서 쫓아오며 걱정스러운 듯 당부를 거듭했다.

"애인하고 계속 갈 거면 문제를 크게 만들지 말고 그 여자만 떼어 내! 남자를 너무 벼랑 끝으로 몰아세우면 사이를 회복하기 힘들어져!"

난 그 말을 뒤로한 채 무작정 215호실을 향해 달려갔다. 그리고 문 앞에 가까워지자 발자국 소리를 죽이고 문에 귀를 바싹 가져다 댔다. 이런 모텔의 특성상 문도 허술하고 벽도 얇아서인지 안에서 나는 소리가 그대로 귀에 들어왔다. 그것은 너무나 익숙한 소리였고, 두 사람의 관계를 의심이 아니라 확신으로 바꿔놓기에 충분했다. 그 순간 나의 이성은 마비되었고, 여기까지 오는 동안 참아왔던 분노를 모두 오른발에 실어 있는 힘껏 문을 걷어찼다.

과연 허술하게 지어진 모텔답게 문은 단 한 방에 벌컥 열렸고, 방 안의 풍경이 고스란히 내 눈에 들어왔다. 역시나 뤼이웨이와 어떤 여자가 발가벗은 상태로 침대 위에서 서로를 껴안고 있었다. 무방비 상태에서 문이 떨어져나갈 듯 쾅 소리를 내며 열려서인지 두 사람은 깜짝 놀라 잠시 얼이 나간 듯 꼼짝도 하지 못했다. 그사이 나는 방 안으로 달려들어가 미친 사람처럼 찻잔은 물론이고 손에 잡히는 모든 것을 집어 던졌다. 두 사람은 침대에서 뛰어 내려와 필사적으로 내 공격을 피했다. 더 이상 집어 던질 것이 보이지 않자 나는 여자에게 달려들어 머리카락을 움켜쥐고 침대로 밀치며 따귀를 때렸다. 뤼이웨이가 그녀를 구하려고 달려드는 순간 내 손이 그의 물건을 잡고 비틀었고, 그의 얼굴이 일그러지며 고통에 가득 찬 비명이 터져 나왔다. 타오훙 언니와 직원들이 달려와 내 손을 떼어내지 않았다면 다시는 남자구실을 못 하게 되었을 지도 모를 일이었다.

그날의 끔찍했던 육탄전은 여자의 비명과 함께 끝이 났다. 모텔 사장과 경비원이 달려와 손해배상을 요구했지만 내가 불법 성매매 업소로 신고하겠다고 소리를 지르자 더는 아무 말도 못 하고 일을 수습했다. 모텔에서 나와 타오훙 언니가 나를 공원 벤치에 앉히고 나서야 참아왔던 울음이 터져 나왔다.

"마음 단단히 먹어……."

과연 그게 가능할까? 나는 세상을 다 잃은 듯 대성통곡했다. 지나가던 사람들이 그 소리에 놀라 걸음을 멈추고 걱정스러운 듯 쳐다보기도 했다. 하지만 당시 난 그런 시선이 하나도 눈에 들어오지 않았다. 그저 하염없이 흐르는 눈물에 내 설움과 원망을 담아 쏟아낼 뿐이었다. 지난 몇 년 동안 고생을 하면서도 견딜 수 있었던 건 뤼이웨이와 함께할 미래가 있기 때문이었다. 그런데 그 유일한 버팀목이 단 한 순간에 와르르 무너져 내리고 말았다. 내 몸과 마음을 다 바쳐 뒷바라지했던 남자가 날 헌신짝처럼 버린 상황에서 과연 제정신으로 살 수 있을까? 지난 시간이 너무나도 억울하고 분하고 후회스러웠다. 내가 계획했던 미래의 삶이 내 눈앞에서 와르르 무너지면서 눈앞이 캄캄해졌다. 더는 소리조차 나오지 않을 만큼 대성통곡을 하고 나서야 나는 타오훙 언니의 품에 고개를 묻고 하염없이 눈물을 흘렸다.

그날 샤오 할아버지 집으로 돌아갔을 때는 이미 저녁 9시가 넘은 시간이었다. 나는 할아버지 혼자 식사도 못 하셨을 것 같아 죄송하다고 말하고 얼른 식사를 준비하러 들어갔다. 샤오 할아버지는 어디 갔다 오느라 늦었는지 다그쳐 묻지도 않고 그저 평소처럼 나를 대해주었다.

"난 저녁으로 국수 한 그릇 먹었으니 신경 쓸 거 없다. 식사 안 했으면 어서 챙겨 먹어라."

식욕 따위는 사라진 지 오래였다. 나는 할아버지의 잠자리를 봐드린 뒤 씻지도 않고 그대로 침대에 누웠다. 어떻게든 일찍 잠들어 오늘 일어난 끔찍한 악몽을 모두 잊어버리고 싶은 마음뿐이었다. 하지만 마음속에서 소용돌이치는 분노가 나를 잠들지 못하게 했고, 나는 밤새 뜬눈으로 천장을 바라보며 계속해서 스스로에게 물었다. 이제 어떡하지? 어떻게 해야 이 화가 풀릴 수 있지? 그리고 자정이 지났을 때쯤 마음의 결단을 내렸다.

그래! 그 자식을 죽여버리고 나도 죽는 거야! 둘 다 죽으면 끝날 일이야! 그놈을 죽여야만 이 분노를 삭일 수 있을 거 같아! 죽여버릴 거야! 뤼이웨이, 우리 둘 다 같이 죽자! 날 이 꼴로 만들어놓은 것도 모자라 다른 여자랑 놀아나게 둘 수야 없지! 넌 날 얕잡아 봤어. 아마 네 뜻대로 되지는 않을 거야! 근데 어떻게 죽이지? 칼로? 주방에 고기 자를 때 쓰는 칼을 허리춤에 차고 있다가 그놈을 보자마자 뽑아서 찔러버려? 심장? 목? 어디가 가장 확실할까? 만약 그 자식이 피하면 어떻게 하지? 칼을 보자마자 내 손목을 붙잡으면 어떡하지? 나보다 힘이 세니 칼을 빼앗길지도 몰라! 그놈을 쿤위강으로 불러내서 우연을 가장해서 강으로 밀어버릴까? 거긴 물이 깊으니까 익사시킬 수 있을지도 몰라. 근데 그러다 누가 뛰어들어 구하기라도 하면 어쩌지? 아니, 이건 아냐! 그 자식이 수영할 줄 안다는 걸 깜빡했어.

뤼이웨이가 반격조차 할 수 없도록 단 한 번에 끝낼 방법이 필요했다. 밤새 이 생각 저 생각을 거듭하다 문득 지난번 샤오 할아버지가 시켜서 경비실에서 가져온 쥐약이 떠올랐다. 그때 경비 아저씨가 준 쥐약 두 봉지 중에서 하나는 그날 밤에 썼고, 하나가 아직 남아 있었다. 그날 경비 아저씨는 쥐약을 건네면서 독성이 워낙 강해 사람을 죽일 수도 있으니 조심하라고 알려주었다. 그래, 쥐약을 써서 죽여버리자! 죽여버릴 거야! 물론 나도 죽어야겠지! 우리 둘이 같이 죽자!

나는 인터넷을 열어 자살 사건을 검색했고, 한 남자가 쥐약 한 봉지로 일가족 세 명을 독살한 기사를 찾아냈다. 일단 결심을 굳히고 나자 그제야 마음이 진정되면서 편안히 잠들 수 있었다.

다음 날 아침 샤오 할아버지의 아침 식사를 챙겨드린 나는 할아버지가 쥐약을 보관해둔 화장실로 갔다. 내 기억이 맞다면 할아버지는 쥐약을 세면대 아래 수납장 깊숙이 넣어두었다.

그런데 그곳에 쥐약이 없었다.

나는 마음이 조급해져서 얼른 밖으로 나와 할아버지에게 물었다.

"할아버지, 지난번에 쓰다 남은 쥐약이 안 보이는데요?"

샤오 할아버지는 내가 그것을 어디에 쓰려고 그러는지 의심하지 않은 채 식사를 하며 대답했다.

"습기가 많은 데다 오래 두면 안 좋을 거 같아서 침실에 갖다뒀지. 왜? 또 쥐가 들어왔니?"

"네, 어제저녁에 쥐 소리를 들었거든요."

나는 어쩔 수 없이 거짓말을 했다.

"좀 있다 찾아서 주마."

샤오 할아버지는 내 쪽을 쳐다보지도 않고 덤덤히 대꾸했다.

나는 불안한 마음으로 아침 식사를 하며 쥐약을 손에 넣고 난 뒤 어떻게 움직일지 고민하기 시작했다. 먼저 뤼이웨이에게 전화해서 점심 약속을 잡아 불러내는 거야. 그리고 밥을 먹을 때 기회를 봐서 쥐약을 음식에 타서 같이…….

아침 식사를 한 뒤 설거지를 하고 있을 때 할아버지가 쥐약을 가지고 나왔다.

"내가 입구를 가위로 잘라놨으니 접시에 담아서 쥐 소리가 나는 곳에 놓아두거라."

나는 쥐약을 조심스럽게 받아들고 방으로 들어갔다. 그리고 종이에 쥐약을 잘 포장한 뒤 호두 가루를 접시에 조금 담아 쥐약을 놓은 것처럼 바닥에 두었다.

모든 준비를 마친 나는 할아버지에게 양해를 구했다.

"죄송한데 오늘 뤼이웨이에게 좀 갔다 와야 할 거 같아요."

할아버지는 아무것도 묻지 않은 채 그저 고개만 끄덕였다.

"그래. 갔다 오렴."

나는 집 밖으로 나가 뤼이웨이에게 전화를 걸었다. 그는 전화를 받지 않았고, 내가 계속 전화하자 아예 전원을 꺼버렸다. 나는 그 즉시 택시를 타고 그의 학교 근처로 향했다. 택시를 타고 가는 길은 그동안 수도 없이 오가던 길이었다. 그에게 돈과 옷, 먹을거리를 가져다주러 갈 때면 늘 이 길을 지나갔고, 그때마다 내 마음은 기쁨으로 가득했다. 하지만 지금 내 마음을 가득 채우고 있는 것은 그와 함께 죽고야 말겠다는 결심과 절망뿐이었다. 나는 익숙한 길을 따라 그의 기숙사로 향했고, 그곳에서 타오훙 언니를 만났다. 언니는 내게 상황을 알려주며 특별히 주의를 줬다.

"뤼이웨이는 수업도 안 들어가고 아직 기숙사에 있어. 그건 그렇고 여기서는 절대 소란을 피우면 안 돼."

나는 고개를 끄덕이며 그녀를 안심시켰다.

"이제 그럴 힘도 없어요. 오늘은 싸우러 온 게 아니라 할 말이 있어서 온 거뿐이니까 걱정 안 해도 돼요."

그녀가 주위를 살피며 얼른 올라가보라고 손짓했다.

침대에 반쯤 누워 우유를 마시고 있던 뤼이웨이는 내가 문을 열고 들어가자 얼른 잔을 탁자에 놓고 침대에서 내려왔다.

"중샤오양, 여긴 학교야! 네가 함부로 올 곳이 아니라고!"

나는 애써 웃으며 나지막한 목소리로 그를 안심시켰다.

"걱정할 거 없어. 오늘은 싸우러 온 게 아니라 너와 헤어지려고 온 거거든. 너한테 다른 여자가 생긴 이상 매달릴 생각은 없어. 이미 떠난 마음 억지로 붙잡아둔다고 해서 내 것이 되는 것도 아니고, 나 역시 그런 기억을 안고 같이 살고 싶지 않거든. 그러니 그만 헤어지자."

그가 반신반의하며 말했다.

"네가 날 위해 썼던 돈은 취직하고 나면 다 갚을게. 약속해."

나는 억지로 웃으며 대꾸했다.

"그래, 이자까지 쳐서 갚아!"

그때 나는 그가 마시던 우유 잔을 바라보며 속으로 이를 갈았다. 밥 먹으러 나갈 필요도 없이 여기서 그냥 끝내버려?

그때 그가 또 말을 꺼냈다.

"네가 나한테 얼마나 잘해줬는지 잊지 않을게. 나중에 내가 잘 풀리면 나도 널 도울 날이 있을 거야."

나는 또 한 번 억지웃음을 지어 보였다.

"그래, 그건 그때 가서 얘기하자. 우선 따뜻한 물 한 잔만 줄래? 걸어왔더니 목이 좀 마르네."

그러자 뤼이웨이는 내가 사 준 전기주전자를 들고 얼른 물을 뜨러 나갔다. 나는 그 틈을 타서 쥐약을 꺼내 우유가 반쯤 남은 잔에 넣고 숟가락으로 휘휘 저었다. 그러고 나서 반쯤 남은 쥐약을 다른 잔에 다시 부은 뒤 손에 들었다. 잠시 후 그가 전기주전자를 가지고 들어와 전원을 켰다. 물이 끓는 동안 나는 한숨을 쉬며 그에게 말을 꺼냈다.

"미안해. 어제는 너무 앞뒤 안 가리고 행동했던 거 같아. 그 일 때문에 무슨 문제가 생긴 건 아니지?"

그는 나의 사과를 진심이라고 믿는 듯 나를 설득하기 시작했다.

"너도 다시 좋은 남자 만날 거야. 세상에 나보다 괜찮은 남자는 얼마든지 있어."

나는 물이 너무 뜨거우면 약효가 떨어질까 봐 반쯤 데운 물을 들고 있던 내 잔에 부었다. 그가 그 모습을 보며 말을 하다 말고 물이 다 끓지 않았다고 상기시켰다.

"목이 너무 말라서 그래."

한 모금 마셔보니 약간 단맛이 느껴졌다. 좋았어. 쥐약을 만든 인간이 쥐를 유혹하는 맛을 제대로 알고 있었나 보네. 이 정도면 뤼이웨이가 전혀 의심하지 않겠어.

나는 물 잔을 들고 뤼이웨이 앞으로 걸어갔다.

"오늘은 우리가 헤어지는 날이고, 이제부터 우린 각자의 길을 가게 되겠지. 자, 마지막으로 건배나 하자."

그가 새로운 물 잔을 가지러 일어서는 것을 보며 나는 무심한 척 우유를 권했다.

"그냥 우유 잔으로 해."

서로의 잔을 부딪쳐 건배한 뒤 나는 잔에 든 물을 단숨에 마셔버렸다. 그리고 그에게도 우유를 다 마시라고 손짓했다. 나의 담담한 태도에 마음이 놓인 듯 그는 우유를 마시기 전에 하지 말아야 할 말을 또 꺼냈다.

"아이를 지우러 병원에 갈 때 날 불러. 내가 데리고 가줄게!"

그 말을 듣는 순간 나는 나 자신이 얼마나 잔인한 짓을 벌이고 있는지 깨달았다. 지금 내 손으로 세 사람을 죽이고 있는 거야? 찰나의 순간에 후회가 밀려오면서 나는 재빨리 그의 손에 들린 잔을 쳐서 떨어뜨렸다. 하지만 우유 잔을 치기 전에 그는 이미 한 모금을 마신 상태였고, 나는 그런 그를 보며 빨리 병원에 가보라고 소리를 질렀다.

뤼이웨이는 갑작스러운 상황에 놀란 눈으로 나를 쳐다보았다. 나는 어쩔 수 없이 그의 입을 가리키며 외쳐야 했다.

"우유 안에 쥐약을 넣었다고!"

그제야 상황 파악이 된 듯 그는 얼굴이 하얗게 질린 채 필사적으로 달려 나갔다.

나 역시 뒤돌아 밖으로 뛰어나갔다. 이 학교 안에서 죽는 순간 모든 사람이 나를 살인마라고 욕할 것만 같았다. 예전에 고향에서 쥐약을 먹고 죽은 쥐를 본 적이 있었다. 쥐는 쥐약이 놓인 장소에서 그리 멀지 않은 곳에 죽어 있었다. 다행히 나는 기숙사 계단을 내려와 건물 밖으로 나올 수 있었다. 하지만 이미 어디에도 뤼이웨이의 모습은 보이지 않았다. 뤼이웨이, 죽지 말고 살아. 병원에 가서 위세척도 받고 사랑하는 여자랑 결혼해서 잘 살아. 난 내 아이와 함께 갈게. 이제 더는 널 괴롭히지 않을 거야. 아가야, 엄마랑 가자. 엄마가 널 이렇게 만들어서 정말 미안해. 너만은 살려야 했는데……. 이 엄마가 어리석은 짓을 해서 그만…….

"샤오양!"

멀리서 누군가 큰 소리로 날 부르자 눈이 번쩍 뜨였다. 눈앞에 지팡이를 짚고 서 있는 샤오 할아버지의 모습이 보였다. 어? 이게 뭐지? 내가 지금 꿈을 꾸는 건가? 샤오 할아버지가 왜 여기 계시지? 쥐약의 독성이 퍼지고 있는 거구나…….

"샤오양, 어서 차 타고 집에 가자꾸나."

이번에는 목소리가 더 확실하게 들려왔다. 나는 환각에서 벗어나기 위해 고개를 내저었지만 그럴수록 샤오 할아버지의 모습이 더 또렷하게 보였고, 그 뒤에 서 있는 택시 한 대도 눈에 들어왔다. 잠시 후 할아버지가 내 손을 잡아당겼다.

"환각이 아니었어?"

내가 혼잣말처럼 중얼거리자 샤오 할아버지가 다시 나를 재촉했다.

"환각이 아니야. 아무 일도 일어나지 않았으니 어서 일어나렴!"

"할아버지가 왜 여기 계세요?"

나는 그의 손을 뿌리치며 마지막 부탁을 했다.

"쥐약을 먹었으니 전 이제 곧 죽게 될 거예요. 유서는 제 베개 밑에 넣어두었으니 번거로우시더라도 저희 부모님께 보내주세요. 정말 죄송해요……."

샤오 할아버지는 그런 말에도 놀라는 기색 없이 너무나 담담했다.

"네가 먹은 건 흑설탕이야. 쥐약이 아니고!"

누가 내 뺨을 세차게 치기라도 한 듯 그 말을 듣는 순간 정신이 번쩍 드는 느낌이었다. 나는 다급하게 그의 손을 붙잡고 물었다.

"그게 무슨 말이에요?"

"네가 먹은 건 쥐약이 아니라 흑설탕이라고!"

샤오 할아버지가 매서운 표정으로 나를 꾸짖었다.

"내가 이래 봬도 판사를 지낸 사람이야. 그 바닥에서 살아온 세월이 얼만데 네가 무슨 생각을 하는지 모를 줄 알았니? 네가 범죄를 저지르게 그냥 둘 거 같아? 네가 쥐약이 어디 있냐고 묻는 순간에 나는 이미 네 생각을 읽었다. 그래서 쥐약을 흑설탕으로 바꿔놨던 거고……."

생각지도 못한 엄청난 충격, 아니 기쁨이 내 머리를 강타하면서 순간적으로 의식을 잃었다. 그리고 그 순간 가장 먼저 든 생각은 내 배 속의 아이였다.

"아가, 널 살릴 수 있게 됐어……."

정신을 차려보니 나는 이미 병원 침대에 누워 있었다. 나이가 많아 보이는 여자 의사가 환한 미소를 지으며 나를 향해 말을 걸었다.

"산모와 아이 모두 건강하니 걱정하지 말아요!"

의사가 몸을 비켜서는 순간, 뒤쪽에서 지팡이를 짚고 굳은 표정으로 서 있는 샤오 할아버지가 보였다.

그날 집으로 돌아갔을 때는 이미 저녁을 먹을 시간이었다. 그제야 나는 미안하고 감사한 마음을 전했다.

"정말 감사해요! 제가 할아버지를 보살펴드려야 하는데 지금은 할아버지가 저를 챙겨주고 계시잖아요."

할아버지는 여전히 나에게 화가 나 있었다.

"네가 오늘 무슨 짓을 했는지 알고 있니? 작정하고 살인을 모의한 거야! 알아? 이 일의 전말을 모른 상태에서 네가 정말 쥐약을 들고 뤼이웨이를 찾아갔다면 내가 너를 경찰서에 넘길 수도 있었어. 알겠니? 고작 남자가 배신했다는 이유로 그 사람을 죽일 생각을 해? 더구나 배 속의 아이는 무슨 죄니? 너를 배신한 놈도 모자라서 아이까지 죽여야 했어?"

샤오 할아버지의 질책과 호통을 듣고 나니 왠지 모르게 마음이 따뜻해지면서 하염없이 눈물이 쏟아져 내렸다. 내가 뤼이웨이의 배신을 알게 된 뒤 흘리는 두 번째 눈물이었다. 첫 번째 눈물을 흘렸을 때만 해도 내 마음은 온통 증오와 분노로 가득 차 있어 눈물 역시 금세 말라버렸다. 그리고 지금 이 순간 나는 비로소 내가 얼마나 끔찍한 일을 저지를 뻔했는지 깨달으며 후회와 안도의 눈물을 쏟아냈다.

샤오 할아버지는 그제야 내 앞에 앉아 차분히 나를 다독여주었다.

"지금 네 마음 다 이해해. 너희 둘의 감정적인 문제는 내가 뭐라 해줄 말이 없어. 나 역시 그런 쪽으로는 문외한이거든. 하지만 인생 선배이자 판사를 지냈던 사람으로서 경제적인 문제에 대한 조언은 해주마. 내일 당장 법원에 가서 뤼이웨이를 고소하고, 네가 그놈한테 준 학비를 모두 받아내. 지난 몇 년 동안 제대로 입지도 쓰지도 못하고 모은 돈을 그놈한테 쏟아부었다면, 넌 그걸 돌려받을 권리가 있어."

그날 밤 나는 잠을 이루지 못한 채 많은 생각을 했고, 내 인생의 전환점을 맞아 두 가지 중요한 결정을 내렸다. 하나는 살아서 이 아이를 낳을 거고, 다시는 아이를 위험에 빠뜨리지 않겠다는 결심이었다. 또 하나는 이번 생에서 뤼이웨이와의 관계를 완전히 끊고, 내가 그에게 쏟아부은 돈은 굶어 죽어가는 개를 먹여 살린 값이라고 치부해버리기로 한 것이었다. 그래, 개를 먹여 살린 거다! 아니 좀 더 솔직히 말하면 개만도 못한 인간 말종 거지새끼가 불쌍해서 적선을 좀 해준 것뿐이다.

...

나는 정신적 고통 속에서 거의 한 달을 허우적대다가 마침내 늪에서 벗어나 엄청난 인생의 전환점을 맞이할 수 있었다. 그사이 나는 푸뉴산 위안양에 사는 노인들의 말을 계속해서 떠올리며, 좋은 일과 즐거운 일만 생각하자고 주문을 외웠다. 비록 많은 것을 잃었지만 아이가 생겼다. 이보다 더 좋은 일이 또 있을까? 그 한 가지만으로도 더 이상 고통의 늪에서 허우적댈 이유가 없었다.

생각이 바뀌자 그 후의 삶은 빠르게 정상 궤도로 진입하기 시작했다. 예전처럼 매일 할아버지의 혈압과 심박수를 재고, 약을 챙겨드리고, 함께 공원을 산책하고, 좋아하는 음식을 만들어드리는 평온한 일상이 이어졌다.

예전에 내가 이 가정 간호 업무에 충실할 수 있었던 이유는 딱 두 가지였다. 하나는 직업의식이었다. 간호전문대학에 다닐 때부터 환자를 섬기고 헌신하는 것이 바로 간호사의 역할이라고 배웠고, 졸업 이후 책임감과 사명감을 가지고 스스로 이 길을 선택했다. 두 번째는 신신 언니와의 약속이었다. 그 이면에는 내가 힘들 때 나에게 일할 기회를 주었다는 고마움이 있었다. 그리고 지금 내가 이 가정 간호를 계속하는 이유가 또 두 개나 늘었다. 하나는 샤오 할아버지에게 목숨 빚을 졌기 때문이었다. 그는 나와 내 배 속의 생명을 구하고, 내가 살인자가 되지 않도록 막아주었다. 두 번째는 임신한 몸으로 다른 일자리를 찾을 자신이 없기 때문이었다. 몸은 점점 무거워졌고, 외투를 입어도 가려지지 않을 만큼 배가 불룩 나오고 있었다. 이런 모습으로 일자리를 찾기란 거의 불가능에 가까웠다. 반면에 샤오 할아버지 집은 내가 포기하지 않고 할아버지가 돌아가시지 않는 한 지속적으로 급여와 숙식이 보장되는 곳이었다. 결국 나는 아이를 위해 이곳을 안식처로 삼을 수밖에 없었다.

한바탕 큰 시련이 지나간 뒤 샤오 할아버지에게도 약간의 변화가 찾아왔다. 원래 그는 말을 많이 하는 성격이 아니었다. 평소 할아버지가 하는 말은 자신의 건강과 장수와 관련된 관심사와 일상에 필요한 대화가 전부였다. 그런데 지금은 마치 시어머니처럼, 무거운 물건을 들지 마라, 배를 조심해라, 아이에게 좋으니 사과를 좀 먹어라, 전자파가 안 좋으니 휴대전화 좀 그만 봐라 같은 잔소리가 늘어났다. 이런 의외의 관심과 변화는 내 마음에 온기를 불어넣어주었다.

시간이 지날수록 배는 점점 부풀어 올랐고, 몸이 무거워 행동이 굼뜨다 보니 할아버지를 보살피는 일을 하기에도 힘에 부쳤다. 장을 보고, 식사를 준비하고, 집 안을 청소하는 시간이 길어지고, 할아버지의 병원 예약 날짜도 잊기 일쑤였다. 그런데 내가 일을 잘 못하고 실수해도 샤오 할아버지는 예전과 달리 그렇게 화를 내지 않았다. 할아버지가 내 입장을 배려해준 만큼 그의 인내력도 장족의 발전을 하고 있었다.

어느 날 식사를 하고 나서 갑자기 구역질이 나 먹은 것을 모두 토해 낸 적이 있었다. 그때 너무 지쳐 침대에 반쯤 누워 잠시 쉬고 있는데 할 아버지가 주방에 가더니 토마토 달걀 수프를 만들어 한 그릇 가져다주 었다. 내가 이 집에 들어온 뒤 처음으로 할아버지가 주방에 들어가 밥 을 하는 놀라운 일이 벌어진 것이다. 신신 언니한테 듣기로 할아버지는 주방에 들어가는 법이 거의 없었고, 음식을 전혀 만들 줄 몰라 집에 사 람이 없으면 아예 밖에 나가 사 먹는 유형이었다. 그랬던 사람이 만든 음식을 내가 먹게 될 줄이야! 비록 소금이 많이 들어가 짠맛이 강하기 는 했지만 난 그날 수프를 한 방울도 남기지 않고 다 마셔버렸다.

출산일이 다가올수록 시급한 문제를 미리 해결해놔야 했다. 어느 날 아침, 나는 샤오 할아버지의 혈압과 혈당을 잰 뒤 어렵게 말을 꺼냈다.

"할아버지, 제가 아이를 낳고 병원에서 나오면 다시 이 집에 와도 될 까요? 만약 싫으시면 근처에 따로 방을 하나 얻을게요."

샤오 할아버지는 그 말에 화가 난 표정으로 나를 쳐다보았다.

"그걸 말이라고 하니? 당연히 이 집을 친정처럼 생각해야지!"

할아버지의 배려 덕에 나는 잠시나마 뒷일을 걱정하지 않고 산후조 리를 할 수 있었다. 물론 산후조리를 하는 동안 할아버지를 데리고 밖 에 나갈 수는 없겠지만, 그것만 빼면 집에서 보살펴드리는 정도는 얼마 든지 할 수 있었다.

지난 몇 달 동안 나는 엄마나 경험자의 도움 없이 임신 기간을 홀로 버텨냈다. 사실 임신 사실을 엄마에게 알릴 수도 없었다. 상대적으로 폐쇄적이고 보수적인 고향에서 결혼도 하지 않은 여자가 임신했다는 것 자체가 집안의 수치였다. 나로 인해 부모님이 고향 마을에서 고개도 못 들고 살게 만들 수는 없었다. 그렇다고 베이징에 출산 경험이 있는 친구나 지인이 있는 것도 아니었다. 물론 타오훙 언니가 있기는 했지만 그날 이후 더는 만날 수 없는 사람이 되어버렸다. 나는 모든 것을 혼자 힘으로 해결해야 했다. 다행히 샤오 할아버지가 산모와 아기를 위한 보건소 무료 검진 프로그램이 있다고 알려주어서 큰 문제 없이 임신 기간을 보낼 수 있었다.

줄곧 두려움으로 남아 있던 출산일이 다가오고 있었다. 임신 주수에 따라 계산한 날짜와 내 몸이 보여주는 반응을 지켜본 결과 이제 출산을 하러 가야 했다. 내가 입원을 대비해 미리 싸둔 준비물 가방을 들고 택시를 잡으러 아래층으로 내려갈 때 샤오 할아버지가 따라 나왔다.

"나도 가마."

나는 생각지도 못한 말에 놀라 되물었다.

"네? 뭐 하시려고요?"

그러자 그가 짐짓 엄한 얼굴로 대답했다.

"가족이 한 명쯤은 옆에 있어야지."

그 순간 가슴 한편이 아려오면서 하마터면 눈물을 쏟아낼 뻔했다.

다행히 샤오 할아버지가 병원에 같이 와주었고 산전 검사에서 태아의 위치도 정상이어서 나는 당연히 정상 분만을 원했다. 하지만 수술대에 오르자 상황이 뒤집혔다. 의사는 산도가 비정상적으로 좁아 정상 분만이 어렵다며 제왕절개를 해야 한다고 말했다. 이를 위해 누군가 수술 동의서에 서명해야 했다. 그사이 나는 이미 산통 탓에 기력이 다 빠진 상태였지만 그래도 서명을 하기 위해 정신줄을 붙잡고 간신히 손을 뻗었다. 하지만 의사가 그것을 허락하지 않았다. 의사는 혹시라도 생길 사고에 대비해 남편의 동의가 필요하다고 말했다. 내가 남편이 없다고 말하려는 순간 나보다 더 다급해진 의사가 이미 분만실 밖으로 나가 소리쳤다.

"중샤오양 산모의 남편이 누구세요?"

샤오 할아버지가 분만실 입구로 달려와 당황한 목소리로 묻는 소리가 들려왔다.

"무슨 일입니까?"

"산모의 산도가 비정상적이라 제왕절개 수술을 해야 하니 수술 동의서에 서명해주세요!"

"뭐요?!"

샤오 할아버지는 당황스러워하면서도 얼른 상황을 수습했다.

"아, 그럼 내가 서명하리다."

나는 그 순간 분만대에 누워 두 눈을 감고 마음속으로 할아버지에게 미안한 마음을 전했다. 죄송해요, 할아버지…….

수술은 큰 문제 없이 진행되었고, 4.5킬로그램의 건강한 사내아이가 태어났다. 내 아들의 우렁찬 울음소리가 산실을 가득 채운 가운데 감탄하는 듯한 의사의 목소리가 들려왔다.

"와우! 축하해요! 아기 아빠가 나이가 있어서 좀 걱정했는데 건강한 우량아가 태어났어요!"

웃어야 할지 화를 내야 할지 모를 말을 들으며 내 눈가를 타고 눈물이 주르륵 흘러내렸다.

나는 병원에서 11일 동안 입원해 있었다. 그사이 샤오 할아버지는 근처 식당에 주문해 매일 식사 시간에 맞춰 닭죽을 배달시켰고, 음식이 오면 직접 가져다가 먹을 수 있게 챙겨주었다. 그때 병실에 나를 포함해 네 명의 산모가 있었는데, 나머지 세 명은 모두 남편이 수발을 들고 있었다. 오직 나만 걸음걸이도 굼뜨고 머리가 하얗게 센 노인의 도움을 받고 있었다. 상황이 이렇다 보니 모두의 호기심 어린 시선이 집중되었고, 때로는 경멸과 비웃음 섞인 뒷말이 들려오기도 했다.

"십중팔구 첩이네……. 노인네가 젊은 애를 건드려서 애가 생긴 거지. 아니면 저 여자가 돈 보고 늙은이를 꼬셨거나……."

샤오 할아버지 역시 그 말을 들은 게 분명했다. 닭죽을 들고 있는 그의 손이 가늘게 떨리고 있는 것이 보였다. 할아버지의 평소 성격 같았으면 이미 병실이 떠나가라 한바탕 난리가 났을 터였다. 하지만 장소가 장소인 만큼 나와 아기를 위해 할아버지는 놀라운 인내력을 발휘하고 있었다. 나는 그런 할아버지에게 너무나 감사할 뿐이었다.

퇴원하고 집으로 돌아갔을 때 내가 가장 먼저 한 일은 수유가 아니라 할아버지의 혈압과 혈당을 재는 것이었다. 그동안 보살펴준 것에 대한 고마움 때문이라기보다 나로 인해 병원을 왔다 갔다 하며 신경을 쓰느라 건강에 문제가 생겼을까 봐 솔직히 걱정이 앞섰다. 다행히 결과는 지극히 정상이었다. 심지어 혈압은 내가 입원하기 전보다 낮기까지 했다. 혈당도 높지 않았고 심장 박동수도 정상이었다. 나는 측정 결과를 알려주며 궁금증을 참지 못하고 물었다.

"제가 병원에 가 있는 동안 새로 체력 단련 프로그램 같은 거 신청해서 다니셨어요?"

할아버지가 고개를 저으며 말했다.

"그럴 정신이 어디 있어? 산모랑 아이한테 무슨 일이라도 생길까 봐 병원에 왔다 갔다 한 게 다인데. 하루 일과가 그것뿐인데도 어찌나 피곤하던지, 어떤 날은 약이고 밥이고 다 잊고 눕자마자 그냥 잠들어버리지 뭐니."

그 말을 들으며 문득 궁금해졌다. 무언가에 집중하면 힘들어도 건강에 도움이 되는 건가? 아니면 건강에 지나치게 집착하지 않는 게 도리어 건강을 지키는 길인가?

무엇이 정답인지는 모르겠지만 어쨌든 샤오 할아버지가 곁에서 챙겨준 덕에 나는 심리적 위안을 얻고 있었다. 만약 할아버지의 건강이 나로 인해 악화되었다면 내 마음이 더 힘들어졌을지 몰랐다.

집에 아이가 생기면서 많은 변화가 찾아왔다. 나는 아이가 울 때마다 혹시나 샤오 할아버지가 짜증을 내며 우리 모자를 내쫓아버리기라도 할까 봐 마음을 졸였다. 그 당시 가장 두려웠던 건 바로 할아버지 집을 떠나야 하는 상황이었다. 이 집을 나가는 순간 갈 곳이 마땅치 않았다. 베이징의 집세는 직장도 없는 아이 딸린 여자가 감당할 만한 액수가 아니었다. 아이를 갖기 전까지만 해도 어떻게 하면 이 일을 그만두고 세상에 홀로 남겨진 노인을 책임지는 부담감에서 벗어날 수 있을지만 생각했다. 그런데 지금은 이 일자리를 잃게 될까 봐 너무 두려웠다.

세상사는 정말이지 아무도 예측할 수 없다는 말이 실감 났다. 10년도 아니고 고작 1년 사이에 나에게 너무나 많은 변화가 일어났다. 한 치 앞도 알 수 없는 것이 인생사라는 말을 뼈저리게 체감하는 중이었다. 많은 생각의 부침을 겪는 와중에 샤오 할아버지에 대한 불만이나 심리적 우월감 역시 어느새 사라지고 없었다. 그 대신 할아버지가 우리 모자를 미워하지나 않을지 눈치를 살피기 시작했다.

샤오 할아버지 집으로 돌아온 날에도 나는 11시가 가까워지자 앞치마를 두르고 식사 준비를 하러 주방으로 들어갔다. 의사 역시 내 몸이 거의 회복되어 큰 문제가 없다고 했으니 내 할 일을 해야 한다는 생각이 들었다. 그런데 그 모습을 본 샤오 할아버지가 버럭 화를 냈다.

"애 낳고 한 달도 안 돼서 주방에 들어가는 사람이 어디 있어? 네가 네 몸을 아껴야 아기도 잘 보살필 수 있는 거야. 게다가 넌 제왕절개 수술까지 받았잖니? 당분간은 산후조리를 하렴. 내가 미리 시간제 가사 도우미를 불렀으니 삼시 세끼 식사는 걱정할 거 없다. 이제 곧 올 시간이 됐으니 너는 신경 쓰지 말고 몸이나 풀어라."

샤오 할아버지의 생각지도 못한 배려에 내 마음이 다시금 뭉클해졌다. 솔직히 예전에는 그의 괴팍한 성격 탓에 간호 대상 이상으로 그를 생각해본 적이 없었다. 그런데 지금 그의 모습은 친정아버지를 닮아 있었고, 감정적으로 그와 조금은 더 가까워진 느낌마저 들었다.

나는 아무 탈 없이 잘 자라주기를 바라는 마음을 담아 아이의 이름을 청런(承人)이라고 지었다. 샤오 할아버지는 그 이름을 듣더니 아무 말 없이 거실을 돌며 생각에 잠겼다. 그렇게 거실을 세 바퀴 정도 돌았을 때쯤 그가 걸음을 멈추고 이런 말을 꺼냈다.

"그것도 괜찮지만 단지 잘 자라는 것만으로는 부족하지 않을까? 청차이(承才)라고 짓는 건 어떻겠니? 잘 자라주기를 바라는 마음뿐 아니라 훌륭한 재주를 가진 사람이 되기를 바라는 마음까지 담겨 있으니 아이한테도 더 좋을 듯싶은데."

나는 일리가 있다는 생각에 그 의견을 따라 아이의 이름을 중청차이라고 짓기로 했다.

청차이를 낳고 한 달이 되었을 때부터 나는 가사도우미를 물리고 직접 집안일을 시작했다. 이 집의 생활비는 샤오 할아버지의 퇴직금과 신신 언니가 남긴 돈에서 나가야 했고, 이 돈으로 세 사람 생활비와 가사도우미 월급까지 대기에는 부담이 너무 컸다. 다행히 한 달 동안 산후조리를 잘해서인지 살도 붙고 기력도 훨씬 좋아진 상태였다. 가끔 청차이가 한밤중에 울어 잠을 제대로 못 자기도 하지만 샤오 할아버지를 보살피고 집안일을 하는 데 크게 무리가 갈 정도는 아니었다. 낮에는 유모차를 끌고 할아버지와 공원을 산책할 수 있어서 나뿐 아니라 할아버지의 건강을 챙기는 데 도움이 되었다.

그러던 어느 날 평소처럼 유모차를 끌고 샤오 할아버지 뒤를 따라 공원을 가던 중에 그가 몇 미터를 가다 서기를 반복하며 어깨가 들썩일 만큼 가쁜 숨을 내쉬었다. 이 집에 온 지 고작 몇 년 만에 할아버지의 몸은 급속도로 쇠약해지고 있었다. 70살이 넘은 노인의 체력은 세월 앞에서 빠른 속도로 무너져 내렸지만, 할아버지는 여전히 그런 변화에 크게 개의치 않는 듯 계단을 오르내릴 때조차 내 부축을 마다했다. 그리고 다른 사람이 그를 '어르신'이나 '할아버지' 혹은 '영감님'이라고 부르는 소리를 들을 때면 늘 불쾌한 기색을 드러내고는 했다.

샤오 할아버지는 잘 웃지 않고 표정이 근엄해 보일 때가 많아서 어디를 가나 어울리지 못하고 주변 분위기를 어색하게 만드는 재주가 있었다. 공원에서 삼삼오오 모여 웃음꽃을 피우던 노인들도 샤오 할아버지가 다가서면 너 나 할 것 없이 웃음을 뚝 그쳤다. 그랬던 그가 아이 앞에서만큼은 환한 미소를 잃지 않았다. 평소 공원에서 운동을 마치고 나면 늘 유모차 앞으로 와서 손가락으로 청차이의 배나 겨드랑이를 콕 콕 누르며 장난을 쳤고, 그럴 때마다 아기는 뭐가 재미있는지 까르르 웃음을 터트렸다. 청차이가 웃을 때면 할아버지도 같이 소리 내며 웃었고, 그 모습을 지켜보는 내 마음마저 흐뭇해졌다.

한번은 두 사람이 이렇게 웃고 있을 때 그 모습이 너무 보기 좋아 농담을 던진 적이 있었다.

"할아버지, 청차이가 그렇게 예쁘면 아예 손자 삼으세요."

그런데 그 말이 떨어지기 무섭게 할아버지 얼굴에서 웃음기가 싹 가시고 얕은 한숨 소리가 들려왔다.

"신신이 아이를 낳았는지 모르겠구나."

나는 그 말에 심장이 덜컥 내려앉았다. 그러고 보니 산부인과에 입원한 뒤부터 신신 언니의 휴대전화로 할아버지에게 전화하는 걸 완전히 잊고 있었다. 그렇게 오랫동안 딸의 소식을 못 들었으니 걱정이 되는 것도 당연했다. 그 순간 이렇게까지 무심했던 나 자신이 한없이 원망스러웠다. 어떻게 신신 언니의 존재를 까맣게 잊은 채 할아버지 앞에서 손자라는 민감한 단어를 쓸 수 있었는지 양심의 가책마저 느껴졌다.

그날 밤 저녁 식사를 마친 나는 청차이를 먼저 재우고 나서 기저귀를 사러 간다는 핑계로 집을 나섰다. 그리고 신신 언니가 남긴 휴대전화를 이용해 할아버지의 침대맡에 있는 집 전화로 전화를 걸었다. 집 전화는 처음 신청할 때부터 발신자 표시 기능을 없앴고, 할아버지의 청력이 떨어지면서 목소리를 잘 구분하지 못하니 녹음 소리가 크게 문제될 리 없었다. 과연 내가 기저귀를 사서 집으로 돌아오자 할아버지는 기분 좋은 목소리로 신신 언니에게 전화가 왔다고 알려주었다.

"좀 전에 신신에게 전화가 왔단다. 창성과 잘 지내고 있으니 걱정하지 말라더구나. 근데 깜빡하고 아이 얘기를 못 물어봤지 뭐니."

나 역시 기뻐하는 척하며 덧붙였다.

"신신 언니가 요즘 일이 바쁜가 봐요. 그러니까 전화도 자주 못 한 거겠죠. 아이 얘기는 꺼내지 않는 게 좋아요. 언니가 유산을 두 번이나 한 데다가 지금까지 임신을 못 했다면 그런 얘기가 마음의 상처가 될 수 있거든요."

나는 이렇게라도 말해서 할아버지가 언니에게 임신 얘기를 하지 못하도록 막아야 했다. 사실 신신 언니의 녹음 파일 안에는 임신에 관한 얘기가 들어 있지 않았기 때문에 만에 하나 그 문제가 불거지면 전화 통화 자체를 의심하는 상황으로 치달을 수 있었다.

...

신신 언니의 전화를 받은 뒤부터 할아버지의 기분이 한결 좋아 보였다. 하지만 고작 이틀 만에 내 기분은 급격히 곤두박질치고 말았다.

시작은 청차이의 출생신고였다. 사실 아이가 태어나고 호적에 오르지 못하면 정상적으로 살아가기 힘든 게 당연했다. 문제는 청차이가 베이징에서 태어났지만 나에게 베이징 호적이 없다는 데 있었다. 처음에는 난양에 있는 부모님에게 출생신고를 대신 해달라고 부탁할 생각이었다. 하지만 그렇게 하다 보면 결국 결혼도 안 한 딸이 아이부터 낳았다는 소문이 온 마을에 다 퍼질 테고, 부모님은 딸자식을 잘못 둔 죄로 평생 마음고생하며 사실 게 뻔했다.

나는 고심 끝에 고향 마을 근처에 사는 동창에게 전화를 걸어 그간의 사정을 설명하고 청차이의 출생신고를 도와달라고 부탁했다. 그때까지만 해도 모든 일이 순조로웠지만 며칠 뒤 다시 전화가 걸려왔다. 그녀는 출생신고를 하려면 부모의 신분증 복사본이 모두 필요하다고 했다. 하지만 난 뤼이웨이에게 아이의 존재를 알리고 싶지 않았고, 내 아이의 아빠로 그의 이름을 올릴 생각도 전혀 없었다. 문제는 그의 신분증 복사본이 없으면 청차이의 출생신고를 할 수 없다는 것이었다. 나는 지푸라기라도 잡는 심정으로 돈을 주고 어떻게 해볼 수 없는지 물어보았지만 불가능하다는 대답만 돌아왔다.

이제 어쩌지? 내 마음은 순식간에 지옥으로 변해갔다. 그런데 때맞춰 청차이가 울음을 터트렸다. 목이 말라서인지 배가 고파서인지 모르겠지만 아무리 달래도 소용이 없었다. 그 순간 나는 내 화를 주체하지 못해 아이의 엉덩이를 때렸고, 놀란 아이는 자지러지게 울기 시작했다. 그 소리에 샤오 할아버지가 침실에서 나와 청차이를 받아 안았다.

"이렇게 어린 애를 때릴 데가 어디 있다고? 안 좋은 일이 있으면 나한테 말을 하면 되지 왜 죄 없는 아기한테 화풀이를 해!"

나는 흐느껴 울며 이번에는 그에게 화풀이를 하기 시작했다.

"청차이 출생신고 때문에 그래요. 이런 문제를 할아버지한테 말해서 뭐 하게요? 모두 다 제 탓이에요. 그런 쓰레기 같은 놈을 좋아하다니, 제가 사람 보는 눈이 없었던 거죠. 그놈한테 눈이 머는 바람에 제 인생이 엉망진창이 되어버렸다고요! 아이 출생신고조차 제대로 못 하는 심정을 할아버지가 아세요? 고향에 내려가 부모님께 뭐라고 말씀드려야할지 모르겠어요! 저랑 청차이가 앞으로 이런 일을 수도 없이 겪을 걸 생각하니……."

샤오 할아버지는 아무 말 없이 내 말을 듣고 있다가 한참이 지나 이렇게 물었다.

"뤼이웨이의 신분증을 빌려서 사용하면 되지 않겠니?"

"그걸 말이라고 하세요? 저더러 그놈을 다시 찾아가라고요? 목에 칼이 들어와도 못 해요! 그럴 바에는 차라리 청차이를 보육원에 맡기는 편이 나아요."

당시 나는 악에 받쳐 해서는 안 되는 말까지 쏟아냈다.

"그런 생각 하면 못써!"

샤오 할아버지는 놀란 마음에 나를 진정시키려 애썼다.

"마음을 가라앉히고 방법을 생각해보자꾸나!"

나는 참았던 서러움이 북받쳐 울음을 터트렸다.

"자기 배 아파 낳은 자식을 보육원에 보내고 싶은 부모가 어디 있겠어요? 하지만 다른 방법이 없으면……."

그날 저녁 식사를 한 뒤 나는 먼저 청차이를 달래서 재우고 주방을 정리했다. 그러고 나서 혈압을 재러 가자 할아버지가 내 손을 막으며 얘기를 좀 나누자고 청했다.

"혈압은 나중에 재도 되니 일단 앉아보렴. 고향에서 출생신고를 하려면 뤼이웨이의 신분증 사본이 꼭 있어야 하는 거니? 정말 다른 방법은 없고?"

나는 고개를 가로저었다.

"네, 다 알아봤는데 돈으로도 안 된대요."

그는 아무 말 없이 일어나 거실을 한 바퀴 걸으며 깊은 생각에 잠겼고, 잠시 후 나를 보며 생각지도 못한 놀라운 말을 꺼냈다.

"정말 해결할 방도가 전혀 없다면 이 방법은 어떻겠니? 그러니까 이 방법은 다른 해결책이 전혀 없을 때만 쓸 수 있는 거라고 보면 된다."

"무슨 방법인데요? 할아버지는 저희 고향에 아는 사람이 아무도 없으시잖아요."

"내 말은 베이징에서 출생신고하는 방법을 말하는 거야."

"그게 어떻게 가능해요?"

나는 마음 한편으로 들을 가치도 없는 얘기라고 치부해버리고 있었다. 베이징에서 아이를 호적에 올리는 일은 하늘의 별 따기보다 어렵다는 걸 너무나 잘 알고 있었기 때문이다.

"베이징에 호적이 있으면 나중에 여기서 학교를 다닐 수 있어."

그가 나를 응시하며 말했다.

그러면야 너무 좋죠! 하지만 나는 이 말을 입 밖으로 내지 못했다. 과연 그런 행운이 우리 모자에게 찾아올 수 있을까? 현실적으로 그럴 가능성은 거의 없어 보였다.

"농촌은 아직도 보수적인 편이라 미혼모의 자식을 바라보는 시선이 곱지 않아. 설사 네 고향에서 청차이의 호적을 만든다 해도 나중에 그 애가 학교에 가면 친구들한테 따돌림을 당하게 되겠지."

나 역시 그런 문제를 생각해보지 않은 건 아니었다. 한밤중에 꿈에서 깨어날 때마다 우리 모자의 앞길을 가로막고 있는 문제를 고민하느라 오랫동안 잠을 이루지 못하는 날이 부지기수였다. 나는 말을 아낀 채 할아버지의 이야기를 더 들어보기로 했다.

"그러니 베이징에서 호적을 만들어서 학교에 다니게 하는 게 가장 좋은 방법이지. 게다가 베이징은 대도시라서 사람들의 생각도 개방적이고, 미혼모나 한 부모 가정도 적지 않아. 남편 없이 아이만 데리고 살고 싶어 하는 여자들도 많다고 들었다. 네가 남의 눈치 안 보고 청차이를 키우기에는 이런 대도시가 더 나을 수 있어."

알아요. 알지만 방법이 없는 걸 어떡해요? 나는 속으로 수도 없이 이 말을 반복했다. 나 역시 베이징에 정착하고 싶어 여기에 왔고 그 꿈을 이루기 위해 뤼이웨이의 대학원 공부를 뒷바라지해왔다. 그가 취직하고 아이를 낳으면 베이징 호적을 받을 수 있고, 그럼 내 아이를 베이징에서 공부시키고 아이의 미래를 위해 더 나은 환경을 만들어줄 수 있었다. 그런데 지금 그 꿈은 산산조각 나버리고 말았다.

"내가 생각한 방법을 듣고 충격을 받겠지만 화는 내지 말아줬으면 좋겠구나. 네가 원하지 않으면 안 들은 셈 치면 되고, 또 다른 방법을 찾아봐야겠지. 하늘이 무너져도 솟아날 구멍은 있다고 하잖니."

샤오 할아버지는 본격적인 말을 꺼내기에 앞서 무척 신중한 모습을 보였다.

"원하지 않으면 바로 싫다고 하면 돼. 다만 절대 화내지 않겠다고 약속해."

그가 또 한 번 다짐을 받았다.

나 역시 다시 고개를 끄덕였다.

"나와 결혼하는 거다!"

나는 너무 놀라 주춤 물러서며 휘둥그레진 눈으로 그를 쳐다봤다.

"청차이가 베이징 호적을 받는 합법적인 방법은 이것밖에 없어. 물론 합법적이라고 해도 도덕적으로 받아들여지기는 힘들겠지. 그러니까 내 말은 정말 아무리 쥐어짜도 방법을 찾을 수 없을 때, 정말 벼랑 끝까지 밀려나 떨어지기 일보 직전이라면 그때는 이 방법을 한 번쯤은 고려해봐야 하지 않을까 싶다는 거다."

군은 표정으로 한참을 침묵하던 내 입가에 차가운 미소가 그어졌다.

"그렇게 하면 청차이는 합법적으로 베이징 호적을 얻을 수 있겠죠. 그리고 전 할아버지의 합법적 부인이 될 거고, 할아버지는 제 남편이 되어 합법적으로 절 갖겠죠! 하하, 할아버지! 지금까지 그런 속내를 숨긴 채 절 대하고 있는 줄은 몰랐네요! 제가 궁지에 내몰리니까 이 틈을 타서 어떻게 해보려고 검은 속내를 드러내는 건가요? 그동안 사람을 잘못 봐도 한참 잘못 봤네요! 그래도 할아버지를 믿었고, 존경할 만한 좋은 어른이라고 생각했어요. 이 두 눈에 뭐가 씌었는지 또 사람을 잘못 본 거였네요! 뤼이웨이 하나도 모자라 이젠 할아버지까지 절 바보로 만들었어요! 정말이지 제 눈을 뽑아버리고 싶은 심정이에요!"

"진정해. 이건 그냥 형식적인 거야. 달라지는 건 아무것도 없어. 너와 나는 서류상 부부일 뿐이야. 이렇게라도 해야 베이징 호적을 얻을 자격이 생기고, 호적을 얻어야 앞으로 너나 청차이의 인생도 제대로 풀릴 수 있지 않겠니? 청차이는 정상적인 가정을 갖게 될 테니 마음의 상처를 받지 않을 거고, 넌 언제라도 결혼 상대가 생기면 이혼하고 떠날 수 있어."

그는 너무나도 이성적으로 이 문제에 접근하고 있었다. 갑작스러운 제안이었기에 나에게는 무엇이 옳고 그른지 판단할 만큼의 이성이 남아 있지 않았다. 그동안 베이징에 더 오래 정착할 방법을 수도 없이 고민했지만 이 방법만큼은 단 한 번도 생각해본 적이 없었다. 나는 이제까지 그와 나의 삶을 하나로 연결해본 적이 단 한 순간도 없었다. 나에게 그는 너무 나이 많은 노인이었고, 어릴 때부터 부모님을 통해 형성

된 내 결혼관에도 어울리지 않는 상대였다.

"이제 이 이야기는 그만하고 혈압이나 재자꾸나. 내 제안에 당장 대답할 필요는 없다. 한 달 이상 고민해보고 결심이 섰을 때 말해주렴. 그때 네가 어떤 결정을 내려도 난 상관없으니 전혀 걱정할 거 없다."

할아버지는 무척 담담하게 내게 결정권을 주었다.

그날 밤 나는 이 문제를 고민하느라 뜬눈으로 밤을 지새워야 했다. 내 인생에 커다란 변화를 가져올 중대사를 마주한 채 잠이 올 리 만무했다.

나는 먼저 내가 간병하는 대상이 왜 이런 제안을 했는지부터 고민해봤다. 정말 날 돕고 싶어서일까? 아니, 그건 불가능해. 그렇게 착한 남자는 세상에 존재하지 않아. 남자는 믿을 만한 종자가 아니야. 그렇게 믿었던 뤼이웨이도 변심한 마당에 또 다른 남자를 믿으라고? 그것도 저렇게 나이 많은 노인을? 샤오 할아버지를 노인으로서 신뢰하고 존중할 수 있었지만, 남자로서도 똑같이 신뢰할 수 있을까? 세상에 공짜는 없다는데 과연 아무런 대가도 바라지 않고 우리 모자를 도와줄까? 그렇다면 그가 원하는 것은 분명 내 몸이다. 남자는 늙을수록 색을 더 밝힌다고 하던데…… 미시즈 지와의 결혼 문제로 한창 난리를 치던 때를 생각해보니 그 말에 확신이 들기도 했다. 간병인이나 가사도우미로 고용한 남자들이 그들을 상대로 몹쓸 짓을 벌였다는 뉴스가 남의 애기인 줄 알았더니 나도 예외가 아니었던 거야? 비록 아기를 낳았다 해도 내가 못생기거나 여자로서 매력이 없는 것도 아니잖아? 뤼이웨이도 나와 관계를 맺을 때면 내 가슴과 엉덩이가 탐스럽고 다리가 매끈하다는 칭찬을 아끼지 않았어. 할아버지도 내 젊은 몸을 좋아하는 건지 몰

라. 하지만 미시즈 지와 사귈 때부터 여자와 그게 안 된다는 걸 알고 있잖아? 그런 사람이 나와 결혼해서 뭘 어쩌자는 거지? 더듬고 키스라도 해서 욕구를 풀고 싶은 건가? 어쩌면 이거라도 원하는 거겠지! 정말 내가 늙은이와 동침해야 하는 걸까? 정말 내 몸을 그에게 내줘야 하는 걸까? 다 늙고 거친 손으로 내 몸을 더듬게 해줘야 하는 걸까?

하지만 그것만이 지금 내게 닥친 시련을 해결할 최선의 방법이라는 것을 인정해야만 했다. 제안을 받아들이기만 하면 나와 청차이는 모두 베이징 호적을 가진 진짜 베이징 시민이 될 수 있었다. 게다가 청차이가 베이징에서 당당하게 정규 교육을 받고 대학까지 갈 수 있고. 물론 이 제안을 따랐을 때 내가 치러야 할 대가는 또 있었다. 그중 하나는 세상 사람들의 손가락질이었다. 주변 사람들은 나를 돈 때문에 샤오 할아버지를 꼬신 꽃뱀 취급할 게 뻔했다. 두 번째는 부모님의 체면이었다. 사위의 나이가 자신들보다 많다는 사실을 받아들이기까지 한바탕 곤욕을 치러야 할지 몰랐다. 세 번째는 나의 자유였다. 샤오 부인이 되는 순간부터 샤오 할아버지의 존재는 다른 남자를 사귀는 데 걸림돌이 될 수밖에 없었다. 하지만 그런 자유가 굳이 왜 필요한가 싶기도 했다. 사랑이 개똥보다 못하고, 오래되고 낡은 옷처럼 언제라도 쉽게 버릴 수 있다는 사실을 뤼이웨이가 가르쳐주지 않았던가? 이제 다시는 사랑 따위 하지 않을 거고, 남자라면 치가 떨렸다. 그렇게 생각하면 샤오 할아버지는 배우자로서 꽤 괜찮은 상대였다. 게다가 솔직히 말해서 난 뤼이웨이와 수도 없이 많은 밤을 보냈고, 그의 아이까지 낳은 몸이고, 이제 나를 거들떠볼 남자도 없었다. 그의 제안을 받아들이고 우리 모자의 베이징 호적을 얻는 것도 그리 나쁘지 않은 거래였다. 그래! 그가 원하는 대로 해주자…….

나는 밤새 고민한 끝에 샤오 할아버지의 제안대로 그와 결혼하고, 청차이의 장래를 위해 베이징 호적을 얻기로 결심했다.

다음 날 아침 식사를 마치고 주방을 정리한 나는 산책 준비를 하는 샤오 할아버지에게 내 결정을 알렸다.

"그렇게 할게요!"

그가 고개를 번쩍 들어 나를 올려다보았다.

"그래. 어차피 서류상 이름을 올리는 것뿐이야. 결심했다고 하니 시간을 잡아서 혼인신고하러 가자꾸나. 그러고 나서 청차이의 호적을 등록하면 되겠지. 조만간 신신에게도 이 소식을 알리마. 신신도 분명 우리 결정을 이해해줄 거다."

과연 그럴까? 신신 언니가 살아 있다면 이런 일을 가만히 보고만 있었을까? 나는 청차이를 유모차에 태우면서 대답했다.

"이왕 결정한 거 아예 오늘 다 끝내버리는 게 좋겠어요. 이 일로 더는 고민하고 싶지 않거든요. 시간을 끌수록 생각만 많아져서 마음이 흔들릴 거예요."

진심이었다. 당시 나는 이런저런 고민 끝에 내 결정을 번복하게 될까 봐 두려웠다. 솔직히 그런 갈등을 하는 자체가 고통스러웠다.

샤오 할아버지는 살짝 당황한 기색을 내비쳤지만 이내 주머니를 더듬어 신분증이 있는지 확인하고는 지팡이를 들며 나갈 채비를 했다.

"그래. 이왕 결정한 거 빨리 처리하는 게 속 편할 수도 있지. 어서 가자꾸나."

우리 두 사람은 평상복 차림으로 한 명은 유모차를 밀고 한 명은 지팡이를 짚으며 혼인신고를 하러 갔다. 건물 안으로 들어서자 화기애애하게 혼인신고를 하던 젊은 연인과 직원의 시선이 일제히 우리 두 사람에게 꽂히며 주변이 조용해졌다. 그때 직원 한 명이 다가와 나지막이 물었다.

"무슨 일로 오셨나요?"

그러자 샤오 할아버지가 당당한 목소리로 대답했다.

"혼인신고하러 왔소."

주변에 무거운 침묵이 흐르고 어디선가 비웃음 소리가 들려오는 순간 내 얼굴은 빨갛게 달아올랐다. 그 순간 나는 정말이지 쥐구멍이라도 있으면 숨고 싶은 심정이었다.

직원이 서류를 처리하는 동안 뒤에서 남녀 한 쌍이 소곤거리며 조롱하는 소리가 들려왔다.

"늙은이가 젊은 여자 상대로 힘도 좋아……. 저 나이에 저러고 싶을까? 그래서 늙으면 빨리 죽어야 한다니까……."

"다 늙어서……."

나는 그제야 이 혼인이 나보다 샤오 할아버지에게 가져다주는 스트레스와 타격이 더 크다는 사실을 깨달았다. 샤오 할아버지의 청력 정도면 그런 모욕적인 말과 비웃음을 못 들었을 리 없었다. 그날 집에 돌아온 나는 그에게 미안한 마음을 전했다.

"죄송해요……."

하지만 그는 내 말이 다 끝나기도 전에 듣고 싶지 않다는 듯 손을 내저었다.

"내일 집에 있는 호적증과 오늘 받은 혼인증을 가지고 가서 청차이의 호적을 만들도록 하렴……."

그날 밤 나는 샤오 할아버지를 다 챙겨드리고, 청차이를 달래 재운 뒤 샤워하러 들어갔다. 그리고 뤼이웨이가 내 환심을 사기 위해 선물했던 향수를 뿌리고 내 의무를 다하기 위해 잠옷 차림으로 할아버지 방으로 향했다. 하지만 침실 문 앞까지 오자 두려움이 몰려오기 시작했다. 할아버지가 어떤 식으로 날 대할까? 그냥 손으로? 나이 든 노인이 젊은 여자의 몸을 보고 흥분하면 어떤 식으로 그걸 풀 수 있지? 설마 날 괴롭히면서 몸을 다치게 하는 건 아니겠지?

지금까지 그를 간병하기 위해 수도 없이 드나들던 침실 문이었지만 오늘따라 그 문이 두려움으로 다가왔다. 하지만 들어가야 해. 내가 원하는 걸 얻었으니 그도 원하는 걸 가질 권리가 있잖아. 더구나 혼인신고를 하는 과정에서 그의 명예가 실추되었고, 아직 재산 문제에 대해 나눈 얘기는 없지만 그의 아내가 된 이상 나중에 우리 모자 몫의 유산도 받게 될 것이다. 그렇다면 그 역시 주는 만큼 얻는 게 있어야 하고, 내 몸을 가질 합법적인 권리도 있었다. 이것은 거래였다. 그리고 거래는 공평해야 했다. 나와 청차이는 내일 베이징 호적을 갖게 되겠지만 그는 내가 외면하는 한 아무것도 얻는 게 없을 터였다. 할아버지가 나를 기다리고 있는 게 확실해. 나는 떨리는 몸과 마음을 애써 진정하며 너무나도 익숙한 그 방문을 열었다.

내가 문을 여는 소리에 그는 침대맡 스탠드를 끄려던 손을 멈추고 물었다.

"무슨 일이니?"

내 목소리가 떨리는 걸 보면 내 몸도 떨리고 있는 것이 분명했다.

"겨……곁에서 자려고요."

"뭐 하는 짓이야?"

그가 매서운 목소리로 호통을 쳤다.

그때까지만 해도 나는 그가 괜히 점잖은 척 말만 그렇게 한다고 생각해 좀 더 용기를 냈다. 그리고 최대한 미소를 지으며 대수롭지 않은 척 말을 꺼냈다.

"판사를 지내신 분이니 잘 아시잖아요? 오늘부터 저한테 법적 권리가 있다는 걸……."

"당장 나가!"

그가 불같이 화를 내며 손을 뻗어 침대밑에 있던 지팡이를 잡았다.

"내 침대로 오는 순간 그 다리몽둥이를 부러뜨려줄 테다! 감히 날 뭐로 보고? 내가 짐승 같아 보여?!"

나는 너무 놀라 꼼짝도 못 한 채 멍하니 그를 바라보았다.

내가 잘못 생각한 거야?

"네 방으로 돌아가! 난 네 남편이 아니라 여전히 네가 돌보는 샤오 할아버지일 뿐이야!"

내 눈에서 눈물이 흐르는 것이 느껴졌다.

내 착각이었어?! 정말 내 착각이야?!

그 순간 내가 샤오 할아버지를 잘못 평가했다는 것을 뼈저리게 깨달았다. 그는 남의 불행을 이용해 잇속을 챙기는 사람이 아니었다. 그는 정말 나를 돕고 싶었던 것이다.

"　"

자, 여러분! 죄송하지만 오늘은 여기까지 들려드리고 끝마칠게요. 돌아가서 보살펴야 할 노인과 아이가 있거든요. 다음 이야기가 궁금하다면 내일 황혼 무렵에 다시 들려드릴 테니 꼭 와주세요. 감사합니다!

일요일 황혼 녘

어르신들! 이모님! 언니들! 안녕하세요! 오늘도 제 얘기를 들으러 이렇게 찾아주셔서 정말 감사드립니다. 그럼 어제에 이어서 다음 이야기를 해볼까요?

" "

내 신분이 샤오 부인으로 바뀐 지 6개월하고도 13일이 지난 뒤 샤오 할아버지의 몸에 큰 문제가 생겼다. 그날 역시 평소와 마찬가지로 어떤 불길한 징조도 보이지 않았다. 아침 일찍부터 햇살이 창문을 통해 쏟아져 내리며 청차이의 몸에 내려앉았다. 집 앞 나무에 앉아 지저귀는 새들의 울음소리가 유난히 커서인지 청차이가 평소보다 일찍 눈을 떴다.

나는 아이의 울음소리를 듣자마자 얼른 주방에서 나와 옷을 갈아입히고 유모차에 태웠다. 그리고 유모차를 주방 입구에 가져다놓고 장난감 두 개를 손에 쥐여준 뒤 내가 식사 준비하는 것을 보면서 놀 수 있게 했다. 잠시 후 샤오 할아버지가 씻고 나왔고, 유모차를 침실로 끌고 가서 청차이를 달래주었다. 할아버지가 어떻게 놀아주었는지 모르겠지만 청차이가 까르륵 웃는 소리가 주방까지 들렸고, 내 기분마저 좋아져 식사 준비를 하면서 콧노래가 절로 흘러나왔다. 그때까지만 해도 이렇게 화창하고 행복한 날에 대재앙이 일어날 거라고는 상상조차 하지 못했다.

아침 식사를 한 나는 평소처럼 차와 우유병을 준비해 유모차를 끌고 할아버지의 뒤를 따라 장수 공원으로 향했다. 뒤에서 지팡이를 짚고 걷는 할아버지의 걸음걸이를 살펴보니 크게 이상한 점은 보이지 않았다. 간호학과에 다닐 때 배웠지만 노인의 걸음걸이는 건강과 직결된 문제였다. 걸음걸이가 갑자기 이상해지면 큰 병의 전조 증상일 수 있으니 특히 조심해야 했다. 걸음걸이에 별문제가 없는 이상 모든 것이 정상이라고 봐도 무방했다. 샤오 할아버지가 건강하고, 청차이가 잘 먹고 잘 자면, 그것만으로도 안도감이 들었다. 하지만 재앙의 검은 연기가 서서히 우리를 덮치고 있었고, 나는 평온한 행복감에 취해 그 변화를 전혀 눈치채지 못하고 있었다.

200보 정도 더 걸어가자 공원 입구에 도착했고, 그곳에서 항상 공원으로 운동을 나오는 어르신 몇 분과 마주쳤다. 샤오 할아버지가 처음부터 그들과 얘기를 나눈 것은 아니었다. 오랫동안 공원에서 계속 마주치면서 서로 얼굴을 익혔고, 그러다 차츰 인사를 나누고 안부를 묻는 사이로 발전할 수 있었다. 이날 이른 아침에는 샤오 할아버지가 먼저 인사를 건넸다.

"일찍들 나오셨네요!"

그러자 다들 의례적인 인사로 할아버지를 맞아주었다.

"네, 안녕하세요!"

그중 유독 뚱뚱한 할아버지가 웃으며 빈정거렸다.

"샤오 어르신이 우리 중에 제일 복이 많으시네. 저렇게 예쁘고 젊은 아내도 모자라 다 늙어서 아들까지 얻었으니, 이거 부러워서 살겠나!"

나는 그 말에 민망해져 얼른 유모차를 끌고 샤오 할아버지를 앞질러 가버렸다. 옆을 지나칠 때 얼핏 본 샤오 할아버지의 표정은 싸늘하게 굳어 있었다. 하지만 뚱보 할아버지는 내가 얼른 자리를 피하는데도 전혀 아랑곳하지 않고 계속해서 더러운 혀를 놀렸다. 심지어 목소리까지 낮춰가며 진한 농까지 했다.

"저렇게 젊은 아내랑 살면 밤이 참 즐겁겠습니다? 어떤 맛인지 우리한테만 살짝 말해봐요."

"네 이놈!"

샤오 할아버지의 불호령에 놀라 뒤를 돌아보니 여전히 뚱보 할아버지가 웃고 있는 모습이 눈에 들어왔다.

"에이, 화만 내지 말고 얼마나 끝내주는지 어디 좀 들어나 봅시다."

샤오 할아버지가 손에 든 지팡이를 번쩍 들었다. 뚱보 할아버지는 함부로 입을 놀리다 말고 놀라서 뒤로 주춤 물러섰다. 그리고 바로 그때 힘없이 바닥으로 풀썩 쓰러지는 샤오 할아버지의 모습이 내 눈에 들어왔다.

그와 동시에 내 머릿속으로 불길한 예감이 스쳐 지나갔다. 나는 유모차를 세우고 얼른 달려갔지만 바닥에 쓰러지는 할아버지를 막기에 역부족이었다. 뇌출혈! 그 자리에서 내가 즉각적으로 내린 판단은 바로 뇌출혈이었다. 나는 할아버지를 부축하며 주머니를 뒤적였지만 휴대전화를 찾을 수 없었다. 그제야 전화기를 유모차 뒷주머니에 넣어둔 사실이 떠올라 정신없이 소리를 지르며 도움을 청했다.

"누가 응급구조센터에 전화 좀 걸어주세요!"

그날 나는 잔뜩 겁에 질린 표정으로 청차이를 안고 구급차에 올라타 구급대원에게 샤오 할아버지의 사고 경위를 간략하게 설명했다.

"노인들은 감정이 격해지면 막혀서 얇아져 있던 뇌혈관이 터질 수 있어요. 지금은 출혈량이 얼마나 되는지를 봐야⋯⋯."

구급차가 사이렌을 울리며 병원으로 질주하는 사이 나는 두 눈을 감고 의식 없이 누워 있는 샤오 할아버지를 바라보며 나 자신을 책망했다. 이 일은 결국 내 탓이었다. 호적 문제로 할아버지와 결혼만 하지 않았어도 지금처럼 뚱보 노인의 조롱 섞인 말을 듣고 뇌출혈이 일어날 일이 없었을지 모른다. 결국 내가 문제였어. 내가 할아버지에게 악운을 가져다주는 존재였던 거야! 나는 한 손으로 할아버지의 맥박을 짚으며 다른 한 손으로 청차이를 꼭 끌어안았다. 청차이는 내 품 안에서 한 번도 울지 않고 놀란 눈으로 어른들의 행동을 바라만 보고 있었다. 이렇게 작은 아가마저도 문제의 심각성을 느낄 정도라니⋯⋯.

그날 도착한 병원은 우리가 평소 다니던 곳이 아니었다. 담당 의사는 곧바로 개두술을 하게 될 거라고 알려주었다.

"수술비용이 꽤 많이 들 겁니다."

"아무리 비싸도 해야죠!"

의사가 환자와의 관계를 물었을 때 나는 당당하게 그의 부인이라고 대답했다. 나는 수술 동의서에 서명하고 수술이 끝나는 대로 집에 가서 돈을 가져오겠다고 약속했다.

수술은 거의 일곱 시간에 걸쳐 진행되었고, 그동안 내 심장은 쇠꼬챙이에 아슬아슬하게 걸려 있는 것처럼 불안하고 조마조마했다. 나는 손목시계의 바늘이 움직이는 것을 초조하게 바라보며 마음속으로 몇 번이고 기도를 올렸다. 제발 샤오 할아버지를 살려주세요…….

청차이는 일곱 시간 가까이 케이크 한 조각과 우유밖에 먹은 게 없었다. 평소 같으면 배가 고파 울고불고 난리가 났을 테지만 그 시간 동안 단 한 번도 울지 않고 불안한 눈빛으로 내 눈치만 살폈다. 내 안색이 아이를 놀라게 한 것인지, 아니면 아이 역시 샤오 할아버지의 생명이 위태롭다는 것을 본능적으로 느꼈는지는 알 수 없었다.

스피커를 통해 수술실에서 알림 방송이 흘러나왔다.

"샤오청산 환자의 수술이 종료되었습니다."

나는 청차이를 안고 한 번에 두 계단씩 올라 수술 환자를 옮기는 엘리베이터 입구로 달려갔다. 수술은 무사히 끝났고 샤오 할아버지는 위기를 잘 견뎌냈다. 다만 할아버지는 마취에서 아직 깨어나지 않은 상태였다. 나는 주치의를 찾아가 무슨 수를 써서라도 그를 깨어나게 해달라고 애원했다.

"저희도 최선을 다해보겠습니다. 하지만 워낙 연세가 있는 상태에서 한 큰 수술이다 보니 좀 더 지켜봐야 할 것 같습니다. 지금 집중치료실에 들어가 있으니까 비용도 염두에 두셔야 할 겁니다."

"네, 돈은 걱정 마시고 제발 꼭 좀 살려주세요!"

나로 인해 닥친 재앙이었기에 돈이 얼마나 들든 무조건 살려내고 싶은 마음이 간절했다.

중환자 집중치료실은 보호자의 출입이 금지되어 창문 밖에서 누워 있는 할아버지를 바라보는 게 전부였다. 할아버지가 집중치료실에 들어가 있는 동안 나는 창문 밖 복도를 거의 떠나지 않았다. 청차이 역시 내 품에 안겨 나와 마찬가지로 샤오 할아버지의 병상을 묵묵히 지켜봤다. 이렇게 어린 아이조차 긴박한 상황을 눈치챘는지 울거나 보채지도 않은 채 그 시간을 함께 견뎌주었다.

신신 언니가 남기고 간 통장의 잔고는 빠른 속도로 줄어들었다. 만에 하나 그 돈을 다 쓰고 나면 병원비를 어떻게 감당해야 할지 방법을 찾아야 했다. 지금 상황에서는 부탁할 사람이 부모님밖에 없었다. 하지만 집에도 자주 못 찾아가는데 돈까지 빌려달라고 손을 내미는 건 너무 염치없는 짓이었다. 부모님 형편이 그리 넉넉지 않다는 걸 잘 알기에 마냥 뻔뻔해질 수도 없었다. 그렇다면 누구에게 돈을 빌려야 하지?

다행히 샤오 할아버지는 혼수 상태에 빠진 지 21일 만에 깨어났다. 할아버지를 일반 병실로 옮기는 동안 나는 너무 기뻐 하염없이 눈물을 흘렸다. 당시 병상에 누워 있던 샤오 할아버지는 그런 나를 살짝 놀란 눈빛으로 쳐다보며 마치 방금 잠에서 깨어난 사람처럼 물었다.

"왜 그러니? 내가 늦잠을 잔 거니……."

나는 눈물을 훔치며 연신 고개를 끄덕였다.

그 후 할아버지는 빠른 속도로 건강을 회복하기 시작했다. 나는 간병인을 부를 돈도 없었지만, 다른 사람 손에 간병을 맡기는 것도 안심이 되지 않아 청차이를 데리고 병원에 상주하며 간병을 했다. 저녁에는 청차이와 함께 보호자용 간이침대에서 잠을 자며 노인과 아기를 보살 폈다. 당시 나는 상주 간병 생활을 시작한 이래 가장 힘든 시기를 보내고 있었지만 나로 인해 생긴 병을 꼭 고쳐주고 싶은 마음이 더 간절했다. 샤오 할아버지는 의식만 돌아왔을 뿐 여전히 거동할 수 없어 옆에서 거의 모든 수발을 들어주어야 했다. 약을 먹이고, 식사 시중을 들고, 욕창을 막기 위해 수시로 온몸을 마사지하며 자세를 바꾸고, 몸 구석구석을 닦아주는 일상이 반복되었다.

처음에 내가 몸을 닦아주려 하자 할아버지는 팔다리와 상체까지만 허락하고 사타구니 쪽은 손을 못 대게 했다. 내가 이유를 묻자 그는 얼굴을 살짝 붉히며 입을 꾹 다물었다. 그가 민망해한다는 걸 나 역시 모르지 않았다.

"오랫동안 닦지 않으면 짓무르고 욕창에 걸릴 수 있어요. 중환자실에 있을 때 간호사들도 다 했던 일인걸요? 지금은 제가 간호사라고 생각하시면 되잖아요? 사실 제가 할아버지 간병을 돕는 간호사였던 것도 맞고요!"

하지만 그는 여전히 손으로 사타구니 쪽을 막은 채 닦지 못하게 했다. 결국 나는 그의 귀에 입을 대고 나지막이 경고했다.

"지금 닦지 않으면 아랫도리가 짓물러요. 그럼 의사랑 간호사들이 수시로 거길 들여다보며 치료하게 될걸요? 그게 더 힘들지 않겠어요? 그래도 지금은 제가 법적으로 할아버지 부인이잖아요. 부인이 남편 몸을 닦아준다고 해서 이상하게 보는 사람은 아무도 없어요. 안 그래요?"

그제야 그는 아랫도리를 막고 있던 손을 어렵사리 치웠다. 병실에는 다른 환자 셋이 함께 입원해 있었으므로, 나는 할아버지가 민망해하지 않도록 커튼을 치고 시트로 적절히 가려가며 하반신을 꼼꼼히 닦았다. 처음 아랫도리를 닦기 시작하자 그는 불편한 듯 눈살을 찌푸렸다. 나는 당연히 아파서 그런 거라고 생각해 조용히 물었다.

"아프세요?"

그러자 그가 고개를 가로저으며 이를 악다문 채 말했다.

"너무 흉해!"

나는 순간적으로 말뜻을 이해하지 못해 다시 물었다.

"네? 뭐가요?"

그가 눈을 감고 괴로운 표정으로 말했다.

"남자의 아랫도리는 늙을수록 흉해지지……."

나는 그제야 그의 말뜻을 이해할 수 있었다. 그는 자신의 음모가 하얘지고 음경과 고환이 작아지면서 보기 흉하게 변한 것이 신경 쓰이는 듯했다. 아이고! 샤오 할아버지! 이 상황에서도 그게 신경 쓰이세요? 정말이지 남자들의 자존심이란…….

일반 병실로 옮기고 나서 처음 이틀 동안 그는 대소변을 볼 때 내 도움을 받지 않으려고 했다. 그러다 보니 대소변을 보고 싶을 때마다 옆 병상 환자가 고용한 남자 간병인을 불렀고, 도움을 받을 때마다 10위안씩 지불했다. 나는 보다 못해 샤오 할아버지에게 쓴소리를 했다.

"왜 괜한 곳에 돈을 쓰고 그러세요? 할아버지 부인이자 간병인인 제가 옆에 있는데 왜 자꾸 돈을 주고 남의 도움을 받으시는 건데요? 차라리 그 돈을 절 주세요!"

그러자 그가 눈물을 글썽이며 속상함을 토로했다.

"내가 이 지경까지 될 줄은 몰랐어. 대소변 보는 일조차 남의 손을 빌려야 하다니. 내 치부를 다 드러내면서까지 살아야 하다니……. 아프면 결국 인간의 존엄성도 사라지는 거였어……."

그 말에 내 마음 한편이 아려왔다.

"사람은 누구나 늙잖아요. 지금은 할아버지가 이러고 계시지만, 저역시 나중에는 똑같은 일을 겪을 거예요. 그리고 지금은 저를 부인이아니라 딸이라고 생각하세요……."

다행히 그날 이후 할아버지는 내 손을 빌려 대소변을 처리했다. 다만 그럴 때마다 할아버지는 무슨 형벌이라도 받는 사람처럼 두 눈을 꾹 감으며 그 시간을 견뎌냈다.

같은 병실에 있는 다른 환자의 가족들은 정성을 다해 할아버지를 간병하는 나를 처음에는 딸로 오해했다. 그러다 내가 그의 부인이라는 사실을 알고 나자 모두 색안경을 낀 눈으로 나를 바라보기 시작했다. 그중 한 환자의 누나는 나를 병실 밖으로 불러내 걱정 섞인 충고를 해주기도 했다.

"뭘 그렇게까지 열심히 해? 내가 언니 같은 마음으로 걱정이 돼서하는 말인데 적당히 해. 그쪽처럼 나이 차이가 많이 나는 부부를 보면보통 여자가 남편이 일찍 죽기를 바라던데 자기는 아닌가 봐? 젊은 여자가 늙은 남편 병수발만 하며 꽃 같은 세월을 그냥 보내려고?"

나는 그 말에 몹시 불쾌해져서 화를 냈다.

"오늘 말은 못 들은 걸로 할게요. 서로 사정을 잘 모르니 걱정이 돼서 하는 말일 거라고 생각해요. 하지만 더는 듣고 싶지 않으니 앞으로는 말조심해주세요!"

단호한 말에 그녀는 머쓱해하며 얼른 병실로 들어가버렸다.

어느 날 아침 식사를 마치고 나는 평소처럼 할아버지의 몸을 닦아주었다. 그날따라 할아버지의 기분도 꽤 좋아 보였다.

"할아버지, 이제 위험한 고비도 넘기고 안정기에 접어든 거 같으니 기념으로 우리 사진 한 방 같이 찍어요."

내가 휴대전화를 옆 병상 간병인에게 건네며 부탁하는데 할아버지가 갑자기 버럭 화를 냈다.

"싫어! 안 찍어!"

나는 살짝 당황하며 조심스레 이유를 물었다.

"왜요?"

그가 머리카락을 매만지면서 짜증스레 대답했다.

"머리카락이 너무 많이 빠져서 흉해. 이런 대머리 사진을 남기고 싶진 않아."

나는 그 말에 얼른 휴대전화를 다시 받아들었다. 샤오 할아버지가 외모에 이렇게 신경을 쓰는 사람이었구나! 나는 처음 샤오 할아버지 집에 왔을 때 본 까맣게 염색한 풍성한 머리 스타일이 떠올랐다. 그때까지만 해도 빗질을 어떻게 하느냐에 따라 머리 스타일도 달라 보였다. 근데 불과 몇 년 사이에 이마도 넓어지고 머리숱도 갈수록 줄어들었다. 게다가 수술을 하고 약물 치료까지 받다 보니 두피 노출이 점점 심해지면서 수술 자국이 더 도드라져 보였다. 에휴, 쓸데없이 남아도는 내 머리카락을 좀 나눠 줄 수도 없고.

• • •

비록 간호학과를 졸업했다 해도 내가 가진 뇌출혈 관련 지식은 아주

미미했다. 원래 환자는 의식을 회복하고 나면 서서히 건강을 회복하는 과정을 거치지만 이 병은 대부분 후유증을 동반했다. 일반 병실로 옮긴 샤오 할아버지는 오른손과 오른팔에 힘을 줄 수 없다는 말을 자주 했다. 그때까지만 해도 중환자실에서 너무 오래 누워 있어 기능이 퇴화한 것뿐이라고 생각해 열심히 주무르며 안마를 해봤지만 아무 소용이 없었다. 그러던 어느 날 답답한 심정으로 주치의에게 어떻게 된 일이냐고 물어보자 절망적인 답변이 돌아왔다.

"뇌수술할 때 보니 출혈이 일어난 혈관 외에 주변 혈관 대부분이 막혀 있었어요. 수술로 해결할 수 있는 부위는 다 손을 썼지만, 그럴 수 없는 부위는 그대로 남겨둔 상태입니다. 바로 그 부위가 몸의 오른쪽 기능을 담당하는 곳이에요. 수술 후 흔히 동반되는 후유증이 겹치면 앞으로 오른쪽 팔다리가 점점 기능을 잃어가면서 마비가 올 겁니다."

맙소사! 나는 충격을 받아 한동안 아무 말도 할 수 없었다. 어떻게 이런 일이 일어날 수 있지?

그날 밤 나는 샤오 할아버지에게 식사와 약을 챙겨드리고 청차이를 옆 병상의 남자 간병인 처우다리에게 잠시 맡겼다. 그리고 병실 밖으로 나가 멍하니 서서 아까 의사에게 들었던 말을 곱씹어 보았다. 평소 누구보다 강했던 샤오 할아버지가 남은 인생을 반신불수로 살아야 한다고 생각하자 참아왔던 눈물이 울컥 쏟아졌다. 체면을 중요하게 생각하며 평생을 살아온 한 남자의 운명이 너무나 가혹하게 느껴졌다. 부인을 먼저 보내고 딸마저 세상을 떠나 홀로 남겨진 상태에서 몸까지 제대로 쓸 수 없게 되었으니 그 고통과 외로움이 어떨지 감히 짐작조차 되지 않았다. 나 자신의 처지도 서럽기는 마찬가지였다. 샤오 할아버지가 나를 위해 가정의 울타리가 되어주고 우리 모자가 베이징에 정착할 수 있도록 도움을 주어서 나 역시 안정을 되찾고 평온한 생활을 이어올 수 있었다. 그런데 눈 깜짝할 사이에 재앙이 우리 세 사람을 덮치고 말았다. 앞으로 반신불수가 되어 침대에 누워 지내게 될 할아버지와 아무것도 모르는 청차이를 나 혼자 감당할 생각을 하니 눈앞이 깜깜해졌다.

한참 동안 눈물을 쏟아낸 나는 마음을 다잡고 세수를 한 뒤 애써 아무렇지 않은 척 미소를 지으며 병실로 다시 들어갔다. 나는 할아버지에게 이런 사실을 알리고 싶지 않았다. 지금 할아버지가 의지할 만한 사람은 나밖에 없었고, 내가 약해지면 그의 병이 더 악화될지도 모를 일이었다. 물론 청차이에게도 눈물을 보이기 싫었다. 아직 어리지만 내 기분을 살필 만큼 눈치가 생겼고, 내가 슬픈 기색을 조금이라도 드러내면 눈빛이 흔들리고 불안해하는 게 느껴졌기 때문이다. 나는 모든 상황을 혼자 짊어지고 감당해내야 했다.

다행히 당시 샤오 할아버지가 평생을 몸담았던 법원의 간부가 소식을 듣고 병문안을 자주 와주었고, 그를 통해 판사 출신은 병원비가 전액 지원된다는 사실을 알게 되었다. 법원 관계자가 나서서 내가 지불한 병원비 일체를 환불받아 돌려주었고, 그 덕에 잠시나마 경제적 여유를 되찾을 수 있었다.

퇴원을 앞두고 나는 몰래 나가서 샤오 할아버지가 쓸 휠체어를 샀다. 하지만 샤오 할아버지의 성격을 알기에 휠체어를 바로 병실에 가져다놓지는 못했다. 나는 할아버지가 의사의 입을 통해 자신의 상태를 알게 될 때까지 기다리기로 했다.

드디어 퇴원할 날이 찾아왔다. 샤오 할아버지는 예상대로 의사에게 불만을 털어놓았다.

"내 오른쪽 팔과 다리가 여전히 말썽이라 힘을 쓸 수가 없는데 왜 퇴원하라는 거요?"

"어르신 나이에 뇌출혈이 생기고 이 정도로 회복하신 것만 해도 기적이에요. 오른쪽 팔다리가 제 기능을 못 하는 건 뇌출혈 후유증이고, 그건 현대 의학으로도 완치가 불가능해요. 집에 돌아가 꾸준히 운동하시면 어느 정도 기능을 회복할 수야 있겠지만 병에 걸리기 전으로 돌아가는 건 불가능하니 마음을 단단히 잡수셔야 합니다."

의사를 물끄러미 바라보다 고개를 돌려 나를 쳐다보는 샤오 할아버지의 눈빛 속에 충격과 절망감이 고스란히 드러나 있었다. 나는 얼른 다가가 그의 손을 잡고 손등을 어루만지며 위로해주었다. 그때 그의 손이 떨리는 것이 느껴졌다. 그 또한 나처럼 전혀 생각지도 못한 방향으로 흘러가는 상황에 두려움을 느끼고 있다는 것을 알 수 있었다.

할아버지가 어느 정도 마음을 추스르자 나는 밖에 나가서 휠체어를 끌고 들어왔다. 휠체어를 보는 순간 그의 눈에서 눈물이 흘러내렸다.

나는 할아버지를 휠체어에 앉히기 위해 두어 번 시도해봤지만 끝내 실패하고 말았다. 나보다 큰 남자 몸을 안아 옮기는 것 자체가 쉬운 일이 아니었다. 보다 못해 남자 간병인 처우다리가 와서 도와주고 나서야 간신히 그를 휠체어에 태울 수 있었다.

"집에 가서는 어떻게 하려고 그래요? 할아버지를 안아서 침대로 옮길 수나 있겠어요? 마침 나도 밥 먹고 잠시 쉴 시간이니까 내가 집까지 같이 가서 도와주는 게 낫겠어요."

처우다리의 말을 듣고 보니 집에 간 뒤가 더 문제였다.

"그래 주시면 좋죠. 제가 수고비로 20위안을 드릴게요."

그가 웃음을 터트렸다.

"하하, 두 분 다 뭐만 해주면 자꾸 돈을 준다고 그러시네? 돈은 필요 없어요. 다들 조금씩은 서로 돕고 사는 거죠. 안 그래요?"

그 순간 나는 어서 팔 힘을 키워 누구의 도움 없이 샤오 할아버지를 보살펴야겠다는 생각이 들었다.

그날 처우다리는 샤오 할아버지를 태운 휠체어를 밀었고, 나는 병원 짐을 잔뜩 짊어진 채 청차이를 태운 유모차를 끌었다. 우리는 마치 피난 행렬처럼 집을 향해 걸어갔다.

• • •

샤오 할아버지가 퇴원해 집으로 돌아온 순간부터, 지금까지 경험해 본 적 없는 새로운 삶이 나를 기다리고 있었다.

매일 나는 아침 일찍 일어나 식사 준비를 했다. 식사 준비가 끝나면 할아버지가 침대에서 일어나도록 도왔다. 할아버지는 오른팔과 오른 발을 못 쓰는 탓에 내가 잠옷을 벗기고, 속옷을 갈아입히고, 옷을 입는 걸 도와야 했다. 옷을 다 입히고 나면 젖 먹던 힘까지 끌어내 그를 끌어 안아 휠체어에 태우고 화장실로 가서 세수와 양치를 도왔다. 그사이 할아버지 역시 왼손으로 양치와 세수를 혼자 할 수 있는 방법을 배워나갔다. 그런 다음 식사할 준비를 했다. 할아버지의 휠체어와 청차이의 유모차를 모두 식탁 앞에 끌어다 놓고, 밥과 반찬을 떠가며 오른손으로 할아버지에게 한 입 먹이고 왼손으로 청차이에게 한 입 먹이기를 반복했다. 두 사람이 편안하게 밥을 받아먹는 모습을 보는 것만으로도 마음이 평온해졌다. 베이징에서 이 두 사람은 나와 가장 가까운 존재였다. 샤오 할아버지는 나에게 울타리가 되어주었고, 청차이는 나를 엄마로 만들어주었다. 이 둘이 나를 필요로 하고, 나를 떠나서는 살 수 없다는 생각만으로도 삶이 충만해지고 더 바랄 것이 없어졌다.

아침 식사를 한 뒤에는 두 사람을 데리고 장수 공원으로 산책을 갔다. 나는 청차이의 유모차에 끈을 달아 내 허리에 묶었고, 두 손으로는 샤오 할아버지의 휠체어를 밀었다. 그렇게 해서 휠체어와 나와 유모차가 일렬로 움직이는 진풍경이 만들어졌다. 우리 세 사람이 외출할 때면 동네 사람들이 모두 고개를 돌려 한 번쯤은 쳐다보고 지나갔다. 그럴 때면 할아버지는 민망한 듯 고개를 푹 숙였고, 청차이만 신이 나서 소리치며 팔을 흔들었다. 우리 셋이 횡단보도에 서 있으면 다들 알아서 차를 세우고 먼저 가라고 손짓해주기도 했다. 언덕길에서 허리를 숙이고 휠체어를 밀 때면 청차이의 유모차가 천근만근 무겁게 느껴지기도 했지만 그럴 때면 고맙게도 누군가 나타나 도움을 주었다.

점심 식사를 하고 나서 두 사람이 낮잠을 자면 나는 그 틈을 이용해 마트나 시장에 들러 장을 봤고, 깰 시간에 맞춰 서둘러 집으로 돌아갔다. 오후에는 날씨가 좋으면 다시 공원으로 산책하러 가서 할아버지는 태극권이나 바둑, 카드놀이를 구경하고, 청차이는 놀이터에서 모래놀이를 했다. 날씨가 안 좋으면 집에서 서로 놀아주며 시간을 보냈다.

샤오 할아버지는 퇴원하고 나서 자신이 반신불수가 되었다는 생각이 들면 어두운 표정으로 말이 없다가도 청차이가 휠체어 앞에서 어리광을 부릴 때면 얼굴에 환한 미소를 떠올렸다. 청차이는 아장아장 걸어다니거나 옹알이처럼 간단한 단어를 말하는 것만으로도 할아버지의 웃음을 자아냈다. 어느 날 내가 청차이의 옷을 꿰매고 있을 때 샤오 할아버지는 거실에 앉아 멍하니 생각에 잠겨 있었다. 그때 청차이가 아장아장 걸어서 할아버지 무릎 앞으로 걸어가더니 "할부지, 며짤?"이라고 물었다. 원래는 '아빠'라고 부르는 게 맞지만 샤오 할아버지는 그렇게 부르는 것을 절대 허락하지 않았고, 그럴 때마다 '할아버지'라고 꼭 고쳐주고는 했다. 그 후로 청차이는 잘 되지도 않는 발음으로 그를 '할부지'라고 부르기 시작했다. 샤오 할아버지는 청차이가 말을 걸자 그제야 눈을 마주치며 물었다.

"응? 뭐라고?"

"청차이는 두 짤. 할부지는?"

할아버지는 그제야 무슨 말인지 알아듣고 껄껄 웃었다.

"할아버지는 올해 80살이 된단다."

"80? 그게 얼만데?"

샤오 할아버지가 웃으며 대답했다.

"80살이 되려면 밥을 아주 많이 먹어야 해."

"청차이도 밥 마니 먹으면 80살 되는 거야?"

그 말에 할아버지의 기분 좋은 웃음소리가 들려왔다.

"그럼! 우리 청차이가 이 할아버지 따라오려면 밥 많이 먹어야겠네……."

두 사람의 모습을 보며 나는 할아버지가 앓는 마음의 병을 낫게 해줄 사람은 청차이뿐이라는 확신이 들었다. 할아버지와 손주야말로 서로를 아끼고 위로해줄 수 있는 최고의 존재가 아닐까 싶었다.

저녁 식사가 끝나면 샤오 할아버지가 뉴스를 시청할 수 있도록 보통

TV를 켰다. 그는 드라마보다 정치나 시사에 관심이 많아 뉴스 보는 것을 즐겼다. 그 틈을 이용해 나는 청차이를 목욕시켰다. 목욕이 끝나면 아이를 재우고 나와 TV를 끄고 할아버지의 목욕을 도왔다.

샤오 할아버지의 목욕이 처음부터 순조로웠던 것은 아니었다. 할아버지는 내가 씻겨주는 것을 원하지 않았고, 일주일에 세 번씩 50위안을 주고 남자 간병인을 부르라고 요구했다. 계산해보니 매달 600위안을 더 지출해야 했다. 그래서 나는 간병인을 구하러 병원에 가는 척하고는 돌아와서 조건에 맞는 사람이 없었다고 거짓말을 했다. 그러자 할아버지는 고민 끝에 휠체어만 화장실까지 밀어다주면 혼자 목욕하겠다고 한발 물러섰다. 그는 자신의 늙고 볼썽사나워진 몸을 나에게 보이고 싶어 하지 않았고, 나 또한 그 마음을 모르지 않았다. 하지만 그렇다고 해서 문제를 회피할 수는 없었다.

"할아버지 몸은 병원에서 제가 닦아드릴 때 벌써 다 봤는데 새삼스럽게 왜 그러세요? 한 번도 할아버지 몸이 흉하다고 생각한 적 없어요. 도리어 다른 노인들보다 훨씬 나은걸요? 그러니까 자꾸 싫다고만 하지 말고 저한테 맡기세요."

다른 방법이 없다고 느껴서인지 그는 결국 고집을 꺾었다. 하지만 그렇다고 문제가 끝나는 것은 아니었다. 휠체어를 화장실로 밀고 가 할아버지를 샤워기 아래에 있는 목욕 의자로 끌어안아 옮길 때 미끄러질 위험이 너무 컸다. 나는 고심 끝에 의료기 상점에 가서 플라스틱으로 만든 휠체어 대용 목욕 의자를 구입했다. 이 의자에 할아버지를 앉혀 샤워기 아래로 옮기기만 하면 거기에 앉아 혼자 목욕을 할 수 있었고, 목욕이 끝나면 수건으로 물기를 닦고 나서 다시 밀고 나오면 됐다.

매일 샤오 할아버지가 목욕을 마치고 잠자리에 들고 나면 두 사람을 위한 일과가 모두 끝나고, 나는 그제야 샤워를 하고 혼자만의 시간을 가질 수 있었다. 샤워를 마치고 나면 베이징에 갓 왔을 때 구입한 허난 지방극인 예극(豫劇)이 수록된 플레이어를 틀고, 이어폰으로 〈화목란 종군(和目蘭從軍)〉〈목계영괘수(穆桂英掛帥)〉〈타금지(打金枝)〉〈진설매 (秦雪梅)〉 등을 들었다. 나는 어릴 때부터 아버지의 영향을 받아 예극을 듣고 자랐고, 중학교 때는 난양 예극단의 연기자가 되는 꿈을 키우기도 했다. 매일 밤 샤오 할아버지와 청차이의 코 고는 소리가 들리는 가운 데 혼자 예극을 들으면, 그 시간이 주는 행복감에 취해 내 인생도 그리 나쁘지만은 않다는 생각을 하기도 했다.

샤오 할아버지의 재활 문제는 줄곧 내 마음속에 풀지 못한 숙제처럼 남아 있었다. 언젠가 나는 할아버지의 휠체어를 밀고 베이징 서쪽에 있 는 재활센터에 간 적이 있었다. 재활의학과 의사는 할아버지의 병세와 나이를 물은 뒤 신체 오른쪽 각 부위의 반응을 유심히 살피고는 회복 가능성이 없다고 잘라 말했다. 하지만 나는 한 번쯤은 시도해보고 싶은 마음이 컸다. 만에 하나 약간의 기능이라도 회복할 수 있다면 삶의 질 을 조금이라도 높이는 데 도움이 될 수 있기 때문이었다.

아이의 어린이집 입소 적령기는 보통 세 살이었지만 나는 청차이를 두 살 반에 어린이집에 보냈고, 그 시간에 샤오 할아버지를 데리고 다 른 재활센터를 찾아다니며 재활 가능성을 물었다. 하지만 돌아오는 대 답은 모두 부정적이었다. 집으로 돌아온 뒤에도 나는 단념하지 않은 채 인근 자전거 전문 수리점에 가서 성인 키 절반 정도 높이의 기다란 철 봉을 만들어달라고 주문해 거실 벽에 설치했다. 모든 것이 준비되자 할아버지를 부축해 철봉 앞에 서게 했다.

"할아버지, 이제부터는 이 봉을 두 손으로 꽉 잡고 혼자 힘으로 조금씩 앞으로 발을 떼어보세요. 오른쪽 다리와 팔 기능을 조금이라도 회복할 수 있도록 우리 한번 노력해봐요."

샤오 할아버지는 철봉을 보며 잠시 생각에 잠기는가 싶더니 이내 고개를 끄덕였다.

"그러마."

막상 해보니 걷고자 하는 샤오 할아버지의 열망이 매우 강하다는 것을 알 수 있었다. 그는 내 부축을 받으며 힘겹게 철봉 앞에 섰고, 이를 악물며 앞으로 발을 내딛으려 했다. 하지만 몸의 반쪽이 힘을 쓰지 못하는 상태에서 한 발을 내디딘다는 게 말처럼 쉬운 일이 아니었다. 입술을 깨물며 죽을힘을 다했지만 그 노력이 무색할 만큼 단 한 발자국도 내디딜 수 없었다. 나는 그의 입술에서 피가 나는 것을 보자마자 얼른 말렸다.

"너무 무리하지 말고 오늘은 여기까지만 해요."

하지만 그는 그만둘 마음이 없는 듯 여전히 왼손으로 철봉을 단단히 붙잡고 있었다. 할아버지의 고집에 나도 더는 말리지 못한 채 그를 부축했다. 할아버지의 숨소리는 점점 거칠어졌다. 숨을 멈추고 이를 꽉 깨물며 다시 오른발을 뻗어보려 했지만 다리가 의지대로 움직이지 않았다. 왼쪽 다리도 상황은 크게 다르지 않았다. 오른쪽 다리가 지탱해주지 못하자 왼쪽 다리도 전혀 움직일 수 없었다. 할아버지의 온몸이 땀으로 범벅이 됐고, 나는 그의 몸을 지탱하느라 녹초가 되었다.

첫 재활운동이 실패한 뒤에도 여러 차례 시도해봤지만 아무런 진전이 없었다. 약간의 발전이라도 있어야 자신감이 생길 텐데 변화의 조짐조차 보이지 않았다. 이 기간에 샤오 할아버지는 스스로에게 계속 주문을 걸었다. 난 걸을 수 있어. 이래 봬도 내가 살면서 산전수전 다 겪은 사람이야. 난 해낼 수 있어……. 하지만 그는 단 한 발도 내딛지 못했고, 끝내 그만하자고 말하며 길게 한숨을 내쉬었다. 그 말을 내뱉는 그의 얼굴에 두 줄기 눈물이 흘러내렸다. 그를 도울 수 없는 내 마음도 지옥이기는 마찬가지였다. 조금의 희망조차 볼 수 없었던 우리의 시도는 그렇게 절망 속에 끝이 났다.

그날 밤 할아버지의 혈압과 맥박을 잴 때 그가 갑자기 내 팔을 붙잡으며 물었다.

"내가 판사 생활을 하는 동안 누군가의 원한을 산 게지. 그 원혼이 앙갚음을 하려는 거 아닐까? 죄수 중에 나중에 재심을 거쳐 억울한 누명을 썼다는 게 밝혀지는 경우가 있지. 어쩌면 그들이 죽고 나서 나한테 복수한 걸지도 모른다는 생각이 드는구나."

나는 그 말에 웃음을 터트렸다.

"할아버지, 그런 말도 안 되는 상상은 정신 건강에 안 좋아요. 세상에 귀신 같은 건 없어요. 이건 그냥 병일 뿐이에요. 게다가 이런 병에 걸린 사람은 할아버지 말고도 많은걸요……."

이번 경험을 통해 나는 맹목적인 재활운동과 희망고문이 도리어 할아버지에게 정신적, 육체적 고통을 가중시킬 수 있다는 점을 깨달았다.

"나이가 들면 누구나 병에 취약해지잖아요. 그리고 건강했던 모습으로 절대 되돌릴 수 없는 증상도 있어요. 하느님이 할아버지한테서 질병에 대항할 힘을 이미 빼앗아가신 걸요. 이제 그걸 받아들이고 적응하는 법을 배워야 할 거 같아요."

내가 거실에 설치한 철봉을 집 밖으로 내가려 하자 할아버지는 아쉬운 듯 시선을 떼지 못했다. 그도 그럴 것이 할아버지에게 그것은 희망이었다. 그런데 지금 그 희망이 사라지고 있는 것이다.

그 후 샤오 할아버지는 활기를 잃었고, 예전보다 식욕과 말수가 눈에 띄게 줄어들었다. 어느 날 오후에 그는 종이 위에 '용서하지 않겠어!'라는 글자를 반복해서 써 내려갔다. 나는 그가 의사의 치료에 불만을 품고 있다고 생각해 얼른 그를 설득했다.

"의사 선생님은 그때 정말 최선을 다하셨어요."

그가 고개를 저으며 분통을 터트렸다.

"의사를 말하는 게 아니야. 난 하늘이 원망스러워. 왜 하필 나냐고? 왜? 베이징에 사는 70대, 80대 노인이 한둘이야? 다들 건강하게 잘만 사는데 왜 유독 나한테 이런 시련을 주는 건데? 심지어 90 넘은 노인들도 자기 발로 건강하게 걸어 다니잖아? 이건 너무 불공평해! 내가 무슨 죄를 지었기에!"

나는 그 순간 그를 위로할 말이 단 한 마디도 떠오르지 않았다.

어느 날 낮에 장을 보고 돌아와 현관문을 열려고 하는데 안에서 금속으로 만든 물건이 부딪히는 소리가 들려왔다. 이게 무슨 소리지? 집에 할아버지 혼자뿐인데? 나는 너무 놀라 서둘러 안으로 들어갔다. 문을 열어보니 샤오 할아버지가 예전에 쓰던 지팡이를 왼손에 들고 휘두르며 늘 타고 다니던 휠체어를 내리치고 있었다. 그는 이를 악물며 휠체어를 향해 호통을 쳤다.

"이놈! 왜 자꾸 날 붙잡고 안 놓아주는 건데?! 왜?!"

나는 현관 앞에서 꼼짝도 하지 못한 채 할아버지를 말없이 쳐다보았다. 그가 모든 힘을 쏟아내고 지팡이를 집어 던지고 나서야 나는 얼른 다가가서 그의 등을 어루만져주었다.

샤오 할아버지의 심리 상태는 갈수록 나빠졌고, 나는 이 상황을 바꿀 수 있는 방법을 찾아내야 했다. 그러던 중 샤오 할아버지가 몸담았던 법원의 한 동료 가족으로부터 전화가 걸려왔다. 그 부인은 자기 남편 역시 얼마 전에 중풍에 걸려 심리적으로 힘든 시간을 보내고 있는데, 샤오 할아버지가 뇌출혈 수술을 받고도 정신적으로 잘 극복하고 있다는 얘기를 듣고 남편과 만남을 주선해 도움을 받고 싶다고 했다. 그 부탁을 듣는 순간 서로에게 꽤 도움이 될 수 있겠다는 생각이 들었다. 같은 병을 앓는 사람끼리 만나면 서로의 고충도 이야기할 수 있어 좋을 듯했다. 나는 곧바로 두 사람을 집으로 초대했다.

그날 밤 나는 샤오 할아버지에게 동료가 이튿날 방문하기로 했다고 미리 알려주었다. 물론 혹시라도 반감이 생길까 봐 동료가 병에 걸렸다는 말은 하지 않았다. 그럼에도 불구하고 할아버지는 선뜻 내켜 하지 않았다. 휠체어도 제대로 움직이지 못하는 모습을 보면 상대방도 보기 불편할 거라며 꺼렸다.

"그래도 동료분이 좋은 마음으로 찾아오는 건데 거절하는 건 예의가 아닌 것 같아요. 게다가 아픈 게 무슨 죄도 아니고 창피한 일도 아니잖아요. 사람은 누구나 병에 걸리는걸요?"

내가 차분히 설득하자 할아버지도 더는 반대하지 못한 채 암묵적으로 허락했다.

다음 날 아침, 나는 거실을 깨끗이 청소하고 꽃과 과일을 가져다놓은 뒤 할아버지의 오른쪽 팔과 다리를 주무르며 손님을 기다렸다. 초인종 소리가 들려오자 나는 얼른 나가서 문을 열었고, 잠시 당혹스러운 감정에 휩싸였다. 물론 중풍 환자가 온다는 걸 미리 알고 있었지만 그의 상태는 내 예상을 훨씬 뛰어넘었다. 환자는 몸을 전혀 움직이지 못한 채 휠체어에 기대 누워 있었다. 입은 비뚤어지고, 눈은 초점을 제대로 맞추지 못했으며, 벌어진 입 옆으로 침이 줄줄 흘러내렸다. 휠체어 뒤에 서 있던 부인은 나를 보며 금방이라도 눈물을 흘릴 듯 눈시울을 붉혔다. 나는 그녀에게 울지 말라고 부리나케 눈짓을 보내고는 휠체어를 대신 밀고 샤오 할아버지 쪽으로 갔다. 무표정하게 휠체어에 앉아 있던 할아버지는 동료를 보는 순간 놀란 눈으로 자리에서 일어나려 안간힘을 쓰며 그의 이름을 불렀다.

"우쿠이! 자네가 이게 무슨 꼴인가?"

동료 역시 무언가 말하려 연신 소리를 냈지만 한 단어도 알아들을 수 없었다. 할아버지가 왼손으로 휠체어 바퀴를 밀며 그의 곁으로 다가가더니 손을 뻗어 머리카락을 어루만졌다.

"급할 것 없어. 다 알아들었네. 술을 마셨다고 말한 게지? 안 그런가? 예전에 자네 주량이야 법원 안에서도 유명했지. 자네랑 술 마시고 나서 내가 고주망태가 됐던 거 기억나나?"

동료가 뭐라고 우물거리자 그의 아내가 옆에서 대신 말을 전했다.

"자기가 중풍에 걸릴 줄 알았으면 그때 때려죽인다고 해도 절대 술을 마시지 않았을 거라고 하네요."

샤오 할아버지가 웃으며 말했다.

"지난 일은 그만 떠올리세. 어차피 우리가 바꿀 수 있는 일도 아닌

걸. 중요한 건 지금이겠지. 이미 병에 걸렸고, 우리 힘으로 어찌할 방도가 없다면 받아들이는 수밖에……."

그날 샤오 할아버지가 동료에게 했던 말은 내가 그토록 해주고 싶은 말이기도 했다. 맙소사! 샤오 할아버지도 이미 그런 생각을 하고 있던 거였어. 다만 모든 이치를 알고 남을 설득하기는 쉬워도 자신을 설득하기 어려웠을 뿐. 그런 상황에서 그날 중풍에 걸린 동료의 방문은 그에게 전환점을 가져다주었다.

그날 이후 샤오 할아버지에게 큰 변화가 생기기 시작했다. 더 이상 어두운 표정으로 무기력하게 하루하루를 보내지 않았고, 혼자 휠체어로 거실을 왔다 갔다 하며 체력을 키웠다. 식사량도 점차 늘었고 안색도 좋아져 걸핏하면 짜증을 내던 예전 모습을 찾아보기 힘들었다. 그가 이렇게 심리적 안정을 되찾게 된 데는 동병상련의 고통을 겪고 있는 동료의 덕이 컸다. 그를 보며 세상의 불행을 혼자 짊어진 것처럼 억울해하던 마음이 어느 정도 풀어진 듯했다. 그런 모습을 보니 인간은 비교를 좋아하는 동물이라는 생각이 들었다. 아무리 힘들어도 자기보다 더 나쁜 상황에 처한 사람을 보는 순간 자신의 운명을 받아들이고 살아갈 힘을 얻으니까 말이다.

• • •

샤오 할아버지는 휠체어를 타는 생활에 익숙해졌다. 더 이상 불평하거나 화를 내지 않았고, 휠체어를 평생 함께할 동반자로 받아들였다.

매일 아침 내가 방에 들어가 휠체어 타는 걸 도와주고 나면 할아버지는 혼자 휠체어를 밀고 화장실로 가 용변을 해결하고 세수한 뒤 식사

하러 나왔다. 아침 식사를 마치면 나는 청차이를 어린이집에 데려다준 다음 할아버지를 데리고 공원에 신선한 공기를 마시러 갔고, 그가 다른 노인들과 이야기를 나누는 동안 오른쪽 팔다리를 안마하며 시간을 보냈다. 그러다 정오 무렵이 되면 다시 집으로 돌아왔고, 내가 식사를 준비하는 동안, 할아버지는 TV 뉴스를 보며 잠시 휴식을 취했다. 점심을 먹고 나서는 낮잠을 즐길 수 있도록 그를 안아 침대에 눕혀주었다. 이렇게 그를 안아서 옮기는 일을 반복하다 보니 내 팔 힘도 점점 단련이 되어 더는 힘들다고 느껴지지 않을 정도가 되었다. 저녁 식사를 하고 나면 그가 뉴스를 보는 동안 청차이를 달래 재운 뒤 목욕 시중을 들고 잠자리를 봐드렸다. 그는 잠자는 것 외에 거의 모든 시간을 휠체어에서 보내는 일상을 이어갔다. 젊은 시절 무술을 배울 만큼 활동적이고 자존심이 강하며 성격이 불같은 남자가 견디기에는 힘들고 불편한 생활이었지만 샤오 할아버지는 끝내 자신을 낮추며 그것을 받아들였다.

그래서 사람은 늙으면 때로는 머리를 숙이는 법도 알아야 한다는 말이 나온 게 아닐까 싶었다. 젊었을 때처럼 머리를 꼿꼿이 세운 채 계속 독불장군처럼 살아간다면 노년의 삶은 불행해질 수밖에 없으니까.

샤오 할아버지의 휠체어 생활이 안정기에 접어들면서 나는 휠체어의 종류와 기능에 관심이 생기기 시작했다. 시중에서 판매되고 있는 휠체어는 손으로 작동하는 수동과 전자동 두 종류로 나뉘었다. 샤오 할아버지는 몸의 절반이 마비된 탓에 전자동 휠체어를 정확히 제어하기 어렵고, 사고가 날 확률이 높았다. 그래서 나의 관심은 수동 휠체어의 종류와 디자인에 집중되었다.

그동안 내가 산 수동 휠체어는 넉 대였다. 하나는 의자가 넓고 푹신

할 뿐 아니라 앉고 눕는 것이 모두 가능했다. 게다가 앞쪽에 물컵 등을 놓는 받침대가 달려 있어 봄과 가을, 겨울에 외출용으로 쓰기에 좋았다. 두 번째는 전체가 플라스틱으로 만들어졌고, 의자 중앙에 구멍을 낸 소형 휠체어로, 대소변을 보거나 목욕할 때 사용하기 편했다. 세 번째 휠체어는 양옆 팔걸이가 높지만 앉는 부분이 비교적 좁은 편이라 식탁 앞에 앉아 먹을 때 편리했다. 네 번째 휠체어는 원목으로 만들어져서 더운 여름에 사용하기 좋았다. 나에겐 샤오 할아버지를 휠체어에서 벗어나게 할 능력이 없었지만 그래도 좀 더 편하게 생활할 수 있도록 최선을 다했다.

시간이 약이라는 말처럼 샤오 할아버지는 마침내 휠체어에서 보내는 시간에 익숙해졌다. 청차이가 초등학교에 입학할 나이가 되었을 즈음에는 휠체어에 앉아 아주 능숙하게 먹고, 마시고, 싸고, 씻고, 입고, 책과 신문을 읽고, TV를 보게 되었고, 그곳에 앉아서도 자연스럽게 웃을 줄 아는 사람이 되어갔다. 청차이가 입학하던 날, 그가 미소를 지으며 말했다.

"사내대장부는 학교에 가면 공부를 열심히 해야 한다. 우리 청차이도 나중에 할아버지처럼 판사가 되어야지."

그때 청차이가 해맑게 웃으며 대답했다.

"네, 할아버지. 근데 아래층 얼마오는 나중에 미국에 가서 공부할 거래요. 저도 미국에 갈 수 있어요?"

그 말을 듣는 순간 나는 채소를 다듬던 손을 멈추고 얼른 화제를 돌리려 했지만 이미 늦고 말았다. 샤오 할아버지의 눈빛은 이미 자신의 딸을 떠올린 듯 어두워져 있었다. 그제야 나는 그동안 전화를 너무 소홀히 했다는 사실을 깨달았다. 아무래도 오늘 밤에 신신 언니의 휴대전화로 전화를 한번 해야겠어. 그동안 청차이 입학 문제로 이 일을 완전히 잊고 있었어.

그날 저녁 설거지를 마친 나는 신신 언니의 휴대전화를 가지고 밖에 나가 집 전화로 전화했다. 그리고 할아버지가 전화를 받자 신신 언니가 남긴 두 번째 녹음 파일을 틀었다. 그런데 그전까지만 해도 항상 샤오 할아버지의 대답을 몰래 엿들을 수 있었는데, 지금은 목소리가 하나도 들리지 않았다. 살짝 이상하다는 생각이 들기는 했지만 당시에는 크게 신경 쓰지 않았고, 샤오 할아버지가 언니 목소리를 들었으니 기분이 한결 좋아졌을 거라고만 생각했다. 그런데 집으로 다시 들어갔을 때 할아버지가 갑자기 나를 불러 세웠다.

"앞으로는 그런 짓 할 필요 없다."

나는 무슨 말인지 몰라 어리둥절한 표정으로 바라만 보았다.

그의 목소리는 무서울 만큼 가라앉아 있었다.

"며칠 전 네가 마트에 간 사이에 청차이가 네 주머니에서 신신의 휴대전화를 꺼내 가지고 놀고 있더구나. 그 전화기를 사 준 사람이 나였으니 못 알아볼 리 없지. 그때까지만 해도 이게 뭔가 싶었지만 신신이 지난번 미국에 들어가기 전에 너한테 쓰라고 남겨준 걸 수도 있겠다는 생각이 들었다. 그런데 전화기를 열어 별생각 없이 메시지를 확인한 순간 신신이 남긴 메시지 내용이 들리더구나. 신신이 이렇게 오랫동안 날 찾아오지 않은 것도 이상했고, 통화할 때 내가 무슨 말을 하든 늘 몇 마디 대답뿐인 것도 영 이해되지 않았어. 근데 이제야 그 의문이 모두 풀렸지. 그동안의 통화가 모두 여기 있는 녹음 파일을 튼 것이었어."

나는 이 비밀이 밝혀질 거라고 꿈에도 생각하지 못했기에 어떤 대답을 해야 할지 모른 채 그저 입만 벙긋거렸다.

"아…… 그러니까…… 그게……."

"어떻게 된 일인지 말해보렴. 신신한테 무슨 일이 생긴 거니?"

샤오 할아버지는 잔뜩 긴장한 눈빛으로 내 대답을 기다리고 있었다.

"요 며칠 너한테 이 문제를 캐묻지 않은 건 진실을 알게 될까 봐 겁이 나서였어. 하지만 이제는 들어야겠구나!"

나는 아무 말도 못 한 채 오로지 그의 충격을 줄일 방법을 생각해내려 애썼다. 하지만 내 머릿속은 완전히 마비라도 된 듯 전혀 작동하지 못하고 있었다. 다만 한 가지 결심만은 확고했다. 그에게 진실을 말해서는 안 된다는 것이었다. 신신 언니는 극단적인 선택을 했고, 그것은 할아버지가 감당할 수 있는 죽음의 방식이 아니었다.

"신신과 창성이 미국에서 교통사고라도 당한 거니?"

그의 추궁이 계속되었다. 그 말을 들으니 어쩌면 교통사고라고 하는 편이 충격을 최소화하는 설명 같기도 했다.

"둘이 함께 교통사고를 당한 게 아니라면 둘 중 하나는 나를 찾아와 얘기를 했겠지. 신신이 중상을 입었다면 창성이라도 왔어야지."

나는 고개를 끄덕이며 최대한 감정을 배제한 채 말했다.

"교통사고였어요."

샤오 할아버지는 내 말을 듣자마자 몸을 떨며 무언가를 짚으려는 듯 오른손을 들어 올렸고, 두 눈은 초점을 잃어갔다. 나는 황급히 달려가 그를 부축했다.

"할아버지……."

"그게 언제 적 일이냐?"

그의 목소리가 심하게 떨렸다.

"꽤 됐어요."

나는 혹시나 허점이 드러날까 두려워 자세한 설명을 피했다.

"그 아이들을 미국으로 보내지 말아야 했어."

샤오 할아버지가 갑자기 흐느껴 울었다. 그의 눈에서 눈물이 흘러내려 두 뺨을 적셨다.

"미국에는 차도 많으니 운전을 조심하라고 그렇게 신신당부했는데……. 분명 창성이 운전했겠지. 창성은 남의 얘기 따위는 안중에도 없으니까. 결국 방심하다 과속으로 차 사고를 낸 게 틀림없어……. 신신 엄마한테 내가 큰 죄를 지었어. 딸 하나 제대로 지켜내지 못했으니 죽어서 그 사람 얼굴을 어찌 볼지……. 그 결혼을 끝까지 반대해야 했는데……."

나는 차마 아무런 위로도 하지 못한 채 어서 그가 끔찍한 고통을 조금이라도 덜어내기를 바라며 가만히 등을 어루만졌다. 내 손을 통해 그의 등이 크게 들썩이는 것이 느껴졌다. 나는 그의 쇠약해진 심장이 고통을 견뎌내지 못할까 봐 걱정이 앞섰다.

그날 밤 샤오 할아버지가 어느 정도 진정이 되고 나서야 나는 그를 안아 침대로 옮겨주었다. 하지만 그날 밤 나는 거의 뜬눈으로 밤을 새우며 그의 기척에 모든 촉각을 곤두세웠다. 다행히 그는 고비를 무사히 넘겼고, 그 후 며칠 동안 식욕이 떨어지고 기분이 가라앉은 것만 제외하면 건강에 크게 문제는 없었다. 내 기억으로 그날 이후 닷새째가 되던 날, 나는 신신 언니가 남긴 은행 카드와 그동안 지출한 내역을 적어 할아버지에게 건넸다.

"교통사고 과실이 이쪽에 있어서 사고 처리비용을 모두 자비로 대야 했어요. 이건 신신 언니가 남긴 전 재산이에요."

샤오 할아버지는 은행 카드와 내역서를 쳐다보다 이내 내 쪽으로 밀어냈다.

"보고 싶지 않구나. 가지고 있다가 필요할 때 알아서 써라……."

...

할아버지가 신신 언니의 일을 알게 되자 나는 그동안 혼자 짊어지고 있던 마음의 짐을 내려놓은 듯 후련한 기분마저 들었다. 이제 샤오 할아버지 앞에서 신신 언니가 살아 있는 것처럼 연극을 할 필요가 없어졌다. 할아버지 역시 마음속에 품고 있던 신신 언니에 대한 걱정을 내려놓게 된 셈이었다. 물론 자식을 먼저 떠나보내고 가슴에 묻는 엄청난 충격을 겪어야 했지만 이미 벌어진 일은 누구도 되돌릴 수 없었다. 남은 사람들이 할 수 있는 일은 받아들이는 것뿐이었다. 아내를 먼저 떠나보내야 했던 할아버지는 그 사실을 누구보다 잘 알고 있었다. 사흘째가 되어서야 그는 다시 공원에 가고 싶다는 뜻을 내비쳤다. 그런데 그 전까지만 해도 검은색이 드문드문 남아 있던 샤오 할아버지의 머리카락과 눈썹이 온통 하얗게 변해 있었다.

심장을 도려내는 듯한 극심한 고통이 지나가고 나면 무딘 통증이 찾아오고, 그러다 통증에 무뎌지면서 점점 망각의 단계로 접어든다고 한다. 이 일이 일어난 지 약 두 달 반쯤 되었을 때 샤오 할아버지는 비로소 고통의 그림자에서 벗어날 수 있었다. 어느 날 아침 식사를 하고 장수 공원으로 산책하러 나갔을 때 그가 이런 말을 했다.

"샤오양, 이제 나한테 남은 걱정거리는 책을 쓰는 일뿐이구나. 죽기 전에 책 세 권을 다 출간할 수 있을는지……."

나는 그를 위로하며 용기를 북돋워주었다.

"당연히 할 수 있죠! 한 손으로 키보드 치면서 글을 쓰는 사람도 많은걸요. 할아버지도 충분히 가능해요! 만약 키보드 치는 게 너무 힘들면 말로 하셔도 돼요. 컴퓨터로 문서 작업하는 건 제가 대신 할게요. 제가 글 쓰는 재주는 없어도 남이 한 말을 그대로 옮겨 적는 정도는 얼마든지 할 수 있거든요."

그때까지만 해도 할아버지는 가타부타 별말이 없었다. 그러다 2주가 지났을 무렵 비가 와 산책을 할 수 없게 되자 나에게 하얀 종이를 건네며 말했다.

"오늘부터 한번 시작해보자꾸나."

나는 그 말뜻을 알아차리고 얼른 책상 앞에 앉아 받아 적을 준비를 했고, 동시에 휴대전화의 녹음 버튼을 눌렀다.

"오늘은 인류의 범죄사를 다룬 세 번째 책의 주요 내용부터 먼저 얘기해보마."

할아버지는 내가 받아 적을 수 있게 아주 천천히 말을 이어갔다.

"인류는 원시 사회를 벗어난 뒤부터 법률과 법규의 제정을 중시하기 시작했다. 지금까지 세계 모든 나라에서 제정한 법률 조항을 모두 합친다면 그 숫자만 해도 엄청난 단위가 아닐까 싶다. 그렇다면 인류 사회는 왜 이렇게까지 법률과 법규를 제정하는 데 집착하게 되었을까? 그 이유는 원시 사회를 벗어난 후부터 시작된 범죄에서 찾을 수 있다.

인간은 누구나 범죄의 본능을 가지고 있다. 남녀를 막론하고 누구나 더 많은 물질과 부를 소유하고 싶어 하고, 육욕에 쉽게 빠져들고, 전쟁을 좋아한다. 만약 법적 제약이 없다면 그런 본능은 결국 사회의 대혼란을 초래하고, 인간을 정상적으로 살아갈 수 없게 만들 것이다……."

그의 이런 관점은 법에 대해 잘 모르는 나 역시 수긍이 가는 면이 많았다.

"인류의 범죄 역사를 돌이켜보면 인간이 범죄를 저지르는 이유가 모두 욕망을 통제하지 못했기 때문이라는 사실을 알 수 있다. 게다가 인간의 욕망은 천태만상이어서……."

그날 샤오 할아버지는 그동안 수집해둔 부패 관련 범죄 사건을 거론하며 욕망을 통제하는 것이 왜 중요한지 증명했다. 나는 샤오 할아버지가 말해준 사건 사례를 하나하나 받아 적었고, 때로 기록이 정확하지 않으면 밤에 청차이와 할아버지가 모두 잠든 뒤 휴대전화 녹음을 틀고 일일이 대조하며 수정했다. 그렇게 정리가 끝나면 할아버지에게 가져가 다시 확인하는 과정을 거쳤다. 샤오 할아버지는 내가 기록한 원고를 꼼꼼하게 읽어보고는 왼손으로 펜을 쥐고 수정해나갔다. 그렇게 원고 내용이 최종적으로 확정되면 컴퓨터로 문서 작업을 해 인쇄된 원고를 책상 위에 올려놓았다. 이때부터 청차이를 등교시키고 나면 공원에 산책 갔다가 돌아와 할아버지가 구술한 내용을 받아 적고 밤에 정리하는 식으로 하루가 흘러갔다.

산책, 구술, 정리 과정이 반복되면서 평온한 일상이 다시 이 집에 찾아왔다. 내 마음은 어느 때보다 평온했다. 그간의 힘든 기억을 잠시나마 잊은 채 늘 마음속으로 이런 날만 계속되기를 기도했다. 그러나 하늘은 나의 기도를 들어주지 않았다.

어느 날 정오 무렵 나는 주방에서 점심 식사를 준비하기 전에 TV를 켜고 할아버지 손에 리모컨을 쥐여드렸다. 평소 이 시간대면 할아버지는 정오 뉴스를 즐겨보았다. 그런데 점심 식사가 거의 다 준비되어갈 무렵 갑자기 고막을 찢을 만큼 큰 소리가 났다. 너무 놀라 거실로 달려가니 할아버지가 내게 물었다.

"텔레비전 소리가 왜 갑자기 안 나는 거지? 방송국에 문제가 생긴 건가? 아니면 리모컨이 잘못된 건가?"

처음에는 어이가 없어 그저 웃음이 났다. 이렇게 크게 틀어놓고도 소리가 안 나온다고? 그러다 불현듯 샤오 할아버지의 귀에 문제가 생겼다는 생각이 들었다. 나는 얼른 리모컨을 집어 들어 소리를 줄이고 평소 말하던 톤으로 물었다.

"지금 배고프세요?"

그러자 전혀 다른 대답이 나왔다.

"방송국에 문제가 생긴 건가?"

그 순간 내 심장은 철렁 내려앉았다. 문제가 생긴 게 분명했다. 나 자신도 이 갑작스러운 변화를 받아들이기 어려웠다. 점심시간 전까지만 해도 아무 문제가 없었는데, 무슨 이유로 이렇게 짧은 시간에 청력이 갑자기 사라질 수 있지? 나는 다시 확인해봐야겠다는 생각에 평소 목소리 톤으로 한 번 더 물었다.

"식사 먼저 하실래요?"

그는 내 입 모양의 움직임을 보며 되물었다.

"리모컨이 망가진 거 같니?"

나는 고개를 끄덕였다. 샤오 할아버지는 자기 귀에 큰 문제가 생겼다는 사실을 전혀 인지하지 못하는 게 분명했다. 나는 그를 놀라게 하고 싶지 않아 일단 텔레비전을 끄고 방에서 숙제하고 있던 청차이를 불러내 식사를 챙겨주고 오후에 할아버지와 병원에 들렀다.

샤오 할아버지는 외출을 준비하는 동안은 별말이 없다가 택시에 올라탄 뒤에야 목적지를 물었다.

"어디로 가는 거니?"

나는 그의 귀에 대고 큰 소리로 말했다.

"병원이요!"

그러자 할아버지는 창밖을 보며 혼잣말을 했다.

"오늘따라 거리가 왜 이리 조용하지?"

그러다 돌연 뭔가 깨달은 듯 고개를 돌려 나에게 물었다.

"내 귀에 문제가 생긴 거니?"

나는 애써 웃으며 고개를 끄덕였다.

"지금 검사받으러 가요."

이비인후과 의사가 진료를 하고는 바로 병명을 이야기했다.

"돌발성 난청입니다."

내가 큰 소리로 병명을 알려주자 할아버지는 믿을 수 없다는 듯 되물었다.

"내가 왜 돌발성 난청에 걸려?"

의사가 웃으며 할아버지를 안심시켰다.

"연세 드신 분들이 흔히 걸리는 병이에요."

내가 의아해하며 물었다.

"그래도 너무 급작스러운 거 아닌가요? 아무런 전조 증상도 없었어요."

"나이가 들면 귀의 혈관과 신경이 갑자기 제 역할을 못 할 때가 생기거든요."

의사가 알아듣기 쉽게 설명해주었다.

"그럼 어떻게 치료해야 하나요?"

의사는 미소를 지으며 차분하게 대답했다.

"치료하지 않아도 됩니다. 청력 상실은 나이가 들면 누구에게나 찾아오는 일이죠. 물론 치료하고 싶다면 방법이 없는 건 아닙니다. 막힌 혈관을 뚫고 염증을 제거하는데, 보통 보름에서 한 달 정도 치료를 받아야 해요. 다만 그런다고 해서 청력이 반드시 돌아온다는 보장은 없습니다. 그리고 이런 치료는 신체의 다른 장기에도 손상을 입힐 수 있으니 신중하게 결정해야 합니다."

"치료를 하고 청력이 회복된 경우도 있나요?"

"있긴 하지만 할아버지 같은 연세에는 거의 없다고 볼 수 있어요."

나는 그 말을 들으며 샤오 할아버지의 안색을 살폈다. 하지만 그는 우리의 대화 내용을 거의 알아듣지 못한 듯 멀뚱히 나를 쳐다보고만 있었다. 그 순간 샤오 할아버지의 삶에 대한 통제권이 서서히 내 손으로 넘어오고 있다는 생각이 불현듯 내 머릿속을 스치고 지나갔다. 이 자리에서 내가 치료하지 않겠다고 말하는 순간 그의 청력은 영원히 사라지는 것이다.

"치료할게요!"

한 줄기 희망이라도 있는 한 치료를 포기할 수 없었다. 청력은 이 세상을 인지하고 파악하는 가장 중요한 신체 능력이었다. 나는 샤오 할아 버지가 단 한 번의 노력과 시도조차 없이 이런 식으로 청력을 잃게 내 버려둘 수 없었다.

"치료하려면 지금 당장 수액 처치를 해야 합니다. 이 병은 초기에 발 견해 치료하면 효과가 더 좋죠."

의사는 그렇게 말하며 처방전을 쓰기 시작했다. 나는 그 틈을 이용 해 청차이에게 전화를 걸어 사정을 설명하고 숙제를 끝냈으면 집에서 혼자 놀고 있으라고 말했다. 고맙게도 청차이는 특별한 가정환경에서 자라서인지 일찍 철이 들었고, 어린 나이에도 일의 경중을 파악하는 분 별력이 있었다.

"엄마, 걱정 마세요. 엄마는 할아버지 돌보고, 난 집을 지킬게요. 누 가 와도 절대로 문 안 열게요."

나는 안도의 한숨을 내쉬며 수액을 맞는 샤오 할아버지를 챙겼다.

그날 우리는 저녁 무렵에 집으로 돌아갈 수 있었다. 놀다 지친 청차 이는 이미 곯아떨어져 있었는데, 소파 앞 탁자 위에 자기 전에 써놓은 메모가 보였다.

'할아버지, 엄마! 전 라면 끓여 먹고 너무 졸려서 먼저 자요. 안녕히 주무세요!'

샤오 할아버지는 그 메모를 보며 그날 하루의 피곤이 다 가신 듯한 미소를 지었다. 그는 휠체어를 밀고 청차이의 침대 옆으로 가서 자고 있는 아이의 얼굴을 쓰다듬고 나서야 자기 침실로 돌아갔다.

이날 이후 귀 치료는 20일 동안 이어졌다. 의사의 말이 거짓이 아님 을 증명하듯 치료 효과는 그리 좋지 않았다. 치료가 끝난 뒤 할아버지의 오른쪽 귀만 약간의 청력을 회복했을 뿐, 왼쪽 귀는 전혀 좋아지지 않았다.

이제 더는 치료를 지속할 수 없었다. 대용량 소염제를 지속적으로 쓰면 다른 장기에 부작용이 생길 위험이 너무 컸다. 치료를 중단하기로 결정한 날, 샤오 할아버지는 당황한 기색을 드러냈다.

"청력이 아직 회복이 안 됐는데 그만둔다고?"

나는 우선 고개를 끄덕이고는 그의 오른쪽 귀에 입을 가까이 대고 큰 소리로 말했다.

"계속 치료하면 다른 장기가 손상될 수 있어요."

샤오 할아버지가 물끄러미 나를 쳐다보았다. 그의 눈동자에 조금씩 차오르는 절망감이 고스란히 느껴졌다. 결국 그는 고개를 떨구고 다시 한 번 자기 몸에 찾아온 새로운 변화를 받아들일 수밖에 없었다.

나는 소리 없이 한숨을 내쉬며 그의 두 어깨를 토닥여주었다. 아무래도 인간은 태어날 때 조물주에게 받은 것을 하나하나 되돌려주며 결국 무의 상태로 돌아가는 것이 아닌가 싶었다. 이번에 조물주가 회수해 간 것은 바로 할아버지의 청력이었다.

샤오 할아버지의 기분은 다시 우울해졌다. 공원에 산책하러 가는 것에도 흥미를 잃었고, 식욕도 사라졌다. 씻는 것도 귀찮아했으며, 말 자체를 거의 하지 않았다. 청차이까지 동원해 위로해봐도 별 소용이 없었다. 청차이가 아무리 큰 소리로 말해도 할아버지는 알아듣지 못한 채 어리둥절한 표정으로 바라만 볼 뿐이었다. 청차이는 할 수 없이 그의 손을 잡고 손바닥에 글자를 써가며 간단한 대화를 했다.

나는 좋은 보청기를 찾기 위해 여기저기 알아봤고, 독일 지멘스에서 나온 노인용 보청기 쪽으로 마음을 굳혔다. 내가 보청기를 사서 할아버지 귀에 끼우자 할아버지는 갑자기 들려오는 주위 소리에 기쁨을 감추지 못했다. 하지만 그것도 잠시뿐, 끊임없이 들리는 거대한 소음은 그를 고통스럽게 만들었고, 결국 스스로 보청기를 빼내야 했다.

할아버지의 심리 상태가 악화될수록 내 마음도 초조해졌다. 나는 노인성 청각장애인을 위로할 방법을 사방으로 알아보기 시작했다. 그러던 어느 날 인터넷에서 뜻밖의 정보를 얻을 수 있었다. 장애인협회에서 난청 환우를 위한 콘서트홀을 새로 지었는데, 좌석마다 듣는 사람의 청력에 맞춰 자동으로 음량을 조절해주는 설비가 되어 있다고 했다. 바로 그 주에 열리는 공연이 있었다. 나는 곧장 콘서트홀에 전화를 걸어 표를 두 장 구매한 뒤 샤오 할아버지에게 큰 소리로 그 소식을 알려주었다. 그러다 혹시라도 제대로 못 알아들었을까 봐 종이에 자세히 써서 보여주었다. 하지만 할아버지는 고개를 가로저으며 단호하게 거부 의사를 밝혔다. 나는 다급해졌다.

"표 한 장에 400위안이 넘어요. 환불도 안 되는데 안 가면 돈만 낭비하는 거잖아요?"

아마도 '낭비'라는 말을 알아들었는지 그는 더 이상 반대하지 않았다. 그날 밤 나는 청차이를 잘 챙긴 뒤 샤오 할아버지와 함께 콘서트홀로 향했다.

할아버지의 휠체어를 밀고 콘서트홀에 들어가보니 같이 온 보호자를 제외한 거의 모두가 노인들이었다. 푯값이 워낙 비싼지라 젊은 난청 환우들은 경제적으로 부담스러워 많이 오지 못한 듯했다. 노인 중 절반 이상이 휠체어를 이용하다 보니 콘서트홀의 좌석 설계도 이 점을 고려해 의자를 접어서 뒤로 넘기고 그 자리에 휠체어를 놓도록 만들어져 있었다. 나와 샤오 할아버지는 정해진 자리로 가서 착석했다. 할아버지도 만족스러운 듯 주위를 둘러보았다. 그때 그가 혼잣말처럼 하는 말이 귀에 들어왔다.

"세상에, 저이들도 전부 귀가 먹었어……."

그는 자신처럼 노인성 난청을 앓는 사람이 이렇게나 많다는 사실에 놀란 듯 보였다. 나 역시 그날에야 청력을 잃는 것이 노년에 접어드는 일련의 과정이라는 사실을 실감할 수 있었다.

음악회가 시작되고 얼마 되지 않아 인터넷에서 광고했던 이 콘서트홀의 설계가 거짓이 아니라는 것을 알 수 있었다. 청중의 이어폰을 통해 나오는 소리의 데시벨 수치는 컴퓨터가 청자의 청력을 자동으로 측정한 결괏값에 따라 설정되었다. 샤오 할아버지가 진지하게 음악 소리에 집중하고 있는 것만 봐도 음악을 듣는 데 큰 문제가 없다는 것을 알아챌 수 있었다. 문득 이어폰의 음량이 궁금해져 귀에 가져다 대는 순간 나는 하마터면 귀청이 떨어져나갈 뻔했다.

음악회가 끝나고 밖으로 나왔을 때 할아버지의 얼굴에 드리워졌던 우울한 표정이 많이 사라진 듯 보였다. 그때까지만 해도 나는 그것이 음악의 힘이라고 생각했다. 하지만 콘서트홀을 나온 할아버지의 말을 듣는 순간 그것이 착각이었음을 깨달았다.

"사람이 늙으면 다 거기서 거기더구나. 늙으면 누구나 예외 없이 청력이 약해지는 걸 보면 하늘은 참 공평해."

나는 그제야 샤오 할아버지의 기분이 좋아진 근본적인 이유를 알 수 있었다. 자신과 다를 바 없는 노인들이 많은 것을 보며 심리적 위안을 얻은 게 분명했다. 하늘이 자신의 청력만 빼앗아간 게 아니라는 사실에 억울했던 감정을 벗어던지고 마음의 평정을 찾은 듯했다.

난청이 생기고 나서 거의 3개월이 지난 뒤에야 할아버지는 비로소 장수 공원에서 노인들과 웃으며 자신의 난청을 농담 삼아 이야기할 정도가 되었다.

"귀가 먹으니까 좋은 점도 있어. 듣기 싫은 말을 안 듣고 살 수 있거든……."

샤오 할아버지는 청력을 잃은 상태를 현실로 받아들였고, 나는 그제야 걱정을 내려놓을 수 있었다.

···

청차이가 초등학교 2학년에 올라가면서 나의 개인적 감정에도 약간의 파문이 일어났다. 그때쯤 또 한 남자가 내 삶 속으로 들어오려 하고 있었다. 사실 이 남자는 앞에서 이미 등장한 인물이기도 했다. 바로 처우다리였다. 샤오 할아버지가 중풍으로 입원했을 때 옆 병상에서 간병을 하던 젊은 남자로, 나와 비슷한 나이대였다. 그때 샤오 할아버지는 몸의 절반이 마비되었고 체중도 꽤 나갔던 상태라 몸을 안아서 침대에서 일으키거나 눕히는 일이 그야말로 전쟁이었다. 그때 옆 병상 간병인이었던 처우다리가 힘들 때마다 와서 도움을 주고는 했다. 병원에서 할아버지를 간병하는 동안 밥을 먹으러 갈 때, 물건을 사러 갈 때, 화장실에 갈 때, 청차이를 돌봐야 할 때면 그가 나를 대신해 잠깐씩 할아버지를 보살펴주었다. 게다가 그 역시 허난 출신이라 좀 더 가깝게 지낸 것도 사실이었다. 샤오 할아버지가 퇴원하던 날에도 그는 우리를 도와 집까지 데려다주었다. 그 일을 계기로 그는 우리 집을 알게 되었고, 간병일이 없을 때면 가끔 과일과 장난감 따위를 사서 찾아오고는 했다. 하지만 나는 그의 방문에 별다른 의미를 두지 않았고, 그저 병원에서 도움을 줬던 고향 사람으로만 생각했다. 그러던 어느 날 그가 집에 들렀다 간 뒤 내게 문자메시지를 한 통 보냈다.

'노인과 아이를 돌보는 당신의 삶이 얼마나 고된지 보고 나니 마음이 안 좋네요. 내가 다른 신분으로 당신을 도울 수 있으면 좋겠어요.'

나는 그제야 그가 어떤 마음으로 집에 찾아오는지 알게 되었다. 나는 이미 한 남자에게 배신당했고 젊은 남자에 대한 믿음이 전혀 없는 상태였기에 그의 마음을 받아줄 생각이 전혀 없었다. 나는 바로 답장을 보냈다.

'난 남편이 있는 사람이니 그런 말은 자중해주세요!'

메시지를 보내자 속이 다 후련해졌다. 감히 남편 있는 여자한테 흑심을 품어? 퉤! 하지만 그런 후련함은 오래가지 않았고 왠지 모를 불안감이 엄습했다. 어쨌든 청차이를 낳은 뒤 처음으로 나에게 호감을 표시한 남자고 내가 힘들 때 도와준 사람인데 이런 문자를 보내는 건 너무한 처사 아닐까? 괜히 마음의 상처만 준 거 아냐? 게다가 난 아직 젊고, 기나긴 밤을 보내면서 남자 생각이 전혀 안 났다고 하면 거짓말이잖아? 만에 하나 그가 정말 좋은 사람이라면? 이 기회를 이렇게 놓쳐도 괜찮은 걸까?

내 예상과 달리 그는 내가 보낸 메시지에 전혀 연연하지 않는 듯 이튿날 다시 답장을 보내왔다.

'지금 뭘 어쩌자는 게 아니라 그냥 제 작은 바람을 말한 것뿐이니 기

분 나빠하지 말아요!'

그의 얼굴은 생각보다 훨씬 두꺼웠다. 마치 아무 일도 없었던 것처럼 불시에 집에 찾아와 내 일을 도와줬고, 그 일로 서먹서먹해하기는 커녕 마치 한 가족처럼 말하고 행동했다. 이쯤 되자 그냥 두면 선을 넘을 거 같아 나는 더 이상 좋은 표정으로 그를 대할 수 없었고, 현관문을 열어줄 때도 쌀쌀맞게 맞이했다. 하지만 그는 내 안색 따위는 신경조차 쓰지 않은 채 늘 하던 대로 내 일을 도와주었다. 그러거나 말거나 나는 속으로 그와 선을 그으며 도움만 받을 뿐 정을 줄 생각이 없었다.

문제는 그의 진실한 면을 볼 때마다 자꾸 흔들리는 마음이었다. 그가 화장실 변기와 욕조를 청소하느라 땀범벅이 된 것을 보면 미안한 마음이 들었고, 나를 대신해 샤오 할아버지를 목욕시키느라 옷이 다 젖은 걸 보면 마음이 짠했고, 마룻바닥을 기어 다니며 청차이와 놀아줄 때면 나 역시 즐겁고 행복해졌다. 그로 인해 내 마음이 흔들리고 있을 때 샤오 할아버지의 몸에 또 다른 증상이 나타났다.

날씨가 화창한 이른 아침이었다. 그날은 청차이가 봄 소풍을 가는 날이라 나는 아침 햇살을 받으며 아이를 학교에 데려다주었다. 돌아오는 길에도 날씨가 너무 화창해 기분마저 좋아지는 하루의 시작이었다. 집에 돌아온 나는 샤오 할아버지를 식탁으로 옮기고 큰 소리로 말을 걸었다.

"식사 끝나면 첸다 광장에 가요. 인터넷을 보니까 튤립 화분으로 잔뜩 장식해놨는데 너무너무 예쁘대요. 우리도 눈 호강 좀 하러 가요."

그런데 샤오 할아버지가 전혀 뜻밖의 대답을 했다.

"이렇게 날씨가 이상한데 무슨 꽃구경을 가? 먹구름이 잔뜩 낀 걸 보니까 번개도 치고 비가 많이 올 것 같은데!"

나는 그가 왜 그런 말을 하는지 몰라 순간 당황했다. 거실에 햇살이 가득 들어올 만큼 화창한데 무슨 번개가 치고 비가 온다는 거지? 지금 기분이 별로 안 좋으신가? 튤립을 보러 가고 싶지 않으신 건가?

"할아버지, 꽃구경 가기 싫으세요?"

나는 그를 화나게 하고 싶지 않아 에둘러 다시 물어보았다.

"가고야 싶지. 근데 날씨가 이렇게 어둑어둑한데 제대로 구경이나 하겠어?"

그는 화난 것처럼 보이지 않았고 말투도 평소와 다르지 않았다.

할아버지가 지금 보는 하늘이 정말 어둡다는 것을 다시 확인하는 순간 심장이 덜컥 내려앉았다. 할아버지 눈에 문제가 생겼어! 생각해보니 요즘 들어 눈을 비비는 횟수가 잦기는 했다. 내가 말리면 할아버지는 눈에 뭐가 낀 것처럼 불편한데 비비면 좀 나아진다고 말하고는 했다. 그때는 대수롭지 않게 생각했는데 결국 사달이 나고 말았다.

나는 다시 한 번 확인하기 위해 어제 산 하얀색 사기그릇을 얼른 가져와 할아버지 앞에 놓았다. 그릇 위에는 화사한 색을 입힌 연꽃이 그려져 있었다.

"할아버지, 이게 뭐 같아 보이세요?"

"거무스름한 게 청차이가 가지고 놀던 찰흙인가?"

할아버지가 손을 뻗어 그릇을 만지려는 찰나, 나는 그의 손을 얼른 붙잡았다.

"할아버지, 당장 병원에 가야겠어요!"

병원에 도착하자 안과 의사는 샤오 할아버지의 두 눈을 검사했고,

10분도 채 되지 않아 결과를 알려주었다.

"망막 중심동맥 색전증입니다. 한순간에 실명을 일으킬 정도로 무서운 질환이죠. 주로 동맥경화 때문에 일어납니다. 동맥벽이 두꺼워지면서 혈관이 좁아지고 혈전이 점점 형성되는데, 아무런 전조 증상이 없어서 병이 꽤 진행된 뒤에 병원에 오는 경우가 많고, 일단 혈전이 망막 중심동맥을 막아버리면 바로 실명으로 이어집니다."

샤오 할아버지 역시 아침에 일어날 때만 해도 눈이 괜찮았다가 갑자기 안 보이기 시작했다. 그런데 그 이유가 바로 망막 동맥 혈관을 막은 혈전 탓이었다. 그러고 보니 샤오 할아버지의 병은 대부분 혈관 때문에 발생했다.

"사람 몸에 있는 혈관은 아주 길죠. 그걸 하나로 쭉 연결하면 아마도 12만 킬로미터 정도는 될 겁니다. 혈관도 오래 사용하면 수도관처럼 이것저것 노폐물이 쌓여 막힘 현상이 발생합니다. 일단 혈관이 막히면 몸이 부분적으로 망가질 수 있어요. 혈전이 경동맥을 막으면 급성 뇌경색을 일으키고, 장을 막으면 괴사가 일어나고, 신장으로 이동하면 신장 손상과 요독증을 유발합니다. 혈전이 망막 동맥을 막으면 시력이 손상되고요."

의사가 혈관 확장제인 아질산아밀을 코에 넣어 냄새를 맡게 한 뒤 액을 투여하자 효과가 빠르게 나타나며 왼쪽 눈이 시력을 회복했다. 하지만 오른쪽 눈은 여전히 보이지 않는 상태였다.

치료는 계속되었다. 나도 의사도 희망을 버리지 않았다. 샤오 할아버지는 불안한 마음을 드러내며 수시로 왼손을 눈앞에서 흔들어 시력을 확인해보고는 했다. 하지만 닷새가 지나자 담당 의사는 나를 진료실로 불러 샤오 할아버지가 오른쪽 눈의 시력을 완전히 잃었고, 더는 회복이 불가능하다는 진단을 내렸다. 또 한 번의 청천벽력과도 같은 진단 결과였다.

그 순간 나는 그 소식을 전하는 의사의 입만 무기력하게 바라보았다. 왜 자꾸 나쁜 일만 생기지?! 왜 내가 만난 의사들은 하나같이 나쁜 소식만 전하는 거지? 샤오 할아버지가 운이 나쁜 건가? 내가 병원을 잘못 선택한 건가? 병실로 다시 돌아가는 발걸음이 천근만근이었다. 샤오 할아버지는 마치 잘못을 저지른 아이가 처벌을 기다리듯 잔뜩 긴장한 눈빛으로 나를 바라보고 있었다. 나는 어떤 식으로 말을 꺼내야 할지 곤혹스러웠다. 그동안 그에게 연이어 불어닥친 시련을 생각하면 또 한 번의 충격을 감당할 수 있을지 걱정이 앞섰다. 만에 하나 내 얘기를 듣고 감정이 격해져서 다른 혈관에 또 문제가 생기면 어쩌지? 내가 어떻게 입을 열어야 할지 주저하고 있을 때 그의 안색이 변하더니 내가 처음 그의 집에 왔을 때 보았던 특유의 완고한 표정이 드러났다.

"샤오양, 의사가 더는 해줄 치료가 없으니 퇴원하라고 한 거니? 못 고치면 그만이지 어쩌겠니? 오른쪽 눈 하나 안 보이는 게 뭐 대수라고! 요즘 의사들은 환자를 위할 줄 몰라! 이런 곳에 더 머물 생각 없으니 집으로 돌아가자!"

나는 다가가 그의 손을 잡고 다급하게 해명했다.

"의사가 치료를 안 해주는 게 아니라 치료할 방법이 더는 없어서 그런 거예요……."

병원에서 돌아온 날 밤, 나는 잠에서 깨자마자 샤오 할아버지가 잘 주무시는지 확인하기 위해 습관적으로 그의 침실로 향했다. 그런데 문을 열려고 문고리를 잡는 순간 그의 목소리가 들려왔다.

"……겨우 80을 넘겼을 뿐인데 왜 이런 시련을 주십니까? 90을 넘기고도 다들 잘 살지 않습니까? 왜 이렇게 제게만 가혹하신 겁니까? 장수촌 우 할아버지도 90살에 촌장을 하고 있는데……. 도대체 제가 뭘 잘못했다고 이러십니까? 제 한쪽 팔다리를 마비시키시더니, 그다음에는 제 귀를 먹게 하고, 이제 그것도 모자라 제 눈까지 가져가려 하십니까? 제가 뭘 잘못했다고 이렇게까지 잔인하신 겁니까……."

나는 그 소리를 듣는 순간 황급히 손잡이에서 손을 뗐다.

···

샤오 할아버지의 86세 생일이 되었다. 나는 할아버지의 기분도 풀어줄 겸 생일파티를 열기로 마음먹고, 장수 공원에서 알고 지내던 노인 몇 분을 몰래 만나 식사에 초대했다. 행여 할아버지가 반대할까 봐 손님 초대부터 음식 준비까지 모든 것을 비밀에 부치고 깜짝 생일파티를 준비했다.

샤오 할아버지는 몸 여기저기에 생기는 병 때문에 마음마저 움츠러들어 자기 생일조차 잊고 있었다. 그날 오전에 그는 내가 주방에서 바쁘게 음식을 준비하는 것을 이상하게 생각하며 물었다.

"명절도 아닌데 뭐 하러 음식을 그렇게 많이 만들어?"

나는 그저 웃으며 대충 얼버무렸다.

"청차이가 요새 이것저것 먹고 싶은 게 많은가 봐요."

때마침 그날은 일요일이라 청차이도 집에 있었다. 청차이 얘기가 나오자 그도 더는 별말을 하지 않았다.

11시 반쯤 되었을 때 나는 청차이를 엘리베이터 입구로 보내 손님 맞을 준비를 했다. 그날 초대한 손님은 네 명이고, 모두 내가 공통의 화제를 위해 각별히 신경 써서 선택한 80세 이상의 남자들이었다. 예전에 간호학과 수업에서 교수님은 60이 넘으면 10년 단위로 고민의 내용이 다르다고 하셨다. 60~69세의 연령대가 관심을 두는 문제는 70~79세 노인들과 다르고, 마찬가지로 80~89세 연령대 역시 70~79세 연령대와 전혀 다른 문제를 고민한다며. 그런 의미에서 내가 선택한 이 네 명의 할아버지는 샤오 할아버지와 말이 통하고, 공통의 화제를 가지고 대화할 수 있는 연령대였다.

가장 먼저 온 사람은 82세의 진 할아버지였다. 그는 직접 쓴 서예 작품을 들고 들어와 축하 인사를 전했다.

"형님, 생신 축하드립니다!"

그는 곧이어 자신이 쓴 서예 작품의 글귀를 큰 소리로 읽었다.

"세상은 뜻대로 안 되니 원망을 접어두고, 내가 아니어도 세상은 돌아가니 마음을 내려놓고 즐겁게 사십시오!"

두 번째로 온 사람은 81세의 단 할아버지였다. 그는 조그만 빨간색 초롱을 들고 들어와 샤오 할아버지에게 보여주었는데, 초롱의 삼면에 각각 건강에 관한 경구가 쓰여 있었다.

'새벽은 하루 중 가장 위험한 시간대로 허혈성 중풍이 일어나기 쉽고, 보름은 생명에 가장 위협적인 날로 심근경색이 발병할 가능성이 높고, 연말은 1년 중 가장 무서운 달로 만성질환이 심해질 수 있다.'

세 번째로 온 86세의 웨이 할아버지는 작은 케이크를 들고 들어와 웃으며 말했다.

"이보게, 생일 축하하네! 별거 아니지만 무가당 케이크 하나 사 왔어. 앞으로도 장수하려면 내가 비법을 하나 알려주지. 밤에 10시 정각에 잠을 자고, 아침에 일어날 때는 눈을 떠도 5분 정도 그대로 있다가 천천히 일어나게."

네 번째 손님은 87세의 랑 할아버지였다. 그는 들어오자마자 일장연설을 시작했다.

"이보게, 자네 생일이라고 하니 내가 힘이 나는 말을 하나 해주겠네. 우리는 젊어야 대접받고 노인은 경시하는 시대를 살고 있지. 사실 인간의 노화 속도는 환경적 요인과 관련이 크니 자기가 늙었다는 생각에 너무 빠져 지내지 말게."

샤오 할아버지는 오늘이 자기 생일이라는 사실을 몰랐고, 공원에서 알고 지낸 노인들이 이렇게 갑자기 들이닥쳐 생일을 축하해줄 거라고 상상조차 하지 못했다. 그는 놀라서 어리둥절한 표정으로 그들을 보다가 이내 즐겁게 웃으며 연신 화답했다.

"다들 고맙습니다……. 고마워요……."

모두 그날 준비한 음식을 맛있게 먹었고, 나는 특별히 와인을 한 잔씩 따라드렸다.

"딱 한 잔밖에 드릴 수 없으니 천천히 음미하며 드셔야 해요."

다들 그 말에 기분 좋게 웃으며 장단을 맞춰주었다.

"하하, 그럼, 그래야지! 와인이 아까워서가 아니라 우리 건강을 생각해서 그러는걸."

몇 명은 보청기를 끼고 식탁에 둘러앉아 웃으며 이야기를 나눴다. 얼핏 보면 마치 동시통역이 진행되는 회의석상 같기도 했다. 근데 한 가지 놀라운 건 그들이 식탁에 둘러앉아 가장 많이 나누는 이야기의 주제가 바로 배뇨라는 사실이었다. 의학을 공부한 적이 있는 진 할아버지의 말만 들어도 노인들의 관심사가 어느 정도 이해가 되었다.

"우리 나이대가 되면 오줌 누는 방법을 다시 배워야 해요. 정도에 따라 다르겠지만 전립선이 비대해지고 방광의 탄력이 떨어져서 배뇨에 영향을 미치고, 나이가 들면 걸음걸이도 불편해져서 제때 화장실을 못 가는 경우도 생기거든요. 일단 오줌이 마렵다는 생각이 들면 바로 화장실에 가고, 절대 오줌을 참으면 안 돼요. 소변을 참았다가 화장실에 가게 되면 뇌신경 속 미주신경이 과민해져서 부정맥으로 급사할 수 있어요. 게다가 방광의 압력이 커져서 신장 노폐물을 배설하는 대사기능이 손상되고, 수분과 대사성 노폐물이 체내에 쌓이면 신부전을 일으켜 요독증을 일으키기 쉽죠. 둘째로, 소변을 보고 나서는 잔뇨를 다 처리할 때까지 기다려야 해요. 잔뇨를 깨끗이 처리하지 않으면 요도염, 요로감염, 심지어 신우신염과 신부전 같은 비뇨기 질환을 앓기 쉽죠."

86세의 웨이 할아버지가 고개를 끄덕이며 말했다.

"맞는 말이야. 소변을 보고 잔뇨를 털어냈는데도 막상 바지 안으로 집어넣으면 또 새어 나오는 바람에 팬티와 바짓가랑이가 젖더라고. 그럴 땐 어쩔 수 없이 체온으로 말리는 수밖에 없고, 말린다 해도 냄새가 나지. 그렇다고 소변을 볼 때마다 속옷을 갈아입을 수도 없고, 아주 골치가 아파."

단 할아버지도 비슷한 고민을 하고 있었다.

"작년부터 밤에 자다가 자꾸 실수를 한다니까요. 아침에 일어나 보면 나도 모르게 이불이 젖어 있는 거지. 젊을 때는 몽정을 하느라 팬티가 젖더니 늙으니까 오줌 때문에 아주 골치예요. 며느리가 이불을 가져다 말릴 때면 아주 민망해 죽겠어요."

87세의 랑 할아버지도 한마디 거들었다.

"나는 그 모든 걸 다 겪어봤잖나. 솔직히 말해서 지금은 낮에도 오줌을 지린다네. 내가 한 가지 대처법을 알려줄까? 갓난아기처럼 매일 기저귀를 차는 걸세. 요즘은 요실금 팬티도 잘 나오잖아. 그걸 입고 있으면 내 의지와 상관없이 오줌이 새도 신경 쓸 거 없고, 낮이랑 밤에 한번 정도만 갈아입으면 되니……."

그날 주방일이 정신없이 바빠서 청차이까지 나서서 접시와 그릇을 식탁으로 가져다주었다. 비록 몸은 피곤했지만 샤오 할아버지와 친구분들의 웃음소리를 듣고 있으니 힘든 것도 잊을 만큼 기분이 좋았다.

생일파티 덕에 할아버지의 기분도 조금은 나아졌다. 그날 밤 잠자리를 봐주러 들어갔을 때 그는 탄식을 내뱉으며 말했다.

"나이가 80이 넘으면 다들 몸이 멀쩡할 수가 없나 보더구나. 그래도 나는 그 사람들보다 시력은 떨어져도 아직 소변 때문에 문제가 생기지는 않았으니까……."

나는 몰래 안도의 한숨을 내쉬었다. 오늘 다른 할아버지들 덕에 샤오 할아버지는 위험한 고비를 또 무사히 넘길 수 있었다.

하지만 그런 안도감은 그리 오래가지 않았다. 하나의 파도가 지나가니 곧바로 더 큰 파도가 뒤이어 밀려오고 있었다.

•••

생일파티를 한 지 20일쯤 지났을 때 샤오 할아버지의 기억력이 빠른 속도로 떨어지기 시작했다.

물론 처음에는 노인의 기억력 감퇴를 나이 탓으로 생각하며 대수롭지 않게 받아들였다. 그래서 예전에 할아버지가 가끔 내가 한 말을 잊어버려도 크게 놀라지 않았다. 하지만 이번만큼은 달랐다. 평소와 달리 잊어버리는 일이 너무나 빈번했다. 예를 들어 할아버지가 약 먹을 시간이 되면 나는 늘 물 잔을 손에 쥐여주고 약을 입에 넣어준 다음 삼키는 것까지 보고 나서야 다른 볼일을 보러 갔다. 그런데 약을 먹고 30분이 지났을 때쯤 그가 큰 소리로 나를 불렀다.

"샤오양, 물 좀 가져오렴. 내가 약을 아직 안 먹었구나."

그럴 때면 이미 먹었다고 확인해주어야 했다.

예전에는 매일 아침 할아버지를 휠체어로 옮겨 태웠고, 그러면 그가 혼자 휠체어를 밀고 화장실로 가 면도와 세면을 했다. 그런데 어느 날 아침 그가 화장실에 간 뒤 거울을 멍하니 바라보다 나를 불렀다.

"내가 화장실에 뭐 하러 왔지?"

그 순간 내 심장이 철렁 내려앉았다.

"면도요."

나는 얼른 대답하며 전기면도기를 집어 그의 손에 쥐여주었다.

더 심각한 일은 그 뒤에 벌어졌다. 어느 날 저녁 식사 시간에 청차이가 농구를 하느라 배가 많이 고팠는지 정신없이 먹다가 이마에 밥풀을 몇 개 묻힌 적이 있었다. 샤오 할아버지는 그 모습을 보고 웃음을 터트렸다. 한 번 터진 웃음은 수습이 불가능할 정도로 격해져 온몸이 들썩일 정도였다. 그런데 청차이가 이마에 붙은 밥풀을 떼고 나자 할아버지가 갑자기 나를 보며 물었다.

"내가 방금 왜 웃었지?"

나는 그 말에 머릿속이 하얘졌다.

이렇게 순식간에 기억이 사라진다고? 이건 좀 심상치 않잖아! 샤오 할아버지도 자신의 기억력이 급작스럽게 나빠지고 있다는 것을 느끼며 불안한 듯 물었다.

"내 머리가 좀 이상한 거 같지 않니?"

병원에 가야 할 때가 되었다는 직감이 들었다. 그러고 보니 병원을 찾는 횟수가 점점 잦아지고 있었다. 나이가 들수록 집 근처에 믿고 갈 만한 큰 병원이 있어야 한다는 말이 이래서 나온 듯했다.

다음 날 병원에 갈 준비를 하는데 생각지도 못한 일이 벌어졌다. 이 날 아침 식사를 한 뒤 휠체어를 끌고 나가 택시를 잡는데 갑자기 아랫배가 아파왔다. 어젯밤에 춥게 자서 설사병이 생긴 것 같아 할아버지에게 먼저 양해를 구했다.

"여기서 잠깐만 기다려주세요. 화장실에 좀 갔다 올게요."

샤오 할아버지가 고개를 끄덕이며 말했다.

"그래, 천천히 갔다 오렴."

나는 얼른 근처 공중화장실로 달려가 볼일을 본 뒤 손을 씻고 나왔다. 그런데 원래 있어야 할 자리에 할아버지가 보이지 않았다. 어? 어디 간 거지? 그날 탄 휠체어가 할아버지가 한 손으로 직접 조종할 수 있는 거라 혼자 병원 방향으로 갔을지 모른다는 생각이 들어 얼른 그쪽으로 달려갔다. 그런데 두 정거장을 지나왔는데도 할아버지가 보이지 않았다. 그때부터 마음이 불안해지기 시작했다. 할아버지 혼자 휠체어를 끌고 이렇게 멀리까지는 못 올 텐데? 나는 다시 왔던 길을 되짚어가며 그를 찾았지만 집 앞까지 오도록 모습이 보이지 않았다. 다시 반대 방향으로 세 정거장을 뛰어가며 확인했지만 아무 수확이 없었다. 도대체 어디로 간 거지? 설마 집으로 들어간 건가? 다시 집으로 가봤지만 역시 아무도 없었다. 그 순간 눈앞이 노래지고 눈물이 쏟아져 내렸다. 다 큰 어른이, 그것도 휠체어를 타고 어떻게 갑자기 사라질 수 있지? 나는 정신 나간 사람처럼 동네를 돌아다니며 마주치는 사람마다 붙잡고 샤오 할아버지를 봤는지 물었다. 하지만 본 사람이 아무도 없었다. 어찌할 바를 모른 채 안절부절못하고 있을 때 바지 주머니에 넣어둔 휴대전화가 울렸다. 전화기에 낯선 번호가 찍혀 있었다. 혹시 몰라 얼른 받아보니 남자 목소리가 들렸다.

"중샤오양 씨 되시나요? 시장 입구 파출소입니다. 샤오청산 씨 아시죠? 할아버지가 시장 쪽에서 샤오양 씨를 찾고 계셨어요. 제가 휠체어 뒤에 걸린 주머니에서 중샤오양 씨 간호사 자격증을 찾아내서 이렇게 전화를 드린 겁니다. 지금 당장 오셔서 할아버지를 모셔 가세요!"

나는 전화를 끊자마자 시장으로 달려갔고, 시장 입구에서 그를 보는 순간 그 앞에 털썩 주저앉아 안도의 눈물을 흘리며 원망을 쏟아냈다.

"제가 그 자리에서 기다리시라고 했잖아요! 왜 여기까지 혼자 오신 건데요?"

그가 당황한 표정으로 머뭇거리며 말했다.

"그게…… 네 말을 잊어버렸지 뭐니. 그런데 생각해보니 네가 채소를 사러 여기 올 거 같아서 급하게 오긴 했는데……."

그 말에 더는 그를 원망하지 못한 채 서둘러 택시를 잡아타고 병원으로 향했다.

워낙 자주 드나들던 병원이다 보니 의료진부터 직원까지 다 잘 아는 사이라 진찰과 검사도 일사천리로 진행되었다. 검사 결과는 또 한 번 나를 충격에 빠뜨렸다.

　　"환자분 몸에 나타난 다른 증상을 종합해보면 알츠하이머가 확실합니다. 흔히들 노인성 치매라고도 하죠. 보통 85세가 넘으면 이 병에 걸릴 확률이 23퍼센트 정도 됩니다. 이 병의 원인과 발병 과정은 지금까지도 명확히 밝혀진 바가 없어요. 게다가 이런 병은 아주 서서히 진행되고, 증상이 노화의 일부로 치부될 수 있어서 조기에 발견하기가 쉽지 않죠. 환자분도 병의 진행 상황이 이미 2기 정도에 해당하는 것으로 보입니다. 이 병을 유발하는 원인은 아주 다양해서 어느 하나 때문이라고 딱 꼬집어 말씀드리기는 어려워요. 자유 라디칼이 뇌세포에 손상을 입혔거나, 혈액 공급 장애로 간세포의 영양과 대사에 문제가 생겼거나, 신경내분비 대사가 교란되었거나…… 등등 지금까지 알려진 원인은 아주 많습니다. 환자분의 진행 속도로 보건대 6개월에서 10개월 안에 기억을 완전히 잃을 걸로 예상되네요. 머릿속 지우개가 기억을 계속해서 지워나갈 겁니다. 안타깝지만 현재로서는 확실한 치료법이 없어요. 약물 치료 결과도 그리 만족스럽지 않을 겁니다. 물론 꼭 드셔야 할 약은 처방해드릴 테니 시간 맞춰 드시게 하세요."

　　나는 너무 놀라 진료실 벽에 간신히 기대서서 한동안 꼼짝도 할 수 없었다. 병원에 오기 전까지만 해도 그저 기억력 감퇴에 도움이 되는 약 정도만 타서 갈 생각이었지 이런 끔찍한 결과를 듣게 될 줄 꿈에도 몰랐다. 이제 겨우 의욕을 되찾아 어서 집필을 마무리하겠다던 할아버지가 하루아침에 치매 진단을 받으리라고 누가 상상이나 했을까. 하염없이 흐르는 눈물을 멈출 수가 없었다. 비록 우리가 혈연으로 묶여 있지도 않고 형식뿐인 혼인 관계라 하더라도 심장을 에는 듯한 고통이 물밀듯 밀려왔다. 이 외로운 노인의 운명이 어찌 이토록 가혹할 수 있을까? 그는 이미 반신불수가 되었고, 대부분의 청력과 시력을 잃었다. 그런데 그것도 모자라 이런 병까지 얻게 되다니, 진심으로 하늘이 원망스러울 뿐이었다.

진료실 밖에서 기다리고 있던 샤오 할아버지는 내가 한참 동안 진료실에서 나오지 않자 휠체어를 움직여 안으로 들어왔다. 나는 얼른 눈물을 닦았지만 얼굴의 눈물 자국까지 감추지는 못했다. 할아버지는 이상한 분위기를 눈치챈 듯 잠시 나를 바라보다 거의 사용하지 않던 보청기를 꺼내 낀 뒤 의사에게 향했다. 다른 환자를 진료하고 있던 의사가 그를 보자 진료를 멈추고 물었다.

"어르신, 하실 말씀이라도 있으세요?"

"내 병명이 뭔지 알고 싶네!"

그가 의사를 똑바로 쳐다보며 단도직입적으로 말했다.

의사는 나를 쳐다보며 사실대로 말해야 하냐고 눈빛으로 물었다. 내가 입을 열려는 순간 할아버지가 먼저 말을 꺼냈다.

"이 사람은 내 간병인일 뿐이고 가족이 아니니 동의를 구할 필요 없네. 난 내가 어떤 병에 걸렸는지 알 권리가 있어! 계속 날 속일 생각이라면 법적 책임을 물을 테니 알아서 하시게!"

의사는 그의 강경한 태도에 어쩔 수 없이 방금 내게 했던 말을 다시 한 번 반복했다. 샤오 할아버지는 모든 걸 알게 된 뒤에도 예상과 달리 큰 동요를 보이지 않았다. 그는 의사에게 고맙다는 말만 남긴 채 나를 돌아보며 담담히 말했다.

"그만 가자꾸나."

그날 집으로 돌아온 할아버지는 특별히 달라진 모습을 보이지 않았고, 예전처럼 화를 내거나 불만을 터트리지도 않았다. 해 질 무렵이 되었을 때 할아버지는 침실에서 어딘가로 몇 통의 전화를 했다. 무슨 말을 하는지 방문 밖에서는 잘 들리지 않았다. 나는 아직까지 충격에서 벗어나지 못한 채 그 병에 대한 걱정으로 깊은 시름에 빠져 있었다. 인간은 나이가 들면 왜 이렇게 몸에 문제가 많이 생기는 걸까? 하나 지나가면 또 하나가 생기고……, 정말이지 숨 돌릴 틈도 없는 것 같아.

이튿날 아침 청차이를 학교에 보내고 집에 오니 모르는 남자 한 명이 거실에 앉아 있고, 샤오 할아버지가 보청기를 낀 채 그 사람과 얘기를 나누고 있었다. 평소 샤오 할아버지는 누구를 만날 때면 항상 나를 통해 약속을 잡았기 때문에 그 상황이 무척 의외일 수밖에 없었다. 할아버지는 나를 보자마자 가까이 오라고 손짓하고는 그를 소개했다.

"이분은 이혼 수속을 도와주러 오신 경 변호사란다."

"이혼요? 누가 이혼해요?"

나는 순간 내 귀를 의심했다.

"우리. 너와 나!"

나는 너무 놀라 그 자리에서 꼼짝도 할 수 없었다.

"이제 그만 이혼할 때가 된 거 같구나."

그가 담담히 말했다.

그 순간 상황이 이해되기 시작했다. 그는 자신이 치매에 걸리고 나면 이 가짜 결혼이 진짜가 될 수 있다는 것을 걱정한 듯했다. 그렇게 되면 나와 청차이는 아내와 아들 신분으로 그의 전 재산을 물려받게 된다. 아마 이런 상황을 만들지 않기 위해 지금 이혼 수속을 밟으려는 게 분명했다. 물론 나는 전혀 불쾌하거나 화가 나지 않았다. 샤오 할아버지는 내가 가장 힘들 때 손을 내밀어준 분이었고, 그 덕에 나와 청차이가 베이징에 뿌리를 내릴 수 있었다. 더 이상의 욕심을 부리는 건 인간의 도리가 아니었고, 샤오 할아버지의 결정은 전적으로 옳았다. 나는 아무런 반박도 하지 않은 채 그저 고개를 끄덕이며 물었다.

"언제요?"

"지금. 혼인증명서를 가지고 지금 바로 가자꾸나!"

비록 우리의 혼인 관계가 형식적이라 해도 말이 나오기 무섭게 바로 이혼 수속을 하러 가자는 말은 쉽게 받아들이기 힘들었다. 일단 혼인 관계가 깨지면 나와 청차이는 이 집에서 다시 남이 될 수밖에 없었다. 하지만 그런 마음을 차마 드러낼 수 없어 그가 하자는 대로 혼인증명서를 가지고 함께 집을 나섰다.

경 변호사는 내가 할아버지의 요구에 별말 없이 따르는 것을 보며 이혼 서류를 제출하러 가는 곳까지 굳이 따라붙지 않았다. 사실 샤오 할아버지는 내가 이혼에 반대할까 봐 그를 부른 것이었다.

그날 이혼 수속을 밟는 사람이 유난히 많다 보니 한참을 기다려서야 우리 차례가 되었다. 직원이 이혼 사유를 묻자 청력이 좋지 않은 할아버지는 평소 습관처럼 큰 소리로 대답했다.

"나와 아내가 혼인관계를 계속 유지하는 건 두 사람 모두에게 고통이라 그렇소!"

그 순간 이혼 수속을 밟던 사람들의 시선이 우리에게 쏠렸다. 시끌

벅적하던 주위가 쥐 죽은 듯 조용해지며 할아버지의 숨소리까지 들릴 정도였다. 내가 너무 젊어 보인 탓인지 모두가 알 만하다는 눈빛으로 우리를 쳐다봤고, 직원 역시 이해했다는 듯 더는 아무것도 묻지 않았다. 아마도 그들은 할아버지가 젊은 여자를 만족시킬 능력이 없어서 이혼한다고 생각하는 게 분명했다. 그 누구도 이 이혼의 진짜 이유를 알지도, 알고 싶어 하지도 않았다. 이 순간 나는 그저 침묵을 지키는 것 외에 아무것도 할 수 없었다. 이 경험을 통해 나는 누군가를 온전히 이해하는 것이 얼마나 어려운지 새삼 깨달았다.

...

이혼 수속을 밟은 나는 할아버지의 간병인 신분으로 돌아갔다. 물론 나는 이 집의 실질적인 안주인이었고, 이 사실만큼은 변함이 없었다.

동네에서 우리 두 사람의 이혼 소식은 금세 퍼져나갔다. 어떤 할머니는 남자를 소개해주겠다는 말로 내 속을 긁어놓았다. 도대체 누가 이런 소문을 퍼트렸는지 알다가도 모를 일이었다.

얼마 후 샤오 할아버지가 전에 불렀던 변호사가 또 집에 찾아왔다. 간병인의 신분으로 돌아온 나는 두 사람이 무슨 얘기를 나눴는지 궁금해도 물어볼 자격이 없었다.

어느 날 해 질 무렵, 학교를 마친 청차이를 데리고 단지 입구에 도착했을 때 수위 아저씨가 나를 보더니 물었다.

"사모님, 그 집에 또 쥐가 나타났나 봐요? 화장실 배관을 타고 3층까지 올라간 건가?"

나는 깜짝 놀라 되물었다.

"쥐요? 우리 집에 쥐가 있다고 누가 그래요?"

"그 집 할아버지가 아까 전화로 쥐가 들어왔다고 쥐약을 달라고 하셨어요. 마침 쥐약이 한 봉지 남아 있어서 가져다드렸는데요."

그 말에 나는 경악을 금치 못했다. 쥐약의 용도가 무엇인지 너무나 잘 알고 있었기 때문이다.

집에 들어가자마자 나는 앞뒤 안 가리고 물었다.

"할아버지, 우리 집에 쥐가 들어왔어요?"

샤오 할아버지는 귀가 안 들리는 듯 아무 말이 없었다. 나는 얼른 다가가 보청기를 끼워준 후 다시 물었다.

"집에 쥐가 들어왔어요?"

그가 다소 부자연스러운 표정으로 고개를 끄덕였다.

"쥐 한 마리가 화장실에서 기어 나오는 걸 봤어. 아래층에서 상하수도관을 타고 올라온 거 같더구나."

"그래서 쥐약을 달라고 하셨어요?"

나는 그의 눈을 똑바로 쳐다보며 물었다. 하지만 그는 내 눈을 쳐다보지도 않은 채 어물쩍 대답했다.

"응."

"어디에 두셨어요?"

그러자 그가 내키지 않는 손짓으로 침대맡에 있는 탁자 서랍을 가리켰다.

"밤에 자기 전에 그걸 침대 아래 둘 거니까 네가 봉지 입구를 좀 열어놓으렴."

얼른 가서 탁자 서랍을 열어보니 과연 가장 위쪽 서랍에 쥐약이 놓여 있었다. 이 일은 두 가지 의심을 사기에 충분했다. 첫째, 집에 쥐가 들어왔다면 보통 보자마자 나에게 알리는 게 정상이었다. 하지만 그는 그런 얘기를 일언반구도 하지 않았다. 둘째, 정말 쥐약이 필요했다면 나한테 경비실에 가서 받아 오라고 하거나 사 오라고 시켜야 했다. 샤오 할아버지가 직접 전화를 걸어 가져와달라고 할 이유가 전혀 없었다. 이런 의심은 나의 경각심을 높이는 데 크게 일조했다. 어쨌든 최근 들어 할아버지의 건강이 악화되면서 심리적으로 힘든 시기를 겪고 있는 것만은 확실하니 모든 가능성을 열어둘 수밖에 없었다. 내가 남자 친구의 배신에 눈이 돌아 쥐약을 먹고 자살하려고 했던 것처럼 설마 할아버지도 그런 생각을 하는 건 아니겠지? 생각이 여기까지 미치자 온몸이 부들부들 떨려왔다. 나는 사고를 미연에 방지해야겠다는 생각에 당장 대책을 세우고 행동에 옮겼다. 그날 저녁 식사를 마친 나는 할아버지가 화장실에 간 사이 재빨리 서랍을 열고 쥐약에 바로 조치를 취했다.

내 의심과 추측은 과연 틀리지 않았다. 그날 한밤중에 깊이 잠이 들었던 나는 침대맡에 둔 경보기가 울리는 소리에 깜짝 놀라 잠이 깼다. 정신없이 일어나 슬리퍼를 신을 새도 없이 할아버지 방으로 달려갔다. 경보기는 할아버지 침대맡에 있는 버튼과 연결되어 있어서 위급한 상황에서 누르기만 하면 언제든지 나를 부를 수 있도록 만든 장치였다. 침실 문을 벌컥 열자 환한 불빛 아래서 할아버지가 외투를 입고 모자까지 쓴 채 침대에 반듯이 누워 있었다.

그는 내가 들어오는 것을 보며 말했다.

"샤오양, 한밤중에 깨워서 미안하구나. 이제 네게 작별 인사를 해야 할 거 같아 불렀단다."

"무슨 작별 인사요?"

나는 이미 그 말의 의미를 어느 정도 알고 있었지만 여전히 묻지 않을 수 없었다.

"내가 조금 전 쥐약을 먹었으니 몇 분 후면 발작이 일어날 거다. 독성이 강한 약이니 내게 남은 시간이 얼마 없구나. 가기 전에 네게 이 말은 꼭 해주고 싶었어. 그 긴 시간 동안 나를 돌봐줘서 고마웠어. 이제 청차이도 잘 키우고, 좋은 남자도 만나서 잘 살아야지. 우리 집에 자주 오던 처우다리도 꽤 괜찮은 사람이더구나. 내가 이혼을 서두른 건 널 과부로 만들고 싶지 않아서였어. 재혼하려면 과부보다는 이혼녀가 더 나을 게다."

그의 진심을 알고 나자 속에서 뜨거운 눈물이 솟구쳤다.

"자, 이걸 받으렴."

그가 왼손으로 종이 두 장을 건넸다. 언뜻 보니 맨 위에 '자살 사유'라고 쓰인 글자가 한눈에 들어왔다.

나는 담담한 목소리로 물었다.

"꼭 이러셔야만 했어요? 오래 살고 싶어서 늘 노력하셨잖아요? 이렇게 가버리면 다른 사람들이 저를 두고 뭐라고 말하겠어요? 할아버지를 제대로 돌보지 못했다며 손가락질하고, 심지어 어떤 사람은 제가 할아버지를 학대해서 이런 일이 벌어졌다고 할 거예요. 절 나쁜 여자로 만들어야 속이 편하시겠어요? 할아버지가 이렇게 가버리면 제가 앞으로 이 일을 계속할 수 있을 거라고 생각하세요?"

그는 미안한 눈빛으로 나를 바라봤다.

"이러면 안 된다는 걸 누구보다 잘 아시잖아요?!"

그는 잠시 침묵하다 이내 속내를 털어놓았다.

"두려움 때문이란다. 내가 기억력을 잃고 치매 환자가 되는 게 두려워. 예전에 치매 환자를 본 적이 있어. 근데 이제 내가 그 사람처럼 될 거라는 사실이 너무 끔찍하고 이겨낼 자신이 없구나. 더구나 치매 환자가 되면 너한테도 큰 짐이 될 테지. 그러느니 차라리 일찍 떠나는 게 모두를 위해 나은 선택이야. 내가 죽고 나면 경찰이 와서 너를 의심할 수도 있어. 그때 이 종이와 이혼 서류를 보여주면 누구도 널 의심하거나 곤란하게 하지 못할 거다."

이것만 봐도 그는 죽음을 생각하며 참 많은 것을 걱정하고 배려한 듯했다.

"두 번째 장은 내 유서란다!"

첫 장을 넘기니 '유서'라고 쓰인 두 글자가 눈에 들어왔다.

'내 이름은 샤오청산이며, 현재 베이징 하이뎬구 치루이위안 16동 302호에 살고 있습니다. 내가 죽으면 남은 집, 즉 치루이위안 16동 302호와 은행 예금 그리고 집에 있는 가구와 물품은 모두 중샤오양과 그의 아들 중청차이에게 상속하며, 이를 두고 나의 먼 친척과 이미 고인이 된 전처의 가족과 딸의 시댁 가족은 이의를 제기해서는 안 되며……'

유서를 다 읽어 내려가기도 전에 눈물이 흐르고 목이 메었다.

"할아버지, 저희 모자를 이렇게까지 아껴주셔서 감사하지만 지금 당장은 이렇게 하실 필요 없어요. 할아버지한테는 아무 일도 일어나지 않을 거니까요. 할아버지는 앞으로도 쭉 장수할 거고, 무조건 사셔야 해요. 조금만 더 있으면 과학기술을 이용해서 인간의 수명을 연장할 가능성이 훨씬 높아진다고 예측한 사람이 한둘이 아니에요. 그러니까 지금 이런 식으로 가는 건 너무 억울하잖아요!"

보청기를 통해 내 말을 듣고 있던 할아버지는 담담하게 미소 지으며 마지막 부탁을 했다.

"유서는 두안방 변호사사무실의 경 변호사에게 부탁해 작성했고, 세 부를 만들어 공증까지 마쳤단다. 그중 한 부는 네게 갈 거고, 나머지는 변호사사무실과 공증사무실에서 한 부씩 보관할 거야. 수명 연장 같은 건 더 이상 생각하고 싶지 않구나. 나는 그런 복을 타고나지 않았고, 이 제 모두와 이별할 때가 된 거지!"

"이렇게 목숨을 포기하시면 안 돼요! 그리고 전 할아버지를 절대 이 런 식으로 보낼 수 없어요!"

샤오 할아버지는 처연한 미소를 지었다.

"이미 늦었어. 독약 때문에 내 장기는 이미 썩어 들어가고 있을 테 고, 이제 곧 눈을 감겠지. 그런 모습까지 볼 거 없으니 너도 이제 그만 다른 방으로 가 있어라! 내가 죽고 나면 침대 시트로 몸을 잘 가려서 영 구차가 올 때까지 청차이가 절대 보지 못하게 하고! 어린아이에게 평 생 남을 충격을 주고 싶지 않구나."

그는 그 말을 마치고 세상과 작별을 하려는 듯 두 눈을 감았다.

나는 이제 그만 사실을 알려줄 때가 되었다고 판단했다.

"할아버지, 몇 년 전에 제게 삶을 포기해서는 안 된다고 했던 말씀 기억하세요? 그때 할아버지가 가짜 쥐약을 주신 덕에 뤼이웨이와 저 그리고 청차이의 목숨을 구해주셨어요. 그래서 저도 할아버지한테 배 운 대로 쥐약을 다른 걸로 바꿔놨죠. 오늘 할아버지가 드신 쥐약은 호 두 가루일 뿐이에요. 그러니 이제 그만 일어나셔서 옷 벗고 편히 주무세요!"

"뭐?"

샤오 할아버지는 그 말을 듣자마자 눈을 번쩍 뜨며 나를 노려봤다.

"제가 살아 있는 한 자살 같은 건 절대 꿈도 꾸지 마세요!"

"네가 무슨 권리로 그런 짓을 해! 왜?!"

할아버지가 불같이 화를 내며 포효했다.

"네가 감히 내 의지를 무시하고 내 인생에 개입해? 네가 뭔데? 치매가 뭔지 알기나 하니? 아무도 못 알아보고 마치 두 살배기 아이처럼 세상을 보고 행동하는 게 치매지. 치매에 걸린 환자는 아무것도 할 수 없어. 그저 휴지를 찢는 것처럼 기계적인 동작만 반복할 뿐이지. 심지어 대소변도 가릴 줄 모르고, 자기 똥오줌을 몸과 벽에 바르기도 하지. 매일 이런 식의 삶이 이어진다면 과연 누가 그걸 감당할 수 있겠어? 또 그런 삶을 이어가는 게 무슨 의미가 있겠어? 다들 나를 불쌍한 시선으로 바라보고 경멸하겠지. 내가 아닌 다른 사람으로 살아가야 하는 게 바로 치매야! 그런데 네가 무슨 권리로 내 결정을 수포로 만들고 내 인생을 좌지우지하는 건데? 내 진짜 부인도 아니고 간병인에 불과한 네가 감히 이런 짓을 벌여?!"

나는 그가 이렇게까지 격렬한 반응을 보일지 몰랐던 터라 억울한 심정으로 애써 눈물을 삼켜야 했다.

"할아버지 말씀대로 전 가짜 부인이자 간병인에 불과해요. 하지만 할아버지는 제게 새로운 생명을 주신 분이에요. 제가 살아 있는 한 할아버지가 기억을 잃은 치매 환자가 되더라도 똥오줌을 온몸에 칠하도록 두지는 않을 거예요. 앞으로도 지금처럼 할아버지가 존엄성을 잃지 않고 늘 정갈하고 멋지게 살아가실 수 있도록 도울 거예요! 누구도 할아버지를 모욕하고 손가락질하도록 놔두지 않을 거예요! 제가 할아버지를 살린 건 고통 속으로 몰아넣으려는 게 아니라 의학이 발전해 치매를 치료할 수 있을 때까지 기다려보기 위해서예요. 요 몇 년 동안 의학이 얼마나 큰 발전을 이뤘는지 할아버지도 잘 아시잖아요? 에볼라 바이러스를 정복했고, 유방암은 이제 만성질환이 되어가고 있어요. 에이즈 전파 속도도 통제 가능한 범주 안에 들어갔죠. 그런데 왜 치매는 치료 방법이 없을 거라고 생각하세요? 우리한테 지금 필요한 건 시간이에요. 하늘이 허락해준 시간만큼은 살아서 치매를 치료할 날이 오기를 기다려야죠. 그때까지 제가 할아버지 곁을 지킬 거예요!"

샤오 할아버지는 내 말을 들으며 하염없이 눈물을 흘렸다.

"나라고 더 살고 싶은 마음이 왜 없겠니. 나라고 왜 죽는 게 두렵지 않을까. 쥐약을 먹고 영원한 암흑 속으로 들어간다는 생각만 해도 온몸이 떨리더구나. 그런데 그것보다 더 무서운 건 아무것도 기억하지 못한 채 누군가에게 온전히 나를 맡겨야 하는 삶이었어. 넌 단지 내 간병인일 뿐인데, 그런 힘든 일을 과연 가족도 아닌 네가 감당할 수 있을까? 탁자 위에 있는 노트북을 열어보면 알츠하이머 환자들의 가족이 쓴 수기 파일이 있을 거다. 그것만 봐도 치매가 환자와 가족에게 얼마나 무섭고 끔찍한 병인지 알 수 있어!"

나는 탁자 위에 놓인 노트북을 열어 할아버지가 말한 파일을 클릭했다. 과연 그 안에 알츠하이머 환자 가족들의 경험담이 담겨 있었다.

엄마가 알츠하이머에 걸린 후 밥을 먹는 데만 70분 정도 걸렸어요. 전 사는 게 죽는 것만 못한 생활에 점점 지쳐갔어요……

치매에 걸린 아버지가 집 안에 있는 물건을 햇볕에 말린다며 냄비와 그릇까지 다 가지고 나가셨어요. 그런 과정이 하루에 세 번씩 반복되면서 제 삶도 점점 지옥처럼 변해가기 시작했어요……

5일 내내 새벽 2시 정도만 되면 할머니가 일어나 다급하게 모든 방문을 두드리며 돌아다니셨죠. 살인범이 집에 들어왔다며 몽둥이를 찾고 난리도 아니었어요. 가족들도 점점 미쳐갔죠……

오늘 친구 몇 명이 집에 와서 커피를 마시며 이런저런 이야기를 하는데 할아버지가 온몸에 똥칠을 하고 거실로 걸어 나왔어요. 당연히 다들 기겁해서 도망치듯 돌아갔죠. 왜 죽지도 않고 저러는 건지……

남편이 치매에 걸린 뒤 조금만 방심해도 집 밖으로 뛰쳐나갔어요. 왜 그러냐고 물으면 포탄을 피해야 한다는 황당한 말을 하더군요. 거의 매일 그를 찾으러 다니다 보니 차라리 밧줄로 꽁꽁 묶어서 가둬두고 싶은 마음이 간절해지더군요. 그럼 다들 제가 남편을 학대한다고 손가락질하겠죠. 하지만 밖에 혼자 나가 헤매다가 차 사고라도 나면……

"이제 알겠니? 치매 환자 가족들의 삶이 어떤지?"
샤오 할아버지가 침대에 누운 채 물었다.
"전 할아버지 간병인이잖아요. 어떤 상황이든 받아들일 수 있어요!"

"내가 죽지도 않고 널 계속 힘들게 해도 과연 후회하지 않을까?"

나는 그의 손을 붙잡고 안심시켰다.

"다 이해해요. 제가 중간에 포기하고 할아버지를 떠날까 봐 두려우신 거죠? 물론 그렇게 생각하실 수도 있어요. 저와 할아버지는 혈연관계도 아니고 진짜 부부도 아니니까요. 전 돈을 벌기 위해 할아버지 집에 취직했고, 할아버지는 간병인이 필요해서 절 옆에 두셨죠. 하지만 우린 그동안 참 많은 일을 함께 겪었고, 서로에게 힘이 되어주었어요. 전 이제 할아버지가 제 가족 같아요. 제 아빠, 엄마, 아들, 동생처럼 혈연으로 묶여 있지는 않지만 제게는 가족 못지않게 가장 가깝게 느껴지는 분이세요. 여기서 하늘에 대고 맹세할게요. 치매에 걸린 할아버지를 두고 떠난다면 전 천벌을 받아 죽을 거예요!"

샤오 할아버지는 내 손을 꼭 쥘 뿐 아무 말이 없었다.

바로 그날 밤 이후부터 나는 혹시 모를 일에 대비해 샤오 할아버지 방으로 옮겨 지냈다. 결국 사람이 죽으려고 마음만 먹는다면 방법이야 많을 거고, 그런 비극이 다시 일어나지 않게 경계하고 감시할 필요가 있었다. 샤오 할아버지의 침대는 더블이었기 때문에 내가 덮을 이불만 가져가면 됐고, 침대 폭도 넓어 잠을 자기에 불편함이 없었다. 할아버지는 내가 이불을 가지고 오자 기겁하며 화를 냈다.

"난 다른 사람과 한 침대에서 자는 게 익숙하지 않아!"

나는 일부러 웃으며 고집스레 말했다.

"그건 할아버지 사정이고 전 꼭 여기서 자야겠어요! 어차피 할아버지 전처였고, 다들 우리가 한 침대에서 잤다고 생각할 텐데, 지금 여기서 잔다고 이상하게 볼 사람도 없잖아요?"

"너?!"

할아비지는 한동안 나를 노려보다 이내 눈을 질끈 감아버렸다.

...

그때부터 나는 샤오 할아버지를 그림자처럼 따라붙었다. 불가피하게 떨어져 있어야 할 경우가 생겨도 그는 늘 내 시선이 닿는 거리 안에 있었다. 한번은 반농담조로 이런 말을 한 적도 있었다.

"자살할 생각 같은 건 이제 그만 버리시는 게 좋아요. 제가 이렇게 눈 부릅뜨고 계속 지켜볼 거니까요. 이건 절 위한 일이기도 해요. 할아버지가 만에 하나 그런 식으로 돌아가시면 사람들이 뭐라고 수군거리겠어요? 이 집 재산을 노리고 할아버지를 죽인 살인자라고 하지 않겠어요? 전 그런 오명을 뒤집어쓰고 살 생각이 조금도 없어요. 게다가 의학이 얼마나 빠르게 발전하고 있는데 왜 병을 비관하며 스스로 목숨을 끊어요?"

20일 정도가 지나자 샤오 할아버지는 드디어 백기를 들었다.

"그래, 그런 식으로 죽지 않겠다고 네게 약속하마. 하지만 한 가지 조건이 있어!"

"말해보세요. 무슨 조건인데요?"

나는 기쁜 마음에 얼른 그의 대답을 재촉했다.

"널 사랑해주는 사람을 찾아서 결혼하렴."

나는 의외의 말에 놀라 그에게 물었다.

"왜 그게 조건이 돼야 하는 거죠?"

그가 한숨을 내쉬었다.

"내가 얼마나 더 살지 알 수 없잖니. 어떤 사람이 쓴 글을 보니 사람이 치매에 걸리면 생각이라는 걸 거의 하지 않다 보니 스트레스를 받을 일이 줄어 수명이 도리어 길어진다고 하더구나. 그게 사실이면 네가 이런 식으로 젊은 나이에 생과부처럼 사는 게 현명한 방법은 아닌 듯싶어. 그러니 재혼을 하렴. 뤼이웨이와 얽혔던 과거는 잊어버려. 세상에는 좋은 남자가 훨씬 많단다. 너와 청차이를 위해서라도 좋은 사람 만나서 온전한 가정을 꾸려라. 그게 네 행복을 위해서도 좋고, 나를 돌보는 데도 도움이 될 거다. 한 명보다는 두 명이 더 힘이 되지 않겠니?"

하지만 나는 마음의 준비가 되어 있지 않았다.

"전 재혼할 생각 없어요. 이제 젊은 남자는 누가 됐든 믿음이 전혀 안 가요. 그리고 할아버지가 자살만 하지 않으면 끝까지 간병할 마음의 준비가 되어 있으니 다른 걱정은 안 하셔도 돼요."

내 말에 그의 안색이 변했다.

"내 조건을 받아들일 마음이 없다면 나 또한 자살하지 않겠다던 약속을 철회할 수밖에! 어차피 죽으려고 마음만 먹으면 방법은 얼마든지 많고. 그건 네가 아무리 눈을 부릅뜨고 날 지키고 있다고 해서 막을 수 있는 게 아니야!"

생각해보니 틀린 말도 아니었다. 사실 내가 하루 스물네 시간 곁에 붙어 있는 것은 불가능하고 잠깐이라도 방심하는 틈은 언제라도 생길 수 있었다. 그 틈에 뛰어내리거나 가스를 켜거나 목을 매어 죽는다면, 그것까지도 내가 막을 수 있을까? 맙소사! 이런 식으로 내 재혼을 몰아붙이려는 건가? 나는 쓴웃음을 지으며 반문했다.

"재혼이 그렇게 쉬운 줄 아세요? 도대체 당장 어디 가서 날 사랑하고 나도 사랑하는 그런 남자를 만나요?"

그가 내 말에 고개를 가로저었다.

"네가 운 나쁘게 나쁜 놈 하나 잘못 만나서 마음고생했다는 걸 내가 왜 모르겠니? 하지만 그렇다고 해서 세상 모든 남자를 나쁜 놈으로 만들면 안 돼. 좋은 남자는 얼마든지 많고, 그 나쁜 놈 하나 때문에 좋은 사람을 만날 기회까지 차버리는 건 어리석은 짓이야. 그리고 왜 사람이 없어? 우리 집에 종종 찾아오던 처우다리도 좋은 사람이더구나. 게다가 널 마음에 두고 있다는 게 내 눈에도 보였어. 그 사람한테 다시 연락해서 진지하게 만나보렴. 결혼 상대를 찾는 문제는 당연히 신중해야 하지만 너무 재고 따지면 좋은 사람까지 놓칠 수 있어. 인생에는 다 때가 있는 법이고 결혼 역시 마찬가지란다."

나는 웃으며 대답했다.

"처우다리라면 저도 조금은 호감을 가지고 있어요. 그 사람이 예전에 저한테 자기 마음을 전한 적도 있고요. 하지만 결혼은 차원이 다른 얘기예요. 전 아직 결혼 생각이 전혀 없고, 예전에 당했던 고통을 또 한 번 겪고 싶지도 않아요."

"그럼 일단 그 사람을 집으로 불러서 식사나 같이 하자꾸나. 내가 같이 밥 한번 먹자고 했다고 말하렴. 서로 만나서 얘기도 안 해보고 어떻게 감정이 깊어질 수 있겠니."

샤오 할아버지는 고집을 꺾지 않았다.

그를 안심시키기 위해 나는 처우다리를 초대하겠다고 약속했다. 그때까지만 해도 할아버지의 바람대로 그를 만나 형식적으로 식사를 같이 하는 것으로 끝내려고 했지만 어찌 된 일인지 그 후의 일은 내 손을 벗어나 전혀 다른 방향으로 향했다.

처우다리는 우리 쪽에서 먼저 식사 초대를 하자 반색했다. 평소 내가 그와 거리를 두며 지냈고, 그의 고백에도 아랑곳하지 않았기 때문에 더 그랬을지 모른다. 그는 뭣 때문인지 묻지도 않고 바로 오겠다고 대답했다.

나는 마주 앉아 할 말도 딱히 없을 거 같아 궁여지책으로 그가 오면 부탁할 집안일을 미리 생각해두었다. 우선 화장실에 가서 변기 물 내리는 밸브를 망가뜨리고 그가 집에 오자마자 부탁부터 했다.

"변기 밸브가 망가졌어요. 수리하는 사람한테 전화했더니 지금 외출 중이라지 뭐예요. 미안한데 온 김에 한 번만 봐주실래요?"

처우다리는 샤오 할아버지에게 먼저 인사를 드린 후 바로 화장실로 향했다.

변기 수리가 끝나자 나는 그에게 연거푸 고마움을 표시했다.

"며칠 전에 찐 만두가 있는데 통에 담아놓을 테니 있다 갈 때 가져가서 드세요."

나는 그에게 차를 따라준 뒤 할아버지를 가리키며 또 다른 부탁을 했다.

"마트에 잠깐 갔다 올 동안 할아버지 말동무 좀 해주세요. 혹시 중간에 병원에 갈 일이 생기면 내가 없더라도 먼저 가세요."

그가 고개를 끄덕이며 알겠다고 말했고, 나는 바로 외출했다. 당시 나는 그와의 만남이 이번 한 번으로 끝나고, 샤오 할아버지도 더는 그를 끌어들이지 않을 거라고 생각했다.

그날 오전에 마트에서 장을 본 나는 이곳저곳 돌아다니며 시간을 끌다가 11시가 되었을 때쯤 집으로 향했다. 그때쯤이면 처우다리도 돌아갔을 거라고 생각하며 현관문을 여는 순간, 샤오 할아버지 옆에 앉아 안마를 해주고 있는 그의 모습이 눈에 들어왔다. 생각지도 못한 상황에 얼굴이 굳어버렸다. 그는 내 표정이 차갑게 변한 걸 눈치채고 얼른 변명했다.

"할아버지께서 계속 가지 말라고 붙잡으시는 바람에 차마 갈 수가 없었어요."

이때 샤오 할아버지가 큰 소리로 나를 불렀다.

"샤오양, 어서 음식 좀 만들렴. 우리 집에 와서 이것저것 도와주느라 고생했는데 음식 대접이라도 잘해야지!"

나는 그에게 더 따지지도 못하고 바로 주방으로 향했다.

식사 준비가 다 되자 처우다리는 눈치 빠르게 얼른 밥그릇을 들고 할아버지의 식사 시중을 들었다.

"자네한테 해줄 말이 있어. 나와 샤오양은 이미 이혼 수속을 마쳤다네. 저 애가 지난 몇 년 동안 나랑 살면서 고생이 많았지. 그래도 이제 자유의 몸이 되었으니 내 마음이 한결 놓이네."

"아?!"

처우다리가 놀란 눈으로 나를 힐끗 쳐다보았다. 그 눈빛 속에 희색이 돌았다. 나는 굳은 표정으로 샤오 할아버지를 노려보며 그런 말을 한 데 대한 불만을 드러냈다. 하지만 시력이 좋지 않은 할아버지는 내 표정 변화를 알아채지 못한 채 계속해서 노골적으로 말을 이어갔다.

"남자는 말일세, 마음에 드는 여자를 만나면 과감하게 내 여자로 만들어야 해. 안 그러면 다른 남자가 채 가거든……."

"어서 식사나 하세요……."

나는 그런 말을 하는 할아버지의 마음을 알기에 차마 화는 못 내고 중간에서 얼른 말을 끊었다.

처우다리는 샤오 할아버지의 말에서 이미 두 사람의 결혼을 종용하는 느낌을 받았을 게 분명했다. 그는 내가 음식을 나르는 걸 도와준다는 명분으로 얼른 주방으로 따라 들어와 다급하게 말했다.

"예전에도 말했듯이 내 마음은 변함없어요. 그런데 이런 날이 올 줄은 정말 몰랐네요. 나한테 기회를 줘요!"

"무슨 기회요?"

나는 그를 매섭게 노려보았다.

"당신과 아들을 돌볼 수 있는 기회요!"

그의 눈빛에 간절함이 담겨 있었지만 난 그 마음을 받아들일 수 없었다.

"오늘 당신을 식사에 초대한 건 할아버지 생각이에요. 그동안 우리를 도와준 게 너무 고마워서 식사 대접을 한 것뿐이지 다른 뜻은 없으니 오해 말아요! 병원 간병 일로 많이 바쁠 텐데 이제 그만 가보세요. 괜히 여기서 시간 뺏길 거 없어요."

내가 이렇게까지 말하자 그는 어쩔 수 없이 인사를 하고 집을 나섰다. 난 이 일이 이렇게 마무리되는 줄 알았고, 샤오 할아버지를 안심시키는 데도 성공했다고 여겼다. 그런데 이튿날 처우다리가 부르지도 않았는데 또 집에 찾아왔다. 이날은 토요일이라 학교에 안 가고 집에 있던 청차이가 현관문을 열어주러 나갔다. 청차이가 문을 열자마자 처우다리가 바로 커다란 연을 선물이라며 안겨주었다. 청차이는 뜻밖의 선물에 뛸 듯이 좋아하며 그의 손을 잡고 거실로 들어왔다. 처우다리는 거실에서 샤오 할아버지를 보자마자 얼른 허리를 굽혀 안부 인사를 드리고, 가져온 바나나를 건넸다.

"어르신, 제가 병원에서 환자들을 돌보다 보니 바나나를 먹는 게 장 활동을 촉진해 변비에 좋더라고요. 매일 하나씩 꼭 챙겨 드세요!"

샤오 할아버지는 그 말에 환한 미소를 지으며 고맙다고 말했다.

이 집의 노인과 아이가 모두 처우다리를 환영하며 좋아하는 것을 보니 나도 차마 그를 내쫓을 수 없어 그저 고개를 까딱이며 인사 정도만 나눈 채 바로 주방으로 들어갔다. 내가 다시 거실로 나왔을 때 그는 이미 샤오 할아버지의 휠체어를 밀고 현관문으로 향하며 청차이까지 셋이서 공원에 연을 날리러 가겠다고 했다.

"무슨 연을 날리러 간다고 그래요?!"

그 말에 청차이가 먼저 반응을 보였다.

"가요! 가요!"

아이가 신이 나 나가려고 하자 더는 막을 길이 없었다. 세 사람이 나가고 나자 집이 조용해졌고, 나는 처음으로 조금은 숨통이 트이는 느낌이 들었다.

그날 처우다리는 저녁 식사를 마치고 8시가 다 되어가는데도 갈 생각을 하지 않고 꾸물거리더니 할아버지의 목욕을 돕겠다고 나섰다. 나는 그 상황이 부담스럽게 느껴져 얼른 그를 재촉했다.

"오늘 하루 종일 제 일을 도와줘서 고마웠어요. 이제 그만 가보세요. 샤오 할아버지 목욕은 제가 알아서 할게요."

그런데 그 말이 떨어지기 무섭게 청차이가 울음을 터트렸다.

"아저씨, 가지 마요! 여기서 같이 자고 내일 또 연 날리러 가요!"

나는 매서운 눈빛으로 청차이를 따끔하게 혼냈다.

"그럼 못써! 억지 부리면 나쁜 아이야!"

아이도 모자라 이제 샤오 할아버지까지 지원군으로 나섰다.

"안 될 건 또 뭐가 있니? 집에 손님방이 없는 것도 아니고. 그러지 말고 오늘 하루 손님방에서 자고 가게 하렴."

상황을 살핀 처우다리는 얼른 그 말을 낚아챘다.

"어르신이 허락해주신다면 오늘 밤 신세 좀 지겠습니다."

세 사람이 한편이니 나 혼자 계속 고집을 피워 그를 쫓아낼 수도 없는 노릇이었다. 나는 결국 손님방을 치우기 위해 내키지 않는 걸음을 옮겨야 했다.

샤오 할아버지와 청차이를 재우고 화장실에서 양치질을 하는데 원래 손님방에 있어야 할 처우다리가 갑자기 화장실 문을 열었다. 나는 양치질을 하다 놀라 얼른 입을 헹구고 무슨 일이냐고 물었다. 그런데 그가 머뭇거리며 대답을 못 하다 뜬금없이 나를 향해 무릎을 꿇었다. 내가 너무 놀라 뒤로 한 발자국 물러나 주춤하는 사이에 그가 내 종아리를 덥석 안으며 말했다.

"이제 나랑 같이 짐을 나눠 들어요. 내가 잘 보살필게요……."

얼른 허리를 굽혀 그의 손을 떼어내려 했지만 도리어 그의 손이 내 팔마저 붙잡으며 나를 꽉 끌어안았다. 화장실이 협소하다 보니 그의 품에서 벗어나려 발버둥을 치는 순간 세숫대야와 칫솔통을 건드려 덜그럭 소리가 났다. 나는 자칫 잘못해 물건이 떨어져 큰 소리라도 나면 청차이가 잠에서 깰까 봐 더는 몸을 움직여 피할 수 없었다. 그는 내가 움직임을 멈추자 그게 자신을 받아들이는 신호라고 생각했는지 갑자기 내 몸을 끌어안고 자리에서 일어났고, 나는 소리조차 내지 못한 채 그의 등을 두드리며 그를 멈추게 하려고 안간힘을 썼다. 하지만 내가 그럴수록 그는 나를 더 단단히 끌어안았고, 고개를 숙여 내게 키스했다.

그날 밤 난 그에게 화가 나 있는 상태였고, 아직 감정적으로 그와 연결되어 있지 않았기 때문에 끝까지 그를 받아들일 생각이 없었다. 하지만 아무리 등을 치고, 밀어내고, 이로 세게 물어도 짐승처럼 달려드는 그를 막을 길이 없었다. 더구나 지난 몇 년 동안 남자와 관계를 가져본 적이 없는데 그가 비좁은 공간에서 계속해서 키스를 퍼붓고 내 몸을 더듬으며 격정적으로 다가오자 결국 내 몸이 먼저 반응하고 말았다. 나 역시 그에 대한 반감이 없는 이상 그가 하는 대로 그냥 내 몸을 맡기고 싶어졌고, 결국 그날 나는 그를 받아들이고 말았다.

다음 날 아침 식사를 준비할 때 그가 주방으로 나를 찾아왔다.

"오늘 당장 혼인신고를 하러 가서 정식 부부가 됩시다!"

사실 나 역시 이미 그에게 몸을 허락한 이상 그가 원하면 혼인신고를 할 생각이 있었다. 하지만 이미 이렇게 될 걸 알고 있었다는 듯한 표정을 보는 순간 기분이 상해 괜히 심술이 났다.

"뭐가 그리 급하다고 그래요? 혼인신고 안 하면 사는 데 무슨 문제라도 생겨요?"

그는 내가 화를 내자 얼른 고개를 끄덕이며 한발 물러섰다.

"알겠어요. 그럼 며칠 있다가 같이 가는 걸로 합시다."

그 후 그는 샤오 할아버지 집에서 거의 살다시피 했다. 그가 집에 온 뒤부터 샤오 할아버지를 보살피는 일의 대부분을 그가 대신해주었고,

그 덕분에 나는 무거운 짐을 많이 내려놓고 모처럼 숨 돌릴 시간을 가질 수 있었다.

...

샤오 할아버지의 병세는 의사의 당초 예상을 한 치도 벗어나지 않았다. 기억력과 판단력이 하루가 다르게 나빠지고 있었다. 처음에는 그날 일어난 일을 잘 기억하지 못했고, 얼마 지나지 않아 날짜를 잘 모르거나 간단한 계산을 틀리기 시작했고, 또 어느 정도 시간이 지나자 공원에서 집으로 돌아올 때 방향을 제대로 찾지 못했다. 한 달 반이 지나자 엘리베이터를 탈 때 평소 알고 지내던 이웃을 못 알아봤고, 두 달 후 어느 날 저녁에는 청차이를 보며 어느 집 애냐고 물었다. 물론 잠시 뒤 바로 기억이 난 듯 이마를 치며 자책했다.

"내가 왜 이렇게 바보가 된 거지? 청차이를 못 알아보는 게 말이 돼?"

이런 식으로 그는 멀쩡하다가도 기억을 잃는 과정을 반복했고, 기억 상실과 인지장애 사이에서 간헐적 발작을 일으켰다.

그런 일이 반복되고 정도가 심해질수록 불안감은 점점 커져만 갔다. 병의 진행을 막기 위해서라도 전문가의 도움이 절실했다. 적어도 병의 진행 속도를 늦춰 가능한 한 온전한 의식을 유지해 삶의 질을 높일 수 있다면 지푸라기라도 붙잡고 싶은 심정이었다.

가장 먼저 찾아간 곳은 알츠하이머 치료 분야의 유명한 의학 전문가였다. 나는 인터넷에서 거의 모든 신경과와 신경외과 전문의를 찾아보았고, 그중 평판이 가장 좋은 몇 명을 골라 병원 예약을 하고 노인성 치매 치료 방법에 대해 상담했다. 하지만 결과는 내가 알고 있던 것에서 크게 벗어나지 않았다. 그들이 하는 말은 거의 일맥상통했다.

"이 병은 중추신경 변성 질환입니다. 한번 걸리면 되돌릴 수 없는 진행성 질병이죠. 지금으로서는 이 병의 진행을 억제할 효과적인 치료 방법이 아직 없습니다. 단지 약간의 대증 치료만 가능한 상황이죠. 약물을 처방하면 인지기능과 기억장애, 정신적 증상을 개선하는 데 도움이 되지만 근본적인 문제는 해결할 수 없습니다."

다급해진 내가 마지막으로 잡을 수 있는 끈은 한의학뿐이었다. 나는 알츠하이머 환자 가족 모임을 통해 오랫동안 이 병을 전문적으로 치료해온 한의사 한 명을 소개받아 찾아갔다. 그는 샤오 할아버지의 맥을 짚어본 뒤 약 처방을 해주었다. 나는 마치 귀한 보물을 얻은 것처럼 지금까지도 처방전 내용을 기억하고 있다.

'당귀 15그램, 작약 12그램, 백출 9그램, 복령 12그램, 택사 12그램, 천궁 15그램을 달여 복용하고, 15일의 치료 과정을 세 번 반복한다.'

나는 집으로 돌아가 할아버지를 쉬게 하고는 처방전을 가지고 동인당 약방에 가서 약을 사다가 그날 바로 달여서 드렸다. 내가 혀끝으로 살짝 맛을 보니 쓴맛이 무척 강했지만, 할아버지는 효과가 있을 거라는 희망 때문인지 인상 한 번 찌푸리지 않고 그 쓴 약을 단숨에 들이켰다. 그 후 나는 매일 한약을 달였고, 할아버지는 꼬박꼬박 받아 마셨다. 집 안에 한약 냄새가 가득했다. 그건 어찌 보면 희망의 냄새이기도 했다.

하지만 유감스럽게도 한 달 반이 지나도록 할아버지의 병세는 전혀 나아질 기미를 보이지 않았다. 심지어 이제는 망상증까지 나타나기 시작했다.

어느 날 오전, 청차이는 학교에 가고 처우다리는 병원으로 출근한 뒤 나 혼자 샤오 할아버지의 휠체어를 밀고 공원으로 산책하러 갔다. 그런데 샤오 할아버지가 갑자기 열려 있는 창문을 가리키며 소리쳤다.

"도둑이야!"

그 소리에 화들짝 놀란 나는 정말 대낮에 도둑이 벽을 타고 올라와 창문으로 뛰어 들어온 줄 알고 얼른 밀대를 들었다. 하지만 막상 창문 쪽으로 가서 살펴보니 누가 들어온 흔적이 전혀 없었다. 그래도 혹시 몰라서 방마다 확인해봤지만 결과는 똑같았다. 내가 미심쩍어하는 찰나 할아버지가 또 현관을 가리키며 소리쳤다.

"저기! 저기야! 얼른 도둑 잡아!"

하지만 그때 현관은 잠겨 있어서 도둑이 절대 들어올 수 없는 상황이었다. 나는 어찌 된 영문인지 몰라 할아버지를 돌아보며 물었다.

"도둑이 어디 있다고 그러세요?"

샤오 할아버지는 대답 대신 또 소파를 가리키며 말했다.

"야오 법원장님, 어서 앉으시죠!"

그제야 나는 모든 상황이 이해되었다. 할아버지는 지금 말도 안 되는 소리를 하고 있었다!

"할아버지, 착각이에요! 집에 아무도 없어요!"

할아버지는 그 말을 듣자 망상에서 깨어난 듯 눈을 끔뻑이며 긴 한숨을 내쉬었다.

절망이 내 가슴속으로 서서히 밀려 들어왔다. 샤오 할아버지 역시 자신의 기억력과 인지능력이 그리 오래 지속되지 않을 거라는 현실을 자각하고 있었다. 어느 날 저녁 식사를 마친 그는 모든 기억을 잃어버리기 전에 나에게 마지막 부탁을 했다.

"아무래도 내 기억이 또렷할 때 네게 꼭 알려주고 싶은 게 있구나. 우선 내 통장 비밀번호는 825673이란다. 82년에 처음 통장을 만들었거든. 56은 그때 처음 통장에 넣은 돈의 액수고, 73은 신신의 생일인 7월 3일이지. 나중에 통장 잔고를 확인해보면 68만 위안이 들어 있을 거다. 내 퇴직연금이 매월 말에 이 통장으로 들어올 거야. 오늘부터는 이 집 살림을 전부 네가 도맡아 해주렴."

그가 한 손으로 내 손을 붙잡고 부탁하는 순간 눈물이 왈칵 쏟아져 내렸다.

"두 번째 부탁은 내가 완전히 치매에 걸린 뒤 심장마비가 찾아오면 나를 살리려는 노력은 절대 하지 말라는 거다. 세 번째는 나를 낫게 하겠다고 치료를 하든 뭘 하든 한 가지 원칙은 꼭 지켜주라는 거다. 절대 통장의 돈을 다 써서는 안 된다. 20만 위안이 경계선이라고 보고, 20만 위안이 남는 순간 나를 위한 지출은 멈추도록 해. 그리고 남은 돈은 청차이 학비에 보태 쓰렴. 이건 부탁이 아니라 명령이야. 이걸 따르지 않으면 나한테 가장 큰 불경죄를 저지르는 것과 같다는 걸 명심하렴. 만약 청차이가 공부를 잘해서 성공하면 나도 하늘에서 웃을 수 있고, 내 삶이 그래도 헛되지 않았다고 생각할 수 있을 거 같구나……."

나는 할아버지의 말을 들으며 하염없이 흐느껴 울었다. 나을 수 있다는 믿음과 희망을 잃지 않도록 어떻게든 그를 설득하고 싶었다.

"아직 책을 다 쓰지 못하셨잖아요!"

그 말에 그는 그저 쓴웃음을 지을 뿐이었다.

"하늘이 그 일을 바라지 않고, 내가 법학자가 되는 길을 열어주기 싫으신 게지. 그러니 나에게 이런 병을 주신 거 아니겠니? 하늘의 뜻이 그렇다면 받아들이고 퇴직한 판사로 남을 수밖에……."

그날 이후 한 달이 되지 않아 할아버지의 기억력은 완전히 사라졌다. 익숙한 일도 기억하지 못했고, 화장실이 어디 있는지조차 알지 못했다. 심지어 화장실에서 나와도 침실을 찾아갈 수 없었다. 다시 한 달이 지나고 나자 그는 나조차 알아보지 못한 채 늘 이렇게 물었다.

"누구세요? 어디서 나오셨죠?"

옛날 직장 동료들이 찾아와도 전혀 알아보지 못했고, 그들이 자신을 해치러 왔다고 의심했다. 심지어 그들 중 한 사람을 가리키며 말했다.

"뭐 하려는 거야? 왜 총을 들고 있어? 사법 경찰도 아니면서 왜 총을 들고 있지? 재판 때문에? 아니, 거짓말! 넌 총기보관소에서 총을 빼돌린 게 틀림없어. 왠지 알아? 넌 날 죽일 생각인 거야. 눈빛이 계속 흔들리는 걸 보니 분명히 겁을 먹고 있군! 왜? 내가 중형을 선고해서? 넌 두 사람을 죽였어. 그러니 사형을 선고받는 게 당연하지! 내 판결에 불만이 있으면 항소를 해! 지금 날 죽이면 네 죄만 가중될 뿐이야! 총에 실탄이 들어 있군. 7.62밀리 탄이라 위력이 대단하지. 탄두가 관통하는 순간 엄청난 살점이 떨어져나갈 만큼 말이야. 옳아! 이미 총알을 장전했군. 날 위협할 생각인가? 내 담력을 시험해보려고? 그래? 그럼 어디 한번 쏴보시든지! 쏴봐! 그래 봤자 죽기밖에 더 하겠어? 어차피 인간은 누구나 죽게 돼 있어! 네 손에 죽는 것도 나쁘지 않겠지! 자! 어디 쏴봐!"

그날 할아버지의 상태를 본 직장 동료들은 어찌할 바를 모르며 안타까운 듯 한숨만 내쉬었다.

또 며칠이 지나자 할아버지는 보이지도 않는 누군가와 말다툼을 벌이며 같은 말을 반복했다.

"왜 자꾸 고추를 먹으라고 강요하는데? 내 몸에 좋다고? 흥! 고추를 먹으면 도대체 어디에 좋은데? 식욕이 좋아져? 말도 안 되는 소리! 내 식욕은 원래부터 좋았어! 땀을 흘리게 해서 체내의 습기를 제거한다고? 글쎄? 사람 몸 안에서 제거해야 할 불필요한 습기가 과연 얼마나 될까? 혈액 순환이 빨라진다고? 허풍 좀 그만 떨어! 뭐 허풍 좀 떤다고 손해 볼 건 없으니 내가 상관할 바는 아니지! 어쨌든 난 매운 고추를 먹으면 위가 불편해져서 싫어. 특히 대변을 볼 때 항문이 따끔거려서 참을 수가 없거든. 넌 그렇지 않으니 나한테 먹으라고 말하는 거겠지. 하지만 난 아파! 아프다고……."

어느 날 그는 자전거를 세우는 문제로 또 한 번 보이지 않는 누군가와 말다툼을 벌였다.

"당신이 뭔데 여기에 자전거를 못 세우게 막는 건데? 여기가 당신 집 앞이라도 돼? 당신이 무슨 권리로 막아? 누구야? 누가 당신한테 그래도 된다고 시킨 건데? 지금 나한테 일부러 시비 거는 거야? 잘 들어! 내가 지금 당장 가서 당신을 고소할 거야! 못 믿겠다고? 그럼 두고 보든가! 반드시 내 시간적 손실에 대한 배상을 받아낼 거니까! 오늘 한 일을 평생 후회하게 해주겠어! 못 믿겠다고? 조만간 법원에서 보게 될 거야! 기다리라고……."

때로는 이런 식의 말다툼이 한두 시간씩 이어졌다. 아무리 말려도 소용이 없었다. 심지어 말릴수록 정도가 더 심해졌다. 특히 한밤중에 이런 일이 벌어지면 지쳐서 잠들 때까지 그저 지켜보는 수밖에 달리 방도가 없었다.

며칠이 또 지나자 이번에는 누군가 손을 뻗어 자신의 가슴을 긁는다며 계속해서 한 손을 휘저어 보이지도 않는 손을 막으려고 애를 썼다. 그는 손을 막는 동작을 하며 혼잣말을 중얼거렸다.

"너무 간지러우니까 제발 손 좀 치워! 장난 그만 치고 저리 가라고! 짜증 나게 왜 자꾸 이러는데? 저리 가! 저리 가라고! 꼴도 보기 싫으니까 저리 꺼져!"

나중에는 아무 말도 하지 않은 채 그저 손으로 밀고 막는 동작만 반복했다.

병세가 계속해서 나빠지자 말도 앞뒤가 맞지 않고 발음도 어눌해져서 무슨 말을 하는지 전혀 이해할 수 없는 지경까지 가고 말았다. 예전에 청차이는 늘 방과 후에 할아버지한테 쪼르르 달려가 학교에서 있었던 일을 재잘재잘 얘기했고, 그럴 때마다 샤오 할아버지는 청차이의 머리를 쓰다듬어주었다. 하지만 지금은 전혀 모르는 타인처럼 청차이를 바라보고 알아들을 수 없는 이상한 말을 내뱉어서 청차이조차 그의 곁으로 다가가기를 무서워했다. 학교에서 돌아오면 늘 자신을 반겨주고 예뻐해주던 할아버지가 달라지자 청차이는 울면서 내게 물었다.

"엄마, 할아버지가 이상해. 어디 아픈 거야? 얼른 할아버지 낫게 해줘! 얼른!"

하지만 나 역시 속만 타들어갈 뿐 속수무책이었다. 그러다 어느 날 아침에 결국 최악의 사건이 벌어지고 말았다. 그날은 청차이의 소풍날이라 버스 타는 곳까지 데려다주고 오다 보니 평소보다 조금 늦게 샤오 할아버지를 깨울 수밖에 없었다. 그런데 할아버지 침실 문을 여는 순간 코를 찌르는 악취가 풍겼다. 이게 무슨 냄새지? 냄새의 근원을 찾는 데는 그리 오랜 시간이 걸리지 않았다. 알고 보니 샤오 할아버지가 평소보다 빨리 변의가 느껴졌는지 방에서 대변을 봤고, 불편함을 느끼며 손으로 자기 변을 만지작거리다 온몸 여기저기에 묻힌 거였다. 맙소사! 내가 간병을 시작한 이래 처음 보는 최악의 상황이었다.

나는 얼른 창문을 열고, 계속해서 온몸에 똥을 묻히고 있는 그의 손을 잡아 움직임을 멈췄다. 그러고 난 뒤 잠옷을 벗기고 목욕 전용 휠체어에 앉혀 욕실로 향했다. 할아버지를 깨끗이 씻겨서 옷을 갈아입히고 나서 나 역시 몸을 씻고 나와 침실을 한바탕 청소했다. 침실을 깨끗이 닦고 침구를 다 갈고 나자 허기까지 져서 거의 탈진하기 일보 직전이었다. 급한 불을 끄고 할아버지 곁에서 멍하니 숨을 고르고 있자니 정말이지 통곡하고 싶을 지경이었다. 어떻게 이럴 수 있지? 그렇게 체면을 중시하던 분이 어떻게 이런 모습으로 변할 수 있지? 그 순간 샤오 할아버지의 자살 시도가 실패로 끝났을 때 내게 했던 말이 떠올랐다.

"언젠가 너도 감당할 수 없는 날이 오겠지. 그게 치매야."

물론 나 역시 여러 가지 어려움이 있을 거라고 예상했고, 어떤 증상이 나타날지 대충 감을 잡고 있었다. 하지만 할아버지가 이 정도로 무너질 줄은 솔직히 상상조차 하지 못했다.

사람의 지능이 이렇게까지 퇴화할 수 있다는 사실이 놀랍고, 질병이 한 인간의 말년을 무너뜨리고 존엄성을 앗아가는 현실이 비극처럼 느껴졌다. 나 역시 늙고 병들면 저렇게 되겠지…….

···

또 한 달이 지나자 샤오 할아버지는 말을 전혀 하지 못했다. 주변의 모든 것에 흥미를 느끼지 못했고, 심지어 쳐다보기도 싫어했다. 온종일 구석을 멍하니 응시하며 꼼짝도 하지 않았고, 심지어 눈동자의 움직임 조차 없었다. 밖에서 무슨 소리가 들리든 실내에서 불을 켜고 끄든 전혀 관심이 없었고, 냄새와 빛, 소리의 변화에 반응하지 않았다. 먹고 마시는 것도 차츰 잊기 시작했다. 음식을 입에 넣어주면 기계적으로 받아삼킬 뿐 배고픔조차 알지 못했다. 내가 물을 먹여주면 마실 뿐 목마름을 느끼거나 표현할 줄도 몰랐다. 대소변은 이미 완전히 가리지 못하는 상태가 되었고, 성인용 기저귀를 채워주면 손으로 그것을 계속 잡아 뜯었다. 마치 갓난아기처럼 누군가의 손길이 닿지 않으면 살아갈 수 없게 되었고, 심지어 반항하는 동작조차 하지 않았다.

샤오 할아버지는 삶과 세상에 대응할 능력이 전혀 없는 한 살 정도의 아이처럼 변해버렸다. 비록 내가 이 병에 대해 알아보고 아무리 마음을 단단히 먹었다 해도 점점 나빠지는 상황을 실제로 보고 겪는 과정에서 받는 엄청난 충격은 내 정신마저 피폐해지게 만들 정도였다.

하지만 나는 치료를 포기하지 않았고, 여전히 병세가 호전될 수 있을 거라는 희망을 품었다. 일단 제대로 된 양방이나 한방 치료로 효과를 기대할 수 없는 이상 민간요법에 눈을 돌릴 수밖에 없었다. 나는 누구라도 샤오 할아버지의 병세가 호전되도록 도움을 줄 만한 사람이 나타나기를 간절히 바라며 백방으로 수소문했다.

그러던 어느 날 장수 공원 북서쪽 모퉁이에 있는 잔디밭에서 알츠하이머 환자 가족들이 모임을 갖는다는 정보를 입수했다. 환자 가족들이 환자를 그곳으로 데리고 나와 바람을 쐬고, 치료 방법에 대한 정보를 공유하고 있었다. 어느 날 그들 중 한 명이 치매에 식이요법이 도움이 된다고 조언했다. 지푸라기라도 잡는 심정으로 얼른 방법을 물어보니 환자 상태에 맞춰 죽을 끓여 먹이라고 했다. 나는 집으로 돌아가자마자 그 사람이 가르쳐준 방식대로 두 종류의 죽을 끓였다. 하나는 제비콩 20그램과 멥쌀 50그램으로 만든 죽이었다. 먼저 제비콩을 씻어 냄비에 담고, 물 500밀리와 멥쌀을 넣어 센 불에서 5분간 끓이고 다시 약불에서 30분 끓였다. 또 하나는 호두와 율무를 넣어 만든 죽이었다. 잘게 다진 호두 50그램, 율무 30그램, 찹쌀 10그램, 씨를 제거한 붉은 대추 5개, 구기자 20개를 깨끗이 씻어 냄비에 넣어 끓였다. 하지만 이 두 가지 죽을 3개월가량 먹였는데도 아무런 효과가 없었다.

샤오 할아버지는 주변에서 무엇을 하든 아무 반응이 없었고, 단지 휠체어에 멍하니 앉아 자신만의 세계에 갇혀 있을 뿐이었다. 정작 환자 본인은 아무것도 모르고 관심도 없는데 나만 발을 동동거리며 애태우는 상황이 되어가고 있었다. 처우다리도 그런 내 모습에 걱정이 되는지 그만 단념하라고 충고했다.

"우리가 치료를 안 하는 게 아니라 현실적으로 치료 방법이 더는 없어요."

하지만 나는 다른 방법을 하루라도 빨리 찾아야 하고, 이제 남은 방법은 오직 민간요법이라는 생각뿐이었다. 이제 양한방 병원에 간다 해도 병세를 되돌릴 치료법이 더는 없었다. SNS에 글을 올려 도움을 청해봤지만 다들 수소문해보겠다는 말만 할 뿐 진짜 도움이 되는 답은 아무리 기다려도 오지 않았다.

그러던 어느 날 해 질 무렵 무거운 마음을 안고 휠체어를 밀며 장수 공원에 갔다 오는데 지팡이를 짚은 백발의 노인을 마주쳤다. 노인이 휠체어에 앉아 있는 샤오 할아버지를 보더니 걸음을 멈추고 물었다.

"치매에 걸리셨나?"

내가 고개를 끄덕이자 그가 또 물었다.

"이제 사람을 전혀 못 알아보고?"

내가 또 고개를 끄덕이자 그가 다시 물었다.

"좀 좋아지게 해드리고 싶은가?"

나는 그 말을 듣는 순간 정신이 번쩍 들어 얼른 대답했다.

"그럼요. 무슨 방법이라도 알고 계세요?"

그가 고개를 가로저으며 말했다.

"나는 모르지. 근데 내 지인 중에 방법을 아는 사람이 있어. 한번 만나보겠어?"

고민할 필요도 없었다.

"네, 당연히 만나봐야죠."

노인이 턱수염을 쓸어내리며 나를 유심히 쳐다보았다.

"이 어르신하고는 무슨 관계인가?"

"딸이요!"

"딸이라면 할 수 있는 건 다 해봐야지! 산시 뤼량산 깊숙이 들어가면 칭양봉이 있는데, 그 꼭대기에 도교 사원이 하나 있어. 그곳 우메이 도장이 옌징 대학교 심리학 박사 출신인데 이 병을 치료하는 데 일가견이 있다고 하더군. 내 친구도 이 병에 걸렸는데 그 사람 덕에 증세가 많이 좋아졌지. 강요는 못 하지만 마음이 있으면 한번 만나보기라도 해봐. 효과가 없더라도 내 원망은 너무 하지 말고."

"물론이죠."

나는 허리를 굽혀 감사 인사를 한 뒤 산시 뤼량산에 있다는 사원에 어떻게 가야 하는지 물었다.

그날 밤, 나는 처우다리와 이 문제를 상의했다. 닷새 후에 돌아올 예정이다 보니 그에게 며칠 동안 휴가를 내서 청차이와 할아버지를 좀 돌봐달라고 부탁해야만 했다. 다행히 그는 흔쾌히 허락해주었다.

"여기 걱정은 말고 안심하고 갔다 와요."

다음 날 이른 아침에 나는 처우다리에게 샤오 할아버지의 식사 수발과 화장실 문제를 어떻게 해결하는지부터 청차이의 등하교 문제에 이르기까지 집안일을 꼼꼼히 일러주고는 배낭을 짊어지고 집을 나섰다.

이튿날 저녁 무렵이 되어서야 뤼량산 칭양봉에 있는 작은 도교 사원을 찾을 수 있었다. 사원은 생각보다 훨씬 작은 다섯 칸짜리 삼청전이었다. 옥청원시천존, 상청영보천존, 태청도덕천존을 모시는데, 삼청전 대문에는 대련이 붙어 있었다. 나는 대전 안으로 들어가 먼저 삼청존신에게 목례하고, 미리 준비한 제물을 몇 개 놓아둔 뒤 대전 문 한쪽에 있는 젊은 도사를 향해 공수하며 물었다.

"도사님, 우 도장님을 좀 뵐 수 있을까요? 집에 중증 환자가 있어서 치료법을 배우러 왔어요."

젊은 도사가 고개를 끄덕이며 말했다.

"사부님께서는 연세가 많고 도관 일로 바쁘십니다. 뵙게 해드릴 수는 있지만 너무 많은 시간을 빼앗지는 말아주십시오. 그럼 저를 따라오세요."

대전 뒤로 가니 작은 방이 하나 있었다. 그곳에 백발에 흰 수염을 늘어뜨린 깡마르고 허약해 보이는 우 도장이 앉아 있었다. 그는 불빛 아래서 무슨 책인가를 읽다가 나를 보자 책을 내려놓으며 빤히 쳐다봤다. 나는 얼른 도장 앞에 무릎을 꿇으며 이곳까지 찾아온 경위와 심정을 털어놓았다.

"이곳은 도를 수행하는 곳이지 병을 치료하는 곳이 아닙니다. 하나 우리는 천문과 지리를 관찰하며 불로장생과 현세구복을 실천하고 수행하니 의술과 약리에 밝다고 할 수 있지요. 노인성 치매는 인생의 고난 중 하나로 누가 그 고난을 맛볼지는 하늘만이 아는 일! 베이징에서 이렇게 멀리까지 찾아온 노고를 생각해 한 가지 방법을 알려드리리다. 한번 시도해본 뒤에도 효과가 없다면 환자의 고통이 아직 극한에 이르지 않은 것이고, 하늘도 아직 그를 놔줄 생각 없다는 뜻이지요. 만약 효과가 조금이라도 있다면 삼청존신께서 자비를 베풀어주신 것일 테고요."

나는 연신 절을 올리며 도장의 대답을 기다렸다.

"우리 도가에서 현생의 즐거움을 누리는 방법을 중시하다 보니 빈도 역시 의학적 이론에 대해 깊이 있는 연구를 해왔습니다. 빈도가 보기에 의학은 지속적으로 발전해야 하는 불완전한 과학입니다. 의학이 제공하는 것은 단지 확률일 뿐이죠. 하지만 환자마다 특수성이 존재하는 상황에서 기존의 의학적 결론을 일률적으로 적용할 수 없고, 의서에서 치료할 수 없다고 해서 반드시 치료가 불가능하다고 말하기는 어려운 겁니다. 치매가 어느 정도까지 진행되었든 환자의 뇌는 완전히 망가진 게 아닙니다. 정상적인 신경 줄기는 여전히 남아 있고, 의식 깊은 곳에 약간의 자의식이 있기 마련이지요. 서양 의학은 이 병을 불치병으로 간주하고 있지만, 빈도의 생각은 다릅니다. 빈도가 만든 약은 살아 있는 신경을 강화해 깨어 있는 의식 공간으로 향하는 길을 열어줄 겁니다!"

도장이 말을 하며 옆에 있는 궤짝을 열었다. 안을 들여다보니 갖가지 약초가 가득했다. 그는 그중 커다란 약초 주머니를 꺼내 내게 건네며 당부했다.

"이 약은 매일 두 숟가락씩 복용해야 합니다. 아침저녁으로 식후 한 숟가락씩 따뜻한 물과 함께 복용하고, 매운 음식은 피하세요. 약이 변질될 수 있으니 집에 가면 유리병에 담아 보관하는 게 좋습니다."

나는 약을 받아들고 황급히 간청했다.

"여기까지 오는 길이 너무 멀어서 그런데 약방문을 한 장 써주시면 안 될까요? 환자가 약을 다 먹고 나면 베이징에 있는 한약방에 가서 다시 사서 먹을 수 있게요."

도장이 고개를 가로저었다.

"그렇게 해주고 싶지만 그 안에 포함된 약재 중 일부는 베이징에서 절대 살 수 없는 것들이고, 약을 포제하는 과정도 베이징 한약방에서 할 수 있는 게 아니랍니다."

옆에 있던 젊은 도사가 끼어들었다.

"그중 일부는 약방에도 없는 약초지요. 저희 사부님께서 이곳 뤼량산에서 직접 찾아내신 거고 약초를 정제하는 과정도 복잡해서 약을 다 먹고 나면 다시 오시는 수밖에 없습니다."

그 말에 어쩔 수 없이 고개를 끄덕이며 서둘러 돈을 꺼내 건네자 도장이 뜻밖에도 손을 내저었다.

"이 약은 돈을 받고 파는 게 아닙니다. 부친의 병을 다스리는 데 조금이라도 도움이 되기를 바라는 마음으로 자비를 베푸는 것이니 돈은 필요 없습니다. 다만 한 가지 더 덧붙이자면, 이 약은 보조제일 뿐 진짜 치료약은 사랑이지요!"

"사랑이요?"

내가 이해를 못 하고 되묻자 도장이 나지막이 말을 이어갔다.

"마음속에 깨어 있는 약간의 의식을 살려내고 그것을 확장하려면 당연히 약물 치료가 필요합니다. 하나 가장 좋은 수단은 사랑이죠. 사랑의 힘은 가장 거대하고 원시적인 힘 중 하나라서, 그것만이 두꺼운 무의식의 벽을 뚫고 아직 깨어 있는 의식층까지 침투할 수 있는 겁니다. 내 말뜻을 이해했나요?"

나는 일단 고개를 끄덕인 뒤 바로 물었다.

"구체적으로 어떻게 해야 할까요?"

"젖을 물리세요."

순간 나는 너무 놀라 내 귀를 의심했다.

"네? 젖을 물려요?"

"그래요! 환자에게 젖을 물리는 거지요. 젖을 먹는 것은 인간이 엄마 배에서 나온 뒤 배운 첫 번째 동작이자 동물적 본능이라고 할 수 있습니다. 이 본능 안에는 삶에 대한 인간의 원초적인 바람과 갈망이 담겨 있죠. 인간이 어머니를 통해 시작하고 이성을 통해 강화한 이 기억은 골수에 깊이 뿌리 박혀 평생을 갑니다. 그러니 이 기억을 깨우는 것이 가장 가능성이 높고, 일단 이게 깨어나면 연쇄 작용을 통해 다른 기억도 깨어날 수 있게 되는 겁니다."

"아?!"

말을 듣고 보니 나름 일리가 있다는 생각이 들었다.

"더 물어볼 게 남았나요? 없으면 날도 저물어가니 마을로 내려가 묵을 곳을 찾아보는 게 좋을 듯합니다. 이곳에는 남는 방이 없어 묵게 해드릴 수가 없습니다."

"감사합니다."

도장이 옆에 있는 젊은 도사에게 나가보라고 손짓하며 축객령을 내렸다.

...

다음 날 집으로 돌아가는 길에 나는 이 방법을 시도해보기로 결심했다. 별 성과가 없다고 해도 손해 볼 일이 없고 만에 하나 효과가 있다면 샤오 할아버지의 삶에 큰 변화가 찾아올 수도 있었다.

물론 이 독특한 치료법을 쓰려면 도덕관념 같은 장벽을 극복할 필요가 있었다. 결코 쉽지 않은 결정이었다. 하지만 여러 차례 고민을 거듭한 결과 샤오 할아버지의 기억과 삶의 질을 조금이라도 개선할 수 있다면 한 번쯤은 시도할 가치가 충분하다는 결론이 나왔다. 병을 치료하고 싶다면 대가를 치러야 했다. 나와 일면식도 없던 도장조차 자기 비법이 담긴 약을 돈도 받지 않고 내주었는데, 샤오 할아버지를 위해 내가 이 정도도 못 해주는 게 말이 돼?

처우다리가 치료법을 알아 왔냐고 물어봤을 때 나는 도장이 준 약만 보여주고 더는 아무 말도 하지 않았다. 솔직히 그에게 이 치료법을 믿게 할 자신이 없었다.

다음 날 아침 식사를 마치자 처우다리와 청차이는 각자 일터와 학교로 향했고, 나는 샤오 할아버지에게 도장이 지어준 약을 한 숟가락 먹였다. 그런 뒤 방문을 잠그고 젖꼭지를 깨끗이 닦은 다음 휠체어에 앉아 있는 할아버지 앞에 갔다. 그가 아무 말도 이해하지 못한다는 것을 알면서도 일단 앞으로 할 치료에 대해 설명했다.

"할아버지, 오늘부터 새로운 치료법을 시도해볼 거예요. 저도 알아요. 다른 사람들은 이 치료법을 절대 이해할 수 없다는 걸요. 물론 할아버지의 도덕적 가치관에도 맞지 않는 일이겠죠. 하지만 일단 해봐야 효과가 있는지 없는지 알 수 있잖아요."

나는 그 말을 하며 옷깃을 풀어헤치고 할아버지 입에 젖을 물렸다. 처음으로 그의 눈앞에서 가슴을 드러내는 일이다 보니 긴장이 안 된다면 거짓말이었다. 다행히 샤오 할아버지는 세상사에 전혀 개의치 않는 정신 상태였고, 시력이 남아 있는 왼쪽 눈은 여전히 초점이 없었다. 그는 그저 멍하니 앉아 꼼짝도 하지 않은 채 젖꼭지를 입에 물고만 있었다. 마치 나무토막 사이에 젖꼭지가 껴 있는 것처럼 입술에 전혀 움직임이 없었다. 손가락으로 젖꼭지를 만져 입술 사이에서 몇 번 움직여보았지만, 여전히 반응이 없었다. 그의 머리를 품에 안고 얼굴을 가슴에 파묻어도 보았지만 반응이 없기는 마찬가지였다. 그제야 우 도장에게 하루에 몇 번씩 얼마 동안이나 젖을 물리는 게 좋은지 물어보지 않았다는 사실을 깨달았다.

이날 나는 할아버지의 휠체어 앞에서 40분을 서 있었다. 젖꼭지를 그의 입에서 빼냈을 즈음에는 너무 지치고 힘들어 온몸이 땀에 젖었을 정도였다. 자리에 앉아 숨을 고르고 있을 때 갑자기 이런 슬픈 노년의 시간을 보내도록 만드는 치매라는 병이 너무나 원망스러워졌다.

물론 이 치료법의 효과를 즉각적으로 볼 수 없다는 것을 알지만 일단 시작한 이상 해볼 수 있는 데까지 해봐야 했다. 이날부터 나는 매일 공원에 가기 전에 오전과 오후로 나눠 한 번씩 젖을 물렸고, 매번 40분 정도 지속했다. 그런 식으로 거의 한 달이 지나갔지만 아무런 효과도 나타나지 않았다. 이때쯤 되자 젖을 물리는 시간이 잘못된 것은 아닌지 의심이 들기 시작했다. 아무래도 한밤중이 더 좋지 않을까?

그날부터 매일 밤 처우다리에게 할아버지를 먼저 좀 보살펴달라고 한 뒤 청차이를 재우고 나서 그와 교대했다. 그렇게 처우다리 역시 자기 일을 마치고 쉬고 있을 때 나는 할아버지 방으로 가서 방문을 잠그고 40분간 젖을 물렸다. 이 시간 동안 나는 마음속으로 간절히 기도를 올렸다. 하느님, 제발 이 방법이 효과가 있게 해주세요…….

하지만 신이 내 기도를 들어주지 않은 듯 할아버지에게서는 조금의 변화도 찾아볼 수 없었다.

그러던 어느 날 밤 방문을 잠그는 것을 깜빡한 채 평소처럼 할아버지에게 젖을 물리는데 별안간 처우다리가 문을 열고 들어왔다. 당시 방 안의 전등이 켜져 있어 처우다리는 내가 무엇을 하는지 한눈에 알아채고는 경악을 금치 못했다. 나 역시 갑작스러운 상황에 놀라기는 마찬가지였다. 하지만 내가 입을 열기도 전에 그는 이미 이 상황을 다른 의미로 받아들인 채 경멸하듯 말했다.

"이 정도로 변태인 줄은 몰랐네. 내가 해주는 걸로도 부족해서 치매 환자를 상대로 또 그 짓을 하고 싶어? 아무것도 모르는 사람을 상대로 그 짓을 하니까 더 쾌감이 느껴져?"

그의 말이 비수가 되어 내 가슴에 꽂히는 순간 어떤 변명도 의미 없게 느껴졌다.

"꺼져! 당장 여기서 나가!"

처우다리는 자신이 상처받았다고 생각하며 더 악랄하게 나를 몰아붙였다.

"네가 늙은이와는 깨끗한 관계라고 말하지 않았어? 진짜 부부가 아니라더니 그동안 날 속인 거야? 치매에 걸렸는데도 이러는 거야? 그 얘기는 치매에 걸리기 전에도 늘 이 짓을 하며 살았다는 거 아냐? 제기랄! 이제 보니 청차이도 늙은이 아들이었군! 둘이 짜고 나를 바보로 만들고, 자기가 대단한 희생정신이라도 있는 것처럼 연기한 거였어?"

나는 그 말에 너무 화가 나 옷을 추스른 뒤 침대에서 내려와 할아버지가 평소 운동용으로 쓰던 보검을 집어 그를 겨누며 낮게 소리쳤다.

"당장 이 방에서 나가! 안 그러면 찔러 죽여버릴 거니까! 내가 못 할 거 같아?!"

그는 나의 행동에 겁을 집어먹고 계속 뒷걸음질을 쳤다.

"알았어. 나갈게……. 나간다고……. 그럼 이 집에 있는 내 짐은 어떻게 할 건데?"

나는 이를 악물고 대답했다.

"당신 짐은 다 정리해서 내일 아침 7시 정각에 문밖에 내놓을 테니 그때 가져가! 그리고 앞으로는 이 집에 발 들여놓을 생각도 하지 마!"

보검으로 그를 위협하며 집 밖으로 몰아낸 뒤 문을 잠그고 나서야 내 눈에서 눈물이 하염없이 흘러내렸다. 내 몸을 허락했던 두 번째 남자 역시 이 정도밖에 안 되는 거였어? 어떻게 이렇게까지 사람 보는 눈이 없을 수 있지? 나에 대한 믿음이 저 정도뿐인 사람을 내가 받아들인 거야? 어떻게 나한테 저런 악랄한 말을 쏟아부을 수가 있어! 혼인신고를 서두르지 않아서 그나마 다행이야. 안 그랬으면 또 이혼 수속을 밟을 뻔했어. 저렇게 속 좁고 생각이 얕은 사람과 사는 게 청차이에게도 좋을 리 없지.

그나마 이번 싸움을 아는 사람은 처우다리와 나뿐이었고, 모든 문제는 우리 두 사람 선에서 끝내면 그만이었다. 다행히 그가 아직 내 생활에 깊숙이 개입한 상황이 아니었고, 나 역시 그에게 품은 마음이 깊지 않았기에 이 일로 인한 마음의 상처는 그리 오래가지 않았다.

...

시간이 흘러갈수록 내 마음속에 품었던 희망의 크기도 점점 줄어들었다. 거의 석 달이 다 되어가는데도 샤오 할아버지의 입술이 내 젖꼭지를 무는 느낌은 변화가 없었다. 게다가 우 도장이 준 약도 거의 다 먹어갔다. 음, 우 도장을 한 번 더 찾아가야겠어. 가서 약도 좀 달라고 하고, 내 방법이 뭐가 잘못됐는지도 물어보는 게 좋겠어.

나는 샤오 할아버지를 닷새 동안 요양원에 맡기고, 청차이의 등하교는 이웃집에 부탁했다. 그리고 청차이에게 열쇠와 근처 식당에 가서 밥을 사 먹을 돈을 주고 이런저런 당부를 한 다음 서둘러 길을 떠났다.

눈발이 흩날리던 날 나는 또 한 번 우 도장을 만날 수 있었다. 우 도장은 병에 걸린 듯 젊은 도사의 품에 반쯤 안겨 있었다. 도장은 내 말을 듣고는 얕게 숨을 몰아쉬며 말했다.

"사랑하는 아이에게 젖을 먹일 때의 느낌으로…… 동작은 문제가 없어요…… 진심이 부족해서 그래요…… 시간도 짧고…… 아직 부족해요…… 계속해봐요…… 삼청존신이 지켜보고 계시니…… 영험한 기운이 부친에게 도달할 때가 올 거요…….”

도장의 상태를 보니 더는 폐를 끼치면 안 될 것 같아 나는 약을 받아들고 바로 하산해 숙소로 향했다.

이번에 돌아와서는 할아버지 입에 젖을 물릴 때 그를 환자가 아니라 내 보살핌이 필요한 갓난아기라고 상상했다. 사실 샤오 할아버지의 지금 상태는 뭐든지 누가 해주지 않으면 안 되고 아무것도 모르는 갓난아기와 크게 다를 바 없었다. 이따금 밤중에 품에 끌어안을 때면 자존심 강하고 꼿꼿했던 그의 예전 모습이 떠올라 소리 없이 눈물이 흐르고는 했다. 세상에 영원한 것은 없는 거야. 아무리 강인했던 사람도 늙으면 결국 병 앞에 이렇게 무너지고 말잖아……. 내가 이런 생각을 하며 그의 입에 젖을 물릴 때 그는 정말이지 나에게 또 다른 의미의 아이로 다가왔다.

기적은 어느 날 밤에 일어났다.

그날은 낮에 집을 청소하느라 꽤나 피곤한 생태였다. 나는 청차이를 재운 뒤 할아버지 방으로 가 문을 잠그고 평소처럼 침대에 누워 젖을 물리다 나도 모르는 사이에 잠이 들고 말았다. 그런데 언제부터인지 모르게 젖꼭지가 빨리는 듯한 느낌이 들었다. 잠에 취해 있던 나는 청차이가 젖을 먹고 있다고 착각하며 습관처럼 등을 토닥이기 위해 손을 움직였다. 그런데 그 순간 청차이를 안았을 때와 전혀 다른 느낌에 정신이 번쩍 들었다. 잠에서 완전히 깨어보니 놀라운 일이 벌어지고 있었다. 예전에는 그의 입술에 아무런 움직임이 없이 기계적으로 젖꼭지를 물고 있었다면, 그날 밤에는 마치 아기처럼 아주 빨리 젖꼭지를 빨아대고 있었다.

나는 그 자리에서 꼼짝도 하지 못한 채 스탠드 불빛에 기대 샤오 할아버지의 표정을 살폈고, 더욱 놀라지 않을 수 없었다. 목석처럼 무표정하던 할아버지의 두 볼에 생기가 돌고, 얼굴 가득 주름이 살아나면서, 다급한 듯 젖을 빨고 있었다. 이것이 좋은 징조인지 아닌지 고민하고 있을 때 그의 목소리가 어렴풋이 들려왔다.

"엄마……."

그 소리를 듣는 순간 치료 효과가 드디어 나타났다는 생각이 번쩍 들었다. 기억의 파편들이 모이면서 그는 어머니에 대한 기억을 떠올리고 있었다. 내가 생각에 잠겨 있을 때 그가 또다시 웅얼거리며 엄마를 불렀다.

"엄마……."

아까보다 훨씬 또렷한 목소리였다. 그리고 이때 감겨 있던 그의 두 눈이 서서히 떠지면서 초점 없는 눈으로 멍하니 나를 바라보았다.

나는 어떻게 반응해야 할지 몰라 순간 당혹스러움을 느꼈다. 우 도장은 환자가 기억을 회복했을 때 어떻게 반응해야 하는지 알려준 적이 없었다. 나는 혹시라도 잘못 대처했다가 도리어 역효과를 낼지도 몰라 꼼짝도 하지 않았다. 그를 빤히 쳐다보며 반응을 지켜볼 뿐이었다.

이때 샤오 할아버지가 갑자기 젖꼭지를 뱉어내며 초점 없는 눈빛으로 나를 바라보았다. 그러다 갑자기 흐느껴 울며 내 가슴에 머리를 파묻고 웅얼거리는 목소리로 물었다.

"……어디 갔었어? 내가 왜 싫은 건데……."

아이처럼 투정 섞인 말투에 나는 위로하듯 다시 그를 품에 안아 토닥여주었다.

"……사탕수수……."

그가 내 품에 안겨 웅얼거렸다.

사탕수수? 사탕수수에 얽힌 기억이라도 떠오른 건가?

"……누나……."

할아버지 집에 처음 왔을 때 신신 언니로부터 그에게 누나가 두 명 있었고, 모두 열 살이 되기 전에 병으로 죽었다는 얘기를 들은 적이 있었다. 아마도 그는 두 누나를 떠올린 듯했다.

"……한 토막을 남겨놨는데……."

우물거리며 말을 해서인지 정확히 알아듣기가 힘들었다.

"……내가 전부 먹은 줄 알고……."

"……화났어……."

비록 단편적인 단어뿐이었지만 하나하나 이어보니 엄마에게 하는 변명이었다. 아마도 자기가 사탕수수를 다 먹은 게 아니라 누나가 먹을 한 토막을 남겨놨다고 말하는 것 같았다.

그 말을 이해한 순간 우 도장의 말이 거짓이 아니었다는 생각에 마음이 놓이면서 너무나도 기뻤다. 전날까지만 해도 한마디도 못 하던 샤오 할아버지가 지금은 유년 시절의 기억을 떠올리며 엄마에게 변명하고 있었다. 나는 그 기억을 정확히 떠올리도록 도와줘야 할 것 같아 손을 뻗어 탁자 위에 있는 보청기를 집어 그의 귀에 꽂았다. 그리고 그의 귀에 대고 속삭이듯 말했다.

"엄마는 화가 난 게 아니야."

"……그럼 왜 날 두고 간 건데……."

그가 품 안에 안겨 물었다.

"엄마는 따로 살 게 있어서 저기 갔다 온 거야……."

지금까지 그의 입을 통해 나온 얘기로 유추해보면 이 장소는 그에게 익숙하지 않은 곳이 분명했다. 그렇지 않다면 엄마가 자신을 버렸다고 생각하며 두려워할 이유가 없기 때문이다. 아마도 시골 장터에서 엄마가 사탕수수를 하나 사 줬는데 그걸 먹다가 돌아보니 엄마가 보이지 않았을 가능성이 컸다.

"……두부 사러?"

"응, 두부."

나는 그의 귓가에 대고 다정하게 속삭였다.

"……셋째 삼촌……."

아마도 지금 그의 기억 속에 셋째 삼촌이 등장한 것이 분명했다.

"……셋째 삼촌이 그러는데 엄마가 날 미워한대……."

"삼촌이 너한테 농담한 거야. 엄마가 어떻게 널 미워해? 넌 엄마의 귀한 아들인걸."

나는 그의 등을 토닥이며 안심시켰다.

"……두부……."

그는 이 단어를 중얼거리더니 다시 잠이 들었는지 코를 골았다. 나는 그제야 조심스럽게 일어나 스탠드 불빛을 키워 그의 얼굴을 자세히 들여다보았다. 놀랍게도 그의 얼굴에서 약간의 변화가 느껴졌다. 나는 몇 달 만에 처음으로 가장 기쁜 밤을 보낼 수 있었다.

다음 날 아침에 깨어났을 때 그의 기억은 어젯밤 떠올린 장면 속에 머물러 있는 듯했다. 눈을 떴을 때 예전처럼 한곳을 멍하니 쳐다보는 게 아니라 나를 쳐다보며 물었다.

"셋째 삼촌은요?"

나는 보청기를 귀에 꽂아준 다음 나지막한 목소리로 말했다.

"내가 삼촌을 혼내줬어. 다시는 널 놀리지 말라고."

"누나……."

그가 웅얼거리는 목소리로 계속해서 누나를 찾았다.

"누나는 외할머니댁에 갔단다."

"외할머니요?"

그가 나를 똑바로 보며 물었다.

"외할머니도 널 좋아하셔."

"……응……."

그가 고개를 끄덕였다.

"……대추……."

대추? 대추가 어쨌다는 거지? 외할머니가 대추를 준 적이 있었나? 아니면 대추나무에 올라가 대추를 따 먹었나? 어떻게 대답해야 할지 몰라 망설이고 있을 때 그의 입에서 대추나무라는 말이 나왔다. 아마도 외할머니댁에 대추나무가 있었던 듯했다.

"외할머니가 대추나무에 가서 대추를 따서 준다고 하셨어."

그가 어린아이처럼 천진난만하게 웃었다.

내 추측이 맞았다.

그날 아침 식사 후에 청차이를 등교시킨 나는 그에게 약을 먹이고 평소대로 그의 입술 사이에 젖을 물렸다. 그런데 젖꼭지가 들어갔을 때의 느낌이 예전과 달랐다. 통증이 느껴져 이를 악물 때쯤 그가 힘을 풀며 분명한 어조로 엄마를 찾았다.

"엄마⋯⋯."

"응."

그가 나를 빤히 쳐다보며 애써 어떤 생각을 떠올리는 듯하더니 이내 아빠를 찾았다.

"아빠⋯⋯."

나는 그가 또 다른 가족을 떠올렸다는 사실에 기분이 좋아졌다. 아무래도 아빠가 어디 있는지 궁금해하는 거 같아 어떻게 대답해야 할지 고민이 되었다. 일단 샤오 할아버지의 고향은 농촌이고, 그럼 아버지가 농사를 지을 확률이 높아 보였다.

"아빠는 밭에 일하러 나가셨어!"

"⋯⋯일하러⋯⋯."

그가 혼잣말처럼 중얼거렸다.

"아빠는 옥수수를 따러 가셨어."

나는 그가 좀 더 많은 기억을 떠올릴 수 있도록 구체적으로 말했다.

"⋯⋯옥수수⋯⋯."

그가 같은 말을 계속 반복했다.

보아하니 내 생각이 틀리지 않은 듯했다. 그의 고향인 산시 일대는 옥수수가 많이 재배되는 곳이었다.

"⋯⋯토끼⋯⋯."

그가 갑자기 또 토끼라고 말하며 마비되지 않은 쪽 팔을 흔들었다. 나는 그것이 무슨 의미인지 몰라 순간 어떻게 반응해야 할지 감이 잡히지 않았다.

"······도망갔어······."

목소리에 걱정이 가득했다.

그의 기억은 한곳에 머물지 않고 다시 엉뚱한 곳으로 튀었다. 어릴 적 언젠가 옥수수밭에서 토끼 한 마리를 보았고, 아빠와 함께 토끼를 쫓아갔지만 결국 놓친 게 아닐까? 나는 이런 추측을 해보며 그를 위로 했다.

"나중에 잡아줄게."

그러자 그가 미소를 지었다. 몇 개월 만에 보는 그 미소에 내 기분마 저 덩달아 좋아졌다.

그날 집은 물론 장수 공원에 산책하러 갔을 때도 나는 그와 쉴 새 없 이 대화를 나누며 그의 지난 기억을 끄집어내려고 애를 썼다. 비록 단 편적인 기억뿐이었지만, 그의 의식이 먹이를 찾아 헤매는 작은 새처럼 어린 시절과 십 대의 기억 속에서 이리저리 뛰어다니며 범위를 점점 넓 혀나갔다. 아무래도 그 시기가 그의 뇌리에 가장 깊이 뿌리 박혀 있는 게 아니었을까 싶다.

•••

그날 밤 이후 엿새 정도 지났을 때 그의 의식은 또 한 번 크게 도약 하는 듯했다. 이번에도 밤이었고, 대략 10시쯤이었던 걸로 기억한다. 나는 그의 몸을 닦고 기저귀를 갈아준 뒤 물을 몇 모금 먹였다. 그리고 옆으로 누여 평소처럼 입에 젖을 물렸다. 그 순간 그가 젖꼭지를 빠는 듯하더니 서서히 눈을 감고 잘 준비를 했다. 그가 깊은 잠에 빠져들면 서 젖꼭지를 입에서 뱉어내는 것이 느껴졌다. 뒤이어 그는 평소처럼 어린 시절과 십 대의 기억 속으로 들어간 듯했다. 이런 상황이 며칠 반복되었기 때문에 나는 크게 신경 쓰지 않은 채 그가 자도록 내버려두었다. 그런데 그날 그의 입에서 '샤리우'라는 단어가 새어 나왔다.

나는 놀라 눈을 번쩍 떴지만 그 단어에 담긴 뜻이 무엇인지 명확히 알 수 없었고, 어린 시절의 어떤 상황을 떠올린 것이라고 나름 추측할 뿐이었다. 그런데 그가 또 샤리우라는 말을 내뱉었다.

샤리우? 나는 다시 눈을 뜨고 그의 왼쪽 귀에 보청기를 끼운 뒤 물었다.

"샤리우가 뭐지?"

그가 계속해서 그 말을 반복하자 나 역시 신경이 쓰였다.

"샤리우!"

그가 한밤중에도 나를 보며 다시 그 말을 반복했다.

"미안해!"

그가 이 말을 하며 손을 뻗어 내 머리카락을 쓰다듬었다. 그제야 나는 그가 누군가의 이름을 부른다는 것을 알아챘고, 그 사람이 여자라는 것도 미루어 짐작할 수 있었다.

"미안해……."

그가 내 머리카락을 쓰다듬으며 이 말을 반복했다. 그는 한 여자를 떠올리고 있고, 나를 그 여자라고 생각하는 게 분명했다. 샤리우가 신신 언니의 엄마가 아니라는 것만은 확실했다. 샤오 할아버지 부부의 결혼사진이 침실 벽에 걸려 있고, 사진 위로 '샤오청산, 진스위 결혼 기념'이라는 글자가 쓰여 있는 걸 수도 없이 봤기 때문이다.

"……을 내게 줘서 고마워……."

목소리는 나지막했지만 또렷하게 알아들을 수 있었다. 잠은 이미 완전히 달아났고, 이것이 그의 청년 시절의 기억을 떠올리는 징조라면 뭐라도 대답을 해줘야 할 것 같았다. 샤리우는 그의 연인이었을 가능성이 커 보였다. 나는 그가 기억을 더 떠올리도록 만들기 위해 일단 적당히 대답을 얼버무렸다.

"아니에요."

"당신은 너무 많은 것을 내게 줬어……."

그가 다시 내 머리카락을 쓰다듬었다.

"결혼을 약속했지만……."

아마도 샤리우는 부인과 결혼하기 전에 사귄 사람이고, 이미 결혼 얘기가 오갈 정도의 사이였던 게 분명했다.

"당신 집안 출신 성분이……."

출신 성분? 출신 성분은 그 시대에 결혼 상대를 고를 때 가장 중요하게 보는 요소이기도 했다. 그때는 혁명 대오의 정통성을 강조했기 때문에 성분이 좋지 않은 집안과의 혼인은 재앙을 불러올 위험이 컸다.

"그렇다고 해서 내가 부모님을 선택할 수 있는 건 아니잖아요."

나는 그 여자를 대신해 당당하게 말했다.

"우리가 결혼하면 난 직장에서 해고될 거고……."

그의 변명은 무척이나 무기력하게 들렸다.

"왜 내 입장은 생각하지 않죠?"

나는 계속해서 그의 기억을 끄집어내려 유도했다.

"부모님은 어떡해야 할지……."

그는 그녀와 결혼할 수 없는 이유를 애써 변명하고 있었다.

"그럼 난 어떡해요?"

나는 할아버지가 더 많은 기억을 떠올릴 수 있게 그녀를 대신해 더 거칠게 몰아붙였다.

"미안해……."

그는 목이 메는 듯 말을 잇지 못했다.

"미안하다고만 하면 끝나는 거예요?"

나는 계속해서 그를 자극했다.

"어머니가 강에 뛰어들겠다고……."

그가 말을 얼버무렸고, 나는 그 말에 담긴 뜻을 유추해야만 했다. 샤오 할아버지의 엄마가 이 여자와 결혼하면 자기 아들의 앞날에 방해가 되니까 강에 뛰어들겠다고 협박하며 결사반대했다는 걸까? 나는 그를 한번 떠봤다.

"날 포기하고 싶으면 좀 더 그럴싸한 이유를 대요!"

"정말 미안해……. 날 용서하지 마."

"용서하지 않을 거예요!"

불빛에 비친 그의 눈가에서 눈물이 흘러내리고 있었다.

"미안해……. 당신이 좋은 사람 만나 결혼할 때…… 50위안을 보내줄게……."

"내가 몸을 판 대가인가요?"

내가 샤리우라면 이렇게 말했을 것 같았다.

"그저…… 내 마음의 표시……."

"이렇게라도 해야 마음 편히 다른 여자와 연애할 수 있을 것 같은가 보죠? 왜요? 내가 이 돈 받고 떨어져나가면 그 진스위한테 가려고요?

지금까지 날 가지고 논 거였군요?!"

나는 샤리우의 마음을 대신해 그를 다그쳤다.

"진스위가 당신 존재를 알아버렸어……. 내가 잠결에 당신 이름을 부르는 바람에……."

아! 잠결에 이름을 부를 정도면 샤리우를 향한 할아버지의 마음이 꽤나 깊었던 것은 사실인 듯했다. 나는 계속해서 그를 몰아붙였고, 그날 밤 할아버지는 피곤에 지쳐 곯아떨어질 때까지 샤리우를 둘러싼 기억을 계속해서 떠올려야 했다.

...

두 달 뒤 샤오 할아버지는 딸 신신이 중학교에 입학한 때까지의 기억을 떠올렸다. 석 달 뒤에는 나를 거의 알아보는 단계까지 발전했다. 지금도 나는 그날의 상황이 또렷이 기억난다. 그날 오전에도 나는 평소처럼 청차이를 등교시키고 나서 할아버지에게 약을 먹이고 품에 안아 젖을 물렸다. 대략 10분쯤 지나자 그가 돌연 젖꼭지를 뱉어내며 내 품으로 파고들더니 물었다.

"갑자기 아이가 돌아오면 어쩌지?"

그 순간 나는 어리둥절해졌다. 아이? 이게 무슨 의미지?

"신신이 보게 될까 봐 걱정되는데……. 낮이라서 좀 그래……."

나는 그 순간 모든 상황이 이해되었다. 지금 그는 나를 진스위로 착각하며 대낮에 사랑을 나누는 중이라고 생각하는 것이 분명했다. 자신을 치료하기 위해 하는 이 행동을 부부간의 친밀한 행위라 착각하는 것이다. 이것만 봐도 그의 의식이 많이 돌아왔음을 알 수 있었다. 그런 생각이 들자 괜히 기분이 좋아지면서 웃음이 나왔다. 그런데 내가 웃자 그의 생각은 또 다른 곳으로 튀었다.

"당신 누구야?"

"당신 부인 진스위잖아요!"

"아냐!"

내가 웃으며 대답하자 그가 단호하게 부인했다.

"왜요?"

"진스위라면 이런 순간에 부끄러워하지 절대 웃을 리 없어. 당신 누구야?"

그가 나를 추궁하며 물었다.

"생각해보세요!"

나는 그의 눈을 똑바로 쳐다보며 대답했다.

그는 기억을 찾아내기 위해 애를 쓰며 연신 눈을 깜박였다.

"누군가 나를 고용했어요."

나는 약간의 힌트를 제공했다.

할아버지는 미간을 찌푸린 채 10분이 넘도록 기억을 떠올리려고 노력했다. 그러더니 갑자기 나를 가리키며 소리쳤다.

"샤오궁!"

샤오궁?! 나는 의아한 눈빛으로 그를 바라봤다.

"빨리 도망가!"

그는 당황한 기색을 드러내며 문을 가리켰다.

"어서! 진스위한테 들키면 안 돼!"

그의 삶에 등장하는 또 한 명의 여자였다. 지금 그는 부인에게 발각 될까 봐 두려워하는 중이었다.

"싫어요!"

나는 일부러 화난 척을 했다.

"제발……."

그가 간절한 눈빛으로 나를 쳐다봤다.

그가 또 다른 한 사람을 기억해냈다는 생각에 내 입가에 미소가 번졌다. 그런데 어쩐 일인지 그날부터 샤오 할아버지는 더 이상 내가 젖을 물리는 것을 허락하지 않았고, 계속해서 나를 밀어냈다.

" "

그리고 지금까지 샤오 할아버지의 기억은 여전히 그 샤오궁이라는 사람에게만 머물러 있답니다. 언제 정말 저를 알아볼지 기약할 수 없지만, 언젠가는 기억해주리라 기대하고 있어요.

오늘은 제 아들 청차이에게 할아버지를 모시고 이곳에 와달라고 부탁했어요. 오늘 이곳 노천극장에서 여러분에게 할아버지를 소개해드리고 싶었거든요. 자, 문을 열어주시겠어요? 청차이! 할아버지 모시고 들어오렴. 다들 보이시나요?

한 가지 부탁드리자면 할아버지를 놀라게 하거나 대화를 나누려고 하진 말아주세요. 샤오 할아버지가 기억력을 회복하는 데 나쁜 영향을 줄 수 있거든요. 앞으로 할아버지의 기억력이 어느 정도까지 회복될지 누구도 장담할 수 없어요. 치매가 얼마나 진전될지도 알 수 없죠. 지금 확실한 건 딱 하나뿐이에요. 제가 샤오 할아버지를 끝까지 돌볼 거라는 사실이죠. 여기까지가 제 경험담이랍니다. 사흘에 걸쳐 황혼 녘에 제 얘기를 들으러 와주셔서 너무 감사드립니다.

"샤오궁, 어서 도망쳐……."

보셨나요? 할아버지가 또 저를 재촉하는데요? 네! 얼른 갈게요…….

작품 해설

폐허에 깃드는 신기루 같은 애상을 돌아보며

소설가 홍예진

가끔 이런 상상을 한다. 이미 청년기를 지난 사람들에게 가상현실 체험 기회가 주어진다면 어떤 체험 상품을 가장 많이 고를까 하는. 선택은 개인이 가진 결핍의 종류에 따라 달라질 수 있을 테지만 대개 비슷한 종류의 환상을 원하지 않을까. 다시 청춘이 되어 가슴을 꽉 채우는 충만하고 달뜬 사랑을 해보는 것 말이다. 사랑에 관한 이 근원적인 갈구에 깃든 보편성은 이미 수많은 창작물을 통해 증명되었고, 그래서 모든 분야에 걸쳐서라고 해도 좋을 만큼 세상에 나와 있는 이야기 속에는 남녀상열지사가 거의 빠지지 않는다.

나는 몸을 살리는 게 음식이라면 마음을 살리는 건 사랑이고, 인간은 결국 이 두 가지를 구하며 살다 가는 존재라고 생각한다. 태어나서 죽을 때까지 어떤 식으로든 스스로가 매력적이라는 사실을 드러내 증명하고 싶은 인간의 속성은 바로 여기에서 기인하는 것 아닐까. 사랑을 통해 태어나고, 사랑을 배우고, 사랑을 주고, 사랑받기를 갈망하는 자아를 다스리며 살다가 죽음에 가까워지면 그 영양분이 소진되어 사라지는 존재.

그러니 인간이 나이를 먹을수록 사랑이라는 생명줄을 쥔 손아귀에 더욱더 힘을 가해 버티고 싶어지는 건 자연스러운 노릇일 수밖에 없다. 결국 늙고, 자신에게 오는 사랑의 비축분은 제로를 향해 가고, 그러다 세상의 바깥으로 튕겨나가게 된다는 걸 알면서도, 있는 힘을 다해 그 진행을 막고 싶은 역설을 힘겹게 받아들이는 것. 그게 바로 누구도 예외 없이 맞닥뜨리게 될 노년인 것을 우리는 선험의 기록과 직접 체험이라는 형태로 알게 된다.

이 소설은 그렇게 저물어가는 한 인간의 폐허에 깃드는 마지막 여명에 관한 이야기다. 결코 원하는 만큼을 가질 수 없고, 게다가 한시적이기까지 한 것이 사랑일진대, 모두가 영원을 꿈꾸기에 신기루일 수밖에 없는 이야기.

이 글을 쓰기 전까지 소설의 영역 안팎을 드나들며 한동안 거닐어야 했다. 소설 마지막이 충격이었기에 내 통념에서 오는 반사적 거부감을 일단 잠재울 필요가 있었다. 그렇게 장년층 남자의 모습으로 형상화된 하나의 삶이 허물어져가는 과정을 수없이 재생해보다가 어느 하루, 소설의 목차와 도입부를 찬찬히 들여다보며 되새기던 나는 헤매던 미로 속에서 출구를 찾아냈다. 거부감이라는 장애물을 들추어내고 나자 소설의 출구 너머에 작가가 세워둔 표지판의 윤곽이 보였다. 나는 표지판으로 다가가 거기 새겨진 기호를 읽어냈다. 어쩌면 그 표지판은 애초에 제각각으로 읽히게 고안된 것인지도 모르겠다. 서 있는 자리에 따라 달리 보이는 그림처럼.

누군가의 인생을 겉으로 보면서 재단하고 추측하기 마련인 게 세상의 인심이다. 비록 명목상일지라도 젊은 여자와 노인 남자가 한 집에서 부부의 형태로 살면 선입견이 깔린 시선을 피할 수 없게 된다. 심성이 반듯한 간병인이 노년의 남자를 밀착 간호하면서 진정의 연민을 갖게 되는 것, 절벽 끝에 선 처지의 간병인을 구해주기 위해 세간의 싸늘한 시선을 감수하는 노인의 속내 같은 건 겉으로 드러나지 않으니까. 응축해 설명할 수 없고, 시간의 겹 속에 차곡차곡 들어찬 사건과 감정의 복잡한 조직을 타인에게 이해시키기란 불가능하다. 작가는 실험실의 관찰일지를 써나가듯 중샤오양과 샤오청산이 인간애를 쌓아가며 서로를 매듭지어나가는 과정을 촘촘하게 기록해냈다. 독자가 소설의 밑그림에서 이탈하지 않도록 붙들고, 불편한 대목의 장애물까지 결국 넘어서게 만든 작가는 어떤 마음으로 소설 바깥에 표지판을 세웠을까.

간병인 샤오양은 얼핏 평범한 젊은 여성의 표본에서 크게 벗어나지 않는 듯 보이지만 실존하지 않는 원형의 사랑을 품은 존재다. 이성과 모성과 선의 이데아를 넘나드는 초월적인 간병인을 내세움으로써 작가는 노년에 접어든 인간이 얼마나 실재하기 어려운 보살핌을 필요로 하는 존재인가를 보여준다. 어떻게 해서든 노화를 늦추고 싶어 하는 인간의 욕구를 발판으로, 온갖 장수 상품과 프로그램이 넘쳐나는 시대. 그 모든 것이 한낱 스치고 지나가는 위안에 불과한 상술일 뿐이라는 메시지가 도입부에 장치된 이 소설은, 그와 대비되는 중샤오양과 샤오청산의 사연을 풀어내며 기술이 해낼 수 없는 보살핌을 간구하다가 무력하게 생을 마감하는 인간의 취약성을 그려낸다.

젊은 여성의 몸을 가졌으면서 어머니 같은 사랑을 발휘하고 천사 같은 마음씨로 샤오청산의 마지막을 함께하는 샤오양을 어떻게 해석할지가 독자의 몫인데, 인간으로서 다다르기 어려운 경지로 올라가 승천하는 그녀의 마지막 모습이 내게는 신기루로 비쳤다. 샤오양이 헌신하게 되는 배경의 기초를 치밀히 짜고 단계를 끌어올리다 도저히 다다를 수 없는 지점에 그녀를 올려 세운 작가의 의도는 바로 그 불가능한 애상을 역설하려는 것 아니었을까.

성별과 나이, 세계관이 다양한 독자들이 같은 입구를 거쳐 소설 속에 들어왔다가 각각의 이유로 헤매고, 결국 자신만의 출구를 발견하기를 상상하는 작가의 마음을 잠시 헤아려본다. 소설의 한국어판 출간에 부쳐 소회를 전하며 노년에 접어들었다고 고백하는 작가의 등 뒤로 지는 노을이 보이는 것 같다. 문득, 그가 선 자리를 폐허라 부를 순 없으리라는 생각이 든다. 그곳에는 독자라는 여명이 깃들고 있지 않은가. 허망한 신기루가 아닌.

2022년 가을
코네티컷에서

홍예진은 소설을 쓰고 주변의 이야기를 기록한다. 2014년 단편 〈초대받은 사람들〉로 외교부 산하 재외동포문학공모에서 대상을 받으며 본격적인 작가의 길에 들어섰다. 앤솔러지 《소설 뉴욕》에 단편 〈미뉴에트〉를 발표했으며, 재미 작가 프란시스 차의 〈살아가는 동안〉을 우리말로 번역했다. 장편소설 《소나무 극장》과 산문집 《매우 탁월한 취향》을 펴냈다.